世界名著名译文库

柳鸣九 主编

巴尔扎克集 柳鸣九 编选

贝 姨

〔法国〕巴尔扎克 著 许 钧 译

上海三联书店

"世界名著名译文库"总序

柳鸣九

我们面前的这个文库,其前身是"外国文学名家精选书系",或者说,现今的这个文库相当大的程度上是以前一个书系为基础的,对此,有必要略作说明。

原来的"外国文学名家精选书系",是明确以社会文化积累为目的的一个外国文学编选出版项目,该书系的每一种,皆以一位经典作家为对象,全面编选译介其主要的文学作品及相关的资料,再加上生平年表与带研究性的编选者序,力求展示出该作家的全部文学精华,成为该作家整体的一个最佳缩影,使读者一书在手,一个特定作家的整个精神风貌的方方面面尽收眼底。"书系"这种做法的明显特点,是讲究编选中的学术含量,因此呈现在一本书里,自然是多了一层全面性、总结性、综合性,比一般仅以某个具体作品为对象的译介上了一个台阶,是外国文学的译介进行到一定层次,社会需要所促成的一种境界,因为精选集是社会文化积累的最佳而又是最简便有效的一种形式,它可以同时满足阅读欣赏、文化教育以至学术研究等广泛的社会需要。

我之所以有创办精选书系的想法,一方面是因为自己的专业是搞文学史研究的,而搞研究工作的人对综合与总结总有一种癖好。另一方面,则是受法国伽利玛出版社"七星丛书"的直接启发,这套书其实就是一套规模宏大的精选集丛书,已经成为世界上文学编选与文化积累的具有经典示范意义的大型出版事业,标志着法国人文研究的令

1

人仰视的高超水平。

"书系"于1997年问世后，逐渐得到了外国文学界一些在各自领域里都享有声誉的学者、翻译家的支持与合作，多年坚持，惨淡经营，经过长达十五年的努力，总算做到了出版七十种，编选完成八十种的规模，在外国文学领域里成为一项举足轻重、令人瞩目的巨型工程。

这样一套大规模的书，首尾时间相距如此之远，前与后存在某种程度的不平衡、不完全一致、不尽如人意是在所难免的，需要在再版重印中加以解决。事实上，作为一套以"名家、名著、名译、名编选"为特点的文化积累文库，在一个十几亿人口大国的社会文化需求面前，也的确存在着再版重印的必要。然而，这样一个数千万字的大文库要再版重印谈何容易，特别是在人文书籍市场萎缩的近几年，更是如此。几乎所有的出版家都会在这样一个大项目面前望而却步，裹足不前，尽管欣赏有加者、啧啧称道者皆颇多其人。出乎意料，正是在这种令人感慨的氛围中，北京凤凰壹力文化发展有限公司的老总贺鹏飞先生却以当前罕见的人文热情，更以真正出版家才有的雄大气魄与坚定决心，将这个文库接手过去，准备加以承续、延伸、修缮与装潢，甚至一定程度的扩建……与此同时，上海三联书店得悉"文库"出版计划，则主动提出由其承担"文库"的出版任务，以期为优质文化的积累贡献一份力量。眼见又有这样一家有理想追求的知名出版社，积极参与"文库"的建设，颇呈现"珠联璧合"、"强强联手"之势，我倍感欣喜。

于是，这套"世界名著名译文库"就开始出现在读者的面前。

当然，人文图书市场已经大为萎缩的客观现实必须清醒应对。不论对此现实有哪些高妙的辩析与解释，其中的关键就是读经典高雅人文书籍的人已大为减少了，影视媒介大量传播的低俗文化、恶搞文化、打闹文化、看图识字文化已经大行其道，深入人心，而在大为缩减的外国文学阅读中，则是对故事性、对"好看好玩"的兴趣超过了对知性悟性的兴趣，对具体性内容的兴趣超过了对综合性、总体性内容的兴趣，对诉诸感官的内容的兴趣超出了对诉诸理性的内容的兴趣，读书的品位从上一个层次滑向下一个层次，对此，较之于原来的"精选书系"，"文库"不能不做出一些相应的调整与变通，最主要的是增加具体作品的分量，而减少总体性、综合性、概括性内容的分量，在这一点上，似乎是较前有了一定程度的后退，但是，列宁尚可"退一步进两步"，何况我等乎？至于增加作品的分量，就是突出一部部经典名著与读者青睐的佳作，只不过仍力求保持一定的系列性与综合性，把原来的一卷卷"精选集"，变通为一个个小的"系列"，每个"系列"在出版上，则保持自己的开放性，从这个意义上，文库又有了一定程度的增容与拓展。而且，有这么一个平台，把一个个经典作家作为一个个单元、一个个系列，集中展示其文化创作的精华，也不失为社会文化积累的一桩盛举，众人合力的盛举。

面对上述的客观现实，我们的文库会有什么样的前景？我想一个拥有十三亿人口的社会主义大国，一个自称继承了世界优秀文化遗产，并已在世界各地设立孔子学院的中华大国，一个城镇化正在大力发展的社会，一个中产阶级正在日益成长、发展、壮大的社会，是完全需要这样一个巨型的文化积累"文库"的。这是我真挚的信念。如果覆盖面极大的新闻媒介多宣传一些优秀文化、典雅情趣；如果政府从盈富的财库中略微多拨点儿款在全国各地修建更多的图书馆，多给它们增加一点儿购书经费；如果我们的中产阶级宽敞豪华的家宅里多几个人文书架（即使只是为了装饰）；如果我们国民每逢佳节不是提着"黄金月饼"与高档香烟走家串户，而是以人文经典名著馈赠亲友的话，那么，别说一个巨大的"文库"，哪怕有十个八个巨型的"文库"，也会洛阳纸贵、供不应求。这就是我的愿景，一个并不奢求的愿景。

2013 年元月

目　录

1

译本序

译罢《贝姨》，照例要写几句，谈谈对这部作品的理解和体会。平时做的大都是论文，按照现在学术刊物的规范要求，论文要配摘要，还要写几个关键词，概括论文的内容。我想，如果要试着用三五个关键词来概括《贝姨》一书的内容的话，那我选择的恐怕会是这么几个词：情欲，金钱，复仇，腐朽，悲剧。

几年前，为译林出版社译过巴尔扎克的《邦斯舅舅》，《贝姨》是《邦斯舅舅》的姊妹篇，或更确切地说，《邦斯舅舅》是《贝姨》的姊妹篇，同为《人间喜剧》的"巴黎生活场景"的穷亲戚系列。世界公认的巴尔扎克研究专家，前苏联的奥勃洛米耶夫斯基认为，在巴尔扎克四十年代的作品中，《贝姨》应该作为最优秀的长篇小说之一受到重视。这部小说于一八四六年动笔，同年十、十一、十二月发表在《宪政报》上，一八四七年至一八四八年间出过单行本，一八四八年被收入《人间喜剧》第十七卷《巴黎生活场景》。

小说《贝姨》中，贝姨算不上是传统小说中的"主人公"。故事围绕于洛·德·埃尔维男爵一家的命运展开。小说一开始便作了交代，故事发生的时间为一八三八年，地点在巴黎。男爵"在共和时代曾任军费审核官，也当过军需总监，如今是陆军部一个最重要部门的头儿，又是国务参事，获得荣誉团二等勋位"。小说没有着力表现他在帝国禁卫军华沙军需总监任内的耿耿忠心，也没有渲染他在一八一五年为拿破仑临时征募大军，承担各部组织事宜的卓越表现，也很少描述他在陆军部和贵族院与各派势力的斗争与斡旋，而是摄取了他个人生活的一个基本方面，叙述了他如何在失去理智、丧失道德的疯狂情欲的驱动下，一步步败坏家族的名声、军队的荣誉，走上投机诈骗、侵吞军款的犯罪道路，最后身败名裂的整个过程。于洛这个人物是富有象征性的，他的堕落意味着旧时代辉煌的终结，折射了整个上层社会的道德腐败，如恩格斯所说，是上流社会必然崩溃的一曲无情的挽歌。

人有七情六欲，然而情欲一旦失去了理智的控制，丧失了道德的基础，一旦抽去了人性中美好的一面，就成了一种罪恶。在这一点上说，于洛男爵的家庭爱情悲剧是必然的，在小说中，男爵所追求的不是纯洁的爱，而是畸形的色，无论是歌女若赛花，贞妮·凯迪娜，还是小市民玛纳弗太太，她们付出的是色，换取的是金钱。然而，颇有象征意味的是，小说中另一个主要人物克勒维尔是以于洛男爵的情敌的身份出现的。克勒维尔以前是一位化妆品商，发了大财，飞黄腾达，当上了国民自卫军军官，巴黎某区的区长，还当上了塞纳省的议员。他代表着新生的资产阶级，在他看来，金钱有着至高无上的力量，甚至可以凌驾于王权和法律之上。克勒维尔与男爵之间在情场上的较量，实际上是一种金钱的较量。斗争的结果可想而知，男爵的失败是不可避免的。然而，克勒维尔的胜利是暂时的，面对道德和圣洁的爱，金钱是无能为力的。克勒维尔依靠金钱虽然与玛纳弗太太结了婚，但并没有得到她真正的爱，他们双双"烂"死在病床上，是一个很有讽刺意味的结局。克勒维尔与于洛男爵夫人之间的几次交锋，都以克勒维尔的失败而告终。这是金钱与道德之间的斗争，而金钱的失败在巴尔扎克看来，是资产阶级不可避免的道德沦丧的一个兆示。

贝姨是小说中一个穿针引线的人物，她是从孚日山区来，到巴黎投靠亲戚的乡下姑娘，被人瞧不起，生活艰辛，为此，她经常感叹上帝不公，从小就在心底埋下了复仇的种子。贝姨这个人物性格十分复杂，善良的外表与仇恨的内心在她身上形成了鲜明的对照，在巴尔扎克的笔下，贝姨成了一个无所不知无所不在的人物，在任何关键的时刻都少不了她的出场，小说中许多人的命运仿佛都捏在她的手中。她对克勒维尔那种会心的微笑，给玛纳弗太太出谋划策的那份殷勤，对艺术家万塞斯拉斯近乎母性的爱（虽然十分霸道），对于洛元帅的百般照顾，无不是为她最终复仇作一种铺垫。她要改变自己的命运，然而，可悲的是，眼看着自己的元帅夫人梦就要实现的时刻，铁杆的共和派、拿破仑的一代骁将于洛元帅却因胞弟的丑闻暴露而自杀，最后贝姨一病不起，撒手人寰。值得读者注意的是，贝姨的复仇心理是一个不断膨胀扩张的过程。这里有巴黎上流社会的腐朽与卑鄙对她的心灵所起的腐蚀作用，也有新兴的资产阶级对金钱、对权利地位的极度欲望对她的恶性影响。贝姨梦想的破灭，在某种意义上，是她精心编织的一个复仇网在整个资产阶级社会的现存秩序中的毁灭。

读《贝姨》，我们特别注意到了巴尔扎克所使用的象征与比较手法。我们刚才谈到，无论是于洛这个人物的悲剧，还是玛纳弗太太的死，或贝姨梦想的破灭，都有一种象征的意义。对于洛家客厅的描写，对玛纳弗太太最终死于一种"怪病"，成了一堆腐烂的肉的交代，或对巴黎心脏地带那个毒瘤似的贫民窟满目疮痍的景象的渲染，都可以看到作者所揭示的社会腐朽的征兆。也许我们通常所说的巴尔扎克的现实批判意义就表现在此。至于对比，无论是人物的对比，还是场景的对比，巴尔扎克都无不追求一种内在的深刻性和必然性。克勒维尔的无耻与于洛太太的圣洁，于洛男爵的怯懦与于洛元帅的勇敢，玛纳弗太太的邪恶与奥丹丝小姐的天真，强烈的对比往往产生一种震撼心灵的力量，一种道德的警示作用，巴尔扎克的用意恐怕可用小说中的一个小标题加以概括：对不道德的道德思考。

作为《人间喜剧》的一部分，《贝姨》确实是当作一部戏来写的，不过在我看来，这是一部悲剧，是一个家庭的悲剧，更是一个社会的悲剧，一个时代的悲剧，而且这个悲剧恐怕还将不断延续下去，小说出人意外而又意味深长的结尾就是个证明，有心的读者定会得出自己的看法。

1998 年 9 月 27 日

于南京玄武湖畔南京大学公寓

3

情归何处

　　一八三八年七月的月中，一辆四轮双座轻便马车行驶在大学街，这种车子是新近在巴黎街头时兴的，人称"爵爷车"，车子载着一位男子，此人中等个子，身体肥胖，身着国民自卫军上尉军服。

　　都说巴黎人风雅至极，可他们中竟还有人以为身着军装比便服要神气得多，心想女人们趣味都相当怪，一见到高顶饰羽军帽和一身戎装，准会为之心动，顿生好感。

　　这位第二军团上尉的脸上，流露出一副志满意得的神态，红通通的肤色和胖乎乎的脸膛愈发显得神采奕奕。仅靠做买卖发的财投在歇业老板额头上的那圈金光，人们便可猜到这准是个巴黎飞黄腾达的红人，至少当过本区的区长助理。不用说，在他像普鲁士人般傲然高挺的胸间，自然少不了荣誉勋位的那条绶带。

　　这位身佩勋饰的男子傲气十足地坐在爵爷车的一角，朝行人投去游离的目光，在巴黎，行人们常能捡到可人的媚笑，可那是献给不在身旁的美人儿的。

　　爵爷车行至贝尔夏斯街和布尔高涅街中间的一段，停在一座大宅前，这座房子是在一家旧府邸的院子里新建的。旧府邸附有花园，原初的布局丝毫未动，坐落在被占去了一半的院子深处。

　　单凭上尉下车时受车夫伺候的模样，一眼便可看出此人已经年过半百。明显笨手笨脚的举止就像出生证一样，泄露了人的年龄。

　　上尉又把黄手套戴上右手，没有向门房打听一声，便径自朝府邸底层的台阶走去，那神气仿佛在说："她是我的！"

　　巴黎的门房都有非凡的眼力，只要是佩戴勋饰、身着蓝色制服、步履沉稳的人，他们从不阻挡；反正，凡是有钱人，他们都辨认得出。

府邸的整个底层住着于洛·德·埃尔维男爵老爷一家，在共和时代，男爵曾任军费审核官，也当过军需总监，如今是陆军部一个最重要的部门的头儿，又是国务参事，获得荣誉团二等勋位……

于洛男爵以自己的出生地德·埃尔维为姓氏，以示与他兄弟的区别，其兄是赫赫有名的于洛将军，曾任帝国禁卫军掷弹兵上校，一八〇九年那场战役后，被皇帝封为德·福兹海姆伯爵。

后被封为伯爵的长兄有义务照顾弟弟，他似父亲一般存有远虑，早早将其弟安插进一个军事机构，由于兄弟俩共同效力，最终男爵得到了拿破仑皇上的恩宠，不过，他对此也问心无愧。早在一八〇七年，于洛男爵便当上了远征西班牙大军的军需总监。

国民自卫军上尉按过门铃，身上的制服被鼓得像只梨子似的大肚子绷扯得前翻后卷，他费尽力气，想把衣服整理服帖。一个身着号衣的仆人一见到他，立即请他入府，于是，这位神气活现、威风凛凛的男子便随着仆人往里走，仆人一边打开客厅大门，一边通报道："克勒维尔先生到！"

这名字跟主人的模样实在般配，令人叫绝①，一听到这个名字，一个高身材、金头发、保养有方的女子像是受了电击一般，猛地站起身来。

"奥丹丝，我的小天使，跟你的贝姨到花园去吧。"那女子急忙朝在她身旁几步远的地方刺绣的女儿，说道。

奥丹丝·于洛小姐仪态优雅地给上尉行了礼，领着一个干瘪瘪的老姑娘从落地窗走出客厅，老姑娘看上去比男爵夫人还苍老，虽说实际年龄要小五岁。

"事关你的婚姻大事。"贝姨凑近小外甥女奥丹丝的耳朵说道，看她的样子，对男爵夫人刚才根本不把她当一回事，随便把她们俩打发出门，好像并不生气。

---

① 克勒维尔的法文为"Crevel"，与"crevé"音相近，"crevé"有"胖得要命"的意思。

贝姨的穿着，也许可以说明她何以受到如此随意的对待。

老姑娘身着一条美利奴羊毛裙，裙子呈科林斯葡萄干的颜色，老掉牙的款式和镶绦都是王政时代的，一条绣花布领恐怕只值三个法郎，一顶缝着蓝缎结的草帽，四周镶着草缏，在中央菜市场卖菜女的头顶也常可看到。一双山羊皮鞋，看那式样，准是出自末流的皮匠之手，一个外人见了确实会有顾虑，不敢把贝姨当作主人的亲眷给她行礼，因为她活脱脱一个做散活的女裁缝模样。不过，老姑娘出门时，还是很亲热地跟克勒维尔先生打了个招呼，克勒维尔先生会心地点了点头。

"费希小姐，您明天一定会来的，是吧？"他问道。

"府上没有别的客人？"贝姨反问了一声。

"就我的几个孩子，还有您。"克勒维尔先生答道。

"好，我一定去。"她回话说。

"行了，太太，现在听您吩咐。"自卫军上尉又给于洛男爵夫人行了个礼，说道。

说罢，他朝于洛太太瞟了一眼，活像伪君子塔丢夫朝爱弥尔飞去的眼风，在普瓦提埃或吉坦斯城，外省的戏子演这个角色时，总觉得非这样瞟一眼，才能表现出角色的内心。

"请跟我来，先生，在那儿谈事比在客厅要方便得多。"于洛太太一边指了指隔壁的房间，一边说道，按房子的布局，那准是间打牌用的小客厅。

大小客厅只隔了薄薄的一层板壁，小客厅的窗户正对花园。于洛太太让克勒维尔先生稍等片刻，觉得应该先把小客厅的门和窗户关严，以免有人在那儿听到什么。她甚至还多了个心眼，把大客厅的落地窗也关上了，一边朝女儿和贝姨望了望，只见她们俩一起坐在花园深处的一座旧亭子里。她走回小客厅，顺手把小客厅的门打开，这样，若有人进来，可以听见大客厅开门的声响。

男爵夫人就这样出出进进，没有旁人留意她，任自己的整个心思都挂在脸上；若有人看见她这副焦躁不安的样子，恐怕会大吃一惊。不过，当她关上大客厅的门回打牌用的小客厅时，脸上马上蒙起一道持重的面纱，显得神秘莫测，凡是女人，哪怕是最直露的，好像随时都可换上这副面孔。

男爵夫人就这样忙乱了一番，至少让人觉得有点奇怪，国民自卫军上尉独自待在小客厅里，打量着里面的陈设。

丝绸窗帘原本是红色的，给阳光照得已经发紫，窗帘用的年代已经很久，连褶裥都磨破了；一块地毯褪得不见了颜色，几件家具金漆剥落，上面铺的大理石花纹丝绸面子污迹斑斑，有的地方也已磨得一丝一丝，一看到这一切，上尉那张发迹的老板庸俗乏味的脸遂不加掩饰地流露出高傲、自得，继又充满希望的神色。

一个帝政时代式样的座钟上方有面镜子，上尉照着镜子，着实自我端详了一番，这时，传来一阵丝裙的窸窣声，向他通报男爵夫人就要进门。

他连忙摆好了姿态。

男爵夫人进屋坐在了一张双人沙发上，沙发小巧玲珑，在一八〇九年那阵子，当然还是很漂亮的，她指了指一把椅子，让克勒维尔坐下，椅的扶手尽头饰着斯芬克斯头像，上面青铜色的油漆一块块剥落，有的地方已经露出了里面的白木。

"太太，您这样小心提防，像是个好兆头，是在接待……"

"接待情人。"男爵夫人张口打断了自卫军上尉的话。

"这个词还不够劲，"他说道，一边把右手放在心口，转动着两只眼睛，这副表情，要是哪位女人冷眼看了，十有八九会见笑的。"情人！情人！说的是神魂颠倒的情人吧？"

两亲家

"听着，克勒维尔先生，"男爵夫人正经有余，哪能笑得出声，她继续说道，"您今年五十，比于洛先生小十岁，这我知道；可到了我这个年纪，一个女人再要发疯，总得有点理由，比如对方英俊，年轻，有名望，有功绩，有点什么辉煌的东西，能一时迷住了我们，让我们忘了一切，甚至记不得自己有多大年纪。虽然您每年都有五万利弗尔的入账，可您的年纪把您的财富给抵消了；说到底，一个女人要求有的，您可是一件也没有……"

"可爱情呢？"自卫军上尉站起身子，走上前去说道，"爱得都……"

"不，先生，那是一厢情愿！"男爵夫人连忙打断了他的话，想结束这个荒唐的场面。

"对，是一厢情愿，也是爱，"他继续说道，"不过，也有更强的东西，我有权利……"

"权利？"于洛太太嚷了起来，一脸鄙夷、蔑视、愤慨的神态。

"哼，这种口气，我们永远也没个完，"她继续说道，"我让您到这儿来，可不是为了谈过去的那件事，想当年，尽管我们是亲家，为了那事，您可是不得再登我家门的……"

"我以为……"

"又来了！"她说道，"先生，什么情人，什么爱情，所有那些对一个女人来说再也麻烦不过的事情，您看我提起时那副轻松、超脱的样子，难道就不明白我是真个儿铁了心，永远做一个守德的女人吗？我什么也不怕，我关着门，跟您在一起，也不在乎别人怀疑什么。这种操行，难道一个软弱女子会有吗？您完全清楚我为什么请您来！……"

"不，太太。"克勒维尔摆出一副冷冷的面孔，答道。

他抿紧了嘴唇，摆好了平常的姿势。

"那好！我说几句话就完，免得我们俩都遭罪。"于洛男爵夫人看着克勒维尔说。

克勒维尔行了个礼，充满了讽刺意味，要是内行看了，准能认出那是一个旧跑街的姿态。

"我们家的儿子娶了你们家的女儿……"

"要是能反悔就好了！……"克勒维尔说。

"这门亲事放在现在，恐怕就办不成了。"男爵夫人接过话说道，"不过，您也没有什么好抱怨的。我儿子不仅是巴黎一个第一流的律师，而且一年前还当上了议员，在国民议会的头开得相当精彩，可以推测，不久就可当个部长。维克托朗已经先后两次被任命为重要法案的报告人，若他愿意，现在就可当上高等法院的代理检察长。要是您还跟我说什么您女婿一没有财产……"

"一个我不得不接济的女婿，"克勒维尔说道，"这在我看来更糟糕，夫人。给我女儿的五十万法郎的陪嫁中，有二十万已经没了，天知道都用到哪儿去了！……拿去还您公子的债了，花钱把屋子装修成那种怪样子，一座房子花了五十万法郎，可一年勉强只有一万五千法郎的收入，因为屋子最漂亮的那部分他留着自己住了，如今还欠二十六万……收入差不多只能抵消债务的利息。今年，我已经给了我女儿两万法郎，好让她把日子将就着过下去。至于我女婿，据说他在法院有三万法郎的收入，可他却要为国会而看轻法院……"

"这嘛，克勒维尔先生，又是节外生枝，跟我们谈的话题扯远了。不过，还是把话说完吧，要是我儿子当上部长，授给您荣誉团二级勋位，任命您为巴黎市参议员，您这个原来做化妆品生意的，该不会再有什么抱怨的吧……"

"啊！说到这事，太太。我是个卖杂货的，开过铺子，卖过杏仁膏、葡萄牙香水，还有头油，别人肯定会觉得我很荣幸，能给我的独生女攀上于洛·德·埃尔维男爵老爷的公子，我女儿日后可是男爵夫人呀。这可是摄政王，是路易十五，是王家的派头！好极了……我喜欢塞莱斯蒂娜，对独养女，谁都是这样喜欢的，我太喜欢她了，都没有想给她添一个兄弟姐妹，在巴黎，鳏居可不容易（而且还正当壮年，太太！），那苦头我也忍了，可是，您要清楚，尽管我对女儿爱得发疯，我也决不会为您儿子动我的财产，在我这个以前做过买卖的人看来，他的花销可是不明不白……"

"先生，此时在商业部，您就能见到博比诺先生，那个原来在隆巴尔街开药铺的。"

"那是我朋友，太太！……"歇业的化妆品商说道，"因为本人，塞莱斯坦·克勒维尔，曾是塞撒·比洛托老爹的大伙计，我后来买下了比洛托的整个营业资产，那人就是博比诺的岳父，当时博比诺在店里是个普通伙计，这事还是他跟我说起的，他这个人呀（得说句公道话），对那些办事规矩，每年有六十万法郎进账的人，并不是那么傲气十足。"

"哎呀！先生，您刚才说什么摄政王派头，用这个词形容的观念已经不入时了吧？如今可是以个人的价值来论人的。您当初把女儿嫁给我儿子，走的就是这一着……"

"您才不知道那门亲事是怎么定下的！……"克勒维尔高声道，

"啊！该死的单身汉生活！要不是我一时越了轨，我的塞莱斯蒂娜如今早是博比诺子爵夫人了！"

"不过，我再说一遍，早就成了的事，我们就别再挑剔了。"男爵夫人口气坚决地说，"还是谈谈您干的缺德事吧，您不近人情把我给气死了。我女儿奥丹丝的婚事本来能成的，那完全取决于您，我一直以为您这人宽宏大量，对一个心里头只挂念着她丈夫的女人，我想您一定会公正对待。一个有可能损害她名誉的男人，她实在不能接待，她不得不这样做，我想您也会明白，我还以为看在亲家的分上，您会热心地促成奥丹丝跟勒巴参议员的婚事……而您呢，先生，您却存心毁了这门亲事……"

"太太，"老化妆品商回答道，"我那样做，纯粹是个正派人。他们来向我打听，问准备给奥丹丝小姐的二十万法郎陪嫁会不会兑现。我回答的原话是这样的：'我不能担保。于洛家让我女婿出那笔嫁妆，可他自己都背了一身债，我觉得要是于洛·德·埃尔维先生明天离世，他的寡妇就没有吃的了。'就这话，美丽的夫人。"

"要是我为了您而失了妇道，先生，您还会说那种话吗？……"于洛太太双眼紧盯着克勒维尔，问道。

"那我也许就没有权利那样说了，亲爱的阿德丽娜，"怪里怪气的情人打断了男爵夫人的话，高声说道，"因为那样一来，就能在我的钱袋里得到那份陪嫁了……"

肥胖的克勒维尔话必有据，他说着跪倒在地，亲吻了于洛太太的手，见她默不作声，还以为她心里犹豫不决呢，可这是被他那番话气的。

"为了买我女儿的幸福，代价是……啊！起来，先生，要不我按铃了。"

老化妆品商费了很大劲才站起身。这种场面使他怒火中烧，他连忙又摆好了架势。凡是男人，大都会拿架子，自以为可以借此突出自然赋予他们的各种优势。克勒维尔的所谓架势，就是像拿破仑那样双臂一叉，脑袋侧过四分之三，如画家给拿破仑画像时安排的那样，把目光投向天边。

"守德，"他装出很气愤的样子，说道，"守德，为了一个放荡的……"

"是为了丈夫，先生，一个值得我这样做的丈夫，"于洛太太连忙打断克勒维尔的话，不让他把那个她不愿听到的词说出口。

"听着，太太，您写信让我来，您想要知道我那样做到底是为了什么，看您这副皇后的神气，这副傲慢，蔑……蔑视的架子，把我逼得无路可走！莫不是说我是个黑鬼吧？我再给您说一遍，请相信我，我有权向您……向您求爱……因为……噢，不，我太爱

8

您了，不能不说……"

"说吧，先生，再过几天我就四十八岁了，我还不至于傻到假正经的地步，什么话我都可以听……"

"那么，您能否以您作为一个正派女人的名义来保证……唉，对我来说真不幸，您确实是个正派的女人，您能否保证绝不说出我的名字，说是我告诉您这个秘密？……"

"若这是道出秘密的条件，那我发誓，等会儿您告诉我的，哪怕是天大的事，我也绝不对任何人，包括对我丈夫，说出是从谁那儿听来的。"

"我相信，因为这事关您和他……"

于洛太太脸色刷的发白。

"啊！要是您还爱着于洛，那您就要受苦了！您想我说还是不说？……"

"说吧，先生，因为在您看来，事关重大，是要向我表白您为什么对我说那番离奇的鬼话，又为什么死缠着要折磨一个像我这把年纪的女人，折磨一个只想把女儿嫁出去，就……就可安心死去的女人！"

"您瞧，您是不幸吧……"

"我，先生？"

"对，漂亮而又高贵的人儿啊！"克勒维尔高声道，"你是太苦了……"

"先生，闭嘴，出去！要不就规规矩矩地跟我说话。"

"太太，您知道于洛老爷和我是怎么相识的吗？……是在我们的情妇家，太太。"

"噢！先生……"

"在我们的情妇家，太太，"克勒维尔用夸张的语气又重复了一遍，并变换了他的姿态，用右手打了个手势。

"那好！后来呢，先生？……"男爵夫人说道，口气冷静，令克勒维尔惊讶不已。

用心卑鄙的诱奸小人永远也理解不了伟大的灵魂。

若赛花

"我呀，那时已经当了五年鳏夫，"克勒维尔继续说道，就像是要讲故事一般，"考虑到我所钟爱的女儿的利益，我不想再结婚，当时，我在外面有一位很漂亮的售货女郎，我不愿意在家里有什么瓜葛。于是，我弄了一处备有家具的房子，就像人们所说的，供养了一个小女工，只有十五岁，长得美丽极了，简直是个奇迹，得承认，我爱她爱得像丢了魂似的。后来，太太，我把亲姨（是我母亲的亲姊妹）从老家请了来，让她陪我那个迷人的小精灵一起住，看着她，好让她安于那种，怎么说呢？那种……妙不可言……噢不，那种没有名分的生活，尽可能乖乖的！……小精灵明显有音乐天赋，先后请了几位教师，接受教育（也得让她有事忙呀！）。再说，我想同时做她的父亲和恩人，也当，就明说了吧，也当她的情人；反正是一举两得，既做了好事，也得了个好朋友。我就这样过了五年的幸福日子。小精灵天生有副好嗓音，那简直可以让一家戏院发财。我无法形容她，除了说她是女儿身的杜普雷①。仅仅为了让她发挥歌唱家的天赋，每年就花了我两千法郎。她弄得我迷上了音乐，我在意大利人大戏院给她和我女儿租了个包厢。我每天都去，一天跟塞莱斯蒂娜，一天陪若赛花。"

"怎么，就是那个走红的女歌唱家？……"

"是的，太太，"克勒维尔骄傲地说，"那个了不起的若赛花的一切全靠了我……后来到了一八三四年，小精灵满二十岁，我以为已经永远拴住了她的心，对她我也实在太宠爱了，我想让她开开

---

① 杜普雷（1806—1896），法国男高音歌唱家，1837—1847年间是巴黎歌剧院的头牌演员。

心，让她出门去会一个漂亮的女戏子，那小姑娘叫贞妮·凯迪娜，命运跟若赛花有些相似。那个女戏子的一切也都是亏了一个靠山，是那靠山一点点栽培了她。那靠山就是于洛男爵。"

"这我知道，先生，"男爵夫人说道，声音平静，没有丝毫变化。

"啊！唉！"克勒维尔愈发惊讶，嚷叫道，"好！可您知道贞妮·凯迪娜才十三岁，您那个魔鬼男人就养了她？"

"噢！先生，后来呢？"男爵夫人问道。

"贞妮·凯迪娜跟若赛花结识那一年，"老化妆品商继续说道，"她们俩都是二十岁，早在一八二六年，男爵就玩起了路易十五跟德·洛曼小姐玩的角色，那个时候，您比现在可要年轻十二岁……"

"先生，我自有理由让于洛先生自由。"

"这种谎话，太太，它无疑足够把您犯过的罪孽一笔勾销，给您打开天堂之门。"克勒维尔反唇相讥，一脸狡猾的神色，男爵夫人顿时红了脸。"高贵而又可敬的太太，这话跟别人说去吧，可不要骗克勒维尔老爹，您要清楚，他跟您那个恶鬼丈夫花天酒地，四个人一起混的时间可是太多了，不会不知道您的价值所在！一杯酒下肚，他会责备起自己来，跟我细说您的那些美德。噢！我太了解您了：您是个天使。在一个芳龄二十的姑娘和您之间，一个好色之徒会动摇，我可不会犹豫。"

"先生！……"

"好，我不说了……可要知道，崇高的圣女，当丈夫的一旦喝醉了，都会在情妇面前说太太的事，什么都往外抖，笑破她们的肚子。"

几颗羞耻的泪珠从于洛太太美丽的睫毛间流出，国民自卫军军官戛然打住，一时忘了再摆好姿势。

"我再往下讲，"他说道，"多亏我们那两个妖精，男爵和我交上了朋友。男爵和所有色鬼一样，和蔼可亲，真的是个老好人。噢！这个怪家伙，真让我喜欢。不，他鬼心思可不少……算了，过去的事，就别提了……我们成了好兄弟……这个恶鬼，完全是摄政时代的习气，想方设法把我往坏里引，在女人方面，向我宣扬圣西门主义的那一套，灌输一些观念，什么大老爷啦，什么风流啦；可是，您知道，我当时爱着我那个小宝贝，恨不得娶了她，若不怕有孩子的话。我们这两个做爸爸的，又是……那么好的朋友，您说我们怎么不会想结个亲家呢？他家公子跟塞莱斯蒂娜成亲三个月后，于洛（我不知道怎么称呼他，卑鄙的小人！他把我们俩都给骗了，太太！……），哼，那个卑鄙的小人把我的小若赛花给夺走了。当时，贞妮·凯迪娜越来越走红，很招摇，那个混账清楚自己在她心中的位置已被一个年轻的参议员和一个艺术家（真绝！）所取代，于是，偷走了我可怜的小情人，她多漂亮可爱啊！您肯定在意大利人歌剧院见过她，她就是靠那个混账的面子进了那个戏班子。您家男人不如我那么有分寸，我呀，就好比一张五线谱那样，约束着自己（他已经为贞妮·凯迪娜破费了不少，每年差不多要花三万法郎）。噢！您要明白，他为了若赛花，终于弄了个倾家荡产。太太，若赛花是个犹太女子，她姓弥拉伊（实际上是把伊拉弥颠倒过来用），这是个犹太人的标记，以便别人能够辨认，因为她是个弃婴，小时候被丢在德国（据我的调查，证实了她是一个富有的犹太银行主的私生女）。那个戏班子，特别是贞妮·凯迪娜、舍恩兹夫人、玛拉嘉和卡拉比娜之流教给了我的小宝贝对待老头子的那一套，在她身上激起了她的老祖宗希伯来人喜欢金银珠宝，崇拜金犊偶家的本性！在这之前，我一直管束着她，她走的是条规矩的道，而且也不多挥霍。可这个名歌女，后来变得贪得无厌，一心想要富，想很富很富。这样一来，别人为她挥霍的钱，她一个子儿也不乱花。她拿于洛老爷开刀，把他剥个精光，噢！说是剥，那叫刮！那条可怜虫，跟凯莱家的一个兄弟，还有德·埃斯格里尼翁侯爵斗了一阵，这两个家伙当时都迷着若赛花，且不提那些崇拜她的无名鼠辈了，后来又出了个有钱有势、保护艺术的公爵，眼睁睁地把她夺了去。那个公爵，您叫他什么来着？……一个侏儒？啊！叫德·埃鲁维尔公爵。那个大老爷想一人独霸若赛花，风月场上的人议论纷纷，可男爵却一无所知；他呀，不管是风流事，还是在别的方面，都是这个德性：这种事，情夫和当丈夫的一样，总是最后一个明白。现在，您理解我说的权利了吧？美丽的太太，是您丈夫夺走了我的幸福，夺走了我鳏居以来唯一的欢乐。是的，若不是我倒霉撞上了那个老色鬼，若赛花现在还会在我手里。您知道，我这人是决不会让她进戏班子的，她一辈子会默默无闻，安分守己，只跟着我。噢！要是您八年前见到她，瞧那模样，苗条的身段，活泼的性格，金黄的肤色，就像人们说的美如安达卢西亚女子，乌黑闪亮的头发似锦缎一般，褐色的长睫毛，眼睛闪闪发光，优雅的举止，像个公爵夫人，人虽穷，但朴实，规矩，像头野鹿那样可爱。全怪于洛老爷，她的那些魅力，那份纯洁，全都成了诱狼的陷阱，吞钱的暗窟。小丫头如人们所说，成了淫荡之母。如今，她是满嘴荤腥，可以前她是什么也不开窍，连这个说法也不懂！"

　　这时，老化妆品商眼里噙着泪水，他抹了抹。这实实在在的痛苦对于洛太太起了作用，她从恍惚中醒了过来。

化妆品商顿起恻隐之心

"唉！太太，人活到五十二岁，能再得到这种宝贝吗？到了这个年纪，爱是要代价的，每年三万法郎，我是通过您丈夫知道这个数目的，至于我，我太爱塞莱斯蒂娜了，不想让她给毁了。您招待我们的第一个晚会上，我一见到您，心里真不明白那个恶鬼于洛怎么还要养一个贞妮·凯迪娜……您的风韵，宛若皇后……那时，您还不到三十岁，太太，"克勒维尔继续说道，"在我眼里，您年轻，又漂亮。说实话，那一天，我整个心都被触动了，我对自己说：'要是我没有若赛花，既然于洛老头把他妻子抛在一边，那她对我来说岂不正合适，就像手套一样合手。'（啊！对不起！这是我过去当生意人时用的比喻。我不时会露出化妆品商人的本性，就是这毛病断了我当议员的念头。）在我们这样两个老怪物之间，朋友的情人应该是神圣的，所以，当我蒙受了男爵如此卑鄙的欺骗之后，我发誓一定要把他妻子夺到手。这叫公道。男爵决没有什么好说的，我们俩就算扯平了。可是，我刚一开口向您倾诉衷肠，您就把我当作一条癞皮狗，撵出了门。可这一点，您加倍激起了我的爱，要是您愿意，也可以说是一厢情愿，您一定会属于我的。"

"为什么？"

"我不知道，但会的。您要明白，太太，一个做化妆品买卖的（已经不干了！），虽说愚蠢，可脑子里要是只有一个死念头，可比一个有千百个主意的聪明人更厉害。我是迷上您了，而且我那个仇，非在您身上报不可。这就等于我有了双倍的爱。我是铁了心了，跟您敞开心窝说明话吧。就像您对我说：'我决不会是你的。'我跟您说话，也是一样冷静。反正，像俗话说的，我是把牌明摊在桌上打。

是的，您迟早一定会是我的……噢！您即使到了五十岁，也一定会做我的情妇！一定会的，因为我在等着呢，您丈夫什么都做得出来……"

于洛太太朝这个精于算计的老板投去惊骇的目光，那目光直定定的，他以为她疯了，连忙打住话头。

"您这是存心找的，您一点儿也瞧不起我，总跟我作对，我说白了吧！"刚才那几句话实在太毒，他觉得有必要辩白一下。

"噢！我的女儿，我的女儿啊！"男爵夫人喊叫道，听她那声音，就像要死了似的。

"啊！我真的什么也弄不明白了！"克勒维尔继续说道，"把我的若赛花给夺走的那一天，我就像是只被抢走了虎子的母虎……噢，我就像我现在看到您的这副样子。您女儿！对我来说，那可是把您弄到手的一个工具。是的，我存心毁了您女儿的婚事！……您若不要我的帮助，她这一辈子就嫁不出去！不管奥丹丝小姐有多漂亮，她总得有份陪嫁……"

"唉！是呀！"男爵夫人抹了抹眼睛，说道。

"那好！您试一试，向男爵要一万法郎，"克勒维尔又摆好姿态，继续说道。

他停了片刻，就像是个演员刻意一顿。

"要是他有，也只会给若赛花之流的某个女人！"他故意提高了他那男中音，说道，"走上他这条道，会停得下来吗？首先，他是太好色了！（如我们的国王所说，凡事都有个度。）其次，又掺杂有虚荣心！真是个了不起的男人！为了自己作乐，他会把你们都弄到睡草垫的地步。再说，你们已经走上去济贫院的路了。瞧瞧，打从我不踏您家门之后，您客厅里的家具再也没能换过。遮家具的布套上那些镶边，无不在诉说'拮据'两个字。体面人家穷起来，那是最可怕的，见了这没遮盖好的穷家底，哪个女婿会不吓得往外跑？我当过店老板，我很在行。巴黎的商人只要瞧一眼，就能看出真的富还是面子上富……您是没钱了。"他低声说道，"这从什么上都能看得出来，连在您仆人的衣服上也看得出。您要我给您揭开一直瞒着您的可怕的秘密吗？……"

"先生，"于洛太太泪水流得把手绢都要湿透了，说道，"别说了！别说了！"

"唉！我女婿把钱给了他父亲，这就是我开始说您儿子的所谓开销时，想告诉您的。可我一直照看着我女儿的利益……您放心吧。"

"啊！女儿一嫁出去，我就去死！……"可怜的女人完全失去了控制，她这样说道。

"好吧！这就给您出个主意？"克勒维尔问道。

于洛太太看着克勒维尔，双眼充满期待，脸上的表情也跟着变了，仅凭这一转眼间的变化，恐怕也应该使克勒维尔生出一丝恻隐之心，放弃他那荒唐的计划。

如何才能把没有家财但漂亮的女儿嫁出去

"再过十年，您还会很漂亮，"克勒维尔摆好架势继续说道，"只要您对我好，奥丹丝准能嫁出去。我刚才跟您说过，于洛给了我这个交易的权利，没什么好客气的，他也不能生气。三年来，我的资本增了值，因为我虽然放荡，但也是有节制的。除了家产之外，我总共有三十万法郎的进账，全归您……"

"出去，先生，"于洛太太说道，"出去，再也不要在我面前出现。要不是您逼得我非要弄个水落石出，弄清您在奥丹丝的婚事上都干了什么卑劣的勾当……是的，是卑劣……"她见克勒维尔做了个手势，紧接着说道，"不然，怎么会转而对一个可怜的姑娘，一个漂亮无辜的孩子下毒手呢？……要不是做母亲的心头像挨了一刀，非要弄个明白，您今天绝对不可以再跟我说话，再踏进我的家门。一个女人三十二年的名分和忠贞，决不会毁在克勒维尔先生的手下……"

克勒维尔含讥带讽地接过话说道："鄙人为老化妆品商，塞撒·比洛托的继任，圣奥诺雷街的'玫瑰王后'店老板，前区长助理，国民自卫军上尉，荣誉勋位团骑士勋章得主，跟我的前任绝对一样……"

"先生，"男爵夫人继续说道，"二十年的忠贞不贰之后，于洛先生有可能厌倦他的妻子，这只关我自己的事；可是，先生，您瞧，他对自己的不忠行为掩饰得实在好，因为我一点儿也不知道是他取代了您在若赛花小姐心间的位置……"

"噢！"克勒维尔嚷了起来，"是以金钱为代价，太太……两年来，那只小莺可花了他十万多法郎。啊！您还没到尽头呢……"

"别说这些了，克勒维尔先生，我决不会为了您而放弃一个母亲问心无愧地拥抱孩子时感受到的幸福，放弃家人对我的敬重和爱戴，我要清清白白地把我的灵魂还给上帝……"

"阿门！"克勒维尔说道，一副恶毒而又苦涩的神态，凡是贪色之徒，如在这种场合一再受挫，都会摆出这种神色。"等他到了最后一步，您不知道会吃什么苦头，受辱……名誉扫地……我好心想让您明白，想救您，救您和您女儿！……好吧！浪父这个现代寓言，您可是要从头到底，一点点尝尽它的苦味。您的泪水和您的自尊令我感动，因为看一个心爱的女人在流泪，让人受不了！……"克勒维尔坐了下来，说道，"我可以向您承诺的，亲爱的阿德丽娜，只是决不难为您，也决不坏您丈夫的事；可决不要差人来我门上求救。就这些！"

"可这怎么办呀？"于洛太太高声道。

至此，男爵夫人勇敢地承受了克勒维尔这番解释对她心灵的三重折磨，因为她要经受作为女人、作为母亲和作为妻子这三方面的苦难。确实，当她的儿子的丈人表现得傲气十足，咄咄逼人时，她还能找到力量抵挡住这个店老板的蛮横无礼；但是，当他表现出一副失意的情人、屈辱的自卫军英俊上尉的模样，愤怒中忽又大发善心时，她那绷得快要断裂的神经即刻便松开了；她拧着双手，泪水止不住往外流，整个人都垮了，恍惚中任跪在面前的克勒维尔吻她的双手。

"我的上帝啊！这可怎么办呀？"她抹着泪水，又嚷叫道，"一个做母亲的，怎么能有那么硬的心肠，眼睁睁看着女儿毁了呢？那么漂亮的一个姑娘，在母亲身边规规矩矩地生活，又有着非同一般的天赋，到头来会是什么命运啊！有的日子，她独自一人在花园里散步，一脸忧伤，不知为了什么；我见她眼里含着泪水……"

"她都二十一岁了。"克勒维尔说。

"有必要把她送到修道院去吗？"男爵夫人问道，"到了这种危机的关头，宗教对天性也往往无能为力，连受到最虔诚的教育的姑娘也会失去理智！……可您起来，先生，您就不明白我们之间现在已经全都了结了，您让我憎恶，您破灭了一个母亲的最后一线希望！……"

"若我再升起这一线希望呢？……"他说道。

于洛太太看了克勒维尔一眼，那错乱的神态令他心里一动，可他遂把怜悯压在心底，为的是"您让我憎恶！"这句话。道德之神往往率直有加，不知表现细腻的感情和突出的个性，而人处在虚伪的境地，总会利用这一切，迂回地达到自己的目的。

"如今没有陪嫁是嫁不出去女儿的，哪怕像奥丹丝小姐那么漂亮，"克勒维尔又板起面孔说道，"您女儿太漂亮了，都让做丈夫的害怕；就像一匹名贵的马，照料起来太破费，不会有太多买主。胳膊上挽着这样一个丽人，出门能走路吗？所有的人都会瞧着你们俩，在后面跟着，打您夫人的主意。这么惹眼，会让很多人担心的，他们可不愿跟一个个情敌去决斗，因为，说到底，要决斗的决不是一个。根据您目前的处境，要把女儿嫁出去，只有三条路：一是让我帮助，可您不愿意！再就是找一个六十岁的老头，很有钱，没有子女，但想要孩子，这很困难，但也可碰到，眼下就有不少老头正养着若赛花、贞妮·凯迪娜之流，为什么就碰不到一个以合法的手段来干这种蠢事的呢？……要是我没有塞莱斯蒂娜和两个外孙，我就会要了奥丹丝。这是其二！最后一条是最容易办的……"

于洛太太抬起头，焦急不安地看着老化妆品商。

"巴黎这座城市，凡是有胆魄的，都自动汇集于此，就像野生的树苗，在法兰西的土地上自然生长，他们中间聚了众多的能人，无家可归，但有的是胆量，什么都敢，也敢发财……噢！那些单身的汉子……（鄙人当初就是其中的一个，还认识不少！……二十年前，杜·迪莱有什么？博比诺有什么？……他们两都在比洛托老爹的店里熬呢，除了发迹的欲望，别无资本，可在我看来，那欲望是最棒的资本！……资本可以吃掉，可志气吃不掉！……当初我有什么，我？有的是发财的欲望，有的是胆量。杜·迪莱如今跟再大的人物相比都不逊色。小博比诺，是隆巴尔街最富有的药店老板，如今成了议员，当上了部长……）哎呀！那些合伙做生意的，耍笔杆的，或者画画的，像俗话所说，在巴黎，就这些不要命的家伙中才会有人去娶一个没钱的漂亮姑娘，因为他们有的是各种胆量。博比诺先生娶了比洛托小姐，从来没有指望得一个子儿的陪嫁。那些家伙全都是疯子！他们相信爱情，就像他们相信自己能发财，相信自己无所不能！……找一个能爱上您女儿的有胆魄的家伙吧，他会根本不顾眼前，把她娶过去。您得向我承认，作为一个仇人，我可不算不宽宏大量吧，因为这个主意本身对我是不利的。"

"啊！克勒维尔先生，要是您愿意当我的朋友，那就放弃这些荒唐的念头吧！……"

"荒唐？太太，您可别这样自暴自弃，看看您自己吧……我爱您，您一定会是我的！我等到那一天一定要对于洛说：'你夺走了我的若赛花，我得到了你妻子！……'这就是古代法律中所谓的同等报复！我会继续实施自己的计划，除非您会变得丑不忍睹。我会成功的，理由如下。"他说着又摆好了姿势，眼睛盯着于洛太太。

上尉吃了败仗

"无论是老头，还是相信爱情的小伙子，您都不会碰上的，"他停顿片刻，继续说道，"因为您太爱您女儿了，不会拱手把她交给一个老风流鬼，任他摆弄的，于洛男爵夫人，统率旧禁卫军掷弹兵团的老将军的弟媳妇，您也不会心甘情愿地随便找一个胆大妄为之徒的，因为他有可能是个打工的，就像今日的某个百万富翁，十年前不过是个普普通通的机械修理工、监工或哪家厂子的工头。眼看着女儿到了二十岁，年纪不饶人，有可能让您丢脸，您会对自己说：'这脸还不如我自己来丢；要是克勒维尔先生愿意给我守住秘密，我就跟这个死皮赖脸的老化妆品商……克勒维尔老爹，花十年时间挣个二十万法郎，挣够我女儿的陪嫁！……'我让您厌恶，我跟您说的这些太不道德了，是吗？可一旦您让某种不可抵挡的欲望钩住您的心，您会给自己寻找种种理由来依我的，有爱心的女人都这样……是的！奥丹丝的利益一定会让您的良心投降的……"

"奥丹丝还有一个舅公呢？"

"是的，是费希老爹？……他正在收拾自己的烂摊子呢，还是由于男爵的错，他的那只钱耙子，凡是刮得着的钱箱，一个也不放过。"

"那于洛伯爵……"

"噢！太太，您丈夫早已把老将军积蓄的那点钱糟蹋光了，都给那个歌女买家具、装饰房子了。瞧瞧，您是想让我没有一点儿希望就走吧？"

"永不再见面，先生。像我这个年纪的女人，要有什么欲望，也很容易消除的，您也会从善的。上帝保佑不幸的人……"

男爵夫人站起身来，逼着上尉往后退去，一直把他逼到了大客厅。

"美丽的于洛太太哪能在这堆破烂中住着？"他说道。

说罢，他指着一盏旧灯，一座金漆剥落的分枝吊灯，指着磨得露出了织纹的地毯和形形色色的破烂玩意儿，原本金、红、白三色相间的大客厅成了帝政时代盛大场面的一处废墟。

"先生，这上面无不闪耀着道德之光。我没有欲望要什么豪华的家具，把您借给我的这个漂亮场所变成诱狼的陷阱，吞钱的暗窟。"

上尉咬了咬嘴唇，听出了他方才大骂若赛花贪得无厌时用的字眼。

"您这样死心塌地到底为了谁？"他问道。

此刻，男爵夫人已经把老化妆品商逼到了门口。

"为了一个色鬼！……"他俨然一副百万富翁、正人君子的派头，撇了撇嘴，接过自己的话补上一句。

"要是您说得对，先生，那我这样守节倒也值得称颂，就说到这里吧。"

她像打发一个不速之客，向上尉草草行了个礼，把他丢在那儿，便急忙反身，没看见他最后又摆了个姿势。

她进屋把方才关上的门一一打开，未能发现克勒维尔跟她告辞时打的那个吓唬人的手势。她的步履自尊而又高贵，好似古罗马竞技场上的落难斗士。然而，她已经精疲力竭，瘫坐在蓝色小客厅的沙发上，像是个就要病倒的女人，可两只眼睛却直瞅着已成废墟的小亭子，她女儿跟贝姨还在里面不停地说着什么。

自从新婚之日到现在，男爵夫人一直爱着自己的丈夫，就像约瑟芬到死还爱着拿破仑，带着那份令人赞叹的爱，那份母性之爱，那份卑怯的爱。虽说她对克勒维尔刚刚跟她端出的细节一无所知，但心里却很清楚，二十年来，于洛男爵经常对她不忠；然而她遮住了自己的双眼，独自默默地流泪，在她嘴里从来没说出过一句责备的话。以这天使般的柔情，她博得了丈夫的敬重，周围的人对她有着对上帝一般的敬意。

一个妻子对丈夫的柔情和妻子因此而博得的敬重，在一个家庭里往往是有感染力的。奥丹丝一直以为她父亲是夫妻恩爱的一个典范。至于儿子于洛，从小就敬佩男爵，把父亲视作辅助拿破仑大业的巨将之一，知道自己有今天的位子，完全是靠了父亲的姓氏、地位和名声。再说，孩提时代的印象有着深刻的影响，他至今还惧怕自己的父亲呢；因此，即使他对克勒维尔揭露的荒唐事有所察觉，但对父亲敬畏至极，也不敢抱怨什么，总会以男人看待此类事情的惯常方式，找到谅解的理由。

这位美丽而高贵的妇人，何以如此忠贞不贰，现在有必要作一解释，下面便是她这一生的简要历史。

美好的女人生活

在洛林州边境尽端的孚日山脚下，有一个村庄，村里有户人家有三兄弟，姓费希，都是普普通通的农民，后来共和政府征兵，三兄弟都加入了莱茵军团。

一七九九年，三兄弟中的老二，名叫安德烈，也就是于洛太太的父亲，由于妻子故世，把爱女托给了长兄皮埃尔·费希，长兄在一七九七年受了伤，不能再服役。老二在军事运输中做了几桩小交易，这当然是多亏了军费审核官于洛·德·埃尔维的庇护。

一个相当自然而又偶然的机会，于洛来到斯特拉斯堡，见了费希一家。当时阿德丽娜的父亲和叔叔都在阿尔萨斯州干供应草料的差使。

阿德丽娜那年十六岁，可与赫赫有名的杜·巴莉夫人相媲美，杜·巴莉太太和她一样，也是洛林州的女儿。

这是一个完美无瑕的美人儿，见了让人丢魂，属于塔利安夫人一类，是造物主特意造就的，被赋予了最为珍贵的天质：高贵、端庄、风雅、细腻、秀逸，与众不同的肌肤，自然天成的色泽。

这类美女彼此都很相似。比昂卡·嘉佩拉利肖像为布龙齐诺[①]的杰作之一，大名鼎鼎的迪雅娜·德·普瓦提埃是让·古戎[②]的名作《维纳斯》的原型，奥林比娅夫人的肖像藏于多利亚画廊，还有尼侬、杜·巴莉夫人、塔利安夫人、乔治小姐、莱嘉米埃夫人等，

---

① 布龙齐诺（1503—1572），意大利佛罗伦萨画派画家与诗人，尤以擅长肖像画著称。

② 让·古戎（约1510—1568），法国文艺复兴时期的雕刻家，代表作有《六仙女浮雕像》等。

所有这些女子，纵然上了年纪，纵情放荡，仍然风韵依旧，她们漂亮的身段、骨骼和性情，都惊人地相像，仿佛在代代相传的人之海洋中，美神阿佛洛狄忒在弄潮，在同一片浪花间，诞生了这一个个维纳斯。

阿德丽娜·费希是美神之族中最美丽的一位，她品格高贵，线条柔曲，冰肌玉肤，宛若天生的王后。她有着上帝传给人类之母夏娃一般的金黄秀发，皇后般的身段，尊贵的气派，外表高洁的轮廓和朴素的乡野风骨，只要她一出现，便会勾住所有男子的目光，如同鉴赏家被拉斐尔的画所迷住。因此，一见到她，军费审核官便迫不及待，法定期限一过，就娶了阿德丽娜·费希小姐为妻，令向来崇拜上司的费希兄弟喜出望外。

长兄是一七九二年的老兵，在进攻维森堡一战中身负重伤，他崇拜拿破仑皇帝和与拿破仑大军有关的一切。

安德烈和若翰谈起受到皇上庇护的军费审核官于洛时，总是充满敬意，他们能走运，的确也是多亏了他。当初，弟兄俩在部队运输粮草，于洛·德·埃尔维见他们天资聪明，且为人诚实，遂把他们擢升为紧急供应站的主管。在一八〇四年那场战役中，费希兄弟立了战功。战后，于洛为他们俩谋得了负责阿尔萨斯地区粮草供应的位子，没想到自己后来被遣派到斯特拉斯堡，为一八〇六年的战役做准备。

对于一个农家女来说，这桩婚事无异于一步升天。美丽的阿德丽娜一脚便从村庄的烂泥中踏进了皇宫天堂。

不错，正是在这一时期，后勤部中最为廉洁而又最为能干的军费审核官被封为男爵，继又被召到皇帝身边，编入了帝国禁卫军。美丽的农家女出于对丈夫的爱——确实，她疯一般地爱着丈夫，勇敢地完成了自我教育。

再说，军费审核主管是美女阿德丽娜的男性翻版。他属于美男子中的佼佼者。他个子高大，身材结实，体态优雅，棕头发，蓝眼睛，目光如火，富于变幻而又表达细腻，令人不可抵挡，在道尔塞、弗尔班、乌弗拉尔那类骏马中间，总之在帝国美男子队伍中，也是令人瞩目。他惯于征服女性，在对女人方面抱有督政府时期流行的观念，但为了夫妻之爱，他的风流生涯竟也中断了相当一段时间。

对阿德丽娜来说，男爵一开始便是一个从不可能出差错的神；她的一切全都归功于他：首先是财富，她因此而有了马车，有了府邸，有了当时所能拥有的奢侈排场；然后是幸福，在众人眼里，她有着丈夫的爱；再就是头衔，她是男爵夫人；最后是名望，在巴黎，人们都称她漂亮的于洛太太。此外，她还体面地谢绝了皇上的宠爱，皇上有一次给了她一串钻石项链，对她总是格外青睐，经常问起她："漂亮的于洛太太呢，她总是那么乖吗？"那口气，就像一个大男子，谁要是在他翻了船的地方获得成功，他就会报复谁。

因此，像于洛太太这样纯朴、天真而又漂亮的女人，在对丈夫的爱中掺杂着几分狂热，其原因，无须什么聪明的人就可明察。一开始，她深信自己的丈夫永远不可能有愧于她，之后，面对她的创造者，她又心甘情愿地做一个谦恭、忠诚、盲目的奴仆。

此外，还要说明一点，那就是她天生通情达理，凡是平民百姓出身的，一般都是这样明晓事理，这就使得她的后天教育十分扎实可靠。在社交场上，她很少说什么，从不说谁的坏话，也不想出风头；她对任何事情都深思熟虑，倾听别人的意见，以品行最端正、最有身份的女人为榜样，塑造自己。

一八一五年，于洛按照至交德·维森堡亲王的行动路线，参与组织了那支临时拼凑而成的大军，结果在滑铁卢吃了败仗，决定了拿破仑的最后命运。

一八一六年，于洛男爵成了陆军部长费勒特尔的眼中钉，直到一八二三年才又被召回后勤部门，因为西班牙战争用得着他。

一八三〇年，路易·菲利普招募拿破仑的旧部，于洛又在指挥机关露面，成了陆军部长的四位干将之一。

男爵为波旁家族的小房登台尽了犬马之劳，自路易·菲利普当政以来，他一直是陆军部不可缺少的一位局长。他还荣获了元帅的权杖，所以王上再也没有什么可以赐给他了，除非让他当部长或贵族院议员。

在一八一八至一八二三年间，于洛男爵赋闲在家，转至脂粉队里服役忙碌。对于洛太太来说，她的艾克托尔最早的不忠行为可追溯到帝政的寿终正寝之时。就夫妻这一台戏而言，男爵夫人先后有整整十二年一直担任着 prima donna assoluta①的角色，独占舞台。从古至今，只要做妻子的逆来顺受，甘于她们温柔贤惠的伴侣角色，做丈夫的就会对她们保持年深日久的情爱。因此，男爵夫人始终受到丈夫一如既往的爱。她心里清楚，只要她责怪一声，任何一个情敌都坚持不了两个小时，但是她却闭住眼睛，堵上耳朵，宁愿对丈夫在外面的行为充耳不闻，视而不见。总而言之，她待艾克托尔，就像一个慈母对待娇儿。

在刚刚发生的那场对话的前三年，奥丹丝有一次在杂艺剧院发现她父亲在正厅的一个包厢里陪着贞妮·凯迪娜看戏，不禁惊叫起来："这不是爸爸嘛。"男爵夫人马上回答道："你认错了，我的小天使，你爸爸在元帅府上。"男爵夫人清楚地看见了贞妮·凯迪娜，发现她长得很美，可心里并没有感到异样的痛苦，而是默默地对自己说："艾克托尔这个坏家伙该会很快活。"

不过，她总归还是难过的，暗自在心底里经受着愤怒的折磨；但是，只要一见到艾克托尔，她便会又看到那十二年清纯的幸福，顷刻间失去发作的勇气，哪怕开口说一句埋怨的话。

她多么希望男爵能够以实情相告，但是出于对他的敬重，她从不敢把话挑明，让他明白他的那些荒唐事，她早已知道个一清二楚。这种过度的温情，只有平民出身的漂亮女子才会有，她们知道打不还手；在她们的血管里，还流淌着当殉道者的祖宗遗留下的血液。

---

① 拉丁文，意为"头牌女演员"。

而出身于名门望族的女人，与丈夫们势均力敌，在魔鬼般的报复之心驱动之下，总感到有必要折磨他们，对她们的宽容之举，有必要像台球标分那样，以苛刻的词语说个一清二楚，以保证自己的优势地位，或拥有报复的权利。

奥丹丝

有一人对男爵夫人深为赞赏，那就是她的大伯于洛将军，德高望重的前帝国禁卫军掷弹兵统帅，在他晚年，恐会被授予元帅权杖。

这位老人在一八三〇至一八三四年间，曾任布列塔尼各州所属的战区司令（早在一七九九至一八〇〇年间，他就已在该地区转战，功勋卓著），后回到巴黎在兄弟的不远处住下，一直像父亲一般对弟弟百般照顾。

老兵对弟媳抱有同情心，对她大为赞赏，认为她是最高贵、最圣洁的女性。他一生未娶，因为他一直想有机会遇到一个阿德丽娜第二，可他征战南北，足迹遍布数十个国家，也未能找到。这个老共和党人，一生清白无瑕，无可指摘，拿破仑提到他时曾说："于洛这条正直的汉子是个最死心塌地的共和党人，可他永远都不会背叛我。"为了不辜负老人的这颗心，即使比方才经受的还要残酷的折磨，阿德丽娜也能承受。但是，这个七十二岁的老人经历了数十次战役的磨难，早已心力交瘁，在滑铁卢一战又第二十七次负伤，因此对于阿德丽娜，只能是赞赏，而不是保护。可怜的伯爵一身伤残，除此之外，还要靠一只角状的助听筒才能听清别人说话。

只要于洛·德·埃尔维男爵还是位英俊男子，他的那些风流韵事对家里的财产不会有任何影响；可人一旦年过半百，就得格外注意自己的仪表。人一老，到了这个年纪，爱情就会蜕变成邪恶；其中还会掺杂进荒唐的虚荣心。因此，在这段时期，阿德丽娜发现丈夫对自己的穿戴十分挑剔，简直难以置信，另外，他还染头发，染颊髯，穿胸褡，系腰带。总之，他不惜一切代价，要保持美男子的风度。

对自身仪表的这般注重，以前他曾大加讽刺，以为是个毛病，可如今却将之推到了极致。最终，阿德丽娜发现男爵在情妇身上花的那些钱全都是从她这儿偷流出去的。八年来，偌大的一笔家产便给挥霍得一干二净，弄得两年前小于洛成家时，男爵不得不向夫人招认，家里的全部财产也就他的俸禄了。

"这会把我们弄到哪个地步呀？"阿德丽娜问了一句。

"放心吧，"国务参事回答道，"我的全部薪金都留给您，奥丹丝的陪嫁和我们将来养老的花销，我去做点买卖，都会解决的。"

男爵夫人对丈夫的权势和价值、能力和骨气深信不疑，一时的忧虑也就很快打消了。

男爵夫人何以抱定自己的那些想法，在克勒维尔走后，又为何落泪，其原因现在恐怕已经一清二楚了。

两年来，可怜的女人知道自己已经坠入深渊，但她一直以为落难的只有她一人。儿子的婚事如何操办的，她根本不知底细；艾克托尔和贪婪的若赛花之间的私情，她也一直被蒙在鼓里。总之，她只希望自己的痛苦不要让世上任何人知道。可是，克勒维尔说起男爵的放荡行为来，口气那么放肆，可见艾克托尔的面子迟早要丢尽。老化妆品商恼羞成怒，满嘴污言，从中，男爵夫人隐隐约约地发现了当律师的儿子的婚事是他们串通一气，卑鄙策划的产物。在花天酒地之余，寻欢作乐之时，两个醉醺醺的老头提出了这桩亲事，由那两个堕落的女子做了婚神的女祭司！

"他肯定是把奥丹丝给忘了！"男爵夫人自言自语道，"可他们俩每天都照面，莫非他真要在他的那些荡妇家给她找一个丈夫？"

此时，男爵夫人已经把做妻子的苦楚撇在一边，作为母亲在独自说话，因为这时她看到奥丹丝和贝姨正在那边笑，那是无忧无虑的年轻人疯狂的大笑，但是，她知道，这种神经质的狂笑跟女儿独自在花园漫步时含着泪水想入非非一样，都是可怕的征兆。

奥丹丝长得像她母亲，不同的是，她一头金发，天然的波浪，浓密得出奇。她的肌肤呈螺钿的色泽。从她身上，可以清楚地看到这是一桩正当的婚姻、纯洁高尚的爱情的结晶。她眉目间闪烁着激情，脸上充满欢乐，全身洋溢着青春的气息，生命的活力，健康的体魄绚丽多姿，像电光般光彩照人。奥丹丝确实引人注目。当她那双天真无邪、水汪汪的眼睛落到某个行人身上时，对方准会不由自主地一颤。大凡金发姑娘，乳白色的肌肤总免不了要生几颗雀斑，可奥丹丝却白皙如玉完美无瑕。

她高高的个子，丰满而不肥胖，身材窈窕，举止高洁，可与她母亲相媲美，无愧于古代作家笔下用的女神二字。谁要是在街上遇见奥丹丝，都会禁不住惊叹："我的上帝！美女啊！"可她却真的是那般天真无邪，回家时对母亲说："妈妈，可他们到底是怎么了，你明明跟我在一起，可他们都冲我喊：'美女！'你不是比我更美吗？……"

男爵夫人虽说已经过了四十七岁，可对喜爱夕阳风采的男人来说，确实比她女儿还更惹人爱；因为如女人们所说，她的风韵丝毫不减当年，在巴黎，这可是非常罕见的现象，就如十七世纪的美女妮侬，凭她那不衰的姿色，夺走了丑女人们应得的一份，而引起了公愤。

一想到女儿，男爵夫人马上就又想到了孩子的父亲，她眼看着他一天天慢慢地堕落，陷入社会的泥淖之中，也许有一天会被撵出陆军部。

偶像堕落的念头，加之克勒维尔预言将要发生的隐约可见的灾难，无比残酷地折磨着这位可怜的女人，使她一时失去了知觉，仿佛丢了魂一般。

老处女的性格

贝姨一边跟奥丹丝说话，一边不时地张望，想知道什么时候可以回客厅去；可小外甥女一个劲地缠着她，问个不停，连男爵夫人把落地窗打开时，她都没有注意到。

莉丝贝特·费希比于洛太太小五岁，她是费希兄弟老大的女儿，长得远远不如堂姐那么漂亮，因此对阿德丽娜忌妒得要命。忌妒是构成古怪性格的基础，这"古怪"两字是英国人用来形容名门望族而非小户人家的疯狂癖性的。

这是个名符其实的孚日山区的农家女，瘦削的身材，褐色的皮肤，乌黑闪亮的头发，浓浓的眉毛，像花簇一般连接在一起，胳膊粗而长，双脚厚实，细长的猴子脸上长着几颗黑痣：这就是我们这位老处女的简笔画像。

费希兄弟一家都住在一起，把这位相貌平平的姑娘当作漂亮姑娘的祭品，苦涩的果子成了艳丽的鲜花的陪葬。莉丝贝特在田里干活，而堂姐却受尽了宠爱。就这样，有一天，阿德丽娜独自一人闲待着，莉丝贝特见了竟动手要扯掉她的鼻子——那只上了年纪的女人赞美不已的真正希腊人式的鼻子。

为了这件事，莉丝贝特挨了一顿揍，可她照旧拿得宠的姑娘出气，撕破她的裙子，扯坏她的围领。

等到堂姐成了那门天赐的亲事，莉丝贝特在命运面前低下了头，就如拿破仑的兄弟姐妹拜倒在御座的光芒和统帅的威力前。阿德丽娜无比善良，而且温柔，到巴黎后惦记着莉丝贝特，在一八〇九年前后，把她接到了巴黎，想给她安个家，帮她摆脱苦日子。

但事情并不遂阿德丽娜的心愿，无法很快把这位不会读书、不会写字、黑眼睛、黑眉毛的姑娘嫁出去，男爵只得给她找了个差事，让她去著名的邦斯兄弟经营的、专奉宫廷的刺绣工场学手艺。

被简称为贝特的这位小姨于是做了金银绦带的镶绣女工，她很有一股山里人的蛮劲，横下一条心，学识字，学算术，学写字；因为她的姐夫男爵跟她明说，若要自己开一家刺绣工场，非要会这些本事才行。她一心想要发财：两年之内，她居然真变了一个人样。到了一八一一年，这个乡下姑娘已经变得相当可爱、乖巧、聪明，成了头号刺绣小姐。

叫作金银绦带镶绣的这一行当包括做肩章、穗子、饰带，总之，所有那些在华丽的法国军装和文官礼服上闪闪发光、形形色色的耀眼玩意儿。

拿破仑皇帝完全是酷爱盛装的意大利人脾性，他要所有臣仆的服装都刺金绣银，加之一百三十三个州之广的帝国幅员，所以，供应金银饰绦成了一桩保准赚钱的买卖，一般来说，金银饰绦都供给早已成为巨富的成衣匠，但也有直接供给达官贵人的。

正当邦斯工场里最灵巧的刺绣女工、负责整个工场刺绣工艺的贝姨有了机会可以成家立业的时候，帝国却突然间崩溃了。波旁王族手执和平橄榄枝，令莉丝贝特惊恐不已，她担心绣品买卖大跌价，因为可以经营的市场已不是往日的一百三十三个州，而只剩下八十六个了，另外，军队还要大量裁员。

贝姨被工业界出现的种种机会吓破了胆，竟然拒绝了男爵的主动帮助，男爵以为她疯了。利维先生盘下了邦斯的工场，男爵想让她合伙，可她却跟利维先生吵翻了脸，最后还是当了个普通女工，这证明男爵的想法没有错，她的确是疯了。

那时，费希一家重又陷入了于洛男爵当初帮他们摆脱了的艰难境地。

枫丹白露的那场灭顶之灾毁了费希三兄弟的前程，他们万念俱灰，在一八一五年当了义勇军。大哥，也就是莉丝贝特的父亲，送了命。

阿德丽娜的父亲被一军事法庭判了死刑，他逃到了德国，最后于一八二〇年死于特莱夫。

老三若翰上巴黎求他们家的王后，据说，她用的都是金银餐具，参加聚会时头上、颈上挂满了钻石首饰，那钻石有榛子大小，都是皇上亲赐的。那一年，若翰·费希四十三岁，从于洛男爵手中得到了一万法郎，通过前军需总监在陆军部里那些老朋友的暗中帮助，得到陆军部批准，在凡尔赛镇落脚开了家小小的粮秣行。

家庭不幸，于洛男爵失宠，在人情冷暖、追名逐利，使巴黎变成了人间地狱与天堂的世事纷扰中，贝姨深感自己的渺小，整个儿死了心。

这位姑娘感觉到堂姐在许多方面确实都比她优越，终于断了与她竞争攀比的念头，但是，妒火始终深藏在她的心底；就如瘟疫菌苗，只要一打开硬把它包住的羊毛包袱，它就会出笼，吞噬整个城市。

她经常在心底里想："阿德丽娜和我，我们俩是同一血统，我们的父亲是亲兄弟，可她住花园公馆，而我却住小阁楼。"不过，每年她的生日和元旦，莉丝贝特都能收到男爵夫人和男爵送的礼物；男爵待她特别好，供她冬天取暖用的木柴；老将军于洛每星期都请她吃一次晚饭，堂姐家总备着她的一副刀叉。虽说家里总是拿她取笑，但从不为她感到耻辱。他们最终还给她在巴黎找了个立足的地方，她自由自在地生活着。

的确，这个姑娘害怕任何枷锁。堂姐不是请她住在她府上吗？……可贝特觉得寄人篱下，等于套了个笼头；男爵多少次为她解决婚事的难题，可她一开始有点动心，但一想到自己会受到耻笑，责怪她没有教养、愚昧无知，而且又没有财产，她的心里就打哆嗦，马上就回绝了；要是男爵夫人跟她商量，让她跟她们的小叔一起住，帮他主持家务，免得花很多钱雇个女管家，她又回答说，以这种方式嫁人，那更不行。

贝特思想十分古怪，这在那些脑子很迟才开窍，或想得多说得少的野蛮人身上很常见。由于在刺绣工场听多了闲聊，又总是跟男工和女工打交道，她那只乡下姑娘的聪明脑瓜又染上了几分巴黎人的刻薄。这姑娘的性格跟科西嘉岛人惊人地相似，无端受到强悍的本能的驱使，要是遇到软弱的男人，她是会乐意去保护的。但是，由于在京城生活时间长了，渐渐地改变了她的面目。巴黎的文明侵蚀了她刚强的个性。跟所有命定要过真正的单身生活的人一样，她生来就异常敏感，加之思想又无比尖刻，所以在任何别的环境里，她都会让人觉得可怕。她要是使坏，那世上最和睦的家庭也会被她搅得四分五裂。

刚开始，在她守着内心的秘密，同时抱有几分幻想的那阵子，她曾拿定主意，要穿紧身褡，赶时髦，有一段时间，也确实光采照人，男爵觉得她这下可以嫁得出去了。那时光，莉丝贝特活脱脱一个法国旧小说里惹人喜爱的褐皮肤姑娘。她那撩人的目光、橄榄色的皮肤、芦苇般的身段，让赋闲在家乡的少校军官见了也会怦然心动；但她常笑着对人说，她呀，只是给自己欣赏的。

后来，随着物质生活方面再也没有了任何担忧，她也觉得自己的生活过得很舒心。太阳出来后干一天活，晚饭都在外面吃，只有中饭和房租需要自己开支。穿的有人供，吃的喝的，只要能接受，比如食糖、咖啡、葡萄酒之类，大都有人送。

贝姨就这样一半靠于洛家、一半靠费希叔叔养着过了二十七年，到了一八三七年，她认了命，不再求什么作为，任凭别人怎么随便待她。盛大的晚宴，她主动不去参加，而宁愿跟熟悉的人在一起，这样可以不失自己的价值，免得自尊心受伤害。无论在于洛将军、克勒维尔府上，还是在小于洛、利维家（利维盘了邦斯的刺绣工场，贝姨跟他已经重归于好，他也对她热情相待），或是在男爵夫人家里，她都像是一家人。

再说，她到哪里都善于讨下人们的好，不时赏给他们几个小钱，进主人客厅前，总要跟他们闲聊几句。她无拘无束，跟他们平等相待，又那么亲热，自然博得了下人的好感，而这对吃白食的人来说，是至关重要的。

"这真是个正直善良的好姑娘！"大家都这么说她。

谁也没有过分要求她，可她总是表现得无比殷勤，还装出一副天真的样子，这些都是她处的位子逼出来的。

看到自己处处受人主宰，她最终看透了人生；为了讨好所有的人，她跟年轻人一块儿嬉笑打闹，使出向来能迷惑年轻人的那一套，对他们花言巧语，逗他们开心；她还经常揣摩他们的心思欲望，投其所好，主动当他们的代言人。在他们眼里，她就像是个可以袒露胸怀的知心朋友，因为她没有权利责怪他们什么。她为人绝对小心谨慎，赢得了成年人的信任，再说，她确实也和妮侬一样，具有男人的某些品格。

一般来说，人们吐露内心秘密往往是对下而不是对上。凡干什么秘密的事情，更多地是利用下级，而非上司；下级于是成了我们秘密计划的同谋，参与策划讨论。然而，当初黎塞留刚有权利列席枢密院会议，便误以为自己已经到了登峰造极的地步。

大家都觉得贝特这个可怜的姑娘整个儿被捏在别人的手心里，似乎只配当个哑巴。她本人也戏称自己是全家的忏悔座。

家里唯独男爵夫人保持着某种戒心，因为堂妹年纪小几岁，但长得更结实，小时吃过她不少苦头。再说，出于廉耻之心，家里的那些苦楚，她也只会跟上帝诉说。

这里，也许还有必要说明一点：在贝姨眼里，男爵夫人的家依旧保持着昔日的光彩，不像发了迹的旧化妆品商已经吃惊地看到了写在破损的沙发、发黑的帷幔和满是窟窿的绸布上的穷酸两字。人看家具，就像看我们自己一样。因为天天都对着镜子，所以必然会像男爵那样，觉得自己变化不大，还年轻呢，可别人却清楚地看到我们头上已经生出毛丝鼠皮毛般的花发，额间已经刻上一道道波形的皱纹，腹部已经鼓得像个硕大的南瓜。对贝姨来说，这座房子始终闪耀着欢庆帝国胜利的孟加拉吊灯，因此永远光彩四溢。

随着时间的推移，贝特染上了老处女的癖性，相当古怪。

比如，她不是自己去适应服饰流行的式样，而是要它反过来迎合她的习惯，屈服于她那始终落后的怪癖。要是男爵夫人给她一顶漂亮的新式帽子，一件按时兴的式样裁剪的裙子，贝姨回到家后马上会按照自己的方式重新加工，弄得不三不四，带点帝政时代的款式，又带有洛林地区古代服装的样子。价值三十法郎的帽子被糟蹋成一团抹布，好好的裙子变成了破烂。

在这方面，贝姨倔强得像头骡子；她一心只是要让自己高兴，而且还觉得这副装束很迷人，但是，衣服经她一改装，虽说配她倒也协调，因为从头到脚，她十足一个老处女的样子，但那种穿戴确实显得她怪里怪气，弄得人家再有好心，也不能让她在喜庆的日子上门。

这位姑娘性格倔强、任性、不受束缚，有股说不清的野性，男爵先后四次给她提亲（一个是他所在机关的职员，一个是少校，一个是食品供应商，还有一个是退休上尉），后又介绍了一个发了财的绦带商，她全都拒绝了，为此，男爵笑着送给了她一个绰号，叫作“山羊”。不过，这个绰号只适用于浮在表面的那些怪脾性，在交际场上，我们相互之间都会摆出多变的面孔。若仔细观察，可发现这个姑娘有着乡下人凶狠的一面，她本性不改，始终还是想扯掉堂姐鼻子的那个女孩，要不是她变得有了点理智，一旦嫉妒心发作起来，说不定会把她堂姐杀了。乡下人和野蛮人有种天性，一有感觉，往往很快就下手，贝姨多亏知道了法律，看清了世道，才克制了这种天性。

自然人与文明人的差别恐怕也就在于此。野蛮人只有情感，而文明人有情感也有思想，因此，野蛮人的脑子里很少会留下什么印象，完全为情感所左右，文明人则用思想改变情感；后者为百事分神，为多种情感所牵制，前者则从不分心，只有一个死念头。小孩子有时胜过做父母的一筹，原因也就在此，但只要欲望一满足，小孩子的优势也就消失了；在近乎自然的人身上，这种因素是始终存在的。

贝姨，这个带有几分奸诈的洛林野姑娘，就属于这类野蛮人的性格，在平民百姓身上，这种性格要比人们想象的更普遍，人民大众在革命中的行为，也许可由此得到解释。

在此剧开场的那个时期，若在穿着方面贝姨愿意顺应时尚，像巴黎女郎一样，习惯于什么新潮穿什么，那她的模样不会差，可以被人接受；可是她就像一根长木棍子，不会拐弯。然而，在巴黎，不风雅，就不成其为女人。贝姨那一头黑发、两只冷隽但漂亮的眼睛，线条硬直的脸庞，意大利卡拉布里亚人般干枯的肤色，俨然一个乔托画中的人物，一个真正的巴黎女郎准会加以利用，但贝姨始终一身稀奇古怪的打扮，模样儿怪极了，有时就像是萨瓦州的小孩牵着闲逛、被打扮成女人的猴子。

由于她住的几个亲戚家里对她都很熟悉，她的社交活动也只限于这个小圈子，加之她又喜欢待在家里，所以，她的那些怪癖，谁也没觉得有多怪，至于到了巴黎街头，人来人往，只有漂亮的女人才有人看，那就丝毫显不出怪了。

贝特的心上人

此时，奥丹丝正笑得开心，因为她终于击败了贝姨的固执，刚刚从她嘴里套出了三年来一直逼她招认的心事。

不管一个老处女怎么掩饰自己，但总有一种情感最终会迫使她打破沉默，那就是虚荣心。

三年来，在某些事上变得异常好奇的奥丹丝总是缠着贝姨，刨根问底，话中带着绝对的天真：她只是想知道贝姨为何没有结婚。

先后五次提亲遭贝姨拒绝的事，奥丹丝了解得一清二楚，她借此推断，个中定有浪漫的故事，认为贝姨心中另有所爱，因此爆发了一场玩笑战。

每次说到自己和贝姨，奥丹丝总说："咱们这些小辈的姑娘啊！"有好几次，贝姨以打趣的口吻回答说："谁告诉您我没有心上人？"贝姨的心上人，不管是真是假，反正成了一个不伤和气的笑柄。

这场小小的玩笑战持续了两年，上一次贝姨到这儿来时，奥丹丝见面第一句话就问：

"你的心上人怎么样了？"

"还好，"贝姨回答说，"他身体有点不舒服，可怜的小伙子。"

"啊？他很娇弱？"男爵夫人笑着问。

"我想是的，他一头黄发……像我这样一个黑皮肤姑娘，只能爱上一个黄头发的男子，那种月亮的黄色。"

"那他人怎么样？做什么的？"奥丹丝问，"是个王子吧？"

"是个铁锤王子，就像我是个线筒王后。像我这种可怜的姑娘，谁要是街上有大宅，手头有公债，或者大公、爵爷，你的那些童话中迷人的王子什么的，能爱上我吗？"

"噢！我很想见见他……"奥丹丝嫣然一笑，高声道。

"想知道一个会爱上老山羊的人长得是什么模样？"贝姨反问了一句。

"准是个怪物，一个留着山羊胡的老公务员？"奥丹丝看着她母亲说道。

"噢，你这就错了，小姐。"

"可你真有个心上人？"奥丹丝一脸得意的神气，问道。

"真的，就像你没有心上人一样千真万确！"贝姨一副生气的样子，回答道。

"那好！可是，贝特，既然你有心上人，为什么不嫁给他？……"男爵夫人朝女儿使了个眼色，追问道，"都说了他三年了，你有足够的时间，早就把他琢磨了个透，要是他还对你忠心耿耿的话，你真不该这样拖下去，让他活受罪。再说，这也是个良心问题，要是他还年轻，也该尽快找个伴，老来好有个依靠。"

贝姨眼睛直盯着男爵夫人，见她在笑，连忙回答道："那岂不是嫁给了饥饿与干渴；他是个打工的，我也是，要是我们有了孩子，他们长大了还是打工……不，不，我们只是心里相爱……这样代价要小些！"

"可你为什么藏着他呢？"奥丹丝问。

"他是穿工装的呀。"老处女笑着回了一句。

"那你爱他吗？"男爵夫人问道。

"啊！我想是的！这个小天使，我就爱他这个人。四年来，我心中一直爱着他。"

"哎呀！既然你爱他这个人，"男爵夫人神情严肃地说，"要是他真存在，那你对他就有罪了。你不知道什么叫爱。"

"我们一生下来就知道这档子事！……"贝姨回答道。

"不，有些女人是在爱，但尽考虑自己的利益，你就是这种女人！……"

贝姨垂下了脑袋，那目光谁要是碰见了，准会打战，可她只看

40

着线筒。

"把你那个所谓的心上人介绍给我们吧，艾克托尔也许会帮他找个位子，给他个发财的机遇。"

"这不可能。"贝姨说。

"为什么？"

"他是个波兰人，一个逃亡犯……"

"是个谋反者……"奥丹丝喊叫起来，"你真有福气！……他有过不少冒险经历吧？……"

"他曾为波兰打过仗。他原来在中学教书，学生们全都起来造反，由于他是君士坦丁大公派去的，所以也就没有赦免的希望了……"

"教什么的？"

"美术！……"

"他是起义失败后逃到巴黎的吧？……"

"是在一八三三年，他徒步走过了德国……"

"可怜的年轻人！他多大了？……"

"起义时刚刚二十四，今年二十九岁……"

"那比你小十五岁。"男爵夫人说道。

"他靠什么生活？……"奥丹丝问道。

"靠他的才华……"

"啊！他还教课？……"

"不，"贝姨回答说，"是别人教他，教得才凶呢！……"

"他的名字呢，漂亮吗？……"

"叫万塞斯拉斯！"

"老姑娘们都有非凡的想象力！"男爵夫人高声道，"看你说话的样子，谁都会信以为真的，莉丝贝特。"

"妈妈，难道你不明白那是个靠鞭子打出来的波兰人，贝特是要他再尝尝他家乡的那种好滋味呢。"

说着，三个人一起大笑起来，奥丹丝高声唱起"万塞斯拉斯，我心中的偶像！”，而不是人人皆知的"啊，玛蒂尔德……"那段唱。

这一唱，她们就像是休战，一时不再斗嘴。

"这些小姑娘啊，"等奥丹丝又回到贝姨身边，贝姨望着她，说道，"好像天底下只能爱她们。"

"喂，"等到只剩下她自己跟贝姨在一起时，奥丹丝说道，"要是你能给我证明万塞斯拉斯不是个conte（童话），那我就把这条黄开司米披肩送给你。"

"可他是个comte（伯爵）！……"

"所有的波兰人都是伯爵吧！"

"可他不是波兰人，他是立……沃……立……"

"立陶宛人？……"

"不是……"

"利沃尼亚人？……"

"就是！"

"他姓什么？"

"呃，我想知道你能不能守住秘密……"

"噢！小姨，我死也不吭一声……"

"像鱼一样！……"

"你担保永世不说？"

"永世不说！"

"不，能以你在这世上的幸福作担保？"

"能。"

"那好！他叫万塞斯拉斯·斯坦勃克伯爵。"

"查理十二世手下有个将军叫这个姓名。"

"那是他的伯祖！瑞典国王死后，他父亲搬到了利沃尼亚，可他在一八一二年那次战役中失去了整个家产，后来死了，留下了一个可怜的孩子，只有八岁，什么也没有。看在斯坦勃克这个姓氏的分上，君士坦丁大公收留了他，给他保护，送他进了学校……"

"我不反悔，"奥丹丝又说，"给我一个证据，证明他确实存在，我就把这条黄披肩给你！啊！这颜色就配黑皮肤。"

"你一定给我保密？"

"到时我一定把自己的秘密也告诉你。"

"那好！我下一次来，一定给你证据。"

"可那个心上人，才叫证据。"奥丹丝说。

老姑娘和年轻姑娘之间

打从她到巴黎后，贝姨就迷上了开司米，一想到就要得到这条黄色的开司米披肩，心里像醉了一般。这条披肩是在一八〇八年由男爵送给他夫人的，后又在一八三〇年，根据某些家族的习惯，由母亲传给了女儿。

十年来，披肩已经用得很旧了；可它面料精贵，又总是珍藏在一只檀香木盒里，所以，在老姑娘的眼里，就像男爵夫人府上的家具，始终是崭新的。这一天，贝姨在手提包里带来了一件准备在男爵夫人过生日时送给她的礼物，她觉得，凭这件东西，足以证明那个神奇的心上人的存在。

这件礼物是一方银印，上面刻着三个背靠背，手托圆球，被草叶簇拥着的人物。这三个人物分别代表信仰、希望和慈善。他们脚踏正在相互厮杀的魔鬼，魔鬼中间扭动着一条象征性的毒蛇。若在一八四六年，当德·弗法小姐、瓦格纳兄弟、让纳斯特兄弟、弗洛曼－墨利斯兄弟以及像利埃纳那样的木雕大师，将班维尼托·切利尼的雕刻艺术大大推进了一步之后，这件杰作恐怕就不足为奇了；可在当时，当贝姨亮出这件宝贝，跟一个对珠宝古玩非常内行的女孩子说："瞧瞧，你看这怎么样？"那女孩子见了，把玩良久，简直惊得说不出话来。

论线条、褶裥和形态，这三个人物当属拉斐尔画派；但就雕工而言，则让人想到由多那太罗兄弟、布鲁内莱斯基、吉贝尔蒂、班维尼托·切利尼及让·德·布洛涅等大师创立的佛罗伦萨铜雕派。在法国，文艺复兴所创造的魔鬼形象，并不比象征恶欲的魔鬼更怪诞多变。棕榈、蕨草、灯芯草和芦苇簇拥着三个人物，那种效果、情趣和布局，令行家也望尘莫及。一条饰带将三个头像串在一起，头与头之间留出了底面，上面可见一个"万"字、一头羚羊和"fecit"（制）一词。

"这是谁雕的？"奥丹丝问。

"噢！是我心上人，"贝特回答道，"足足花了十个月的工夫；我不得不绣穗子多赚足点钱……他对我说，斯坦勃克在德语中的意思是悬崖之兽，或者就叫羚羊。他准备就用这个词签他的作品……啊！这下你的披肩归我了……"

"为什么？"

"我能买得起这样一件宝物吗？是定做的吗？不可能；那肯定是送给我的。可谁又能送这么贵重的礼品呢？只有心上人！"

奥丹丝故意掩饰自己的惊奇，要是被莉丝贝特·费希看穿了，那对方准会大吃一惊。尽管奥丹丝像所有天生爱美的人一样，见到一件完美无瑕、无可挑剔、令人意想不到的杰作，会禁不住怦然心动，但还是尽量控制住自己，没有表示出任何赞赏之情。

"我的天哪，"她说，"真挺美的。"

"是的，是美，"老姑娘接过话说道，"可我更喜欢一条橘黄色的开司米披肩。噢！我可爱的小姑娘，我的那位心上人把所有的时间都花在了这类东西上。自从他到巴黎以后，已有三四年时间了，他尽做这类愚蠢的小玩意儿，这就是他四个春秋学习和苦干得到的成果。他四处拜人为师，到熔铜匠、模具师和珠宝匠家当学徒……哎！花了几千几百的钱。先生告诉我，要不了几个月，他就要成名，赚大钱了……"

"可你跟他见面吗？"

"当然！你以为这是个神话？我虽然像说笑话，但跟你说的全是实情。"

"那他爱你吗？"奥丹丝急忙追问道。

"他太爱我了！"贝姨神情严肃地回答说，"你知道，我的小宝贝，他从前认识的女人，一个个都是苍白的脸色，没有一点儿光彩，因为她们都是北方长大的；像我这样一个姑娘，褐色的皮肤，苗条的身段，而且又年轻，自然暖了他的心。噢，千万保密！你给我许过诺的。"

"他呀，下场准跟前五位一个样。"年轻的姑娘眼睛望着银印，一副挖苦的神态，说道。

"是前六位，小姐，我在洛林还甩了一个，他到今天还会为了我去摘天上的月亮呢。"

"这一位更强，"奥丹丝说，"他给你带来太阳。"

"可太阳能到哪里去兑钱用呢？"贝姨反问道，"得有很多的地才能沾到太阳的光。"

就这样你一言我一语，她们在不停取笑，可以想象，取笑之后便是打闹，爆发出阵阵嬉笑声，男爵夫人听了，便想起女儿以后的前途。可眼下，女儿处在她这个年纪，只知道尽情欢笑，相比之下，男爵夫人倍感忧伤。

"肯把花了六个月心血的宝物送给你，他该欠你很多的情吧？"奥丹丝被这宝物勾起了心思，问道。

"啊！你呀，一次就什么都要弄个明白，太过分了！"贝姨回答道，"可你听着……噢，我要让你当一个同谋。"

"跟你心上人吗？"

"啊！你是非想见到他不可！可是，你要明白像你贝姨这样一个老姑娘，能把一个心上人留住五年，肯定会把他藏好的……你还是让我们清静一会儿吧。我这个人呀，你知道，我身边没有小猫，没有金丝雀，没有狗，也没有鹦鹉；像我这样一只老山羊，总也得有个小东西好爱一爱，烦一烦吧；哎！所以……我就给自己找了个波兰人。"

"他留着胡须吗？"

"有这么长。"贝姨指了指缠着金线的梭子，回答道。

每次上别人家，她总带着身边的活，边做边等着开饭。

"你要是一个劲地总缠着我，那你什么也别想知道，"她继续说道，"你才二十二岁，我都四十二，甚至都四十三了，可你比我还唠叨。"

"我听着，做个木头人就是了。"奥丹丝说。

"我的心上人做了一组铜雕像，有十英寸高，"贝姨继续说道，"表现的是参孙杀壮狮，他把铜雕埋到地底下，让它发出铜绿，那样子看上去让人觉得雕像与参孙一样古老。这件杰作放在一家古董铺里展出，那些铺子都集中在卡鲁塞尔广场，离我家很近。你父亲认识农商部部长博比诺先生，还有德·拉斯蒂涅克伯爵，好像他们那些大人物都喜欢这种雕刻玩意儿，对我们绣的穗子看不上眼，要是你父亲能跟他们谈起这组雕像，就好像他路过时偶然发现的一件精美的古董，他们若能来买，哪怕来仔细瞧瞧这块骗人的破铜，那我的心上人就要发大财了。可怜的小伙子，他还断言，别人准会把这种愚蠢的小玩意当作古董，花大价钱买下来。要是碰巧哪位部长买了这组铜雕，那他就会找上门去，自我介绍，证明铜雕出自他的手，这样一来，他就会得到喝彩！噢！他自认为已经有了名声，这个年轻的小伙子，傲气十足，就像是新封的两个伯爵。"

"是把米开朗琪罗的花样翻了个新；不过，对一个心上人来说，他倒没有昏了头脑……"奥丹丝说，"他想要什么价？"

"一千五百法郎！……少了这个价，古董商不会出手，因为他还得拿一份佣金。"

"我爸爸现在是国王的特派员，他每天都要到国会见那两位部长，这事包在我身上，他会去办的。斯坦勃克伯爵夫人，您这下要发大财了！"

"不，我的心上人太懒了，有时一连几个星期他都在摆弄那点红蜡泥，没有一点儿进展。哎呀！他整天待在卢浮宫、国家图书馆，盯着那些铜版画，照着样子描。真是个不务正业的家伙。"

就这样，姨母与外甥女继续取笑打闹。

奥丹丝的笑就像强装的笑，因为此刻，她心中涌起了一股所有年轻的姑娘都感受过的爱，那是对一个素未谋面的男子的爱，是一种处于模糊状态的爱，爱的心绪围绕着一个偶然闪现的形象而化成现实，宛若霜花粘住了被风吹挂在窗棂上的细麦秆。

十个月来，她把姨母的那个神话似的心上人化成了一个现实的人物，道理很简单，因为她跟母亲一样，认定姨母这辈子是要独身到底了；而一个星期以来，这个幽灵变成了万塞斯拉斯·斯坦勃克伯爵，梦想生出了现实，云雾结成了一个三十岁的年轻人。

奥丹丝手里捧着的那方银印，有着护身符一般的威力，仿佛天神报喜，一道金光，天才凌空出世。她感到无比幸福，不禁生出疑虑，不相信这个童话会是故事；她的血液在沸腾，像个疯子般地狂笑起来，想让姨母落入她的圈套。

艾克托尔·于洛·德·埃尔维男爵先生

"我好像觉得客厅的门已经开了，"贝姨说道，"我们去看看克勒维尔先生是不是已经走了……"

"妈妈这两天总是愁眉不展，谈的那桩亲事十有八九是吹了……"

"嗨！这事总能补救的，我可以告诉你，那头是大法院的一个法官。你愿意当院长太太吗？行，要是这事取决于克勒维尔，那他一定会跟我透点口风的，我明天就能知道有没有希望！……"

"姨妈，把银印留给我吧，"奥丹丝请求说，"我决不让别人看……妈妈的生日还有一个月呢，等到那天早上，我再给你……"

"不行，还给我……还要配个盒子。"

"可我要把它给我爸爸看看，以便他跟部长说的时候有个依据，上层的人不应该随便出主意的。"奥丹丝说。

"噢！那好，可千万别给你母亲看，我只求你做到这一点。因为要是她知道我真有个心上人，会讥笑我的……"

"我答应你。"

姨母和外甥女走到小客厅门口，这时男爵夫人刚刚昏了过去，奥丹丝连忙呼唤，一声便把母亲唤醒了过来。贝特急着去找嗅盐。等她回来时，看见女儿和母亲互相抱在一起，做母亲的在安慰女儿，叫她别担心，对她说："没什么，只是一时精神紧张。瞧，是你父亲回来了。"男爵夫人听出了男爵打铃的方式，补了一句，"这事千万别跟他说。"

阿德丽娜站起身，去迎丈夫，想把他领到花园去，在晚饭之前，跟他谈谈那件告吹的亲事，听他说说对女儿的前程有何打算，尽量给她出个主意。

艾克托尔·于洛男爵一身议员的打扮，带有拿破仑的遗风，因为从他那军人的气派，金纽扣一直扣到脖颈的蓝装，黑塔夫绸的领带，以及在紧急情况下发号施令，说一不二惯了的霸道架势，不难看出这类帝政时代遗老（对帝国忠心耿耿的旧人）的派头。

在男爵身上，必须承认，一点儿也感觉不到老气：他眼力还是那么好，看书根本用不着戴眼镜，椭圆形的脸，很漂亮，留着颊髯，可惜太黑了点，脸色红润，一条条大理石斑纹般的红筋，说明他是多血质的性格；腹部紧束着腰带，如布里亚－撒沃兰所说的那样，显得威风凛凛。贵族的威严派头和亲切的姿态兼而有之，给这个放浪之徒陡添了迷人的外表，多少次克勒维尔曾跟他一起花天酒地，寻欢作乐。他就属于那种见了漂亮女人眼睛就发亮的男人，对所有的美女，哪怕是从身边走过，一生不可能再见到面的，都一无例外地要送上一个媚笑。

"你发言了吗，我的朋友？"阿德丽娜见他愁眉不展的样子，开口问道。

"没有，"艾克托尔回答说，"可我听他们讲了整整两个小时，还没表决，脑子都昏了。他们像在舌战，说起话来好似骑兵冲锋，却击不退敌人！现在是把空话当行动了，这对那些习惯行军的人来说，可真没有意思，跟元帅告别时，我就是这么跟他说的。哎，在部长席上待得实在太烦了，让我们在这儿好好开开心……你好哇，山羊，你好，我的小山羊！"

说着，他搂住女儿的脖颈，又是亲吻，又是逗乐，然后抱她坐在自己的膝上，让她的脑袋依偎在他的肩头，感觉到她那美丽的金发贴在他的脸上。

"他都烦死了，都累坏了，"于洛太太心里想，"我还要再去烦他，再等等吧。""你今天晚上留在家跟我们在一起吗？……"她开口高声问道。

"不，我的孩子们。我吃过晚饭就离开你们出门去，今天如果不是山羊、孩子们和我大哥一起聚餐的日子，我都不会回来的……"

男爵夫人拿起报纸，看了看剧目，又放下了，她看到在歌剧一栏上写着《魔鬼罗伯尔》一剧。六个月前，意大利人歌剧院把若赛花让给了法兰西歌剧院，眼下她正在演阿丽丝一角。男爵夫人的这些动作没有逃过男爵的眼睛，他紧紧地盯着夫人看。阿德丽娜垂下眼睛，出门走进花园，男爵紧跟着也出了门。

"喂，出什么事了，阿德丽娜？"男爵搂住夫人的腰，拉到自己身边，紧紧地抱着，问道，"你不知道我爱你胜过……"

"胜过贞妮·凯迪娜和若赛花？"她不留情面地打断了他的话。

"这都是谁跟你说的？"男爵松开夫人，往后退了两步，问道。

"有人给我写了一封匿名信，我烧掉了，信上对我说，我的朋友，奥丹丝的婚事是因为我们家拮据的处境才告吹的。我亲爱的艾克托尔，你妻子永远不会多说一句话，你跟贞妮·凯迪娜的风流事，她都清楚，可她埋怨过吗？但是，作为奥丹丝的母亲，她要对你实话相告……"

于洛一时缄口不语，这对他妻子来说实在太可怕了，她的心脏怦怦直跳，声音清晰可辨。沉默之后，于洛松开交叉的双手，一把拉住她，把她紧紧地贴在自己的心口，亲了亲她的额头，满怀激情，声音有力地对她说道：

"阿德丽娜，你是个天使，我是条可怜虫……"

"不！不！"男爵夫人一边回答，一边急忙用手捂住先生的嘴巴，不让他再责备自己。

"是的，眼下，我是没有一个钱给奥丹丝，我很不幸；可是，既然你给我打开了心扉，我就可以把憋在我心头的苦水向你倾吐了……你叔叔费希目前处境困难，也是我给他造成的，他代我签了两万五千法郎的借据！可这全都是为了一个欺骗我的女人，她背后取笑我，叫我染色的老公猫！噢！……染上了恶癖，花掉的钱比养好一个家还要多，真是作孽！……可一旦染上了，就不可抵挡……我现在完全可以给你许诺，从此再也不上那个可恶的犹太女人家，可要是她给我个字条，我照样还会去，就像在拿破仑时代，马上就上火线。"

"你别折磨自己，艾克托尔，"可怜的女人绝望地说，一看见丈夫眼中淌着泪水，就把女儿的事给忘了。"瞧！我还有钻石呢，先救我叔父要紧！"

"你的这些钻石如今勉强只值两万法郎。这还不够抵费希老爹的债。还是留着给奥丹丝吧，我明天就去找元帅。"

"可怜的朋友！"男爵夫人叹息道，一边捧起艾克托尔的双手，亲吻着。

就这么几句埋怨的话。阿德丽娜献出了自己的钻石，做父亲的把它给了奥丹丝，她觉得这一举动是多么崇高，但却无力作出反应。

"他是主人，他完全可以拿走这儿的一切，但却给我留下了我的钻石，真是一个上帝。"

这就是这位女人的内心想法，自然，凭她的温柔，比起凭嫉妒愤怒的女人来，她得到的要更多。

伦理家也不会否认，一般来说，有教养但恶癖缠身的人比起正人君子来，要可爱得多；由于他们迟早要赎罪，需要先祈求别人的宽容，对他们的判官的缺点不过分挑剔，于是，在别人的眼里，他们反成了大好人。

尽管正人君子中不乏可爱的角色，但道德之神自以为已经相当美丽，用不着再花费什么来装扮自己；再说，真正的正人君子，当然不包括伪君子在内，几乎无一例外，都对自己所处的环境抱有疑心；他们以为在人生的大交易场上总是上当受骗，常常像自命怀才不遇的那种人一样，说起话来尖酸刻薄.

就这样，男爵为自己毁了这个家而感到内疚，于是对他的妻子、儿女和贝姨施展出一切才能，极尽讨好之能事。

儿子和塞莱斯蒂娜·克勒维尔进了屋，男爵见儿媳妇在喂小于洛，便去讨好她，对她大加恭维，可塞莱斯蒂娜的虚荣心还不习惯这种好话，因为有钱人的女儿还从来没有这么庸俗，这么贱的。

祖父抱起小孙子，一个劲地亲，觉得他那么迷人，那么可爱；他像奶妈似的跟孙子咿咿呀呀地说着，预言这个胖小子将来一定比他还伟大，又顺口恭维了儿子于洛几句，然后把孩子递给了肥胖的诺曼底女人，由她抱着。

　　塞莱斯蒂娜跟男爵夫人交换了个眼色，那意思是说："多么和蔼可亲的人啊！"确实，面对父亲的攻击，她总是护着公公。

　　扮演了一番可爱的公公和甜蜜的爷爷的角色之后，男爵把儿子带到花园，就上午在众议院突然出现的微妙形势，发表了一番鞭辟入里的见解，开导他应采取何种对策。他的见解之深刻，令年轻的律师佩服得五体投地，加之他那亲切的口吻，尤其是他那副表示尊重的态度，仿佛从此之后要与儿子平等相待，更令小于洛感动不已。

　　小于洛先生完全是一八三〇年革命造就的那一代青年：脑子里灌满了政治，看重的是将来指望得到的遗产，但却装出一副庄重的外表，对别人得到的功名，他嫉妒不已，一开口全是废话，听不到深刻的词句，全无法国人谈吐的珠玑，但却派头十足，把傲慢当作尊严。

　　这种人就像是装着古代法国人的活动棺材。法国人有时会按捺不住，朝英国人式的面子端上几脚，但野心却阻挡了他，于是他甘心在里面闷着。我们的这个棺材式的人物也始终是一身黑衣。

　　"啊！我大哥来了！"于洛男爵走到门前，去迎伯爵。

　　伯爵很有可能要接已故的蒙特科纳元帅的班，拥抱之后，男爵挽起他的胳膊，表现得又亲热，又恭敬，领着他往里走。

　　这位法兰西贵族院议员，因为耳聋，用不着出席贵族院会议，他一颗漂亮的脑袋，因久经风霜而变得冷静，灰白的头发还相当浓密，显出被帽子压过的印子。他个子矮小，粗短，干瘪，但老当益壮，精神爽朗，浑身有使不完的精力，但却闲着，只能在阅读和散步中消磨时光。从他白白的面孔，自然的举止和正经、明智的谈话，可以看得出他性情温和。他从不谈论战争或哪次战役；他知道自己已经非常伟大，根本用不着再去炫耀。

不管在哪家沙龙里，他总是限于自己的角色，不断地观察女人们的欲望。

　　"你们都挺开心的。"看到男爵跟家人在一起，一小家人显得热热闹闹的，伯爵开口说道。可发现弟媳的脸上留着忧愁的印迹，他连忙补上一句："可奥丹丝还没有结婚呢。"

　　"这事为时过早。"贝姨凑近他的耳朵高声道，声音大得吓人。

　　"您倒很好，一颗永远都不想开花的坏种子！"伯爵笑着回答说。

　　福兹海姆战役的老英雄相当喜欢贝姨，因为两人之间有不少相似之处。

　　他平民出身，没有受过教育，全凭勇敢立下了赫赫战功，以通情达理来充当才气。他为人诚实，双手清白，过着光彩而美好的晚年生活，在家人中间，有着他所需要的一切的爱，对弟弟那些还是偷偷摸摸的风流事，他连想都没有想到过。

　　谁也没有像他那样尽情地享受着这天伦之乐，一家人团聚在一起，从不挑起不和的话题，兄弟姐妹之间热热闹闹的，塞莱斯蒂娜一进门也就被当作家里人看待。为此，正直可爱的于洛伯爵还不时问起，为什么克勒维尔不上门来。

　　"我父亲在乡下！"塞莱斯蒂娜经常大声地这样回答他。这一次，大家告诉他老化妆品商出外旅行去了。

　　家人的团聚是实实在在的，于洛太太不禁暗自思忖："这是最可靠的幸福，有谁能够把它从我们手中夺走？"

　　看到他宠爱的阿德丽娜受到男爵的百般照顾，老将军开起了玩笑，弄得男爵担心落人笑柄，转而对儿媳妇大献殷勤，最近几次家人聚餐，儿媳妇成了他奉承和照顾的对象，因为他指望通过儿媳妇让克勒维尔老头再上门来，以消除前嫌。

　　不管是谁见到这家中的情景，都很难相信父亲已经陷入困境，母亲绝望无援，儿子对父亲的前程无比担心，而女儿则一心想要把她姨妈的心上人偷到手。

卢浮宫

晚七时，男爵见大哥、儿子、夫人和奥丹丝忙着一起玩惠斯特牌，便出门上歌剧院给他的情人捧场去了，顺路带上了家住在杜瓦伊纳街的贝姨，她总借口她居住的那个地区太偏僻，见不到人影，每次吃过晚饭就要回家。

凡是巴黎人都会承认，老姑娘谨慎处事，是有道理的。

沿着旧卢浮宫，有一片破房子，那实在是法国人惯用的伎俩，故意违反常理，以便让欧洲人放心，别以为他们有多么聪明，用不着害怕他们。也许在这背后，有着我们不知的某种政治方面的宏图大略呢。

对巴黎这一角落的现状作一番描写，自然不是什么离题的插曲，因为不久之后这番情景恐怕就难以想象了；我们的侄儿辈见了卢浮宫竣工之后的新貌，岂肯相信，在巴黎的心脏地带，在近三十六年来，先后三个朝代用以接待法国和欧洲的精英名流的王宫对面，竟会有那么不堪入目的景象，而且还整整拖了三十六个年头。

从通往卡鲁塞尔阅兵场石桥的拱顶狭廊，到博物馆街，谁要是来到巴黎，哪怕只短暂地逗留几天，都会发现这段路上有十来座房子，门面破败不堪，房主们早已泄了气，谁也不再去修缮，当初拿破仑下决心要完成卢浮宫工程，这个老区先后都拆了，就剩下了这十来间。杜瓦伊纳街和杜瓦伊纳巷，是这片灰暗、冷清的破房屋中间的两条通道，里面的住户十有八九是幽灵，因为从来见不到一个人影。路面比博物馆街的马道要低得多，与弗洛瓦芒托街处在一个水平线上。由于广场位置很高，这些房子几乎被埋在地底，整个儿被笼罩在卢浮宫高大的长廊投下的阴影中，永远不见天日，朝北的这一边，被风吹得黑乎乎一片。阴森，死寂，冷飕飕的风，加之深陷下去的街面，如同洞穴一般，使这一座座房屋成了埋葬死尸的地下室，成了活人的坟墓。

当人们乘马车经过这死气沉沉、拆剩下来的半个街区，朝杜瓦伊纳小街的深处瞧上一眼，灵魂就会嗖地发冷，心想有谁会住在这种鬼地方，一到了夜里，当小街变成了杀人抢劫的场所，巴黎的恶棍披上黑夜的伪装，胡作非为的时刻，这里该会发生什么事情？

这问题本身就已经十分可怕，可要是看看这些所谓的房子的四周，就更吓人了。相连的黎塞留街那一头，是一片沼泽地；杜伊勒利宫方向，街面上是白花花的一片海洋；长廊的一侧，是阴森森的小园子和木板屋；旧卢浮宫一边，则是大石头碎瓦砾的荒滩。

亨利三世和他那帮在寻找短裤的风流宠臣，还有玛格丽特的那些在寻找脑袋的情人该会来到这片不见人影的地方，在月光下狂跳萨拉班德舞，这里有座小教堂的拱门还傲然耸立，仿佛在证明天主教在法兰西具有无比的生命力，历尽劫难仍旧不灭。

近四十年来，卢浮宫通过这一个个开膛的墙窟窿、大敞的窗洞在高声呼喊：把我脸上的这些黑疤挖掉吧！然而，恐怕大家都明白这个杀人抢劫的地方自有用处，也觉得有必要在巴黎的心脏留下贫穷与辉煌亲密相处的象征，突出这座国都之国都的特点。或许正因为这一点，这些导致正统派报纸病入膏肓的寒气逼人的废墟，博物馆街上污秽不堪的木屋和四周小贩们摆摊用的那些长条木板，比那三个朝代的寿命更长，更红火！

这些迟早要拆掉的房屋租金比较低，早在一八二三年，贝姨就被吸引到这儿居住，尽管地方荒僻，迫使她天黑之前就得告辞赶回家。不过，她急着往回赶与她在乡村养成的习惯相关，乡村人日出而作，日落而息，这给他们在照明和取暖方面省下一大笔开支。打从康巴塞莱丝那座著名的公馆拆掉后，后面的一些房子终于又看到了以前被挡住的广场，贝姨就住在其中的一座房子里。

美妇遇色鬼，傻瓜迎骗子

于洛男爵把夫人的堂妹送到她房子的门前，跟她道别："再会，贝姨！"正在这时，一个年轻的女人从马车和房墙中间穿过，也准备往房子里边走。她个子小小的，苗条，漂亮，穿着十分优雅，身上散发出一种精心挑选的香水味。

这位妇人跟男爵对视了一眼，丝毫没有别的意思，只不过是想看一看女房客的姐夫而已，但是一个好色之徒见了，就会像巴黎人遇上了昆虫学家所说的填补空白的稀有品种——漂亮的女人一样，不禁怦然心动。男爵不失分寸，上车前，慢吞吞地先戴上手套，显出一副若无其事的样子，目光则盯着那位少妇不放，只见她的衣裙微微颤动，煞是好看，当然并不是因为蹩脚充假的棉毛衬裙的缘故，而是由于别的什么东西。

"这个可爱的小女人，我倒很乐意成全她，她肯定也会让我快活的。"他暗暗在想。

陌生女子上了这座临街公寓的楼梯口，没有扭过身子，用眼角偷偷地朝大门口瞥了一眼，发现男爵像钉了钉子一样愣在那里，如痴如醉，整个儿被欲望和好奇心吞噬了。这情景，就像巴黎的女子在路上遇见了一朵鲜花，一个个都会美滋滋地闻一闻。有的女人恪守妇道，长得漂亮，人也贞洁，但要是在散步时没有碰上一束可爱的鲜花，回家时会满脸不高兴。

年轻妇人急步登上楼梯，三楼公寓的一个窗户不一会便打开了，探出了那女人的身子，可同时出现的还有一个男子，那光秃秃的脑袋和并不怎么恼怒的眼神说明是个做丈夫的。

"这些尤物多么精明，多么有心眼！……"男爵心里想，"她这是告诉我她的住址。也太急了一点儿，尤其在这地方，得要提防才是。"局长大人登上了爵爷车时，一仰脑袋，那女人和丈夫马上缩了进去，仿佛男爵的那颗脑袋是神话中的丑怪墨杜萨，谁见了就要倒霉。

"好像他们认识我，"男爵想，"这样，事情也就好解释了。"

事情确实如此，当爵爷车驶上博物馆街时，男爵身子探出车外，想再瞧一眼那个陌生女子，果然又在窗口发现了她。年轻女人正在细细观察着马车，不料被车上正欣赏着她的男子撞见，羞得连忙往后退去。

"到底是谁，问问山羊就知道了。"男爵暗自思忖。

下面可以看到，国务参事的出现令那对夫妇惊诧不已。

"是于洛男爵，是我所在的那个局的局长呀！"丈夫离开窗口的阳台，大声道。

"噢！那么，玛纳弗，靠院子里四楼上跟那个小伙子同居的老姑娘，就是他的小姨子？真有意思，我们到今天才弄清楚，而且是那么偶然。"

"费希小姐跟一个小伙子同居！……"男爵手下的职员接过话说，"那是女门房乱说，我们可不要那么随随便便议论国务参事的小姨，他在我们部里可是个说一不二的人物。噢，快来吃晚饭，我都等了你四个小时了！"

玛纳弗夫妇

玛纳弗太太长得十分漂亮，她是拿破仑手下的名将之一、德·蒙特科纳伯爵的私生女，嫁给了陆军部的一个下级职员，但拿到了两万法郎的陪嫁。靠了死前六个月被擢升为法兰西元帅的赫赫有名的德·蒙特科纳将军，那个耍笔杆子的小职员很快爬上了他想也不曾想的一等职员的位子；但是，正当他要被任命为副科长的关键时刻，元帅死了，从此，连根斩断了玛纳弗夫妇的一切希望。

玛纳弗先生家产少得可怜，瓦莱莉·弗汀小姐的陪嫁很快也就花光了，一是因为要还小职员欠下的债，二是单身汉成一个家也少不了花费。但是，一个漂亮的女人，在娘家享福惯了，她的那些享受是无论如何不愿放弃的，因此夫妇俩只得在住房方面节省一点儿开销了。杜瓦伊纳街离陆军部不远，又在市中心附近，地处的位置正合玛纳弗夫妇的心意，于是在四年前，他们住进了费希小姐的那幢楼。

让－保尔－斯塔尼斯拉斯·玛纳弗先生属于那类因为放纵才有了活力，死撑着不至于成为白痴的职员。这个瘦小的男人，细长的头发和胡子，面色憔悴、苍白，皱纹不少，但更多的是倦态，戴着眼镜，眼皮微微发红，走路的姿态也好，行为举止也罢，都是那么猥琐，整个儿一副因伤风败俗罪而被推上法庭的罪犯模样。

这对夫妇的住房，是许多巴黎家庭的典型，里面徒有奢华的排场，实际上全是假象。

客厅里，家具上铺着丝绒，可那是棉料的，已经褪了色，石膏的小塑像假充佛罗伦萨铜雕，吊灯制作粗糙，外面只简单镀了一层颜色，托盘的水晶也是人造的，地毯是廉价的，时间用长了就露了馅，里面夹着大量棉纱，肉眼都看得清清楚楚，还有窗帘，是毛料的假锦缎，那光彩维持不了三年，总之，屋子里的一切就像站在教堂门前衣衫褴褛的穷人，透出一副寒碜气。

家里只有一个女用人，饭厅收拾得乱七八糟，看去就像是外省旅店的饭堂，见了让人想吐，里面的一切是又脏又乱。

先生的卧室跟学生的房间相差无几，一张单身汉的床，家具也是单身汉时用的，污痕斑斑，像他本人一样糟蹋得不成样子，一个星期才收拾一次；房间里整个儿凌乱不堪，马鬃坐垫的椅子上耷拉着旧袜子，椅子上的花纹布满灰尘，像是又被描了一道，这不堪入目的样子说明这人对夫妇生活根本不在乎，总在外面混日子，在赌场、咖啡馆，或在别的什么地方。

正经的一套住房却懒得收拾，日益破落，窗帘上到处是灰，被烟熏得发黄，孩子显然也是无人照看，满地扔着他的玩具，实在是有损体面，但太太的房间却是个例外。

在临街的房子和院子里紧挨邻宅的主楼之间，有一侧是连着的，瓦莱莉的卧室和盥洗间就处在连接两座楼房的侧楼里。两间屋的墙壁装饰雅致，贴着波斯印花布，红木家具，割绒地毯，让人感觉出里面住的是个漂亮的女人，或者可以说住着个由别人供养的女人。罩着天鹅绒的壁炉架上，放置着一只时髦的座钟。一个敦刻尔克古董架，上面的陈设相当不错，还有几只花盆，是中国的瓷品，里面种着名贵的花卉。床、梳妆台、嵌着镜子的衣橱、双人沙发，还有小饰物，都是当时考究的或新奇的物品。

尽管就贵重和雅致的程度而言，只能算得上是三流，而且里面所有的东西都已经有了三年的历史，但即使是一个花花公子看了，也无可挑剔，除非说这种奢华夹杂着俗气。情趣高雅的物品，往往透溢出艺术的气息，独具一格，然而，这里却丝毫没有。一个社会科学博士，单凭这些富丽但无聊的饰品，就可以辨别出一个情人的存在，因为这些玩意儿只能是那种半人半神送的，虽然从不在一个有夫之妇的家中露面，但却始终伴随着她。

晚饭整整推迟了四个小时，丈夫、妻子和孩子三个人用的这顿晚餐，也许足以说明这家人在经济方面正面临着窘境，因为餐桌是显示巴黎家庭财产多少的最可靠的晴雨表。

一个青菜豆汁汤，一小块牛肉煨土豆，淹没在红兮兮的汤水中，那汤水就算是肉汁了，另外还有一盘菜豆和少得可怜的几只樱桃，用的盘子和碟子，全都缺了口，所谓的银质餐具是用白铜制的，色泽灰暗，声音也不响亮。这样的餐具饭菜配得上那位漂亮的女人吗？男爵要是亲眼见了，准会伤心落泪。

灰不溜秋的长颈瓶也掩盖不了里面劣质葡萄酒的丑陋颜色，那酒是从大街角落的酒店论升零打来的。餐巾用了一个星期也没有换。

总而言之，屋中的一切暴露出这一家人毫无尊严可言的寒碜相，也说明妻子和丈夫不把家庭放在心上。见到这番情景，即使最普通的旁观者也会明白，夫妻俩已经到了不可救药的地步，为生活所逼，他们只得去玩骗术，碰运气了。

再说，凭瓦莱莉开口跟丈夫说的第一句话，诸位便能明白晚饭何以推迟，说不定这顿晚饭还是多亏了女厨娘不无利害关系的耿耿忠心呢。

"萨玛侬不肯收你的借据，除非是百分之五十的利息，而且要求以你的薪水作抵押。"

在陆军部局长大人府上，外人还看不出穷样，因为除了额外报酬之外，还有两万四千法郎的薪金撑门面，可在这个职员家，已经穷得到了末日。

"你勾搭上我的局长了吧？"丈夫看着妻子说。

"我想是的。"妻子回答道，并没有因为戏子们在后台用的这句行话而大惊小怪。

"我们这下该怎么办呢？"玛纳弗继续问道，"房主明天就要来封门了。你父亲竟然死也不留个遗嘱！说真的，这些帝政时代的遗老一个个都以为跟他们的皇上一样，永远都不会死。"

"可怜的父亲，"妻子说道，"他就我这么一个孩子，他一直是那么爱我！准是伯爵夫人把遗嘱给烧了。他活着的时候，时不时就塞给我们三四张一千法郎的大票子，他怎么可能把我给忘了呢？”

“我们已经欠了四期房租，总共一千五百法郎！我们家的家具值这些钱吗？如莎士比亚说的：That is the question（这是个问题）！”

“噢，再见，我的馋猫，”瓦莱莉说道，她只吃了几口牛肉，那牛肉的原汁早已经被女厨娘挤得干干净净，送给一个从阿尔及尔回来的大兵喝了，“重病要用猛药治！”

“瓦莱莉！你上哪儿去？”玛纳弗挡住了妻子出门的路，嚷叫道。

“我去见房东，”她回答道，一边理了理鬓角的发卷，头上戴了一顶漂亮的帽子，“你呀，你该想尽办法跟那个老姑娘相处好，如果她真的是局长大人的小姨子。”

艺术家的小阁楼

同一座楼房的房客，相互间都不知道彼此的社会地位，这是巴黎的一件常事，最能说明巴黎生活有多纷乱。一个职员每天一清早就去上班，晚上回家吃顿晚饭，然后又出门，做妻子的也是一样，在巴黎纵情享乐，这样一对夫妻对住在院子尽里头四楼上一个老姑娘的情况一无所知，自然不难理解，更何况那个老姑娘还有费希小姐那种生活习惯。

楼里边，莉丝贝特总是第一个去取牛奶、面包和木炭，从不跟任何人说话，太阳一落就上床睡觉；她也从来没有信件来往，没有客人上门，跟邻居也从不打交道。

这种生活就像是昆虫过的日子，整个儿隐姓埋名，就如有的楼房里，都一起过了四个年头，才知道五楼上住着一位老先生，竟然跟伏尔泰、皮拉斯特·德·罗齐埃、博戎、马塞尔、莫莱、索菲·阿诺德、法兰克林和罗伯斯比尔都认识。

玛纳弗夫妇刚刚谈的那点关于莉丝贝特·费希的事，他们之所以能知道，一是因为这地方实在偏僻冷清，二是因为他们夫妻俩跟门房的关系不错，由于家境贫困，夫妻俩不得不跟门房好好相处，设法巴结他们。而老姑娘傲慢、缄默、冷漠，门房对她敬而远之，关系之冷淡，表明下人对她心怀不满，只是不明言罢了。

再说，当门房的自以为如法庭上所说的，其地位与房客是平等的，他们不就多出两百五十法郎的房租嘛。

贝姨跟她外甥女说的那些知心话也不假，确有其事，因此，大家不难明白，女门房跟玛纳弗夫妇私下交谈时，完全有可能对费希小姐大加诋毁，以为这只不过说她几句坏话而已。

老姑娘从不失体面的女门房奥利维埃太太手中接过烛盘，向前走了几步，看看她上面的小阁楼是不是有灯光。

时值七月，到了这个时候，院子里已经黑乎乎一片，老姑娘不可能不点灯就去睡觉。

"噢！放心吧，斯坦勃克先生在他屋子里，他连门也没出一步。"奥利维埃太太以嘲弄的口吻对费希小姐说。

老姑娘没有搭理。

在这方面，她还是保持着乡下人的本性，周围与她毫不相干的人说什么闲话，她根本不在乎；乡下人眼里只有他们的村庄，同样，她所看重的，只是她所生活的那个小圈子对她的看法。此时，她正匆匆地奔上楼去，不是上她房间，而是上那个小阁楼。去干什么呢？

原来吃晚饭上水果甜点时，她往小包里塞了几个水果和一些甜食，她上楼正是要把这些吃的送给她的心上人，就像一个老处女给她养的小狗带来了好吃的东西。

小阁楼里，正是奥丹丝梦中的那位英雄，只见他在一盏小灯下工作，透过一只盛满清水的玻璃杯，那灯光显得比较明亮。这是一个面色苍白、头发淡黄的青年，坐在一张工作台前，工作台上放满了雕刻工具、红蜡泥、凿子、底座的毛坯和用模子熔成的铜料。他身穿工作服，手里捧着一组准备仿制的蜡塑小人像，在细细地打量，那么出神，就如一个正在构思的诗人。

"瞧，万塞斯拉斯，我给您带吃的来了。"她说着把一块手绢摊在工作台一角。

接着，她小心地从手提包里掏出了甜食和水果。

"您真好，小姐。"可怜的流亡者声音忧郁地说。

"吃吧，好给您清清火，我可怜的孩子。您这样没命地工作，火气旺。您生来不是干这种苦差事的……"

万塞斯拉斯·斯坦勃克神色惊诧地看着老姑娘。

"吃呀，"她粗声粗气地说，"别这样盯着我，好像我是您喜欢的小雕像似的。"

挨了这几句训斥后，年轻人顿时不再感到惊奇，因为他又认出了他的女监护人的面孔，平时受惯了责骂，偶尔有点温柔，确实令他不胜惊讶。虽说已经二十九岁，可像某些黄头发的人一样，他看上去要小五六岁。他这么年轻，尽管因为流亡生活的困苦和辛劳，已不见勃勃生机，但跟老姑娘那张干瘪、严厉的面孔放在一起，谁看了都会觉得上苍一时失误，错配了他们的性别。他站起身子，坐到一张铺着黄色的乌德勒支丝绒、已经破旧的路易十五式软椅子上，像是想要休息一下。老姑娘捡起一颗李子，充满温情地递给她朋友。

"谢谢。"他接过水果说。

"您累了吧？"她又递给他另一只水果，问道。

"我不是干活干累的，是生活拖累的。"他回答说。

"又是胡思乱想！"她马上以尖刻的口吻说道，"您不是有个善良的守护神保佑着您吗？"说着，她又给他递上甜食，满心欢喜地看着他吃，"瞧，在我堂姐家吃晚饭，我还惦记着您……"

"我知道！"他说着，朝莉丝贝特瞟了一眼，目光温柔而凄楚，"要没有您，我早就不在这个地方了；可我亲爱的小姐，艺术家也需要开开心……"

"啊！又来了！……"她嚷叫起来，打断了他的话，只见她双拳叉着腰，眼睛像冒着火，直逼着他，"您是想要到巴黎那些脏地方把自己身子糟蹋坏了，对吧，就像那些打工的最终都死在救济院里！不，不，您一定要先挣钱，等您有了大笔的利息，再去寻开心，我的孩子，到那个时候，您就不愁没有钱请医生，花天酒地了，您这个风流鬼。"

挨了一顿大骂，再加上那火一样灼人的目光，万塞斯拉斯·斯坦勃克垂下了脑袋。

刚刚开场的这一幕，要是那个说闲话的看了，哪怕再恶毒，都会承认奥利维埃夫妻对费希小姐的那些诽谤之词，全是无中生有。这两个人说话的语气、举动和目光，无不表明他们的秘密生活是纯洁无瑕的。老姑娘饱含温情，虽说粗鲁，但却是真正的母性。小伙子就像一个毕恭毕敬的儿子，忍受着母亲的专横。

这种奇怪的结合，显然是一种坚强的意志不断给一个软弱的性格施加影响的结果，斯拉夫人具有性格不稳定的特点，致使他们在战场上英勇顽强，但在为人处世方面却那么畏畏缩缩，令人难以置信，其精神何以如此软弱，恐怕得要生理学家去探究了，因为生理学家之于政治，就如昆虫学家之于农业。

"要是我没发财就死了呢？"万塞斯拉斯哀声地问道。

"死？……"老姑娘惊叫起来，"噢！我可不让您死。我为我们俩而活着，必要时都可以把血输给您。"

听了这有力而天真的肺腑之言，斯坦勃克不禁热泪盈眶。

"别伤心，我的小万塞斯拉斯，"莉丝贝特也动了情，继续说道，"噢，我的外甥女奥丹丝觉得您的银印挺棒。放心，您的那组铜雕，我一定给您卖个好价钱，这样您欠我的债就可以清了，您愿意做什么都行，您就自由了！嗨，您就笑吧！……"

"我欠您的债永远清不了，小姐。"可怜的流亡者回答道。

"为什么？……"孚日山的乡下姑娘觉得利沃尼亚小伙子的想法是与她过不去，连忙问道。

"因为您不仅给我吃，给我住，在我落难时照顾我，而且还给了我力量！是您造就了如今的我，不错，您待我经常很严厉，也让我感到痛苦……"

"我？"老姑娘问道，"又开始胡说八道了，什么诗啦，艺术啦，一说起美好的理想，谈起你们北欧人的那些疯狂念头来，就手舞足蹈。美还不如实在，我才是实实在在的！您脑子里想法不少，是吧？多美的事呀！想法，我也有……脑子里的想法要是成不了，顶什么用？有想法的人并不比没有想法的强，要是没想法的知道去努力的话……不要这样想入非非了，还得干活。我出门这段时间，您都做了些什么呀？……"

"您的漂亮外甥女说了些什么？"

"谁跟您说她漂亮了？"莉丝贝特生气地责问道，那语气中分明是老虎一般的妒意在大发作。

"是您自己说的。"

"那是为了看看您听了会有一副什么嘴脸！您想追女人，是不是？您喜欢女人，那好，把您的心思全都化了，把您的欲望全都化到铜钱里去吧。要风流，特别是要打我外甥女的主意，您还得再待一段时日，我的朋友。那可不是给您准备的猎物；这姑娘得配一个有六万法郎年金的男人……而且那男人已经找到了。唉！床还没有收拾呢！"她朝另外一个房间扫了一眼，说道，"噢，我可怜的小猫！我把您都给忘了……"

说罢，身体健壮的姑娘脱下短斗篷、帽子和手套，像个女用人，动作麻利地收拾好艺术家睡的那张单人床。

粗暴，甚至凶狠中糅合着仁慈，这足以说明莉丝贝特何以死死控制住了这个男人，把他沦为了自己拥有的一件东西。生活不正是在善与恶的交替中把我们牢牢困住的吗？

倘若这个利沃尼亚人当初不是遇到了莉丝贝特·费希，而是玛纳弗太太的话，那他也许会在女护主的身上得到某种纵容，把他引向肮脏、无耻的道路，最终断送了自己。他自然不会像现在这样干活，也成不了艺术家。所以，虽说老姑娘刻薄、贪婪，令他感到可悲，但同时，理智却告诫他，宁要这个铁腕女人，也不能像他的几个同胞那样，去过那种懒惰但危险的生活。

女性的刚毅与男性的软弱相结合，这种阴差阳错，据说在波兰相当普遍，下面便是造成他们两者结合的那件事情的经过。

一个流亡者的历史

　　一八三三年，要是手头活儿太多，费希小姐常常夜里赶着做，一天凌晨一点钟左右，她突然闻到一股浓烈的碳酸味，并听到了一个人垂死的呻吟声。

　　煤气味和呻吟声传自她这两间屋子上面的小阁楼；小阁楼三年来一直空着，等着出租，最近才住进了一个年轻小伙子，她猜想肯定是里面的那个小伙子在寻短见。

　　她连忙奔上楼，凭着洛林女子的蛮劲，一下把门给撞开了，发现房客在帆布床上打滚，浑身抽搐，挣扎。她用手拧灭了煤气炉。

　　门一打开，涌进了新鲜空气，流亡者也就得救了。莉丝贝特像对待病人那样，把他安顿在床上，照顾他睡着之后，看到两间小屋子里一贫如洗，只有一张瘸脚的桌子、两把椅子和一张帆布床，便马上明白了房客自杀的原因。

　　桌子上，摆着一张字条，上面写道：

　　　　我是万塞斯拉斯伯爵，生于利沃尼亚的普莱利。

　　　　我的死与任何人无关，我之所以自杀，是因为柯斯丘什科说的那句话：波兰完了！

　　　　身为查理十二世手下一员虎将的侄孙，我不肯行乞。而我体质虚弱，又不能从军，昨天，我从德累斯顿到巴黎来时身边带的一百塔勒全用完了。我在这张桌子的抽屉里留了二十五法郎，用以交纳我该付给房东的房租。

　　　　我世上已无亲属，我的死不涉及任何他人。我请求我的同胞不要非难法国政府。我没有公开过我的流亡者身份，没有提

68

出过任何要求，也没有遇到过任何别的流亡者，所以，巴黎谁也不知道有我这个人存在。

我带着基督徒的信念离开这个世界，祈求上帝宽恕斯坦勃克家族的最后一员！

万塞斯拉斯

临死还交房租，费希小姐深为此人的诚实所感动，她打开抽屉，果然看到五个一百苏的硬币。

"可怜的年轻人！"她高声道，"世上没有一个人关心他！"

她下了楼，拿上活计，又上了小阁楼，边做活边守着利沃尼亚的绅士。

可以想象，当流亡者醒来时发现床头守着一个女人，该会多么惊讶；他简直以为还在做梦。老姑娘一边绣军装上用的金饰带，一边暗自发誓，一定要保护好这个可怜的孩子，看他睡着的样子，她心里不胜欢喜。等年轻的伯爵完全醒来后，莉丝贝特给他鼓劲，问他怎样帮他谋生为好。

万塞斯拉斯诉说了自己的经历，还说他当初得到的位子是靠了他公认的艺术天赋；他一直认为自己天生就爱雕塑，可学艺需要很长时间，对一个没钱的男人来说，实在太漫长了，眼下，他感到自己身体太虚弱，不可能费劲去做手工方面的事或搞大的雕塑。

他的这番话，莉丝贝特听得莫名其妙。她告诉不幸的小伙子，巴黎提供的机会很多，一个人要是有好的志向，都应该在这里生活下去。凡是有胆量的人，只要拿出一点儿耐心作基础，决不会在这里饿死。

"我也是个可怜的姑娘，不过是个乡下女人，可我却能够在这里给自己找到一个立足的地方，"她末了又补充说道，"听我说，要是您愿意正儿八经地做点事，我倒有一些积蓄，我每月可以借给您一点儿钱过日子；不过，那是用来真正过日子，不是用来寻欢作乐，胡作非为的！在巴黎，花二十五个苏就可以吃一顿晚饭，每天早饭，我连自己的一并给您准备好。您房间的家具，我帮着置办，学艺需要的钱，由我来垫付。我为您花的钱，您都要给我一个正式的字据；等您以后有了钱，再还给我。不过，要是您不做事，那我就没有必要再履行什么诺言，就不管您了。"

"啊！"可怜的小伙子惊叫起来，他刚刚与死神打过交道，余悸未消，"世界各国的流亡者都往法国跑，确实是有道理的，就像炼狱的灵魂要进天堂。多么好的民族啊，在这里，到处可以得到救助，到处是仁慈的人，连在这样一间小阁楼里也有！我亲爱的救命恩人，您将是我生命中的一切，我永生是您的仆人！跟我交个朋友吧。"他说着摆出一种亲热的姿态，这种表示对波兰人来说是十分普遍的，他们也因此而遭到相当不公的指摘，说他们奴颜婢膝。

"噢！不，我这人嫉妒心太重，我会弄得您很不幸的；不过，我倒很乐意，比如做您的同伴。"莉丝贝特继续说。

"啊！您知道，当我一无所有，在巴黎苦苦挣扎时，我是多么热切地希望有人能收留我，哪怕是个暴君！"万塞斯拉斯继续说道，"要是我能回去，哪怕沙皇遣我去西伯利亚，我也愿意！……您就做我的保护神吧……我一定去工作，尽管我不是个坏青年，但我一定要变得更好。"

"我让做什么，您都会做吗？"她问道。

"会！……"

"那好！我就把您当作我的孩子，"她开心地说，"我这下有了一个从棺材里爬起来的孩子。好！我们从现在开始。我这就下楼去买东西，您先穿好衣服，一听到我用扫帚柄敲楼板，您就下楼来跟我一起吃饭。"

一只蜘蛛的冒险经历：网里有一只太大的漂亮苍蝇

第二天，费希小姐给刺绣工场的老板去送货，在那儿打听了一些有关雕塑这个行当的情况。

经过四下探听，她还真发现了弗洛朗和夏诺尔工场，那是一家专门铸造、雕镂贵重铜器和豪华银质餐具的铺子。她带斯坦勃克找上门去，提出要当雕刻学徒，人家觉得很奇怪。这里只为最有名气的艺术家制作铜雕模型，并不教授雕刻手艺。

老处女再三坚持，不改初衷，最终达到了目的，把她的宠儿安插进了工场，做装饰图案绘制工。斯坦勃克很快精通了制作装饰图案模型的门道，而且还别出心裁，创造了新式图样，这方面，他确实有天赋。

后来，他又学会了雕镂手艺，在这五个月后，结识了弗洛朗工场的主雕刻师，大名鼎鼎的斯迪德曼。

二十个月后，万塞斯拉斯的手艺超过了他的师傅；但是，短短两年半的时间，老姑娘在十六年间一个子儿一个子儿省下来的积蓄就被花个精光。一共有两千五百法郎金币！这笔钱她原来是想存起来养老用的，可现在化成了什么？化成了波兰人的一张借据。眼下，莉丝贝特还像年轻时一样拼命做活，以接济这个利沃尼亚的小伙子。

等到她手中仅有一张借据，再也不见那响当当的金币时，她一时傻了眼，连忙去请教利维先生，十五年来，利维先生已经与他手下最灵巧的头号刺绣女工交上了朋友，凡事都给她出主意。

听了莉丝贝特的经历，利维夫妇好好把她给教训了一顿，说她简直是疯了，同时对流亡之徒大加谴责，说他们为复国搞的那些阴谋活动破坏了商业的繁荣，危害了不惜任何代价都应该维护的和平。

最后，利维夫妇又怂恿老姑娘去争取生意场上所谓的保障。

"这个家伙所能给您提供的唯一保障，就是他的自由。"利维先生说。

阿希尔·利维先生是商业法庭的仲裁员，他接着说道：

"这对外国人来说可不是闹着玩的。一个法国人坐上五年牢，债没有还，人照样可以放出来，因为除了他自己的良心，确实已经没有什么可以逼他了，不过，这种人才心安理得呢。但一个外国人，进去就永远出不来了。把您那张借据给我，把它转到我的账房头上，然后让他去法院告，起诉您和那个家伙，通过对席审判，就可得到不还钱就拘禁的判决，等到一切都合乎手续，办妥后，他再跟您签一份文书。这样一来，您的利息就可以一直拿下去，而且您手中也就像有了一把子弹上了膛的手枪，时刻可以对付您那个波兰人！"

老姑娘让人办妥了手续，对受她保护的小伙子说不要为这事担心，不过是给一个放高利贷的债主一个保证，他已经答应借钱给他们。这一番托词也是那个天才的商业法庭仲裁员编造出来的。正直的艺术家，盲目信任他的救命恩人，把印花的官方文书烧着了点烟斗，因为他也抽烟，跟所有伤心或精力过剩需要镇静的人一样。

一天，利维先生差人给费希小姐送上一份卷案，让她过目，并对她说："您这下可把万塞斯拉斯·斯坦勃克的手脚都捆住了，不出二十四小时，您就可以把他送进克利希监狱，后半辈子让他在那儿过。"

这一天，商业法庭这位尊贵、正直的仲裁员确信自己做了一件"恶的善事"而自鸣得意。在巴黎，行善的方式有多种多样，上面的那一奇怪的说法恰好适用于其中变了形的一种。

利沃尼亚人被商业上的法律手续捆住了手脚之后，唯一的出路就是还债了，因为那个生意场上的显贵是把万塞斯拉斯·斯坦勃克当作骗子看的。在他眼里，善心、正直和诗意都是生意场上的灾祸。

拿利维的话说，可怜的费希小姐是被一个波兰人耍了，考虑到她的利益，利维去了斯坦勃克不久前刚刚离开的那家著名的工场。

大家知道，在巴黎金银器制作行业早已成了名的一些著名艺术家的协助之下，斯迪德曼把法国的艺术推向了完美无瑕的境界，如今堪与佛罗伦萨派和文艺复兴派相媲美。这一天，当刺绣品商来打听一个名叫斯坦勃克的波兰流亡者的底细时，斯迪德曼恰好在夏诺尔先生的办公室里。

"您找一个叫斯坦勃克的来着？"斯迪德曼含讥带讽地大声问道，"您说的是不是我以前收为徒弟的那个利沃尼亚小伙子？告诉您吧，先生，他是个大艺术家。人家都说我自以为是魔鬼；可那个可怜的小伙子却有所不知，他自己完全可以成为一个上帝……"

"啊！鄙人不胜荣幸，为塞纳州商事仲裁，虽然您对鄙人说话很不恭敬……"

"请原谅，商事裁判官大人！……"斯迪德曼反唇相讥，一边把手举至额间，反手行了个礼。

"听到您刚才说的话我很高兴。这么说，那个小伙子肯定能挣到钱喽……"

"当然，"夏诺尔老人回答道，"可他得工作才行。要是他留在我们这儿，他早已经挣下不少钱了。可有什么办法呢？艺术家都害怕受束缚。"

"他们有自己的价值和尊严意识，"斯迪德曼回答道，"万塞斯拉斯独自走了，想方设法要成名，争取当个大艺术家，我并不怪他，这是他的权利！可他离开我，我的损失可真太大了！"

"嗨！"利维高声道，"年轻人就是这样，刚出校门，便自命不凡……可总得挣点钱，然后再要名呀！"

"攒钱会把手都毁了的！"斯迪德曼回答道，"有了名，自然会给我们送来利。"

"您有什么办法呢？"夏诺尔对利维说，"谁也没办法捆住他们……"

"他们会把笼头都给咬断的！"斯迪德曼反击道。

"这些先生啊，"夏诺尔望着斯迪德曼说道，"他们一个个才华横溢，但也想入非非。他们花销大，跟轻佻的漂亮女人厮混，把钱大把大把地往窗外扔，再也没有时间多干活；人家订的货，他们也不放在心上；我们只得去找工匠干，水平不及他们，可一个个却都发了财；这些先生，没了钱便又抱怨世道残酷，可要是他们认真工作的话，早都有了金山啦……"

"您这番话，"斯迪德曼说道，"让我想起了大革命前的那个出版商吕米尼翁老爹，他常说：'啊！要是我能把孟德斯鸠、伏尔泰和卢梭这些叫花子关在我的阁楼里，把他们的裤子放进衣橱里，他们就会给我写出一部部很好的小书，我就可以发大财了！'若能像打铁钉那样轻而易举创造出美丽的杰作，那掮客们早就去做了……给我一千法郎，别废话！"

老好人利维往家赶，一路上真为可怜的费希小姐感到高兴，她每个星期一都在利维家吃晚饭，利维回家后果然见到了她。

"若您能让他好好干活，"他说道，"您就不单单是有脑子，而是有运气了，您的钱也就能连本带利，一个子儿不少收回来了。那个波兰人有才华，他可以谋生；可要锁好他的裤子和鞋子，阻止他去大茅屋舞场和洛莱特圣母院，要把他管得严严的。要不这样提防，您的那个雕刻家会瞎逛的，您知道艺术家们所谓的瞎逛吧！那真是叫吓死人，真的！我刚听说一张一千法郎的大票到了他们手上一天就花了。"

这段插曲对万塞斯拉斯和莉丝贝特两人之间的生活产生了可怕的影响。

当女恩人认为自己的那些资金已经保不住的时候，流亡者吃点饭，也得饱受她一顿责骂，仿佛面包泡进了苦水中。实际上，她经常觉得那些钱已经有去无回了。于是，善良的母亲变成了凶狠的继母，对可怜的孩子，她不是骂，就是找碴子，埋怨他干活不麻利，造成了这种困难的处境。她甚至都不相信这些红蜡模型、小雕像、装饰花样和试雕品会值什么钱。可过不了几天，她又会为自己这样冷酷无情感到羞恼，于是又想方设法，照顾他，体贴他，非常温存，以此来抹去冷酷的印迹。

可怜的年轻人落入悍妇的手中，遭受这位孚日的乡下女人的摆布，叫苦不迭，可后来，又为这女人的温存和母性的体贴而欣喜，只是这种体贴纯粹是身体和物质生活方面的。他就像一个女人，遭受了一个星期的虐待之后，哪怕一时和解，给以爱抚，便就毫无怨言。

就这样，费希小姐绝对控制了这颗灵魂。

在老处女的心底，一直处于萌芽状态的那种霸道的爱，如今发展得很快。她本性傲慢，又喜爱指使别人，现在这一切都尽可满足：她手下不是有了个人，由她去骂，去捧，去作乐，无须害怕有人跟她竞争吗？她本性中的恶与善，在同时发挥着作用。

倘若说她常常虐待可怜的艺术家的话，那么同时，她也不乏温情，宛若乡间的野花，自有一番魅力；见他生活中什么也不缺，她心里实在快活，为了他，她如今不惜献出自己的生命。对此，万塞斯拉斯确信无疑。和所有善良的人一样，可怜的小伙子并不把姑娘的恶行和缺点记在心里，再说，老姑娘跟他讲述了自己的身世，为她的粗野寻找借口，所以，小伙子脑子里记住的，只是她的恩惠。

一天，见万塞斯拉斯没有干活，而是去闲逛，老姑娘恼羞成怒，对他大发脾气。

"您是属于我的！"她冲着他说，"您如果是个正直的人，您就该尽早把您欠我的全给我……"

绅士一听，身上顿时涌起斯坦勃克家族的血液，脸色刷的发白。

"我的上帝！"她又说道，"我们很快就要没有钱生活了，只靠我挣的三十个苏，我呀，真是命苦……"

两个穷人吵了起来，气呼呼的，彼此都动了肝火；可怜的艺术家平生第一次责怪起他的救命恩人来，说她不该救他，不该让他过这种苦役犯的日子，这种日子，比死了还苦，人死了至少一了百了，也算安息了。他还说他要跑了。

"跑！……"老姑娘嚷叫道，"……啊！利维先生说得果然不错！"

于是，她实话相告，对波兰人说，要不了二十四个小时，就可把他送进牢房，让他在那儿了却余生。这不啻是给他当头一棒。斯坦勃克非常伤心，陷入了绝对的缄默之中。

第二天夜里，莉丝贝特听到了预备自杀的响声，连忙奔上楼，把有关文书和一份正式的收据递给斯坦勃克。

"拿着，我的孩子，请原谅我，"她的眼睛湿湿的，对他说道，"祝您幸福，离开我吧，我太折磨您了；可是，请告诉我，您以后会不会想起那个帮了您的忙，让您有了谋生本领的可怜的姑娘？有什么法子呢？我这样凶，全都是因为您：我会死的，可我走了，您该怎么办呢？……所以，我才迫不及待，想尽快看到您做出一些能够卖钱的玩意儿来。我再也不要您把钱还给我，您走吧！……我是担心您太懒惰，可您却说那是幻想，我害怕您想入非非，两只眼睛瞪着天空，白白浪费了您多少时间，我是一心希望您能养成工作的习惯。"

老姑娘的这番话，以她的腔调、目光、泪水和姿态，深深地打动了高尚的艺术家；他连忙抱住恩人，紧紧地贴在心口，吻着她的额头。

"您留着这些文件吧，"他带着一种欢快的神色说道，"何必要送我进克利希监狱呢？我为了报恩不是已经被关在这儿了吗？"

他们俩秘密生活中的这一插曲发生在六个月前，最终使万塞斯拉斯创造了三件东西：一是奥丹丝手中的那方银印，二是陈列在古董商店的那组雕像，三是一台令人叫绝的座钟，眼下就要完工，他正在给模型上最后几只螺帽。

这台座钟表现的是十二个时辰，制作妙不可言，分别由十二个美女像所代表，美女们在纵情跳舞，跳得那么疯狂，那么快速，以致爬在一堆鲜花和水果上的三个爱神只能一时拉住代表十二点的那个美女，她身上的短披风也都给扯破了，被最胆大的爱神捏在手中。整个雕像置放在一个圆圆的底座上，其装饰令人赞赏不已，但见几只奇兽在蠢蠢欲动。其中一只正打着呵欠，可怖的大嘴一张，嘴中便显出一个时辰。所幸的是，每一个时辰所呈现的象征性的景象，都是根据日常生活的特点想象构思的。

现在，我们已经不难理解费希小姐何以对利沃尼亚小伙子死拴着不放；她想让他幸福，可却眼看着他在阁楼里一天天衰弱下去，弄得面色苍白。何以出现这种可怕的处境，其原因不难想象。洛林女人带着母亲的温柔、女人的妒忌和泼妇的心眼看管着这个北方的孩子。她想方设法，断了他到外面去疯狂、放荡的路子，从不给他身上留一个子儿。她想把这个牺牲品和伴侣留在她身边，强迫他过规矩的生活，然而，这种疯狂的欲望到底有多残忍，她却丝毫不知，因为她本人早已过惯了苦日子。她相当爱斯坦勃克，觉得不能嫁给他，同时，她对他的爱又太深，舍不得把他让给另一个女人。让她只做他的母亲，她心里又不甘，可一想到做另一个角色，她又觉得自己是疯了。

内心的矛盾，疯狂的妒忌心，独占一个男人的幸福，这一切把老姑娘的心搅得不得安宁。四年来，她确实迷恋着他，带着疯狂的念头，希望能使这种毫无出路、不合情理的生活永远继续下去，可她这样死不放手，恐怕会最终毁了她那个所谓的孩子。

本能与理智的这场搏斗，致使她变得蛮不讲理，专横霸道。她已经不年轻，而且也不富有，又不漂亮，她把这一切全都泼到那个年轻人身上，拿他出气。可每次出够了气，她又打心底里觉得自己错了，便一反常态，变得卑躬屈膝，无比温柔。对她的偶像，每次非得用斧头砍上几刀，显示出自己的威风之后，她才会考虑如何为其奉献祭礼。总而言之，这与莎士比亚的《暴风雨》恰恰相反，凯利班倒成了爱丽儿和普洛斯彼罗的主子。

至于那位可怜的年轻人，他思想崇高，耽于幻想，生性懒散，他的双眼，犹如动物园笼子里关着的雄狮，显现出女恩人在他心中投下的一片茫然。莉丝贝特逼着他干活，但这平息不了他心中的渴望。他内心的厌倦成了肉体的疾病，他有可能就这样离开这个世界，但却无法开口去要或想方设法弄到一点儿钱，满足一次常有必要满足的荒唐欲望。

在某些精力充沛的日子里，不幸的感觉使他特别恼火，他双眼望着莉丝贝特，就像一位口渴难当的旅人，行走在干燥的海岸，眼睛盯着苦涩的海水。

巴黎的这种囚禁般的困苦日子，本是一枚枚苦果，可莉丝贝特却当作乐趣品尝。她还有着可怕的先见之明，认为别人哪怕投入一点儿热情，就会把她的奴隶给夺走。她经常责备自己，不该蛮横无礼，唠唠叨叨地硬逼着他成了一个制作小玩意的雕刻大师，给了他谋生的本事，到头来却要把她给甩了。

第二天，这各不相同但却实在悲惨的三种苦日子——绝望的母亲、玛纳弗夫妇和可怜的流亡者的苦日子，却因为奥丹丝天真的激情和男爵对若赛花的那段不幸的痴情的奇特结局，而全都受到了影响。

风月场上如何了却旧情

国务参事正要进歌剧院，发现勒佩勒迪埃街的大楼前昏暗一片，一时停下脚步。那儿，不见警察，不见灯火，没有值勤人员，也没有阻挡人群的木栅。他看了看公告，只见上面贴着一条白纸，正中写着几个庄严的大字，煞是耀眼：

因 病 停 演

他遂向若赛花家跑去，她就住在附近，和所有钟情于歌剧的戏子一样，住在肖夏街。

"先生！您有什么事？"门房这一问，令男爵大为惊讶。

"您不认识我了？"男爵忐忑不安地反问道。

"恰恰相反，先生。因为我有幸受命来挡您的驾，所以我才问：您上哪儿去？"

一个致命的寒战，令男爵浑身冰凉。

"发生什么事了？"他问道。

"男爵先生要是进弥拉伊小姐的房间，那可以看到埃洛伊丝·布里兹杜小姐、比克西乌先生、莱翁·德·洛拉先生、鲁斯托先生、德·维尔尼塞先生、斯迪德曼先生和一些香喷喷的女人，他们正在设宴欢庆迁入新居呢……"

"噢！那她搬到哪儿去了？……"

"弥拉伊小姐呀！……我真不知道要是告诉您是不是做了一件好事。"

男爵连忙把两个一百苏的硬币塞进了门房的手中。

"噢，她如今住在主教城街的一座公馆里，听说，那座公馆是德·埃鲁维尔公爵给她的。"门房压低声音对他说。

男爵问了公馆的门牌号码，立即登上了一辆公爵车，来到了一座漂亮的房子前，这一带的房子都很时髦，双重大门，从门前的煤气灯开始，就显示出奢华的派头。

男爵身着蓝呢上装，系白色领带，内穿白色坎肩，下着米黄色长裤，脚蹬漆皮靴子，衣着打扮十分考究，在这座新伊甸园的门房的眼中，俨然是一个姗姗来迟的贵宾。无论是堂堂的仪表，还是走路的架势，他身上的一切无不表明这一点。

门房打了门铃，一个仆人应声出现在列柱廊下。

浑身上下跟公馆一样新的仆人把男爵让进厅内，男爵一副帝政时代的姿态和腔调，对仆人道：

"把这张名片送给若赛花小姐……"

Patito①不由自主地环视他所在的屋子，发现这是一间外客厅，摆满了稀世的花卉，里面的家具陈设价值昂贵，恐怕要花掉四千枚一百苏的埃居。仆人回来禀告，请先生先进客厅，等主人宴席散了，一起喝咖啡。

帝政时代的奢华，男爵亲眼见过，那种排场大得惊人，各种花样翻新，虽然历时不久，但挥霍了巨大的财富。然而，当男爵置身于眼前的这间客厅，一时竟花了眼，惊诧不已，只见客厅的三扇窗户正对着一座仙境般的花园，花园是在一个月内造起来的，泥土是外面运来的，花卉也是移植的，那草坪看去，就像是经过化学方式精心培育而成。

考究的摆设，镀金的器具，最为名贵的蓬巴杜式的雕塑，还有任何一个老板见了都会不惜以重金争购的精美织物，这一切令男爵欣赏不已；但他更为欣赏的，是只有王子才有本事挑选、搜罗、购买和馈赠的那些名画：格勒兹和华托的画各两幅，凡·戴克的头像

---

① 西班牙语，意为"小鸭子"，此处喻指"追逐女人的家伙"。

画两幅，雷斯达尔风景画两幅，古瓦斯普雷的画两幅，伦勃朗、霍尔拜因、牟利罗和提香的画各一幅，特尼尔斯和梅曲的画各两幅，以及凡·于索姆和亚伯拉罕·米尼翁的画各一幅，价值二十万法郎，所有的画都配上了精美绝伦的画框，而画框本身跟画一样昂贵。

"啊！你现在明白了吧，我的老家伙？"若赛花问道。

她刚刚从一扇无声的门里，踮着脚尖从波斯地毯走进了客厅，把她的崇拜者一下惊得目瞪口呆，感到一阵耳鸣，除了大难临头的丧钟，再也听不到别的声响。

对一个身居要职的人物，竟随口唤一声"老家伙"，真是令人叫绝，足见那些女人有多放肆，再大的人物也照样糟蹋。这一声，像钉子一样把男爵的双脚钉在了原地。若赛花身上黄白两色，一副盛装打扮，在这无比奢华的客厅里，依旧那么耀眼，宛若一件稀世首饰。

"是很漂亮吧？"若赛花又说道，"公爵把一桩合伙生意的盈利全都花在这儿了，他是在股票上涨时，把股票抛出去的。他可不傻，我的小公爵！只有从前的大爵爷才善于把地底下的煤炭变成黄金。就在晚饭前，公证人给我送来了房契，让我签字，连收据也一并附上了。今天在这里的，全都是大老爷，有德·埃斯格里尼翁、拉斯蒂涅克、马克西乌、勒依古尔、维尔纳伊、拉金斯基、洛舍菲德和拉芭尔菲利纳，还有银行家纽沁根、杜·蒂莱，以及安托尼亚、玛拉嘉、卡拉比娜、拉舍恩兹等，他们一个个都对你的不幸表示同情。是的，我的老朋友，你也在邀请之列，但有个条件，得马上喝足两瓶酒的量，匈牙利酒、香槟酒或加普酒都行，总之要有他们一样的酒量。我亲爱的，我们在这儿都不能动弹了，歌剧院的戏不得不停演，我的经理醉得像把带活塞的短号，嘟嘟嘟地直吹气！"

"噢！若赛花！"男爵嚷叫道。

"真傻，还要什么解释，"她嫣然一笑，说道，"瞧瞧，这房子和家具价值六十万法郎，你值这个价吗？你能像公爵那样，用杂货铺的三角白纸包上一本年利息三万法郎的存折，送给我吗？……亏他才想得出这么个好主意！"

"多么邪恶啊！"国务参事大声道，此刻，他怒火中烧，恨不能用妻子的那些钻石来换取二十四个小时，暂时取代德·埃鲁维尔公爵。

"邪恶正是我的本能！"她反击道，"啊！你就是这样看待世事的！你怎么就没有想到做合伙生意？我的上帝，我可怜的染色的老公猫，你应该感谢我才是：在你和我就要吃光你妻子的养老金、你女儿的陪嫁……的时刻，我离开了你。啊！你哭吧！帝国大势已去！……我这就与帝国道别。"

她做了一个悲戚的姿态，说道：

"人家都叫您于洛！我可再也不认识您了！……"

说罢，她便进了屋子。

微开的门缝里，若闪电般射出一道灯光，同时传来了酒席上越来越响的嬉闹声和上流盛宴的各种气味。

歌女又回过身，透过微启的门缝看了一眼，发现于洛双脚钉在原地，像是铜铸一般。她向前走了一步，又出现在他面前。

"先生，"她说道，"我把肖夏街的那些破烂全让给比克西乌的小埃洛伊丝·布里兹杜了；如果您想要回您那顶破棉帽、靴拔子、腰带和须蜡，我已经明确说过，让他们都还给您。"

一顿可怕的奚落，终于把男爵逐出了门外，就像罗得被迫离开了戈摩尔城，只是没有像他妻子那样，再回头一望。

一失一得

于洛一路上自言自语，怒气冲冲地往回走，回家一看，家里人正在静静地玩着惠斯特牌，跟刚开始打牌时他看到的一样，还是两个法郎的输赢。

一看到丈夫的那副模样，可怜的阿德丽娜马上觉得可怕的灾难就要临头，出了什么丢人的事情；她连忙把牌递给奥丹丝，把艾克托尔拉进小客厅，五个小时前，克勒维尔就是在这个房间，对阿德丽娜预言他们家即将遭受极大的不幸与羞辱。

"你怎么了？"她惊恐不安地问。

"噢！请原谅我；那些可卑的事情，让我都跟你说了吧。"

他喷射出满腔的怒火，发泄了整整十分钟。

"可是，我的朋友，"可怜的女人悲壮地说道，"那种女人根本不知道什么叫爱情！根本不知道你理应得到的那种纯洁、忠贞的爱；你凡事看得都那么透，怎么会硬要跟百万富翁去斗呢？"

"我亲爱的阿德丽娜！"男爵喊了一声，一把抱住妻子，紧紧地拥在怀里。

男爵夫人刚刚在自尊心血乎乎的伤口上敷了一层止痛膏。

"当然，要是德·埃鲁维尔公爵没有财产，在他和我之间，她决不会有丝毫犹豫的！"男爵说。

"我的朋友，"阿德丽娜拿出最后一点儿勇气说道，"如果你非想要情妇，为什么不像克勒维尔那样，到那种有点小小的满足就会快乐半辈子的女人中间找几个便宜的？这样对大家都有好处。你需要，这我理解，可那种虚荣心，我可一点儿也不明白……"

"噢！多么善良多么好的女人啊！"他高声道，"我是个老疯子，我不配有你这样的天使做我的伴侣。"

"我只不过是为我的拿破仑做一个约瑟芬罢了。"她带着悲戚的味道说。

"约瑟芬比不上你,"他说,"来,我来跟我哥哥和孩子打牌;我得担当好家长的责任,把我女儿奥丹丝的婚事办好,让风流之徒见鬼去……"

这番率直的表白令可怜的阿德丽娜大为感动,她说道:"那个女人真是趣味太低了,竟然不要我的艾克托尔,喜欢别人。啊!即使把世上的黄金全给我,我也不会把你让出去。有你的爱,多幸福啊,怎么就能抛弃你呢!……"

男爵以深切的目光来报答妻子这一奇特的感情,这使阿德丽娜更加坚信,温柔和顺从是女人最有力的武器。然而,在这一点上,她却错了。崇高的感情若推向极端,就会结出苦果,导致罪恶。波拿巴当上了皇帝,是因为他在路易十六丢掉了王国和脑袋两步远的地方枪杀无辜群众,而路易十六丢掉脑袋,却是因为他没有舍得让一个叫索斯的先生流血……

晚上睡觉时,奥丹丝把万塞斯拉斯的银印藏在枕下,须臾不离,第二天早早醒来穿好衣服,差人请她父亲起床后就到花园去。

约九点半,依照女儿的请求,男爵把胳膊让她挽着,父女沿着河畔马路,走过罗亚尔桥,一起去卡鲁塞尔广场。

"爸爸,我们装着一起逛街的样子。"奥丹丝走进铁栅栏,准备穿过巨大的广场……

"到这儿来逛?……"父亲开玩笑似的问。

"我们就装着去博物馆的样子吧,那边,"她说着指了指杜瓦伊纳街拐角处几间沿墙搭建的小木屋,"瞧,那儿有几家古董铺,有卖画的……"

"你姨母就住在那边……"

"我知道,可不能让她看到我们……"

"你想要干什么?"男爵问,这时,他站的位置离玛纳弗太太的窗户约有三十步，突然想起了她。

奥丹丝带着父亲，来到了正对南特旅馆、沿旧卢浮宫长廊修建的那片房子拐角处的一家铺子前，她走进铺子，让父亲独自在那儿出神，望着那位漂亮的小女子的窗户。前一天，小女子给老俊男的心中留下了深深的印象，仿佛知道他即将遭受创伤，要给他抚慰似的。这时，他再也控制不住自己，迫不及待地要将夫人出的主意付诸实施。

"就转而去找小市民女子吧，"他自言自语，想起了玛纳弗夫人，她是那么可爱，十全十美，"这个小女子准能让我很快忘记贪婪的若赛花。"

然而，在古董铺的内外同时发生了如下的一幕。

男爵正打量着他的新美人儿家的窗户，不料瞥见了那个女人的丈夫，只见他一边在刷自己的衣服，一边显然在窥探着什么，好像在等广场上的某个人。

多情的男爵怕被撞见，让人认出来，连忙转过身，背对杜瓦伊纳街，但身子只侧过四分之三，以便能时不时地瞟上一眼。没想到身子这一转，几乎与玛纳弗太太打了个碰面，她凑巧从沿河马路走过来，绕过房子的拐角，正准备进楼。

瓦莱莉碰见男爵惊诧的目光，心中像受了电击一般，连忙故作镇静，朝他瞟了一眼。

"多漂亮的女人啊！"男爵高声道，"为了她，什么荒唐事都会做得出来！"

"呃！先生，"她转过身子，像是突然打定了主意，答道，"您是于洛先生，对吧？"

男爵愈发感到惊讶，点了点头。

"那好！既然我们有缘分两次相见，我有幸能让您感到好奇或有兴趣，那我就对您直说，不要做什么荒唐事，而应该主持公道……我丈夫的命运拜托给您了。"

"您能否说得清楚一点儿？"男爵献殷勤地问。

"他在陆军部，是您手下的一个职员，处长是勒布朗先生，在高盖先生的科里做事。"她微笑着说。

"我想可以效劳，太太……贵姓？"

"玛纳弗太太。"

"我的小玛纳弗太太，为了您这双漂亮的眼睛，即使不公道的事，也会去做……我的一个姨妹住在这楼里，我这两天要抽空尽早去看看她，您有什么要求，到她家去跟我说。"

"请原谅我如此冒昧，男爵先生；可您肯定会明白，我能这样斗胆提出请求，实在是因为无依无靠。"

"啊！啊！"

"噢！先生，您听错了我的意思。"她垂下双眼，说道。

男爵仿佛觉得太阳突然间消失了。

"我已经到了绝望的地步，可我是个正经的女人，"她继续说道，"六个月前，我失去了我唯一的依靠，蒙特科纳元帅。"

"啊！您是他的女儿。"

"是的，先生，可他从来没有认我。"

"那是为了能给您留下一笔财产。"

"他什么也没有给我留，先生，因为没有找到他的遗嘱。"

"噢！可怜的孩子，元帅是中风突然离世的……哟，不要绝望，太太，帝政时代贝雅尔式的一代骁将的女儿，应当得到照顾。"

玛纳弗太太风度优雅地行了个礼，同时对自己的成功感到得意，男爵也同样在为自己的收获而暗自庆幸。

"她这么一大早打从什么鬼地方来呢？"他心里想，一边在细细打量那波动的衣裙，她投入其间的那份情致，也许太过分了些。她一脸疲惫，不可能刚刚从外面洗澡归来，再说她丈夫还在等着她。这一切都难以说清，不免让人生出几多想法。

姑娘的罗曼史

　　玛纳弗太太进了屋子，男爵这才想到要看看女儿在古董铺里到底干什么。

　　他一边往铺子里走，两只眼睛还一直盯着玛纳弗太太家的窗户看，因此险些撞上一个冒冒失失往门外跑的年轻人。这人额头苍白，但两只灰色的眼睛炯炯有神，上穿一件黑色美利奴春秋羊毛衫，下着一条粗斜纹布长裤，脚穿带有鞋罩的黄皮鞋。男爵见他急匆匆地朝玛纳弗的那幢房子跑去，很快进了楼。

　　方才，奥丹丝一进铺子，便发现了那组出色的雕像，它就放置在正对门中间的一张桌子上，煞是显眼。

　　倘若奥丹丝姑娘不了解有关这组雕像的底细，这件杰作十有八九会以极品所蕴含的盎然生机打动她的心，而她本人，若在意大利，恐怕也会被当作一座生机盎然的雕像。

　　并非所有的天才之作都有着同等的光彩，有着这种有目共睹，哪怕是外行也能发现的辉煌。

　　拉斐尔的某些画作，如著名的《稣显圣容》《福利尼奥圣母》和梵蒂冈斯坦兹宫的壁画，就不像西亚拉陈列馆的《提琴师》，比蒂陈列馆的《多尼肖像》《以西结显圣》，博盖塞陈列馆的《耶稣持十字架》，以及米兰的布雷拉宫绘画陈列馆的《圣母的婚礼》那样，让人顿起钦佩赞赏之情。罗马教堂圣楼的《圣施洗约翰》、罗马学院的《圣路加为圣母画像》也不如《莱翁十世像》和《德累斯顿圣母》那么富有魅力。然而，这些画却具有同等的价值，甚至更高！斯坦兹宫的壁画，《耶稣显圣容》那几幅单彩画以及梵蒂冈的那三幅小型画都是完美无瑕、至高无上的极品。但是，即使是最有艺术修养的鉴赏家也需要聚精会神，细加研究，方能领悟这些杰作的各种妙处；而《提琴师》《圣母的婚礼》和《以西结显圣》则通过眼睛这一双重的门户直抵你的心底，占据它们的位置；你会毫不费神，对它们欣然接受；但这并非艺术的极致，而是艺术的幸运。

这一现象说明，在艺术品的创作中，有着偶然天成的因素，就如在家庭中，会有极具天赋的孩子降生，他们天生美好，从不伤母亲的心，人见人爱，万事顺利；总之，世上有着天才之花，就像有着爱情之花。

这种 brio（盎然生机），我们刚刚用的这个意大利词，确实难以传译，它概括了初期作品的特征。这是青年天才激荡的心灵与豪迈的意气相结合的产物，而这份激荡日后在神助的时刻还会出现。但是，这种盎然生机不再源于艺术家的心间，艺术家不再像火山喷射出烈焰，将激情倾注于作品之间，相反，他是不得已而为之，迫于形势，迫于爱情，迫于竞争，迫于仇恨，更迫于维持昔日辉煌的需要。

万塞斯拉斯的这组雕像之于他未来的作品，就如《圣母的婚礼》之于拉斐尔后来的一切作品，天才的第一步业已迈出，且潇洒无比，带着童年的活泼和令人羡慕的丰满，就像对着母亲的笑脸，孩子那对小酒窝白里透红的皮肤下所蕴含的力量。据说，欧仁亲王以四十万法郎的重金购买了《圣母的婚礼》，在没有拉斐尔画作的国度，该画价值百万，然而，却无人花这样一笔钱去买他最美丽的壁画，尽管其艺术价值远甚于《圣母的婚礼》。

奥丹丝想到自己的积蓄有限，抑制住内心的赞叹，摆出一副无动于衷的神态，对古董商说：

"这个什么价？"

"一千五百法郎。"古董商朝坐在屋角一张小凳子上的一个年轻人瞟了一眼，回答道。

年轻人一见于洛男爵的这幅活生生的杰作，顿时呆住了。

奥丹丝见况遂明白了几分，看那年轻人因困苦而苍白的脸庞飞起红晕，认定他就是那位艺术家，只见他那两只灰色的眼睛被她的问价燃起了一束光芒。她望着这张瘦削疲乏的脸，那模样就像是个恪守禁欲生活的僧侣；他那色泽红润、棱角分明的嘴巴，小而精巧的下巴和斯拉夫人若丝般的淡栗色头发，她打心眼里喜欢。

"要是一千两百法郎，"她回答道，"我就让您差人给我送去。"

"这是古董，小姐。"古董商提醒道，他跟所有做古玩生意的同行一样，以为只要一说"古董"两字，多余的就不用说了。

"对不起，先生，这是今年才做的，"她柔声柔气地说，"我到这里来，正是要您请艺术家上我们家去，若同意这个价，我们可以给他介绍一批订货，数量相当大。"

"要是这一千两百法郎都给了他，那我还赚什么？我是个买卖人。"店主率直地说。

"啊！这倒不假，"姑娘答了一句，脸上显出了蔑视的神态。

"噢！小姐，您拿走吧！由我来跟老板商量。"利沃尼亚人再也按捺不住，开口高声说道。

他被奥丹丝尊贵的美貌及其对艺术所表现出的爱迷住了，又继续说道：

"我就是这组雕像的作者，十天以来，我每天都往这儿跑，一天跑三次，想看看有没有人识货，讨价。您是第一个赞赏我作品的人，拿着吧！"

"先生，过一个小时，您跟店主一起来……这是我父亲的名片。"奥丹丝答道。

接着，见古董商进了另一间屋子用细布包裹雕像，奥丹丝压低声音，对艺术家又说了几句话，令他惊诧不已，以为是在做梦：

"万塞斯拉斯先生，为我们未来的利益考虑，别将这张名片给费希小姐看，也不要把买作品的人的名字告诉她，因为她是我们的姨母。"

"我们的姨母"，这短短几个字令艺术家感到心醉神迷。他发现一个夏娃从天而降，隐隐约约地看见了天堂。

他一直在梦想着莉丝贝特常跟他提起的美丽的外甥女，一如奥丹丝在梦想着她姨母的心上人。刚才奥丹丝进店门时，他还在想："啊！若她就是那姑娘，多好啊！"

两位情人相互传递着怎样的目光，诸位自可明白。那是火焰，因为纯洁的情人是没有半点虚假的。

任年轻姑娘自由行事

"喂！你在这里面干什么呢？"父亲问女儿。

"我把自己那一千两百法郎的积蓄花掉了，来。"

她挽起父亲的胳膊，做父亲的重复了一声："一千两百法郎！"

"甚至要一千三呢……差的那笔钱你得借给我！"

"干什么用？……在这家铺子……你怎能花这么大一笔钱？"

"啊！是这么回事，"快活的年轻姑娘回答道，"要是我用这笔钱找到了一个丈夫，这不算贵吧。"

"一个丈夫，我的姑娘，在这家铺子里找的？"

"听我说，我亲爱的父亲，要是我嫁给一个伟大的艺术家，你会反对吗？"

"不会，我的孩子。如今，一个伟大的艺术家，就是一个没有授位的王子。既有荣誉，又有金钱，那可是在美德之后最大的两种社会优势。"他用伪善的口吻说道。

"当然，"奥丹丝说，"你对雕塑有何看法？"

"那一行可很不好，"于洛摇摇头说，"除了要有高的才华，还得有大的后台；因为政府是雕塑作品唯一的消费者。这是一门没有市场的艺术，因为如今没有大排场，也没有大的财富，没有改换门庭的宫殿，也没有长子世袭的家产。我们只能接纳一些小画、小雕像，艺术因此而经受着小的威胁。"

"可大艺术家会找到市场的……"奥丹丝继续说。

"那问题就解决了。"

"还有后台呢！"

"那就更好了！"

"还是个贵族！"

"嗬！……"

"是个伯爵！"

"他搞雕塑？"

"他没有家产。"

"那他是指望奥丹丝小姐的财产喽？"男爵含讥带讽地问，以探究的目光紧紧盯着女儿的双眼。

"这个大艺术家，这个搞雕塑的伯爵平生第一次刚刚见到了您的女儿，只有五分钟的时间，男爵先生，"奥丹丝神色平静地回答父亲说，"昨天，你知道吧，我亲爱的好父亲，你在议会的时候，妈妈昏过去了。她说昏过去是因为神经太紧张了，其实是与我的那门亲事告吹有关，她太伤心的缘故，因为她跟我说，你们为了卸掉我这个……"

"她太爱你了，不可能说这种话……"

"这种不够议员水平的话，"奥丹丝笑着接过话说，"不，她没有说这种话；可是我知道，一个待嫁的姑娘，却嫁不出去，这对体面的父母大人来说，自然是背了一个十分沉重的十字架。是的！她心里想，若有一个才气横溢，且有胆魄的男子找上门来，只要三万法郎的陪嫁，那我们全家就幸福了！总之，她认为还是让我有些准备为妥，将来要准备过平凡的日子，不要一味陷入太美好的梦想……这就是说，我那门亲事已经吹了，而且也没有陪嫁。"

"你母亲是个十分善良、高尚的好女人。"父亲回答说，尽管女儿跟他说知心话，他相当高兴，但内心深感惭愧。

"昨天，她跟我说，您同意她卖掉钻石给我结婚用；可我希望她能留下钻石，我想自己找一个丈夫。我觉得已经找到了，那人正合妈妈的条件……"

"在这里！……在卡鲁塞尔广场上！……一个早上就找着了。"

"噢！爸爸，这桩祸事说来话长呢。①"她狡黠地回答道。

"呃！那好，我的小姑娘，那就把事情的来龙去脉都跟你的好父亲说说。"他掩饰住内心的不安，以爱抚的神色问道。

父亲许诺绝对保密之后，奥丹丝把她和贝姨的谈话简要地说了一遍。回到家后，她又把那方非同凡响的银印拿给父亲看，以证明她对事情的发展有着远见。

父亲对年轻姑娘出于本能而表现的机智灵巧，打心眼里感到佩服，不得不承认这位纯洁的姑娘在理想的爱情的一夜促动之后所制订的计划实在单纯。

"你很快就可看到我刚刚买下的那件杰作，等会他们就要给我们送到家去，亲爱的万塞斯拉斯陪着店老板一道来……能创作出这样一组雕像，那位艺术家日后肯定会发大财的。不过，现在还得要靠你的面子，给他拉一笔雕像的业务，再给他在研究院找一个住处……"

"看你这么着急，"父亲嚷叫起来，"要是遂你们的意，恐怕在法定期限内就要成婚，过不了十一天就……"

"还要等十一天？"她笑着反问道，"可短短五分钟，我就爱上他了，跟你当年一见妈妈就爱上她了一样！而且他也爱我，好像我们两年前就已经相识。真的，"她见父亲做了个手势，冲着他继续说道，"在他的眼睛里，我看到了十叠情书。当他向你和妈妈证明是个天才之后，难道你们还不会同意他作我的丈夫嘛！雕塑可是艺术之最啊！"她拍打着双手，跳着说，"噢！我就把实情都跟你说了吧……"

"还有什么事？……"父亲微笑着问。

姑娘天真无邪，和盘托出，使男爵彻底放下了心。

"还有一句话要说，是最重要的，"她回答道，"没见到他之前，我就爱上了他，见了面之后这一个小时里，我爱他都要爱疯了。"

"太疯了一点儿。"男爵答了一句，这一纯真的激情，他看在眼

---

① 此处奥丹丝学拉辛悲剧《费德尔》中费德尔对俄侬娜说的那个名句："我这桩祸事说来话长呢。"

里，喜在心头。

"不要因为我的信赖反而来惩罚我，"她继续说道，"能在父亲的心底高喊'我有了爱，我爱得多幸福啊！'这是多么好。你就要看到我的万塞斯拉斯！一个充满忧愁的额头！……两只闪烁着天才光芒的灰眼睛！……他是多么高贵！你有何看法？利沃尼亚是不是一个美丽的国度？……我的贝姨差不多可以做我的好母亲，怎么能跟这个年轻人结婚呢？……这不等于是害人嘛！她为他所做的一切，我真嫉妒！我想象她看到我们结婚不会乐意的。"

"嗯！我的天使，我们什么事都不要瞒着你母亲。"男爵说。

"这方银印也得给妈妈看吗？可我有诺言在先，答应不背叛贝姨的，她说她就怕妈妈笑话。"奥丹丝回答道。

"银印的事你那么认真，可你却偷了贝姨的心上人。"

"银印的事，我许过诺，可有关银印作者，我可没答应过什么。"

这种古朴纯真的爱情与这个家庭不为人知的状况极为相称，男爵一边夸奖女儿对他的信赖，一边又叮嘱她以后有事一定要听从父母慎重的安排。

"你要明白，我的小女儿，你姨母的心上人是不是伯爵，有没有合法的证明，他的品行有没有保证，都不是你能了解清楚的……至于你的姨母，二十年前，她就已经回绝了五门亲事，这事她不会阻挠的，一切由我去办。"

"听我说！我的父亲，若你想看到我成亲，那么，不到签我婚约的时候，不要把我情人的事跟贝姨说……六个月来，我一直就为此事缠着问她！……呃，她心底有些说不清道不明的东西。"

"什么？"父亲惊奇地问道。

"反正谈起她的心上人，哪怕我开玩笑过分了一点儿，她的脸色就不好看。你要了解什么情况，你去了解好了，我自己的船，还是让我自己来撑。我信赖你，这该让你放心了吧。"

"天主说过：'让孩子自己到我身边来吧！'你就是自己回头的孩子中的一个。"男爵用略带挖苦的口吻回答道。

会面

　　刚用完午餐，门口便通报古董店老板和艺术家送雕像来了。见女儿脸上刷的发红，男爵夫人开始时感到不安，继而打量起女儿来，奥丹丝那种慌乱的神态、火一般的目光很快向她道破了少女心中稍加掩饰的秘密。

　　斯坦勃克伯爵穿着一身黑色衣装，在男爵眼里，可谓是个风度优雅的青年。

　　"您能雕一座铜像吗？"男爵手里捧着那组雕像，问道。

　　男爵放心地欣赏了片刻之后，把雕像递给了对雕刻艺术一窍不通的太太。

　　"妈妈，这是不是很美？"奥丹丝附在母亲耳边问。

　　"雕一座铜像！……男爵先生，比起处理店老板先生好意带来的这座时钟来，并不那么难。"艺术家对男爵回答道。

　　这时，古董商正忙着把爱神设法阻挡十二时辰雕像的蜡模型，往饭厅的橱子上放。

　　"把这座时钟给我留下吧，"作品如此之美，男爵见了惊叹不已，说道，"我想把它带给内政部和商业部部长看看。"

　　"这个年轻人让你这么感兴趣，他是什么人呀？"男爵夫人问女儿。

　　"一个艺术家，若有一定的资本来开发这个模型，恐怕可以挣个十万法郎，"古玩店老板看见姑娘和艺术家默契的目光，马上摆出一副十分内行而又神秘莫测的神态说道，"只需卖出二十座，每座八千法郎，因为每座的成本差不多只要一千埃居；不过，每座时钟得标上号，再把模型毁掉，这样，就能找到二十个鉴赏家，他们会为自己拥有这样的作品而扬扬得意。"

"十万法郎!"斯坦勃克喊叫起来,把古董商、奥丹丝、男爵和男爵夫人逐个打量了一番。

"是的,十万法郎!"古董商又重复了一遍,"我要是有相当的钱,我就花两万法郎把它从您手中买下了;因为,把模型一毁了,这就成了一份独家占有的财产了……不过,要是遇上哪个王公,恐怕会花三四万法郎,买回去装饰客厅。艺术品中,从来没有过这样一座时钟,能让普通市民和行家都满意,可是先生,这座时钟解决了这道难题……"

"这是给您的,先生。"奥丹丝把六个金币递给了起身离去的古董商。

"不要跟社交场上的任何人谈起这次来访,"艺术家把古董商送到门口,对他关照道,"若有人问起我们把这组雕像送到哪家府上了,您就说送给德·埃鲁维尔公爵了,那可是个鼎鼎大名的鉴赏家,住在瓦莱纳街。"

古董商点了点头,表示同意。

"您尊姓?"艺术家回到屋中,男爵问他道。

"斯坦勃克伯爵。"

"您有文书证明您的身份吗?……"

"有的,男爵先生,文书是俄文和德文的,不过未被认证过……"

"您觉得您有能力雕一座九尺高的人像吗?"

"有,先生。"

"那好!如果我去咨询的人士对您的作品满意,我可以把蒙特科纳元帅的雕像让您来雕,雕像准备竖立在拉雪兹神甫公墓元帅的墓上。陆军部和前帝国禁卫军的军官给了相当大的一笔钱,由我们负责选择雕塑艺术家。"

"噢!先生,那我就要发财了!……"这么多喜事一下出现,斯坦勃克顿时惊喜地说道。

"放心吧，"男爵风度优雅地说，"我把您的这组作品和这副模型送给那两位部长看看，若他们对这两件创作表示赞赏，那您就有运气发财了……"

奥丹丝紧挽着父亲的胳膊，都把他给弄疼了。

"把您的文书给我送来，不要把您有希望得到的一切跟任何人说，对我们的老贝姨也不要提起。"

"莉丝贝特？"于洛太太嚷了起来，她终于明白了事情的结果，但却猜不出到底用了什么手段。

"我可以为夫人做半身雕像，以证明我的才能……"万塞斯拉斯接过话说。

艺术家对于洛太太的美貌感到吃惊，方才正在拿母亲跟女儿作比较。

"噢，先生，生活对您来说会变得美好起来，"男爵已经完全被斯坦勃克伯爵清秀高雅的外貌所吸引，接着说道，"您很快就会明白，在巴黎，任何人，若徒具才华，好景不会长，只有坚持奋斗，才会有所得。"

奥丹丝脸红红的，把一只精美的阿尔及利亚钱袋递给了年轻的艺术家，里面装着六十枚金币。艺术家始终保持着几分绅士风度，但看见奥丹丝羞红的脸，也露出了不好意思的神色，个中的意味不难分辨。

"这碰巧是不是您通过劳作得到的第一笔钱？"男爵夫人问道。

"是的，夫人，是我艺术创作的第一次报酬，但不是辛苦劳作的第一次酬报，因为我已经做过工……"

"拿好！别不好意思，"男爵见万塞斯拉斯还拿着钱袋不收起来，遂说，"这笔钱日后哪位王爷或哪位王子一定会还的，为了得到这件美丽的作品，他们会连本带利超原数奉还的。"

"噢！我太喜欢了，爸爸，绝不把它让给任何人，哪怕是王太子！"

"我可以给小姐做一组比这更漂亮的……"

"可就不是这一组了。"她回答道。

说罢，她又觉得话太多了，感到羞愧，独自进了花园。

"那我一回去就把模子和模型毁掉！"斯坦勃克说。

"噢！把您的文书给我送来，若您按我为您筹划的一切去做，您很快就会听到我的消息，先生。"

听到这番话，艺术家不得不走了。他向于洛太太和奥丹丝——行了礼，奥丹丝特意从花园回到屋里，接受了他这个礼。出了门，他又到杜伊勒利宫去溜达了一会，不能也不敢马上回到他那间阁楼上去，因为一回去，他那个暴君就会缠着他问，逼他道出秘密。

奥丹丝的情人想象着那数以百计的作品，既有组雕，又有人像，遂感到力量无比，就像卡诺瓦一样，可以自己动手开凿大理石，可惜那位雕刻家跟斯坦勃克一样孱弱，险些过度劳累送了性命。而今，奥丹丝成了斯坦勃克有形的灵感，他被彻底改变了。

"哎呀！这到底是怎么一回事？"男爵夫人问她女儿。

"是这么回事！亲爱的妈妈，你刚才见到了贝姨的心上人，但愿他现在已经是我的了……不过，请你闭上眼睛，装着什么也不知道。我的上帝！我本来想什么都瞒着你的，我现在全都跟你说了吧……"

"好了，再见，我的孩子们！"男爵亲了亲夫人和女儿，说道，"我现在也许要去看看山羊，从她那儿肯定能了解到有关这个青年的很多情况。"

"爸爸，要小心。"奥丹丝说。

"噢！"听奥丹丝说完了诗歌般的爱情故事，包括早晨刚刚发生的最后一幕，男爵夫人高声道，"我亲爱的小女儿，这人世间最狡猾的东西还是天真！"

真正的激情都有其本能。若让一个美食家去取盘中的一只水果，他决不会出错，甚至看都不用看一眼就能抓住最好的。同样，若让有良好教养的年轻姑娘拥有挑选丈夫的绝对权利，要是她们看准的都有能力得到的话，那她们也很少会有挑错的。人的天性是可靠无误的。在这方面，天性的杰作就叫作一见钟情。有关爱情，第一眼实在就是千里眼。

　　尽管男爵夫人以母亲的尊严作为掩饰，但她跟女儿一样，打心眼里感到高兴，因为克勒维尔所说的有关奥丹丝出嫁的三种方式中，最佳的一种似乎如她所愿，可以获得成功。在这桩奇遇中，她看到自己虔诚的祈祷终于得到了上帝的回应。

奇缘出真情，好景不常在

费希小姐的苦役犯还是不得不回到家里，他琢磨着应该掩饰住情人的快乐，而只表露出艺术家初次成功的喜悦。

"成功了！我那组雕像卖给了德·埃鲁维尔公爵，他很快就要给我一些活儿干。"他把一千两百法郎的金币往老姑娘的桌子上一扔，说道。

可以想象得出，奥丹丝的那只钱袋，他早已揣在怀里藏妥。

"那就好了！"莉丝贝特回答道，"真是喜事，我干活都要累死了。您瞧，我的孩子，干您这一行，这钱来得可慢了，您收到的才是第一笔，可您苦苦干了快五年了！打从那张借据了结了我的那些积蓄以来，我又为您花了不少钱，这笔款子差不多只够还债。不过，您放心，"她数完了钱，又补充说道，"这些钱全都会用到您头上。我们这下至少有一年安定的日子过了。这一年里头，要是您能这样做下去，那不仅可以还清债务，而且还可能有一大笔自己的积蓄。"

万塞斯拉斯发现自己的狡猾伎俩奏效，遂又编了一套有关德·埃鲁维尔公爵的闲闻趣事，说给老姑娘听。

"我想要让您穿着入时，浑身上下一套黑，内衣全都换新的，因为您该打扮得漂漂亮亮的到您的护主府上去，"贝姨回答他说，"另外，现在您需要有一套公寓，不像这间可怕的小阁楼，要更宽敞一些，更舒适一些，好好地布置一下。看您多开心！您再也不是以前的那个样子了。"她打量着万塞斯拉斯，又补充了一句。

"他们说我那组雕像是杰作。"

"那好！再好不过了！您就再做一些，"干瘪的老处女很实际，但却怎么也不能明白胜利的喜悦或懂得艺术之美，她接过话说道，

"您不要再去管已经卖掉了的东西，而应去制造其他可以卖钱的玩意儿。为了《参孙》那件鬼东西，您整整花了两百法郎，还不算您搭上的人工和时间。您那座时钟若要制作成成品的话，还要花掉您两千多法郎。噢，要是您听我的话，您应该把两个小男孩为小姑娘戴矢车菊花冠的那件东西赶紧做完，那准能让巴黎人着迷！我呀，我这就去裁缝师傅格拉夫先生家，然后再到克勒维尔先生府上去……您先上楼吧，让我穿衣服。"

男爵疯一样地牵挂着玛纳弗太太，第二天便赶着去见贝姨，贝姨一开门，发现是他，感到相当吃惊，因为男爵从未上门来看过她。贝姨不禁思忖："莫非是奥丹丝想要我的心上人？……"因为就在前一天，贝姨在克勒维尔家打听到了消息，奥丹丝跟王家法院推事的那门亲事已经告吹了。

"怎么是您在这儿，我的姐夫？您可是平生第一次登门来看我，肯定不是为了我这双漂亮的眼睛吧？"

"漂亮！真的，你的眼睛是我见到过的最漂亮的一双……"男爵回答说。

"您来有什么事？哎呀，在这么一间破屋子里接待您，我真感到不好意思。"

贝姨这套房子共有二间，第一间用作了客厅、饭厅、厨房兼工场。里面的家具装饰是富裕的工人家庭里可见到的：几把胡桃木草垫椅，一张胡桃木小饭桌，一个干活用的台子，几幅装在发黑的木柜子里的彩色版画，一个胡桃木的大衣橱，窗上挂着的是窄小的细布帘，方格地砖擦得亮亮的，干干净净。所有这一切没有一丝灰尘，但整个都是冷冷的色调，真像是一幅泰尔布格的画，画上的一切这儿都有，连那种灰蒙蒙的色彩，也全然体现在房子的糊墙纸上，原先青蓝的墙纸，如今已褪成亚麻色。至于她那间卧室，从来就没有人进去过。

男爵一眼扫过，看清了屋子里的一切，发现从铁炉子到家用的器皿，无不标着"庸俗"二字，不禁感到一阵恶心，脑子里在想：

"这就是所谓的德行！"

"我来有什么事？"他大声回答道，"你这姑娘精着呢，到最后总要被你猜透的，还不如照直跟你说了。"他说着坐了下来，一边轻轻拉开打褶的细布窗帘，目光穿过了院子。"这幢房子里，有一个大美人……"

"玛纳弗太太！噢！我明白了！"她恍然大悟，说道，"那若赛花呢？"

"哎！贝姨，再也没有若赛花了……我像个下人，被她撵出了门。"

"于是您想要？……"贝姨问道，两只眼睛瞧着男爵，俨然一副正经女人的尊严气派，只可惜她动气动得太早了一点儿。

"因为玛纳弗太太是个很规矩的女人，她丈夫是个职员，你可以跟她来往，不会因此而连累了你，"男爵说道，"所以我想要你跟她多串门。噢！放心吧，她对局长先生的小姨一定会毕恭毕敬的。"

这时，楼梯上传来了裙子的窸窣声，同时伴随着一个女人极其精致的皮靴的声音。那声响在楼梯门口戛然而止。继而是两记敲门声，玛纳弗太太出现在门口。

"请原谅我冒昧上门，小姐；可我昨天登门拜访时，未能见到您；我们是邻居，要是知道您是国务参事先生的小姨，我早就来求您让他保护我了。我见局长进了屋，就不顾一切赶来了，男爵先生，因为我丈夫跟我谈起一项有关人事的工作，说有关报告明天要呈交部长……"

她一副激动不已的样子，浑身颤抖；可这不过是因为她方才跑步上楼的缘故。

"您不必来请求什么，美丽的太太，"男爵回答道，"而是我想要请您赐给我与您见面的机会。"

"呃！好，如果小姐觉得可以，您就来吧。"玛纳弗太太说。

"去吧，姐夫，我等会再来找你们。"贝姨小心翼翼地说。

这位巴黎女子料定局长先生会上门来，而且能领会她的意思，所以，她不仅根据会面的场合，得体地给自己打扮一番，而且还好好地收拾了一下屋子。打一清早，屋子里就摆上了赊账买来的鲜花。玛纳弗帮妻子收拾家具，又是用肥皂洗，又是用刷子刷，灰尘除得干干净净，连最小的摆饰也擦得亮亮的。瓦莱莉想要有一个清新的环境，好讨局长先生喜欢，只不过讨好的程度要恰到好处，通过使用现代的策略手段，既不让自己失去保持冷酷的权利，又能像对孩子一样，高高地拿着糖衣杏仁逗他。她早已把于洛看得透透的。要是给一个走投无路的巴黎女子一天时间，那她连内阁也能推翻。

男爵这个帝政时代的人物，对帝政那一套已经形成习惯，对现代爱情方式恐怕一窍不通，一八三〇年以来，又发明了不同的对话方式，可怜的弱女子最终被视为情人欲望的牺牲品，一如为人医治创伤的善女，也像自我奉献的天使。

这部新的爱经竟为魔鬼之操行耗用了大量《圣经》的辞藻。爱情就是牺牲。人渴望理想，向往无限，彼此间欲通过爱情变得更加完美。所有这些漂亮的话语只不过是一种借口，以在实际相处中投入比以往更多的激情，堕落得更加疯狂。这种虚伪正是我们时代的特征，它已经败坏了风流之爱。说是一对天使，但为人处世，却极尽一对魔鬼之所能。

在两次战役间歇，爱情确实没有时间让人这么细细剖析，在一八〇九年，它要的是成功，就像帝国立业一般快速。然而，在王朝复辟时期，美男子于洛恢复了追逐女人的本性，开始时对在陨星般在政治苍穹中坠落的几位旧情妇安抚了一番，后来人老了，投进了贞妮·凯迪娜和若赛花之流的罗网。

玛纳弗太太听丈夫细述了从办公室打探到的情况，对局长的经历有所了解之后，便定下了行动策略。现代情爱之喜剧对男爵自然不乏新奇的魅力，于是瓦莱莉打定了主意，而这天上午，她试了试自己的能耐，果然奏效，使她如愿以偿。

凭着这些伤感、浪漫且具传奇色彩的手段，瓦莱莉没有许诺什么，便为丈夫捞到了副科长的位子和荣誉勋位团的十字勋章。

进行这场小小的战争，当然免不了要去"康嘉尔鲜螺馆"豪华餐厅共进几次晚餐，看几场戏，送大量的礼物，诸如头巾、披肩、裙子和首饰等。

杜瓦伊纳街的住房让人讨厌，男爵便策划在瓦诺街的一幢漂亮的现代楼房里布置一套华丽的住房。

玛纳弗先生得到了半个月的假，准备在一个月后去故里处理私事，此外，他还获得了一笔奖金。他盘算着要去瑞士小游一番，在那里好好研究一下美丽的女性。

于洛男爵处处关照他的新宠，但也没有忘记他的旧友。商业部长博比诺男爵酷爱艺术品：他给了两千法郎，要买一座《参孙》组雕，条件是必须把模型毁掉，只存他和于洛小姐的那两座。一个亲王见了这座雕像赞叹不已，于是给他送上了时钟的模型，亲王当即订下；他愿出价三万法郎，但只能铸此一座。

受到咨询的艺术家，包括斯迪德曼在内，都众口一词，认为这两件杰作的作者有能力塑好人像。于是，蒙特科纳元帅纪念像基金会主席、陆军部部长、元帅德·维森堡亲王很快召集会议，讨论后决定将纪念像的雕塑工程交给斯坦勃克。

时任次国务部长的德·拉斯蒂涅克伯爵见众对手都为这位艺术家的成就喝彩，也想得到他的一件作品，结果斯坦勃克的那件两个小男孩为一个小女孩戴花冠的组雕到了伯爵手中，他答应斯坦勃克，要为他在巨石街政府专控的大理石馆弄一间工场。

就这样，艺术家大获成功，但在巴黎一旦成功，便是疯狂，没有结实的双肩和腰板去担当，那种声名是要压死人的，实际上，这种情况常常发生。报纸上，刊物上，处处都在议论万塞斯拉斯·斯坦勃克伯爵，可他本人和费希小姐丝毫没有想到会有这么一天。

每天，费希小姐一出门去吃饭，万塞斯拉斯便去男爵夫人府上，在那儿待上一两个小时，当然，贝姨来堂姐家聚会的日子除外。

事情就这样持续了一段日子。

男爵对斯坦勃克伯爵的才能和身份深信不疑，男爵夫人对他的性情与品行颇为满意，奥丹丝则为被认可的爱情和未婚夫的声名感到自豪，一家人再也不顾忌什么，开始谈起了这门婚事。最终，艺术家到了幸福的极点，可就在这时，玛纳弗太太一着不慎，弄得事情整个儿陷入了危机。

下面便是事情的经过。

玛纳弗的策略

莉丝贝特已经在瓦莱莉家吃过饭，因为于洛男爵希望她跟玛纳弗太太来往，以便在那对夫妻家有一只眼睛；至于瓦莱莉，她也想在于洛家里有只眼睛，所以对老姑娘也十分亲热。她想等到搬进新房子的那一天，一定请费希小姐喝喜酒。

老姑娘见又多了一户可以上门吃饭的人家，心里好不高兴，加之玛纳弗太太的诱惑，竟对她动了真情。确实，跟老姑娘来往的人家中，没有一个对她这么费心的。

玛纳弗太太对费希小姐简直是无微不至，她们之间的关系，不亚于贝姨与男爵夫人、利维先生和克勒维尔先生，总之与所有招待她吃饭的人家的情分。玛纳弗夫妇特别触动了贝姨的怜悯之心，把家中的穷样子给她看，还添油加醋，说待朋友不薄，可他们却忘恩负义，说家里人有病，还有母亲弗汀太太要负担，夫妻俩作出各种常人难以作出的牺牲，家里再穷也瞒着她，让她至死一直过着富足的日子……

"可怜的人家啊！"贝姨对姐夫于洛感叹道，"您关心他们是有道理的，他们值得您关照，因为他们是那么勇敢，那么善良！靠副科长那一千埃居的薪水，他们现在勉强可以过日子，要知道蒙特科纳元帅去世后，他们欠了不少债！政府竟然只给两千四百法郎的薪水，让一个拖儿带女、有家室的职员在巴黎生活，简直太不像话了。"

一个年轻的女子，对贝姨显得很友好，什么都跟她说，凡事都请教她，恭维她，好像一举一动都愿意听她使唤，就这样，没有过多少时间，对于脾气古怪的贝姨来说，这个女子就成了比所有亲戚还亲的亲人。

就男爵这一方面而言，他对玛纳弗太太也很欣赏，她为人端庄，有教养，也懂礼仪，这是贞妮·凯迪娜、若赛花和她们的那帮女友所欠缺的，所以，短短一个月时间，他就迷上了她，陷入了老人的那份痴情，虽说神魂颠倒，但表面看来还算不失理智。

确实，在这里，他既见不着嘲讽愚弄，也看不到花天酒地的生活，疯狂无度的挥霍，更看不到道德的堕落，对社会现实的蔑视和对他人的绝对排斥，当初正是那两位女戏子的这些罪孽，给他造成了一切灾难。同时，他也摆脱了交际花像干涸的沙土一般贪得无厌的纠缠。

玛纳弗太太成了他的朋友和知己，每次接受他一点儿什么，她总是异常客气。"什么职位啦，奖金啦，凡是您从政府那儿为我们争取到的，那都行；可对一个您说心里爱着的女人，千万别做有伤她体面的事，"瓦莱莉说，"不然，我就不信您了……可我还是乐意相信您的。"她朝他瞟了一眼，那神态，犹如圣女泰雷兹望着天空。

要送出一件礼物，那简直像是攻克一座堡垒，或侵犯一个人的良心。

可怜的男爵每每要想方设法，才能送出一件小玩意儿，当然，那小玩意儿都是十分贵重的。他庆幸自己终于遇到了一个贞淑的女子，实现了自己的梦想。在这个原始（这是他的原话）之家中，男爵和在自己家中一样，也是一个上帝。

玛纳弗先生似乎根本就未曾想到他那个部里的朱庇特会有意化作金雨落到他妻子的家里，于是心甘情愿当他那位尊贵的长官的仆人。

玛纳弗太太年方二十三岁，一位纯洁、羞怯的平民女子，是深藏在杜瓦伊纳街的一枝花，对姑娘们那些道德堕落、伤风败俗的行为当然未曾沾染上，如今男爵对那一切已经厌恶透了，对贞淑女子那种抗拒诱惑的魅力又从未领略过，而腼腆的瓦莱莉恰好让他尝到了个中的百味，一如歌中所唱的，"沿着河流"，细细品味。

凭艾克托尔和瓦莱莉之间的这层关系，瓦莱莉自然会从艾克托尔嘴中了解到大艺术家斯坦勃克与奥丹丝打算结婚的秘密，对这一点，谁听了也不会感到大惊小怪的。

在一个并无特权的情人和一个不肯轻易拿定主意做人情妇的女人之间，总会发生一些口舌和道德之战，而话多常会泄露天机，就如在击剑比赛中，套皮头的花式剑往往如决斗之剑露出杀机。于是，最谨慎的男人都要仿效德·杜莱纳先生。

男爵话不多，只是暗示等女儿结婚之后，他就能有彻底的行动自由，以此来回答深情的瓦莱莉，她已经不止一次地抱怨："我想象不出天底下会有女人肯为一个不完全属于她的男人失身！"

男爵千万次赌咒，说早在二十五年前，他和太太之间的一切就已经了结了。

"可大家都说她非常漂亮！"玛纳弗太太说，"我需要证据。"

"证据，您会有的。"男爵回答道，他暗暗得意，因为瓦莱莉一要证据，就陷进去不能自拔了。

"什么证据？得永远都不离开我。"瓦莱莉答了一句。

于是，艾克托尔只得道出了正在瓦诺街实施的计划，以此向瓦莱莉证明他已经考虑把本属于合法妻子的生命拿出一半给她，因为他认为文明人的生活是由白昼与黑夜两部分组成的。他说一旦女儿出嫁，他就不失体面地与她分居，让她独自一人生活。到那时，太太可以在奥丹丝家或小于洛家过她的日子，他相信太太会听从安排的。

"到那时，我的小天使，我真正的生命，我真正的家就在瓦诺街了。"

"我的上帝，您给我安排得多周到啊！……"玛纳弗太太说道，"可我丈夫呢？"

"那个废物？"

"确实，跟您一比，是个废物……"她笑着回答道。

108

极度不慎

玛纳弗太太得知了事情的底细之后，便疯了似的一心要见到年轻的斯坦勃克伯爵；或许是她想趁同在一座房子里居住的机会，跟他要件小玩意儿。

这股好奇心很叫男爵讨厌，于是瓦莱莉赌咒再也不见万塞斯拉斯。可是，虽说要放弃这种怪念头，而且男爵还为此送了她一套塞夫勒古窑软瓷茶具，但她内心深处还是抓着这一欲望不放，仿佛已写在记事本上。

因此，有一天，她请她的贝姨到她房间一起喝咖啡，东拉西扯谈到了贝姨的心上人，想试探一下能不能见他一面而又不至于惹来麻烦。

"我的小宝贝，"她这样称呼道，因为她们彼此都以我的小宝贝相称，"您怎么到现在还没有给我介绍您的心上人呢？……他最近一下子就成了名人，您知道吗？"

"他！名人？"

"大家可都在议论他呢！……"

"啊！嗬！"莉丝贝特惊叹道。

"他就要为我父亲雕塑像，我可以帮上他的忙，助他把塑像雕成功，因为在瓦格拉姆战役之前，也就是在一八〇九年，塞恩为年轻英俊的蒙特科纳画过一幅肖像细密画，后给了我可怜的母亲，我可以借给他用，那可是蒙特科纳夫人拿不出来的……"

在帝政时代，塞恩与奥古斯汀是执细密画之灵魂的两位人物。

"我的小宝贝，您说他就要雕一座人像？……"莉丝贝特问道。

"要雕九尺高呢，是陆军部定的。哎哟！您是哪方人氏呀？倒要我来告诉您这些消息。政府就要划给德·斯坦勃克伯爵一间工场，还要给他一处住房，地址就在巨石街，是在大理石馆，您的波兰人说不定能当上那儿的经理，两千法郎的薪水，可真是个美差。"

"我怎么什么也不知道，您是从哪儿听说的？"一时惊得发愣的莉丝贝特终于清醒过来，问道。

"您看，我亲爱的小贝姨，"玛纳弗太太口气亲切地说，"您是不是能做一个忠诚的朋友，经受得起一切考验？您愿意我们俩像亲姊妹一样吗？您愿意向我发誓，您从此之后对我再也没有什么秘密可言，我也什么不瞒着您，您替我做密探，我将为您做密探吗？……您愿意向我发誓，决不出卖我，哪怕是对我丈夫，或对于洛先生，永远不承认是我跟您说的这些……"

玛纳弗太太突然打住，不再耍弄这套斗牛士的挑逗伎俩，因为贝姨的模样让她感到恐怖。

洛林女子的表情变得阴森可怖。两只刺人的黑眼睛似恶虎一般直勾勾地瞪着。那张面孔如同我们想象中的巫婆，她使劲咬紧牙关，以免发出咯咯的响声，可怕的抽搐使她四肢直打哆嗦。状若铁钩的手伸进了帽子里，抓住头发，支撑着已变得异常沉重的脑袋；她整个像在燃烧！吞噬着她全身的火焰仿佛沿着她的皱纹直冒烟，那一条条皱纹犹如火山喷发后留下的条条裂缝。好一个惊心动魄的场面。

"哎哟！您怎么打住了？"贝姨声音失真地问道，"我待您会完全像待他一样。噢！为了他，我不惜献出我全身的血……"

"这么说您爱他？"

"像对我的孩子那样爱……"

"那好！"玛纳弗太太松了口气，继续说道，"既然您只给他这种爱，那您很快就会非常幸福的，因为您也想要他幸福，是不是？"

莉丝贝特像个疯女人似的很快点了点头。

"他一个月后就要娶您的小外甥女为妻。"

"奥丹丝？"老姑娘一拍脑门，站了起来，高声问道。

"是的！您是爱他吧，那个年轻人？"玛纳弗太太问道。

"我的小宝贝，我们之间是生死之交，"费希小姐说道，"是的，您要是也有什么恋情的话，我也会觉得很神圣的。总之，您的不道德行为，我也会当作德行的，因为我需要您的不道德行为！"

"那您是不是一直跟他在一起生活？"瓦莱莉高声问。

"不，我只是想做他的母亲……"

"啊！这我就一点儿也不明白了，"瓦莱莉继续说道，"既然您没有被人耍，也没有受人骗，有这么一桩美满的婚姻，他又成了名，您该感到很幸福才是。再说，跟您的事情早就了结了，您就算了吧。您每天一出门去吃晚饭，我们的艺术家就上于洛太太家……"

"阿德丽娜！"莉丝贝特自言自语道，"噢！阿德丽娜，这笔债，你一定要还我，我要让你比我还要丑！……"

"瞧您的脸白得像死人一般！"瓦莱莉说道，"其中有什么事情吗？……噢！我真蠢！她们母女俩一直瞒着您，恐怕是觉得您会阻挠这门亲事。"玛纳弗太太嚷道，"可是，既然您没有跟那个年轻人一起生活，我的小宝贝，这些事情，我可就一点儿也弄不清楚了，比我丈夫的心还更难弄明白……"

"噢！您呀，您不知道，"莉丝贝特继续说道，"您不知道这个阴谋是怎么回事！这最后一手，是要人命的！我的心底，已经有了不少创伤！您不知道，打从懂事的时候起，我就成了阿德丽娜的牺牲品！家里人对我是打，对她是爱！我穿得像个乞丐，她打扮得像个贵妇。我种菜、摘菜，可她呢，十个手指只是用来穿衣打扮！……她嫁给了男爵，到了皇宫里出尽了风头，而我直到一八〇九年还待在老家那个村子里，等着有一桩还过得去的亲事，一等就是四个年头；他们把我从那儿接过来，可让我做工，给我介绍的不是小职员，就是像看门人模样的上尉！……整整二十六年里，我什么都是拣他们的剩……现在呢，就像在《旧约》里记载的，穷人手头只有一头羊，这羊是他的全部幸福所在，可富人有成群的羊，却还想要穷人的那一头，把它给偷走了！……也不先打个招呼，问也不问一声。阿德丽娜偷走了我的幸福！阿德丽娜！……阿德丽

111

娜，我一定要亲眼见到你掉进泥坑，比我还惨！奥丹丝，我一直爱着她，可她却骗了我……男爵……不，这不可能。您说，您再告诉我一声，所有这些事都会是真的吗？"

"您冷静点，我的小宝贝……"

"瓦莱莉，我亲爱的天使，我会冷静的，"古怪的老姑娘坐了下来，回答道，"唯有一件东西可以使我恢复理智，那就是请您给我一个证据！……"

"您的外甥女奥丹丝得到了《参孙》那座雕像，瞧，这儿有一家杂志发表的石印画；她是用自己的积蓄买下的，而男爵，考虑到未来的女婿的利益，捧他出了名，为他谋到了一切。"

"来点水！……来点水！"莉丝贝特朝石印画瞟了一眼，发现画下方写着"组雕，于洛·德·埃尔维小姐藏"几个字，遂嚷道，"来点水！我的脑袋像火烧一样，我要疯了！……"

玛纳弗太太送上了水，老姑娘摘下帽子，松开那一头黑发，把脑袋浸进她的新朋友给她端上的那盆水中；她一连几次，用水浸自己的额头，这才止住了脑中蹿起的怒火。经凉水一浸，她完全恢复了对自己的控制。

"不要再提一个字，"她一边擦着脸，一边对玛纳弗太太说，"这事不要再提一个字……瞧！……我不是安静下来了嘛，什么都已经忘了，我已在考虑其他的事！"

"她明天就要进夏朗顿疯人院，肯定的。"玛纳弗太太望着洛林女子，暗暗在想。

"怎么办呢？"莉丝贝特又说道，"您看，我的小天使，只得闭上嘴，低下头，走向坟墓，就像水只能流进河里。我能怎么办呢？我恨不得把这些人，把阿德丽娜，她女儿，还有男爵全都碾成灰。可一个穷亲戚，怎能对付一个有钱的人家呢？……岂不是又应了那个故事，用土罐子去砸铁罐子。"

"是呀，您说得在理，"瓦莱莉回答说，"人呀，能尽量从槽子里多扒一点儿草料，也就得了。巴黎的生活就是这样。"

112

"唉，"莉丝贝特说，"那个孩子，我一直以为自己待他像亲母亲一样，本想一辈子跟他一起生活的，要是失去他，我很快就会活不了的……"

她眼里噙着泪水，没有再往下说。这个浑身充满硫黄、火药味的老姑娘竟然这么动情，玛纳弗太太见了不禁打了个寒战。

"还好！"她抓着瓦莱莉的手说道，"我惨遭不幸，能遇到您，瓦莱莉，对我是个安慰……我们以后一定会很亲的，彼此有什么理由要分开呢？我这一辈子决不会跟您去争什么。我呀，再也不会爱上谁了！……以前那些人想要我，想娶我，无非是因为我有姐夫这个后台……我生有登天堂的能力，却不得不用来去挣口面包吃，挣口水喝，穿的是破衣烂衫，住的是一间破阁楼！啊！我的小宝贝，这就叫命苦！我就这样成了一个干瘪的老太。"

她突然打住，一束黑色的目光直逼玛纳弗太太蓝色的双眼，穿透她的灵魂，若尖刀直刺这个漂亮女子的心脏。

"何必又提起呢？"她自责道，"啊！我从来没有说过这么多话，算了！……"她停顿片刻，又用了一句小孩子常用的语言，继续说，"谁骗人谁倒霉！……您说得很明智：我们还是磨好牙，尽可能到槽子里多扒点草料吃吧。"

"您说得在理，"玛纳弗被莉丝贝特神经质大发作给吓坏了，已经记不得刚才是自己说了这句至理名言，又开口说道，"我的小宝贝，我觉得您说得不错。唉，人生本来就不长，还得尽可能去享受，利用别人来教自己快活……我呀，年纪这么轻，却已经想得这么开！我小时候娇生惯养，我父亲可宠坏我了，把我当公主养，可后来，他心怀野心，又结了婚，几乎把我全忘了！我可怜的母亲曾给了我最美丽的梦想，可看我最后嫁给了一个只有一千两百法郎薪水的小职员，那人三十九岁了，人又老又色，堕落极了，待我就像别人待您那样，只当发财的工具看，这一来，我母亲悲伤透了，不久离开了人世！……唉！可最终，我发现这个卑鄙的男人竟是天底下最好的丈夫。他不喜欢我，宁要街头那些肮脏的丑女人，倒让我落得个自由自在。虽说他自己的那些薪水，从来都是自己拿着，可我哪儿来的钱花，他也从来不问……"

这下，轮到了她突然打住话头，她感到自己就要被这滔滔不绝的知心话所淹没，见莉丝贝特听得这么仔细，觉得在把自己的最后一点秘密向她全部吐露出来之前，还得对她有点把握才行。

"您瞧，我的小宝贝，我对您是多么信赖啊！……"玛纳弗太太接下去说道，莉丝贝特遂点了点头，教人放心极了。

人用眼睛和脑袋的动作来赌咒，往往比在法庭上起誓还更庄严。

最知心的话

"表面上，我这人什么都规规矩矩的，"玛纳弗太太把手放在莉丝贝特手上，像是接受了对方的保证，说道，"我是个已经结婚的女人，凡事都自己做主，在家里，要是玛纳弗哪天早上去部里上班之前，突然起意要跟我道个别，若见我房门关着，他就会走开，不会打扰我。对自己的孩子嘛，他还不如我对杜伊勒利花园里那些石雕的孩子那么喜欢，花园里有两座河神像，那些孩子就在其中一座的脚下玩耍。要是我晚上不回家吃饭，他就跟女用人一起吃，吃得好着呢，因为那女用人对先生可是百依百顺。每天吃过晚饭，他都要出门，不到半夜或凌晨一点不回家。可怜的是，这一年来，我没有侍女伺候我了，这也就是说，我已经守了整整一年的寡……我这一辈子只有过一次爱，一次幸福……那是个有钱的巴西人，他一年前走了，这是我犯下的唯一的一个过错！他回去要把产业卖了，兑成现款后再来巴黎定居。可等到了那个时候，他的瓦莱莉会成了什么模样呢？一堆垃圾。哼！这是他的错，不是我的错，他为什么迟迟不回来呢？也许他早就葬身海底了，就像我的贞操一样。"

"再见了，我的小宝贝，"莉丝贝特突然说道，"我们以后永远不分离。我爱您，敬重您，我就是您的人啦！我姐夫缠着我，让我搬到瓦诺街您的新宅去住，我一直不乐意，因为他这一份好意的用心，我是看得透透的……"

"噢，这一来您就可以监视我了，我也明白。"玛纳弗太太说。

"这正是他这般慷慨的用意所在，"莉丝贝特答道，"在巴黎，善行中有一半是投机，就如不义中有一半是复仇！……对待一个穷亲戚，他们就像对付老鼠那样，随手扔给它们一块咸肉。男爵主动提出这个要求，我当然会答应的，因为这间房子我已经住厌了。啊！我们两都相当精明，有什么事会损害我们的利益，我们都会知道的，该说的我们才说；反正，不要说漏了嘴，这交情嘛……"

"要经得起一切考验……"玛纳弗太太乐呵呵地说，如今有了一块挡箭牌，一个心腹，一个正经可靠的姨妈之类的人物，她心里确实高兴，"听我说，男爵在瓦诺街安排得确实好……"

"我想也是，"莉丝贝特接过话说，"花了三万法郎呢！这笔钱，我不知道他是从哪儿弄来的，因为歌女若赛花早已经把他的血给放光了。噢！您正碰上好机会，"她又补了一句，"男爵呀，有一双像您这样光滑白嫩的小手捧着他的心，他做贼去偷也心甘的。"

"是嘛！"玛纳弗太太心里像姑娘们那么踏实，可这不过是因为不在意罢了，她说道，"我的小宝贝，说吧，如果什么能对您的新房子派得上用场，您就从这里拿吧……这个柜子，这个带镜子的衣橱，还有这地毯、帷幔……"

莉丝贝特高兴得瞪大了眼睛，简直不敢相信会得到这样一份礼物。

"您这一下给我的，比我有钱的亲戚三十年来给我的还要多！……"她高声道，"他们从来就没有考虑过我是不是有家具用！前几个星期，男爵第一次上门来，见到我这种穷样子，也只是扮了个有钱人的鬼脸……呃！谢谢！我的小宝贝，我一定会还您的情的，您到时看我怎么报答您吧！"

瓦莱莉把她的贝姨送到楼梯口，两个女人拥抱了一下。

"她一身臭蚂蚁味！"等贝姨走了，漂亮的女人自言自语道，"以后不要拥抱她，我这个贝姨！不过，要小心才是，得好好跟她相处，她对我可有用了，一定会让我发财的。"

玛纳弗太太是个名符其实的巴黎混血女人，她怕吃苦受累，像猫一样懒洋洋的，不到万不得已的时候，不会去跑去奔。对她来说，生活应该是享受，而享受又应该一点儿也不费力。她喜欢鲜花，但要有人给她送上家门。若去看戏，要是没有单独包间，没有车送她去，她简直不能想象。

瓦莱莉的这些交际花的情趣，全是从她母亲那里传下来的。蒙特科纳将军在巴黎多次逗留，这期间，瓦莱莉的母亲深得将军宠爱，整整二十年间，所有人都拜倒在她的脚下；她挥霍成性，生活奢侈，全都被她花光、吃光，随着拿破仑下台，那种奢华的排场也就不见上演了。

论挥霍，帝政时代的要人绝不逊色于旧时的王公大臣。到了王朝复辟时期，贵族们对挨打、抄家的事记忆犹新，因此，除两三个特例外，一般都变得节俭、适度，凡事都先做好准备，总之，变得庸俗，没有伟大的气派。之后，一八三〇年，完成了一七九三年未竟的事业。在法国，从此之后只有显赫的姓氏，不再有显赫的世家，除非再出现难以预料的政治变更。一切都打上了个人的印记。最为明智的人士的财产为终身年金，所谓的家族由此而不复存在。

拿玛纳弗的话说，瓦莱莉搭上于洛的那一天，贫穷这个恶魔已经咬得她鲜血淋淋，迫于它强大的威胁，这个年轻女子不得不打定主意，把自己的美貌当作生财之道。因此，这几天来，她感到迫切需要像她母亲那样，身边有一位忠心耿耿的女友，跟贴身女侍不该说的心里话都能向她倾吐，而且这女人能替我们活动，来回奔忙，考虑问题，总之，对我们死心塌地，即使生活对她不公，也心甘情愿。

然而，她和莉丝贝特一样，很清楚男爵让她和贝姨交往是出于何种用心。这个巴黎混血女人聪明得令人可怕，她一连数个小时躺在沙发上，把别人的灵魂、情感和计谋的各个黑暗角落，用她那盏细细观察的灯笼搜索了个遍，想出了一个妙计，要把间谍变成同谋。

她泄露了秘密，这实在可怕，但十有八九是存心这么做的。她看透了老姑娘的真实性格，知道她好激动，又多情，但却无处发泄，于是便想到要拉拢她，让她依附自己。因此，方才的那场谈话就像游客投进深潭的一颗石子，以探测它的深浅。不料发现老姑娘看似那么软弱、谦卑，一点儿也不骇人，可身上却同时有着伊阿戈与查理三世的性格，玛纳弗太太不禁害怕起来。

贝姨的变化

　　眨眼间，贝姨又恢复了原来的面目。科西嘉岛人和野蛮人的性格顿时挣脱了柔弱的束缚，重显出咄咄逼人的高傲姿态，犹如一棵因儿童攀枝偷摘青果而弯曲的树，从孩子的手中又弹了回去。

　　童贞者的脑中，不仅念头多，考虑周密，而且变化快，这对任何注意观察社会的人来说，永远是个令人叫绝的观察对象。

　　童贞如同世间一切畸形的东西，有着丰富的特性和巨大的吸收能力。童贞者不曾耗费自己的生命力，所以其生命品质不凡，有耐力，能持久。凭借其他机能保存下的能量，大脑得到了充实。当童贞者需要自己的肉体或灵魂，借助自己的行动或思想时，他们的肌肉就会坚如钢铁，才智便成了学识，有着魔鬼般的力量或妖巫般的意志。

　　相比较而言，若把童贞女马利亚作为一时的象征，那印度、埃及和希腊的一切典型就会黯然失色，远不及她伟大。童贞，这一崇高事物之母（magna parens remm），用其纤美白皙的双手执着世外的钥匙。总而言之，这一伟大而可怕的特殊人物无愧于天主教会赋予她的一切荣耀。

　　因此，贝姨眨眼间变成了野蛮的莫希干人，而莫希干人设起陷阱来谁也逃不脱，做起假来谁也猜不透，他们快速的决断，有着无比完善的器官作基础。就这样，贝姨成了雪恨与复仇之神，就如在意大利、西班牙和东方一样，深仇大恨，绝不容化解。这仇与恨，加之推至极端的情与爱，只有在沐浴着阳光的国度才能一见。但是莉丝贝特主要还是洛林女人，这也就是说，她已下定决心，要以欺骗为手段。

做这种骗人的角色，贝姨并不情愿，她实在是因为无知，才作了这一怪诞的尝试。凭她的想象，监狱和孩子们想的没有两样，她将监禁与单独关押混为一谈。可是单独关押是监禁的最重处罚，而这一处罚的特权属于刑事庭。

一出玛纳弗太太家门，莉丝贝特便往利维先生家跑，在办公室找到了他。

"哎哟！我的好利维先生，"贝姨插上办公室的门闩，对他说道，"您说得对，那些波兰人呀！……全都是混账……都是些不讲信用，无法无天的人。"

"是些想要在欧洲放火的家伙，"爱好和平的利维接过话说，"他们想要毁了所有的商业，让所有的生意人倾家荡产，为了一个据说尽是沼泽的国家，那里到处是可恨的犹太人，还别提哥萨克人和乡民了，都是些疯狂的野兽，被错划进了人类。那些波兰人，对现在这个时代一无所知。我们早已经摆脱了野蛮人的时代！战争已经一去不复返，我亲爱的小姐，战争已经随国王们而去了。我们的时代，是商业、工业和资产阶级的聪明才智胜利的时代，荷兰就是靠这一切兴起来的。对，"他越说越激动，"我们所处的这个时代，人民应该通过合法地扩大自由权，通过宪法机构的和平手段来谋取一切，然而波兰人对此根本就不了解，我希望……您说什么来着，我的美人？"见女工的那副神态，他明白了政治这一套，女工是无从理解的，于是他打住话头，问了一句。

"这是文书材料，"贝姨说，"要是我不愿白白丢掉那三千二百一十法郎，就得把那个坏蛋送进监狱……"

"啊！我跟您说过的话不错吧！"圣德尼区的这位预言家高声道。

利维当初从邦斯兄弟手中盘下这家铺子，一直未搬，还在恶言街朗热的旧宅里，这座大宅是在所有名门望族都往卢浮宫四周挤的时期，由赫赫有名的朗热家族建造的。

"所以嘛，我来这儿的路上一直给您祝福呢！……"莉丝贝特回答说。

"若他不觉察到什么，那早晨四点钟就可以把他关进牢房，"商事仲裁翻了翻历书，查了查日出的时辰，说道，"不过，要等到后天才行，因为不事先把催告文书和拘禁通知下达给他，是不能把他投进监狱的。这样的话……"

"这法律多蠢啊！"贝姨说，"欠债的不就要跑了嘛。"

"他有这个权利，"商事仲裁微笑着说，"噢，这么办吧……"

"这样的话，我这就把文书带走，"贝特打断商事仲裁的话，说道，"回去后交给他，告诉他我不得不借点钱，债主要求办这个手续。我了解我那个波兰人，这文书，他不打开看一下就会烧了点烟斗的！"

"啊！这主意不错！不错！费希小姐。那好！您就放心吧，这事保准会办妥的。不过，再等等！把人关进监狱还不算完事。我们享用法律这种奢侈品，目的是要把钱收回来。以后您的钱叫谁还呢？"

"叫那些给他钱的人还。"

"啊！对，我都忘了陆军部长还让他为我们的一个顾客雕塑纪念像呢。嗬！我们店里给蒙特科纳元帅提供了多少军装，可每次很快就被炮火给熏黑了。这家伙！真是个大好人！他从来都是按时付款！"

一个法兰西元帅，也许他拯救了皇帝或自己的国家，但"按时付款"，永远都是出自生意人之口的最美的赞词。

"就这样吧！利维先生，星期六见，到时好好美餐一顿。噢，我就要从杜瓦伊纳街搬走，住到瓦诺街去。"

"这就对了，见您住在那个鬼地方，心里真不好受，尽管我讨厌跟敌对派有染的一切，但我还是敢说，这鬼地方简直是让卢浮宫和卡鲁塞尔阅兵场丢尽了脸，真的！我钦佩路易·菲利普，他是我的偶像，他是我们这个阶级庄严的、真正的代表，当初他就是靠这个阶级建立了他的王朝，他恢复了国民自卫军，给我们织绣业所带来的一切，我永远不会忘记……"

"听您说这话，我感到纳闷，您怎么就没有当上国民议员。"莉丝贝特说。

"因为他们怕我拥戴王朝，"利维说，"我的政敌都是国王的死对头；啊！他是个高贵的人物，家庭又是多么美满；总之，"他继续大发宏论，"他是我们的理想：有美德，生活节俭，一切的一切！不过，把卢浮宫修好，是我们把王冠交给他的先决条件之一，款子算是定下要拨的，可没有下个期限，我承认这是事实，最终把巴黎市中心弄成这种惨不忍睹的模样……我这人是个居中派，所以希望巴黎的正中心能换一个样子。您住的那个鬼地方见了让人发抖。再住下去，迟早有一天会把您给害了……这下好啦！您的克勒维尔先生终于高升，被任命为营长，但愿他的大肩章由我们店里来提供。"

"我今晚去他家吃晚饭，这活我一定给您接过来。"

莉丝贝特自信一割断利沃尼亚人和社会的联系，就可以把他牢牢掌握在自己的手中。艺术家若停止工作，就会被世人遗忘，就像凡人被葬入坟墓，只有她能进去看他。就这样，她心里乐了两天，因为她坚信，这一下终会给男爵夫人和她女儿一个致命的打击。

她上了路，要去克勒维尔先生家，克勒维尔家住索塞伊街，但她走的路线却是过卡鲁塞尔桥，沿伏尔泰河滨马路和凯道赛，经贝尔夏斯街、大学街、协和桥，再到马里尼大街。

这条不符逻辑的路线是由情欲的逻辑给定下的，因情欲的逻辑往往走极端，跟人的双腿为敌。

贝姨上了沿河马路，慢慢地走着，眼睛望着塞纳河的右岸。她算得一点儿不错。走时万塞斯拉斯正在穿衣服，她猜想她一出门，心上人就会抄近路上男爵夫人家去。

果然，正当她沿着伏尔泰河滨马路的栏杆往前走，恨不能吞了塞纳河，脚踩此岸，心系彼岸的时刻，她看到那位艺术家一出了杜伊勒利花园的门，便往罗亚尔桥赶去。她上桥跟上了那个不忠的情人，一路尾随着他，没有被对方发现，因为情人一般都很少回头张望。就这样，她一直跟他到了于洛夫人家门口，见他进了门，看他那样子，就像是个常客。

这个最后的证据说明玛纳弗太太说的全是实情，气得莉丝贝特要死。

她到了新任命的营长大人家，心里气呼呼的，恨不得要去杀人，见克勒维尔老爹在客厅里等着他的孩子——年轻的于洛夫妇。

不过，塞莱斯坦·克勒维尔这个塞撒·比洛托得意的继承人，是暴发户中无比天真而又真实的代表，要随随便便进他的家门，是很难的。他自己一个人，就是整整一个世界，加之在这个家庭悲剧中占有重要位置，因此比利维更值得我们去描述一番。

克勒维尔的生活与观点

诸位不知是否留心过，在我们的童年时代或踏进社会生活大门之初，我们往往在自己毫无意识的情况下，就已经用自己的双手为自己塑造了一个样板。

比如一家银行的职员，从一踏进老板的客厅起，便梦想能拥有同样一间客厅。若他发了财，客厅里布置的决不会是二十年后时髦的那套奢华的摆设，而是当初令人心醉神迷的那种已经过时的排场。

人们往往不知道因为当年的嫉妒心作怪而做了种种蠢事，同样，谁也意识不到正是因为这种暗中的争强好胜心理促使他们去效仿当初立下的榜样，耗尽自己的心血，去争当月亮的一线闪光，做出种种荒唐事。

克勒维尔当了区长助理，因为他的老板当初任过区长助理；他如今又当上了营长，因为他一直眼红塞撒·比洛托的大肩章。

同样，当初老板发财走大运，曾请建筑师格朗多装修，克勒维尔对那奇妙的设计惊叹不已，所以，等到他自己装修住宅的时候，拿他自己的话说，是"二话不说"，闭着眼睛，打开钱袋去找当时已经被人彻底遗忘了的建筑师格朗多。

失去昔日光彩的名人，靠过时的赞美支撑着，到底还能闪耀多久，谁也不知道。

格朗多装饰客厅，总是千篇一律，白漆描金，墙衬大红锦缎。家具是红木的，但雕工很普通，一点儿也不精细，所以在工业品展览会期间，巴黎的制品略逊一筹，让外省占了风光。至于烛台、椅子扶手、壁炉挡灰板、吊灯、座钟等，全都是洛可可式样。

客厅正中央，放着一张死气沉沉的圆桌，桌面是大理石的，由罗马产的各式意大利大理石嵌饰而成，倒也古色古香，罗马制造的这一块块矿物标签，犹如裁缝师傅的货样，上克勒维尔家做客的有钱人见了，总免不了啧啧称赞一番。

护壁上悬挂着四幅肖像画，分别是已故的克勒维尔太太、克勒维尔本人以及他女儿和女婿，四幅画都出自在有产阶层内名气响当当的画师皮埃尔·格拉苏之手，在他的笔下，克勒维尔一副拜伦的派头，煞是滑稽。画框价值三千法郎，与厅内咖啡馆式的富丽装饰颇为和谐，但要是哪位名符其实的艺术家见了，定会直耸肩膀。

自古以来，黄金从来就不曾放弃过一个自我献丑的机会。若我们歇业的买卖人能像意大利人那样不落俗套，有着向往伟大事物的本能，那今天的巴黎城内，恐怕早已有了十座威尼斯。直到我们这个时代，米兰的一个商人还会自愿从遗产中捐出五十万法郎给米兰大教堂，为穹顶上巨大的圣母像描金。卡诺瓦曾在遗嘱上吩咐他兄弟，花四百万建一座教堂，而他兄弟另又慷慨地捐了一笔钱。

一个巴黎的有钱人（都跟利维一样，心里是爱自己的巴黎的），是否想过要给巴黎圣母院补建上钟楼呢？

可你算一算吧，有多少遗产没有人继承，最终归了政府。

十五年来，克勒维尔之流花在硬质壁板、描金石膏和骗人的雕刻上的钱，若用来美化巴黎，什么工程早就都完成了。

客厅的尽头，是一间富丽堂皇的小厅，里面摆放着仿布尔风格的桌柜。

卧室的四壁全都装饰着波斯绸，也与客厅相通。饭厅里一式的胡桃木家具，煞是耀眼，护壁上挂着几幅瑞士风景画，配以华丽的画框。克勒维尔老爹一直梦想着去瑞士游玩，在亲眼目睹其芳容之前，决意先将这画中之国拥为己有。

克勒维尔当过区长助理，受过勋，又是国民自卫军军官，如众人所见，他的一切，包括家中的摆设，不折不扣，全都是仿效那个后来倒运的前任家里的排场。在王朝复辟时代，一个失了势，而另一个默默无闻的，却走了运，这并非命运的特殊安排，而是事物的必然。在革命中，犹如在海洋的风暴之中，实实在在的东西全都葬身海底，而没有分量的玩意却被波浪卷到了海面。塞撒·比洛托身为保王党，当时是个得势的人物，遭人妒忌，自然成了资产阶级反对党的靶子，而胜利的资产阶级则在克勒维尔身上得到了具体的体现。

这套住房的租金为一千埃居，里面放满了用金钱可以买到的所有漂亮但俗气的玩意儿，房子占了一家旧府邸的整个二层，府邸前面有院子，后面有花园。屋子里所有的一切保存得像是昆虫学家家里存放的标本，因为克勒维尔很少在这儿住。

这个富丽堂皇的处所，构成了这位野心勃勃的老板的法定住所。他平时有一个厨娘和一个当差伺候，若要设宴招待政界的朋友，接待一些人，显示自己的排场，或招待亲戚，他便临时雇两个下人，到谢维酒家点一桌好菜。

克勒维尔真正的落脚点以前是在洛莱特圣母街埃洛伊丝·布里兹杜小姐家，后来如诸位所见到的，搬到了肖夏街。

每天上午，这位歇业的商家（所有的有钱人都称自己是歇业的商家）在索塞伊街待上两个小时，处理一些公务，余下的时间全都用在了情妇身上，这可把情妇折磨得好苦。

克勒维尔跟埃洛伊丝小姐有笔稳定的交易：她每个月供他价值五百法郎的消遣玩乐，月月清，不得推延。至于她的饭钱和所有额外的开销，也由克勒维尔负担。

这份契约还外带赏金，因为他常常送礼，不过，对这位著名歌女的前情夫来说，看来还是经济合算的。他常跟那些过分溺爱自己女儿的鳏居的商人说，包月租马骑远比自己养牲口要上算得多。不过，诸位恐怕还记得肖夏街门房私下跟男爵说的那些话，克勒维尔是从不回避马夫或侍者的。

可见，克勒维尔说是溺爱女儿，可却变着法子供自己作乐。他的行为举止很不道德，但却以高尚的道德为之辩护。再说，老化妆品商从他的这种生活中（必不可少的生活、放荡的生活、摄政王式、蓬巴杜式以及黎塞留元帅式的生活）还能捞到一点儿高人一等的光彩。

克勒维尔自以为是个眼界开阔的人，钱虽少，但出手大方，为人慷慨，思想也不狭隘，可这一切，不过是靠了每月一千二百至一千五百法郎的开销。这并非是政治上虚伪的结果，而是有产阶级的虚荣心在作怪，不过，两者殊途同归，结果还是一样的。在交易所，克勒维尔被视作是一个超脱时代的人物，尤其是一个乐天随和派。

在这一方面，克勒维尔自以为比那个比洛托老头要强百倍。

克勒维尔其人

"好呀！"克勒维尔一见贝姨，气呼呼地嚷叫起来，"是您干的好事，成全了于洛小姐，跟您一手为她培养起来的年轻伯爵结婚？……"

"好像这有违您的心愿？"莉丝贝特狠狠地瞪了克勒维尔一眼，一针见血地反问道，"您阻挡我外甥女的婚事，到底对您有什么好处？据有人对我说，她跟勒巴先生家公子的婚事，就是您给搅掉的……"

"您是个好姑娘，从来都很慎重，"克勒维尔老头继续说道，"那好！于洛先生在造孽呢，把我的若赛花给夺走了，您觉得我能饶过他？本来是一个本本分分的好女子，我老了准备娶她的，可被他弄成了一个烂娘儿们，一个女骗子，一个唱戏的……不，不饶他！决不饶过他。"

"可于洛先生还算是个好人啊。"贝姨说。

"可爱的好人！……很可爱，太可爱了，"克勒维尔接过话说，"我不想让他倒霉；可这个仇，我还是想报的，我一定要报。这主意已经拿定了！"

"那么是因为想要报仇，您才不再登于洛太太的家门？"

"也许吧……"

"啊！那您肯定是在追我堂姐吧？"莉丝贝特微笑着说，"我猜想也是。"

"她呀，把我当狗对待，甚至连狗也不如，把我当奴才；甚至可以说把我当政治犯。可我会成功的。"他捏紧拳头敲了敲自己脑门，说道。

"可怜的人啊，被情妇给抛弃了，又要受妻子的骗，太残酷了！……"

"若赛花！"克勒维尔高声道，"若赛花离开他了，把他给甩了，把他赶走了！好极了！若赛花。若赛花！你为我报了仇！我从前的好宝贝，我要送给你一对耳珠！……这事我还一点儿都不知道呢，那天，美丽的阿德丽娜请我上她家去了一次，就在第二天，我见了你的面，之后便去了科贝伊，在勒巴家待了一阵子，刚刚才回来。埃洛伊丝跟我闹别扭，让我到乡下去，我知道她为什么要我走，因为她要跟那些艺术家、戏子和文人在肖夏街喝酒，庆贺乔迁之喜，不要我在场……我被骗了！可我会原谅她的，因为她让我很开心。真是一个新名角，又一个黛雅泽。这个姑娘，可真有趣！瞧我昨天晚上收到的短笺：

"'我的好老头，肖夏街的帐篷我搭好了。我挺用心的，让一帮子朋友把新房给拾掇干净了。一切均好，先生，你想什么时候来都行，夏甲①在等候着她的亚伯拉罕。'

"埃洛伊丝有消息都会告诉我的，那帮浪子的事，她知道得一清二楚。"

"可我堂姐夫并没有把这桩倒霉事放在心上。"贝姨回答说。

"不可能。"克勒维尔像钟摆似的来回踱着步，突然停了下来，说道。

"于洛先生年纪已经不小了，"莉丝贝特狡黠地提醒道。

"我知道他，"克勒维尔接过话说，"可我们俩在某些方面很相像：于洛过日子怎么也不能没有爱。他一定会再回头去找他妻子，"他又自言自语道，"这对他可真是新鲜事儿，可我的仇就报不成了。您在笑，费希小姐？……啊！您准知道一点儿什么事？……"

"我在笑您的这些念头呢，"莉丝贝特回答道，"是的，我堂姐还相当漂亮，足以让人动情；我要是个男人，也会爱上她的。"

_____

① 《圣经》中的人物，夏甲是亚伯拉罕的妻子，撒拉的埃及使女。

"喝酒上了瘾，一定还会再喝的！"克勒维尔高声道，"您在讥笑我！男爵一定是找到了别的安慰。"

莉丝贝特点了点头。

"啊！他可真快活，第二天就找到了接替若赛花的女人，"克勒维尔继续说，"对这我才不感到奇怪呢，有一天晚上我们一起吃消夜，他对我说，他年轻时，为了预防万一，他总是有三个情妇，一个是准备抛弃的，一个是在享用的，还有一个是在追求着的，准备将来用。他准是早有了预备，在他的鱼塘里或者鹿苑里，养了个轻佻放肆的女工！他呀，这个家伙，纯粹是个路易十五。啊！生来是个美男子，他真有福气！不过，他也老了，已经显出老态来了……他肯定是迷上了某个打工的小女子。"

"噢！不。"莉丝贝特回答道。

"啊！"克勒维尔说道，"我得想方设法，不能让他太得意；我是不可能再把若赛花给夺回来了，这种女人是决不会再回头找最初的情人的。再说，人们都这么讲，吃回头草不叫爱。不过，贝姨，我可以给钱，我是说我愿意花个五万法郎，把这个大美男子的情妇抢过来，向他证明一个挺着国民自卫军营长肚子，长着将来能当巴黎市长的脑袋的胖老头，是决不肯让人白白偷走他的女人的……"

"处于我的位置，"贝姨回答道，"我是只能听着，什么也不知道的。您不用担心什么，有话尽可以跟我说。别人想告诉我什么知心话，我是决不会搬一个字的。您为什么要我有违于自己的这种行为准则呢？那就没有人再会信赖我了。"

"我知道，"克勒维尔说，"您是老姑娘中的珍珠……呜！哎哟，事情总有例外的嘛。不是吗，他们家里可从来没有给过您以后养老用的钱……"

"可我有自己的尊严，我决不想让任何人为我花费什么。"贝姨说道。

"啊！要是您愿意帮我报仇，"老化妆品商继续说，"我就把一万法郎的终身年金存到您的名下。告诉我，漂亮的贝姨，只要您告诉我是谁接替了若赛花，那您就有钱交房租，吃饭，喝您那么爱喝的好咖啡了，您还能喝上纯正的莫加咖啡呢……怎么样？啊，那多香呀，纯莫加咖啡！"

"我不在乎这一万法郎的终身年金，那每年差不多有五百法郎的利益，我更看重自己的为人，要绝对保守秘密，"莉丝贝特说，"您瞧，我的好克勒维尔先生，男爵对我可好了，他就要为我付房租了……"

"是的，长期交下去；您就指望他吧！"克勒维尔高声道，"男爵到哪儿弄钱去？"

"啊！我不知道。不过，为装修那位小太太的住房，他可花了三万多法郎呢……"

"小太太！怎么，是个上流社会的女子？这个浑蛋，他可真有福气！怎么总是只有他走运！"

"是个有夫之妇，一个很体面的女人。"贝姨继续说。

"真的！"听到"一个很体面的女人"这几个字，他像是中了魔法，加之欲火中烧，他睁大了眼睛，嚷道。

"真的，"贝姨又说道，"她多才多艺，懂音乐，今年二十三岁，一张漂亮天真的面孔，又白又迷人的皮肤，小狗般整齐的牙齿，星星般的眼睛，美丽的额头……娇小的双脚，我从来没有见过这样小巧玲珑的，不比她撑裙用的鲸须薄片大多少……"

"那耳朵呢？"克勒维尔被这番煽情的描述激得兴奋不已，问道。

"模样俊极了，"她回答道。

"手小吗？……"

"我告诉您吧，一句话，那是颗女人中的珍珠，为人端正、贞洁，感情细腻！……一颗美丽的灵魂，一位天使，高贵优雅，因为她父亲是个法兰西元帅……"

"一个法兰西元帅！"克勒维尔气得跳了起来，叫道，"我的上帝！混账！见鬼！该死！……啊！小人！对不起，贝姨，我都要疯了！……我想，我都愿出十万法郎。"

"啊！真的，我告诉您，那是个端庄的女人，品行好。男爵可算是找对了。"

"他可是一个子儿也没有……我告诉您。"

"可有一个做丈夫的被他推上去了……"

"推到哪上头去了？"克勒维尔苦笑着问道。

"推到了副科长的位子上，那个做丈夫的肯定会讨好他……那人还有可能得十字勋章呢。"

"政府应该小心才是，不要乱授勋章，对受过勋的要尊重，"克勒维尔像个政治家，一副愤愤不平的样子，说道，"可这个混账老男爵，他怎么就有那么大的能耐呢？"他继续说道，"我看自己也完全能有他那两下子嘛。"他摆好姿势，照了照镜子，找补了一句："埃洛伊丝常常对我说，我这个人很出众，那可是在女人不撒谎的时候说的。"

"噢！"贝姨接过话说，"女人都爱胖男人，胖子一般都是好人；在您和男爵之间，我嘛，当然选择您。于洛先生风趣，长得英俊，有风度；可您呢，您实实在在，另外，噢，直说吧……您看上去比他还要坏！"

"真不可思议，所有女人，包括正经虔诚的女子，都喜欢坏模样的男人！"克勒维尔得意扬扬走过去，搂住贝姨的腰。

"问题不在这里，"贝姨继续说，"您明白，一个女人得了这么多好处，不会因为一点儿小利就对她的保护人不忠的，那可不是值十几万法郎的事，因为那位小太太过不了两年就能看到丈夫升为科长……是因为家境贫穷，才把那个可怜的小天使推进了深渊。"

克勒维尔像疯了似的在客厅里来回踱着步。

"他该是迷着那个女人吧？"克勒维尔的欲火经莉丝贝特一阵扑打，他简直气疯了，片刻后，他又问道。

"您自己去判断！"莉丝贝特回答道，"可我并不认为他已经捞到了手！"她用大拇指弹了一下白白的大门牙，说道，"不过，他已经送了一万法郎的礼。"

"噢！要是我赶在他前面，岂不是一场好戏！"克勒维尔高声道。

"我的上帝！我真不该跟您搬这些闲话。"莉丝贝特像是内疚似的说。

"不。我要让您的家族感到羞耻，明天我就以您的名义存一笔终身年金，利息为百分之五，这样您每年可得六百法郎的利息，条件是您得什么都告诉我，包括那个可爱的女子的姓名及住址。我应该跟您说实话，我从来没有过很体面的女人，我最大的心愿，就是能结识一位。穆罕默德天堂的仙女比起我想象中的上流社会的女人来，那简直不值一提。总而言之，那是我的理想，我的疯狂的爱，您瞧，我都已经疯到这个地步，于洛男爵夫人对我来说永远不会有老的一天。"他居然不知道自己说的这话，跟上一个世纪最风流的一位才子说的不谋而合。"噢，我的好莉丝贝特，我已经打定主意，决定牺牲十万，二十万……嘘！我的孩子们来了，我看见他们正穿过院子走来。我从来没有从您这儿探听到什么，我可以向您发誓，因为我不愿意您失去男爵对您的信任，绝对不愿意。那个女人，男爵肯定是喜欢极了，我那个老伙计啊！"

"噢！他都要爱疯了！"贝姨说，"他没有办法为她女儿弄四万法郎的嫁妆，可为了这个新欢，却不知从哪个洞里掏出来了。"

"您觉得那女人爱他吗？"克勒维尔问。

"就他那年纪……"老姑娘回答道。

"噢！我真傻！"克勒维尔嚷了起来，"我竟容忍一个艺术家跟埃洛伊丝来往，就像亨利四世同意贝尔加德与加布利埃尔私通。噢！老了！老了！——你好，塞莱斯蒂娜，你好，我的宝贝，还有你的小宝宝！啊！在这儿呢！说真的，他可越长越像我了。你好，于洛，我的朋友，你都好吗？……我们家很快又有人要成亲了。"

塞莱斯蒂娜和她丈夫冲着莉丝贝特，互相递了个眼色，接着，她又放肆地问她父亲："谁要成亲了？"

克勒维尔装出一副狡黠的样子，像是在说，多一句嘴并不要紧，有问题他会去补救的。

"是奥丹丝，"他回答道，"不过还没有最后定。我刚从勒巴家来，有人在给博比诺小姐提亲，就是我们那位年轻的巴黎王家法院法官，可他是一心想要到外省法院当院长呢……走，吃晚饭去。"

凯列班对爱丽儿的最后一着

七点钟，莉丝贝特便已乘公共马车回到家里，因她急于见到万塞斯拉斯，近二十天来，她一直被他蒙在鼓里，但她还是拎着满满一提包水果来给他吃。水果是克勒维尔亲手给她装的，他现在对他的贝姨变得格外体贴。

她快步奔上阁楼，几乎上气不接下气，看见艺术家正忙着装饰一只就要完工的盒子，这盒子，他是准备送给他亲爱的奥丹丝的。

盒盖四周刻的是绣球花，花丛中是正在游戏的爱神。盒子用的恐怕是孔雀石料，为了这只盒子的费用，可怜的情人不得不为弗洛朗和夏诺尔雕刻了两把火炬，那可是两件杰作，但所有权归了两位老板。

"这些天来，您干得实在太辛苦了，我的好朋友，"莉丝贝特说道，一边给他揩去额头的汗水，又亲了他一下，"八月的天气，您这样忙着干活，我看有危险。您的身体真的会累坏的……喂，这里有桃子，还有李子，是从克勒维尔先生家拿来的……您不要这么卖命，我已经借了两千法郎，要是不出意外，您把座钟卖了，我们就有钱还了！……不过，我对债主还有点儿不放心，他刚刚给我寄来了这几张印花纸文书。"

她说着把催债文书与拘禁通知塞在了蒙特科纳元帅塑像的草图下面。

"您这些漂亮的玩意儿是给谁做的呀？"贝姨拿起蜡塑绣球花枝，问道。万塞斯拉斯刚才放下花枝去吃水果。

"给一个首饰商。"

"哪一个首饰商呀？"

134

"我不知道，是斯迪德曼请我给他捏的，他催得可急了。"

"可这都是绣球花呀，"她用异样的声音说，"您怎么就从来没有用蜡为我捏点什么？造一只戒指，一只盒子，什么都行，作个纪念，难道就那么难？"她说着朝艺术家投去一束可怖的目光，幸好艺术家垂着双眼没看见，"您还口口声声说爱我呢！"

"您不相信……小姐？"

"噢！这一声小姐喊得可真叫亲热！打从我看见您就要断气的那天起，我心里就一直只念叨您……我救了您的命，您当时就把一切都托付给了我，我可从来没有跟您讲过许愿的事，可我对自己还是立下了愿！我自己暗暗发誓：'既然这个孩子把自己托付给了我，我一定要让他幸福，让他富有！'现在好了！我已经如愿以偿，能让您发财了！"

"怎么发呢？"可怜的艺术家问道，他高兴极了，可人太天真，没有疑心这是个陷阱。

"是这样的，"洛林女子说。

莉丝贝特难以拒绝那份疯狂的乐趣，看着万塞斯拉斯满怀对母亲似的爱凝望着她，但他的目光中流露出的分明是对奥丹丝的爱，只是老姑娘看错了。她生来第一次看见一个男人的眼中腾起激情的火焰，误以为是她给点燃的。

"克勒维尔先生答应出十万法郎跟我们合伙，开一家商行，不过他说，如果您肯娶我的话。他的念头可真怪，这个老胖子……您对此有什么想法？"她问道。

艺术家的脸刷的发白，像个死人一般，暗淡无光的双眼盯着他的救命恩人，内心的思想因此而暴露无遗，只见他张口结舌，说不出半句话来。

"谁也没有对我说得这样明白，看来我是丑得可怕！"她苦笑着说。

"小姐，"斯坦勃克开口说道，"对我来说，我的救命恩人是永远不会丑的；我对您满怀深情，可我还不到三十岁，而……"

"而我已经四十三！"她接过话说，"我的堂姐于洛太太都四十八了，还有人疯狂地爱她；可她长得漂亮！"

"我们之间相差十五岁呢，小姐！我们这一对怎么过呢？为了我们自己，我想我们也应好好考虑一下，我的感激之情可与您的恩情相配。再说，您的钱过几天就可以还给您。"

"我的钱！"她嚷叫起来，"噢！您把我当作一个放高利贷的，没有一点儿心肠。"

"对不起，"万塞斯拉斯接过话说，"不过，您常跟我提您的钱……说到底是您一手创造了我，可千万别毁了我。"

"您想要离开我，我看出来了，"她摇了摇头说，"到底是谁给了您这个胆子，竟然忘恩负义，您本来可是一个纸糊一样的人呀？我是您善良的守护神，可您竟不相信我？……我经常熬夜为您干活！把我一生的积蓄都给了您！整整四年来，我这个可怜的女工把自己吃的也分给您一半，把一切都借给了您，包括我的勇气！"

"小姐，行了，别说了！"他跪倒在地，握住她的双手，说道，"请不要再说一个字！过三天，我就告诉您，把什么都告诉您；请您让我，让我幸福吧，"他吻着她的双手说道，"我有着爱，也有人爱着我。"

"那好！祝您幸福，我的孩子。"她扶他站了起来，说道。

说罢，她吻着他的前额和头发，看她那股疯狂的劲头，只有被判了死罪的人才会有，仿佛在慢慢品味人生的最后一个上午的时光。

"啊！您是世上最崇高、最好的人，就跟我心爱的人一模一样。"可怜的艺术家说。

"我还很爱您，不禁为您的前程担心，"她脸色阴郁地说，"犹大最终上吊死了！……所有忘恩负义的人都没有好下场！您一旦离开了我，就再也不会做出什么有益的事！您想想吧，我们不结婚，因为我是个老姑娘，我心里清楚，我也不愿把您的青春年华，就像您说的，把您的诗情画意，扼杀在我这葡萄藤似的双臂中，可您想想，如果不结婚，我们就不能在一起生活吗？听我说，我这人有做生意的头脑，我可以帮您干十年，为您聚一笔财富，因为我这人名字就叫'聚财'；可要是您跟一个年轻的女人在一起过，她只会用钱，您会把所有的一切都花得干干净净，到头来只能拼命干活让她快活。幸福能给人们的，只有回忆。每当我想起您，我就一连几个小时什么也做不了……就这样吧！万塞斯拉斯，留在我身边吧……噢，我以后什么都会理解的：你可以有情人，一些漂亮的女人，就像想见你的小玛纳弗太太一样，在我身上你得不到的幸福，她可以给你。然后嘛，等我为你聚了三万法郎的年金时，你再结婚。"

"小姐，您是个天使，这一刻我永远不会忘记。"万塞斯拉斯揩了揩眼泪，说道。

"您这一下又让我称心如意了，我的孩子。"她醉了一般望着他，说道。

人的虚荣心总是那么强烈，莉丝贝特自以为已经胜券在握。她竟然做出莫大的让步，献出了玛纳弗太太！她这一生从来没有这么激动过，她破天荒第一次感到心中荡漾着欢乐之情。为了能再次获得这样的幸福时刻，让她把灵魂出卖给魔鬼，她也会在所不惜。

"我已经订婚了，"艺术家回答说，"我爱上了一个女人，谁也比不上她。可您，永远都是我那失去的母亲，现在是，将来也是。"

这一句话，不啻是一场雪崩，坍落在燃烧的火山口上。

莉丝贝特坐了下来，脸色阴沉地望着面前这个青年，望着他那高贵漂亮的脸庞，艺术家的天庭和美丽的头发，凡是能激起一个女人抑制已久的天性的一切，她都细细端详，滴滴泪珠一时湿润了她的眼睛，但很快便又干涩了。看她的模样，就像中世纪的石匠安放在坟墓上那羸弱细长的雕像。

"我不咒你，"她突然站起身子，说道，"你呀，还是个孩子。愿上帝保佑你！"

说罢她便跑下楼，把自己关进房间里。

"她在爱着我，这可怜的女人，"万塞斯拉斯自言自语，"她的话可真是热乎、动人。她疯了。"

　　这个干瘪但实际的女人作了最后一次努力，想为自己保留下那一美与诗的形象，其疯狂的劲儿，只有拼命挣扎，竭尽最后一点儿力气往岸上游的落水者才能相比。

报仇失败

第三天，清晨四点半钟，斯坦勃克伯爵睡得正熟，忽听有人敲他阁楼的门；他上前打开门，看见两个衣冠不整的汉子直朝里闯，身后跟着另一个人，从他那身装束看，准是个不走运的执达员。

"您是万塞斯拉斯先生，斯坦勃克伯爵？"最后进门的一位问道。

"是的，先生。"

"我叫格拉塞，先生，是鲁夏尔先生的继任，身为商警……"

"有什么事？"

"您被捕了，先生，得跟我们去克利希监狱……请穿上衣服……您瞧，我们都很客气的……连市里的警察都没有带一个来，楼下有辆马车。"

"更确切地说，您是被拘留了……"一个执达员说道，"因此，我们相信您会宽容以待的。"

斯坦勃克穿好衣服，下了楼，两个执达协理员一人架着他的一只胳膊，把他推进了马车，车夫不等吩咐，驾车就走，分明是早就知道该往何处去。就这样，前后半小时，可怜的外国人就被实实在在而又合乎手续地关进了牢房，他对此简直是莫名其妙，连声抗议都没有。

十点钟，他被叫到监狱的书记室，看见了莉丝贝特，她泪流满面，给了他一些钱，让他在里面好好过，花钱找一间大一点的房间，可以做点活。

"我的孩子，"她对他说，"千万别跟任何人谈起您被捕的事，不要跟任何人写信，不然会断送了您的前程。得瞒住这种丢脸的事，我很快就会把您救出去的，我得弄一大笔钱……您放心吧。您干活需要什么东西，就给我写信，我给您送来。您很快就会自由的，要不我会痛苦死的。"

"噢！您救了我两次生命！"他大声说，"要是大家认定我是个坏人，那我丢掉的，岂止是生命。"

莉丝贝特走出了监狱，心里快活极了；她指望把艺术家关进大牢之后，就可以断掉他跟奥丹丝的婚事，说他早已经结婚，多亏他夫人的努力，他被恩赦，回俄国去了。

为了将这一计划付诸实施，她下午三点钟左右便到了男爵夫人家，尽管这一天并不是她平常来吃晚饭的日子；可是，她幸灾乐祸，要看看她的小外甥女在万塞斯拉斯该上门来幽会的时刻会经受怎样的折磨。

"您来吃晚饭了，贝特？"男爵夫人掩饰住内心的不快，问道。

"是的。"

"那好，"奥丹丝应道，"我去告诉下人要准时开饭，因为你不喜欢久等。"

奥丹丝朝母亲递了个眼色，让她放心；因为她是要去吩咐当差的，若斯坦勃克上门来，让他先回去；可当差的出门在外，奥丹丝不得不去叮嘱女仆，女仆很快上了楼，拿了活计儿，准备坐到门厅去。

"我的那个心上人怎么样了？"等奥丹丝回到客厅，贝姨对她说，"您不跟我再提起他了嘛。"

"噢，真的，他怎么样了？"奥丹丝说，"他可是个名人。你该得意了吧，"她附到贝姨的耳朵上又补了一句，"如今谁都在谈论万塞斯拉斯·斯坦勃克先生。"

"谈得太多了，"贝姨大声回答道，"先生都心神不定了。若只是煽动他在巴黎享受，我倒有能力管住他；可听说为了笼络住这样一个艺术家，尼古拉皇帝赦免了他……"

"啊！噢！"男爵夫人只应道。

"你是怎么听说的？"奥丹丝心头一紧，问道。

"噢，"残忍的贝特继续说道，"是听一个与他关系最神圣的人说的，是他妻子昨天来信告诉他的。他想回国；啊！要离开法国回俄国去，他可真是太傻了……"

　　奥丹丝看了她母亲一眼，脑袋失去控制地往旁边一歪，男爵夫人急忙扶住昏死过去的女儿，只见她的脸色像头巾的花边一样煞白。

　　"莉丝贝特！你害死了我女儿！……"男爵夫人嚷叫道，"你生来就是为了给我们造孽。"

　　"这是什么话！这事哪有我的什么过错，阿德丽娜？"洛林女子站起身，摆出一副咄咄逼人的姿态问道，可男爵夫人在慌乱之中丝毫没有注意到。

　　"是我错了，"阿德丽娜扶着奥丹丝回答道，"打铃呀！"

　　就在这时，门开了，两个女人一齐扭过头去，看见了万塞斯拉斯·斯坦勃克。女仆不在，是厨娘刚给他开门进来的。

　　"奥丹丝！"艺术家呼喊着奔到三个女人面前。

　　他亲吻着未婚妻的额头，虽说她母亲就在面前，但他亲得那般虔诚，男爵夫人看了一点儿也不生气。对于昏厥过去的恋人来说，这一亲比任何英国嗅盐都灵。奥丹丝遂睁开眼睛，看是万塞斯拉斯，马上就有了血色。片刻后，她便完全恢复了。

　　"您瞒着我一直不说的，就是这事吧？"贝姨笑着对万塞斯拉斯说，好像刚从堂姐和外甥女那种慌乱的样子才明白了事情的真相。"你是怎么把我的心上人偷到手的？"她领着奥丹丝上了花园，问她道。

　　奥丹丝一五一十，天真地把她的罗曼史讲给了贝姨听。她说，她父母都觉得贝姨这辈子肯定不会嫁人了，所以才同意斯坦勃克上门来。至于那组雕像是怎么得到的，其作者又是怎么登场的，奥丹丝就像童话中的大森林姑娘阿涅丝一样，把一切都归于缘分，说作者上门，纯粹是想知道他的第一个买主究竟是谁。

　　斯坦勃克一会儿来到了贝姨和她外甥女跟前，为他这么快获释一个劲地感谢老姑娘。莉丝贝特虚情假意地对万塞斯拉斯说，本来债主含糊其词，并没有给她明确许诺，她以为第二天才能把他保出来，恐怕是债主自己对这种可鄙的迫害行为感到羞愧，提前让人把他放了。老姑娘摆出一副很高兴的样子，对万塞斯拉斯表示祝福。

"可恶的孩子！"她当着奥丹丝和她母亲的面对万塞斯拉斯说，"要是前天晚上您跟我实说，告诉我您爱着我的小外甥女奥丹丝，她也爱着您，您就省得我流那么多泪了。我还以为您是要抛弃您的老朋友，把培养您的人丢开呢，原来根本不是这一回事，您就要当我的外甥女婿了；从今往后呀，您我之间的联系确实会少些，但我对您的感情不会疏远的！……"

说罢，她亲了亲万塞斯拉斯的额头。奥丹丝投进贝姨的怀里，泪水夺眶而出。

"我的幸福全靠了你，"她对贝姨说，"我今生今世永远忘不了你……"

"贝姨，"男爵夫人见事情竟有这么完美的结局，心里高兴极了，拥抱着莉丝贝特说道，"男爵和我都欠你的情，我们一定会报答你的；来，我们到花园里去谈点事。"她说着拉贝姨走开了。

显然，莉丝贝特在这个家里表面上扮演的是一个善良天使的角色：她因此而得到了克勒维尔、于洛、阿德丽娜和奥丹丝的钟爱。

"我们想你不要再工作了，"男爵夫人说，"就算你每天能挣四十个苏，除了礼拜天，每年六百法郎。那么，你现在有多少积蓄呢？"

"四千五百法郎！……"

"可怜的妹妹！"男爵夫人说。

她朝苍天抬起双眼，想到堂妹为了这点积蓄，三十年来节衣缩食，吃尽了苦头，心底实在怜悯她。可莉丝贝特误解了这一声感叹的意思，以为是走运的堂姐瞧不起人，在嘲笑她。于是，正当堂姐对她童年的暴君消除了所有戒心的时刻，贝姨反又新添了一份可怕的敌意。

"我们再添上一万零五百法郎，"阿德丽娜继续说道，"把这笔钱存起来，你作为用益权人，奥丹丝作为虚有权人；这样，你就有了六百法郎的年金……"

莉丝贝特像是高兴极了。等她用手绢擦着幸福的泪花回到屋里，奥丹丝又跟她谈起了全家宠爱的万塞斯拉斯，把落到他头上的好事一一都说给了她听。

婚约大多是怎样缔结的

男爵回到家，发现全家的成员都在，男爵夫人已经正式称斯坦勃克伯爵为女婿，而且决定婚事就在半个月内办，就等男爵最后同意了。因此，国务参事一踏进客厅，他妻子和女儿便迎上前去，一个凑到他耳旁跟他说话，另一个亲吻他。

"您这样逼我作决定太过分了，夫人，"男爵口气严厉地说，"这桩婚事还没有定呢。"他边说边朝斯坦勃克瞥了一眼，见他脸色刷的变白。

可怜的艺术家心里想：他准已知道了我被抓的事。

"来，我的孩子们。"说罢，他把女儿和未来的女婿领到了花园。

他们一起坐在了小亭的一张长凳上，亭子里已经长满了苔藓。

"伯爵先生，您像我爱我妻子一样爱我女儿吗？"男爵问万塞斯拉斯。

"爱得更深，先生。"艺术家回答道。

"孩子她母亲可是个农家女，一分家产也没有。"

"我就要奥丹丝小姐这个人，连嫁妆都不要……"

"我完全相信您！"男爵微笑着说，"奥丹丝的父亲是于洛·德·埃尔维男爵，国务参事，陆军部的局长，获二级荣誉勋位，其兄为于洛伯爵，业绩不朽，不久便可封为法兰西元帅。因此……她会有一份陪嫁的！"

"这不错，"热恋中的艺术家说道，"我好像太有野心了，可是，我心爱的奥丹丝即使是个工人的女儿，我也会娶她的……"

"这正是我想知道的，"男爵继续说道，"奥丹丝，请你走开，让我跟伯爵先生单独谈一谈，你瞧，他是十分真心爱着你的。"

"噢！我的父亲，我知道您刚才是开玩笑。"幸福的女儿对父亲说。

"我亲爱的斯坦勃克，"等跟艺术家单独在一起的时候，男爵开口说道，他的音调无比优雅，姿态充满魅力，"我说给了我儿子二十万法郎，但可怜的孩子实际上一个子儿也没有得到；他永远也不可能拿到。我女儿的陪嫁也将是二十万法郎，您到时得承认已如数收下……"

"好的，男爵先生……"

"别着急，"国务参事说道，"请听我说。谁也不能要求女婿像儿子那样作出牺牲，因为对儿子是有权力那样要求的。我儿子知道我能为他做什么，知道我能为他的前程所做的一切：他一定会当上部长，他那二十万法郎不费事就能拿到的。至于您，年轻人，情况就不一样了！您可以得到利息为百分之五的六万法郎公债，那是以您妻子的名字买的。里面还要扣除一小部分利息给莉丝贝特，可她活不了多长的，她有肺病，我知道。可千万不要把这事跟任何人讲；让这个可怜的姑娘死个安宁吧。我女儿还有两万法郎的嫁妆；其中有她母亲的六千法郎钻石……"

"先生，您待我太好了……"斯坦勃克惊讶地说。

"至于剩下的十二万法郎……"

"别说了，先生，"艺术家说，"我只要我心爱的奥丹丝……"

"请您听我说下去，性急的年轻人，好吧？至于那十二万法郎，我现在没有；可您会得到的……"

"先生！……"

"您会从政府那儿得到，我向您担保，我一定会给您揽到活儿的。您瞧，您很快就会在大理石馆拥有一间工作室。您到时再展出几件美丽的雕像，我帮您进研究院。上层的人对我哥哥和我本人很客气，我希望能为您争取到凡尔赛宫的一些雕塑工程，挣上个三万法郎。另外，您还能接到别的活儿，比如巴黎市的，贵族院的，我亲爱的，活儿会很多，您到时会不得不请帮手。这样，我也就不欠什么了。您看，要是陪嫁以这种方式给，您认为合适的话，那就请您自己考虑一下有没有这个能力……"

"即使没有这一切，凭我自己，我看也有能力为我妻儿挣下一份产业！"高贵的艺术家说道。

"这正是我所喜欢的！"男爵高声说道，"年轻人气盛，什么都有信心！为了一个女人，都敢跟几支军队决战，把它们打败！好啦，"他拿起年轻的雕塑家的手，拍了拍说，"您的事我同意了。下个星期天签婚约，再下一个星期六，举行婚礼，那一天正好是我妻子的生日！"

"一切都没问题，"男爵夫人朝紧靠着窗户的女儿说道，"你的未婚夫和你父亲在拥抱呢。"

晚上回到住处，万塞斯拉斯才解开了他为什么被释放这个谜；门房处有人给他留了一个封好的大包，里面有他的借据以及清偿债务的文书，在判决书下方还附有一信：

我亲爱的万塞斯拉斯：

　　我今晨十时来看你，想把你介绍给一位亲王殿下，他很想与你结识。到了这里，我才得知英国人把你带到了他们的一个小岛上去了，该岛的首府为克利希城堡。

　　我当时去见了莱翁·德·洛拉，笑着跟他说，因为缺少四千法郎，你在乡下无法脱身；并说若你不去见那位保护你的亲王，那你的前途就要被断送了。当时布里多那个天才正好在场，他过去也吃过苦，对你的情况很了解。我的孩子，是他们俩一起凑足了钱，我便去找那个贝督因人，替你把欠他的债还了，他竟然把你关进了监狱，犯下了谋害天才罪。我中午要去杜伊勒利宫，所以不能亲眼看到你重享自由空气了。我知道你是个绅士，我已经向我的两位好友替你担保；不过，你明天要去看看他们。

　　莱翁和布里多不会要你还钱的；他们俩想求你各为他们做

146

一件组雕。他们这样做是合情合理的。自诩是你竞争者而实际上为你同事的人，持的就是这一看法。

斯迪德曼

又及：我对亲王说你明天才旅行归来，他对我说："那好，就明天见！"

就这样，万塞斯拉斯伯爵睡进了恩宠女神为我们铺就的平展无褶的紫红色被窝中，对于天才，这位跛脚女神比正义女神和命运女神行走得更慢，因为朱庇特没有让她的双眼蒙着布带。她因此轻易就会上江湖骗子那些摆设的当，被他们的服饰和小喇叭所迷惑，本该去寻访隐居在偏僻角落的贤德之士，却浪费时间去看那些骗人的把戏。

现在，有必要作一番交代，于洛男爵先生是怎样成功地筹措到奥丹丝那份嫁妆，又如何能填补用以装饰玛纳弗太太美妙新居的那笔惊人的开销。他的财政观念带有天才的印记，能给陷入重重困境中的浪子和痴情郎指引一条生路。从中，我们可以看到，恶癖能赋予人以特殊的力量，正是凭借这种力量，那些野心家、好色之徒以及所有魔鬼的臣民才常有非凡的表现。

忠实信徒的绝妙典型

就在前一天早上，若翰·费希老人替侄女婿借的那三万法郎到了期，若男爵不还他这笔钱，那他只得宣布破产。

这位可敬的老人，已年迈七十，白发苍苍，如今还经营着粮草生意，铺子的租金为八百法郎。他对于洛信赖极了，简直到了盲目的地步，在这位波拿巴的信徒眼里，男爵就是拿破仑太阳射出的光芒。所以，当银行派来当差的，他还不慌不忙，跟那人在粮草行的底楼来回踱着方步。

"玛格丽特去取钱了，离这儿就两步路。"他对银行的当差说。

当差的身着灰色制服，制服上镶着银绣，他知道这位阿尔萨斯老人很守信用，想把那三万法郎的借据先丢给他，可老人硬留住他，跟他说八点钟还没有到呢。

一辆马车停在门口，老人马上奔到街面上，十分有把握地朝男爵伸出手去，男爵把三万法郎的钞票递给了他。

"把车子驶到前面第三个门停下，我等会儿再把事情细细跟您说，"费希老人说。"给你，年轻人，"老人回到屋里，边说边把钱点给了银行派来的代表，然后把他送到门口。

银行的来人一走远，费希马上招呼马车往门口来，那车上，他尊贵的侄女婿、拿破仑的得力助手还在等着呢。他把男爵迎进屋里，一边对他说：

"您想让法兰西银行的人知道那三万法郎是您借走又还给我的吗？……像您这样身份的人，在借据上留下笔迹，就已经太不小心了！……"

"我们上您的小花园里去吧，费希老爹，"当大官的说道，"您

148

身板真结实。"他坐在了葡萄架下，两只眼睛打量着老人，那神态就像一个壮丁贩子在打替死鬼的主意。

"结实得要存终身年金。"老人乐呵呵地回答道，他个子矮小，又干又瘦，但精神矍铄，目光炯炯有神。

"炎热的气候对您身体不适吧？……"

"恰恰相反。"

"您觉得非洲怎么样？"

"一个美丽的地方！……法国人跟小伍长拿破仑去过那儿。"

"为了拯救我们大家，"男爵说，"您得上阿尔及利亚去……"

"那手头的生意怎么办？……"

"陆军部有个退休职员，没有生活来源，他会盘下您这家铺子。"

"到阿尔及利亚去干什么？"

"供应军需物资，包括粮草，我这儿有正式签署的任命状。当地提供给您的物资价格要比我们限定您的低百分之七十。"

"谁提供给我呢？……"

"可以征购，抽税，还有酋长们提供。阿尔及利亚（尽管我们已在该国八年，但对该国还很不了解）有的是粮草。不过，这些物资在阿拉伯人手上，我们去要得费很多口舌；即使物资为我们所有，他们还会想方设法再夺回去。为了争夺粮草，双方经常打仗。可谁也说不清楚双方到底抢掠了多少。那里都是大平原，没有时间像在中央菜市场那样一升一升量麦子，或像在地狱街那样称干草。阿拉伯的首领也好，我们的那些北非骑兵也罢，他们都喜欢现钱，以很低的价格把手中的粮草卖出去。陆军部的管理部门有固定的需要，它所签的合同价格高得吓人，因为搜集物资的困难以及运输的风险全都考虑在内。阿尔及利亚的粮草供应情况就是这样。刚刚设立的管理部门乱糟糟的，那些账目谁也理不清。不花上个十年工夫，我们这些当官的不可能查个水落石出。不过，自己做买卖的人都有一副好眼睛。所以，我要送您去那儿发财；我派您去，就像当初拿破仑委任一个穷元帅去当国王，在那儿，当国王的尽可以暗地保护走私的。我的家业都败了，我亲爱的费希。这一年之内，我需要十万法郎……"

"到贝督因人手中去夺这些钱，我看没什么不好的，"阿尔萨斯人心安理得地说道，"在帝政时代，就是这样干的……"

"准备盘您店铺的那一位今天上午就会去找您，他会付您一万法郎，"男爵继续说，"您去非洲的开销不就全有了吗？"

老人点了点头。

"至于那边的资金，您就放心吧，"男爵继续说，"您这家铺子赊下的钱，就由我来收吧，我急着要用。"

"一切全都归您了，献上我的血也无妨。"老人说。

"噢！什么也别担心，"男爵以为费希老爹看出了什么破绽，连忙说，"至于我们的土著税方面的事，您为人清白，不会受到玷污的，一切都由当局去办，不过，当局的那些人，都是我安插的，我对他们很有把握。费希老爹，这可是个秘密，是生命攸关的事，我了解您，所以直截了当，不绕一个弯儿，全都跟您说了。"

"我一定去，"老人说，"要待多长的时间？……"

"两年！到时您可得十万法郎，可以回孚日老家安度幸福的晚年。"

"一切都按您的意思办，我的名誉就是您的名誉。"矮个子老人坦然地说。

"我就喜欢这样的人，不过，先得等您小外侄孙女快快活活地办了婚事，您再走，她就要当伯爵夫人了。"

土著税、征购款以及退休职员盘下费希粮草行给的钱全加在一起，眼下也不可能马上凑足奥丹丝的那六万法郎陪嫁（其中包括约五千法郎的嫁妆）以及为玛纳弗太太花的或准备花的四万法郎。另外，他早上刚刚送来的三万法郎，又是从何处寻来的呢？情况是这样的。

几天以前，于洛去两家保险公司保了三年的寿险，保险总额为十五万法郎。保险费用付了之后，他拿了保险，跟贵族院议员纽沁根男爵开完了贵族院会议，一齐出门上了纽沁根男爵的车，与他一道去吃晚餐，在车上，对他说："男爵，我需要七万法郎，想问您借。您去找一个出面的人，我把我三年的薪俸可抵押的部分转至他名下，一年的数目是两万五千法郎，三年为七万五。您听了肯定会对我说：'可您也有可能死的呀？'"

纽沁根男爵点了点头。

"这是一份十五万法郎的保险单，我把其中的八万法郎给你。"男爵从口袋里拿出那份单子，说道。

"可要是您罢了官呢？……"身为百万富翁的男爵笑着说。

另一个男爵可不是个百万富翁，马上变得忧心忡忡。

"您别担心，我不过是问您一句，想让您明白我这人借给您钱还是讲交情的。您手头肯定是很紧了，因为银行还有您借款的签字呢。"

"我女儿要出嫁，"于洛男爵说，"我又没有家产，跟所有继续在官场混的人一样，碰上这么个年代，无情无义，那五百个有钱的人只顾自己坐在议席上，决不会像拿破仑皇上那样慷慨对待忠心耿耿之士的。"

"哎哟，您还养过若赛花呢！"贵族院议员说道，"这还不说明问题嘛！就我们之间说说吧，埃鲁维尔公爵把您钱包里的那条蛀虫给抓走了，可真是帮了您一个大忙。我也有过不幸，所以才有同情心，"他又补充了一句，自以为是在引法国诗句呢。"请听朋友的忠告：还是趁早收场，免得丢了饭碗……"

这桩不正当的交易最后由一个名叫沃维纳的小户人家做中间人，他是放高利贷的，属帮大银行出面办事的那类小人物，就像跟在大鲨鱼身后的小鱼。

这个贪婪的金融资本家的小学徒，一心想得到于洛男爵这位大人物的保护，答应再争取为他借三万法郎，期限为九十天，可续借四期，而且借据不对外。

接替费希开店的那一位为了盘下这家粮草行，不得不拿出四万法郎，但也得到了承诺，允许他为巴黎附近的一个省份供应粮草。

事情就是这么错综复杂，令人咋舌，本是一个最为清正廉洁的人物，拿破仑属下一位最能干的官员，却因为情欲，使他越陷越深：用贪污的公款去还高利贷，再借高利贷去满足自己的情欲，给女儿陪嫁。

这种挥霍的门道，所有这些努力，为的只是想在玛纳弗太太眼里显得有多了不起，要做这位市侩女神达那厄的主宰朱庇特。哪一个想清清白白挣一份家业的人，都不可能像男爵这样努力、费心和勇敢，硬伸着脑袋去钻马蜂窝：本来他局里的公务就够忙的，可他还要去催促地毯商，去监督做工的，细心检查瓦诺街那间新居的装饰，不放过一个细节。他整个心思都用在玛纳弗太太身上，但还照旧去出席议会会议，像是有分身术，无论是家里人还是外人，谁也没有觉察出他在操劳些什么。

过分真实、相当浪漫、极端道德的故事中
插进了庸俗小说的结局

阿德丽娜见叔父摆脱了困境，女儿的婚约上又赫然列上了一笔陪嫁，十分吃惊，奥丹丝的婚事能张罗得这么体面，做母亲的当然开心，但同时又感到几分不安；至于男爵，他费心把女儿的婚礼与玛纳弗太太乔迁瓦诺街新居的日子安排在了同一天，就在婚礼的前一天晚上，他跟妻子说了一番冠冕堂皇的话，打消了她惊诧不安的心情。

"阿德丽娜，我们的女儿嫁出去了，这方面我们不用再烦心了。如今我们也该从社交界退出来了，因为我在现在这个位子上勉强还能再待三年，干完这三年后就要退休了。我们还有什么必要再继续乱花钱呢？从今以后就没有什么必要了：现在我们的房租要花六千法郎，还有四个仆人，每年光吃的开销就要三万法郎。你不知道，我是把我今后三年的薪水作为抵押，筹措了急需的钱，给奥丹丝办婚事，又还了你叔父到期的那笔借款，要是你想要我把债务偿清的话……"

"啊！你做得对，我的朋友。"她打断了丈夫的话，吻了吻他的双手。

听了丈夫的这番话，阿德丽娜不再担心什么了。

"我想求你作出几点小小的牺牲，"男爵抽出双手，亲了亲妻子的额角，继续说道，"人家给我在甫吕梅街找到了一套房子，是在二楼，很漂亮，也很体面，有华丽的细木护壁板，房子只要一千五百法郎，你到时要一个女仆就行了，我嘛，就用一个小当差的。"

"好，我的朋友。"

"家里尽量简朴些，门面上的事当然要保持，这样你每年至多只要六千法郎的开销，我个人的花费不计在内，那我自己会解决的……"

心地宽厚的妻子高兴得跳了起来，搂住了丈夫的脖子。

"能再一次向你表明我有多么爱你，是多么幸福啊！"她大声地说道，"你这人可真是有办法！……"

"我们每星期招待一次家人，你知道，我平时也很少在家里吃晚饭的……你呢，你每个星期可以名正言顺地到维克托朗家吃两顿晚饭，还可以到奥丹丝家吃两顿。我想我们完全可以跟克勒维尔重修于好，我们每星期再到他府上吃一顿晚饭，这五次，加上我们俩在一起吃一顿，另外，外面的人也会有邀请，这样，整个星期也就满了。"

"我一定会给你节省的。"阿德丽娜说。

"啊，你真是世上最好的女人。"他高声道。

"我的好天使艾克托尔！我永远祝福你，直至我生命的最后一刻，"她回答说，"因为你把我们亲爱的奥丹丝的婚事安排得妥妥帖帖。"

就这样，漂亮的于洛太太的住房开始缩小了，也可以说，于洛对玛纳弗太太的庄重的承诺——抛弃他妻子——也开始兑现了。

又矮又胖的克勒维尔老爹自然收到邀请，参加了婚约的签字仪式，看他的一举一动，仿佛本故事开始的那个场面根本就未曾发生过，似乎他对于洛男爵也没有丝毫的怨恨。塞莱斯坦·克勒维尔和蔼可亲，始终保持着老化妆品商的那种稍嫌过分的姿态；不过，由于当上了国民自卫军的营长，他已开始显出一副威严的气派。他谈起了婚礼的舞会。

"美丽的太太，"他风度翩翩地对于洛男爵夫人说，"像我们这样的人，是善于把过去的一切都忘掉的：千万别把我从您心中赶走，望能屈尊与您孩子一起光临寒舍。您放心吧，在我心底的一切，我永远不会再跟您提起一句。我简直像是个蠢蛋，做了那种傻事，要知道不能再见您的面，我失去的实在太多了……"

"先生，一个规矩的女人是不会听您提的那些话的；要是您信守诺言，您不应该怀疑，见到我们两家终于结束了这种势不两立的痛苦局面，我会是多么高兴……"

"嗬！好赌气的胖子，"于洛男爵硬把克勒维尔拉到花园里，说道，"你到处都避着我，甚至在我家也如此。难道两个老风流竟会为一个小娘儿们闹翻了脸？算了，真的，那太小家子气了。"

"先生，我可不像您那样潇洒英俊，就那么点引诱的资本，哪像您有本事失去的轻易就能找补回来……"

"是嘲笑吧！"男爵说。

"对胜利者，吃败仗的人总有这点权利吧。"

两人就用这种口气，你一言，我一语，最后竟彻底和解了。不过，克勒维尔还是坚持要保留对他报复一次的权利。

玛纳弗太太一心要男爵请她参加于洛小姐的婚礼。

为了能在自家的客厅见到新欢，国务参事不得不把局里包括到副科长一级的职员全都请来。这就不得不办一个盛大的舞会了。

男爵夫人向来善于持家，按她计算，办一次晚会比请人吃一次晚餐花销要小，而且请的人可以比较多。这一来，奥丹丝的婚事弄得沸沸扬扬。

维森堡亲王元帅与纽沁根男爵，拉斯蒂涅克与博比诺伯爵分别当女方和斯坦勃克的证婚人。另外，打从斯坦勃克伯爵出名之后，逃亡在外的波兰贵族名流一个个都来找过他，艺术家觉得应该把他们也请来。

参事院、男爵所在的部门以及想给福兹海姆伯爵一点儿面子的军队分别都要委派高层代表参加。起码有二百位客人将要光临婚礼。小玛纳弗太太能出现在这些来宾中间，岂不风光，其益处是谁也不难理解的。

男爵夫人留了几颗最美的钻石，准备给女儿作嫁妆，一个月以来，她把其余的都卖了供女儿成家用。钻石总共卖了一万五千法郎，其中五千用来给奥丹丝添置结婚的衣服。剩下的只有一万，想想现代那种奢侈的讲究，要装饰新郎新娘的新房，哪能派上什么用场。不过，小于洛夫妇、克勒维尔老头和福兹海姆伯爵都送了厚礼，原来老伯父早已预备了一笔钱给侄女置办银器。

多亏了多方帮助，总算把新郎新娘安顿到了残老院广场附近圣多米尼克街的一套房子里，房子是小两口自己挑选的，对这种安排，即使再苛刻的巴黎女郎也该心满意足了。总之，所有这一切，与他们俩之间那份无比纯洁、幸福、诚挚的爱情极为和谐。

最后，大喜的日子终于来到了，这个日子不仅仅是对奥丹丝与万塞斯拉斯而言，对做父亲的来说也非常重要，因为玛纳弗太太，决定在她委身的第二天，也就是奥丹丝与万塞斯拉斯举办婚礼的次日，在新居请人喝喜酒。

谁一辈子没有参加过一次婚礼舞会？人们尽可回忆一下，想一想眼前那一个个身着节日盛装的宾客，从他们脸上和衣着打扮中透溢出的一切，准会忍俊不禁。如果说有什么社会现象能证明环境之影响的话，婚礼舞会不就是一例吗？确实，一些人盛装打扮，竟也会对另一些人产生莫大的影响，以至于平时穿惯了体面衣裳的人也要摆出某种姿态，跟别人一样，把婚礼当作是人生中重大的喜庆日子。再想想舞会上那些神情庄严的，老态龙钟的，他们对一切都无动于衷，照旧穿着平日的那身黑衣服；还有那些年迈的老妇，脸上的气色分明在诉说着悲伤的生活经历（而年轻人刚刚才有个开端）；在这里，形形色色的娱乐，犹如香槟酒不绝的气泡，争风吃醋的姑娘，忙于炫耀自己行头的妇人，捉襟见肘的穷亲戚——他们的穿着与盛装打扮的人们形成了鲜明对比——一心只惦念着夜宵的吃客，还有只想着玩牌的赌徒，总之，这里什么样的人都有，富的，穷的，眼红别人的，被别人眼红的，老于世故的，充满幻想的，一个个就像花坛四周的草木，围着正中间一枝珍奇的花朵——新娘。一个婚礼舞会，就是一个浓缩的世界。

新婚夫妇

舞会办得最热闹的时候，克勒维尔拉住男爵的胳膊，凑近他的耳朵，以世上再也自然不过的神态对他说："哎嗬！瞧那个一身玫瑰色的小女子，多漂亮哟，她一直在用目光扫你……"

"哪一个？"

"就那个你提拔的副科长的太太，上帝也明白，是玛纳弗太太。"

"你怎么知道这些的？"

"喂，于洛，要是你愿意介绍我去她家做客，你以往那些对不起我的地方，我会尽量原谅的，到时我也会在埃洛伊丝那儿招待你。谁都在打听，这个迷人的尤物是何许人？你担保你办公室的人中间就不会有人把事情戳穿，把她丈夫被提拔的事挑明了？……噢！小子你真走运，她可比一个科长有价值……啊！我呀！我很乐意上她那儿……我们还是做朋友吧，西拿？……"

"永远都是朋友，"男爵对化妆品商说，"我答应你，一定好好待你。一个月后，保准安排你跟那个小天使一起吃晚饭……老伙伴，我们现在可是遇到天使了。我劝你跟我一样，赶紧离开那些女魔吧……"

贝姨如今已经住到瓦诺街的一套房子里，房子虽不大，但很漂亮，是在四楼。她十点钟便离开了舞会，回家去看那一千二百法郎年息的存单，钱是分开存的，共有两张存单，一张的虚有权属于斯坦勃克伯爵夫人，另一张属于小于洛太太。

诸位不难明白，克勒维尔能跟他朋友于洛谈起玛纳弗太太，掌握到谁也不知道的秘密，原因正在于此。殊不知玛纳弗先生近来不在家，也只有贝姨、男爵和瓦莱莉三个人知道事情的底细。

男爵不慎犯了一个错误，他给玛纳弗太太送的那套行头对一个副科长的太太来说实在太华丽了；这一身打扮，加之人又漂亮，其他女人打心眼里妒忌。于是，女人们用扇子遮着，凑在一起议论纷纷，因为局里谁都知道玛纳弗家境困难，男爵在打他太太主意的那阵子，玛纳弗还常求同事帮忙呢。再说，艾克托尔这人也不善于掩饰自己，见瓦莱莉举止庄重，雍容华贵，令众人不胜艳羡，但不像初次踏进上流社会的女人那样担惊受怕，而是任旁人去评头论足，在舞会上占尽了风光，男爵好不得意。

　　男爵把妻子、女儿和女婿送上车子之后，抓紧机会悄悄地溜了，留下儿子和媳妇去认真扮演主人的角色。他登上玛纳弗太太的车子，陪她上她的新居；可他发现她一声不吭，在想什么心事，甚至显出几分忧伤。

　　"我挺幸福，可却让您感到伤心，瓦莱莉。"他在车上把瓦莱莉往自己身边拉，一边说。

　　"我的朋友，怎么，一个可怜的女人，平生第一次做错事，哪怕她丈夫再下贱，给了她自由，她也不能不好好思过呀？……您以为我这人没有灵魂？没有信仰，也没有宗教？您今天晚上高兴得什么也不顾了，弄得我丢尽了脸面。真的，即使是毛头小伙子，也不会像您那么得意忘形。那些女人呀，又是挤眉弄眼，又是讽刺挖苦，把我的脸面都给撕碎了！哪一个女人不珍惜自己的名声呀？您可把我毁了。啊！我就是您的人了，随您啦！错就错了，再也没有别的借口，只能对您忠实。魔鬼！"她笑着说，任男爵亲她，"您知道您都做了些什么。高盖太太，就是我们那位科长的太太，她故意坐到了我的身旁，对我衣服的花边赞不绝口，对我说：'是英国货。您肯定花了不少钱吧，太太？'我对她说：'我不知道。这些花边是我母亲给我的，我可没有这么有钱，能买得起这玩意儿！'"

　　诸位自可看到，玛纳弗太太最终把帝政时代的老风流整个儿迷住了，弄得他还真以为是他让她犯下了平生第一个过错，是他给了她几多激情，令她神魂颠倒，忘却了自己做妻子的一切责任。她说

158

可恶的玛纳弗跟她结婚三天后，就以十分恶劣的理由，把她丢在了一边。打那之后，她一直规规矩矩的，过得倒也很开心，因为她觉得结婚实在是桩可怕的事。如今她这么伤心，原因也在于此。

"谁知道这场爱是否会落个当初结婚那样的结局呢……"她哭泣着说。

处于瓦莱莉目前这种状况下的女人，几乎无一例外地都会编造出这些动人卖俏的谎言，可这些话却让男爵隐隐约约地瞥见了七重天上的玫瑰。就这样，瓦莱莉在这儿卖弄风情，而坠入爱河的艺术家和奥丹丝也许正在迫不及待地等待着男爵夫人给女儿最后一声祝福，最后一个亲吻。

男爵幸福到了极点，因为他发现他的瓦莱莉是个无比纯洁的少女，又是个淫荡至极的魔鬼，直到清晨七点钟，他才回到家里，接替小于洛夫妇去忙那些苦差事。来这里跳舞的男男女女，几乎跟他家都不沾亲带故，遇到婚礼，好不容易占了个场子，跳起四组舞来就没完没了，至于那些玩纸牌的赌客，一玩起来就不离开牌桌，克勒维尔老头总共赢了六千法郎。

专人分送的报纸里，有巴黎新闻一栏，上面登着这么一小条消息：

> 斯坦勃克伯爵先生与奥丹丝·于洛小姐今天上午在圣托马斯·达冈举行婚礼。奥丹丝·于洛为国务参事、陆军部局长于洛·德·埃尔维男爵之爱女，德高望重的德·福兹海姆伯爵之侄女。
>
> 婚礼隆重，吸引了诸多贵宾。参加婚礼的宾客中，有艺术界的名流：莱翁·德·洛拉、约瑟夫·布里多、斯迪德曼、比克西乌等，还有陆军部、参事院的高层人士，两院的数位议员以及波兰侨民的领袖巴兹伯爵，拉金斯基伯爵，等等。
>
> 万塞斯拉斯·德·斯坦勃克伯爵为瑞典国王查理十二世麾下的骁将之侄孙。年轻的伯爵因参与了波兰起义，前来法国寻求避难，他才华横溢，富有名望，从而获得了半国籍许可。

可见，尽管于洛·德·埃尔维男爵处于令人极为尴尬的窘境，但公共舆论所要求的一切不缺分毫，连报界给他女儿婚礼的报道也照旧十分热烈，总之，他女儿的婚礼可和儿子与克勒维尔小姐当初的婚礼媲美。办了这一场喜事，有关局长家庭经济状况不佳的议论少了，因为他要给女儿陪嫁，借钱自然也就有了理由。

　　至此，这个故事的开场差不多就算结束了。对于整个故事而言，上面的叙述就像一个命题的前提，一部古典悲剧的情节展示。

对不道德的道德思考

在巴黎，当一个女人打定主意，要拿自己的美貌作营生搞交易，那并不一定就能发财。在这里，不少慧心丽质，令人不胜艳羡的女人，生活中都以纵情享乐而开场，而最终落得个穷困不堪的悲惨结局。

其原因是：

一个女人一方面要去干出卖姿色的可耻营生，想从中捞取种种好处，而另一方面又要保全良家妇女的面子，这是不行的。

邪恶并非轻而易举就能大获成功，它与天才有相似之处，两者都需要机缘相助，方能集财富与才情于一身。若除去大革命的荒唐阶段，那拿破仑皇帝便不存在，他也只能做一个法贝尔二世而已。

一个卖身的美人，若无人光顾，没有名声，也没有毁人家财而带来屈辱的十字架，那无异于一幅柯勒乔的名画扔在顶楼里，或一个天才在小阁楼里奄奄一息。

一个巴黎的交际花，首先必须找到一个有钱的主，对她迷到几乎神魂颠倒的地步，肯为她出足价码。她特别要保持秀逸的风姿，这对她来说等于是块招牌，她还要有良好的举止，以满足男人的自尊心，有索菲·阿尔诺的才智，以唤起麻木的富翁的激情；最后，她还要装出只钟情于一人的模样，令所有好色之徒都欲火中烧，因为独享的幸福才让人眼红。

这些被交际花一类的女人称为"机遇"的条件在巴黎比较难以实现，尽管在这座城市里有的是百万富翁，以及游手好闲的、感觉麻木的或心血来潮的主。上帝在这方面恐怕也是给了职员家庭和小市民阶层以有力的保护，对这些家庭而言，由于他们的发展受环境所限，所以面临的障碍至少是别的阶层的双倍。

不过，在巴黎，还是可找到不少玛纳弗太太之类的人物，因此瓦莱莉有必要作为一个典型人物出现在风化史中。

这类女人中，有的为自己真正的激情驱使，同时也是由于不得已而为之，比如柯勒维尔太太，她就在很长一段时间里，迷着左翼的一个最有名望的演说家，即银行家凯勒；另一些则是为虚荣心所驱使，比如拉博德莱太太，虽说她跟鲁斯托私奔了，但就其人而言，一辈子差不多还是规规矩矩的；后者是因为好穿着打扮，经不起诱惑，前者则是因为收入实在微薄，实在无法养家糊口。可以说，是国家和两院的吝啬造成了诸多不幸，也引起了诸多腐化。眼下，人们对工人阶层的命运深表同情，说他们被工厂主榨干了血汗；但是，比起最贪得无厌的工厂主来，国家还要残酷百倍；在报酬方面，国家简直是吝啬到了丧尽天良的地步。你要是干得多，工厂还会根据你的劳动付给你相应的报酬，可那些忠心耿耿而又默默无闻的小职员，国家给了什么呢？

偏离贞节之道，这对一个有夫之妇来说是不可饶恕的罪过；但这种情况也有程度的不同。有的女人，她们远远没有到放荡的地步，而是掩盖着自己的过失，表面上还是规矩的，如我们上面刚刚提及其遭遇的那两位就属于此类；而另一些女人，则在失足的同时，掺杂进投机取巧的卑鄙心理。玛纳弗太太在某种意义上就是这类野心勃勃的娼妓，她们是有夫之妇，一开始就甘心堕落，不管有何结果，她们横下一条心，不惜任何手段，要在寻欢作乐的同时发一笔大财；不过，她们几乎都像玛纳弗太太一个模样，身后都有丈夫为她们寻找目标，共同密谋。

这帮女性马基雅维里是最为危险的女人；在形形色色的巴黎女人中，算她们最险恶。一个名符其实的交际花，如若赛花、舍恩兹、玛拉嘉、贞妮·凯迪娜之流，对自己的身份毫不隐讳，从中往往闪现出某种警示，就像妓院的红灯，或赌场的明灯那般醒目。一个男人见了即刻就能明白，这事情最终会弄得他倾家荡产。但是，一个

162

有夫之妇，总显得温柔而规矩，装出守德的模样，一举一动仿佛都很善良，可这一切却格外危险，因为人们往往莫名其妙地表示原谅，实际上，这种女人要人看到的，是她家中那种庸俗的需要，表面上，她反对疯狂的挥霍，但最终总是教人不明不白地倾家荡产。而吞噬了别人家财的，正是她这种卑鄙猥琐的开销，而不是那种纵情欢乐的挥霍。一个做家长的为此断送了全部家产，却没有丝毫的得意，在穷困潦倒的生活中，连虚荣心得到满足的那份自慰也无从谈起。

上面这番议论，犹如一支利箭，直刺众多家庭的要害。在社会各阶层，甚至在宫廷之中，都可见到玛纳弗太太之流，因为瓦莱莉是一个可悲的现实人物，连她身上最细末的表现都取自于现实。不幸的是，她的这幅肖像改变不了任何人对爱的癖好，那一个个天使，含着甜蜜的微笑，一副出神的模样，满脸天真，虽然她们的心底像是个销金窟，但总是有人爱的。

由此可见克勒维尔高论的影响

奥丹丝结婚差不多三年之后，亦即在一八四一年，于洛·德·埃尔维男爵看样子已经改邪归正，拿路易十五的首席外科医生的话说，老马终于歇脚了，但是，他为玛纳弗太太花的钱是花在若赛花身上的两倍。不过，瓦莱莉虽说是穿戴不凡，但表面上还是显出一副副科长太太应有的简朴样子；只是在家里，她的打扮和穿着才奢侈。就这样，为了她亲爱的艾克托尔，她牺牲了一个巴黎女子所有的虚荣。然而，每次去看戏，她总戴着一顶漂亮的帽子，穿着最时髦的衣装；男爵也总是用车子送她，看戏的包厢也是精心挑选的。

瓦诺街的那套公寓，占了一幢现代楼房的整个三层，楼房前有院落，后有花园，房子里的布置恰如其分，奢华的只是那些波斯绸墙饰和既实用又华美的家具。只有卧室是个例外，满目是贞妮·凯迪娜或舍恩兹之流爱炫耀的玩意儿：有花边窗帘、开司米帷幕、锦缎门帘，壁炉架上的那套陈设是斯迪德曼亲手设计的，小巧玲珑的古董架上摆满了珍奇的古玩。若赛花的香窟金光耀眼，珠宝炫目，于洛不愿意他的瓦莱莉居住在一个比之逊色的小巢里。

两间主要的屋子——客厅和餐厅，家具一应齐备，一间用红色锦缎饰墙，另一间用的是橡木雕花护壁板。但是，为了使一切都完美和谐，六个月后，男爵又在过眼烟云般的奢华上面添上了一层实实在在的奢华，送上了价值昂贵的用具，例如一套银器就花了两万四千多法郎。

短短两年，玛纳弗太太的家就赢得了舒适惬意的好名声。来宾常在这儿打牌玩乐。而瓦莱莉本人，也很快出了名，被誉为可爱而风趣的女子。

到处都有传闻说，玛纳弗太太的家境有如此改观，是因为她的生父蒙特科纳元帅委托他人赠给了她一大笔遗产。

瓦莱莉还考虑了未来，在社会上原本虚伪的她又增加了一份宗教的虚伪。每个礼拜天，她都准时去望弥撒，从而得到了有关虔诚的各种美誉。她四处募捐，成了热衷于慈善事业的太太，又是分发圣餐面包，又是向邻居施善，可所有的钱花的全是艾克托尔的。

总之，她的所作所为都恰到好处。因此，许多人都断言她跟男爵的关系是纯洁无瑕的，再说国务参事又上了岁数，人们觉得他这个人只是有一种柏拉图式的嗜好罢了，喜欢的是玛纳弗太太的灵活机智和迷人的言谈举止，差不多就像已经故世的路易十八喜欢语言优美的情书。

每次，男爵都跟来宾在午夜时一起离去，一刻钟后又折回来。这事非常隐秘，其中的奥妙是这样的：

这幢楼房的房主是男爵的朋友，他一直在找门房，通过男爵的举荐，奥利维埃夫妇改换门庭，成了这里的看门人，从杜瓦伊纳街那间不见天日而又挣不了几个小钱的门房，搬到了瓦诺街这间华丽而又收入颇丰的门房。奥利维埃太太原来是查理十世府中的洗衣女。正统的君主制度倒台后，她也丢了那个位子。她一共有三个孩子。大儿子已经当上了一家公证事务所的小书记员，他是奥利维埃夫妇最宠爱的。可是这个宝贝儿子不得不去服兵役，时间是六年，眼看着要中断自己的灿烂前程，恰是玛纳弗太太帮了他的大忙，免除了兵役，原因是他身体有缺陷，殊不知有陆军部里的巨头私下里跟征兵体检委员会打个招呼，这种体格上的毛病，他们是有办法找到的。

原为查理十世管猎犬的奥利维埃和他妻子自然对于洛男爵和玛纳弗太太感恩戴德，为了他们，把耶稣再钉上十字架的事也会去做。

外人对巴西人蒙泰斯·德·蒙特雅诺斯先生的过去一无所知，哪还能有什么闲话可说？当然没有。再说大家在这个沙龙里寻欢作乐，对女主人也多有袒护。而玛纳弗太太除了本身的种种魅力之外，还有大家非常看重的一点，那就是她有着一股神秘的势力。比如克洛德·维尼翁就是她这个沙龙的常客，此人当上了德·维森堡亲王元帅的秘书，眼下正指望以请愿委员的身份进入国务参事院，他来这儿是因为有几位脾性天真而喜好赌钱的国会议员也是这里的常客。

玛纳弗太太的这个社交团体是慢慢地形成的，而且也很谨慎；聚到一起的，都是些意气相投的人物，一个个盘算着私利，相互利用，竞相为女主人歌功颂德。

请诸位记住这句名言：在巴黎，沆瀣一气，才是真正的神圣同盟。利害关系最终总是会分裂，而邪恶之徒总能和谐相处。

玛纳弗太太搬到瓦诺街后第三个月，便接待了克勒维尔先生。克勒维尔不久前当上了区长，而且荣膺了荣誉团二级荣誉勋位。

克勒维尔曾经犹豫过很长一段时间，凭他那身国民自卫军的制服，他进杜伊勒利宫也是那般神气活现，自以为跟皇帝一般威武，可当区长就得脱下这套军装。但是，玛纳弗太太一个劲地给他出主意，最终，他的野心战胜了他的虚荣心。

区长先生觉得他跟埃洛伊丝·布里兹杜小姐的关系与他政治上的追求是水火不相容的。早在他登上区长的宝座之前，他对自己那些寻花问柳的事就守得很紧。

但是，大家都可猜想到，克勒维尔以与丈夫玛纳弗先生财产分开的瓦莱莉·弗汀的名义存了一笔利息为六千法郎的款子，因此而获得了报复的权利，只要他乐意，尽可能为若赛花被夺之事报仇。

瓦莱莉也许从她母亲处继承了被人供养的特殊天赋，一眼便看透了这个能说会道的滑稽家伙的脾性。

"我这一辈子从来没有过体面的女人！"克勒维尔跟莉丝贝特说的这句话，后来被莉丝贝特传给了她可爱的瓦莱莉，正是这句话被大加利用，最后促进了这笔交易。瓦莱莉得到了利息为百分之五总计六千法郎的年金。打这之后，瓦莱莉就再也没有让自己的声望在塞撒·比洛托手下的老跑街的眼里减少半分。

克勒维尔当初结婚图的是钱，他娶了拉布里的一个磨坊主的女儿为妻，这是个独生女，她所得到的遗产占了克勒维尔全部财产的四分之三，因为零售商们发的财，大多不是靠做买卖，而是靠店家与乡村财主的结合。巴黎四周有许多农场主、磨坊主，还有不少养牛的、种地的人家，他们都梦想着自己的女儿能得到站柜台的那份荣耀，在他们看来，要是零售商、首饰商或货币兑换商能做自己的女婿，那比公证人或诉讼代理人要更中意，因为公证人或诉讼人一旦在社会上发了迹，他们都很担心，害怕日后会被这些市侩的顶尖人物瞧不起。

克勒维尔太太长得相当丑，而且十分粗俗、愚蠢，她死得倒是很适时，给过她丈夫的，除了当父亲的乐趣之外，再也没有旁的乐趣。

不过，在从商生涯之初，克勒维尔这个好色鬼一来因事务缠身，二来为省几个钱，只配当坦塔罗斯的角色，只有馋的份儿。拿他自己的话说，他跟巴黎那些体面的女人接触，只是限于店家的迎送招呼而已，但心里对她们的优稚举止、时髦穿着以及被归结为名门的各种难以言喻的气派，艳羡不已。有朝一日，能攀上这些沙龙仙女中的一位，是他在年轻时代起就一直憋在心里的欲望。

博取玛纳弗太太的欢心，这对他来说不仅仅是对梦想的刺激，如诸位所见，更是一桩满足他自豪感、虚荣心和自尊心的大事。而他马到成功，因此野心骤然膨胀。他从中受到莫大的精神享受，而脑子一旦发热，心里自然就有了反应，幸福感倍增。再说，玛纳弗太太精于爱之道，这可是克勒维尔始料不及的，因为若赛花和埃洛伊丝从未爱过他；至于玛纳弗太太，她觉得有必要好好哄骗他，在她眼里，他可是只永远取之不尽的钱柜子。

肉体交易的哄骗比现实的爱情更有魅力。真正的爱情常有麻雀之间那种无休无止的争吵，给对方造成深深的伤害；可打情骂俏恰恰相反，是对受骗一方的自尊心的抚慰。由于幽会机会很少，致使克勒维尔内心的那股欲火一直处于燃烧的状态。可每次来，老是碰壁，瓦莱莉正经而又冷漠，装出一副内疚的模样，说她父亲在善人的天堂里不知会怎么看待她。

克勒维尔不得不设法战胜她身上的那种冷漠，而精明的小女人故意收敛一些，让他觉得终于反败为胜，她好像成了他疯狂的爱情的俘虏；可不一会儿，她似乎受到良心责备，又摆出一副规矩女人的自尊模样，显得十分正经，成了一个不折不扣的英国淑女，最终总是以自己的尊严把克勒维尔击垮。而当初，克勒维尔吃的正是正经女人的这一套。瓦莱莉还有最后一着，那就是独有的温柔功夫，弄得克勒维尔和男爵怎么也少不了她。

在众人面前，她显得纯洁、天真而又充满幻想，举止端庄，无可挑剔，而且才智横溢，尤为突出的，是她的温柔、雅致和富有异国情调的风姿，煞是迷人。但在私下幽会时，她比娼妓更有过之而无不及，变得滑稽、有趣，花样翻新。

这种鲜明的对照令克勒维尔之流大为欢喜。他为自己是这出喜剧的唯一作者而扬扬得意，以为她玩的这一套全都是为了他，因而对这位戏子欣赏不已，为她妙不可言的虚假表演叫好。

美男子于洛的穷途末日

瓦莱莉实在叫人钦佩，她把于洛男爵牢牢掌握在自己手中，并且甜言蜜语，阿谀奉承，硬是逼着他露出老态。这套把戏足以显出这类女人的险恶用心。

人的体格再好，但就像一座久被围困的城堡，虽说泰然自若，可总有露出真相的时刻。瓦莱莉见帝政时代的美男子衰老在即，觉得有必要再推一把。

"我的老兵头，你怎么就这么要面子呢？"他们勾搭成奸、秘密结合六个月后，瓦莱莉对男爵说，"莫非你有外心？想对我不忠？你要不再打扮，我倒觉得更好。为了我，就牺牲了你这套装出来的仪表吧。难道你以为我爱你的，是你皮靴上抹的那两个铜子的鞋油，那根束腰的皮带，那件紧身的马甲和那套假发？再说，你越老，我就越不用担心我的于洛被对手抢走啦！"

国务参事对玛纳弗太太的神圣友谊和爱情深信不疑，打算跟她安度余生，对她私下的忠告，自然乐于接受，便不再染他的颊髯和头发。

听了瓦莱莉动人的表白之后，高大而英俊的艾克托尔终于在一天上午露出了他的满头白发。玛纳弗太太若无其事地对她亲爱的艾克托尔说，他头发根的那条白缝，她见过都上百次了。

"这一头白发跟您的脸相配极了，"她看着他说，"脸的线条变得柔和了，您好看多了，真迷人。"

一旦走上了这条路，男爵便顺着脱下了贴身背心、紧身胸甲；总之，他身上的那些用以装饰的玩意儿，他都全弃之一边。于是，他的肚子垂了下去，显得大腹便便，臃肿不堪。一棵橡树一变而成

169

为圆塔，充当了路易十二角色之后的男爵顿时苍老了许多，一举一动更是笨拙得可怕。

男爵的眼眉依然是漆黑的，让人隐隐约约地看到美男子于洛当年的模样，犹如诸侯旧府的残垣断壁上留下的一角雕塑，显示出昔日宫堡的气派。如此不协调的眉毛再配上一副茶褐色的脸膛，使得那尚还年轻、精神的眼睛显得格外怪异。在他的那张脸上，多年来一直是鲁本斯笔下那种红润的肤色，如今已布上条条皱纹，点点黑斑，从中可见情欲与自然对抗留下的痕迹。就这样，于洛整个儿成了一片美丽的人体废墟，鼻孔、耳孔和手指上那如野草般的硬毛显示出雄浑旺盛的力量，给人造成了一种印象，仿佛是罗马帝国几近不朽的建筑上长出的青苔。

报复心切的国民自卫军营长想闹个沸沸扬扬，叫于洛败在他的手下，可瓦莱莉到底有什么法子能把克勒维尔和于洛摆平，让他们俩在她府上相安无事呢？

故事的结尾会有个答案，我们在这里不忙解答，但可以说明一点，那就是莉丝贝特和瓦莱莉两人合谋发明了一套惊人的诡计，她们恣意玩耍，最终促成了这一结局。

玛纳弗见妻子如众星捧月，被奉为女王一般，因环境使然，人也变得娇美了。在众人眼里，他像是重又对妻子燃起欲火，对她爱得发疯。虽说这份妒忌使得玛纳弗老爷成了让人扫兴的人物，但瓦莱莉施舍的爱情却因此而身价倍增。不过，玛纳弗对他的局长还是放心的，因为此人已经衰老，对人宽厚到几近滑稽的地步。唯一让他感到不快的，是克勒维尔。

大都市特有的放荡，罗马诗人曾经描绘过，我们现代人多有廉耻心，实在没有对之加以形容的词语。玛纳弗正是因为放荡而垮了身子，奇丑无比的嘴脸，就像是蜡制的解剖标本一般。但是，这个好动的病鬼身披漂亮的衣装，两条竹竿似的细腿套着潇洒的裤子到处乱晃。香喷喷的白衬衣遮着干瘪的胸脯。麝香的气味则盖过了那腐烂的身体发出的恶臭。

这个淫棍已经病入膏肓，但瓦莱莉非要玛纳弗跟他的财产、地位和名誉相配，穿上一双大红的靴子，整个这副丑恶的模样，让克勒维尔见了可怕，副科长那两只白眼射出的目光，他实在难以承受。对区长来说，玛纳弗简直就是个梦魇。

打从发现莉丝贝特和他妻子赋予了他特殊的权利之后，这个怪诞的恶棍开心极了，像有了一件得心应手的工具，对之大加利用；而沙龙里的牌局，成了这个心身糜烂的家伙的最后一条财路，他尽在克勒维尔身上拔毛，至于克勒维尔，既然已经叫这个体面的官员戴了绿帽子，觉得应该对他客气一点儿。

见克勒维尔对这个丑陋而无耻的家伙这么低三下四，且对他的糜烂生活一无所知，特别是看到瓦莱莉对克勒维尔十分瞧不起，取笑起他来就像是在嘲笑个小丑似的，男爵自以为无人可与他竞争，经常请克勒维尔共进晚餐。

瓦莱莉有两个情人左右保护，又有一个妒忌得发狂的丈夫，在她那个圈子里显得光彩夺目，引得众人眼红，一个个都想得到她。

就这样，前后差不多三年时间，瓦莱莉不失面子，很快实现了一个个最为困难的条件，获得了娼妓们求之不得的成功。对娼妓们来说，唯有依靠丑闻、胆略和招摇，才有几分得手的可能，机会实在微乎其微。瓦莱莉的美貌，从前一直埋没在杜瓦伊纳街的矿藏里，宛若一颗钻石，琢磨得异常精美，夏诺尔见了准会镶成美妙的钻戒，远远超过其原有的价值。如今，她在制造着不幸者！……克洛德·维尼翁还在偷偷地爱着她呢。

诸位与阔别三年的人物再次相逢，自然不能少了这段倒叙，它可以说是对瓦莱莉的一个交代。下面是她同谋莉丝贝特的情况。

巴黎的七祸之一

贝姨在玛纳弗家中占有亲戚的地位，并担当伴娘与管家的双重职责；不过，她并没有因此而受到双重委屈，在大多数情况下，谁若生活不幸，不得不接受这种尴尬的处境，那总免不了受辱。

莉丝贝特和瓦莱莉之间的友情那么炽烈，在女人间甚为罕见，让人看了为之感动，但巴黎人向来风雅过度，很快对她们说三道四。不过，洛林女子生硬而阳刚气十足的天性与瓦莱莉富有异国情调的柔美性情形成的反差，倒也给他们的诋毁提供了口实。

此外，玛纳弗太太考虑到她女朋友的婚姻大事，对她悉心照顾，无意中给别人的谣言增加了分量。下面我们可以看到，玛纳弗太太关心的那门亲事，最终让莉丝贝特彻底报了仇，雪了恨。

贝姨身上像是发生了一场大革命；瓦莱莉存心要打扮她，结果令人再也满意不过。

这个古怪的老姑娘如今也戴上了胸褡，束起了腰身，本来光滑的头发还抹上了发油，女裁缝送上的衣裙欣然接受，不再改动。另外，她还穿上了考究的小皮靴和灰色的长筒丝袜，所有费用都由供应商记在瓦莱莉的几账上，由该付的人来付。

贝姨如此一番修饰，再披上那条黄色开司米披肩，与她阔别三年之后再与她相见，恐怕就认不出来了。那颗黑钻石，乃钻石中最为珍奇的品种，经一只灵巧的手琢磨之后，再加上合适的镶嵌，让一些野心十足的公务员见了欣赏不已。

谁初次见到贝特，都会情不自禁，为瓦莱莉赋予她的浪漫而富有野性的突出外表激动不已，瓦莱莉实在能干，善于利用装束，把她塑造成一个血腥的女修士般的人物，那张橄榄色的干瘪的脸，巧妙地饰以厚厚的头巾，两只黑眼睛闪闪发亮，又配上那头黑发，连她那原本僵硬的身段也没忘了利用。

贝特犹如克拉纳赫和范·爱克笔下的处女，或像拜占庭式的童贞女，走出了画框，但依然保持着她们一样的呆板和拘谨，那可是些神秘的人物，可谓埃及雕塑家塑造的伊希斯女神及其他女神的表姐妹。这一来，贝特简直成了一座在走动的花岗岩、玄武岩或斑岩雕像。

贝特再也不用为余生的吃穿发愁，性情也变得迷人了，不管上哪家吃饭，都带上她那份欢快的兴致。再说，男爵还帮她付那套小公寓的房租，里面的家具，诸位都已清楚，是从女友瓦莱莉原来的卧房和小客厅搬来的旧货。

"像头饿山羊似的度过了童年生活之后，我这晚年的日子要过得像母狮一样风光。"她常这样说。

她还继续给利维先生做那些最难的镶绣活计，据她说，这只是为了不虚度光阴而已。可是，如诸位在下文就可看到的，她一天到晚可忙极了。乡下来的人脑子里总有那么一个念头，任何时候都不好放弃挣钱糊口的手艺，就这一点而言，他们与犹太人颇为相似。

每天早上，贝姨总是一大早就跟厨娘上巴黎中央菜市场去。根据贝特的计划，这一笔笔家用开销要叫于洛男爵倾家荡产，也要让她亲爱的瓦莱莉大发一笔，事实上，也真让瓦莱莉肥了。

一八三八年之后，还有哪位家庭主妇没有受到某些煽风点火的作家在下层阶级散布的那些反社会论调的不良影响？

在所有家庭中，用人这一祸害如今是让人破财的最厉害的灾祸。

一般来说，这极少有例外，不然他们就有资格得蒙迪翁道德奖了。凡是厨子和厨娘，都是家贼，拿了工钱还要偷，一个个厚颜无耻，可政府往往放纵他们，充当他们的窝藏犯，从而壮了他们的贼胆。对那些厨娘来说，"买菜揩油"那句古老的笑话，差不多让偷窃成了一桩天经地义的事，从前，这些女仆只揩上四十苏的油去买彩票，如今则要偷拿五十法郎去存银行。

而那些冷酷的清教徒，到法国来取乐一番，做了一点博爱的试验，竟以为让平民百姓都成了正人君子！

在主人的餐桌和菜市场之间，下人们私自设立了秘密关卡，巴黎市政府征收入市税，其手法远不如什么都要捞一把的仆役灵活，除了从吃的东西上取百分之五十的税之外，他们还要从别的供应商那儿索取重礼。面对这股无形的势力，地位再高的商人也害怕；无论是马车商、首饰商，还是裁缝，谁都不多吭一声，乖乖地给钱。

谁要是胆敢监督他们，仆人们便无礼顶撞，或者故意装呆，做些傻事让你破财。以往，是当家的了解下人们的底细，如今都是下人们来打听主人的底细了。

这个祸害已经发展到极点，为了达到惩治的目的，法庭多得成了灾，可这是白费气力，要让这一祸害绝迹，除非颁布一条法律，规定仆人要像工人那样持证上岗。这样，祸害恐怕就会像奇迹般消失。仆役上工须出示证件，如辞退，主人须在证上注明理由，若切实施行，日渐败坏的世风必将得到有力的遏制。

那些一门心思在玩弄时下权术的人物，对下层阶级堕落到何种地步全然不知：其堕落的程度，唯有与要他们命的妒忌心可以相比。

不少二十岁的青年工人跟靠偷盗发了财的四五十岁的厨娘结婚，数目多得实在吓人，但正式的统计没有显示。从犯罪、种族退化和不良的家庭生活这三方面考虑，想一想类似的结合所产生的后果，真令人不寒而栗。

至于家贼偷盗这一纯经济方面的祸害，从政治角度看，危害太大了。生活的费用无形中增加了一倍，致使许多家庭无法再有额外的花销。额外的花销！……这可是国家商业的一半命脉，因为额外的花销意味着生活的优雅。对许多人来说，书籍和鲜花跟面包一样不可缺少。

莉丝贝特对巴黎家庭中这个可怕的祸害了如指掌，她有心要替瓦莱莉管好家，不久前遇到紧急情况，她曾跟瓦莱莉发誓结为姐妹，并答应帮助她。

莉丝贝特从孚日山区找来了一位母方的亲戚，这是个为人极其正派、虔诚的处女，曾在南锡主教府上当过厨娘。莉丝贝特担心她在巴黎没有生活经验，更担心她听了人家的坏主意，跟众多经不起诱惑的诚实人一样被腐蚀，所以每次玛杜利纳去中央菜市场，莉丝贝特都陪着她，尽可能教她，让她学会买东西。

知道货物实际值多少价，让卖主不敢小瞧你；时鲜的菜不吃，比如鲜鱼；等价格不贵的时候再买，了解食物的行情，能够预计到什么时候会涨价，待降价时买进，在巴黎，要节省家庭开销，这套女当家的生意经是最少不得的。

玛杜利纳拿的工钱不薄，而且东家又常送她礼物，因此对这个家还是相当喜欢的，很乐意买些便宜货。最近一段时间以来，她买菜的本领已经可以跟莉丝贝特比试了，莉丝贝特觉得她经验已经相当老到，人也相当可靠，平常也就不再跟她一起去中央菜市场了，除非瓦莱莉家中来了客人。不过，瓦莱莉请客倒是常事，其原因，下文自有交代。

男爵已经开始变得再也规矩不过。可近来他对玛纳弗太太的感情实在太炽烈，太狂热，恨不得一刻也不离开她。前段日子，他每周有四天跟她一起吃晚饭，现在觉得天天都在一起才过瘾。女儿出嫁六个月之后，他每月都要给玛纳弗太太两千法郎用于膳食开销。玛纳弗太太于是经常把她心爱的男爵乐意相处的一些朋友请到家里来做客。而且晚饭一般都备六个人吃的，男爵可以随时带两三个客人来吃饭。

莉丝贝特凭她的理财之道，用一千法郎就把膳食的难题处理得体体面面，每月省下另一千法郎交给玛纳弗太太。

贝姨可望得到的遗产

瓦莱莉穿着打扮的钱，克勒维尔和男爵给得很大方，两位女朋友从这方面的开销中每月又可省下一千法郎。瓦莱莉这个无比纯洁、无比天真的女人慢慢地差不多有了十五万法郎的积蓄。她把利息和每个月的所得全积攒了起来，作为资本交给克勒维尔去生大钱，克勒维尔也乐得慷慨一番，让他的小公爵夫人一起分享他在交易场上的好运气。渐渐地，克勒维尔引导瓦莱莉入了门，懂得了交易所的那套行话和投机门道；而她跟所有巴黎女人一样，很快就变得比师傅还强。

莉丝贝特的那一千两百法郎，她一个子儿也不花，因为房租和穿戴都有人供，用不着她从口袋里掏出一个钱，所以她也攒下了五六千法郎的小资本，克勒维尔待她像慈父一般，拿了这笔资本给她生利。

不过，男爵和克勒维尔的爱对瓦莱莉来说是十分沉重的负担。就在这个故事刚开场的那一天，出了一件事情——生活中，这类事情就像是钟声，分散的蜂群一听到召唤就会归巢——瓦莱莉很不顺心，便上楼到了莉丝贝特的住处，向她诉苦，那苦经一叹起来自然就没个完，就像嘴上叼着烟卷慢慢地抽，女人嘛，总是靠叹苦经来排遣生活中的小苦小难。

"莉丝贝特，我亲爱的，今天上午，伺候了克勒维尔整整两个小时，实在烦人！啊！我真恨不得让你来顶替我！"

"可惜不行，"莉丝贝特微笑着说，"我到死也是个嫁不出去的处女。"

"交给这两个老头！有的时候我都为自己感到害臊！啊！要是

我可怜的母亲看见我这个样子……"

"你把我当作克勒维尔了吧。"莉丝贝特回了一句。

"跟我说，我亲爱的小贝特，你不会瞧不起我吧？……"

"啊！要是我长得漂漂亮亮的，那我也……也会风流风流的！"莉丝贝特感叹道，"你没错。"

"可你也许只会遂你的心愿去做。"玛纳弗太太叹了口气说。

"噢！"莉丝贝特接过话说，"玛纳弗已经算死了，只不过忘了埋罢了，男爵差不多就是你的丈夫，克勒维尔就像你的情人；我看你呀，跟所有女人一样，一点儿错都没有。"

"不，我可爱又可亲的姑娘，我痛苦的不是这方面的事，你是不愿明白我说的意思吧……"

"啊！当然明白！……"洛林女子提高了嗓门说，"因为你说的意思跟我心里想的是一回事，我要报仇。你想要干什么？……由我去办。"

"我心里想着万塞斯拉斯，人都想瘦了，可又没有办法见他一面！"瓦莱莉伸开双臂说道，"于洛请他到这儿来吃晚饭，可我那位艺术家拒绝了！这个没心肠的男人，他都不知道有人这么爱着他！他妻子算什么！不过是一堆漂亮的肉！是的，她人是漂亮，可是我，我觉得我更有能耐！"

"放心吧，我的小宝贝，他会来的，"莉丝贝特说道，那口气就像是奶妈在对躁动的孩子说话，"我要他来。"

"可什么时候呢？"

"说不定就这个星期。"

"让我亲亲你。"

如诸位所见，这两个女人已经合二为一，瓦莱莉不管做什么事，哪怕是最蠢的，高兴也罢，怄气也罢，都是经过她们俩深思熟虑后才定的。

莉丝贝特对这种娼妓的生活有一股奇特的兴奋的感觉，凡事都给瓦莱莉出主意，并按照自己无情的逻辑，一步一步地报仇。

不过，她也确实喜欢瓦莱莉，把她当作了自己的女儿、朋友和心爱的人，她觉得瓦莱莉身上既有克里奥人的顺从，又有淫荡女人的放纵；每天上午，她都跟瓦莱莉叽叽喳喳说个不休，比跟万塞斯拉斯交谈要快活得多。她们可以为自己的阴谋诡计而得意，也可以把男人的愚蠢当作笑料，还可以在一起计算着各自的财产越滚越多的利息。

此外，比起对万塞斯拉斯的痴情来，她的复仇行动和新结的友情给她带来的精神食粮要丰富得多。复仇的满足感是心灵最强烈、最刺激的享受。我们身上都有一座情感之矿，爱情在某种意义上是金，仇恨则是铁。

最后，瓦莱莉除了风光之外，还有莉丝贝特羡慕的姿色，人就是这样，自己没有的，都会去羡慕，而且瓦莱莉的姿色比万塞斯拉斯的要更容易把握，不像他那样冷漠，毫无感觉。

差不多三年之后，莉丝贝特终于开始看到自己暗中的复仇行动有了进展，为此，她可是耗尽了心血，费尽了心机。莉丝贝特和玛纳弗太太两人，一个出点子，一个管出力。玛纳弗太太是一把斧头，莉丝贝特则是使唤斧子的一只手，这只手一斧连着一斧砍着那个她越来越觉得可恨的家庭，殊不知人一恨起来，会越来越恨，就如一爱上了，会越来越爱。

爱和恨是自身可以滋长的情感；但是两者之间，恨的生命更长。爱是有限度的，因为人的力量有限，爱的能量在于生命，在于挥霍；恨则近似于死亡，近似于吝啬，它在某种意义上是一种积极的抽象力，超乎于生命和万物之上。

莉丝贝特一旦进入自己的生活天地，便发挥她自己的一切能量；她以耶稣会士惯用的方式，化为一种无形的威力，主宰着一切。就这样，她摇身一变，彻底变了个模样。她神采飞扬，梦想着成为于洛元帅夫人。

这一天，莉丝贝特到中央菜市场去采办一席上等酒菜所需的材料，回来后，便发生了我们在上文介绍的场面，两个女朋友和盘托

178

出，心里想什么说什么，一点儿也没有拐弯抹角。

　　玛纳弗一直觊觎高盖先生的那个位子，这天办的酒席正是要招待高盖先生和正经的高盖太太，瓦莱莉希望通过于洛，当晚就让高盖辞职。莉丝贝特穿得整整齐齐，准备上男爵夫人处吃晚饭。

　　"你等会儿能回来替我们上茶吗，我的贝特？"瓦莱莉问。

　　"恐怕能……"

　　"怎么恐怕能？难道你想要跟阿德丽娜一起睡，喝她睡梦中落下的泪水？"

　　"果真是这样的话，我不会说不行的！"莉丝贝特笑着回答说，"她过去那么得意，如今遭到了报应，我真开心，小时的日子我至今还记着呢。大家轮着来。她就要陷入烂泥坑，我嘛，我要当德·福兹海姆伯爵夫人了！……"

好色之徒将妻子置于何种死地

莉丝贝特动身去甫吕梅街，最近一段时间来，她去那儿就像是去看戏，为的是好好刺激一下自己。

于洛替他妻子找的公寓有一间宽敞的前厅、一间客厅和一间卧房，卧房附带盥洗室。饭厅在客厅一侧，与客厅毗连。另有两间仆人住的屋子和一间厨房在四楼，附属于这套公寓，这样的住房对一个国务参事、陆军部的局长而言还是体面的。楼房、院落和楼梯，也都很气派。

男爵夫人迫不得已，只能用她昔日那些辉煌的物品来布置客厅、卧室和饭厅，大学街府邸的那些旧家具，最好的都被她捡到了这儿来用。

可怜的女人确实喜爱这些无言的旧物，它们是她昔日幸福的见证，对她来说胜过千言万语，是个安慰。她常常在旧日的回忆中隐隐约约地看见鲜花，一如在地毯上看到对别人来说已难辨认的玫瑰花纹。

走进宽敞的前厅，只见里面摆着十二把椅子，一只晴雨表和一只大火炉，挂着红边白布长窗帘，马上让人想起官府那些可怕的候见厅，心里会不禁一揪，预感到这女人的生活是何等凄凉。痛苦和欢乐一样，都会营造一种氛围。只要朝里瞅上一眼，就可知道里面笼罩的气氛，是爱情还是绝望。阿德丽娜的卧房很大，里面装饰着漂亮的桃花心木家具，出自于雅各布·戴斯马尔特之手，全是帝政时代的雕工，那些青铜装饰，比路易十六时代的黄铜式样还透着寒气！男爵夫人坐在一张罗马扶手椅里，面对着一张工作台的斯芬克斯雕像，往日的容光已经憔悴，但却强装欢笑，依然保持着皇后的风度，一如她还保存着在家时常穿的那件蓝丝绒连衣裙，此情此景，谁见了都会不寒而栗。如今，支撑着她的躯体，维持着她的美貌的，是她那颗高傲的灵魂。

男爵夫人被冷落在这儿一年之后，便已领悟到这是无边的灾难。"艾克托尔把我扔在这里，比起一个普通的乡下女人来，我的日子还要强得多呢！"她对自己说，"他既然要我这样，那就遂他的心愿吧！我身为于洛男爵夫人，法兰西元帅的弟媳妇，我一辈子从来没有丝毫过错，两个孩子都已结婚成家，我尽可以纯洁无瑕的妻子名分，怀念着昔日的幸福，静静地等死。"

工作台上方，挂着罗贝尔·勒费布弗尔于一八一〇年为于洛画的肖像，他身着禁卫军军费审核官的制服；台子上放着一部《仿效耶稣·基督》，这是她平时常读的，要是来了客人才会放下。就这样，这个无可指摘的玛德莱纳也在沙漠中倾听着圣灵的声音。

"玛丽埃特，我的姑娘，"莉丝贝特问前来开门的厨娘，"我的阿德丽娜好吗？"

"噢！表面看去很好，小姐；可我们私下说说，她要是再抓着那些念头不放，准会送了自己的命。"玛丽埃特凑着莉丝贝特的耳朵说，"真的，您应该劝她好好过日子。昨天，太太让我早上只给她送两个苏的牛奶和一个苏的面包；晚上也只吃了点鲱鱼，或一块冷的小牛肉，让我一煮就煮上一磅，吃一个星期，当然，只是当她一个人吃饭的时候才这样……她每星期只想花十个苏用在吃上。这是不近情理的。要是我把她这种打算告诉元帅先生，他说不定会跟男爵先生闹翻，取消他的继承权；您人那么好，又那么有办法，除非您才有可能把事情处理好……"

"噢！那您为什么不找我堂姐夫？"莉丝贝特问。

"啊！我亲爱的小姐，差不多有二十到二十五天时间他没有来了，这段时间，我们也没有见过您的面！太太不允许我跟先生要钱，要不就会把我辞掉。至于痛苦……啊！可怜的太太可真痛苦！先生第一次冷落了她这么久……每次门铃响，她马上奔到窗前……

可是五天以来，她没有离开过她那把扶手椅，她一直在读书！每次去伯爵夫人府上，她都吩咐我：'玛丽埃特，要是先生来了，就说我在家，您马上派门房来找我；我会给他跑路钱的！'"

"可怜的堂姐！"贝特说，"这让我的心都要碎了。我每天都要跟我堂姐夫谈起她。可有什么办法呢？他总说：'你说得在理，贝特，我是个没良心的；我妻子是个天使，我是个魔鬼：我明天就去……'可他照旧待在玛纳弗太太家；那个女人毁了他，可他把她捧为心肝宝贝！只跟她生活在一起。我呀，我也只能尽我的所能，要是我不在一起，不让玛杜利纳跟我在一起，那男爵的花销准要翻倍，可他差不多已经没有什么钱了，也许急得都要自杀了。唉！玛丽埃特，您要明白，要是她丈夫有个三长两短，阿德丽娜可就活不成了，我敢肯定。至少我会尽可能想法子把月初月尾两头把牢，不让我堂姐夫吃掉太多的钱……"

"啊！可怜的太太也是这么说的；她知道欠您的很多，"玛丽埃特回答道，"她说过去有很长一段时间待您不公道……"

"啊！"莉丝贝特说，"她没有跟您说别的？"

"没有，小姐。要是您想让她高兴高兴，您就跟她说说先生吧，她觉得您天天能见先生的面，真幸福。"

"她一个人在家？"

"对不起，元帅在。噢，他天天都来，她总是告诉他，早上刚刚见过先生，他夜里很晚才回家。"

"今天晚上有什么好吃的？……"贝特问。

玛丽埃特吞吞吐吐，不知怎么回答，看洛林女子的目光，她实在经受不住。这时，客厅的门突然开了，于洛元帅急匆匆地从里边往外走，只跟贝特打了个招呼，连看都没有多看一眼，手上拿的纸头也掉在了地上。贝特连忙捡起纸头，跑下楼梯，因为冲着一个聋子，再喊也无济于事；贝姨故作姿态，装着没有追上元帅，马上往回走，一边偷偷地看那张纸头，只见上面用铅笔写着：

"我亲爱的大哥，我丈夫已经给过我这个季度要开销的钱；可我女儿奥丹丝因急着用钱，我把钱全借给了她，这也只勉强能帮她渡过难关。您能借给我几百法郎吗？因为我不愿意再问艾克托尔要钱；他要是责怪我，会让我很伤心的。"

"啊！"莉丝贝特暗自在想，"她竟然屈尊到这个地步，可见已到了死路。"

悲惨之家

莉丝贝特走进屋子，发现阿德丽娜在偷偷地哭，连忙过去搂住她的脖子。

"阿德丽娜，我亲爱的孩子，我全都知道了！"贝姨说道，"噢，刚才元帅把这张纸头弄掉了，他心里准是乱透了，跑得像条猎狗……那个可恶的艾克托尔已经多长时间没有给你钱了？……"

"他给的都很准时，只是奥丹丝急需用钱，弄得……"男爵夫人回答道。

"弄得你都没有钱招待我们吃晚饭了，"贝特打断堂姐的话，说道，"现在我终于明白了，怪不得我一提起晚饭的事，玛丽埃特显得那么为难。你呀，阿德丽娜，还耍孩子气呢！行了，让我把我的积蓄给你吧。"

"谢谢，我的好贝特，"阿德丽娜擦了擦泪水，回答道，"这点小麻烦只是暂时的，将来的日子我都已经打算好了。从现在开始，我每年只用两千四百法郎，包括房租在内，这些钱我还是有的。贝特，千万不要跟艾克托尔露一个字。他好吗？"

"噢！他呀，像巴黎的新桥一样风光！像燕雀一样快乐，一心只想着他的小妖精瓦莱莉。"

于洛太太望着窗外的一棵高大的银色松树，莉丝贝特在她堂姐的双眼中看不出丝毫的表情。

"你提醒过他今天是我们一起吃晚饭的日子吗？"

"当然，可别提了！玛纳弗太太准备了一席丰盛的晚餐，她想让高盖先生辞职！这可比什么都重要，噢，阿德丽娜，听我说：你了解我的倔脾气，怎么也要自己独立生活。我亲爱的，你丈夫肯定会把你毁了的。我以为自己待在那个女人家里，对你们会有好处。可那是个无比堕落的女人，她会想方设法从你丈夫那儿达到自己的目的，最后把你丈夫逼到绝路，弄得你们名誉扫地。"

阿德丽娜身子一动，像是心里挨了一刀。

"可是，我亲爱的阿德丽娜，我敢说这是真的，我得好好让你把事情都看明白了。好了！我们还是考虑一下将来的日子！元帅已经老了，可他的日子还长着呢，他有一份很高的俸禄；要是他走了，他的遗孀每月能拿六千法郎的赡养金。用这笔钱，我可以负责把您的生活安排得好好的！你给这个老好人施加一点儿影响，让他跟我结婚。这决不是为了当元帅夫人，这种空名，就像玛纳弗太太的良心，我根本就不往心里去；可你们都需要面包。我看得出奥丹丝也缺钱，你不是把你的都给了她嘛。"

这时，元帅进了屋。来回的路上跑得太急了，只见这位老战士用围巾在擦着脑门上的汗珠。

"我交给了玛丽埃特两千法郎。"他凑近弟媳的耳朵说道。

阿德丽娜脸一红，一直红到了头发根，两颗泪珠落在了细长的眼睫毛上。她默默地紧握着老人的手，老人的脸上露出了幸福的神情，像是个得意的情人。

"阿德丽娜，我本想用这笔钱买个礼物送给您，"老人继续说道，"您不用还我了，自己去挑一样您最喜欢的礼物吧。"

他实在开心，见莉丝贝特伸过手，竟也上前握着亲了一下。

"这事有希望。"阿德丽娜尽可能露出笑脸对莉丝贝特说。

就在这时，小于洛夫妇也到了。

"我弟弟跟我们一起吃晚饭吗？"元帅问了一句，口气很生硬。

阿德丽娜拿起一支铅笔，在一小张方纸片上写道：

"我在等着他呢，他今天早上答应我回这儿吃晚饭的；要是他不回来，准是有事被元帅留下了，他实在太忙。"

写罢，她把纸头给了元帅。是她发明了跟元帅的这种交谈方式，桌子上放着铅笔，还有一叠小方纸片。

"我知道，"元帅回答说，"他为阿尔及利亚的事忙得不可开交。"

奥丹丝和万塞斯拉斯此时也进了屋，男爵夫人见家人都聚在她的身旁，朝元帅看了一眼，目光中的那份欣喜，只有莉丝贝特才领悟得出。

艺术家有妻子的爱，又有上流社会的宠，春风得意，人也英俊多了。他的脸差不多已经圆了，漂亮的身段衬托出名符其实的绅士所具有的血统上的优越气势。他早早得到了荣耀，身处显要位子，加之上流社会对艺术家的阿谀奉承，就像见面相互问候或谈天说地一样随便，使他滋长一种了不起的感觉，而一旦江郎才尽，这种感觉就会蜕化为狂妄。他自以为已经是个大人物，如今又有了荣誉勋位团十字勋章，觉得身价倍增。

结婚三年来，奥丹丝待她丈夫就像一只狗对它的主人，对丈夫的一举一动，她无不投以探询的目光，两只眼睛总是注视着他，就像一个吝啬鬼守着金银财宝，那份忘我与倾心，令人不胜感动。在她身上，可以看到她母亲的天性和教化。她貌美依旧，但因难言的忧伤，像诗意般蒙上了一层淡淡的阴影。

莉丝贝特方才见外甥女进门，心里便想，压抑已久的痛苦就要爆发，再也顾不上那层薄薄的面子了。早在小夫妻俩度蜜月的初期，莉丝贝特就已经看透，他们的收入太少，根本无法维持如此炽烈的爱情。

奥丹丝跟母亲拥抱的时候，与她心贴心，咬着耳朵说了几句话，从她们那直摇头的神态，莉丝贝特马上明白了其中的秘密。

"阿德丽娜就要跟我一样，要靠做活谋生了，"贝姨心里想，"我要让她告诉我以后她到底准备做什么……那么漂亮的手指头终于要像我的一样，尝到做活的苦头了。"

六点钟，全家进了饭厅，艾克托尔的那副刀叉也摆在桌上。

"别撤走！"男爵夫人对玛丽埃特说，"先生有时会晚一点儿回来。"

"噢！我父亲会回来的，"小于洛对母亲说，"刚才在国会分手时，他答应我的。"

晚餐

莉丝贝特酷似处在自己编织的网中心的一只蜘蛛，在察看周围每个人的神情。奥丹丝和维克托朗是她看着出生长大的，在她眼里，他们的脸宛若镜子，可从中清楚地看到两颗年轻的灵魂。而从维克托朗偷偷地投向母亲的目光中，莉丝贝特感觉到又有什么不幸即将降落到阿德丽娜的头上，维克托朗拿不定主意，是否要跟母亲说。

这位大名鼎鼎的年轻律师内心是悲伤的。在他凝望母亲时的那副痛苦的表情中，表现出了他对母亲深深的爱。

奥丹丝显然在为自己的不幸而烦心。早在十五天前，莉丝贝特就知道她因为缺钱，心里开始感到很不安，像她这样的少妇，为人清白，生活一直又非常如意，一旦缺钱，自然发愁，只是闷在心里不说而已。

所以，打从进门第一刻起，贝姨就已看出做母亲的根本就没有给过女儿什么钱，因为急于用钱，借钱的人往往会编造出一些骗人的鬼话，如今阿德丽娜竟已落到这步田地。

诸位不妨想象一下，由于老元帅耳聋，这顿晚饭本来就冷冷清清的，加上奥丹丝和她哥哥心里发愁，男爵夫人又那么忧伤，这顿晚饭吃得就更加凄惨了。

饭桌上，活跃的倒有三个人：莉丝贝特、塞莱斯蒂娜和万塞斯拉斯。奥丹丝的爱激发了艺术家身上那种波兰人好热闹的天性，就像法国西南部的加斯科尼人，机智灵活，爱说爱闹，惹人欢喜，跟北方人就是大不相同。万塞斯拉斯的精神状态和脸上表情，足以说明他很自信，而可怜的奥丹丝听从母亲的劝告，家里有什么烦恼全都瞒着他。

"你该感到高兴才是，"莉丝贝特离开餐桌时对小外甥女说，"你妈妈已经给了你钱，帮你解了难。"

"妈妈！"奥丹丝觉得莫名其妙，回答说，"噢，可怜的妈妈，我还恨不得能给她弄点钱呢！你不知道，莉丝贝特，唉！真可怕，我一直怀疑她在偷偷地做活儿。"

大家跟着玛丽埃特，穿过了大客厅，客厅里昏暗一片，连一盏吊灯也没有。玛丽埃特在前面举着饭桌上的那盏灯，正往阿德丽娜的卧房走。

这时，维克托朗碰了碰莉丝贝特和奥丹丝的胳膊，她们俩马上明白了他的意思，让万塞斯拉斯、塞莱斯蒂娜、元帅和男爵夫人进了卧房，他们三人留下，聚在了一个窗洞处。

"出什么事了，维克托朗？"莉丝贝特问道，"我敢打赌肯定是你父亲又惹什么祸了。"

"唉！是的，"维克托朗回答说，"有一个放高利贷的，叫沃维纳，他手头有我父亲的一张六万法郎的借据，想要告他！我刚才在国会想跟父亲谈一谈这件棘手的事情，可他不想理我，简直在躲着我。是不是应该把这事先跟母亲说一说？"

"不行，不。"莉丝贝特说，"她已经伤心透了，这一说还不要了她的命，还是免了吧。您不知道她现在的处境。要是没有您伯父，您今天在这儿就吃不上这顿晚饭了。"

"啊！我的上帝，维克托朗，我们都是魔鬼，"奥丹丝对她哥哥说，"我们早该料到的，非要莉丝贝特给我们说了才明白。这顿晚饭，都要把我憋死了！"

奥丹丝话没说完，掏出手绢捂住嘴巴，只顾默默地流泪，真担心会一下哭出声来。

"我已经跟那个叫沃维纳的说过，让他明天来找我，"维克托朗继续说，"可凭我的抵押担保，他就会放过吗？我想不会的。这种人要的是现钱，好再去刮人家的血汗钱。"

"卖掉我们的终身年金！"莉丝贝特对奥丹丝说。

"这又抵什么用呢？只有一万五六千法郎，"维克托朗回答说，"要六万呢。"

"我亲爱的姨妈！"奥丹丝以发自内心的纯洁的感激之情，拥抱着莉丝贝特，喊了一声。

"不，莉丝贝特，您那点钱还是留着吧，"维克托朗握了握洛林女子的手，说道，"我明天看看那个家伙到底打什么主意。要是我妻子同意的话，我一定会有法子阻止他去告我父亲，或者让他先缓一缓；眼看着我父亲的名誉要受到损害！……这真可怕。到时陆军部长会怎么说呢？我父亲的薪水早在三年前就已经作了抵押，要到十二月底才期满；所以眼下不可能再拿他的薪水作担保。那个沃维纳先后把借据的期限延了十一次，你们算算我父亲付了多少利息！无论如何要堵住这个无底洞。"

"要是玛纳弗太太能离开他就好了。"奥丹丝痛苦地说。

"啊！上帝还是免了我们一难吧！"维克托朗说，"离开了，父亲说不定还要去找别的女人，至少在她身上，最大的开销已经花了。"

这两个孩子发生了何等的变化！从前，他们对父亲是那么毕恭毕敬，长久以来，母亲一直在他们的心底维系着对父亲一种绝对的爱。可如今，他们已经看透了父亲。

"要是没有我，"莉丝贝特继续说，"你们的父亲败得比现在还要惨。"

"我们进去吧。"奥丹丝说，"妈妈心很细，不然会看出什么来的，还是听我们的好贝姨的话，什么都要瞒着她，显得快快活活的！"

"维克托朗，你们的父亲就喜欢女人，你们不知道他这个脾性会把你们弄到何种地步。"贝特说道，"你们还是考虑一下，让我跟元帅结婚，留条后路吧。我等会儿特意先走，你们今天晚上就得跟他谈一谈。"

维克托朗进了母亲房间。

"哎呀！我可怜的小姑娘，"莉丝贝特低声地对小外甥女说，"你可怎么办呢？"

　　"你明天来跟我们一起吃晚饭，我们好好聊聊，"奥丹丝回答说，"我真不知道该怎么办；你知道生活有多难，给我出出主意吧。"

　　全家聚在一起，正想方设法跟元帅谈结婚的事，唯独莉丝贝特一人往瓦诺街赶，可就在这个时候，发生了一件事，激发了玛纳弗太太之类的女人身上的那股邪劲儿，逼着她们施展出种种作恶的招数。不过，我们首先要承认这么一个事实：在巴黎，谁都在忙着生计，恶人也不能由着自己的天性去为非作歹，他们只不过求助于邪恶，防止自己被侵害而已。

一个财大气粗的幽灵

玛纳弗太太的沙龙里，聚满了她那帮忠实信徒，惠斯特牌局刚由她安排停当，可在这时，由男爵推荐到她家来当差的那位退伍军人通报道：

"蒙泰斯·德·蒙特雅诺斯男爵到。"

瓦莱莉心头猛地一震，遂向门口跑去，一边喊道：

"我的表兄！……"跑到巴西人面前时，她悄悄地朝他的耳朵里灌了一句："假装是我的亲戚，不然我们之间什么都完了！"

"哎呀！"她把巴西人领到壁炉前，高声说道，"亨利，你没有出事，他们跟我说你遇到海难淹死了，三年来，我一直为你哭泣……"

"你好，我的朋友。"玛纳弗先生朝巴西人伸过手去，看这人的架势，可真正是一副巴西百万富翁的模样。

亨利·蒙泰斯·德·蒙特雅诺斯男爵拥有热带气候所赋予的体魄和肤色，就像我们给舞台上奥赛罗的那副外表，阴沉沉的神色，煞是可怖，可这纯粹是外形给人的感觉，其实他的性格极其温柔软弱，生来是受弱女人利用的命，何况她们对强汉子也从不放过。

他神气傲慢，身材结实，粗壮有力，可他只对男人耍威风，对女人总是甜言蜜语，女人们就痴迷这一套，结果让情妇挽着胳膊的时候，一个个男人全都假充好汉，显得威风凛凛，以讨人喜欢。

男爵气度不凡，他上着金扣蓝装，下穿黑裤，脚蹬油光闪亮、制作考究的皮靴，手戴时髦的手套，身上只有一件东西是巴西的，那是一颗硕大的钻石，价格约十万法郎，宛若晨星，在华丽的蓝绸领带上闪闪发光。一件白色的背心微微地敞着，露出里边质地精细异常的衬衫。突出的前额像是生着羊角的森林之神的脑门，打着好色淫荡的标志，上方的头发黑如煤玉，密得像是原始森林，下方是一对明亮的眼睛，一闪一闪，那股凶劲儿，仿佛他母亲怀他的时候受到了野豹的惊吓。

这个在巴西的葡萄牙人种的潇洒典型背靠壁炉，但他的架势中却显露出巴黎人的习惯；只见他一手拿着礼帽，一只胳膊搭在壁炉的丝绒台布上，朝玛纳弗太太倾过身子，与她低声交谈，根本不把在场的那些可憎的小市民放在眼里。在他的脑中，沙龙里聚集着这帮人，实在有伤大雅。

巴西人进门的这一幕，他的架势以及他的神气，造成了克勒维尔和男爵这两个人完全一致的反应：好奇中交织着不安。他俩不仅有着相同的表情，且有着相同的预感。

这两个痴情男子的反应，加之不约而同的举动，显得滑稽极了，那些较有头脑的人发出了会心的微笑，看出了其中的奥妙。

克勒维尔虽说已经当上了巴黎的一个区长，可还是改不了小市民和生意人的本性，他的反应不幸比他的伙伴多持续了片刻，男爵因此而抓住了克勒维尔无意泄露的天机。

这对痴情的老头来说无疑又是当胸一拳，他打定主意，要找瓦莱莉说个清楚。

"今天晚上必须弄个水落石出……"克勒维尔一边理着牌，一边也在想。

"您有红心的！……可您没有打。"玛纳弗冲克勒维尔嚷道。

"啊！对不起，"克勒维尔想抽回自己那张牌，一边回答道，"这个男爵我看是多余的。"他继续在想自己的心事："瓦莱莉跟我掌握的男爵一起过，那是为了给我报仇，况且我也有办法把他挤掉；可这个表兄！……是个多余的男爵，我可不愿被人当作傻瓜，一定要弄个水落石出，看他是哪门子亲戚！"

只有漂亮的女人才有这么好的运气，这天晚上，瓦莱莉恰巧打扮得娇艳迷人。

她那白皙的胸脯在紧束的镂空花边下泛着亮光，花边呈橙红色，衬托出巴黎女子美丽的肩膀若锦缎般柔滑的肌肤，巴黎的女子确有办法（不知用什么妙法！），长得一身肥美的肉，但却能保持苗条的身段。她身着一条黑色丝绒长裙，裙子仿佛时刻要从她肩膀上往下落，头上饰着花边，上面插着成串的花朵。两只娇美丰腴的手臂露在缀着花边的泡袖外面。她看上去就像精心摆放在漂亮的果盘中的美果，即使是不通人性的钢质餐叉，也会不禁发痒。

　　"瓦莱莉，"巴西人凑近少妇耳朵说，"我又回来了，对你多么忠心耿耿；我叔父死了，现在的财富比我走时要多一倍，我要在巴黎生活，也要死在巴黎，永远在你的身边，一切都为了你。"

　　"小声点，亨利！求求你！"

　　"啊！嗬！我非要把这些家伙统统从窗户中扔出去，今天晚上我一定要跟你好好谈谈，何况我整整找了你两天。最后这里就留下我，对吧？"

　　瓦莱莉朝所谓的表兄嫣然一笑，对他说道："您要记住，您是我姨母的儿子，我姨母是儒诺将军在葡萄牙征战时跟您父亲结的婚。"

　　"我，蒙泰斯·德·蒙特雅诺斯，是征服巴西的英雄的重孙，这是在骗人！"

　　"小声点，要不我们就再也不见面了……"

　　"为什么？"

　　"玛纳弗就像临死的人要了却一桩心愿，疯了似的爱着我……"

　　"就这个奴才？……"巴西人知道玛纳弗是何许人，说道，"我给他钱……"

　　"太过分了……"

　　"哎哟！你这种排场是从哪儿来的？……"巴西人终于发现了客厅的豪华装饰，问道。

　　她嘻嘻一笑。

　　"多难听的口气，亨利！"她说道。

她刚刚被两束燃烧着炉火的目光击中，无奈中只得看了看那两个痛苦的人。

克勒维尔跟玛纳弗先生配对，对手是男爵和高盖先生。双方没有输赢，因为克勒维尔和男爵的心思都不在牌上，连连出错。

这一对多情的老人在瓦莱莉的周旋下，竟然把一腔痴情隐藏在心底，过了整整三年，如今一下全都招认了；而瓦莱莉与平生第一次令她怦然心动、坠入爱河的情人久别重逢，自然无法熄灭在她眼中闪现的幸福之光。这些走运的男人，永远不会放弃自己的权利，只要他们占有的女人一天不死，他们对她拥有的权利就存在一天。

这三个绝对的痴情汉，一个靠霸道的金钱，一个仗占有权，另一个凭自己年轻力壮、富有，且为初恋，玛纳弗太太置身其间，沉着应付，游刃有余，就像波拿巴将军当年围攻蒙杜城，虽说要抵挡两支大军的夹击，但仍旧把城池围个水泄不通。

有钱的男人多大年纪才有妒心

于洛脸上显出妒忌的神色，变得阴森可怖，就像已故的蒙特科纳元帅当年率骑兵向俄罗斯方队发起进攻时的神态。作为美男子，国务参事从来没有尝到过妒忌的滋味，一如缪拉根本不知何为惧怕。他向来自认为胜券在握。若赛花使他人生第一次受挫，他认为是对方贪钱的缘故；他自我安慰，觉得自己之所以败在德·埃鲁维尔公爵的手下，是因为此公是个百万富翁，而不是因为他那个丑样。可此时，疯狂的妒忌感却搅得他内心波涛翻滚，头晕脑涨，冲动不已。

他激动得像多情郎米拉波，不时从牌桌扭过身子，朝壁炉那边张望，每当他放下纸牌，以挑衅的目光逼视着巴西人和瓦莱莉的时候，沙龙的常客便感到好奇而又恐惧，担心时刻都会发生暴力的场面。

那位假表兄瞅着国务参事，那神态就像在瞧一只中国的大瓷花瓶。这阵势要再持续下去，不可能不闹出可怕的事来。

玛纳弗害怕于洛男爵，其程度不亚于克勒维尔害怕玛纳弗，因为要他临死还只当个副科长，他实在不甘心。临终的人总是以为还能活下去，就像苦役犯相信总有自由的一天。这家伙想要不惜一切代价当上科长。见克勒维尔和国务参事那种很不自在的模样，玛纳弗心里确实发怵，遂站起身，凑到妻子耳朵旁说了一句。于是瓦莱莉带着巴西人和她丈夫进了她的卧房，令在场的人莫名其妙。

"玛纳弗太太以前跟您提起过这个表兄吗？"克勒维尔问于洛男爵。

"从来没提起过！"男爵站起身子回答道。"今天晚上不玩了，"他遂补充道，"我输两个路易，拿着。"

他说着把两个金路易扔到桌上，起身往长沙发上一坐，看这神气，谁都明白是要大家赶紧走。高盖夫妇嘀咕了两句，很快离开了客厅，克洛德·维尼翁无奈也跟着走了出去。他们先后这一走，明眼人一看待在这儿是多余的，也就纷纷散了。

只有男爵和克勒维尔没有走，待在里边谁也不跟谁说一句话。

于洛最后竟对克勒维尔视而不见，踮着脚尖走到卧房门前准备听听有什么动静，可马上又往后猛地一跳，因为玛纳弗打开了房门，他一副若无其事的样子，见客厅只剩了两个人，显得很吃惊。

"用茶呀！"他说道。

"瓦莱莉在哪儿？"男爵气呼呼地问道。

"我妻子呀，"玛纳弗回答道，"她上您小姨那儿去了，很快就回来。"

"她为什么把我们晾在这儿，去找那头蠢山羊？……"

"噢，"玛纳弗说道，"莉丝贝特小姐刚从您夫人那儿回来，胃不舒服，玛杜利纳来问瓦莱莉要点茶，她跟着上去看看您小姨到底怎么了。"

"那个表兄呢？……"

"他走了！"

"您说的不假？"男爵问。

"是我把他送上车的！"玛纳弗笑着回答说，那个笑的模样可真丑。

瓦诺街上传来了马车的行驶声。

在男爵眼里，玛纳弗等于零。他马上出门上楼去莉丝贝特那儿。他妒火中烧，心头一动，脑子里闪过一个念头。玛纳弗为人卑鄙，男爵是再了解不过了，他猜想这一对夫妇肯定在串通搞什么可耻的勾当。

"那几位先生和太太都到哪儿去了？"玛纳弗见只剩下他和克勒维尔，问道。

"太阳一落山，家禽就回窝，"克勒维尔回答道，"玛纳弗太太一走，她的那帮崇拜者也就散了。我跟您来玩一会儿皮克牌。"克勒维尔想赖着不走，又找补了一句。

他也觉得巴西人一定还在屋里。玛纳弗先生答应打牌。区长跟男爵一样精，他尽可以跟这女人的丈夫赌钱，在这儿一直待下去，打从取缔了公共赌场之后，玛纳弗也只能凑合着在交际场上打打这种抠门儿的小牌戏了。

于洛男爵急匆匆奔上楼，到了贝姨家，可发现门紧紧关着。按规矩，进屋要隔门先问一问，这一来，里边那几位狡猾而又手脚麻利的女人便有了充裕的时间，安排了一个闹胃病在喝茶的场面。莉丝贝特那种痛苦万分的样子，让瓦莱莉害怕极了，几乎没有在意气呼呼进了屋的男爵。疾病是一道挡箭牌，遇到大吵大闹的危急关头，女人们总会把它抬出来。

于洛偷偷地到处张望，在贝姨的卧房里没有发现可以让巴西人藏身的地方。

"你吃了不消化，贝特，这可是替我太太招待的晚饭增了光。"他打量着面前的老处女，说道。这女人根本没有什么不舒服的，可却尽可能装出一副样子，仿佛胃在不停地抽搐，她一边喝着茶，一边直哼哼。

"您瞧，我们亲爱的贝特住在这楼上多走运！没有我，可怜的姑娘早就没命了……"玛纳弗太太说。

"您好像觉得我是没病装病似的，"莉丝贝特开口对男爵说道，"这简直在侮辱……"

"为什么？"男爵反问道，"难道您已经清楚我的来意？"

他朝盥洗间偷偷瞟了一眼，见上边的钥匙被抽掉了。

"您是在讲谁也不明白的希腊话吧？……"玛纳弗太太答了一句，瞧她的神情，好像为自己的柔情和忠贞受到怀疑而伤心。

"可这都是为了您，我亲爱的姐夫，是的，都是因为您的错，我才落到眼下这个地步。"莉丝贝特愤愤地说。

这一嚷，转移了男爵的注意力，他惊诧万分地看了看老姑娘。

"您知道我有多心疼您，"莉丝贝特继续说，"我住到这儿来，就说明了一切。我这一辈子使尽了最后的精力来照顾我们亲爱的瓦莱莉的利益，也照顾您的利益，像她那个家，开销要比别的人家节省十倍。没有我，我的姐夫，您每月给两千法郎就不行了，怎么也得给三四千。"

"这一切我都知道，"男爵不耐烦地说，"您想尽法子照顾我们，"他走到玛纳弗太太身旁，搂过她的脖子，又补了一句，"不是吗，我心爱的小美人儿？……"

"说真的，我看您是疯了！"瓦莱莉说道。

"好了！您并不怀疑我对您是忠心耿耿的，"莉丝贝特继续说道，"可我也心疼我堂姐阿德丽娜，我看见她伤心得直掉眼泪。她都一个月没见到您的面了。不，这不行。您把我可怜的阿德丽娜丢下不管，她一点儿钱也没有了。您女儿奥丹丝听说多亏了您哥哥我们才有了那顿晚饭吃，差一点儿都晕死了过去！今天您家里连面包也没有吃的了。阿德丽娜可真惨，已经决意自谋生路了。她对我说：'我跟你一样去干活！'听了这话，我心里紧紧地一揪，吃了晚饭，我一直在想，在一八一一年我堂姐过的是什么日子，三十年后，在一八四一年，她又落到了什么下场！这一来，我吃下去的就消化不了了……本来我想挺一挺，可痛死我了，回到家里，我以为就要死了……"

"您瞧，瓦莱莉，"男爵说，"我一心爱您，弄得我到了什么地步！……在家里都成了罪人了……"

"噢！我这辈子不嫁人算是对了！"莉丝贝特高兴得疯疯癫癫的，高声嚷道，"您是大好人，阿德丽娜是个天使，这就是对盲目忠贞的报应。"

"一个老天使！"玛纳弗太太嘀咕了一句，一边朝艾克托尔投去半是怜爱半是嘲讽的目光，艾克托尔细细地打量着她，那神态就像预审法官在审查被告。

"可怜的太太！"男爵说道，"我已经有九个多月没给她钱了，可我却设法张罗钱给您，瓦莱莉，多大的代价啊！谁也不可能像我这样爱您，可您反过来却这样伤我的心！"

"伤心？"她接过话说道，"那对您什么才叫幸福？"

"我至今不知您跟那个所谓的表兄有过什么关系，您从来没有跟我提起过他，"男爵没有去理会瓦莱莉刚才摔过来的话，继续说道，"可他一进屋，我好像是当胸挨了一刀。我这个人再盲目，可不是瞎子。在您的眼里和他的眼里，我看出了点什么。那只猴子的眼缝中闪出了一道道光，射到了您的身上，瞧您那眼神……噢！您从来没有那样看过我，从来没有！这个谜，瓦莱莉，总会解开的……您是唯一让我尝到了妒忌滋味的女人，我跟您说的这一切，您听了不用奇怪……可还有一个谜，那遮着的云雾已经捅破，我看可真叫卑鄙……"

"说呀，您说呀！"瓦莱莉嚷道。

"就是克勒维尔，那堆烂肉，那个大傻瓜，也爱着您，您呀，还挺喜欢他对您大献殷勤，弄得那个蠢蛋竟当众表露他的痴情……"

"那就有了三个！您没有发现还有别的人？"玛纳弗太太问道。

"也许还有吧？"男爵道。

"克勒维尔先生爱我，那是他作为一个男人的权利；我喜欢他的痴情，换了任何一个多情的女人或普通的女人，也都会这样做的，因为您有许多东西没有满足她……好哟！我是有毛病，您要么连我的毛病一起爱，要么就放了我。要是您还给我自由，无论是您，还是克勒维尔先生，再也不要到这儿来，我就要我的表兄，您不是怀疑我们一起有过让人陶醉的日子吗，我才不想失去呢。再见了，于洛男爵先生。"

说罢，她站起身子，国务参事连忙拉住她的胳膊，让她坐下。这老头已经无法再让人替换瓦莱莉了，对他来说，瓦莱莉比生活的一切需要都更离不开，他宁愿这样糊涂下去，不想拿到瓦莱莉不忠的任何证据。

"我心爱的瓦莱莉，"他说道，"你没看见我很痛苦吗？我只是想让你跟我说说清楚……有什么好的理由，都跟我明说了吧……"

"那好！您到楼下等着我，因为我想您小姨的病需要设法好好伺候一下，您总不至于想在这儿看那场面吧。"

于洛慢吞吞起身离去。

"您这个老风流！"贝姨嚷叫道，"您怎么都不问问您孩子的情况？……您到底准备给阿德丽娜做点什么？反正我明天先把我的积蓄给她送去。"

"做丈夫的至少应该让妻子吃上白面包吧。"玛纳弗太太微微一笑，说道。

莉丝贝特的口气，就像当初若赛花指使他一样不留情面，可男爵听了并不生气，独自走了，一边暗自庆幸，终于躲过了一场讨厌的纠缠。

门闩一插上，一直待在盥洗间的巴西人便走了出来，他双眼含着泪水，那模样见了叫人生怜。显而易见，蒙泰斯在里边全都听到了。

女人精彩表演的第一幕

"你再也不爱我了,亨利!我看得出来。"玛纳弗太太把脸埋在手绢里,泪水涟涟地说。

这是真正的爱情的呼唤。女人绝望的哭喊总是具有无比的震撼力,尤其当这女人年轻、漂亮,袒胸露肩,透过裙子上方,一个赤裸的夏娃呼之欲出的时候,世界上的所有多情郎,都会从内心深处宽恕她。

"可要是您真爱我,为什么不为了我抛弃那一切?"巴西人问。

这个美洲的自然之子,跟所有在大自然中生长的人一样,都有逻辑的头脑,他很快搂着瓦莱莉的腰,把方才中断的谈话继续了下去。

"为什么?……"她说着,抬起脑袋,望着亨利,那充满爱情的目光完全左右了他,"可是,我的小馋猫,我已经嫁人了。我们是在巴黎,又不是在南美洲的大荒原、大草原,空旷无人。我的好亨利,我的第一个也是唯一的恋人,请听我说。我那个丈夫,是陆军部的一个普普通通的副科长,他一心想当个科长,而且想得荣誉勋位团的四等勋章,他有这样的雄心,我怎能阻止他呢?当初玛纳弗给了我们彻底的自由(差不多在四年前,你还记得吗,坏蛋?),如今,他出于同样的原因,逼着我接受于洛先生。那个可恶的官老爷,像只海豹似的总喘着气,鼻孔里长着长须,都六十三岁了,这三年来,他一门心思,想要年轻些,可结果反而老了十岁,我真讨厌他,可我没办法,只有等到玛纳弗当上科长,得到四等勋章之后,我才能摆脱他……"

"到时候你丈夫能多得什么呢?"

"一千埃居。"

"我给他一千埃居的终身年金，"蒙泰斯男爵说，"我们离开巴黎，去……"

"去哪儿？"瓦莱莉连忙问道，一边扮了个漂亮的鬼脸，对捏在自己掌心的男人，女人总是这样不放在眼里，"只有在巴黎这一座城市，我们才可以生活得幸福。我很珍惜你的爱，不愿在只有我们两人的大沙漠里，看着我们的爱情渐渐熄灭；听着，亨利，你是我世上唯一心爱的人，你要把这刻在你的虎脑壳上。"

女人总是花言巧语，让在她们手上变成了绵羊的男人相信，他们是雄狮，具有钢铁般的意志。

"现在请好好听我说：玛纳弗先生已经没有五年的日子好活了，他患了坏疽病，已经病到了骨髓；一年十二个月，他有七个月要喝解毒药，喝草药，全身没有一点儿力气；总之，拿医生的话说，刀已经架在他脖子上，会时刻要他的命；对一个健康的人来说最无关紧要的病，对他都是致命的，他的血已经变了质，危及到了他的命根子。五年来，我都没要他亲我一次，因为这人简直就是瘟神！等到哪一天我成了寡妇，这一天已经不远了，虽说已经有一个拥有六万年金的人向我求过婚，他像一块糖似的粘在我手掌心，可我向你发誓，即使你像于洛那么穷，像玛纳弗那样害麻风病，即使你打我，我也只要你做我的丈夫，你是我唯一爱的人，我要姓你的姓。你要什么爱情的担保，我都准备给你……"

"那好！今天晚上……"

"可是，你这个里约的孩子，为了我从巴西原始森林蹿出来的漂亮豹子，"她拿起他的手，又是亲吻又是抚摸，说道，"你想要这女人做你妻子，那还是请你对她尊重一点儿吧……我将来会不会是你妻子，亨利？……"

"会的。"巴西人说道，他被这一番如痴如狂的情话给击败了。他说着跪下身子。

"哎哟，亨利，"瓦莱莉拉着他的双手，两只眼睛定定地望着他，说道，"你在这儿当着莉丝贝特的面向我发誓，她是我最好的，也是唯一的朋友，是我姐妹，你发誓等我守寡的期限一到就娶我为妻，好吗？……"

"我发誓。"

"这还不够！得以你母亲的骨灰和她的永福发誓，以圣母玛利亚和天主教的希望的名义起誓！"

瓦莱莉心里清楚，即使她坠落到社会最肮脏的泥坑，这个巴西人也会信守誓言的。只见他庄严起誓，鼻子几乎碰到了瓦莱莉雪白的胸脯，两只眼睛整个被迷住了；他已经醉了，漂洋过海整整一百二十天，与心爱的女人久别重逢，谁能不醉！

"好了！现在你放心吧。一定要尊重玛纳弗太太，把她当未来的德·蒙特雅诺斯男爵夫人待。不要为我乱花一个子儿，我不许你这样做。你待在这里，到第一个房间的小沙发床上躺着去，等你可以离开时，我会自己上楼来通知你的……明天上午我们一起吃饭，你可以在下午一点钟走，装着在中午十二点来拜访过我，什么都不要担心，那看门的都是我的人，就像我父母一样……我现在下楼去给客人上茶。"

她朝莉丝贝特使了个眼色，莉丝贝特把她送到了楼梯口。

瓦莱莉咬着老姑娘的耳朵说："这个黑鬼早来了一年！不替你报了奥丹丝的仇，我死也不甘心！……"

"放心吧，我可亲可爱的小妖魔，"老姑娘亲了亲瓦莱莉的额头说道，"情和仇总是结伴出猎，永远不会失手的。奥丹丝等着我明天见面，她已经陷入苦难之中。为了得到一千法郎，万塞斯拉斯准会亲你一千次。"

不愧是在门房发生的一幕

于洛一离开瓦莱莉，便下楼到了门房，突然出现在奥利维埃太太面前。

"奥利维埃太太？……"

听到这气冲冲的一声喊叫，又见男爵那威严的手势，奥利维埃太太走出门房，跟在男爵后边，走到院子里。

"你知道，要是哪一天有人可以帮助你儿子弄到一个事务所，那个人就是我；他多亏了我才爬到三等书记的位子，才完成了他的法律学业。"

"是的，男爵先生；不过，男爵先生也可以相信我们的感激之情。我没有一天不祈求上帝保佑男爵先生……"

"不要说这么多空话，善良的太太，"于洛说，"要有真凭实据……"

"那我该做点什么呢？"奥利维埃太太问。

"有个男人今晚坐车来过这里，你认识他吗？"

奥利维埃太太当然认出了那个蒙泰斯，她怎能把他忘了呢！当初在杜瓦伊纳街，他每天一大早从楼里出去都要塞给她一百个苏。

如果男爵找的是奥利维埃先生，也许他能了解到全部实情。可奥利维埃在睡觉。在下层阶级，妻子不仅仅比丈夫高一等，而且往往都管着丈夫。很久之前，奥利维埃太太就已经打定主意，一旦两个恩人发生冲突，知道该站在哪一边，在她看来，玛纳弗太太的势力是最强的。

"是不是认识他？……"她回答说，"不认识。我发誓，不，我

204

从来没有见过他！……"

"怎么会呢？玛纳弗太太住在杜瓦伊纳街的时候，她表兄怎么会从不去看她？"

"啊！是她表兄呀！……"奥利维埃太太大声说道，"他也许来过，可我没有认出他来。下一次，先生，我一定注意……"

"他就要下楼来。"于洛猛地打断了奥利维埃太太的话……

"可他已经走了，"奥利维埃太太什么都明白了，马上回话说，"车已经不在这里了……"

"你看见他走了？"

"就像我看见您一样。他吩咐当差的：'去大使馆！'"

这种口气，这番肯定的话，终使男爵发出幸福的一叹，他拉起奥利维埃太太的手，握了一握。

"谢谢，亲爱的奥利维埃太太；可事情还没有完呢！那克勒维尔先生呢？"

"克勒维尔先生？您想说什么意思？我不明白。"奥利维埃太太回答说。

"好好听我说！他爱着玛纳弗太太……"

"不可能！男爵先生，不可能！"她双手合十，连声说道。

"他是爱玛纳弗太太！"男爵不由分说地又重复了一遍，"他们会有什么勾当？我一无所知，可我想知道，你会弄清楚的。如果你能把他们这一私情的蛛丝马迹都告诉我，我就让你儿子当公证人。"

"男爵先生，您千万不要这样疑心瞎折磨自己，"奥莉维埃太太接着说，"太太爱着您，她心里只爱着您；她家的那个贴身女仆最清楚了，我们常在一起说，您是天底下最幸福的男人，因为您知道太太有多么好……啊！那是个完人……她每天都十点钟起床，然后吃早饭，是的。噢，再花一个小时梳妆打扮，这样就到了下午两点；两点以后她去杜伊勒利花园散步，那是谁都知道，谁都看见的；她总是在下午四点整回家，等着您到来的一刻……噢！准时得就像一座钟。她对那个贴身女仆没有什么秘密，莱纳对我也从来不瞒什么，噢！莱纳也不可能瞒我什么，她跟我儿子不错，对我儿子可好了……您完全明白，要是太太跟克勒维尔先生有什么关系，我们早就知道了。"

男爵上楼回到玛纳弗太太家，他容光焕发，坚信自己是那个可恶的娼妓唯一心爱的人，那女人虽说跟鱼美人一样让人失望，却也同样艳丽迷人，风情万种。

克勒维尔和玛纳弗正开始玩第二局皮克牌戏。克勒维尔尽输，不管什么人，只要心思不在牌上，自然都是输的命。玛纳弗知道区长何以如此心不在焉，便毫无顾忌，乘机赢他：他经常偷看要抓的牌，不好便换，而且看准了对方的招数，玩起来总是胜券在握。

每一把的输赢为二十个苏，就这样，当男爵进门时，玛纳弗已经刮了区长三十法郎。

"怎么，就你们俩！他们都到哪里去了？"国务参事见屋里没有别的人，诧异地说。

"您的好兴致把大家都赶跑了！"克勒维尔回答道。

"不，是因为我妻子表兄来的缘故，"玛纳弗插嘴道，"那些先生太太觉得瓦莱莉和亨利分别三年后见了面，肯定有话要说，便都悄悄地走了……要是我当时在，一定会留住他们的。不过要是都在，我也招待不好，因为总是由莉丝贝特在十点半钟来招待客人用茶，可她身体不舒服，全都乱了套……"

"莉丝贝特真的不舒服？"克勒维尔气呼呼地问。

"人家跟我说的。"玛纳弗回答道，一副毫不在乎的样子，看他这种德性，根本就不把女人当一回事。

区长看了看钟，他估摸着男爵在莉丝贝特家差不多待了四十分钟。于洛一脸快活的神色，无意中把瓦莱莉、莉丝贝特和他自己推上了被告席。

"我刚刚去看了她，她病得厉害，可怜的姑娘。"男爵说。

"别人的痛苦，倒让您快活，我亲爱的朋友，"克勒维尔酸溜溜地接过话说，"看您回来的脸色，真叫喜笑颜开！莉丝贝特莫非是死难临头了？据说您女儿是她的继承人。您可是完全变了一副模样，走的时候像是威尼斯城的摩尔，回来的时候如同圣普勒！……我倒很想看一看玛纳弗太太的脸！"

"您这话是什么意思？……"玛纳弗先生把牌一合，往克勒维尔面前一放，问道。

这个年仅四十七岁便已形容枯槁的男人，暗淡无神的双眼竟迸发出亮光，松弛冷漠的面孔露出淡淡的血色，他微微张开不见了牙齿的嘴巴，发黑的双唇沾着白沫，看去像是白垩，又像奶酪，这家伙已经命悬游丝，有气无力，若决斗，再也没有什么担心失去的了，而克勒维尔则有可能要搭上性命家财，因此，他这一怒，可把区长吓坏了。

"我是说，"克勒维尔回答道，"我想看一看玛纳弗太太的脸，我的要求没有错，何况您现在的脸色太难看。说实话，您真丑得可怕，我亲爱的玛纳弗……"

"您知道失礼了吗？"

"一个三刻钟便赢了我三十法郎的人，我决不会觉得他漂亮。"

"啊！要是让您见识一下十七年前的我……"副科长接过话说。

"您那时可爱吗？"克勒维尔反问道。

"我正是亏在那上面；我当初要是像您，现在也当上贵族院议员和区长了。"

"是的，"克勒维尔微笑着说，"您是打仗打得太猛了，拜财神本可得到金银，可您却拿了害人的毒药！"

说罢，克勒维尔忍不住哈哈大笑。玛纳弗虽说会为丢面子生气，可向来喜欢这种庸俗下流的玩笑。他和克勒维尔之间，已经针锋相对惯了。

"夏娃让我花了大钱，这不假；可说实话，人生短暂，享乐为上，这是我的座右铭。"

"我倒更喜欢长命百岁，幸福美满。"克勒维尔回答道。

女人精彩表演的第二幕

玛纳弗太太进了家门，见她丈夫和克勒维尔正在玩牌，连同男爵，客厅里只剩下三个人。一瞧区长大人的脸色，她便明白了一切，脑子里闪过各种念头，但很快打定了主意。

"玛纳弗！我的猫咪！"她喊叫着走到丈夫身旁，往他肩头一靠，纤美的手指伸进丈夫灰不溜秋少得已经盖不住脑袋的头发，想把它们将平，"你玩得可太晚了，该去睡觉了。你知道明天还要给你服泻药呢，大夫吩咐的，莱纳明天早上七点就得伺候你喝草药……要是你还想活下去，这就别玩你的皮克牌了……"

"咱们玩满五分吗？"玛纳弗问克勒维尔。

"好……我已经有两分了。"克勒维尔回答道。

"还要玩多长时间？"瓦莱莉问。

"十分钟。"玛纳弗说。

"已经十一点了，"瓦莱莉说，"真的，克勒维尔先生，好像您是想害死我丈夫。至少快一点儿打。"

这一语双关，令克勒维尔、于洛和玛纳弗都不禁微微一笑。

瓦莱莉走过去跟艾克托尔聊了起来。

"我亲爱的，你现在离开，"她凑着艾克托尔的耳朵说，"到瓦诺街上去随便走走，你看到克勒维尔出门后再回来。"

"我倒愿意出门后，再从盥洗间的门进你卧室；你可以让莱纳来给我开门。"

"莱纳在楼上照顾莉丝贝特呢。"

"那好！我上楼去莉丝贝特家？"

对瓦莱莉而言，留下或上楼都很危险，她打算等会儿跟克勒维尔解释一下，所以不想让于洛留在她的卧室，不然全都会被他听到的。再说巴西人还在莉丝贝特那儿等着呢。

"真的，你们这些男人，"瓦莱莉对于洛说，"一旦心血来潮，恨不得烧了房子闯进门去。莉丝贝特病成那样子，无法接待您……您是担心在街上得了感冒？……走吧……要不就别回来！……"

"再见了，两位先生。"男爵高声道。

老人的自尊心经她一击，反倒要争口气，证明自己还有年轻小伙子的气魄，可以上街去等着幽会的时辰，于是出了门。

玛纳弗跟妻子道了声晚安，装出温柔的样子，抓着妻子的双手。瓦莱莉别有用意地握紧丈夫的手，那意思是说：给我把克勒维尔打发走。

"晚安，克勒维尔，"玛纳弗会心地说道，"希望您别跟瓦莱莉待得太久。啊！我可有妒忌心了……虽然这来得迟了点，可我难以摆脱……等会儿我要来看看您是否走了。"

"我们要谈一谈买卖上的事，我不会待久的。"克勒维尔说。

"小声点！——您想要我干什么？"瓦莱莉以两种不同的语气先后说道，眼睛直盯着克勒维尔，高傲的神情中交织着蔑视。

克勒维尔本仗着给瓦莱莉效了大力，想摆摆架子，可一碰到她傲气十足的目光，马上变得老老实实，低三下四。

"那个巴西人……"

克勒维尔被瓦莱莉充满蔑视的目光盯得吓坏了，连忙打住。

"还有呢？……"她紧逼道。

"那个表兄……"

"那不是我表兄，"她接过话说，"对别人，对玛纳弗先生，他是我表兄。可他即使是我情人，您也没有什么好说的。在我看来，一个为了报复一个男人而花钱买通一个女人的店老板，自然不如一个因为爱而出钱买女人的男人。您根本就不爱我，您看我是于洛先生的情妇，于是买通我，像花钱买一支手枪，要害死您的情敌。我当时没有吃的，所以就同意了！"

"您可没有履行交易合同。"克勒维尔又变成了商人，说道。

"啊！您是想让于洛男爵知道您偷了她的情妇，以报若赛花被劫的一箭之仇……再也没有什么更能向我证明您有多卑鄙了。您口口声声说爱一个女人，把她当公爵夫人待，可您却要败坏她的名声？好的，我亲爱的，您是在理的：这个女人不如若赛花好。那个小姐再卑鄙下流也敢做敢当，可我是个虚伪的女人，该抓到广场上去挨鞭子，可惜啊！若赛花有本事，有家财，可以保护自己。可我呢，唯一的保障就是贞洁；我现在还是个规矩、端庄的女人；可要是您一闹，我算成了什么东西？若我有钱，也就算了！可我现在至多也就一千法郎的年金，不是吗？"

"远远不止，"克勒维尔说，"这短短两个月，我在奥尔良铁路公司股票上就把您的积蓄翻了一番。"

"那好！在巴黎，至少要有五万法郎的年金才被人瞧得起。我要是丢了面子，您又用不着赔我钱。我想要什么呢？只是想让玛纳弗当上科长；这样他就有了六万法郎的薪金；他已经做了二十七年的公务员，再过三年，要是他不在世了，我有权得到一千五百法郎的抚恤金。我好心好意待您，伺候得您快快活活的，可您却不知道再等一等！这就叫爱！"她嚷叫道。

"虽说我开始时是有自己的打算，"克勒维尔说，"可后来，我还不是成了您的小狗。您踢我的心口，踩我，吓我，我照样一心爱着您，从来没有这样爱过。瓦莱莉，我爱着您，就像我对塞莱斯蒂娜那样爱！为了您，做什么我都可以……噢！以后到太子街，每周不要只是两次，要去三次。"

"就这几次！您可是返老还童了，我亲爱的……"

"让我把于洛赶走，让他丢尽面子，替您摆脱他，"克勒维尔没有理睬瓦莱莉那副横蛮无礼的样子，继续说道，"再也不要接待那个巴西人，您完全属于我，不会让您后悔的。我先给您存利息为八千法郎的年金，是终身的；要是五年后，您还是忠贞不渝，我就把年金的虚有权一并过户给您……"

"总是搞交易！市侩们永远都学不会赠予！您是想凭您一本本年金存折给自己建立爱情驿站，对吧？……啊！店东家，卖发油的！你什么都要贴上标签！艾克托尔跟我说，德·埃鲁维尔公爵有一次用杂货店的三角纸包了三万法郎利息的年金，送给了若赛花！我比若赛花可强多少倍！啊！让人爱啊！"她捻着头发卷儿，走到镜前照了照，叹息道，"亨利爱着我，只要我使一个眼色，他就会像灭一只苍蝇一样要你的命！于洛也爱我，为了我，他让他的太太睡草垫。算了吧，我亲爱的，您就好好当您的好家长吧。噢！为了供您自己寻欢作乐，您除了家产之外，还有三十万法郎，算是私房钱吧，可您一心要想用这钱生利……"

"那都是为了你，瓦莱莉，我现在就送给你一半！"他跪倒在地，说道。

"好呀，你们还在这里！"玛纳弗身着睡衣，面目狰狞，嚷叫道，"你们在干什么？"

"我的朋友，他在求我宽恕呢，刚才他出了个鬼主意，侮辱我。见从我这里什么也不可能得到，这位先生竟想用钱收买我……"

克勒维尔恨不得有道活门，一下钻到台下去，就像在戏台上那样。

"您起来，我亲爱的克勒维尔，"玛纳弗笑着说，"您真滑稽。瞧瓦莱莉的样子，我看对我没有什么危险。"

"上床去，好好睡你的觉。"玛纳弗太太说。

"她多机灵啊！"克勒维尔心里想，"她多可爱！她救了我一命！"

等玛纳弗一进房门，克勒维尔便抓住瓦莱莉的双手，亲了一下，几滴泪水同时落在她的手上。

"都过户给你！"他说。

"这才叫爱！"她凑着他的耳朵，低声说，"那好！以爱还爱。于洛就在下面，在街上。可怜的老头在等着我在卧房的窗口摆上蜡烛，好再上来；我允许您跟他明说了，您是我唯一爱的人；要是他不愿相信您的话，您就带他去太子街，给他看证据，好好折磨他；

我允许您这样做，我命令您这样做。那只海豹让我讨厌死了，搅得我不安宁。在太子街困他一整夜，慢慢地要他的命，报了您的若赛花被抢的一箭之仇。于洛也许真的会气死；可我们会因此救他妻子和儿女一命，免得他们倾家荡产。于洛太太如今在干活谋生！……"

"噢！可怜的太太！我的上帝，太残忍了！"克勒维尔一时又起了善心，叹息道。

"要是你爱我，塞莱斯坦，"她凑近克勒维尔的耳朵，用嘴唇轻轻地碰了一下，低声说道，"一定要拉住他，不然我就算完了。玛纳弗起了疑心，可艾克托尔手里拿着大门的钥匙，打算再上来！"

克勒维尔紧紧地把玛纳弗太太搂在怀里，然后快快活活地出了门；瓦莱莉情意绵绵地把他送到楼梯口；可她好像被磁石吸着似的，又陪他一直下了二楼，送到楼梯下。

"我的瓦莱莉！上去吧，不要让门房看见坏了你的名声……好了，我的生命，我的财产，全都属于你了……回去吧，我的公爵夫人！"

"奥利维埃太太！"等大门当的一声关上，瓦莱莉轻声喊道。

"怎么！太太，您怎么在这里！"奥利维埃太太惊奇地问道。

"把大门上下的门闩都插牢，再也不要开门。"

"好的，太太。"

插好了门闩，奥利维埃太太一五一十说起了那个大官企图收买她的事。

"我亲爱的奥利维埃，您做事像天使；可我们明天再谈这事吧。"

瓦莱莉疾如飞箭，上了四楼，在莉丝贝特的门上轻轻敲了三下，然后又回到家里吩咐莱纳；遇到从巴西来的蒙泰斯之流，哪一个女人也决不会放过机会的。

克勒维尔在复仇

"不！臭婊子，只有交际场上的女人才知道这样爱！"克勒维尔暗自在想，"她下楼梯时，连楼梯都被她的目光照亮了，我对她真有吸引力！若赛花可从来不行！……若赛花，那是个破烂货！"老跑街的嚷叫道，"我说什么来着？破烂货……我的上帝！哪天到了杜伊勒利宫，我也会骂出口的……不！要不是瓦莱莉让我开了眼，我也许什么也不是……可我还一心想摆大老爷的架子呢……啊！好一个女人！她只要冷冷看我一眼，我就像害了肠绞痛，被她搅得神不守舍……多么优雅！多么风趣！若赛花从来没有让我这么兴奋过。还有多少妙处没尝到呢！啊！好，那不是我的伙伴嘛。"

他在巴比伦街的黑暗处，一眼看到了身材高大的于洛，只见他微微弓着腰，沿着一座正在建造的房屋的护板溜达，克勒维尔径直朝他走去。

"晚安，男爵，都到下半夜了，我亲爱的！您在这儿搞什么鬼名堂呢？……竟在毛毛细雨中漫步。我们都上了年纪，这对身体不好。您想要我给您出个好主意吗？我们还是各自回家去；因为我们私下说说，您不会见到窗台的烛光了……"

听到最后这句话，男爵果真有了感觉：自己都六十三岁了，身上的外套也被打湿了。

"到底谁跟您说的？……"他问道。

"瓦莱莉！嗨，我们的瓦莱莉想只当我的瓦莱莉。我们现在是平局，男爵，至于决胜局，您愿意什么时候，我都奉陪。您不能生气的，您知道我一直在申明我报仇的权利，您花了三个月抢了我的若赛花，我夺了您的瓦莱莉，用了……这就不说了，"他紧接着补充道，"我要她完全属于我，不过，我们以后还都是朋友。"

"克勒维尔，不要开玩笑了，"男爵气得喘不过气来，回答道，"这可是你死我活的事。"

"噢！您怎么会这么看？……男爵，莫非您已经忘了奥丹丝结婚那一天您跟我说过的话：'难道我们这两个老风流竟会为一个小娘儿们闹翻了脸？算了，那太小家子气了……'我们可都是，早就说定的，是摄政王派、蓝色紧身外套派、蓬巴杜派、十八世纪派，反正是黎塞留元帅派，洛可可派，还有，我斗胆说一句，是危险的风流派！……"

这一套文绉绉的字眼，克勒维尔还可以再搬弄下去，可男爵就像一个刚刚失聪的聋子，在听着他说。

借路灯的光亮，发现情敌脸色煞白，胜利者遂打住话头。在奥利维埃太太那番表白和临走时瓦莱莉含情的一瞥之后，这对男爵来说，不啻是晴天霹雳。

"我的上帝！巴黎的女人多的是！……"他终于开口高声说道。

"你当初抢走我若赛花的时候，我就是这么跟你说的。"克勒维尔回敬道。

"喂，克勒维尔，这不可能……给我证据才信！……您像我一样，有进门的钥匙吗？"

男爵走到大门前，把钥匙插进门锁：可大门岿然不动，他再推也无济于事。

"夜里别这么闹了，"克勒维尔静静地说，"喂，男爵，我手头的钥匙可比您的要灵。"

"要证据！证据！"男爵痛苦得简直要疯了一般，连声嚷道。

"跟我走，我给您证据。"克勒维尔回答道。

说罢，他按照瓦莱莉的吩咐，拉着男爵过了伊勒朗－贝尔廷街，向河滨马路走去。

一路上，倒霉的国务参事就像第二天要向法院递交资产负债清单的店老板，他左思右想，实在不明白瓦莱莉何以这么堕落，觉得

214

自己准是中了人家的圈套。

经过罗亚尔桥时，他见自己的生活没有一点儿着落，已经到了穷途末路，加之债务缠身，一时起了歹念，险些控制不住自己，想把克勒维尔往河里推，自己再跟着往下跳。

克勒维尔老爷的小公馆

　　他们到了太子街，当时，这条街还没有拓宽，克勒维尔在一道独扇门前停下脚步。这道门通向一条长长的走廊，走廊铺着黑白相间的石板，呈列柱廊风格，尽头是一座楼梯和一间门房，里面有一个采光的小院子，这在巴黎十分常见。院子跟一家邻居毗连，分界虽不匀称，显得倒很别致。

　　这座小房舍的主人正是克勒维尔，房后还有一附属建筑，为玻璃顶，因为搭建在邻居的地界上，不能建得太高，所以被门房和突出的楼梯全遮住了。

　　这样的房舍巴黎颇多，房子一直被临街的两家铺子中的一家租用，辟作仓库、后屋和厨房。克勒维尔解除了一楼三间小屋子的租约，让格朗多改修成了一座经济实用的小公馆。

　　房子有两个进口，一个借家具铺的门走，铺面是克勒维尔以低价租给店老板的，租期论月算，万一房客不知趣，好随时处治他；另一个进口是走廊墙上的一扇暗门，相当隐蔽，不易察觉。

　　这一座小公馆有一间饭厅、一间客厅和一间卧房，都从上面采光，一部分搭在邻居界上，一部分在克勒维尔自家界内，几乎谁也分不清。除了那位旧家具商，房客都不知道还有这么一个小天堂存在。

　　女门房已经被克勒维尔收买，是一个出色的厨娘。每天夜里，不管什么时候，区长先生尽可以出入这座经济实用的小公馆，用不着担心任何人来刺探。

　　白天，一个女人要是一身普通巴黎女子上街买东西时的打扮，只要有钥匙，就可以进入克勒维尔的住所，不会有任何风险；她可以看看旧货，跟店主还还价，进出铺子不会引起丝毫的疑心，哪怕撞上了什么人。

克勒维尔一点上小客厅的蜡烛，男爵遂被里面精巧雅致而又华丽的装饰惊呆了。老化妆品商全权委托格朗多，房子的装修由他一手操办，老建筑师精心设计，把房子装饰成蓬巴杜式，花费不小，共六万法郎。

"我要让公爵夫人进屋见了都吃惊……"克勒维尔曾吩咐格朗多说。

他要的是巴黎最美丽的伊甸园，好在里面独享他的夏娃，他的贵夫人，他的瓦莱莉，他的公爵夫人。

"有两张床，"克勒维尔对于洛说，一边指了指一张沙发，只要像拉衣柜的抽屉那样一拉，就是一张床，"这是一张，另一张在卧房。我们两今天可以在这儿过夜。"

"要证据！"男爵说。

克勒维尔拿起一盏烛灯，带他的朋友进了卧房，于洛见一张椭圆形双人沙发上摆着瓦莱莉的一件漂亮的室内便袍，那是她在瓦诺街显示自己身价时穿的，后来又带到了克勒维尔的小公馆来使用。

区长在一只称作"日福"的细木镶嵌精美小柜上揿了一下暗锁，在里面翻了一会儿，拿出了一封信，递给男爵：

"拿着，念一念吧。"

国务参事看到便笺上用铅笔写着：

> 我白白等了你半天，你这只老鼠！像我这样一个女人决不等一个老化妆品商的。没有预备晚饭，也没有烟抽。这笔债你一定要还我。

"确实是她的笔迹吗？"

"我的上帝！"于洛痛苦地坐了下来，说道，"我认出了她所有用过的东西，这是她的便帽和她的拖鞋。啊！告诉我，是从什么时候……"

克勒维尔做了个手势，表示他明白于洛的意思，在小柜子里拿出一叠文书。

"瞧，我的老伙计！我是在一八三八年十二月给包工付的钱。在这前两个月，也就是说，在十月，这座让人快乐的小公馆就已经开张了。"

国务参事垂下了脑袋。

"你们是怎么勾搭上的？她每天花的时间，我可是每个钟头都了解得一清二楚。"

"连到杜伊勒利花园散步的情况……"克勒维尔喜形于色，搓着双手说道。

"怎么？……"于洛张着嘴。

"你所谓的情人每次去杜伊勒利花园，说是从下午一点到四点在那儿散步；哎哟，可眼睛一眨，她人到了这儿。你知道莫里哀的戏吗？嗨！男爵，用你当剧名可不需要一点儿想象。"

于洛再也不可能怀疑什么，脸色阴沉，一声不吭。再精明强悍的男人，也会被灾祸逼得逆来顺受。此时此刻，男爵的心灵深处，就像一个茫茫黑夜中在大森林里寻找出路的人。

对方死一般的沉默，突然变得委顿的脸色，让克勒维尔好不担心，他可不愿意同伙就此送命。

"正如我跟你说的，老伙伴，我们玩了个平手，再玩决胜局……你愿意玩吗，喂？看谁最精！"

"为什么十个漂亮的女人，至少七个是坏的？"于洛自言自语道。

伟大行会中的两位同道

男爵的心绪乱极了，不可能给这个问题找到答案。美，是人类最强大的力量。而任何失去平衡、没有阻碍、独断专行的力量必然导致极端与疯狂。独断专行，就是滥用权力。女人的独断专行，便是随心所欲。

"你没有什么好抱怨的，我亲爱的同道，你有天底下最美丽的妻子，她人又规规矩矩。"

"我命该如此，"于洛对自己说，"我没有领我太太的情，让她受了苦，她可是一个天使呀！啊，我可怜的阿德丽娜，人家替你报了这个仇！她孤独一人，默默地在受苦受难，可她本该得到敬重，得到我的爱，我应该……她如今还是那么美，洁白无瑕，又变得像少女一般……天底下谁曾见过比这个瓦莱莉更卑鄙、更下贱、更邪恶的女人？"

"那是一个混账女人，"克勒维尔说，"一个该抓到夏特莱广场挨鞭子的荡妇；可我亲爱的卡尼拉克，倘若我们真是蓝色紧身外套派、黎塞留元帅派、特吕慕派、蓬巴杜派，都是该受车轮刑的浪荡公子，不折不扣的十八世纪派，那我们现在就没有什么警察总监听我们指使了。"

"怎么才能让人爱呢？……"于洛没有听克勒维尔的，只顾在心里问自己。"我们这些人竟想要让人爱，真是蠢啊，我亲爱的，"克勒维尔说，"我们只不过凑合着让人接受而已，因为玛纳弗太太要比若赛花邪恶百倍……"

"还贪婪百倍！她花了我十九万两千法郎！……"于洛嚷叫道。

"零多少生丁？"克勒维尔觉得这只是一笔小钱，带着金融家

219

的傲慢问道。

"看得出你并不爱她。"男爵伤心地说。

"我呀，我爱够了，"克勒维尔回答道，"她拿了我三十万法郎！……"

"钱在哪儿？这些钱都花到哪里去了呢？"男爵双手捂着脑袋问道。

"要是我们商量好，就像那些年轻人凑钱养一个便宜的漂亮小娘们，那代价要小得多……"

"这倒是个主意！"男爵接过话说，"可她照样还会一直骗我们，我的胖伙计，你对那个巴西人到底怎么看？……"

"啊！老兔子，你说得在理，我们就像股东那样……被人耍！……"克勒维尔说，"所有这些女人都是在合伙公司的！"

"那窗台的烛光，是她告诉你的？……"男爵问。

"我的好老头，"克勒维尔摆好姿态，继续说道，"我们都被骗了！瓦莱莉是个……她让我把你困在这儿……我看得一清二楚……她家里藏着那个巴西人呢……啊！我已经彻底放弃她，因为若你抓着她的手，她会找到法子用脚来骗你！噢！她是个卑鄙的女人，是个该受车轮刑的荡妇！"

"她连妓女也不如，"男爵说，"若赛花、贞妮·凯迪娜欺骗我们，这是她们的权利，因为她们干的就是卖色的一行！"

"可她呢！她装出一副圣女样，假装贞洁，"克勒维尔说，"听我的，于洛，回到你妻子身边去吧，你的事干得很糟糕，已经有人在议论，说你的某些借据落到了一个放高利贷的家伙手中，那人是专门给臭娘儿们放债的，叫沃维纳来着。至于我嘛，我已经尝够了所谓的体面女人的滋味。再说，到了我们这把年纪，我们还用得着这些坏女人吗？我有话直说，这种女人是不可能不骗我们的。你满头白发，一口假牙，男爵。我呢，像是个小丑。我还是一心去赚钱吧。钱可一点儿也不骗人。虽说国库每六个月开一次，对谁都一样，可至少给你利息吧，可那个女人却要花钱……跟你嘛，我亲爱的同道，古贝塔，我的老同谋，我可以接受这种妙不可言……不，这种互不计较的处境；可一个巴西人，也许会从他的国家带来殖民地的臭玩意儿，不明不白的……"

"女人啊，是个解不开的谜。"于洛说。

"我来解，"克勒维尔说，"我们都老了，那个巴西人年轻、英俊……"

"是的，这不错，"于洛说，"这我承认，我们都在变老。可是，我的朋友，看那些美人儿脱去衣服，卷起头发，摘着发卷，透过纤细的手指缝，带着乖巧的微笑，瞧着我们一边挤眉弄眼，甜言蜜语，见我们忙得精疲力竭的样子，便说我们不怎么爱她们，可她们还是不顾一切，逗我们开心取乐，你说，我能舍得她们吗？"

"是啊，我的上帝！这是人生唯一的乐事……"克勒维尔大声道，"啊！当一张漂亮的小脸蛋冲着你笑，对你说：'我亲爱的，要知道你有多么可爱！我呀，我可能生来就跟别的女人不一样，她们就喜欢那种留着山羊胡的毛头小伙子，喜欢那些怪人，尽抽烟，粗俗得就像奴才！那是因为他们仗着年轻，才那么狂傲！……反正，这种人说来就来，完了问候一声，就不见了踪影……我嘛，你总怀疑我轻佻，可我就不喜欢这种小男人，宁可爱五十岁的男人，这样的男人才留得长久，他们忠心耿耿，知道找一个女人不容易，对我们格外赏识……所以我才爱你呀，我的大坏蛋！……'她们一边说，还一边交代自己的过去，装出娇媚、可爱的样子……啊！就像市政厅的规划一样虚假……"

"谎言往往胜于真理，"于洛见克勒维尔绘声绘色，模仿瓦莱莉的娇媚百态，被勾起了往事，回想起了几个迷人的情景，感叹道，"谁都不得不编造谎言，在戏装上缝一些闪光片……"

"而我们最终遇上了这种女骗子！"克勒维尔粗声粗气地说。

"瓦莱莉是个仙女，"男爵嚷道，"她让您返老还童……"

"啊！是的，"克勒维尔说，"她是一条鳗鱼，从你手中滑走了，可是条最漂亮的鳗鱼……像白糖一样，雪白，甜蜜！……而且像阿娜尔那样风趣，花样又多！啊！……"

"噢！是的，她可是真机灵！"男爵不再想他的妻子，大声道。

等到上床睡觉的时候，两位同道成了世间最要好的朋友，他们一一回想着瓦莱莉的种种美妙之处，她的声调，她的娇媚，她的手势，她的风趣，她的想入非非，她的心血来潮，因为这位爱情艺术家有着令人赞叹的激情，就像一位歌唱家，唱得一天比一天好。充满诱惑和魔力的回忆就像一支催眠曲，他们俩在地狱之火的照耀下进入了梦乡。

翌日上午九时，于洛说要去陆军部。克勒维尔要到乡下办事。他们一起出了门，克勒维尔朝男爵伸过手去，一边对他说道："并不忌恨吧，对吗？因为我们俩谁也不再想玛纳弗太太了。"

"噢！全都结束了！"于洛露出一副厌恶的神情，回答道。

两个真正疯狂的酒徒

上午十点半钟，克勒维尔快步爬上玛纳弗太太的楼梯，进门看见那个卑鄙的女人，那个可爱的妖精，身着世间最妖艳的室内便服，在跟亨利·蒙泰斯·蒙特雅诺斯男爵和莉丝贝特一起吃精美的早餐。

尽管一见巴西人心里像挨了一拳，克勒维尔还是好言请求玛纳弗太太给他两分钟时间谈一谈。瓦莱莉跟克勒维尔进了客厅。

"瓦莱莉，我的天使，"痴情的克勒维尔说，"玛纳弗先生日子已经不长了；如果你对我忠贞不贰，他一死，我们就结婚。你考虑一下。我已经帮你打发了于洛……这样，你看看那个巴西人是不是抵得上巴黎的一个区长，为了你他想要爬上最尊贵的位子，而且手头已经有八万多利弗尔的进项。"

"让我考虑考虑，"她回答道，"我下午两点到太子街，我们再谈一谈；可现在请乖乖的！别忘了您昨天答应我的款子过户的事。"

她说罢回到餐厅，身后跟着克勒维尔，他正为自己找到了独自享用瓦莱莉的妙着而得意；不料他发现了于洛男爵，男爵是在他们作短暂的交谈时进的门，想要实现同样的企图。

国务参事与克勒维尔如出一辙，要求谈几分钟。玛纳弗太太遂起身准备回客厅去，朝巴西人嫣然一笑，像是在对他说："他们全都疯了！难道他们就没看见你？"

"瓦莱莉，"国务参事说，"我的孩子，这位表兄是美洲的表兄……"

"噢！够了也！"她一下打断了男爵的话，嚷叫道，"玛纳弗从来不是我的丈夫，将来也不是，再也不可能是。我的初恋，我唯一爱过的人，出乎意料又回来了……这不是我的过错！可您好好看看亨利，再瞧瞧您自己。您问一问自己，一个女人，尤其是一个需要爱的女人，在两者之间会犹豫吗？我亲爱的，我不是一个让人供养的女人。从今天开始，我再也不愿像苏珊娜那样，生活在两个老头之间。若您还看重我，那就跟克勒维尔一样，做我们的朋友；可一切全都结束了，因为我已经二十六岁了，我在以后的日子里想做一个圣女，一个尊贵的好女人……就像您妻子那样。"

"就这样了？"于洛说，"啊！我像个教皇，充满宽容之心来这儿，您就这样欢迎我！……那好吧！您丈夫也就永远不要当科长，也得不到荣誉勋位团四等勋章了……"

"我们走着瞧吧！"玛纳弗太太以某种方式望着于洛，说道。

"我们都别生气，"于洛绝望地说，"我今天晚上来，我们好好商量商量。"

"那就在莉丝贝特家，行了！……"

"好吧！"痴情的老头说道，"在莉丝贝特家！……"

于洛和克勒维尔谁也不搭理谁，两人一起下楼来到街上；可走到人行道上时，两人相互看了看，不禁苦苦一笑。

"我们是两个老疯子！……"克勒维尔说。

"我把他们俩给打发了，"玛纳弗太太重又回到餐桌上，对莉丝贝特说，"无论是过去，现在，还是将来，我只爱我的美洲豹。"她朝亨利·蒙泰斯嫣然一笑，又补了一句，"莉丝贝特，我的姑娘，你不知道吗？……因为生计所迫我干的那些缺德事，亨利都原谅我了。"

"那是我的错，"巴西人说，"我该给你寄十万法郎的……"

"可怜的孩子！"瓦莱莉高声道，"我本该干活谋生的，可我天生没有十个干活的手指头……你问问莉丝贝特吧。"

巴西人成了巴黎最幸福的男人，出门走了。

中午时分，瓦莱莉和莉丝贝特在装饰华丽的卧房聊着天，那个危险的巴黎女人一边在精心打扮自己，完成一个女人少不了的最后几道工序。

插上了门闩，拉紧了门帘之后，瓦莱莉把在晚上、夜里和上午发生的事，一五一十，全都跟莉丝贝特说了。

"你高兴吗，我的宝贝？"末了，她问莉丝贝特，"我将来该当克勒维尔太太还是蒙泰斯太太？你有什么主意？"

"克勒维尔那么放荡，没有十年好活了，"莉丝贝特回答说，"可蒙泰斯还年轻。克勒维尔可以给你留下差不多三万法郎的年金。让蒙泰斯等着吧，能做你的小宝贝，他够幸福了。这样的话，等你到了三十三岁，我亲爱的孩子，你只要保住姿色，还可能嫁给你的巴西人，手头有了六万法郎的年金，又有元帅夫人的保护，定能当上大角色……"

"对，可是蒙泰斯是巴西人，他永远都成不了大器，"瓦莱莉说。

"我们处在铁路时代，"莉丝贝特说，"外国人迟早要在法国占领重要位子。"

"等玛纳弗死了再看吧，"瓦莱莉接着说，"他的病撑不了多长时间了。"

"这些病落在他的头上，算是对他身体的报应，好了，我得上奥丹丝家去。"莉丝贝特说。

"好吧！你去吧，我的天使，"瓦莱莉回答说，"给我把艺术家带来！整整三年了，还没有一点儿进展！我们俩可真丢尽了脸面！万塞斯拉斯和亨利，只有他们俩才让我着迷。对一个是真爱，对一个是好奇。"

"今天上午你多漂亮哟！"莉丝贝特上前搂着瓦莱莉的腰，亲了亲她的额头，说道，"你的快乐，你的财富，你的打扮，都叫我开心……打从我们成了姐妹那一天起，我才过上好日子……"

"等一等，我的母老虎！"瓦莱莉笑着说，"你的披肩歪了……我都教了你三年了，还不会用披肩，还一心想当于洛元帅夫人呢……"

一对合法夫妻的别样场景

莉丝贝特脚穿普鲁涅拉斜纹薄呢小皮靴和灰色丝袜，身着华丽的利凡廷里子绸裙，头上盘着发辫，戴一顶漂亮的黄缎里黑丝绒帽，正走过残老军人大道去圣多米尼克街，一路在琢磨，不知性格坚强的奥丹丝会不会因为失去勇气而向她低头，也不知萨尔马特人轻浮的天性在这个什么都有可能发生的时刻，会不会动摇万塞斯拉斯的爱情。

奥丹丝和万塞斯拉斯住在圣多米尼克街和残老军人广场交会处一座房子的一楼。

这套公寓以前充满蜜月和谐气氛，可如今是半新半旧的景象，家具成色应该说是已到了暮秋时节。这对新婚夫妇是败家子，无意之中在糟蹋着身边的一切，就像在糟蹋他们的爱情。他们心中只有自己，很少考虑将来，可以后，这总会让家庭主妇操心的。

莉丝贝特看到外甥女奥丹丝刚刚给小万塞斯拉斯穿好衣服，把孩子带到了花园里。

"你好，贝特。"奥丹丝自己来给贝姨开了门，问候道。

厨娘去市场买东西了，兼带孩子的贴身女仆在洗衣服。

"你好，我亲爱的孩子，"莉丝贝特一边拥抱奥丹丝，一边回了一句。"噢，万塞斯拉斯是不是在他的工作室？"她凑近奥丹丝的耳朵问道。

"不，他在客厅跟斯迪德曼和夏诺尔谈话呢。"

"我们是不是能单独待一会儿？"莉丝贝特问道。

"到我房间去。"

房间饰着波斯绸，白色的底子，红花绿叶的图案，可经太阳不断照晒，跟地毯一样全褪了色。窗帘已经很久没有洗过了。里面有一股万塞斯拉斯抽的雪茄烟味儿，他出身高贵，如今又成了艺术王国的大老爷，椅子的扶手上，最精美的器物上，尽是他乱弹的烟灰，俨然一个受尽宠爱的大男子，谁都得受他的气，又似一个大富翁，用不着像平民百姓那样精心持家。

"好吧！我们谈谈你的事，"莉丝贝特见漂亮的外甥女瘫坐在椅子里一声不吭，说道，"可你怎么了，我看你脸色灰白，我亲爱的。"

"报上又发表了两篇文章，我可怜的万塞斯拉斯在文中受到了伤害；文章我读过了，藏起来不给他看到，不然他会彻底泄气的。蒙特科纳元帅的大理石雕像被视作彻头彻尾的失败之作，他们赞美浮雕部分，阴险毒辣地吹捧万塞斯拉斯的装饰艺术家才能，以此进一步证实他们的观点，说我们不配从事严肃的艺术！我请求斯迪德曼告诉我实情，他对我说，他的观点与所有艺术家、评论家和公众的观点一致，我听了很绝望。在午餐前，斯迪德曼就在花园亲口对我说：'若万塞斯拉斯明年不能展示一部杰作，那他就得放弃大型雕塑，只能去搞一些浪漫的小饰品、小人像，做点珠宝装饰、高级镶嵌的活计儿！'这一判决令我无比痛苦，因为万塞斯拉斯是决不乐意听从这一判决的，他有感觉，而且确实有那么多美妙的想法……"

"靠想法哪能付得起生活费，"莉丝贝特说，"我费尽了口舌跟他说这个道理……得靠钱才行。而要有钱得要有做成的东西，东西做成了还得有人喜欢掏钱去买。要谋生，雕刻家的工作台上与其摆那些组雕模型或雕像模型，还不如摆烛台或壁炉挡板模型，因为这些东西谁都用得着，可人物组雕得等几个月才能碰上一个主顾，卖到钱……"

"你说得在理，我的好莉丝贝特！你跟他说说；我呀，我可没有勇气再说了……何况他跟斯迪德曼也说过，如果他再回头搞装饰艺术，做小型雕塑，那他就得放弃雕塑艺术院，放弃伟大的艺术创作，我们就再也得不到凡尔赛、巴黎市和陆军部给我们留的三十万法郎的大工程了。那些可恶的文章，让我们蒙受了这么大损失，那都是我们的竞争对手授意写的，他们是想要接手向我们预订的那些工程。"

"可你所梦想的并不是这一些，我可怜的小猫咪！"贝特亲了亲奥丹丝的额头说道，"你想要的是一个统治艺术界的绅士，一个雕刻家的领袖……可这纯属幻想，你明白吧……这一梦想的实现需要五万法郎的年金，而你们没有，在我活着的时候，你们只有两千四百；以后我死了，你们也只有三千。"

奥丹丝的眼里溢出几颗泪水，贝特用目光抹去她的泪花，就像猫儿舔净了牛奶。

造就伟大艺术家的一切

下面是他们的蜜月的简略情况，这一介绍也许对艺术家不无裨益。

脑力劳动，在纯智力领域的追逐，是人类最伟大的劳作之一。艺术中确实值得颂扬的，尤其是勇气，因为我们应该把"艺术"一词理解为思想的各种创造，而这种勇气是凡夫俗子所不曾想象到的，也许我在此所作的说明还是第一次。

万塞斯拉斯遭受着贫穷的可怕压迫，又被贝特牢牢控制在手，就像被戴上眼罩的马儿，在路上不得左顾右盼，加之贝特这个残酷的姑娘、苦难的象征、命定的贱人的不断鞭策，他虽生就是诗人气质，耽于幻想，但还是走出了构思，迈向了实践，不知不觉地跨越了艺术这两极之间的鸿沟。

思考、幻想、构思美的作品，这是妙不可言的工作，就像抽着奇妙的雪茄，或像交际花过着随心所欲的日子。作品在幻想中显现，带着孩童时代的娇媚，新生命疯狂的喜悦，鲜花芬芳的色彩和水果诱人的蜜汁。这便是构思和构思带来的乐趣。

若能以言语绘制图案，便已是非凡之才。所有艺术家和作家都拥有这一才能。但是生产，分娩，悉心养育孩子，每天晚上给孩子喂饱乳汁然后让他入睡，每天早晨带着母亲永不枯竭的爱心给孩子亲吻，身上再脏也舔他亲他，衣衫被孩子撕破马上便换上漂亮的新装，永远不厌其烦，则不一样。要不因这一奇特的创作生活的种种磨难而气馁，反将之提炼为充满生命力的杰作，制成与所有目光说话的雕塑作品，与所有智慧交谈的文学作品，与所有回忆交流的绘画作品，与所有心灵对话的音乐作品，这便是实践与劳作。手要无时无刻地行动，时刻准备服从大脑的指挥。然而，正如没有始终如一的爱情，大脑也不会有召之即来的创造才能。

这一创造的习性，这一造就母性的不知疲倦的母爱（这一拉斐尔如此理解的天然杰作！），这一难以征服的精神母性是极易丧失的。灵感，是天才的机缘。它并非飞驰在刀刃上，而是在空中飞翔，如乌鸦一般警觉，它没有诗人可以抓住的飘带，它的头发是烈焰，宛若白红相间的美鹤，飞速逃遁，令猎手绝望无奈。因此，劳作是场令人精疲力竭的战斗，构造漂亮而有力的人体对它又怕又喜，常常为之心力交瘁。当代的一位伟大的诗人谈到这一令人惧怕的劳作时曾感叹：我绝望地投入，伤心地罢休。

但愿外行了解这一切！倘若艺术家不匆匆地投入到创作中去，像丘提乌斯一样跳入深渊，如士兵一般不假思索地冲进碉堡；倘若艺术家在这火山口里不像被埋在乱石中的矿工一样拼命工作，倘若艺术家静静地观望面临的困难而不是一个个去战胜它们，如仙境中的情郎，为了得到他们的公主，与变幻无穷的魔法不断交手，那么，作品就永远完成不了，而会夭折在工场的深处，一旦生产不成，艺术家也只能眼睁睁地看着自己的天才自杀。

罗西尼，这位拉斐尔的天才兄弟，就提供了一个惊人的先例，他勤奋的青年时代与他富足的成熟时代形成了对照。

这就是为什么要给伟大的诗人和伟大的将军以同样的酬报、同样的荣誉和同样的桂冠。

万塞斯拉斯天生耽于幻想，但在莉丝贝特的专制统治下，竭尽全力去生产，去学习，去工作，但终因得到爱情和幸福而又有了本能的反应。他的真正的天性重又复苏，萨尔马特民族的慵懒、闲散和柔弱收复了被老师的戒尺夺走的天地，又占领了他原本好逸恶劳的精神空间。

蜜月对艺术的影响

婚后头几个月，艺术家一心爱着他妻子。奥丹丝和万塞斯拉斯沉湎于合法、幸福而又狂热的爱情，热衷于可爱而放纵的爱情游戏。奥丹丝是第一个让万塞斯拉斯放弃了任何工作的人，她为自己战胜了情敌——雕塑而扬扬得意。再说一个女人的百般抚爱，往往会销蚀艺术家的才气，动摇其疯狂、坚毅和顽强的工作意志。

这样过了六七个月后，雕塑家的手指已经不习惯再拿凿子。当工作迫在眉睫，纪念像捐助委员会主席德·维森堡亲王想要看看雕像时，万塞斯拉斯张口就是那句懒人的名言："我这就动手。"然后他大话连篇，把不切合实际的艺术计划吹得天花乱坠，以此安慰他心爱的奥丹丝。

奥丹丝倍加钟爱她的诗人，一尊庄严的蒙特科纳元帅雕像仿佛就在她的眼前。蒙特科纳应该是英勇无畏的理想化身，骑士的典型，具有缪拉式的胆略。啊！一看到这座雕像，人们该会想到拿破仑皇上的所有丰功伟绩。何等的大手笔！铅笔非常乖巧，悉听艺术家调遣。

说到人像，倒造出了一个迷人的小万塞斯拉斯。

待到他要去巨石街的工场用黏土制作模型时，一会儿是亲王有事，为了他的那座时钟，非要万塞斯拉斯赶到弗洛朗和夏诺尔的工场去，因为时钟上的小人像正在那儿镂刻，一会儿又是天不作美，遇到了阴天，光线暗淡；今天要上街去买东西，明天又有家庭聚餐，且不提那些身体不舒服、才思枯竭的日子，还有那些跟爱妻嬉戏的时日。

最终，德·维森堡亲王元帅动了气，说要再重新考虑当初的决定，才逼出了雕像模型。后来，在捐助委员会的一次次指摘和责骂下，他才又拿出了石膏像。每天干活回到家后，斯坦勃克明显是疲惫不堪的样子，直抱怨这种泥瓦匠的粗活累人，而自己体力又不济。

婚后第一年，夫妇俩的日子过得相当舒坦。

斯坦勃克伯爵夫人疯一般地爱着自己的丈夫，自己的爱又得到了满足，实在是得意，于是诅咒起陆军部长来，她竟然还去找他，对他说伟大的杰作可不像造大炮，国家应该像路易十四、法朗索瓦一世、莱翁十世那样，听从天才的指挥。可怜的奥丹丝以为自己怀中拥抱着的是天才菲迪亚斯，像母亲一样心软，总护着她的万塞斯拉斯，把爱情推到了崇拜的极致。

"不要着急，"她对丈夫说，"我们的前程就在这座雕像身上，你慢慢来，要做出一件杰作。"

她常去工场。斯坦勃克充满爱意，七个钟头的工作时间，有五个被他跟他妻子一起消磨掉，他一个劲地给她描绘雕像，而不是动手制作。就这样，前后他花了十八个月时间，才完成了这件对他来说至关重要的作品。

等注入石膏，制好石膏模型之后，可怜的奥丹丝见丈夫花费了这么大的精力，身体已经疲惫不堪，都快累断了雕塑家的腰板、双臂和双手，自然对作品欣赏不已。她父亲对雕塑一窍不通，男爵夫人也懂不了多少，齐声赞扬这是杰作；最后，陆军部长经不起他们的诱惑，也被他们拉了来，只见石膏像兀自挺立，衬着绿色布幔，配以充足的光线，他也感到满意。

可惜在一八四一年的展览会上，这部作品却遭到了一致的批评，当初，那些人对万塞斯拉斯被当作偶像，转眼之间被捧上宝座本来心里就气不过，这下他们众口一词，又是嘲讽，又是取笑。斯迪德曼想开导一下他的朋友万塞斯拉斯，不料落了个眼红的罪名。报上刊载的文章在奥丹丝看来，纯属嫉妒的叫骂。

斯迪德曼这个可敬的小伙子让人写了几篇文章，对那些批评意见进行了反击，说从石膏像到雕塑成大理石像，雕塑家一般都要大加修饰，待以后再看展出的大理石雕塑。

"从石膏像模型到雕塑成大理石像，"克洛德·维尼翁说，"在这个过程中，既有可能毁掉一件杰作，也可能将劣作化为伟大的作品。石膏像是手稿，大理石像是出版的书。"

在两年半时间里，斯坦勃克雕塑了一座人像和造了一个孩子。孩子无比漂亮，雕像却不堪入目。

制作亲王的时钟和雕像的所得偿还了年轻夫妇的债务。斯坦勃克也养成了交际、看戏、上意大利剧院的习惯。他谈起艺术来令人啧啧称奇，在上流社会人士的眼里，他仍不失为一个擅长高谈阔论，精于批评阐释的大艺术家。

在巴黎，确有一些天才人物，靠大发宏论过日子，满足于某种沙龙的荣耀。斯坦勃克效法这些迷人的太监，对工作日渐厌烦。每次想动手制作一件作品，眼前便出现了重重困难，他遂勇气全无，变得心灰意懒。一看到这个病快快的情人，灵感这一精神创造的疯狂之神，便振翅而逃。

关于雕塑

    雕塑犹如戏剧艺术，既是众艺术中最难的，也是最易的。模型复制完毕，作品也就成了，但要赋予它一个灵魂，把一个男人或一个女人塑造成典型，那无异于普罗米修斯盗取天火。在雕塑史上，成功者寥寥无几，就像人类历史中，大诗人屈指可数。米开朗琪罗、米切尔·科隆布、让·古戎、菲迪亚斯、普拉西特利斯、波利克里特斯、普杰、卡诺瓦与阿尔布雷希特·丢勒是弥尔顿、维吉尔、但丁、莎士比亚、塔索、荷马及莫里哀的兄弟。艺术作品之崇高，往往一座雕像就能令一个人不朽，就如费加罗、洛夫莱斯、曼侬·莱斯戈这些人物足以使博马合、理查生和普莱沃神甫名垂青史。

    浅薄之人（艺术家中这类人物太多了）都说雕塑艺术仅凭裸体而存在，说它早已随着古希腊的灭亡而消亡，现代服饰致使雕塑艺术再也不可能存在。

    然而，古代雕塑家制作过美妙绝伦的全身遮着衣装的雕塑，如《波林尼亚》《尤莉娅》等，我们已发现的，还不及这类雕塑的十分之一。再者，真正热爱艺术的人可去佛罗伦萨看看米开朗琪罗的《思想者》或到美因茨大教堂去观赏一下阿尔布雷希特·丢勒的《童贞女》：紫檀木雕的一位女人，身着三袭长裙，栩栩如生，头发似微微起伏的波浪，天下的侍女再也梳不出这么柔和的发型。外行们不妨去看一看，谁见了都会承认，天才可能赋予服饰、盔甲、长裙以思想，造出血肉之躯，正如一个人能在外表上打上自己的天性和生活习惯的印记。

    雅塑艺术所孜孜以求的，是拉斐尔在绘画上所达到的独一无二的成就！要解开这道可怕的难题，只有靠不懈的努力和持之以恒的工作，因为物质上的困难应该尽力克服，手要经过千锤百炼，随时听从使唤，这样雕刻家才能全力以赴，与难以驾驭的，但在具体雕刻时必须赋予形体的精神之质展开斗争。

倘若以琴弦倾吐心声的帕格尼尼三天不练琴，那拿他自己的话说，就会失去他的小提琴的"音域"；借此，他说明了琴、弓、弦与他之间存在的和谐关系；和谐一旦打破，他会转眼间成为一个普普通通的提琴手。

持之以恒的工作，乃艺术之法宝，也是人生的法宝，因为艺术就是理想化的创造。因此，伟大的艺术家和纯粹的诗人从不等待订货，也不等待顾客，无论是今朝还是明日，他们始终不懈地在生产。久而久之，他们养成了吃苦的习惯，不断地认识困难，借此而与缪斯，与创造力保持沟通。卡诺瓦生活在他的工场中，一如伏尔泰在他的书房中生活。荷马和菲迪亚斯恐怕也如此生活。

当初，万塞斯拉斯·斯坦勃克被莉丝贝特拉着不放，困在小阁楼中，踏上了伟大的人物所走的、通往光荣顶峰的艰辛的道路。然而，幸福借奥丹丝的容貌出现，让诗人又变得懒散，这倒也是所有艺术家的正常状态，因为对他们来说，懒散并不得闲。那无异于土耳其总督在后宫的享受：他们想入非非，陶醉在心智的源泉之中。伟大的艺术家，如斯坦勃克，一旦沉湎于幻想，便成为名符其实的幻想家。这些嗜抽鸦片的瘾君子最终无不陷入贫困之中；但若迫于严酷的环境，他们也许会成为伟大的人物。不过，这些半拉子艺术家个个都很可爱，人们都喜欢他们，恭维他们，与那些独具个性、被认为野蛮、反叛社会法则的真正的艺术家相比，他们反倒显得更优越。

原因是伟大的人物都属于他们的作品。他们超脱各种世事，一心工作，在蠢人们看来很自私，因为世人要他们跟花花公子着同样的服装，履行所谓的社会职责，与社会的变化合拍。总之，人们想要阿特拉斯山中的雄狮像侯爵夫人的狮子狗一样梳理得整整齐齐，喷上香水。

这些人物少有与之匹敌者，罕有相遇的机缘，因而往往陷入孤独境地，离群索居；在大多数人看来，他们变得不可理解，殊不知是蠢蛋、嫉妒的小人、无知者和浅薄者构成了所谓的大多数。

现在，您是否已经明白一个女人在这些独特的伟大人物身旁所扮演的角色？一个女人既要像莉丝贝特在整整五年中所担当的角色，又要献出爱，献出那种谦恭、慎重、时刻听从召唤、充满笑意的爱。

母亲的痛苦，让奥丹丝明白了事理，加之迫于可怕的生计，她终于发现了自己极度的爱在无意中造成的错误，但为时已晚；可她不愧为她母亲的好女儿，一想到要让万塞斯拉斯受苦，心都碎了；她实在太爱她心中的诗人，不忍心去做杀他的刽子手，可她看到贫困的日子已经来临，就要落到她儿子、她丈夫和她自己身上。

由此可见贫困，这一强大的社会腐蚀剂的力量

"哎哟！瞧瞧，我的小姑娘，"贝特见小外甥女美丽的眼睛中噙着泪水，忙说，"不要绝望。你掉下满满的一杯泪水也换不来一碟子汤！你们手头缺什么呢？"

"缺五六千法郎。"

"我最多只有三千法郎，"莉丝贝特说，"这一会儿万塞斯拉斯在做什么？"

"有人出价六千法郎，让他和斯迪德曼为德·埃鲁维尔公爵刻一套点心盘。夏诺尔先生答应负责偿还欠莱翁·德·洛拉和布利多的四千法郎，那是一笔凭面子借的款子。"

"蒙特科纳元帅纪念雕像和浮雕的钱都已经付给你们了，怎么还没有把债还清！"

"可是，"奥丹丝说，"三年来，我们每年的花销是一万两千法郎，可只有一百金路易的收入。元帅纪念雕像，除掉所有的开支费用，只得到一万六千法郎。真的，如果万塞斯拉斯不工作，我不知道以后会成什么样子，啊！要是能学会雕塑，我一定会拼命去捏黏土！"她伸开两只漂亮的手臂，说道。

诸位可以看到，少妇依然恪守着少女时代许下的诺言。奥丹丝的眼睛闪闪发光，她性格刚强，脉管中流淌着沸腾的血液；这浑身的气力，却只能用来照顾孩子，她实在委屈。

"啊！我可爱的小鹿，一个精明的姑娘要嫁给一个艺术家，应该等他发了财，而不应该在他有财要发的时候。"

这时，传来了斯迪德曼和万塞斯拉斯送夏诺尔出门的脚步声和说话声，不一会儿，万塞斯拉斯又和斯迪德曼一起进了屋。

斯迪德曼是新闻记者、走红的女戏子和出名的交际花捧红的艺术家，他年轻潇洒，瓦莱莉一心要把他拉到自己的身边，克洛德·维尼翁已经给她引见过。

他不久前刚刚跟大名鼎鼎的舍恩兹太太断了关系，她在几个月前嫁了人，到外省去了。瓦莱莉和莉丝贝特是通过克洛德·维尼翁知道他们分手的消息的，觉得有必要把万塞斯拉斯的这位朋友引到瓦诺街来。可斯迪德曼为人谨慎，很少去斯坦勃克夫妇家做客，前不久克洛德·维尼翁把他介绍给瓦莱莉时，莉丝贝特偏偏不在场，所以，与他是初次见面。她细细打量着这位闻名遐迩的艺术家，无意中发现了他投向奥丹丝的目光，马上看到希望，万一万塞斯拉斯背叛了奥丹丝，可把他推出去，当作斯坦勃克伯爵夫人的安慰。

斯迪德曼确实也动过心思，如果万塞斯拉斯不是他的伙伴，这位年轻艳丽的伯爵夫人倒是可做一个可爱的情妇；可碍于面子，他抑制住自己的欲望，与他们家保持着距离。莉丝贝特一眼发现了他这种尴尬的神情，男人们要是遇到他们不得有染的女人，往往会有这种左右为难的表示。

"他很不错，这个小伙子。"她凑着奥丹丝的耳朵说。

"啊！你觉得？"她回答说，"我可从来没注意过。"

"斯迪德曼，我的好朋友，"万塞斯拉斯凑近他伙伴的耳朵说，"我们之间没有什么不好意思说的，呃，我们家有事要跟这个老姑娘谈。"

斯迪德曼向贝姨和她外甥女打了个招呼，走了。

"谈完了，"万塞斯拉斯送走斯迪德曼，回到屋里说，"可这件活儿需要六个月，我们得想办法度过这段时间。"

"我还有钻石呢。"年轻的斯坦勃克伯爵夫人像所有疼爱丈夫的女人一样，充满高尚的激情说道。

一颗泪珠出现在万塞斯拉斯的眼中。

"噢！我这就去工作，"他边说边在妻子身旁坐了下来，把她抱到自己的膝头，"我要做一些有销路的小东西，做结婚礼物，还有铜雕小人像……"

"可是，我亲爱的孩子，"莉丝贝特说，"你们知道你们俩是我的继承人，放心吧，我会给你们留下一大笔财产，要是你们能帮我促成与元帅的婚事；如果我们能很快成功，就接你们和阿德丽娜住到我家去。啊！我们在一起生活，会很愉快的。眼下，还是听听我的老经验吧。千万不要去跑当铺，那可是借债人的一条末路。我见过不少借债人，到了展期的关头没有钱去付利息，就一切都完了。我可以帮你们借到钱，立张字据就行，利息只有百分之五。"

"啊！那我们有救了！"奥丹丝说。

"好吧！我的小宝贝，让万塞斯拉斯到那人家去一趟，我是好不容易求她，她才答应借钱的。噢，那人叫玛纳弗太太。她呀，像个暴发户，好面子，只要恭维她几句，她准会再也乐意不过，帮你们渡过难关。到那人家去走一趟吧，我亲爱的奥丹丝。"

奥丹丝看了看万塞斯拉斯，看她那神情，就像是死刑犯上断头台一样。

"克洛德·维尼翁已经把斯迪德曼介绍过去了，"万塞斯拉斯说，"那一家人很让人愉快的。"

奥丹丝垂下了脑袋。她内心的感觉，只有一个词可以说明：那不是痛苦，而是心病。

"可是，我亲爱的奥丹丝，要学会生活！"莉丝贝特明白奥丹丝那脑袋一垂的深刻含义，遂高声道，"不然，你就会像你母亲一样，独守空房，人上了年纪，身边再也没有忒勒玛科斯，只落得个卡吕普索的命，为尤利西斯离去而落泪！……"她把玛纳弗太太那套嘲弄人的话全搬了过来，说道，"对世上的人，得看作是供人使用的器皿，用得着就拿，用不着就扔。我亲爱的孩子们，你们就利用一下玛纳弗太太，以后再离开她。万塞斯拉斯那么宠爱你，你还害怕他会迷上一个比你大四五岁，已经像一束紫苜蓿一样枯萎的女人……"

"我宁愿把我的钻石当了，"奥丹丝说，"噢！决不要去那里，万塞斯拉斯！……那是个地狱！"

"奥丹丝说得对！"万塞斯拉斯拥抱着妻子说道。

"谢谢，我的朋友，"少妇幸福到了极点，说道，"你瞧，莉丝贝特，我丈夫是个天使：他从不赌钱，我们到什么地方都是两人一道去，要是他能动手工作，那我真太幸福了。为什么要让我们上我父亲的情妇家去？那女人毁了我父亲，害得我们要强的母亲好惨好苦啊……"

"我的孩子，你父亲并不是因为她才毁了的，是那个女戏子把他弄得倾家荡产，还有你的婚事！"贝姨回答说，"我的上帝！玛纳弗太太对他有好处呢，算了！……我不该多嘴……"

"你什么人都要护着，亲爱的贝特……"

奥丹丝听到孩子的叫闹声，去了花园，留下莉丝贝特一个人跟万塞斯拉斯待在屋里。

"您妻子真是个天使，万塞斯拉斯！"贝姨说，"好好爱她，千万不要让她伤心。"

"好，我太爱她了，连目前的处境都瞒着她，"万塞斯拉斯回答道，"可对您，我什么都可以说……唉！即使把我妻子的钻石送去当了，也解决不了我们什么问题。"

"那么，您就向玛纳弗太太去借呀……"莉丝贝特说，"万塞斯拉斯，您要么说服奥丹丝，让您去那里，要么，我的天啊，您就自己去，不要让她发觉！"

"刚才我为了不让奥丹丝伤心，说不去那儿，可心里正是这么考虑的。"万塞斯拉斯回答说。

"听着，万塞斯拉斯，我太爱你们俩了，不能不把危险先跟您明说。要是您去那儿，您两只手一定要好好护着您的心，因为那女人是妖魔；谁要是一见到她，都会爱上她：她那么邪恶，那么招人！……就像件杰作一样迷人。您去借她的钱，可别把自己的灵魂给当了去！要是我外甥女被背叛的话，那我会伤心透的。她回来了！"莉丝贝特叫了起来，"我们什么都不要再说了，您的事由我去安排。"

"你来拥抱莉丝贝特吧，我的天使。"万塞斯拉斯对他妻子说，"她要把她的积蓄借给我们，帮我们摆脱困难。"

他说着给莉丝贝特使了个眼色，莉丝贝特马上明白了。

"那我希望你一定要好好工作，我的宝贝，好吗？"奥丹丝说。

"噢！明天就开始，"艺术家回答道。

"就是这个明天毁了我们。"奥丹丝朝他微微一笑，说道。

"啊！我亲爱的小宝贝，你说是不是每天都会遇到挫折、障碍和各种各样的事？"

"是的，你说得对，我亲爱的。"

"我这里有的是构思！……"斯坦勃克一拍脑门，继续说道，"噢！可我要让我所有的敌人大吃一惊。我要做一套十六世纪德国风格的餐具，纯粹是幻想派的！刻上弯弯曲曲的枝叶，上面飞满小虫，再安放上小孩，添上新奇的怪兽，真正的怪兽，出现在我们梦幻中的怪兽！……做这些我很有把握！到时一定会既精美、灵巧，又丰富。夏诺尔刚才出门时赞叹不已……我需要鼓励，因为最近那一篇评论蒙特科纳纪念雕像的文章真的把我击垮了。"

白天里，艺术家和老姑娘又趁只有他们俩在屋里的一段时间，商议好第二天一定去见玛纳弗太太，要是他妻子不同意，他就悄悄地去。

对假痣的看法

瓦莱莉当天晚上就得到了胜利的消息，非要于洛男爵出面去请斯迪德曼、克洛德·维尼翁和斯坦勃克来吃饭；她如今已经开始随意指使他，就像那类女人，善于把痴老头治得俯首帖耳，跑遍全城，只要能满足那些狠心的情妇的利益或虚荣心，求谁都行。

翌日，瓦莱莉全副武装，那身打扮是巴黎女人专门发明用来自我炫耀的。她细细打量着自己的这一精心之作，就像一个要出门决斗的男人，又是佯攻，又是突刺，把剑法练了又练。没有一条皱褶，不见一线皱纹。瓦莱莉雪白的皮肤，柔软细腻，漂亮至极。脸上的几颗假痣煞是惹人注目。

人们以为十八世纪的假痣早已失传或不流行，可是错了。如今，女人们比过去的更为精明，善以大胆的计谋乞讨别人的注视。

这个女人率先发明了饰结，中间扣一颗钻石，整个晚会成了众人注目的焦点；另一个又搬出过去流行的发网，或在发间插上一支匕首状的别针，让人想入非非，想到她的松紧袜带；这个用黑丝绒做袖口；另一个又在帽子上缀上低垂的饰带。这种种令人叫绝的较量，这一场场卖弄风骚或袒露爱情的奥斯特利茨大战，刚刚在下层的圈子风行，而精于巧妙创造的女人又在寻找新的花样了。

这天晚上，瓦莱莉一心想着成功，脸上点了三颗假痣。她梳头时用的是可以变色的发水，短短几天，原本金黄的头发染成了淡黄。斯坦勃克夫人的头发是灿灿的金黄颜色，瓦莱莉要在每一个细节上都显出与她不同。这种新奇的发色，给瓦莱莉陡添了几分撩人和异样的风采，令她的忠实信徒颇为不安，以致蒙泰斯这样问她："您今天晚上到底怎么了？……"

她还戴上了一条黑丝绒颈饰，颈饰相当宽松，愈发突出了她雪白的胸脯。

第三颗痣堪与我们的祖母时代流行的那种勾魂的美人痣相媲美，点在眼睛下面；衣裙上身的正中，亦即在她胸脯最可爱的低峰部位，她插上了一小朵最美丽的玫瑰花。不满三十岁的男人，谁见了都会垂下目光。

"美得可以入画！"她自言自语，一边对着镜子，反复摆着各种姿态，酷似一个练习屈膝动作的舞女。

莉丝贝特早早去了中央菜市场，这该是一顿无比精美的晚餐，就像玛杜利纳当初在主教家当厨娘招待邻区教长一样。

漂亮登场

晚六时许，斯迪德曼、克洛德·维尼翁和斯坦勃克伯爵差不多同时到了。

一个普通或自然的女人，随你怎么说吧，要是听到渴望已久的男人上门，准会迫不及待地跑上前去迎他，可是瓦莱莉，明明从五点钟起就在自己的卧房里候着，却把那三位来客撇在一边不见，因为她心中有数，他们此刻在议论的或在暗暗想着的，准是她。

客厅的布置是她亲自安排的，一件件精美的小摆设赫然入目，像是她的化身，又像是她的招牌，这些玩意儿都是巴黎的出品，世界上任何一座别的城市都不可能有这等创造：镶嵌着珍珠的珐琅纪念品，装满各式迷人的戒指的独脚杯，弗洛朗和夏诺尔精心雕刻的塞夫勒或萨克斯名瓷，还有小人像和画册，所有这些形形色色的小玩意儿都是情人们花重金定做的，为了她一时的心血来潮，或为了与她重修于好。

再说，事情这么成功，瓦莱莉像醉了一般，兴头上她答应克勒维尔，玛纳弗一死，就做他的妻子。

痴情的克勒维尔把一万法郎的年金过户到了瓦莱莉·弗汀的名下，这是他原想献给于洛男爵夫人的十万埃居投在铁路股票上的三年所得。这样一来，瓦莱莉就有了三万两千法郎的年金。

不久前，克勒维尔还松口许了一个诺言，这比起他赠送的那笔盈利来，要重要得多。原来瓦莱莉在太子街的表现越来越精彩，每天下午两点至四点这段时间，克勒维尔被他的公爵夫人（这是他给德·玛纳弗太太封的号，以成全自己的梦想）伺候得到了痴狂的巅峰，瓦莱莉信誓旦旦，答应对他忠贞不贰，他觉得应该有所鼓励，于是许下诺言，要买下巴尔贝特的一座漂亮的小公馆，那是一个房地产承包商一时冒失建造的，正准备出手。瓦莱莉想象着自己住在这幢迷人的房子里，有院子，有花园，还有马车！

"要是规规矩矩地生活，哪能刹那间就轻而易举地带来这一切？"瓦莱莉终于打扮完毕，对莉丝贝特说。

莉丝贝特这天也在瓦莱莉家吃晚饭，以便把别人不便自我吹嘘的话说给斯坦勃克听。

玛纳弗太太满心欢喜，神采焕发，走进客厅，显得朴素和高雅，身后跟着贝特，她身着黑黄搭配的衣裙，拿句雕刻工场的行话来说，她今天是被瓦莱莉当凿子使用的。

"您好，克洛德。"瓦莱莉一面问候，一面朝那位曾经名噪一时的批评家伸出手去。

克洛德·维尼翁和许许多多别的男人一样，成了政客，这是个新名词，专用以指那种初登政坛的野心家，在某种意义上说，一八四〇年的"政客"就等于十八世纪的"神甫"，少了政客，任何沙龙都不算完整。

"我亲爱的，这位是我的小外甥女婿德·斯坦勃克伯爵。"莉丝贝特把瓦莱莉装着没看见的万塞斯拉斯介绍给了她。

"我早就认出了伯爵先生，"瓦莱莉回答说，一边风度优雅地朝艺术家点了点头，"过去在杜瓦伊纳街，我常见到您；我还有幸参加了你们的婚礼，我亲爱的，"她对莉丝贝特说，"哪怕只见上一面，就难以忘记你从前的这个孩子。"说罢，她又招呼雕塑家，继续说道："斯迪德曼先生真好，能接受我匆匆忙忙发出的邀请；不过，要紧的事，是不拘礼节的！我知道您是那两位先生的朋友。要是互不相识的来客同桌吃饭，那就再也冷清扫兴不过了，为了他们，我特意把您也请了来；可下一次您会专程为我而来的，是不是？……快答应呀！……"

接着，她跟斯迪德曼一起慢慢走了一阵，好像一心只关照他。

后来，又陆续到了克勒维尔、于洛男爵和一位叫博维萨日的议员。

　　这是个外省克勒维尔式的人物，属于赶场凑数的一类，每次投票，总是站在国务参事吉罗和维克托朗·于洛旗下。这两个政客想在保守派的大军里形成一个进步派的核心。吉罗晚上常来玛纳弗太太家，玛纳弗太太有意把维克托朗·于洛也网罗到她的门下，可是这个清教徒式的律师至今还是以种种借口，不愿遂他父亲和妹夫的心意。到一个害得他母亲伤心落泪的女人家去，这在他看来简直是作孽。维克托朗·于洛之于政界的清教徒派，就像一个虔诚女子之于笃信宗教的修女。

　　博维萨日原是阿尔萨斯地区的一个针织品商，想学一套巴黎的作派。他在议会里呆如石柱，如今在可爱迷人的玛纳弗太太门下接受训练，在这里，他受到了克勒维尔的诱惑，通过瓦莱莉指点，拜他为师，作为仿效的榜样；凡事，他都请教克勒维尔，向他要了裁缝师傅的地位，处处都学他的模样，甚至还学着摆出他的那副姿态；总而言之，克勒维尔是他心目中的伟大人物。

　　瓦莱莉身边簇拥着这些人物和三位艺术家，又有莉丝贝特在场作陪，在万塞斯拉斯眼里更显得像是个非凡的女人，何况情深意切的克洛德·维尼翁还一个劲地在他面前赞美玛纳弗太太。

　　"简直就是穿着妮侬裙服的德·芒特侬夫人！"从前的那位批评家说道，"讨取她的喜欢，是才子聚会的乐事，而能得到她的爱，则是让一个男人骄傲、幸福一辈子的胜利。"

　　瓦莱莉对她以前的那位邻居显得冷冷的，似乎不把他放在心上，无意之中伤了他的虚荣心，因为她根本不了解波兰人的天性。

一般的波兰人和特殊的斯坦勃克

斯拉夫人和所有本性野蛮的民族一样，身上都有孩子气的一面，他们与其说是靠自己真正变成了文明人，毋宁说是闯入了文明的民族之中。斯拉夫人种犹如滔滔洪水泛滥开来，占取了地球上的广阔地域。他们所居住的是一片片荒凉地带，幅员辽阔，生活自由自在；在那里，人们不像在欧洲大陆那样拥挤，然而，没有思想的摩擦和利益的冲突，便不可能产生文明。乌克兰、俄罗斯、多瑙河平原，总之，斯拉夫民族的生存空间，是欧洲和亚洲、文明与野蛮之间的连接点。

因此，作为斯拉夫民族中最宝贵的一支的波兰人，性格中也有着未开化民族的那种孩子气和反复无常的因子。波兰人有勇气，有才智，也有魄力；但是由于生就反复无常，这种勇气、才智和魄力便无章法，也无心计，殊不知波兰人天生摇摆不定，就像在那片被沼泽地切断的大平原上肆虐的风；他们虽说有着狂风般的威力，横扫积雪，摧毁房舍，将之席卷而去，但也像那可怖的空中飞雪，一落入池塘，便会融化成水。

人总会染上他生活环境中的某种东西。波兰人与土耳其人不断交战，最终承袭了他们的习性，像东方人那样崇尚华丽的外表；他们常常为了面子上的光彩而牺牲不可缺少的东西，似女人一般装饰打扮自己，然而，气候的因素却也赋予了他们阿拉伯人一样坚毅的体魄。

波兰人在痛苦中更显得崇高，竟让压迫者打累了胳膊，在十九世纪，又拉开了基督教初期曾经上演过的一幕。波兰人性格那么直率、开朗，只要有英国人十分之一的诡诈，那双头鹰掠过的地方，如今准是高贵的白雄鹰天下。若稍稍有点儿心计，也许就会阻拦住波兰，免得它救了奥地利，反又被奥地利瓜分了土地，不致向普鲁士借债，被巧取豪夺的普鲁士盘剥一空，也不致在第一次被人瓜分时便落个四分五裂的地步。富有魅力的波兰民族曾受惠于诸神，被赋予了最闪光的品质，但在它洗礼的时刻，一个被诸神冷落的驼背女妖前来说道："你尽可以拥有我众姐妹赋予你的品质，但你永远都不会明白你所想要的东西！"倘若波兰在与俄罗斯的英勇决战中获胜，那波兰人今天恐怕也会自相残杀，像从前在议会里你争我夺，谁也别想登上王位。等到这个只有热血与勇气的民族到了通情达理的一天，在它的国土上寻找一位路易十一式的人物，接受他的专制统治和他的王朝，那它也就得救了。

波兰在政治上的所作所为，一如大多数波兰人在个人生活中的表现，尤其当灾难临头之时，更是相似。万塞斯拉斯·斯坦勃克三年来一心爱着妻子，也知道自己对妻子来说就像是上帝，因此，看到玛纳弗太太对他视而不见，心里气愤极了，在心中暗暗发誓，一定要得到她的某种青睐。

他把瓦莱莉与他妻子作了一番比较，觉得前者胜过后者。

如瓦莱莉对莉丝贝特所说的那样，奥丹丝是一堆漂亮的肉；但在玛纳弗太太身上，姿色中蕴含着才智，并给人淫荡的刺激。在他看来，奥丹丝的忠诚，是对丈夫应有的一种情感；绝对的爱情是无价之宝，但做丈夫的很快就会意识不到这一点，就像借了人家的钱，过了一段时间就会以为那钱本来就是自己的。这份高尚的忠诚在某种程度上便成了心灵的日常面包，而不忠则像精美的甜食一样诱人。

一个傲慢的女人，尤其是一个危险的女人，往往能激起好奇，犹如辛香作料能增添美味。瓦莱莉玩得得心应手的那份轻蔑，恰又是三年中轻易可满足自己乐趣的万塞斯拉斯从未见识过的。奥丹丝为人妻，而瓦莱莉则为人情妇。许多男人都想两者兼得，拥有这同一本书的两种不同版本，尽管对一个男人来说，若不善于把妻子调教成自己的情人，那便是他自卑感的一大证据。在这类事情上的反

248

复无常是无能的标志。而忠贞不贰则永远是爱情之灵，是巨大力量的象征，而正是这种力量造就了诗人！人们恐怕应该让自己的妻子集天下的女人于一身，就如十七世纪污秽的诗人把自己生活中的曼侬塑造成一个个伊莉丝或克洛埃。

"喂！您觉得瓦莱莉怎么样？"莉丝贝特见外甥女婿被迷了心窍，问道。

"太迷人了！"万塞斯拉斯回答道。

"您就是不愿听我的话，"贝姨接着说，"啊！我的小万塞斯拉斯，要是我们留在一起生活，那您早就是这个鱼美人的情人了，她丈夫一死，您就可以娶她，也就有了她拥有的那四万利弗尔的年金！"

"真的！……"

"当然是真的，"莉丝贝特回答说，"算了吧，您可得小心点，我早已把危险告诉过您，不要被烛火烧着了身子。走，把胳膊给我挽着，晚餐已经准备好了。"

再也没有比她这一番话更邪恶了，因为只要给波兰人一指，哪怕是深渊，他也会马上纵身跳下去。这个民族尤其有着骑士的天性，自以为可以冲破一切困难险阻，最终总是胜者。

莉丝贝特的外甥女婿经她这么一刺，激起了他的虚荣心，饭厅的排场，让他更是艳羡，但见精美华丽的银器熠熠生辉，他从中看到了巴黎奢华的极致与讲究。

"我本该娶一个塞莉梅娜的。"他在心底对自己说。

对达莉拉历史的一番评说

于洛见女婿在场，心里很高兴，而且他想，只要答应让玛纳弗接替高盖的位子，定能与瓦莱莉重修于好，让她忠贞不贰，这一来，更是心满意足，所以在吃饭的时候，他一直都客客气气。

斯迪德曼看男爵这么和蔼可亲，便插科打诨，报之以巴黎人的诙谐和艺术家的兴致。

斯坦勃克自然不愿让他的同伴占了上风，使出浑身解数，故作风趣，妙语连珠，果然奏效，自己颇为得意；玛纳弗太太一次次对他嫣然而笑，向他示意她已心领神会。

美味佳肴，加之醉人的玉液，终使万塞斯拉斯陷入了欢乐的泥潭。仗着酒兴，他饭后竟往沙发上一躺，经受着精神与肉体这双重快感的撩拨，轻盈芬芳、娇美得可把天使引入地狱的玛纳弗太太来到他的身旁，更令他心花怒放。

她朝万塞斯拉斯俯下身子，几乎碰到了他的耳朵，轻轻地对他说："今天晚上可不是我们能谈事的时候，除非您想留下来最后一个走。莉丝贝特和我会把事情为您安排妥的……"

"啊！您是个天使，太太！"万塞斯拉斯同样轻声地回答她说，"我没有听莉丝贝特的话，可真是办了一件大蠢事……"

"她跟您说什么来着？……"

"她在杜瓦伊纳街的时候就一个劲地对我说您爱着我……"

玛纳弗太太看了看万塞斯拉斯，满脸慌乱的神色，突然站了起来。

一个年轻漂亮的女人，决不会不要任何代价，便让一个男人产生轻易得手的想法。假作正经的女人将满怀激情强压在心底，她那不胜慌乱的举动意味深长，远远胜过最为狂热的爱的表白。

这一来，更激起了万塞斯拉斯的强烈欲望！他对瓦莱莉愈发殷勤。一个女人惹人注目，就会撩人心弦！女戏子们一个个都有那么可怕的魔力，原因正在于此。玛纳弗太太深知自己受到众人的注目，于是一举一动，俨然似一位大受欢迎的女戏子，她实在迷人，大获成功。

"怪不得我岳父会那么着魔。"万塞斯拉斯对莉丝贝特说。

"您要是这么说话，万塞斯拉斯，"贝姨回答道，"我真不该帮您借这一万法郎，会叫我后悔一辈子的。您难道跟那些男人一个样儿，"莉丝贝特指了指别的客人说道，"都疯一般地迷上了这个女人？好好考虑一下，这一来您就成了您老丈人的情敌了。再好好想想，您这样会让奥丹丝多伤心。"

"真的，"万塞斯拉斯说，"奥丹丝是天使，我这样岂不成了魔鬼。"

"家里有一个就足够了。"莉丝贝特答道。

"艺术家是决不该结婚的！"斯坦勃克高声道。

"啊！我在杜瓦伊纳街的时候就是这么跟您说的。真正属于您的孩子，是您那些小人像、大雕塑，是您的杰作。"

"你们在这里说什么呢？"瓦莱莉来到莉丝贝特身旁问道，

"上茶吧，贝姨。"

斯坦勃克仗着波兰人胆大包天的脾性，想显得跟这位沙龙仙女很亲热的样子，他遂以蔑视的目光扫了斯迪德曼、克洛德·维尼翁和克勒维尔一眼，抓住瓦莱莉的手，硬要她跟他一起坐到沙发上。

"您可真是大有王爷气派，斯坦勃克伯爵！"她推阻了一下，说道。

说罢，她扑哧一声笑了出来，跌坐在他的身旁，故意让他看到了别在胸口的那朵小玫瑰花。

"可惜啊！我要是大王爷，就不会以借债人的身份来这儿了。"万塞斯拉斯叹息道。

"可怜的孩子！我还记得您在杜瓦伊纳街夜里做工的情景。您可真有点儿傻。就像一个饿鬼见到了面包，迫不及待地结了婚。您对巴黎毫不了解！瞧您现在落得个什么地步！您对贝特的忠告充耳不闻，也不理会一个巴黎女子的爱，她对巴黎可是了如指掌。"

"再也别跟我提这些事了，"斯坦勃克嚷叫道，"我真傻。"

"您要的一万法郎会有的，我亲爱的万塞斯拉斯，可有个条件。"她一边摆弄着头上那妙不可言的发卷，一边说道。

"什么条件？……"

"喔，那就是我不要利息……"

"太太！……"

"噢！不要生气；您可以用一组铜雕小人像来抵嘛。参孙的故事，您已经动手雕了，把它做完吧……做一组达莉拉剪掉犹太的赫拉克勒斯头发的雕像！……要是您听我的话，您一定会成一个大艺术家，希望您能理解这个主题。要表现出女人的力量。相比之下，参孙就算不了什么了。他不过是徒具力量的尸首。达莉拉，却代表着毁灭一切的激情。这件出自同一历史题材的作品……你们的行话是这么说的吧？"克洛德·维尼翁和斯迪德曼听他们在谈雕塑，凑了上去，瓦莱莉见他们这一架势，便机巧地问了一句，"这件以赫拉克勒斯跪在翁法勒脚下的历史为题材的作品，比希腊神话不知要美多少！这段象征性的神话，到底是希腊模仿了犹太？还是犹太得之于希腊？"

"啊！太太您这下可提出了一个严肃的问题！涉及《圣经》各个部分的成文年代。伟大而不朽的斯宾诺莎被人划到了无神论者一派，这真是荒谬绝伦，他用数学证明了上帝的存在，认定《创世记》和《圣经》中所谓政治的那一部分成于摩西时代，并以文献学方面的真凭实据，指出其中有后世添加的段落。为了这事，他在犹太教堂门口给人捅了三刀。"

"我还不知道自己这么博学呢。"瓦莱莉见她二人的悄悄话被打断，不快地说。

"女人凭本能就通晓一切。"克洛德·维尼翁回答道。

"好了！您答应我了？"她像个痴情的少女，小心翼翼地捧起斯坦勃克的手，问道。

"您真太幸福了，竟然太太还有求于您，嗯？……"斯迪德曼高声道。

"求什么？"克洛德·维尼翁问道。

"一小组铜雕，"斯坦勃克回答道，"达莉拉剪去参孙的头发。"

"那有难度，因为床的缘故……"克洛德·维尼翁指出。

"恰恰相反，那容易极了，"瓦莱莉微笑着反驳说。

"啊！那您就给我雕一组！……"斯迪德曼说。

"太太真该是雕塑的对象！"克洛德·维尼翁意味深长地朝瓦莱莉瞟了一眼，说道。

"好了！"瓦莱莉接过话说，"我是这样理解整个创作的。参孙一觉醒来，头发全都没了，就像许多戴假发的花花公子那个模样。英雄坐在床沿，您只需表现床的底部即可，以衣服和床幔为遮掩。他在床上，就如玛里尤斯身置迦太基的废墟中，双臂交叉，光光的脑袋没有一根头发。反正，就是拿破仑在圣赫勒拿岛呗！达莉拉跪着，差不多就像卡诺瓦雕的玛德莱纳。当一个姑娘毁了她的男人的时候，肯定对他很心疼。依我的看法，那个犹太女人曾经很怕参孙，因为他恐怖，力大无比，但他一旦成了小情郎后，她该是很爱他的。所以，达莉拉对自己的过失后悔莫及，她恨不得能还她情郎一头秀发，她不敢看他，可她还是看了他一眼，脸上带着微笑，因为从参孙那种软弱的样子，她发现他已经宽恕她了。这一组雕像，再加上凶猛的朱迪斯，女人便被解释得一清二楚了。德行砍人脑袋，邪恶只剪头发。先生们，小心你们的头发！"

说罢，她丢下两位艺术家走开了，他们俩不知所措，跟着批评家对她齐唱赞歌。

"再也没有更美妙的女人了！"斯迪德曼高声道。

"噢！这是我见到的最聪明、最迷人的女子。集智慧与美貌于一身，真是太难得了！"克洛德·维尼翁感叹道。

"您有幸与嘉米尔·莫班相识，而且又是知己，连您都下这样的断论，那我们还会有别的什么看法呢！"斯迪德曼回答说。

"要是您愿意把达莉拉雕成瓦莱莉的模样儿，我亲爱的伯爵，"克勒维尔刚才什么都听到了，他一时放下牌局，说道，"我要一座，付给您一千埃居。噢！真的！哎呀！一千埃居，我放血！"

"我放血！这话是什么意思？"博维萨日问克洛德·维尼翁。

"那要太太肯屈尊做模特儿……"斯坦勃克给克勒维尔指了指瓦莱莉，说道，"您问她吧。"

要他扮演何种角色，俊男，艺术家，
还是波兰人？

　　这时，瓦莱莉正亲手给斯坦勃克端来一杯茶。这远不是一种敬意，而是一种青睐。女人履行这种职责的方式中，包含着形形色色的话语；女人们都十分善于这一套；这一礼貌的举动虽然表面上那么简单，但她们行使时却赋之以不同的身姿、手势、眼神、口吻和声调，因此，对之研究一番，倒是饶有兴味的。

　　从"您用茶吗？您要不要喝茶？来一杯茶吗？"这类冷冰冰的客套，到吩咐掌壶仙女上茶的派头，再到充满诗情画意，似后宫妃子一般从茶桌上端起一杯茶，走到心目中的总督面前，毕恭毕敬，以不胜温柔的声音、妩媚动人的目光给他敬茶的模样，一个生理学家可以观察到形形色色的女性情感，从厌恶、冷漠，到淮德拉对希波吕托斯那样的爱的表白。女人们尽可以随意表现，从近于侮辱的蔑视，到类似于东方奴婢的谦卑。

　　瓦莱莉岂止是一个女人，更是一条化为女人的蛇，她手里端着一杯茶，走到斯坦勃克面前，完成了她这一招魔法。

　　"您要我喝多少杯，我就喝多少杯，只为了看您给我端茶的这个姿态！……"艺术家起身凑到瓦莱莉耳畔说道，一边用自己的手指和瓦莱莉的轻轻地碰了一下。

　　"您说做什么模特儿来着？"对斯坦勃克的这种表示，她早已盼得发狂，但却装出没有理会的样子，问了一句。

　　"克勒维尔老头要出一千埃居，买我一组您的雕像。"

　　"一千埃居，他要一组？"

　　"是的，条件是您要肯做达莉拉的模特儿。"斯坦勃克说。

"他不明白，"她继续说道，"我想这一组雕像比他的全部家产还值钱，因为达莉拉应该稍稍有点儿袒胸露肩……"

跟克勒维尔爱摆姿势一样，所有女人都有一种胜利的姿态，一种讲究的身姿，让人无法抵挡，艳羡不已。在沙龙中，可以见到不少女人整天不是盯着自己的内衣的花边，扯弄衣裙的肩头，就是凝望着饰墙的吊线，炫耀自己的双眸的光彩。

玛纳弗太太不像别的女人，总把得意表现在自己的脸上。她突然一个转身，向茶桌走去，回到莉丝贝特身旁。随着这一舞女般的动作，她的裙子飘了起来，正是凭着这一舞姿，瓦莱莉征服了于洛，如今又迷住了斯坦勃克。

"把你的仇给彻底报了，"瓦莱莉凑到莉丝贝特耳朵跟前说道，"奥丹丝这下要哭干了眼泪，恨自己夺了你的万塞斯拉斯。"

"只要没当上元帅夫人，我就算什么仇也没有报，"洛林女人回答说，"可他们现在都开始想促成这件事……今天上午，我去了维克托朗家。我都忘了跟你说了。小于洛夫妇从沃维纳手中赎回了男爵的借据，他们明天就要以房子作抵押，借七万两千法郎，三年期，百分之五的利息。这下小于洛夫妇要过三年拮据的日子了，因为他们现在没有了房产的收入。维克托朗伤心极了，他理解了他父亲。克勒维尔对他这样忠心耿耿肯定会很气愤，有可能再也不认他的女儿女婿。"

"男爵现在恐怕已经没有一点儿办法了吧？"瓦莱莉朝于洛微微一笑，凑着莉丝贝特的耳朵说。

"我看他手里什么也没有了；不过到九月份他又可以拿全薪了。"

"可他的保险单，他又展期了！哎哟，他早该让玛纳弗当科长了，今天晚上我去收拾他。"

"我的小外甥女婿，"莉丝贝特上前对万塞斯拉斯说道，"您快走吧，我求您了。您真没有面子，那样盯着瓦莱莉看，会连累她的，她丈夫嫉妒得发狂。别学您岳父那样，回家去吧，我敢肯定奥丹丝在等着您……"

"玛纳弗太太让我留下来最后一个走，好安排一下我们三人之间的事情。"万塞斯拉斯回答道。

"不，"莉丝贝特说，"我这就把一万法郎给您，她丈夫的两只眼睛在盯着您呢，您要留下来，就太冒失了。明天上午九点钟您把借据送来；那个钟点玛纳弗那个鬼家伙一般都在办公室，瓦莱莉就不担心了……您是不是请她给一组雕像做模特儿？……先上我家里来。啊！我早就知道，"莉丝贝特突然发觉斯坦勃克在用眼睛跟瓦莱莉打招呼，遂说道，"您是个小小的风流鬼。瓦莱莉长得是很漂亮，可您千万不要让奥丹丝伤心！"

结过婚的男人，要是有了外心，哪怕是一时性起，最让他们受刺激的，莫过于动不动就提起他的太太，从中作梗。

回到家中

凌晨一时许，万塞斯拉斯回到家里。奥丹丝差不多从九点半钟起就一直在等着他。

九点半至十点，她侧耳倾听马车的行驶声，一边对自己说，每次去夏诺尔家中吃晚饭，要是她不陪着去，万塞斯拉斯从来不这么晚回家的。

她在儿子的摇篮旁缝着衣服，眼下有些针线活儿，她已经动手自己来做，这样也好省下请女裁缝的开销。

十点至十点半，她已经开始起疑心，心里思忖：

"他告诉我去夏诺尔和弗洛朗家吃晚饭，是真的吗？看他出门的那身打扮，领带要戴最漂亮的，饰针也要最美的。花了那么多时间打扮，就像一个女人想显得更加艳丽！我这是疯了吧！他爱着我呢。这是他回来了。"

可少妇听到辚辚声的那辆车没有停下，驶过去了。

十一点至十二点，奥丹丝从来没有这么害怕过，因为她住的这个街区实在太偏僻冷清了。

"要是他走路回来，"她心里想，"有可能会出事的！……说不定绊着了人行道或不注意掉进了窟窿，都会送了性命。艺术家都是那么心不在焉的！……要是强盗截住了他！……他这是第一次把我孤零零地丢在家里，整整六个半钟头。为什么要折磨我呢？他可只爱着找呀。"

男人们对一心爱着他们的妻子，应该忠实，哪怕是仅仅因为在被称为"精神世界"的高尚世界里，真正的爱情会不断产生奇迹。

一位真心相爱的妻子，相对于心爱的丈夫而言，就像是处在梦游者的位置，可怜巴巴地受催眠者的摆布，不再是真实世界的一面镜子，而作为一个女人，不再能意识到梦游者能隐隐约约窥见的一切。强烈的爱能使女人的神经处于出神入化的境地，她的预感就像通灵者的幻觉。一个女人知道自己被背叛了，但她不会相信自己，只是怀疑而已，因为她实在太爱了！对于她心中发出的先知呐喊，她会拒不倾听。

这种爱的巅峰理应得到崇拜。情操高尚的人，对这种神圣的爱总是赞叹不已，因此而构成了一道抵御不忠的屏障。一个美丽的女人，一个通灵的尤物，她的灵魂有这般极致的表现，怎能不让人崇拜呢？……

凌晨一点，奥丹丝已经不安到了极点，一听到万塞斯拉斯熟悉的打铃声，马上向门口冲去，把他拥到怀里，像慈母般地紧紧抱着他。

"你终于回来了！……"她好不容易恢复过来，开口说道，"我的朋友，从此之后，不管你去哪儿，我都跟着你，因为我不愿再一次经受这种等待的折磨……我看到你在人行道上绊倒了，砸破了脑袋！又看到你被强盗杀了！……不，再这样来这一次，我感到一定会疯了的……没有我在跟前，你是不是玩得非常开心？……是不是，小坏蛋？"

"你有什么办法，我的善良的小天使，比克西乌在那儿，变着法子给我们说笑话，还有莱翁·德·洛拉，妙语连珠，说起话来滔滔不绝，克洛德·维尼翁也在，我欠着他的人情，蒙特科纳元帅的纪念雕像只有他写了一篇宽慰人的文章。还有……"

"没有女人在吗？……"奥丹丝紧逼着问道。

"有让人尊敬的弗洛朗太太……"

"你原先跟我说是在康嘉尔鲜螺馆，怎么又在他们家？"

"噢，是在他们家，我弄错了……"

"你回来没有坐车？"

"没有！"

"那你是从杜尔纳勒街走回家的？"

"斯迪德曼和比克西乌走的是大街，用车把我一直送到玛德莱纳教堂，我们谈了一路。"

"大街，协和广场，还有布尔高涅街，看来一路上都干干的，你鞋上都没有沾一点儿泥。"奥丹丝打量着丈夫油光闪亮的皮靴，说道。

天是下过雨，但从瓦诺街到圣多米尼克街，万塞斯拉斯是不会把皮靴弄脏的。

"给，这是夏诺尔借给我的五千法郎，他真慷慨。"万塞斯拉斯打断了这差不多像是审问一般的问话，说道。

他把一万法郎包成了两包，一包给奥丹丝，一包留给了自己，因为他背着奥丹丝欠了五千法郎的债，要还给他的助手和那些工匠。

"你这下不用担心了，我亲爱的，"他亲了亲妻子说，"我明天就开始干活！噢！明天我八点钟就出门去工场。我马上就去睡，好早点儿起床，我的小宝贝，你允许吗？"

奥丹丝心中的那份疑惑即刻消失了：事情的真相距她有千里之遥。玛纳弗太太！这是她怎么也想不到的。她为万塞斯拉斯担心的是那帮交际花。比克西乌，莱翁·德·洛拉，这两个艺术家是以生活放荡而出了名的，听到他们俩的名字，确实让奥丹丝放心不下。

翌日，奥丹丝见万塞斯拉斯九点钟出了门，心里也就完全踏实了。

"他现在终于开始干活了，"她一边给孩子穿衣服，一边在想，"啊！我看得出，他情绪很好！这下好了，我们即使没有米开朗琪罗那么辉煌，但一定会有本维尼托·切利尼的荣耀。"

第一刀

奥丹丝耽于幻想，心中充满希望，相信会有一个幸福的前程；她跟只有十二个月的孩子咿咿呀呀地说着话，逗孩子笑，可差不多在十一点的时候，一大早没有看见万塞斯拉斯出门的厨娘，把斯迪德曼让进了屋里。

"对不起，太太，"艺术家说，"怎么，万塞斯拉斯已经走了？"

"他在工场。"

"我是来找他商量我们那批活的事。"

"我这就派人去找他。"奥丹丝打了个手势，让斯迪德曼坐下，一边说道。

少妇暗暗地感激苍天赐此良机，想留住斯迪德曼，好好打听一下前一天晚上的详细情况。斯迪德曼微微地鞠了一躬，感谢伯爵夫人的好意。斯坦勃克太太摇了摇铃，厨娘应声进了屋，太太吩咐厨娘马上去工场把先生找回家。

"你们昨天玩得很开心吧？"奥丹丝说道，"万塞斯拉斯夜里一点多钟才回到家。"

"玩得开心？……不完全是，"前一天晚上本想把玛纳弗太太弄到手的艺术家回答道，"在上流社会要玩得开心，得要有感兴趣的目标。那个小玛纳弗太太机智极了，但她也很会卖弄风情……"

"那万塞斯拉斯觉得她怎么样？……"可怜的奥丹丝想尽量保持冷静，问道，"他可什么也没有跟我说。"

"我只告诉您一件事，"斯迪德曼回答说，"那就是我觉得她很危险。"

奥丹丝脸色苍白，像是个产妇。

“那么，你们昨天……是在……在玛纳弗太太家……不是在……在夏诺尔家跟万塞斯拉斯……一起吃的晚饭，可他……”她说道。

斯迪德曼不知道自己惹了什么祸，但觉察到自己肯定是闯了祸。伯爵夫人一句话没有说完，便完全昏了过去。艺术家赶紧摇铃，女仆马上进了屋。

露易丝正设法要把斯坦勃克伯爵夫人送到她的卧室去，可奥丹丝突然神经病大发作，严重极了，浑身在可怕地抽搐。

斯迪德曼没想到自己一时不慎，揭破了当丈夫的在暗中精心编造的谎言，简直不相信自己的这几句话会造成这样的后果；他心里想，恐怕伯爵夫人身体一直有病，稍有违她心愿的事，都会对她造成危险。

不幸的是，这时厨娘恰又回来大声禀报，说先生不在工场。

伯爵夫人虽说还在发着病，但听到了回话，又开始抽搐起来。

“赶紧去找她母亲！……”露易丝对厨娘说，“跑着快去！”

“要是我知道万塞斯拉斯在哪儿，我这就去通知他。”斯迪德曼不知所措，说道。

“他就在那个女人家里！……”可怜的奥丹丝嚷叫道，“他精心打扮的那个样子，不会是去工场。”

斯迪德曼发现爱情这只千里眼确实能看透事情真相，连忙朝玛纳弗太太家奔去。

这个时候，瓦莱莉正在扮着达莉拉的姿态呢。

斯迪德曼特别精明，没有跟看门的说一声要见玛纳弗太太，便径自从门房前走了进去，直奔三楼，心里想：要是我说要见玛纳弗太太，那肯定她不在家。可要是我傻乎乎地说要见斯坦勃克，那他们准会笑话我……还不如破门而入！

一听到铃声，莱纳便到了门口。

“告诉斯坦勃克伯爵先生，让他回家，他夫人发病要死了！……”

莱纳跟斯迪德曼一样精，摆出一副有点儿蠢头蠢脑的样子，看着他。

"可是，先生，我不知道……您要……"

"我告诉您，我朋友斯坦勃克在这里，他太太要死了，麻烦您打扰一下您家女主人。"

说罢，斯迪德曼便走了。

"啊！他是在这里。"他自言自语道。

斯迪德曼在瓦诺街等待了片刻，果然发现万塞斯拉斯出了门，遂跟他打了个手势，让他赶快过去。

斯迪德曼把圣多米尼克街上演的那场悲剧全都跟斯坦勃克说了，直埋怨他，说想要瞒着前一天吃晚饭的事，事先怎么连个招呼也不打。

"我完了，"万塞斯拉斯回答说，"可我不怨你。今天早晨我把我们约定见面的事都忘了，又犯了个错误，不该不跟你打个招呼，要说我们是在弗洛朗家吃的晚饭。你有什么办法呢？那个瓦莱莉让我都疯了；可是，我亲爱的，荣耀也罢，不幸也罢，她都值得……啊！这是个……我的上帝啊！我这下可是进退两难，死路一条！给我出个主意。怎么说呢！怎么洗刷自己呢？"

"给你出主意？我什么都不知道。"斯迪德曼回答说，"可你有你妻子爱着你，是不是？唉，说什么，她都会信的！你就跟她说，我去你家的时候，你正往我家赶呢；这样，今天上午你让模特儿摆姿态的事也就有救了。再见！"

莉丝贝特听到莱纳的禀报，赶紧去追斯坦勃克，在伊勒朗－贝尔廷街的拐角追上他，因为波兰人生性幼稚，她实在放心不下。她不愿被这事牵扯进去，于是叮嘱了万塞斯拉斯几句，万塞斯拉斯一听，高兴得在街上亲了她。她十有八九是给艺术家授了什么高招，以帮他度过夫妻生活中的这道关口。

夫妻之间的第一次口角

一见到匆匆赶来的母亲，奥丹丝的泪水便哗哗地往外流。她方才的那场神经危机幸而得到了缓解。

"我被背叛了！我亲爱的妈妈，"她对母亲说，"万塞斯拉斯跟我发过誓，决不上玛纳弗太太家里去，可昨天却到她那儿吃了晚饭，直到凌晨一点一刻才回家！……你要知道，昨天我们并没有吵，而是相互挑明了说。我跟他说了一些话，听了都让人心颤，我说我这个人好嫉妒，他要是不忠，会要了我的命；我疑心也重，他应该体谅我的这些弱点，因为全都是因为我爱他，我血管里有父亲的血，也有我母亲的血；一旦被背叛，我会疯了的，会做出蠢事来，会去报复，会弄得他、他儿子和我自己全都名誉扫地；还会杀了他，然后再自杀！可他还是去了，现在人还在那里！那个女人把我们都害得好苦啊！昨天，我哥哥和塞莱斯蒂娜办了抵押，收回了用在那个坏女人头上的七万法郎的借据……真的，妈妈，他们本来要起诉我父亲，把他送进牢房。那个可恶的女人把我父亲弄到这步田地，害得你流了那么多眼泪，难道还不肯罢休！为什么还夺我的万塞斯拉斯？……我这就去她家，给她一刀子！"

奥丹丝在气头上，无意中把那些可怕的秘密全都捅了出来，于洛太太听了心里痛苦极了，可不愧是伟大的母亲，无比坚强，强忍住内心的痛苦，把女儿搂到自己的怀里，在她的头上亲了又亲。

"等万塞斯拉斯回来，我的孩子，一切也就可以说清楚了。事情恐怕不会像你想的那么糟糕！我也一样，我也被背叛了！我亲爱的奥丹丝。你觉得我长得漂亮，而且我人也规规矩矩，可我已经被抛弃了二十三年了，竟是为了贞妮·凯迪娜、若赛花、玛纳弗那一类女人！……这一切你都知道吗？……"

"你，妈妈，你！……你经受了这一切，都已经二十……"

一想到自己脑子里的那些念头，她连忙打住话头。

"就像我那样做吧，我的孩子，"母亲继续说，"要温柔、善良，这样你的良心就会安宁。等到男人临死的一天，他在床上会对自己说：'我妻子这一辈子从来没有给过我任何痛苦！……'上帝一旦听到这临终的叹息，会给我们记着的。我若像你一样，一气之下闹出什么事来，那会有什么结果呢？……你父亲一定会气疯了，也许会离开我，也用不着担心我伤心而有所收敛了；也许早在十年前，家里就成了现在这副惨样了，弄得夫妻分居，让人看笑话，丢尽了脸面，太可怕了，也实在痛心，好端端一个家也就算毁了。无论你哥哥，还是你，你们就不可能结婚成家了……我作出了牺牲，而且是那么勇敢，要不是你父亲最后这一个外遇，大家都还以为我很幸福呢。我那么勇敢，故意瞒着实情，至今为止保全了你的父亲，他现在还受人尊敬；只是这一次，老人痴迷，实在走得太远了，我看得清清楚楚。我担心他疯过了头，会戳破了我在众人和我们之间撑起的那道屏风……这道屏风，我可是苦苦支撑了二十三年，我躲在屏风后面落泪，身边没有母亲，没有知心朋友，除了宗教，得不到任何帮助，可我还是给这个家撑了二十三年的门面。"

奥丹丝眼睛直定定的，听着母亲在说，见母亲声音平静，忍受着巨大的痛苦，受到初次伤害的少妇一时平息了胸中的怨火，泪水重又涌上眼眶，潮水般地往外流。

面对高尚的母亲，她自感渺小，内心升腾起对母亲的一片敬意，扑通一下跪倒在母亲跟前，抓着她的裙摆亲吻，就像虔诚的天主教徒吻着殉道者的圣物。

"起来，我的奥丹丝，"男爵夫人说，"有我女儿这样的表示，再痛苦的回忆也都消失了！来，靠到我的心口来，我的心里，只压着你的痛苦。我可怜的小女儿，你的欢乐是我唯一的欢乐，因为你的绝望，才打开了我这张封死的嘴，我本该什么也不说的。是的，我本来想把我的痛苦全带到坟墓里去，权当作多了一层裹尸布。可为了平息你的怒火，我说了……上帝会饶恕我的！噢！要是我的生命就是你的生命，要我做什么也行！……男人、社会、机缘、天理、上帝，我想，无不要让我们经受最残酷的折磨，付出爱情的代价。我以二十四个年头的绝望，以不断的伤心和痛苦，来偿还那十年的幸福……"

"你还有十年呢，亲爱的妈妈，我只有三年！……"自私的痴情女说道。

"一切都还没有完，我的孩子，等万塞斯拉斯回来再说。"

"我的母亲，"女儿说道，"他撒谎！他骗了我……他亲口对我说'我一定不去'，可他还是去了那里。他那话，可是在他孩子的摇篮跟前说的呀！……"

"我的天使，男人们为了自己作乐，再卑鄙、可耻和罪恶的事都会做得出来；看来这是他们的本性。我们这些女人，是命定要牺牲的。我以为苦难已经到了尽头，可又来了，因为我实在没想到我还会跟女儿遭受双重的苦难。要勇敢，保持沉默！……我的奥丹丝，向我发誓，有伤心事，只跟我讲，千万不要在别人面前有任何流露……啊！要像你母亲那样自尊！"

正在这时，奥丹丝听到了丈夫的脚步声，不禁打了个哆嗦。

"听说斯迪德曼到这儿来了，可我正好上他家去了。"万塞斯拉斯一进门便说道。

"一点儿不错！……"可怜的奥丹丝像个受伤害的女人，把话当作刀子使，毫不留情地挖苦了一句。

"是的呀，我们刚刚碰到了。"万塞斯拉斯装出一副吃惊的样子，回了一句。

"可是，昨天！……"奥丹丝紧逼道。

"唉！我骗了你，我亲爱的，让你母亲来给我们裁决吧……"

对方这么坦白，让奥丹丝一下宽了心。真正心地高尚的女人，全都喜欢实话，痛恨撒谎。她们不忍心看到自己的偶像堕落，心甘情愿受她们偶像的摆布，并引以为自豪。

俄罗斯人身上，对沙皇就有这样的情感。

"请听我说，亲爱的母亲……"万塞斯拉斯说，

"我太爱我善良温柔的奥丹丝了，我们家里到底有多大的难处，我都瞒着她。有什么办法呢？……她还在给孩子喂奶，要是遇到伤心事，对她身体不好。您知道这对一个女人来说有多危险。这会影响她的美貌、她的气色和她的身体。难道这是个错？……她以为我们只欠五千法郎，可我还另欠五千法郎……前天，我们已经绝望透了……世界上没有人会借钱给艺术家。人们怀疑我们的才能，也害怕我们一时心血来潮。我什么人也求过了，可还是没着落。最后莉丝贝特提出把她的积蓄给我们。"

"可怜的姑娘。"奥丹丝说。

"可怜的姑娘。"男爵夫人说。

"可莉丝贝特的两千法郎，能抵什么用？……对她来说是倾其所有，可对我们来说是无济于事。贝姨这才跟我们提起了，你知道的，奥丹丝，才提起了玛纳弗太太，说她出于自尊心，又欠男爵那么大的情，不会要一分钱利息的……奥丹丝想把她的钻石送到当铺去。我们也许能张罗到几千法郎，可我们需要一万呢。这一万法郎就在那儿放着，不要利息，借期一年！……我心里想：'奥丹丝不会察觉到什么的，就把它借回来吧。'昨天，那个女人通过大舅邀我去吃晚饭，并说莉丝贝特已经跟她说过了，可以把钱借给我。让奥丹丝伤心绝望呢，还是去吃顿晚饭呢，在两者之间，我没有犹豫。事情就是这样。奥丹丝只有二十四岁，长得鲜艳娇嫩、纯洁、贞淑，是我的幸福和荣耀所在，自从结婚以来，我一刻也没有离开过她，她怎么能想象我会不爱她，唉……反而去喜欢一个又干又皱，脸上总像撒了一把面粉似的女人呢？"他用上了雕刻工场的那套不堪入耳的脏话，专拣女人爱听的骂，以表示他的蔑视。

"啊！要是你父亲能这样对我说就好了！"男爵夫人感叹道。

奥丹丝亲热地扑了上去，搂住丈夫的脖子。

"对，要我也会这样的。"阿德丽娜说，

"万塞斯拉斯，我的朋友，您妻子差点儿都要死过去了。"她神情严肃地继续说道，"您看她是多么爱您。可怜她全都交给您了！"说罢，她深深地叹了一口气，想到了所有做母亲的在女儿出嫁时都会想到的那句话，在心里对自己说："一切都在于他了，是要她受苦，还是让她幸福。"接着，她又高声说道："看来我已经受够了苦，该看到我的孩子们幸福了。"

"放心吧，亲爱的妈妈。"万塞斯拉斯见这场危机得到了这样完满的化解，高兴极了，说道，"两个月内，我就把钱还给那个可恶的女人，有什么办法呢？"他拿出波兰人的风度，把波兰人少不了的这句口头禅又说了一遍，"有的时候，连魔鬼的钱也会去借的。说到底，那还是我们家的钱呢。这笔钱，让我们付出了多大的代价啊！人家客客气气请了我，要是我粗鲁以待，那还能借到钱吗？"

"唉！妈妈，爸爸给我们造的什么孽啊！"奥丹丝嚷了起来。

男爵夫人把手指放到唇间，奥丹丝马上感到后悔，母亲那么高尚，什么也不说，勇敢地护着父亲，可她竟然一时失言，破天荒第一次抱怨、指责起父亲来，这实在不该。

"再见了，我的孩子们，"于洛太太说，"天气终于又晴朗了。可你们千万不要再生气了。"

痛苦之后往往是猜疑

万塞斯拉斯和妻子送走男爵夫人之后回到卧房，奥丹丝遂对丈夫说："把你昨天晚上的事跟我说说！"

她边听边偷偷看着万塞斯拉斯的脸，女人处在这种情况下，少不了会脱口打断对方的话，时不时问几句。奥丹丝听得心事重重，隐隐约约地看到，在那个邪恶的地方，艺术家肯定会像魔鬼那样寻欢作乐。

"要说实话！我的万塞斯拉斯！……在场的有斯迪德曼、克洛德·维尼翁、维尔尼塞，还有谁？……反正，你玩得很开心！……"

"我？……我一心只想着那一万法郎，一边对自己说：'那样我的奥丹丝就不会再担心了！'"

这一番审问，把利沃尼亚人给累坏了，他趁奥丹丝一时高兴，问她道：

"那么你，我的天使，要是你的艺术家确实有罪，你会怎么样？……"

"我呀，我就要斯迪德曼，"她一副坚决的神态，说道，"当然不会爱他！"

"奥丹丝！"斯坦勃克猛地站了起来，像做戏一样叫道，"不等你找上他，我就把你杀了。"

奥丹丝扑到丈夫身上，又是亲吻，又是抚摸，亲热得他喘不过气来。

"啊！你是爱着我的！"奥丹丝对他说道，"万塞斯拉斯！好了，我什么都不担心了！可不要再找玛纳弗。从今往后再也不要陷进那种害人坑……"

"我向你发誓，我亲爱的奥丹丝，除了去取回借据，我再也不会到那儿去……"

她赌着气，可像所有爱丈夫的女子一样，赌气纯粹是为了占点上风。

万塞斯拉斯被折腾了一上午，累了，由他妻子自个去赌气，口袋里揣着草图，出门上工场去做《参孙与达莉拉》的雕像模型。

奥丹丝虽说赌着气，但心里很不安，以为万塞斯拉斯生气了，连忙去了工场，丈夫刚刚疯一般地挖好了泥塑模型的凹部，对艺术家来说，这种疯狂正是驱动他们创作的想象力。

一见到妻子，他马上把手中的一块湿布扔到了刚刚塑好的雏形上，一把搂住了奥丹丝，一边对她说：

"啊！我们没有生气，对不对，我的小宝贝？"

奥丹丝看到了那组遮着湿布的泥塑，什么也没有说；可离开工场时，她突然转过身子，抓起湿布，看了看雏形，问道：

"这是什么？"

"我一时性起，塑的一组人物。"

"你为什么要遮起来不给我看？"

"我想塑完再给你看。"

"那女子真漂亮！"奥丹丝说。

她顿时疑心重重，就像在印度，那植物在一夜之间就长得既高大，又茂盛。

一个捡来的孩子

差不多过了三个星期，玛纳弗太太对奥丹丝气极了。这类女人自尊心都很强，她们非要别人亲吻魔鬼的恶距不可，要是贞淑女神不怕她们的淫威，胆敢跟她们争斗，那她们决不饶恕。

而万塞斯拉斯恰又没有再去瓦诺街一次，甚至连瓦莱莉给达莉拉做模特儿之后，也没有礼节性地上门道谢。

莉丝贝特每次去斯坦勃克家，也找不到人，原来先生和太太都在工场里。

莉丝贝特一直追到了巨石街，才逮着了这对年轻夫妇，她看见万塞斯拉斯在拼命干活，最后从厨娘那儿得知，太太从不离先生左右。万塞斯拉斯目前正遭受着爱情的专制统治。

因此，从自己这一方面考虑，瓦莱莉也就跟莉丝贝特一样恨透了奥丹丝。对于自己的情夫，要是有人跟着抢，女人们总是抓着不放手的，就像男人们，要是自己的情妇被几个自命不凡的家伙追求，也死活不会放弃的。所以，有关玛纳弗太太的这些思考也完全适用于那些有钱的男人，从某种意义上说，他们都是男妓。

瓦莱莉本来就任性，这下变成了疯狂，她一心想要她那组雕像，正打算哪一天上午上工场去看万塞斯拉斯，可不巧发生了一件对这类女人来说，可称之为 fructus belli ① 的大事。

有关这件私事的消息，瓦莱莉是这样发布的：当时，她正在跟莉丝贝特和玛纳弗先生一起吃早饭。

"你说，玛纳弗，不知你是否想到过要再做一次父亲？"

---

① 拉丁文，意为"战果"。

"真的，你有喜了？……噢！让我亲亲你……"

他站起身子，绕过餐桌，他妻子朝他一抬额头，他没有亲着，只碰到了一下她的头发。

"这一下，"他继续说道，"我可要当上科长，得到荣誉勋位团四等勋章了！啊！我的小宝贝，我可不愿意让斯塔尼斯拉斯受到伤害！可怜的孩子！……"

"可怜的孩子？……"莉丝贝特嚷叫了起来，"您已经七个月没看到他了；在寄宿学校，他们都以为我是孩子的母亲呢，这家里，就我一个人照顾他！……"

"一个孩子，每三个月都要花掉我们一百埃居！……"瓦莱莉说，"可这是你自己的孩子，玛纳弗！你当然应该从自己的薪水中拿出钱来支付他的膳宿费……至于这个快要出世的孩子，他非但不会添一笔伙食开支，反而会把我们从贫困中解救出来……"

"瓦莱莉，"玛纳弗学克勒维尔的样儿，摆出一副架势，说道，"我希望于洛男爵先生能照顾好他的儿子，千万不要让一个可怜的职员来负担；我这下要抓住他不放了。所以，你也要拿准了，太太？想办法得到他几封信，让他在信中跟你谈到这件喜事，因为他对我升科长的事有点儿推三阻四的……"

说罢，玛纳弗出门上部里去了，凭着跟他局长的珍贵的交情，他可以到十一点左右才去科里上班；再说，谁都知道他没有什么能力，加之他又讨厌办事，所以轮到他去做的差事也不多。

他一走，莉丝贝特和瓦莱莉像巫婆似的彼此打量了一阵子，憋不住哈哈大笑起来。

"哎哟，瓦莱莉，这是真的？"莉丝贝特问道，"还是一出戏？"

"身体哪会有假！"瓦莱莉回答说，"奥丹丝惹我讨厌！昨天夜里，我拿定主意，要把这个孩子当作炸弹扔到万塞斯拉斯家去。"

瓦莱莉走进卧房，莉丝贝特也跟着走了进去，瓦莱莉给她看了下面这封已经写好的信：

万塞斯拉斯，我的朋友，尽管已经快有二十天没有见到你了，但我对你的爱还是坚信不疑。是因为看不起我？达莉拉不会这么想的。还是因为一个女人霸道的缘故？你跟我说过，那个女人，你是不可能再爱了。万塞斯拉斯，你是一个伟大的艺术家，不该这样受人管制的。家庭是埋葬荣誉的坟墓……看看你是不是还像在杜瓦伊纳街的那个万塞斯拉斯？我父亲的纪念雕像，你没有做成功，可在你的身上，情人的本事远胜于艺术家的才能，你对他女儿还是比较幸运的：你做父亲了，我心爱的万塞斯拉斯。我目前处于这个状况，若你不来看我，那你在朋友们的眼里就太不道德了，可我感觉到我是那么疯狂地爱着你，永远都没有诅咒你的勇气，请允许我永远对你说：

你的瓦莱莉

"等我们亲爱的奥丹丝一个人在工场时，我派人把这封信送到那儿去，你觉得这个计划如何？"瓦莱莉问莉丝贝特，"昨天晚上，我听斯迪德曼说，万塞斯拉斯在十一点钟要找他一起去夏诺尔那儿谈事。这样，奥丹丝那个臭女人就一个人在工场了。"

"你要是耍了这一招，"莉丝贝特回答说，"我在公开的场合就不能再当你的朋友了，我得跟你分手，装出样子，再也不见你，甚至再也不跟你说话。"

"那当然，"瓦莱莉说，"可是……"

"噢！放心吧。"莉丝贝特说，"等我当上了元帅夫人，我们就可以再见面了。现在他们全都想促成这门亲事，只有男爵一个人还不知道；不过，你会让他拿定主意的。"

"可是，"瓦莱莉回答说，"过不了多久，我跟男爵的关系恐怕会很微妙。"

"只有奥利维埃太太能够引起奥丹丝的注意，发现那封信，"莉丝贝特说,"去工场之前,让她先去圣多米尼克街。"

"噢!我们的小美人肯定会在家的。"玛纳弗太太回答说,一边打铃唤来莱纳,差她请奥利维埃太太上楼。

玛纳弗房室的第二位父亲

那封致命的信送走后十分钟，于洛男爵来了。玛纳弗太太像只猫咪似的扑上前去，搂住老头的脖子。

"艾克托尔！你当父亲了！"她凑着他的耳朵说，"这就叫吵了又和的好事……"

见男爵显出某种莫名其妙的样子，而且也没有马上加以掩饰，瓦莱莉立刻变了脸，冷冰冰的，把国务参事给急坏了。好不容易才从她嘴里掏出了几句话，可一句句都有根有据，再也确凿不过。等到瓦莱莉不温不火，让老头儿开始对她说的深信不疑时，她对他说，玛纳弗先生为这事气疯了。

"我的老兵卒啊，"她对男爵说道，"要是你还不任命代理人，或者说我们的那个代理人当科长，让他得到荣誉勋位团四等勋章，那你就难办了，因为你这下把他给毁了；他就疼爱他的斯塔尼斯拉斯，那个小魔鬼可是他亲生的，虽说我受不了。除非你乐意给斯塔尼斯拉斯存一笔有一千两百法郎利息的款子，当然是虚有权归他，用益权归到我的名下。"

"要是存钱，那我宁愿给我儿子，也不给那个小魔鬼！"男爵说。

男爵不小心，这话一出口，里面的"我儿子"这几个字势如泛滥的河水，一个小时的交谈之后，便变成了正式的承诺，要给未来的孩子存一笔钱，有一千两百法郎的定期利息。

后来，这句诺言就像小孩子手中的玩具鼓，总挂在瓦莱莉的嘴上和脸上，一玩就是二十天。

母女之间的差异

于洛男爵幸福得像个结婚才一年，盼着有个继承人的丈夫似的，走出了瓦诺街，正在这个时候，奥利维埃太太故意让奥丹丝截走了那封本该亲手交给伯爵先生的信。

少妇为这封信付了二十法郎。自杀的人需要鸦片、手枪或煤，也往往是自己出钱买的。

奥丹丝把信读了一遍又一遍；她眼中看到的只是这张涂满黑道道的白纸，除了这张白纸之外，她周围的一切全是黑乎乎的。大火正在吞噬她幸福的大厦，照亮了她手中的这张纸，而她已被紧紧的黑夜所笼罩。小万塞斯拉斯的玩耍叫闹声传到了她的耳畔，仿佛孩子处在深谷，可她却置身于山顶。刚刚才二十四岁，美得像一朵怒放的鲜花，又有着纯洁和忠贞的爱，却不料受到了侮辱，这岂止是给她一刀，而是要了她的命。初次的打击仅仅是神经性的，肉体经不起嫉妒心的压迫而被扭曲；可确凿的事实击中了她的心灵，她的肉体因此而被毁灭。

奥丹丝处于这种窒息的状态，前后经历了差不多十分钟。突然，脑中掠过母亲的影子，她为之一震，随即变得冷静而镇定，恢复了理智，她摇了摇铃。

"亲爱的，"她吩咐厨娘说，"让露易丝帮你一下。你们赶紧收拾，把我在这儿的所有东西和我儿子的东西全都包好。给你们一个小时时间。等全都收拾好了，到广场去雇一辆马车，再来叫我。不要说什么了！我离开这个家，把露易丝带走。你留下，跟先生在一起；要好好照顾他……"

说罢，她进了卧房，坐到桌前，写了下面这封信：

伯爵先生：

我附上的信可以向您说明我何以作出了这样的决定。

当您读到这几行字的时候，我已经离开了您的家，跟孩子回到了我母亲的身边。

不要指望我会回心转意。别以为这是年轻人的冲动和轻率，是稚嫩的爱情受到伤害作出的强烈反应，要是这样想，您就彻底错了。

半个月来，我对人生，对爱情，对我们的结合和我们相互的责任，考虑了很多很多。我母亲所作的牺牲，我已经全都知道了，她跟我诉说了她的痛苦！二十三年来，她天天都在勇敢地苦熬着；可我觉得自己没有力量以她为榜样，并不是因为我对您的爱没有她爱我父亲那样深，而是出于我性格方面的原因。我们的内心会变成一座地狱，我有可能会丧失理智，做出有辱于您我，有辱于我们的孩子的事来。我不可能去做一个玛纳弗太太；一旦走上那条路，像我这样性格的女人也许就刹不住了。对我来说不幸的是，我是一个于洛，不是一个费希。

独自一个人，离您那些乱七八糟的荒唐事儿远远的，我可以担保自己，特别是我要照顾我们的孩子，又在我坚强、高尚的母亲身边，她的一生对我内心强烈的冲动是会起到作用的。在那里，我可以做一个好母亲，好好抚养我们的孩子，好好生活。在您这里，女人的天性会扼杀了母亲，无休无止的争吵会影响到我的性格。

我宁愿死一个痛快，也不愿像我母亲那样做一个二十五年的病人。死心塌地，始终如一地爱了三年之后，您会为了您岳父的情妇而背叛了我，今后什么样的女人您不会找来跟我作对？啊，先生，您比我父亲还更有过之而无不及，早早地就开始走上了这一条路，放荡不羁，挥霍无度，有辱于家长的名声，丧失儿女的尊敬，最终落得个耻辱与绝望的下场。

我并不是无情无义的人。在上帝的目光下生活的脆弱的生命,绝不会是铁石心肠。要是您以不懈的工作获得荣誉和财富,放弃那些淫妇,离开卑鄙、肮脏的死路,那您还会得到一个无愧于您的妻子。

我觉得您很有绅士风度,不会求助于法律的。伯爵先生,请尊重我的意志,让我在我母亲家生活,尤其永远不要上门来。那个可憎的女人借给您的钱,我全都给您留下了。再见!

奥丹丝·于洛

这封信写得非常艰难,奥丹丝为自己的爱情受到了伤害而不停地落泪,呼喊。她一次次丢下手中的笔,又一次次拿起,只简单地表白自己的内心,而不像在这类遗嘱般的信中平常发出爱的呼唤。她的心在呼号,在幽咽,在哭泣;可理智在控制着她。

听到露易丝的禀报说一切都已准备就绪,少妇慢慢地在小花园、卧房和客厅走了一圈,想最后再看一眼。然后,她对厨娘千叮咛万嘱咐,要她一定好好照顾先生,并且许了诺言,若厨娘本本分分,以后一定奖赏她。

最后,她上了马车回娘家去,心里像碎了一般,哭得贴身女仆也非常难过;她疯了似的对小万塞斯拉斯亲了又亲,可见,她对孩子的父亲,还是爱着的。

男爵夫人已经从莉丝贝特嘴里得知,女婿这次失足,跟他岳父有很大关系,所以见女儿回来,她没有感到诧异,反而对她的做法表示赞同,同意把她留在自己身边。

阿德丽娜发现自己的温柔和忠贞从未曾阻挡住她的艾克托尔,对他的敬意渐渐地已经开始消失,因此,女儿决定走人生另外一条路,她觉得也有道理。

短短二十天时间,可怜的母亲便遭受了两次伤害,其痛苦超过了她以往的一切磨难。男爵先是让维克托朗夫妇陷入了窘境,接着又把女婿引上了邪路,因为按莉丝贝特的说法,万塞斯拉斯被勾引,是他一手造成的。

多少年来，靠妻子难以想象的牺牲才得以维持的这份家长的尊严，如今已经丧失了。年轻的于洛夫妇心痛的并不是自己的钱，而是对男爵的不信任和担心。他们的这种情绪显而易见，使阿德丽娜深感痛苦，她预感到这个家庭就要被毁了。

玛纳弗房室的第三位父亲

男爵夫人把女儿安顿在饭厅住下，多亏了元帅接济的那笔钱，饭厅很快改成了卧房，又像许多家庭一样，把门厅用作了饭厅。

等万塞斯拉斯回到家，读了那两封信后，他感到了某种快乐，但其中交织着悲伤。

由于被妻子看得死死的，对这种莉丝贝特式的新的监禁行为，他打心眼里反感。享受了三年的爱情之后，他在最近半个月时间想了一些问题，觉得不堪家庭的重负。斯迪德曼刚刚来向他道过喜，夸他竟能激起瓦莱莉的一片痴情。斯迪德曼这样做自有他的想法，而且不难理解，因为他觉得眼下正是时机，应该好好对奥丹丝的丈夫吹捧一番，满足他的虚荣心，并希望借此去安慰他受害的妻子。万塞斯拉斯能回到玛纳弗家中去，自然感到快活。可是，他也想起了他曾经享受过的纯洁而美满的幸福，想起了奥丹丝的完美无瑕、她的端庄和她纯真无邪的爱情，为此，他也深感惋惜。

他恨不得马上跑到岳母家去，请求原谅，可他的所作所为与于洛及克勒维尔如出一辙，还是去见了玛纳弗太太，给她送上了妻子写的信，向她挑明，这场灾难全都是她引起的，指望以此不幸讨得情妇的同情，给他一点儿欢乐。

在瓦莱莉的家，他碰到了克勒维尔。区长满脸傲气，在客厅里来回踱着步，看他的样子，心绪像是乱极了。他摆好了姿势，仿佛想要开口说话，但又没有这个胆量。他容光焕发，走到窗洞前，用手指轻轻击打着窗玻璃，一副感激、怜爱的神态望着瓦莱莉。克勒维尔还算幸运，因为恰在这时，莉丝贝特进了屋。

"贝姨,"他凑近了莉丝贝特的耳朵说道,"您已经听说了吧?我做父亲了。我觉得我不那么爱我可怜的塞莱斯蒂娜了。啊!跟一个心爱的女人生一个孩子,这是什么滋味!这可是将慈父的灵魂融于慈父的血液之中!啊!您知道吧,请您转告瓦莱莉,我要为这个孩子奋斗,我要让他有钱!她告诉我,从某些征兆看,她认为是个男孩!要真是个男孩,我要他姓克勒维尔:到时我会找我的公证人咨询的。"

"我知道她有多爱您,"莉丝贝特说,"可是,为您和她的未来考虑,您还是要控制住自己,不要动不动就激动得搓手。"

趁莉丝贝特和克勒维尔在一旁说话的当儿,瓦莱莉向万塞斯拉斯要回了她的信,在他的耳边嘀咕了几句,立即驱散了他的愁云。

"你这下就自由了,我的朋友,"她说道,"难道伟大的艺术家理应结婚吗?你们的存在全取决于你们的幻想和自由!行了,我亲爱的诗人,我会很爱你的,决不会让你舍不下你的妻子。可是,如果你想要跟许多人一样保住自己的门面,那我可以在很短时间内设法让奥丹丝回到你家去……"

"噢!这能行吗?"

"我担保行,"瓦莱莉被他一激,说道,"你可怜的岳父从各个方面讲,都算是完了,可出于自尊,他想装出一副有人爱着他的模样,让人以为他有一个情妇;这方面,他的虚荣心实在太重,所以我可以完全把他捏在我的手中。男爵夫人还很爱她的老艾克托尔(我总觉得像是在讲《伊利亚特》的故事),他们那一对老夫老妻一定会让奥丹丝与你重修于好的。不过,要是你不愿家中再闹什么风波,千万不要二十天也不照个面,也不来看看你的情妇……我会伤心死的。我的小宝贝,要真是个绅士,对一个被连累到像我这个地步的女人,应该敬重才是,何况这个女人还为了保全他的名声费尽了苦心呢……留下吃晚饭吧,我的天使……好好想一想吧,这个过错实在太明显了,全是你造成的,我本该对你冷淡一点儿的。"

玛纳弗教堂的五位神父

门外通报蒙泰斯男爵到了，瓦莱莉连忙站起身，向他跑去，对着他的耳朵嘀咕了一阵子，又像方才吩咐万塞斯拉斯一样，叮嘱他行为举止千万要持重一点儿，因为巴西人一听到喜讯，高兴极了，情不自禁马上摆出了一副外交官的派头，他呀，自然肯定自己就是孩子的父亲！……

瓦莱莉就靠这种策略，抓住处在情人位置的男人特有的自尊心，让四个男人聚到了一个桌子上吃饭，而且一个个都那么快活、开心、痴迷，自以为得到了她的宠爱，玛纳弗先生把自己也算了进去，跟莉丝贝特开玩笑说，这可是一个教堂的五位神父。

开始时，只有于洛男爵一个显出忧心忡忡的样子。原因是这样的：临离开办公室的时候，他去见了人事局长，那是一位将军，是他三十年的战友，他跟人事局长提起了任命玛纳弗接替高盖科长职务的事，说高盖已经同意辞职。

"我亲爱的朋友，"男爵对他说，"我不愿意在我们商量妥当，征得您的同意之前，就贸然去向元帅求情。"

"我亲爱的朋友，"人事局长回答说，"请允许我提醒您注意，为了您自己考虑，您不应该坚持这项任命。我已经跟您谈过我的看法。现在局里对您、对玛纳弗太太都已经议论纷纷，那样一来，岂不引起丑闻。这些话，都是您我之间说说的。我不愿击您的痛处，也不愿在任何事上驳您的面子，我会证明这一点的。倘若您非要坚持，一定要高盖先生的那个位子，尽管这对部里来说真的是一个损失（他从一八〇九年起就在部里工作），我还是成全您，到乡下去待半个月，让您在元帅那边有自由的活动余地，他对您可是像对他儿子一样喜欢。我不赞成，也不反对，这样我也不至于有愧于我的职业良心。"

"谢谢您，"男爵回答说，"您刚才跟我说的话，我会考虑的。"

"我之所以冒昧提醒您，我亲爱的朋友，是因为这事关您个人的利益，而与我个人，与我的自尊心关系不大。首先元帅是主人。其次，我亲爱的，别人责怪我们的事已经很多了，多一件少一件也无所谓！受别人的指摘，我们已经不是头一回了。在王政时代，任命了不少官员，只管给他们钱，不在乎他们是不是效力……我们可是老战友了……"

"是的，"男爵回答说，"正是为了不伤害我们之间多年来珍贵的友情，我才……"

"行了，"人事局长见于洛脸上显出尴尬的神色，便说道，"我就去旅行一趟好了，老朋友……可您得小心！您有不少敌人，也就是说有人对您那个肥缺垂涎三尺，而您这条船依靠的只是一只锚啊！要是您跟我一样是众议员的话，那就什么也不用担心了；所以，您要好自为之……"

这一席话，说得情深意切，国务参事听了深为感动。

"可是，罗杰，到底有什么事呀？不要跟我弄得这么玄乎！"

被他称为罗杰的那一位看了于洛一眼，抓起他的手，紧紧握着说：

"我们都是老交情了，不能不给您一个忠告。倘若您想保住地位，您就该给自己留好后路。我要是处于您现在的位置，我才不会去求元帅让玛纳弗先生接替高盖先生的职位，而会求他利用他的影响，保住现在这个国务参事的位子，这样一辈子也就平平安安的了；至于局长这个位子，得像海狸那样精，扔给他们去争算了。"

"怎么，元帅会忘了……"

"我的老朋友，元帅在内阁会议上为您说了很多好话，没有人再想免掉您了；可曾经有人提到过！……所以，不可再给人口实了……我不想再多说什么。眼下，您还可以提出您的条件，当您的国务参事和贵族院议员。要是您时间拖久了，给人抓住了把柄，那我就什么也担保不了啦……我还要不要去旅行？……"

"等等吧，我先去见元帅，"于洛回答说，"然后再让我哥哥到总头儿那边探探情况。"

男爵来玛纳弗太太家的时候心情如何，诸位自可理解，他几乎把他做父亲的事给丢在了脑后，因为罗杰刚刚以老战友的真情和善意，给他点明了他目前的处境。

不过，瓦莱莉的影响确实不凡，晚饭吃到一半，男爵也就跟大家一样，来了兴致，借此消除了新添的烦恼：可是，这个可怜的人万万没有想到，在这个晚上他就已经处于幸福和人事局长提醒的危险之间，也就是说，他不得不在玛纳弗太太和自己的地位这两者之间作出选择。

不择手段的父亲

大约十一点钟的时候，晚会达到了热闹的顶点，客厅里挤满了来客，瓦莱莉乘机让艾克托尔跟她坐在长沙发的一角，凑着他的耳朵，对他说道：

"我的好老头，万塞斯拉斯到这里来，你女儿气极了，都把他抛下不管了。奥丹丝的脾气可真坏。那个小傻女人给他写的信，你让万塞斯拉斯给你看看。两个相亲相爱的人如今分了手，人家非说是我一手造成的，这对我可是可怕的罪名，规矩的女人之间要是斗起来，用的都是这一招。一个女人并没有什么过错，只不过在她家里客人们都感到很愉快，可别人非要装出受了害的样子，把罪名强加到了她头上，真让人气愤。要是你爱我，你得让那对小夫妻重归于好，给我洗刷罪名。再说，我又不是非要接待你女婿不可，是你带他来的，现在再把他带回去吧！你要是在家里还是有一点儿威严的话，我觉得你完全可以让你太太出面，让小两口和好如初。请你转告那个好老太婆，若谁冤枉我，说是我拆散了那对小夫妻，闹得人家家庭不和，偷了丈人又偷了女婿，那我干脆就担当这个坏名声，以我的方式闹得他们不得安宁！莉丝贝特，不是说要离开我吗？……她宁可舍弃我，舍不得她堂姐那一个家，我不愿责怪她。她跟我说，要是小两口能重归于好，她就留在这儿。我们这下可糟糕了，这里的开销要增加两倍！……"

"噢！这事呀，我去处理。"男爵听了女儿家起的风波，说道。

"那好！"瓦莱莉继续说道，"还有事呢。高盖的位子怎么说？……"

"这事比较难办，虽说并不是不可能！"艾克托尔垂下眼睛，说道。

"不可能，我亲爱的艾克托尔，"玛纳弗太太凑近男爵的耳朵说道，"可你不知道玛纳弗会做出什么极端的事来，我现在是完全由他摆布了；他这个人缺德，跟大多数男人一样，只考虑自己的利益，而且还跟那些无能的小人一样，报复心特别重。你把我弄到这个地步，只好任他处治了。我不得不好好跟他甜蜜几天，他有可能守着我的卧房不走。"

于洛一听，吓了一大跳。

"除非当上科长，他才会让我安宁，这真卑鄙，可倒也符合逻辑。"

"瓦莱莉，你爱我吗？……"

"在我目前这种处境，还这样问，我亲爱的，这简直像是对下人的侮辱……"

"哎！要是我敢试着，哪怕仅仅是试着去央求元帅给玛纳弗一个位子，那我就什么都完了，玛纳弗也会丢了饭碗。"

"我一直以为亲王和你是至交呢。"

"当然是，他已经给我证明了这一点；可是，我的孩子，在元帅之上，还有某个人，还有整个内阁，比如……再等一段时间，我们采取迂回的手段，最后会达到目的的。要想把这事办成，得等别人有求于我的时机。到那个时候，我就可以开口了：我帮您，您也得帮我一个忙……"

"我可怜的艾克托尔，我要是把这话说给玛纳弗听，他一定会坏我们的事。喂，你自己跟他说去，告诉他得再等一等，我才不管这事呢。噢！我了解自己的命，他知道怎么来惩罚我，他一定会赖在我卧房里不走……别忘了给孩子的那笔款子，年利息要一千两百法郎。"

于洛感到自己的快活日子受到了威胁，忙把玛纳弗先生拉到一边；一想到这个死鬼会赖在小美人房间不走，他实在害怕，生平第一次收起了平素的那种傲慢的腔调，说道：

“玛纳弗，我亲爱的朋友，我们今天谈谈您的事儿！您一下子恐怕当不成科长……我们得等等。”

“我一定要当上，男爵先生。”玛纳弗斩钉截铁地说。

“可是，我亲爱的……”

“我一定要当上，男爵先生，”玛纳弗看看男爵，又看看瓦莱莉，冷冷地说道，“既然您逼得我妻子不得不跟我重修于好，我就把她留下了；我亲爱的朋友，她可迷人了。”他又可怕地嘲弄了一句，“我在这里是主人，比您在部里说话要更算数。”

男爵感到心里一阵痛苦，就像是牙痛病突然发作，疼得差一点儿落下了眼泪。

趁这短短的一幕上演的时间，瓦莱莉又凑着亨利·蒙泰斯的耳朵，把玛纳弗的所谓心思跟他说了一遍，这样也就可以打发他一段日子。

四个忠实信徒中，唯独克勒维尔仗着他那座经济实用的小公馆，没有吃她这一招；所以尽管瓦莱莉又是挤眉又是噘嘴，警告他不得放肆，他还是喜形于色，真的把什么也不放在眼里；可做父亲的那份得意全都写在了他的脸上。

瓦莱莉走了过去，在他耳朵边责怪了一句，他一听，连忙抓住她的手，回答说：

“明天，我的公爵夫人，那座小公馆你就可以到手了！……明天最后敲定价格。”

“那家具呢？”她嫣然一笑，问道。

“我在左岸有一千股凡尔赛股票，当初是一百二十五法郎一股买进的，有人给我透了消息，等到两条铁路一接通，每股可以涨到三百法郎！到时候你可以把屋子布置得像王后的宫殿！……那时你一定会只属于我一个人，是不是？……”

“是的，胖区长，”这个典型的庸俗女人笑着说，“可要规矩点！要尊重未来的克勒维尔太太。”

“我亲爱的堂姐夫，”莉丝贝特对男爵说，“我明天一大早就去阿德丽娜家，因为您也明白，我在这里再待下去就有失体面了。我去替您当元帅的哥哥管管家。"

"我今天晚上回家。"男爵说。

"那好！我明天来吃中饭。"莉丝贝特笑着说。

可悲的幸福

莉丝贝特知道第二天男爵家会有一场好戏，不能少了她出场。因此，第二天一大早，她就去了维克托朗家，跟他说了奥丹丝和万塞斯拉斯分居的事。

晚上十点半钟光景，当男爵回家时，忙了一个白天的玛丽埃特和露易丝正在关门，所以于洛进屋也用不着打铃了。

虽说要装出一副规矩的样子，他心里很别扭，但这个做丈夫的还是径直朝妻子的卧室走去；透过半开半掩的门，他看见她正跪倒在十字架前虔诚地祈祷，那种神情和姿态，让画家或雕刻家见了，肯定会喜出望外地加以表现，并从此出名。

阿德丽娜激动得大声呼喊着："我的上帝！求您的恩赐，给他指条路！……"

男爵夫人是在为她的艾克托尔祈祷。

见到这番情景，与他离开时有着天壤之别，又听到了因为白天发生的事而发自内心的这一祈求，男爵心里一软，叹了一口气。阿德丽娜转过身，只见她泪流满面。她真的以为是上帝满足了她的心愿，马上跃起身子，满怀幸福和激情紧紧地抓着她的艾克托尔。

阿德丽娜已经抛却了做女人的任何奢望，连回忆中都已充满痛苦。她心间只剩下母爱、家庭的荣誉和一个信基督教的妻子对一个误入歧途的丈夫最纯洁的爱，这是在女人心中永不泯灭的神圣的柔情。所有这一切，都不难想见。

"艾克托尔！"她说道，"你终于又回到我们身边了？是不是上帝对我们全家的怜悯？"

"亲爱的阿德丽娜！"男爵走进了卧室，让妻子坐在他的身旁，说道，"你是我见到的最圣洁的女人，我早就有愧于你了。"

"你不用费什么心的，我的朋友，"她握着于洛的手，浑身颤抖得厉害，像是有神经抽搐症，说道，"只要稍作努力，家里就可以和好如初……"

她不敢再往下说，因为她感到不管说什么，都是一种责备，她不忍心搅乱了这次见面给她精神上带来的莫大的幸福。

"我是为奥丹丝来的，"于洛接着说，"这个小丫头处事这么轻率，有可能会给我们增添更多的麻烦，比我跟瓦莱莉的荒唐事儿更糟糕。可我们明天再谈这些事吧。玛丽埃特跟我说奥丹丝已经睡了，我们就不惊动她了。"

"好的。"于洛太太说道，心里突然感到一阵深深的悲伤。

她猜想男爵这次回家，不是因为想要看看家人，而是出于别的目的。

"那就明天也不要惊动她了，因为可怜的孩子实在教人心酸，她哭了整整一天。"男爵夫人说道。

玛纳弗太太之流给别人的家庭造成的巨大不幸

　　第二天早上九点钟，男爵便差人唤他女儿来见他，他一边等着，一边在空荡荡的大客厅里踱着步，寻找着各种理由，想要说服她。可一个受了伤害的少妇，一旦固执起来，那便铁了心，是最难说服的，就像清白无辜的年轻人不知道上流社会的什么情欲和利害关系，才不理会他们那套卑鄙的两头讨好的手段。

　　"我来了，爸爸！"备受折磨的奥丹丝脸色惨白，声音颤抖地说。

　　于洛坐在椅子上，他搂着女儿的腰，要她坐在他膝上。

　　"哎，我的孩子！"他亲了亲女儿的额头，开口说道，"小两口拌了拌嘴，一气之下就什么也不顾了？……这可不是一个有教养的姑娘做的事。我的奥丹丝不应该连父母亲的意见都不问一声，就自己作那么重要的决定，又是离开家，又是要抛弃丈夫。要是我亲爱的奥丹丝先来看看她善良的好母亲，那就不致弄得我这么伤心了！……你不了解上流社会，它可太危险了。他们有可能会说是你丈夫把你赶回了父母家。像你这样在母亲膝下长大的孩子，比起别的孩子来，总是很难长大，你们都不知道什么叫生活！幼稚纯真的激情，比如你对万塞斯拉斯的痴情，往往什么都不多加考虑，仅凭一时的冲动，实在不幸。心里一冲动，脑子就跟着失去控制。为了报仇，连巴黎也放火去烧，忘了还有法庭！既然你的老父亲也跟你说你这样做有失体面，你应该相信才是；我内心深深的痛苦，还没有跟你提起过呢，可真让我心酸啊，你根本不了解那个女人的心，却把罪名强加到她头上去，她要是一狠起来，有可能会毒透了……唉！你呀，那么天真无邪，那么纯洁，你万万想不到，你有可能被人玷污，被人诽谤。再说，我亲爱的小天使，本来是开玩笑的事，你却那么当真，我可以向你担保，你丈夫是清白的。玛纳弗太太……"

至此，男爵像个深谙外交之道的行家，那番告诫的话说得非常婉转，令人叫绝。正如诸位所看到的，他斟酌再三，才提起这个名字，可奥丹丝一听到这个名字，马上像受到了致命伤似的浑身一抖。

"听我说，我有经验，什么都见过。"父亲没有容女儿开口，又继续往下说，"那位太太待你丈夫很冷。真的，你准是受了别人的骗，我这就给你证据。噢，昨天万塞斯拉斯在吃晚饭……"

"他在那儿吃晚饭？……"少妇马上站了起来，一脸惊恐的神色望着父亲，问道，"昨天！刚刚读完了我的那封信？……啊！我的上帝！……我当初为什么不进修道院做修女，而要结婚！我的命已经不再属于我自己了，现在有了个孩子！"她号啕大哭，又添了一句。

这涟涟的泪水落到了母亲的心上，她走出了自己的卧室向女儿奔去，把她抱在怀里，在痛苦之中，她傻傻地对女儿说了一番安慰的话，想到什么说什么。

"终于哭出来了！……一切也就好了！"男爵暗暗地想，"可女人一哭开，现在该怎么办呢？……"

"我的孩子，"男爵夫人对奥丹丝说，"听你父亲的，嗯？他爱着我们，你……"

"哎哟，奥丹丝，我亲爱的小姑娘，别哭了，老哭会变得很丑的。"男爵说，"看看你！要有点儿理智。乖乖地回到你家里去，我向你保证，万塞斯拉斯永远不会再进那个人的家。如果说原谅心爱的丈夫犯了一次最轻微的过失，也算是牺牲的话，那我求你了，你就牺牲一回！看在我这满头白发的分上，看在你对母亲的爱的分上，我求你……你总不愿意让我这老人过着伤心、痛苦的日子吧？……"

奥丹丝像疯了一样一下跪倒在父亲的脚下，那无比绝望的动作，使本来就没有扎好的头发全都披散了开来，她悲恸欲绝地朝父亲伸出双手说道：

"我的父亲，您是在要我的命！如果您愿意，您就拿去吧；可是，至少得让它清清白白，没有污点，这样我给了您，心里也高兴呀！不要让我受了辱，带着罪去死！我不像母亲！我忍不下别人的侮辱！要是我再回到那个小家去，我会嫉妒得让万塞斯拉斯憋死，或做出更糟的事来。不要逼我做我办不到的事，不要对着我这个活人哭！因为这至少会把我逼疯……我觉得我就要疯了！昨天！昨天！他刚刚看了我的信，就到那个女人家吃晚饭！……别的男人都是这种德性吗？……我把我的命给您，但不能死个不明不白，蒙受耻辱！……他的过失？……轻微的！……跟那个女人都有了孩子！"

"有了孩子？"于洛往后退了两步，说道，"哎哟！这肯定是个玩笑。"

就在这时，维克托朗和贝姨进了门，看见眼前这场面，一时目瞪口呆。女儿跪在父亲脚下。男爵夫人顾了母女情，又顾不了夫妻情，左右为难，什么话也说不出口，泪流满面，一脸惊恐不安的神色。

"莉丝贝特，"男爵拉过老姑娘的手，给她指了指奥丹丝，说道，"你能不能来帮帮我。我可怜的奥丹丝昏了头，她觉得她的万塞斯拉斯给玛纳弗太太爱上了，可她不过是想要他一组雕像而已。"

"叫达莉拉！"少妇嚷叫道，"我们结婚以来，他一口气雕成的唯一就这一件东西。可这位先生不能为我，为他的儿子干活，却偏偏给那个贱女人干得那么带劲儿……噢！就要了我的命吧，父亲，因为您的每一句话都是一刀。"

莉丝贝特对着男爵夫人和维克托朗，给他俩指了指正面看不到她的男爵，怜悯地耸了耸肩。

"听我说，姐夫，"莉丝贝特开口说道，"您当初求我住到玛纳弗太太楼上去，帮她理一理那个家，我真还不知道她是个什么样的人；可是，三年来，我了解了很多事情。这个女人是妓女！是个不要脸的妓女，也只有她那个丑陋无耻的男人可以跟她相配。你受骗了，成了他们那种人在锅里熬着的肥肉，您根本想不到他们会把您引到什么路上去！得跟您什么都说透了，因为您已经陷入了深渊。"

一听到莉丝贝特这番话，男爵夫人和她女儿朝她投去了感激的目光，就像虔诚的教徒感谢圣母救了她们的命。

"那个可怕的女人，她想折腾得您女婿一家不和，这到底出于什么利害关系呢？我一点儿也不清楚；因为我这个人脑子太笨了，看不透那些阴谋诡计，那是多么恶毒、卑鄙、无耻啊。您的玛纳弗太太根本就不爱您的女婿，可她出于报复心，想要他跪到她面前。我刚才已经骂过那个可耻的女人了，她活该。那是个不知廉耻的妓女，我已经跟她明说了，我要离开她那个家，我要离开那个泥坑，保全我的名誉……不管怎么说，我是这个家的人。我一听说我的小外甥女离开了万塞斯拉斯，我就赶来了！您还把那个瓦莱莉当成个圣女，可好端端一个家就是她拆散的，真可恶；我还能待在那种女人家里吗？我们亲爱的小奥丹丝，"她有意碰了碰男爵的胳膊，说道，"也许是上了那种女人的当，她们那种女人，为了得到一件珠宝，都会不惜牺牲别人美满的一个家。我并不认为万塞斯拉斯有罪，可我觉得他这人心软，遇到这种变着法子卖弄风情的女人，我不敢说他就不会上当。我已经打定主意了。那个女人是在害您，她会把您弄到睡草垫的地步。我不愿意给人造成印象，好像我是帮着毁了这个家，三年来，我可能是一直在避免这种结局啊。您受骗了，姐夫。您要是斩钉截铁，说再也不去插手那个卑鄙的玛纳弗先生任命的事，那您就走着瞧吧，不知会出什么祸！他们早就准备好这一步，要狠狠地敲您一顿呢。"

莉丝贝特扶起小外甥女，热烈地拥抱着她。

"我亲爱的奥丹丝，要挺住。"她凑着奥丹丝的耳朵说。

男爵夫人像是一个报了仇雪了恨的女人，激动地亲了亲贝姨。

全家围着他这个做父亲的，默默地谁也不作声，他相当聪明，自然明白这一沉默的含义。突然，他脑门上、脸上阴云密布，显得怒不可遏，连血管都一根根暴起，双眼血红，脸色铁青。

阿德丽娜连忙跪倒在他的跟前，握住他的双手，哀求道：

"我的朋友，我的朋友，行行好！"

"我已经成了你们的恶人！"男爵不由自主地发出了良心的呼喊。

我们做了什么错事，心里都是明明白白的。受害者出于报复心理，对我们的憎恨，我们也能猜出个大概；尽管我们竭尽全力伪装自己，但在突如其来的拷问之下，我们的舌头或脸色就会招供，就像从前的罪犯，在刽子手的手中乖乖招供。

"我们的孩子最终都成了我们的仇敌。"他又想翻供，说道。

"父亲……"维克托朗喊道。

"你打断了你父亲的话！……"男爵盯着他儿子，以惊雷般的声音吼道。

"我的父亲，请听我说，"维克托朗拿出清教徒众议员的那种坚定而清晰的声音，说道，"我完全知道我应该尊重您，决不会失礼，您的儿子永远是天底下最顺从最听话的。"

凡是旁听过国会会议的人，都知道国会斗争的惯用手段，这类啰唆的废话，往往是用来平息对手的怒火，以争取时间。

"我们远远不是您的仇敌，"维克托朗说道，"为了从沃维纳手中赎回那张六万法郎的借据，我已经跟我岳父克勒维尔先生闹翻了，毫无疑问，这笔钱肯定在玛纳弗太太手里。噢！我的父亲，我没有一点儿指责您的意思，"见男爵一挥手，维克托朗又补充了一句，"可是，我想跟莉丝贝特一样，也说几句，给您提个醒儿，虽说我们对您的忠诚是盲目的，是无限的，但是我的好父亲，可惜我们的财源是有限的。"

"钱！"痴情的老头经不住这番驳斥，跌坐在一张椅子上，说道，"这就是我的儿子！你的钱会还给你的，先生。"他猛地站了起来，说道。

说罢，他往门口走去。

"艾克托尔！"

听到这一声喊叫，男爵转过了身，泪流满面地看着妻子，妻子在绝望之下，紧紧地抱着他。

"别这样走……不要气呼呼地离开我们。我可什么也没有说你，我！……"

两个孩子随着这一恐怖的呼喊，一齐跪倒在父亲的面前。

"我们都爱您。"奥丹丝说。

莉丝贝特酷似一尊雕像，一动不动，嘴角挂着一丝冷笑，打量着这一家人。

这时，于洛元帅进了门厅，传来了他的声音。全家都明白事情非同小可，得瞒着他，刹那间，眼前换了一个景象。

两个孩子连忙站了起来，一个个竭力掩饰住激动的情绪。

宠妃的历史缩影

门口响起了玛丽埃特和一个士兵的争执声，那个当兵的急得直嚷，女厨娘只得进客厅禀报：

"先生，有一个军需兵，是从阿尔及尔来的，非要跟您说话。"

"让他等着。"

"先生，"玛丽埃特凑着主人的耳朵说，"他让我悄悄地告诉您，事关你的叔父。"

男爵浑身一惊，两个月来，为了还那笔钱债他私下里一直问叔父要钱，他以为是给他送钱来了，遂马上丢下家人，朝门厅跑去，看到了一张阿尔萨斯人的脸。

"是于洛男爵先生吗？"

"是的……"

"男爵本人吗？"

"是他本人。"

军需兵边说边翻帽子的夹层，从里边掏出一封信，男爵迫不及待地拆开，看到信中写道：

> 我的侄婿，我不但无法给您送上您要的十万法郎，要是您再不采取断然的措施来救我，那连我自身的位子也难保了。我们头上有一位检察官，他嘴边上尽挂着什么道德良心，对我们的机构吹毛求疵。实在没办法让那个家伙闭嘴。若陆军部让那些穿黑袍的捆住了手脚，那我就死定了。送信的士兵很可靠，您要想办法给他晋级，因为他给我们效了力。千万别让我落到那帮黑乌鸦嘴里！

这封信不啻是晴天霹雳，男爵从中已经看到，阿尔及利亚政府中军方与文官之间的你争我夺开始明朗化了，他不得不立即想出一些救急的办法，以医治目前已经开裂的创伤。

他让士兵第二天再来，一边向他许诺，说一定给他晋级。把他打发走之后，男爵回到了客厅。

"你好，大哥，"他对元帅说，"再见，我的孩子，再见，我的好阿德丽娜。你怎么办呢，莉丝贝特？"他问道。

"我呀，我去给元帅管家去，反正我这一辈子死了也得伺候你们，不是给这位，就给那位。"

"在我跟你见面之前，不要离开瓦莱莉。"于洛凑到贝姨耳边说道，"再见了，奥丹丝，我这个不听话的小丫头，尽量理智一点儿，我有重要的事情要马上处理，你们小两口的事，我们以后再说。你好好想一想，我亲爱的小猫咪。"他亲了亲女儿。

说罢，他离开了妻子和儿女，走时显得那么慌慌张张，他们见了心里非常不安。

"莉丝贝特，"男爵夫人说，"得弄清楚艾克托尔到底出了什么事，我从来没有见他这么紧张过；你在那个女人家再待个两三天；他跟那女人无话不说，这样，我们就可以了解到他为什么突然间慌成那个样子了。你放心吧，你跟元帅的婚事我们会安排好的，因为这门亲事是非结不可了。"

"我永远忘不了你今天早上表现出的勇气。"奥丹丝亲了亲莉丝贝特。

"你给我们可怜的母亲出了口气。"维克托朗说。

元帅打量着他们对莉丝贝特的这股亲热劲儿，觉得很奇怪。莉丝贝特回去后把这一幕一五一十全搬给了瓦莱莉听。

看了上面这一简要的描写，心灵纯洁的人们不难看到玛纳弗太太之流的女人对别的家庭造成的种种伤害，还可以看到她们是用什么手段去损害那些表面上与她们毫不相关的、可怜的规矩女人的。

诸位不妨设想一下，若把这种种纠纷移到社会的上层，移到君王的身边去；想一想那些宠妃有可能造成的后果，要是君王能够作出守德持家的表率，那完全可以想象，平民百姓对他们该会如何感恩戴德。

五位父亲中有一位胆大包天

在巴黎，每一个部机关都是一座小城，女人不准入内；但是，那儿却照旧飞短流长，有的是恶言恶语，仿佛里面还是住着女人。三年之后，玛纳弗先生的位子问题差不多已被戳穿，被亮出老底，各个科室都在打听：玛纳弗先生到底会不会接替高盖先生？绝对像在从前的国会里，一个个都在议论：国王和王太子的年俸提案到底能不能通过？

大家都在观察人事局的动静，于洛男爵局里发生的一切，被打探得一清二楚。若要提升玛纳弗，直接受害的是一个很能干的公务员，精明的国务参事早把此人拉拢到自己身边，对他说，只要他愿意代作玛纳弗的差事，那个位子一定由他来接替，并说玛纳弗已经是个快死的人了。于是，这个公务员在暗中拼命为玛纳弗效劳。

于洛穿过了会客厅，里面挤满了候见的人，他一眼看见了待在角落里的玛纳弗那张苍白的脸，便第一个把他叫了进去。

"亲爱的，您对我有何要求？"男爵掩饰住内心的不安，问道。

"局长先生，各个科室都在嘲笑我，因为大家刚刚得到消息，听说人事局长由于身体方面的原因，今天请假外出休养了，这一走要一个月左右。要等一个月，谁都知道这是什么意思。您是故意让我的仇敌来看我的笑话，我这只鼓一面给人敲就够受了，要是两面一起敲，局长先生，那就可能要敲破了。"

"我亲爱的玛纳弗，要达到一个目的，必须要有很大的耐心才行。即使您有可能当上科长，至少也得再过一两个月。在我不得不巩固自己的地位的关头，我总不能去要求给您晋级，引起众人的愤慨吧！"

“要是您砸了，我就永远当不成科长了。”玛纳弗先生冷冷地说，“让人给我任命，别的就不谈了。”

　　“难道我非得为了您而牺牲我自己？”男爵问道。

　　“要不然，那我就对您失去幻想了。”

　　“您也太过分了，玛纳弗先生！……”男爵站起身来，指着门对副科长说。

　　“鄙人给您行礼了，真不胜荣幸，男爵先生。”玛纳弗低声下气地说。

　　“好一个无耻的小人！”男爵自言自语道，“就像是警告，限时二十四个小时交钱，不然就扫地出门。”

别的警告

两个小时后，男爵刚刚给克洛德·维尼翁作了交代，想派他去司法部了解若翰·费希所在军事辖区司法当局的情况，这时，莱纳推开了局长先生办公室的门，给他送了一封小巧的信，要他赶紧回话。

"派莱纳出马！"男爵心里想，"瓦莱莉是疯了，她会把我们全都害了的，那个可憎的玛纳弗晋级的事也会被搅坏了。"

他送走了部长的私人秘书，念起了信来：

　　啊！我的朋友，我刚刚遭受了多么可怕的一幕；如果说你三年来给了我幸福，那么我这下已经付出了沉重的代价！他气呼呼地从办公室回到家里，让人见了都发抖。我知道他长得很丑，可今天见到他，简直就是魔鬼。他嘴里剩下的那四颗真牙咬得咯咯直响，威胁我，说我要是再接待你，他就守着我，真恶心。

　　我可怜的猫咪，唉！我们家的大门从此就要给你关上了。你可以看到我的泪水，滴滴泪水落到了信纸上，把纸都湿透了！我心爱的艾克托尔，你还能看清我的信吗？

　　啊！当我拥有了你生命的一部分，以为拥有了你的心的时候，却再也见不到你，要跟你断了关系，岂不是要我去死。想想我们的小艾克托尔吧！别抛弃我，不要为了玛纳弗而毁了自己的名誉，不要屈服于他的威胁！啊！我从来没有像现在这样爱你！我想起了你为你的瓦莱莉所作的一切牺牲，你的瓦莱莉不会忘恩负义的，永远也不会：你现在是，将来也永远是我唯一的丈夫。我们可爱的小艾克托尔几个月后就要出世了，我为他要的那笔利息为一千两百法郎的存款，你不要再挂在心上……我再也不愿让你破费了。再说，我的财产永远都是你的。

啊！你若像我爱你这样爱着我，我的艾克托尔，等你退休后，我们就抛开彼此的家庭，丢开我们的烦恼和周围恨透了的亲戚，我们带上莉丝贝特，找一个漂亮的地方去生活，比如去布列塔尼，反正，一切都遂你的意。在那儿，我们谁也不见，离所有的人都远远的，一定会很幸福。有你的退休金，再加上我名下的那点钱，足够我们花了。你现在变得好嫉妒了，唉！好了，到时你可以看到，你的瓦莱莉会一心用在她的艾克托尔身上，你再也用不着像那天一样动气嚷叫了。

我这辈子只要一个孩子，那就是我们的，你就放心吧，我心爱的老军人。

不，你想象不出我气成什么样子，因为得知道他是怎么待我的，他满嘴脏话，辱骂你的瓦莱莉！那些话写出来都会玷污了这张纸；像我这样一个女人，蒙特科纳元帅的女儿，一辈子决不应该听到一句那样的脏话。噢！他把我当成了你，把所有的气都撒在了我的身上，简直不可思议，我恨不得你在场，好好惩罚他。要是我父亲在，准会给那个可怜虫一刀，我呀，也只能尽一个女人的能力：疯狂地爱着你！

我亲爱的，在我目前这种气头上，我绝对不可能舍弃你。是的！我要偷偷地见你，天天都要见！我们这些女人，就是这个脾气：我跟你一样恨他。行行好，要是你爱我，千万不要让他当科长，让他到死也是个副科长！……此时，我的脑袋已经不再属于我了，我还听到他的辱骂声。贝特本来要离开我，见我可怜，准备留下来再待几天。

我的好宝贝，我不知道该怎么办。我看只有出走了。我向来喜欢乡村，去布列塔尼，或者去朗格多克，随你到什么地方，只要我能自由地爱你。

可怜的猫咪，我真为你感到可怜！你如今不得不回到你那个老太婆阿德丽娜身边去，守着那只泪壶，那个魔鬼肯定跟你明说了，他要日夜盯着我；他甚至还提到了警察局！别来了！我知道，一旦他拿我做最可耻的交易，那他什么事都可以做得出。所以，你慷慨施予我的一切，要是行的话，我想全都还给你。

　　啊！我的好艾克托尔，我也许卖弄过风骚，在你眼里显得很轻薄，可你不了解你的瓦莱莉；她虽说喜欢折磨你，可天底下她最爱的是你。

　　谁也不能阻挡你来看你的小姨，我这就跟她去商量我们见面相谈的办法。

　　我的好猫咪，既然你不能上门来，那行行好，求你给我写几句,安慰安慰我……（噢！要是能把你留在我们的长沙发上，要我牺牲一只手也心甘。）对我来说，你的一封信就等于一道护身符；给我写几句吧，带上你整个美丽的灵魂，我会把信还给你的，因为必须小心才是，我不知道该把信往哪里藏，他到处乱翻。总之，安慰安慰你的瓦莱莉，你的妻子，你孩子的母亲吧。

　　原来天天见你的面，如今不得不给你写信。我对莉丝贝特说:"过去我都不知道自己有多幸福。"千般地爱你，我的猫咪。好好爱

你的瓦莱莉

　　"流了多少泪水啊！……"于洛读完了信，心里在想，"湿得连她的名字都看不清了。"

　　"她怎么样了？"他问莱纳。

　　"太太在床上，她不停地抽搐，"莱纳回答说，"神经病一发作起来，太太全身便缩得像捆柴的绳索，写完信后，又发作了一场！噢！是因为哭的……先生的嗓门高得连在楼梯上都能听见。"

　　男爵在慌乱之中，在印有抬头的公文笺上写了下面一封信：

放心吧，我的天使，他到死也只是个副科长！

你的想法好极了，我们一起去生活，离巴黎远远的，跟我们的小艾克托尔在一起，我们会很幸福的；等我退休之后，我定会在铁路部门找到一个好位子。

啊！我可爱的朋友，读了你的信，我感到自己都年轻了！噢！我要重新开始生活，你到时看吧，我一定会给我们可爱的小宝贝挣一份家业。你的信，比《新爱洛绮丝》中的信还要热烈千倍，读着你的信，竟出现了奇迹：我原以为我对你的爱已经无可复加了。今天晚上，你一定会在莉丝贝特家见到

你永生的艾克托尔

莱纳带走了这封回信，这是男爵写给他可爱的朋友的第一封信！

类似的激情往往有力量与远处已传出风声的灾难抗衡；眼下，男爵自以为有把握，可以解除对他叔父若翰·费希的威胁，于是一心只忙着解决自己的亏空问题。

波拿巴党人的性格特征之一，就是笃信利剑的力量，坚信军人总在那些文官之上。阿尔及利亚是陆军部统治的天下，于洛根本瞧不起那位检察官。人总是沉湎于自己的过去。帝国禁卫军军官们岂能忘记，当年对过境的帝国禁卫军，帝国各大城市的市长，皇上委派的行政长官和那些小皇帝们无不是远道欢迎，毕恭毕敬，以君主的厚礼相待。

闭门羹

四点半钟，男爵直奔玛纳弗太太家；上楼的时候，他就像个小伙子，心儿怦怦直跳，脑子里一直在考虑这个问题："我到底能不能见到她的面？"此时，他怎能还想得起早晨全家泪水涟涟跪倒在他脚下的情景？他把瓦莱莉的信藏在一只薄皮夹里，已经永远地铭刻在他的心头，此信难道还不足以向他证明，他比天底下最可爱的青年更受人爱吗？

男爵打了铃，可不走运，他听到了病鬼玛纳弗的拖鞋声和恶心的咳嗽声。玛纳弗打开门，马上摆起了架势，对于洛指了指楼梯，那手势跟早上男爵对他指着办公室的门一模一样。

"您也太过分了，于洛先生！……"玛纳弗说。

男爵想进门，玛纳弗从口袋里掏出一把手枪，把子弹推上了膛。

"国务参事先生，当一个人像我这样卑贱，您认为我卑贱，对不对？要是出卖了名誉，却收不回全部的钱，那他宁肯被判做苦役犯也不会罢休的。您想要开战，那好，就来个你死我活，毫不留情。您不要再来了，别想进这个门：我已经把我们俩的情况报告了警察局。"

说着，他趁于洛男爵一时发愣，把他推了出去，关上了门。

"十足的无赖！"于洛一边自言自语，一边上楼去莉丝贝特家，"噢！我这下明白那封信了。瓦莱莉和我一起离开巴黎。这后半辈子瓦莱莉就守着我了，她会让我合上眼睛的。"

莉丝贝特不在家里。奥利维埃太太告诉于洛，说她上男爵夫人家找他去了，因为她想男爵先生一定在太太家。

"可怜的姑娘！我真想不到她会像今天早上那样精。"男爵想起了莉丝贝特的表现，一边从瓦诺街往甫吕梅街赶。

在瓦诺街和巴比伦街的拐角处，他看了看那座伊甸园，可怜他被手持法律这把利剑的许门①赶了出来。

瓦莱莉站在窗口目送着于洛；当他抬起头，她朝他挥了挥手帕；可该死的玛纳弗一巴掌打掉了他妻子头上的软帽，猛地把她从窗口拖了进去。国务参事眼里渗出了一滴泪水。

"都快七十岁的人了，受到这样的爱！眼看着人家虐待一个女人！"他自言自语道。

莉丝贝特刚才是上门去给全家通报好消息的。阿德丽娜和奥丹丝已经得知，男爵怕在部里的人眼里丢尽了脸面，不想任命玛纳弗当科长，这样，迟早要被那个成了死对头的丈夫逐出家门。

阿德丽娜自然开心，吩咐一定要把晚饭做好，让她的艾克托尔觉得在家比在瓦莱莉家吃得更美。忠心耿耿的莉丝贝特帮了玛丽埃特的忙，办成了这件棘手的事。

贝姨由此而成了崇拜的偶像。母女俩吻着她的手，告诉她元帅已经同意让她去做管家，那份高兴的劲儿，实在让人感动。

"我亲爱的，从当管家到成为他的妻子，也就差一步了。"阿德丽娜说。

"反正，当维克托朗跟他提这件事的时候，他没有说不行，"德·斯坦勃克伯爵夫人补充说。

男爵在家里受到了欢迎，家里人对他表现出的那份亲情是那么热烈，那么感人，充满了深深的爱，他只得掩饰住内心的忧愁。元帅来这吃晚饭，于洛也就不走了。维克托朗和他妻子也来了。他们一起玩起了惠斯特牌戏。

"艾克托尔，"元帅神情严肃地说，"你已经很久没有在晚上跟我们这样一起玩了！……"

老军人很宠爱他的弟弟，这句话出自他的口中，虽不那么明确，

---

① 希腊神话中人物，婚姻之神，阿波罗和卡利俄珀或乌拉尼亚的儿子。

但带有责备他弟弟的意思，大家听了都深有感触。不难想见，心头那深深的巨大创伤之中，有着各种各样的隐痛，彼此间都有牵扯。

八点钟，男爵想亲自送莉丝贝特回去，答应一定马上回来。

"哎！莉丝贝特，他虐待她！"男爵在街上对她说，"啊，我从来没有像这样爱着她。"

"啊！我也没有想到瓦莱莉竟会这样爱着您！"莉丝贝特回答说，"她为人轻浮，好卖弄风骚，喜欢被人追求，她自己也说过，她就喜欢别人跟她玩弄爱情的喜剧；可是，您是她唯一倾心相爱的人。"

"她有什么话要你转告给我？"

"是这样的，"莉丝贝特继续说道，"您知道她曾经对克勒维尔有过好意；可不要责怪她，那是迫不得已，是免得以后老了过苦日子；她打心眼里厌恶他，现在差不多已经完了。不过，她还留着那套房子的钥匙。"

"是在太子街！"于洛开心地叫了起来，"凭这一点，我就可以把她让给克勒维尔……我去过那里，我知道……"

"钥匙就在这里，"莉丝贝特说，"明天白天您让人再配一把，要是行，就配两把。"

"然后呢？……"于洛贪婪地问。

"然后嘛，明天我还来跟你们一起吃晚饭，您把瓦莱莉的钥匙还给我（因为克勒维尔老头可能会把他给的那把钥匙要回去的），后天你们就可以见面了；你们自己的事，到那儿再好好谈。您尽管放心好了，因为那儿有两个出口。万一克勒维尔像他自己所说的，有摄政王派的习惯，碰巧从走廊那头撞进来，您可以从小铺子那一头出去，反之也一样。好了！老坏蛋，您这一切全靠了我。您用什么来报答我？……"

"你要什么都行！"

"那好！不要反对我跟您大哥的亲事！"

"你，于洛元帅夫人！你，德·福兹海姆伯爵夫人！"艾克托尔惊诧地叫了起来。

"阿德丽娜是实实在在的男爵夫人吗？……"贝特以尖酸可怕的腔调回答道，"听着，老风流鬼，您知道您的事情目前已到了什么地步！您的家里人有可能连吃的也没有，一个个都掉进了泥坑里……"

"我就害怕这一点！"于洛激动地说。

"要是您大哥死了，谁来接济您太太和您女儿？一个法兰西元帅的遗孀至少可以领六千法郎的抚恤金，对不对？那么，我结婚呢，也就是为了保证您太太和您女儿有吃的，您这个老糊涂！"

"我还没有想到过有这么一个好处！"男爵说，"我一定跟我哥哥好好说说，因为我们都相信你……告诉我的天使，我这一辈子就是她的了！……"

男爵见莉丝贝特走进了瓦诺街，马上回家又接着玩惠斯特牌，留在家里没有走。

男爵夫人高兴极了，看来丈夫又回到了家庭生活之中，因为一连有半个月时间，他每天上午九点钟出门去部里，傍晚六点钟回家吃晚饭，晚上跟家里人在一起。有两次，他还带阿德丽娜和奥丹丝去看戏。

母女俩请人做了三次感恩弥撒，祈求上帝把已经送还给她们的丈夫和父亲永远留在她们身边。

惊醒

一天夜晚，维克托朗·于洛见他父亲上床去睡觉了，对母亲说：

"噢，我们真幸福，父亲又回到了我们中间；所以我妻子和我对我们的那笔钱也就没有什么惋惜的了，只要这……"

"你父亲马上就要七十岁了，"男爵夫人回答说，"他还想着玛纳弗太太，这我看得出来；可不久他就再也不会想她了；对女人的痴情不像赌博、投机或者吝啬，它是有期限的。"

美丽的阿德丽娜——说她美丽是因为她虽然已年过半百，而且又有那么多伤心的事，但始终是那么美——在这一点上是错了。大自然往往赋予好色之徒以超常的爱的能力，他们几乎从来没有年龄的限制。

就在这一段守德的时间，男爵先后三次去了太子街，他决没有七十岁老人的样子。炽烈的痴情使他返老还童，他把自己的荣誉，自己的家庭，总之，把所有的一切都交给了瓦莱莉，没有丝毫的遗憾。

但是，瓦莱莉完全变了一个人，她再也没有提起钱，也没有谈起给他们的儿子一千两百法郎年金的事，相反，她还给男爵金子，深深地爱着他，像一个三十六岁的女人爱着一个学法律的大学生，那学生虽说很穷，但英俊、风流、多情。

而可怜的阿德丽娜却以为重新征服了她亲爱的艾克托尔！

两位情人第四次幽会的时间是在第三次见面的最后一刻约定的，就像从前意大利喜剧院在演出终场时宣布第二天的节目。约定的时间为早上九点。

为了这一幸福的时刻，痴情的老人只得忍受家庭生活，然而，就在他盼望到来的那一天的早上八点钟光景，莱纳上门求见男爵。

于洛担心出了什么祸，赶紧上前去迎莱纳，可莱纳不愿进屋。忠心耿耿的贴身女仆交给了男爵一封信，信中写道：

> 我的老军人，不要去太子街，我们的恶魔病了，我得照料他，请在今晚九时去那儿。克勒维尔现在科尔贝伊的勒巴先生府上，我肯定他不会把哪个公主带到他小公馆去的。我已经为今晚作了安排，只要在玛纳弗醒来之前赶回家就行了。这样安排行不行，请你给我一个回话，因为你那个哭哭啼啼的妻子说不定已经不像以前那样给你自由。据说她还那么漂亮，你完全有可能会背叛我，你这个风流鬼！把我的信烧掉，现在我对什么都不放心。

于洛动笔写了一封短短的回信：

> 我亲爱的，我已经跟你说过，二十五年来，我妻子从来没有妨碍过我寻欢作乐。为了你，我可以牺牲一百个阿德丽娜！今晚九点钟我一定准时到克勒维尔庙里恭候我的女神。但愿副科长早日断气！到时我们就再也不分离，这就是你的艾克托尔心头最大的愿望。
>
> 你的艾克托尔

晚上，男爵对他妻子说他要去圣克鲁跟部长一起办公，恐怕要到清晨四五点钟才回家。紧接着，他去了太子街。当时是六月底。

很少有人真正体验过赴死的可怕感觉，从断头台上活着回来的人屈指可数；但是某些人在梦中亲历过这种大难临头的场面，他们对一切都有着真切的感觉，直到铡刀架在脖子的那一刻，钟声响起，白日来临，最终把他们从梦境中解救出来……

然而，清晨五点，国务参事睡在克勒维尔那精美雅致的床上时所感觉到的，远比上断头台，面对着一万个看客射出的两万道火一般的目光更可怖。

瓦莱莉正睡着，那姿态煞是迷人。她很美，就像那些相当美丽的女人熟睡时显出的风情万种的美。这无异于艺术闯入了自然界，是一幅自然天成的图画。

男爵平躺在床上，两只眼睛离地两三尺远；他和所有清晨突然醒来动起心事的人一样，眼睛四处乱转，无意间落在了房门上，门上画满了花卉，那是根本不把名声放在眼里的艺术家雅纳的手笔。男爵没有像上断头台的死囚那样看见两万道目光，而只是碰见了一道，可这一道真的要比广场上那万人射出的目光更为锋利。

这种在寻欢作乐兴头上的被刺感觉，比死刑犯的感觉更罕见，若是那些郁郁寡欢的英国人碰到了，十有八九会付出惨痛的代价。男爵还是平躺在床上，可他吓出了一身冷汗，整个儿湿透了。他想不愿相信这是真的，可那只杀人的眼睛却发出了话声！门后有一个声音在低语。

"除非是克勒维尔想跟我来个恶作剧！"男爵心里在想，此时，他已经确信这庙里肯定还有一个人。

门突然开了。在布告上位置仅次于王权之威严的法国法律，此刻化成了一个矮小的警长，后面跟着一个瘦长的治安法官，这两位都是由玛纳弗老爷领来的。

麸皮、二罗面粉和三罗面粉

警长脚蹬皮鞋，鞋面系着花式扣，上面是一颗黄脑壳，头发少得可怜，一看就是一个狡猾的家伙，为人轻薄，但脸上总堆着笑，巴黎生活对他来说绝没有秘密可言。他戴着眼镜，两只眼睛透过镜面，射出精明狡诈而又含讥带讽的目光。

治安法官原来是个诉讼代理人，向来喜好女色，对被告非常嫉妒。

"请原谅我们部门的铁面无情，男爵先生！"警长说道，"我们是根据原告的请求而来的。打开屋门时有治安法官先生在场做证。我知道您是谁，也知道女犯是何许人。"

瓦莱莉睁开惊愕的双眼，发出女戏子们演戏装疯时发明的那种刺耳的喊叫声，在床上抽搐起来，身子扭成一团，就像中世纪魔鬼附身的女人穿着硫黄衣在火堆上受刑一般。

"死定了！……我亲爱的艾克托尔，要上轻罪法庭？噢！决不行！"

她一下跳了起来，像团白云似的从三个看客中间穿了过去，蜷缩到小柜子下，双手捂着脑袋。

"完了！死定了……"她喊叫着。

"先生，"玛纳弗对于洛说，"要是玛纳弗太太成了疯子，您就不仅仅是个风流鬼，而是个杀人凶手了……"

一个男人在一张不属于自己，甚至也不是租来的床上，跟一个也不属于自己的女人在一起，被人当场抓住，还能有什么法子呢？

"治安法官先生，警长先生，"男爵不失尊严地说，"请先照顾好这个不幸的女人，我看她的精神面临着错乱的危险……等会你们再笔录口供。所有的门无疑都关上了，鉴于我们目前的情况，你们不用担心她和我会跑了……"

两位公务员接受了国务参事的指令。

"过来跟我说说清楚，可悲的奴才！……"于洛一把抓住玛纳弗的胳膊，把他拉到了身边，低声对他说道。

"杀人凶手可不是我！是你！你是想当科长，想要荣誉勋位四等勋章吧？"

"这是主要的，我的局长大人。"玛纳弗点了点头，回答道。

"这一切你都会有的，安慰好你的妻子，把这两位先生打发走。"

"不行，"玛纳弗机智地回答道，"这两位先生得做现场犯罪笔录，这可是我申诉的基本依据，要是没有这份材料，那我可怎么办呀？上层的人就好作弊。您偷了我老婆，却不让我当科长。男爵先生，我给您两天的时间把事办成，这儿是几封信……"

"几封信！……"男爵喊叫了起来，打断了玛纳弗的话。

"是的，这几封信可证明我老婆肚子里现在怀着的孩子是您的……您明白了吗？您必须也给我儿子一笔合法的年金，以补偿那个杂种从他手中夺走的那一部分损失。不过，我这个人还是有分寸的，这跟我毫不相关，我才不会为当什么父亲飘飘然呢！我！一百路易的年金就够了。我明天上午就得接高盖先生的位子，在七月庆典受封的名单上必须要有我的名字，要不……这份诉讼笔录将连同我的诉状一起送到检察院。我是个善良的王子，对不对？"

"我的上帝！多漂亮的女人！"治安法官对警长说，"她要是疯了，这对世界可是个多大的损失啊！"

"她一点儿也不疯。"警长以训斥的口气回答道。

警察永远都是怀疑的化身。

"于洛男爵先生中了别人的圈套。"警长又添了一句，声音相当高，故意想让瓦莱莉听到。

瓦莱莉朝警长瞪了一眼，如果目光能够射出她眼中的怒火的话，那准能要了他的命。警长微微一笑，他也设了一个圈套，这女人落了进去。

玛纳弗请他妻子回卧房去把衣服穿好，因为他和男爵已经就所有的问题达成了协议。男爵穿上了睡衣，来到了外面的屋子。

　　"先生们，"他对两位公务员说，"我用不着多说，请你们保守秘密。"

　　两位司法人员弯了弯腰。警长轻轻地敲了两下门，书记应声进了屋子，坐在了小柜子台前，开始笔录下警长低声口述的内容。

　　瓦莱莉还在伤心地哭泣。等她穿好衣服，于洛进了卧房去穿衣。这时，笔录也做好了。

　　玛纳弗想把他妻子带回去；可于洛以为这是见她最后一面了，打了个手势，请求他们行个好，让他再跟她说几句话。

　　"先生，太太已经让我付出了相当大的代价，您总允许我跟她道个别吧，当然，是当着诸位的面。"

　　瓦莱莉上前，于洛凑到她的耳边说道：

　　"我们也只有逃了；可怎么联系呢？我们都被出卖了……"

　　"是莱纳干的！"她回答说，"可是，我的好朋友，这次出了事，我们就再也不得见面了。我丢尽了面子。再说，别人一定会跟你说我的坏话，你也会相信的……"

　　男爵做了个否认的动作。

　　"你会相信的，我只有请老天帮忙了，因为这样你或许不会太后悔跟我相好一场。"

　　"他不会到死还是个副科长！"玛纳弗对着国务参事的耳朵说，一边拉过妻子，对她粗声粗气地说：

　　"够了，太太，我虽说对你心软了点，可决不愿意在别人面前当傻瓜。"

　　瓦莱莉离开了克勒维尔的小公馆，走时朝男爵投出最后一眼，那目光妖媚无比，他以为自己还被她深深地爱着呢。治安法官十分殷勤地把手伸给了玛纳弗太太，把她领到了马车上。

外科手术

男爵还得在笔录上签字，目瞪口呆地愣在那里，屋里只剩下了他和警长。待国务参事签好了字，警长从眼镜上方射出了目光，神色狡诈地看了看他。

"您很爱这位小太太吧，男爵先生？……"

"可让我倒了霉，您瞧……"

"要是她并不爱您呢？"警长接着说，"要是她欺骗了您呢？……"

"我早就知道的，就在这里，先生，就在这个地方……克勒维尔先生和我把话都挑明了……"

"啊！您知道是在区长先生的小公馆里。"

"一点儿也不错。"

警长微微一抬帽子，向老人致意。

"您太痴情了，我不多嘴了。"他说道，"我向来尊重根深蒂固的嗜好，就像医生对痼……疾一样……我发现银行家纽沁根也染上了这类嗜好……"

"那是我朋友，"男爵接过话说，"我常跟漂亮的艾丝黛尔一起吃夜宵，她花了他两百万，可她值那个价。"

"还不止，"警长说，"老金融家的一时痴狂要了四个人的性命。噢！这种嗜好，就像是霍乱……"

"您还有什么要跟我说的？"国务参事对这一间接的警告不以为然，问道。

"为什么要由我来给您去掉幻想呢？"警长回答说，"像您这样的年纪，还抱着幻想，实在太少见了。"

"那就让我丢掉幻想呀！"国务参事嚷了起来。

"事后会有人诅咒医生的。"警长微微一笑，回答道。

"求求您，警长先生？……"

"那好吧！这个女人跟她丈夫是串通好的。"

"噢！……"

"先生，这种事，十桩里面有两桩。噢！我们心里也都清楚。"

"您说他们串通有什么证据吗？"

"噢！首先是那个丈夫！……"精明的警长像一个习惯于做清创术的外科大夫，冷静地回答说，"那张庸俗而丑陋的脸上，分明写着投机两字。再有，您是不是该很在意那个女人写的某封信，信中谈到了孩子的事……"

"我太看重那封信了，一直贴身放着。"于洛男爵回答警长说，一边在侧口袋里找那只从不离身的小皮夹。

"不用找了，"警长像在庭上起诉似的大声道，"信在这里呢。我想知道的一切，我现在已经全都知道了。玛纳弗太太肯定了解皮夹里藏着的东西。"

"世上只有她知道。"

"果然不出所料……您刚才问我，说那个小女人串通有何证明，这就是证据。"

"哦！"男爵还不肯相信。

"刚才我们到这儿时，男爵先生，"警长继续说道，"是那个卑鄙的玛纳弗第一个进了屋，一下拿到了那上面的信，"他说着指了指小柜子，"肯定是他妻子放在那儿的。显而易见，放信的地方是妻子和丈夫事先串通好的，当然，条件是她要在趁您熟睡时偷到那封信；因为那女人给您写的这封信，还有您以前给她写的那些信，对这桩轻罪诉讼案是很关键的。"

警长让于洛了看了看男爵那天在陆军部办公室从莱纳手中接过的信。

"这是案卷的一部分，"警长说，"您得还给我，先生。"

"好吧！先生，"于洛连脸色也变了，说道，"这个女人，简直

317

是有计划地卖淫，我现在终于明白，她有三个情夫！"

"看得出来，"警长说，"啊！她们并不是都上街站着的。当她们在马车上、在沙龙或在自己家里干这种营生时，男爵先生，那就不是以法郎或以生丁论价了。您刚才谈到的艾丝黛尔小姐后来服毒自杀了，她吞了几百万呢……您要是信得过我，您不要再玩了，男爵先生。这最后一局准会让您付出惨痛的代价的。那个卑鄙的丈夫有法律给做作主……说到底没有我，那个小女人还会逮住您的！"

"谢谢，先生。"国务参事尽量保持他尊严的气派，说道。

"先生，我们把门给关上，闹剧已经演完了，您把钥匙还给区长先生。"

道德思考

　　于洛回到家里，精神沮丧，几乎到了崩溃的边缘，脑子里尽是些最可悲的念头。他喊醒了高贵、神圣、纯洁的妻子，把三年来发生的事一古脑儿全都往她心里倒，一边哭哭啼啼，像个被人夺走了玩具的孩子。

　　这个返老还童的老人出自内心的忏悔，这篇可怕而又让人心酸的史诗，激起了阿德丽娜的怜悯之心，这时也给了她最大的欢乐，她感谢上苍这最后的一击，因为她觉得丈夫这下会永远牢牢地守着这个家了。

　　"莉丝贝特有道理！"于洛太太声音温柔，丝毫没有责怪的意思，说道，"这事她早就跟我们说了。"

　　"是的！啊！要是我听了她的话，那一天就不会发那么大的火，非要可怜的奥丹丝回她的小家去，以免坏了那个……的名声……噢！亲爱的阿德丽娜，必须救救万塞斯拉斯！他已陷入泥坑，快要没救了！"

　　"可怜的朋友，小市民阶层的女子在你身上也不比女戏子更占上风。"阿德丽娜微笑说。

　　对艾克托尔的变化，男爵夫人确实是非常吃惊的；每当她看到他不幸、受苦，被苦难压弯了腰，她的心肠马上就软了，对他又怜又爱，恨不得献出自己身上的鲜血让他幸福。

　　"留下跟我们在一起吧，我亲爱的艾克托尔。告诉我，那些女人是用什么办法把你这样牢牢拴住的；我尽量去……你怎么就没有好好培养我来伺候你呢？难道我不太聪明？有人觉得我相当漂亮，向我献殷勤呢。"

许多恪守妇道，忠于自己丈夫的已婚女子，对此都会感到纳闷，为什么男人们对玛纳弗太太之流那么执着，那么善良，那么爱怜，却不把自己的妻子，尤其像阿德丽娜，于洛男爵夫人那样的妻子，当作自己迷恋和痴情的对象。这是人之构造最深奥的秘密。

　　爱情，理智的极端放纵，是伟大的灵魂严肃而充满阳刚之气的享受，而淫乐，则是随时随地出卖的庸俗享受，这两者构成了同一事实的两个不同的方面。能满足这两种天性的两种强烈嗜好的女人，在女性世界中非常罕见，就像一个民族中的伟大的将军、伟大的作家、伟大的艺术家和伟大的发明家那么难得。无论是卓越的人物还是愚蠢的家伙，无论是于洛还是克勒维尔之流，都无不有着理想和淫乐这双重的需要；所有的人都在寻求这种神秘的两性结合体，这种罕见的结合体，它在大多情况下都是一部由两卷组成的作品。这种追求是一种堕落，而这种堕落是社会造成的。诚然，婚姻应该当作一种任务去接受，它就是人生，有其劳苦，也有其残酷的牺牲，而人生的牺牲也是由两个方面组成的。好色之徒，这些寻觅尤物的家伙，跟别的罪犯一样有罪，但后者往往受到比前者更为严厉的惩罚。这番思考并非东拉西扯的道德说教，而是对许许多多难以理解的不幸作出了解释。此外，这一幕本身就有着不止一个方面的教训。

一切全落到了陆军部长头上

男爵风风火火地去了德·维森堡亲王元帅府上，元帅的有力保护对他而言是最后一条出路了。三十五年来，正是得益于这位老军人的庇护，男爵自由出入于大小各种场合，他甚至可以在起床的时刻，直入亲王府。

"哦！你好，我亲爱的艾克托尔，"伟大而善良的军事家招呼道，"你怎么了？你好像有心事。可国会已经休会了呀。又打了一仗！我现在提起国会，就像过去谈起打仗一样。噢，好像报纸也把国会会议叫作国会大战的。"

"我们确实有过不少的麻烦，元帅；可是，这都是因为时世的艰难造成的！"于洛说，"您能有什么办法呢。世界就是这样的。每一个时代都有它的麻烦。一八四一年的最大灾难，就是无论是王上还是大臣都没有行动的自由，不像皇上过去那样。"

元帅朝于洛投去鹰隼一般的目光，目光中透出的那份威严、清醒和锐利表明，虽然年事已高，但这位伟大的人物还是那么坚强有力。

"你是想要我做点什么？"他摆出诙谐的神气，问道。

"我迫不得已，有一件私事想求您，能不能给我手下的一位副科长提升为科长，同时给他一个荣誉勋位四等勋章……"

"他叫什么来着？"元帅瞥了男爵一眼，那目光如闪电一般。

"玛纳弗！"

"他有一个漂亮的妻子，我在你女儿的婚礼上见过她……要是罗杰……可罗杰人不在部里。艾克托尔，我的孩子，这纯粹是为了你寻欢作乐。怎么回事！你还这么风流。啊！你是在为帝国禁卫军增光呀！这就是在军需部门待过的好处，手头总有储备！……这事就别再提了，我亲爱的孩子，这种事太风流，哪能当公事办呢。"

"可是，元帅，事情糟透了，都闹到治安警察那儿去了；您是想看着我被抓进去？"

"啊！胡闹，"元帅这下着急了，嚷叫起来，"往下说。"

"瞧我现在的样子，就像一只狐狸落进了陷阱里……您向来对我都很好，求求您把我从耻辱的处境中解救出来吧。"

于洛把他不幸的遭遇说了一遍，尽量显出风趣、快活的样子。

"亲王，您那么喜欢我大哥，难道您想让他伤心死吗？难道您想让您手下的一个局长，一位国务参事受这种耻辱吗？那个玛纳弗是个无耻的小人，我们两三年后就让他退休。"

"瞧你说得那么轻松，两三年后，我亲爱的朋友！……"元帅答道。

"可是，亲王，帝国禁卫军是不朽的。"

"第一批晋升的元帅现在就我一个了，"陆军部长说道，"听我说，艾克托尔。你不知道我对你有多关照！你到时候瞧吧！等到我离开部里的那一天，你肯定也得离开。啊！你不是国民议员，我的朋友。许多人想要你的位子；没有我，你早就不在这个位子上了。是的，为了保住你，我没少费口舌……好吧！我满足你这两个请求，因为在你这个地位，又上了年纪，看着你坐在被告席上不管，那实在太心狠了。可是，事关你的名声，你给人捏的把柄也太多了。要是这次任命引起什么议论，那肯定会责怪我们。我倒不在乎，可对你来说，脚下又多了一道难关。下次国会开会你就跳去吧。对你那个肥缺，五六个有势力的人早就在打主意了，全仗了我巧妙的辩护，才保住了你的位子。我说过，等到你退休的那一天，你的位子一给出去，那开心的只有一个，可被得罪的有五个；还不如让你在那个位子再摇摇晃晃待个两三年，这样我们还能保住那六票。内阁会议上，他们听得全都乐了，说我这个老禁卫军的老将还真相当精通国民议会的策略呢……我全都跟你说明白了。再说，你头发都花白了……你还有雅兴去惹这种麻烦事！科坦少尉寻花问柳的时代，对我来说已经一去不复返了！"

元帅按了铃。

"必须把那份笔录销毁了！"他补了一句。

"大人，您待我就像父亲一样！我担心的就这件事，本来我都不敢跟您开口的。"

"我要罗杰在这里，"元帅见传令官米图弗莱进来，高声道，"我要派人把他叫回来。噢，米图弗莱，你走吧。你嘛，我的老战友，你让人准备委任状去，我会签字的。可是，那个卑鄙的阴谋家，作恶换来的果实他享用不长的，他将受到严格监视，一出什么差错，就第一个撤他的职。你这下算得救了，我亲爱的艾克托尔，但要小心点。再也不要麻烦你的朋友了，今天上午就会把委任状送到你那儿，四等勋章也会给你那个家伙的！……你今年多大年纪了？"

"三个月后满七十岁。"

"看你多健壮！"元帅微笑着说，"该晋升的是你，可是会惹得万炮来轰！我们已经不是在路易十五年代了！"

在此起作用的是拿破仑大军仅存的几位名将之间亲密的战友情，他们总以为在野外宿营，需要相互保护，抵抗他人的攻击。

"要再像这样求一次情，我就完蛋了。"于洛穿过院子，心里在想。

这位不幸的官老爷到了德·纽沁根男爵府上，他欠银行家的钱已经不多了，这次，他以两年的薪俸作抵押，又借到了四万法郎；可德·纽沁根男爵提出要求，要是于洛退休，需以退休金来抵，直至还清本金与利息。

这笔款子跟第一笔一样，都是以沃维纳的名义借的，男爵另外又向沃维纳立了一万两千法郎的借据。

第二天，那份致命的诉讼笔录，连同丈夫的起诉状和那几封信，全都被销毁了。

玛纳弗先生被晋了级，虽说手段极不光彩，但在热热闹闹的七月庆典之中，几乎没人多加注意，也没有引起报刊的任何非议。

另一灾难

莉丝贝特表面上跟玛纳弗太太闹翻了，住到了于洛元帅家。

事情过了十天之后，便由教堂公布了老姑娘和杰出的老人的结婚预告。在这之前，为了说服老人同意这门亲事，阿德丽娜不得不把艾克托尔在经济方面惹出的乱子告诉了他，还说男爵整天愁眉苦脸，非常沮丧，精神都垮了，求他千万不要跟男爵提起过去的事……

"唉！他已经上了年纪了！"她找补了一句。

莉丝贝特终于胜利了！她就要达到目的，满足自己的野心，实现自己的计划，解了她满腹的怨恨。多少年来，全家一直瞧不起她，一想到自己就要在家里作威作福，她实在快活。她暗暗发誓，一定要当她过去那些保护人的护主，救命的天使，让这个毁了的家庭继续生活下去，她甚至在镜子里给自己施礼，称呼自己伯爵夫人或元帅夫人！至于阿德丽娜和奥丹丝，恐要在苦难中挣扎，艰难地了却残生，而贝姨，将被杜伊勒利宫所接纳，登上上流社会的宝座。

老姑娘在社会的顶峰上正扬扬得意，不料出了一件可怕的大事，将她掀翻在地。

就在结婚预告公布的那一天，男爵收到了非洲发出的另一封信。上门的又是一个阿尔萨斯人，此人确证对方是于洛男爵本人之后，才把信交给他，然后留下自己的住址，告辞走了。身居要职的男爵刚刚念了开头几行字，便像被雷击了一般：

我的侄婿，估计您在八月七日可收到此信。假设您要用三天才能给我们所要求的援助，再加上了十五天的路程，这样便要到九月一日。

若一切能按此期限办成，那您便能保住您忠诚的若翰·费希的名誉和性命。

这一要求，是您配给我做搭档的那位职员提出的；看来，我很有可能要上重罪法庭或上军事法庭。您明白，谁也别想把若翰·费希送上世间的任何法庭，他自己会去上帝法庭的。

您派的那位职员我看不是个好东西，很有可能会连累您；不过，他聪明得就像个骗子。他说您应该比别人更加高声地呼吁，给我们派一位监察员，一位专员来，负责追查罪犯，调查舞弊行为，最终给予严厉惩治；但他首先必须在法庭和我们之间插一杠子，造成某种冲突。

若您派的专员九月一日抵达此地，并带来您的命令，同时，若您能给我们汇来二十万法郎以补足我们仓库里的储备——现在我们在搪塞，说那些货放在边远地区——那么，我们在账目方面就会被认为清清白白，没有任何污点。

您办一张阿尔及尔银行的汇票给我，汇票可交给送信给您的那位士兵。此人很可靠，是一位亲戚，让他带什么东西，他决不会多问的。我已经采取措施以保证小伙子安全返回。若您无能为力，那为了给我们的阿德丽娜带来幸福的人去死，我也心甘情愿。

偷情的苦恼与欢乐，再加上刚刚了结了他风流一生的那场灾祸，致使于洛无暇考虑可怜的若翰·费希。可费希在第一封信中就已经明确地报告了面临的危险，如今这危险已经迫在眉睫。

男爵离开了餐厅，心情乱极了，身不由己地在客厅的长沙发上倒了下去。可动作太猛，他脑子一阵发麻，整个人像瘫了一般。他目光定定地盯着地毯上的玫瑰花纹，都没有意识到自己手中还拿着若翰的那封要命的来信。

阿德丽娜在卧房里听到丈夫重重地摔倒在沙发上。那声音怪极了，以为他中了风。

她恐惧万分，吓得透不过气来，一时动弹不得，从门里瞧了瞧外面的大镜子，发现她的艾克托尔瘫在了那里。

男爵夫人踮着脚尖轻轻地走上前去，艾克托尔什么也没有听见。她继续靠近，瞥见了那封信，拿来一念，顿时四肢发抖。她的神经遭到了无比猛烈的打击，以致身上落下了永久的病根。几天以后，她便变了一个样，浑身不停地颤抖，因为遭受初次打击后，她不得不作出行动，而这导致了伤及她生命元气的反应。

"艾克托尔，到我房间里去，"她说话的声音就像是哧哧喘气，"别让你女儿看见你这个样子！来，我的朋友，来。"

"二十万法郎到哪儿去找？我可以让上面派克洛德·维尼翁去当专员。那个小伙子很机智，聪明……这事两天就可以办成……可是那二十万法郎，我儿子也没有，他的住房已经做了三十万法郎的抵押。我大哥最多也只有三万法郎的积蓄。纽沁根嘛，他会嘲笑我的！……沃维纳？……当初为了凑足一笔钱给那混账玛纳弗的儿子用，他借给我一万法郎就已经不太爽快了。不，什么都完了，我只得去跪倒在元帅面前，把事情都跟他招认了，让他骂我浑蛋，总之，挨他一阵训斥，只求能体体面面地下台。"

"可是，艾克托尔！这一来，就不仅仅是倾家荡产了，会丢尽了脸面，"阿德丽娜说，"我可怜的叔叔一定会自杀的，要命，就要我们自己的命，这你有权利，可千万不要当杀人凶手！再拿出勇气来，还会有办法的。"

"什么办法也没有了！"男爵说，"政府里没有人能弄到二十万法郎，哪怕是事关一个部的存亡！噢！拿破仑，你在哪儿啊？"

"我的叔叔！可怜的人啊！艾克托尔，不能让他丢尽了脸面自杀！"

"出路也许还有一条，"他说，"可是……太拿不准了……是的，克勒维尔跟他女儿结怨很深……啊！他倒是很有钱，只有他能够……"

"那么，艾克托尔，还是让你妻子牺牲吧，千万不要毁了我们的叔叔，毁了你的大哥和我们全家的名声！"男爵夫人脑中出现了一线光明，说道，"是的，我可以救你们大家……噢！我的上帝！多么可耻的想法！我脑子里怎么会闪出这种念头？"

她双手合十，跪倒在地，做了一个祷告。当她起身时，发现丈夫满脸欣喜若狂的神色，不禁又动起了刚才的那个邪恶的念头，顿时像呆子一样，陷入悲哀之中。

"去，我的朋友，快到部里去，"她从昏沉中惊醒过来，喊叫道，"想办法派一个专员去，必须派！怎么也要把元帅说动！等你下午五点钟回家时，你也许就可拿到……对！你一定能拿到那二十万法郎。你的全家，你个人的名誉，你作为国务参事，局长的名誉，你的清白，还有你的儿子，一切都会得救的；可是你将失去你的阿德丽娜，你将永远也见不到她。艾克托尔，我的朋友，"她说着跪倒在地，握住他的手，吻着，"祝福我，跟我道别吧，永别了！"

这一番话是那么令人心碎，男爵抱住妻子，把她扶了起来，紧紧地拥抱着她，说道："我不明白你的意思！"

"你要是明白了，"她继续说道，"那我会羞死的，我就再也不会有勇气去做这最后的牺牲了。"

"太太请用餐。"玛丽埃特过来说道。

奥丹丝进屋跟父母道了安。他们得一起上桌吃饭，而且要摆出一副若无其事的样子。

"你们先去吃，我马上就来！"男爵夫人说。

她坐到桌前，写了下面一封信：

> 我亲爱的克勒维尔先生，我有一事相求，今天上午我等着您，我知道您向来都很有礼貌，相信您会一如既往，不会让您忠诚的仆人久等的。
>
> 阿德丽娜·于洛

女儿家的女仆正在准备开饭，男爵夫人对她吩咐道："露易丝，下楼把这封信交给门房，让他按信上的地址马上送去，并请对方回话。"

男爵正在看报，他把一份共和党的报纸递给妻子，指了指上面的一篇文章，对她说道：

"还来得及吗？"

这是一篇可怕的短讯，是报纸用来装点长篇大论的政治檄文的。

本报通讯员从阿尔及尔发来消息，奥朗省的军需供应部门发现严重的滥用职权行为，司法部门已立案调查。舞弊罪显而易见，犯罪人员也有名有姓。若不严加惩治，那必将因营私舞弊，克扣军粮，而导致我部兵士继续大量减员，甚于阿拉伯人的枪炮和天气的酷热给我部造成的损失。我们在等待新的消息，以对这一令人遗憾的案情继续进行报道。

根据一八三〇年宪章的规定在阿尔及利亚建立的新闻机构竟引起一片恐慌，此中的原因，我们不用再大惊小怪。

"我马上换穿衣服去部里，"男爵离开饭桌时说，"时间太宝贵了，每一分钟都事关一个人的性命。"

"噢！妈妈，我已经没有希望了。"奥丹丝说。

说完，她再也控制不住自己，泪水涟涟，把一份美术杂志递给母亲。于洛太太看见了上面有一幅画，正是德·斯坦勃克公爵雕的《达莉拉》，画的下端印着一行字：玛纳弗夫人收藏。文章的署名只有一个 v 字母，但从开头几行字，便可看出是典型的克洛德·维尼翁的文笔和取悦的口气。

"可怜的姑娘……"男爵夫人说。

听到母亲几乎漠然的声调，奥丹丝惊呆了，看了她一眼，发现了母亲不胜痛苦的神情，与母亲相比，她的痛苦也许不值一提，她马上上前抱着母亲，对她说道：

"你怎么了，妈妈？出什么事了，难道我们会比现在还更不幸？"

"我的孩子，与我今天的痛苦相比，我觉得过去那些可怕的苦难根本不算什么。我什么时候才能不再受苦呢？"

"等到了天堂，妈妈！"奥丹丝神情严肃地说。

"来，我的天使，你帮我穿好衣服……噢，不用了……这一次我不愿你来帮我梳妆打扮。让露易丝来吧。"

别样的梳妆

阿德丽娜回到自己的房间，瞧着镜子。她伤心而好奇地端详着自己，一边自问：

"我还美吗？……还会有人想要我吗？……我是否有皱纹了？……"

她撩起金黄色的秀发，露出了鬓角！一切都还像少女一般娇艳。

阿德丽娜再往下露出了肩膀，她很满意，不禁骄傲地动了动身子。臂膀之美往往是一个女人身上最后消失的美，尤其是对一个生活纯洁的女子而言。

阿德丽娜精心地选择她打扮用的物品；可是虔诚贞洁的女子，尽管也会有些卖俏的小发明，但穿戴总还是不失端庄。既然她对所谓的艺术一窍不通，不知在关键的时刻在裙下稍稍露出一只漂亮的脚，同时，裙子掀起一半，亮出令人心动的地方，那又何必穿上崭新的灰丝袜和高跟的缎子鞋呢！

她穿上了自己最漂亮的短袖印花细纱裙，稍稍有点儿袒胸露肩；可一见自己这副裸露的样子，她吓坏了，连忙给美丽的手臂套上浅色纱罗袖，又用一条绣花披肩遮住自己的胸部和肩膀。

她觉得英国式的发饰用意太明显，便戴上了一顶十分漂亮的便帽，以免显得太轻浮；可是，戴不戴帽子又有何妨，她也会摆弄那些金色的发卷炫耀自己，惹人欣赏那双纺锤般纤细的手？……

化妆的结果如何？由于意识到自己是在犯罪，明知有错却在精心准备，这位神圣的女子像发了高烧，一时焕发出青春的光彩。她双眼闪烁，皮肤发亮。然而，她并不觉得自己有多迷人，反而发现了自己一副不知羞耻的模样，令她感到了厌恶。

莉丝贝特曾经在阿德丽娜的央求下，讲了万塞斯拉斯不忠的前后经过，男爵夫人听说后吃了一惊，短短一个晚上，就那么一刻工夫，玛纳弗太太竟然就当上了艺术家的情妇，并把他迷得神魂颠倒。

"这些女人有什么高招？"男爵夫人问莉丝贝特。

恪守妇道的女人对这方面的好奇心，是任何东西都无法比拟的，她们既想拥有邪恶的诱惑力，同时又保持纯洁。

"可是，她们会施展诱惑力呀，这是她们的职业，"贝姨回答道，"你知道，我亲爱的，那天晚上，瓦莱莉简直可以把一个天使迷到地狱里去。"

"跟我说说，她到底用了什么诀窍？"

"没有什么理论可讲，这一行只有实践。"莉丝贝特含讥带讽地说。

男爵夫人想起了她们之间的这段对话，很想去向贝姨讨教，但时间已经来不及了。

可怜的阿德丽娜不会花样翻新点上一颗美人痣，也不会在胸部中间那个美丽的部位插一朵玫瑰花，更找不到化妆的高招，激起男人开始减退的欲望，最后也只能做到穿戴考究而已。娇媚的淫妇，并不是谁想当就能当上的！

莫里哀曾经借颇有见地的格罗－热内的嘴，说过这么一句俏皮话：女人是男人的汤。这一比喻说明爱情方面需要有某种烹调的技艺。贞洁而高贵的女人就像荷马史诗中的盛宴，好比摆在炽烈的炭火上烧烤的鲜肉。而淫妇恰恰相反，是卡莱姆①的拿手好戏，又是调味佳品，又是辛香作料，讲究极了。

男爵夫人不可能，也不会像玛纳弗太太那样，将自己雪白的酥胸摆在华美的花边托盘上供人享用。她也不知道某些姿态的奥秘和某些目光的效果。总之，她没有自己的秘密武器。

高贵的女人即使装扮摆弄一百次，也不会有任何办法去吸引住

_____

① 卡莱姆（1784—1833），法国名厨，曾为塔列朗、亚历山大皇帝等掌膳。

风流之徒那只精明的眼睛。一个女人，若在众人面前做到规矩而庄重，而在丈夫面前却能妖媚淫荡，这种女人简直就是天才，世上寥寥无几。这是天长日久的恩爱的奥秘所在，对那些缺乏这一双重的巧妙才能的女子来说，是难以解释清楚的。假设玛纳弗太太是个贞洁的女子！……那她便是一个德·佩斯凯尔侯爵夫人！这种伟大而杰出的女性，这种迪雅娜·德·普瓦提埃似的贞洁的美人，确实屈指可数。

这部严肃而可怕的巴黎风俗研究作品开场的那一幕，很快就要重演，迥然不同的是，当初资产阶级自卫队上尉预言的那重重苦难，使角色的位置发生了变化。于洛太太等待着克勒维尔，她此刻的心情恰正是三年前克勒维尔坐在爵爷马车上对着巴黎人微笑，来于洛太太家时的心情。

总之，事情确实很怪！男爵夫人一贯忠贞守节，忠于自己的爱情，如今却准备失身，做天底下最鄙俗的事，在某些法官看来，即使是感情冲动所致，这种事也是不可原谅的。

"怎样才能做一个玛纳弗太太呢！"听到铃声她心里在想。

她强忍住泪水，脸烧得通红；这个可怜高贵的女人，竟暗暗发誓，要好好当一个淫妇！

"于洛男爵夫人到底有什么鬼事求我呢？"克勒维尔登上宽敞的楼梯时，心里在问自己，"啊！嘿！她准是要与我谈我跟塞莱斯蒂娜和维克托朗闹翻的事；可我决不会让步的！……"

等他跟着露易丝一走进客厅，看到这地方（克勒维尔说话的风格）空荡荡的样子，不禁自言自语：

"可怜的女人！……她已经到了这步田地，就像那些漂亮的画，被不懂画的人扔进了小阁楼。"

克勒维尔常见商业部长博比诺伯爵又是买画，又是买雕像，也想当一回名人，跻身于巴黎艺术保护人的行列，这些人对艺术的爱，只不过是拿二十个苏的铜板去到处搜罗价值二十法郎一件的作品。

一个高尚的淫妇

阿德丽娜朝克勒维尔嫣然一笑，指了指她面前的一把椅子。

"我来了，美丽的太太，请您吩咐。"克勒维尔说。

区长先生打从成了政客之后，改穿了黑呢服装。他的脸映在这身黑衣服上，看去就像一轮盈月，高挂在褐色的云幕上方。他的衬衫饰着三颗星星般的硕大珍珠，每颗价值五百法郎，显得他的胸部格外发达……他常常说："一看就知道我将来肯定是一个论坛健将！"那双庶民般的粗壮的大手从早上起就戴着黄手套。油光闪亮的皮靴说明他是乘那辆单马双座褐色小车来的。

三年来，勃勃野心改变了克勒维尔的姿势。如同大画家一样，他目前已经处在了第二习惯状态。

在上流社会，每当他去德·维森堡亲王府，去省政府，或去博比诺伯爵府，他总按照瓦莱莉传授给他的那一套，潇洒地一手拿着帽子，另一只手拇指插在背心的袖笼里，又是点头，又是弄眼，一副殷勤的媚态。这一套别样的姿态是爱戏弄人的瓦莱莉专为他设计的，她以让区长恢复青春为名，最终给他陡添了一副滑稽可笑的模样。

"我请您到这里来，我亲爱又善良的克勒维尔先生，"男爵夫人声音窘迫地说，"是为了一件再也重要不过的事……"

"我猜得出，夫人，"克勒维尔一副精明的神态，说道，"可是，您是在求我做办不到的事……噢！我可不是一个野蛮的父亲，一个拿破仑所说的从头到脚彻头彻尾的吝啬鬼。请听我说，美丽的太太。如果我的孩子是为了他们自己弄了个倾家荡产，那我会救助他们的；可要为您丈夫担保，夫人？……那岂不是要像达那伊得斯姐妹那样，往一个无底的水槽里注水！为了一个死不悔改的父亲，竟将房屋作了抵押，借了三十万法郎！他们已经一无所有，可怜的人！他们可从来没有享过福！如今，他们的生活来源也只有维克托朗在法院挣的那份工资了。您的儿子，就让他去空发议论吧！……啊！这个小博士，我们大家的希望，他本该当部长的。好端端的一条船，却犯傻搁了浅，他要是为了自己的前程而借钱，为了款待那些议员，争取选票，提高自己的影响而欠了债，那我会对他说：'这是我的钱袋，全都拿去吧，我的朋友！'可拿钱去还父亲的风流债，不行！那些风流事，我早就对您有言在先！啊！他父亲把他摔得好惨啊，远离了权力的宝座……我倒是要当部长啰……"

"唉！亲爱的克勒维尔，可事情不关我们孩子，这些可怜的孩子，对父母这么孝顺！……您对维克托朗和塞莱斯迪娜已经绝了情，可我还会很疼爱他们，您的愤怒在他们那美好的灵魂中留下的辛酸，也许我能慢慢地帮他们解掉。孩子们明明做的是好事，您却惩罚他们！"

"是的，是好事，但做坏了！那就是半桩罪恶！"克勒维尔对自己这一说法十分得意。

"我亲爱的克勒维尔，"男爵夫人继续说道，"在鼓得满满的钱袋里拿出一点儿钱，谈不上是行善！因为对人慷慨而自己过着苦日子，因为做了好事而自己吃苦，这才叫行善！行善，就要准备别人忘恩负义！不付出任何代价的善事，上苍是瞧不起的……"

"夫人，圣徒可以去济贫院，他们知道这对他们来说是天堂之门。我，我是个俗人，我害怕上帝，可我更怕苦难的地狱。一文不名，在我们目前的社会秩序中，那是最大的不幸。我是我这个时代的人，我崇拜金钱！……"

"从世俗的观点看，您是有道理的。"阿德丽娜说。

她离题实在太远了，但一想到叔父，便感觉到自己像圣罗朗在受火刑，因为她仿佛看到叔父朝自己开了一枪！

她垂下眼帘，继又朝克勒维尔抬起，目光似天使般温柔，但丝毫没有瓦莱莉的那种无比机智且具有挑逗性的淫荡意味。

若在三年前，阿德丽娜这可爱的一瞥准能让克勒维尔神魂颠倒。

"我了解您，您以前相当慷慨……"她说道，"这三十万法郎在您嘴里说出来，那口气就像阔老爷一样……"

克勒维尔望了望于洛太太，发现她如一朵就要开败的百合花，脑子里隐隐约约地掠过一些念头；可是，对这位圣洁的女子，他无比崇敬，连忙强压住自己的心思，把种种疑问打回到心底那一风流的角落。

"夫人，我始终没有变，可是一个老化妆品商，要是阔老爷，也应该是一个井井有条、节俭持家的阔老爷，他对一切都抱有有条不紊的观念。为了那些荒唐事开一个户头，借一笔钱，还动用某些盈利，把老本也贴上！……这是发疯。我的孩子们该有的财产都会得到的，包括他们母亲的一份和我的一份；可他们总不愿让他们的父亲犯愁，逼他去做修士，去做木乃伊吧！……我如今的日子过得快快活活的！我要高高兴兴地安度晚年。我尽到了法律、感情和家庭要我尽的一切责任，如同所有的到期票据，我无不一一严格交付。在我家里，要是我的孩子们能像我那样待人接物，那我也就满足了；至于眼下，我也有风流事，只要我那些风流事除了给那些傻瓜……（对不起！您不懂交易所的这种说法）外，不给任何人造成损害，那他们对我也就无可指摘，等到我死的那一天，他们也还能得到一大笔财产。可您的孩子对他们的父亲就不会是这种说法了，他连累了两个孩子，害得他儿子和女儿都倾家荡产……"

男爵夫人越说离自己的目的越远……

"您对我丈夫很忌恨，我亲爱的克勒维尔，可您还会是他最好的朋友，要是您看到他太太心这么软……"

说着，她朝克勒维尔飞了一个滚烫的媚眼。可是，她这一眼就像杜伯瓦神甫使劲踢摄政王，用意实在太露骨了，弄得摄政王派的老化妆品商又动起了风流念头，暗自思忖：

"她莫非是想报复于洛？……要不就是觉得当区长比当国民自

卫队的军官更棒？……女人呀，都是这么古怪！"

于是，他摆出了自己的第二种姿态，一副摄政王的派头，望着男爵夫人。

"好像您要从一个不肯依您的贞洁女子身上下手，对他进行报复，"她继续说道，"您相当爱那个女子……想要收买她。"她低声添了一句。

"是要从一个神圣的女子下手，"克勒维尔接过话说，一边朝男爵夫人意味深长地一笑，男爵夫人垂下了眼睛，只见她的眉毛湿湿的，"因为三年来，您受了不少委屈！……是不是？我的美人！"

"别谈我的痛苦，亲爱的克勒维尔，那可不是人可以受的。啊！如果您还爱我，您完全可以把我从深渊中解救出来！是的，我是在地狱之中！受钳烙刑，被五马分尸的弑君者与我相比，那简直是在享福，因为他们被撕裂的，只是他们的肉体，而我被撕碎的，是我的心！……"

克勒维尔把手从背心的袖笼里抽了出来，摘下帽子，放在工作台上，不再摆他的架势，微微地笑着！这微笑显得那般憨厚，男爵夫人误解了他的用意，以为那是慈悲的表示。

"您瞧，这个女人并不是完全绝望了，而是已经顾不得什么面子，什么都可以一试，我的朋友，为的是避免弄出命案来……"

她担心奥丹丝进屋来，把门给插上了；冲动之下，她扑通一声跪倒在克勒维尔脚下，抓起他的手，吻了一下。

"请做我的救星吧！"她央求道。

她以为这个老化妆品商不乏仁慈之心，突然间燃起希望，觉得不用失身就可以得到二十万法郎。

"请买下一颗灵魂吧，您过去是想买下一个女人的贞洁呀！……"她继续说道，一边朝他投去疯狂的目光，"请相信我诚实的为人，相信我的名誉，您知道我有多么坚贞！做我的朋友吧！救救我们全家吧，免得这个家受尽屈辱，走投无路，整个儿毁了，别让它再在泥坑里往下陷了，不然到头来，坑里溅起的将会是人血！噢！别叫我解释什么！……"见克勒维尔身子一动，想要说话，男爵夫人连忙说道，"尤其不要像那些幸灾乐祸的朋友，跟我说什么：'我对您早就有言在先！'哎！……您就遂她的心意吧，您过去不是爱着她吗！这个女人如今跪倒在您的脚下，这一举动也许无比高贵；千万不要求她什么，您等着吧，她会报答您的！……不，不要您施舍任何东西，只求您借钱给我，借给您称作阿德丽娜的那个女人！……"

说到这里，阿德丽娜泪如泉涌，她哭泣着，泪水湿透了克勒维尔的手套。

"我需要二十万法郎！"……在哗哗的泪水声中，这几个字几乎都听不清楚，就像石头落进阿尔卑斯山积雪融化后奔腾而下的瀑布，再大也激不起什么声响。

贞洁女神就是这样不通人情世故。淫荡之神从不索要什么，玛纳弗太太一例诸位已经亲眼看过，一切都会让别人主动送上门来。这类女人只有在她们必不可少的关键时刻，或需要拼命敲诈某个男人时，才会变得苛刻起来，如石膏矿的采矿工人所说，一旦石膏矿石变得稀少时，他们便会毁灭性地拼命开采。

一听到"二十万法郎"这几个字，克勒维尔什么都明白了。

他殷勤地扶起男爵夫人，说了一句很让人受不了的话："哎哟，好好静一静，我的小母亲。"阿德丽娜在惶惑慌乱之中，没有听见他说了什么。

整个场面全都变了，拿克勒维尔自己的话说，这一下，他彻底左右了局势。

克勒维尔的宏论

一听到要这么大一笔钱，克勒维尔都惊呆了，方才见美丽的太太哭倒在他的脚下，他心底激起的那份强烈的感情顿时消失得一干二净。

再说，一个女人不管有多圣洁，多么像是天使，一旦号啕大哭起来，也就看不到她的美了。诸位已经看到了，玛纳弗太太之流有时会装哭，让泪水顺着双颊往下流淌；可一时泪如泉涌，哭红了眼睛，擦红了鼻子！……她们决不会犯这样的错误。

"瞧您，我的孩子，静一静，哎呀！"克勒维尔握着美丽的于洛太太的手，轻轻地拍了拍，说道，"您为什么要跟我借二十万法郎呢？您有什么用场？是为谁借的？"

"别逼我，"她回答说，"别逼我做什么解释，请您借给我这笔钱！……您这样就能救下三条人命，还有您孩子的名声。"

"难道您以为，我的小母亲，"克勒维尔说道，"您在巴黎能找到一个男人，凭一个差不多已经疯了的女人的一句话，就会立马动手，到哪只抽屉里或随便一个地方，拿出静静地躺在那儿的二十万法郎，单等着那女人放下架子来拿去用？您对人生，对交易，就这种认识，我的美人？……您的那些人已经病入膏肓了，您还是送他们去办临终圣事吧，因为在巴黎城，除了神圣的法兰西银行殿下，杰出的纽沁根和几个像我们迷女人一样迷着黄金的吝啬鬼之外，是不可能创造出如此的奇迹的！凡是拿俸禄的，不管是谁，都会有请您明天再跑一趟。谁都会设法让自己的钱升值，尽可能地多生点利。假如您以为是路易－菲利普国王掌管着这一切的话，亲爱的天使，那您就错了，国王在这方面还真没有出错。他和我们一样，也知道在宪章之上，还有那神圣、崇敬、结实、可爱、优雅、漂亮、尊贵、年轻、强大有力、人人崇拜的一百苏一枚的硬币！我美丽的天使，钱是要利息，它总是在忙着收利息！伟大的拉辛曾说：'犹太人的上帝，你胜利了！'总之金牛犊的寓言故事是永恒的！……在摩西时代，他们在茫茫沙漠上还做着投机生意呢！我们又回到了《圣经》时代！金牛犊是迄今所知的第一笔公债。"他继续说道，"我的阿德丽娜，您在甫吕梅街生活得太久了！埃及人欠希伯来人的钱多着呢，他们并不是追求上帝的子民，而是在追求资本。"

他看了看男爵夫人，那神气仿佛想说："瞧我多有才智！"

"您难道不知道所有的公民都爱着他们的钱宝贝？"他停顿了片刻后继续说道，"对不起，请好好听我说！务必要明白这个道理。您想要二十万法郎？……谁也不可能不重新调配投资就拿出这笔钱来。好好算一算！……要想有二十万法郎的活钱，得卖掉年利率百分之三，年息七千法郎的一大笔债券！嗨！而且要两天之后钱才能到手。这算是最快的路子。二十万法郎！许多人的全部家产也不过就这么多，要想让一个人拿定主意出这么一大笔钱，总还得跟他说清楚这钱将用到哪儿去，派什么用场吧……"

"我亲爱善良的克勒维尔，这事关两条人命，没有钱，有一个会愁死，另一个会自杀！最后，也是为了我，要不我就会疯了的！我是不是已经有点儿疯了？"

"还没有太疯！"他摸着于洛太太的膝盖说道，"克勒维尔老头自有他的身价，既然你屈尊想到了他，我的天使。"

"看来只有把膝盖让他摸了！"圣洁而尊贵的妇人双手捂着脸，心里在想。"以前，您可是主动要送给我一笔钱！"她红着脸说道。

"啊！我的小母亲，那是在三年前！"克勒维尔继续说道，"噢！我从来没有见过您这么漂亮！……"他一把抓住男爵夫人的胳膊，紧紧地贴在胸口，高声道，"您记性不错，亲爱的孩子，哎哟！……瞧瞧！当初您硬要装得一本正经！您不失尊严，拒绝了我的三十万法郎，如今这笔钱已经进了别的女人的腰包。我以前爱着您，现在同样还爱着您；可是，让我们再回想一下三年前的情景：当我对您说'我一定会拥有您的'时候，我是什么用心？我当时只是想报复于洛那个混账。而您的丈夫，我的美人儿，他养了一个情妇，那个宝贝女人简直像颗珍珠，是个精明的小婆娘，当时只有二十三岁，是的，因为今年她二十六。我觉得，把这样一个妖媚的尤物从他手中夺过来，那更有味道，更漂亮，更有路易十五气派，更有黎塞留元帅的风度，更风流倜傥，再说，那女人也从来没有爱过于洛，三年来，对鄙人倒迷得像疯了一般……"

听他说到这里，男爵夫人挣脱了双手，克勒维尔摆起了架势。

他把大拇指插进了背心的袖笼里，两只手掌像翅膀似的拍打着胸脯，自以为这样富有魅力而又迷人。他仿佛在说："这就是被您当初逐出门外的人！"

"亲爱的孩子，就这样报了仇，您丈夫已经全知道了！我毫不留情，向他挑明他着实被耍弄了一番，就是我们所说的报了一箭之仇……玛纳弗太太如今是我的情妇，等玛纳弗大爷一死，她就是我的妻子了……"

于洛太太眼睛直定定地望着克勒维尔，几乎丧失了理智。

"这一切艾克托尔全知道！"她说了一句。

"但他还是又去了那里！"克勒维尔说，"我一直在忍着，因为瓦莱莉想成为科长太太；可她向我发誓，她一定会把事情安排妥帖，把我们的男爵好好收拾一顿，让他再也不能露面。我的小公爵夫人（因为她生来就是公爵夫人的命，这个女人呀，我说的是实在话！）信守了诺言。她真的如她所说，太太，把您的艾克托尔还给了您，让他这一辈子永远规规矩矩的，她这话，说得是多么俏皮！……这可是一个好教训，嗨！男爵已经有过不少惨痛的教训；他从此再也不会去养舞女，或标致的女人啦；他已经被彻底除了病根，像只干干的啤酒杯，被刮得一干二净了。您当初要是听了克勒维尔的话，不侮辱他，把他赶出门外，您至少会有四十万法郎，因为他为了报仇，花了这一笔钱。不过，等玛纳弗死后，我会把那笔钱再收回来的，但愿如此……那不过是在我未婚妻身上的一笔投资。我之所以能挥金如土，其奥秘就在此。我居然解决了一道难题，当成了阔老爷，却没有花大价钱。"

"您给您女儿找了这样的一个后妈？……"于洛太太惊叫道。

假荡妇重显圣女相

"您不了解瓦莱莉，太太，"克勒维尔又摆出了从前的那种架势，神情严肃地继续说道，"那是个出身高贵，为人得体，备受敬仰的女人。噢，昨天晚上，堂区的助理司铎就在她家吃晚饭。她是个虔诚的信徒，我们送给了教堂一张圣体显供台。噢！她能干，风趣，美妙动人，富有教养，总之，她集女人所有的优点于一身。至于我，亲爱的阿德丽娜，我的一切全亏了这位迷人的女子；她活跃了我的思想，如您所见，还纯洁了我的语言；她改正了我过去的那些庸俗的俏皮话，给了我词汇和思想。我再也不会说任何不合时宜的话。大家都看到我身上发生了巨大的变化，您也应该发现的。最后，她还激发了我的雄心。我一定要当上国民议会议员，我再也不会出丝毫的差错，因为凡事我都会请教我的女精灵埃吉里娅①。那些大政治家，如努马②，还有我们现在的那位杰出的部长，一个个都有他们各自的西卜拉③。瓦莱莉家里接待二十来个国民议会议员，她已经很有势力，很快就要搬进一座漂亮的公馆里去住，还备有马车，将来必定会是巴黎城中一个不露面的女皇上。这样一个女人，确实是出类拔萃的，让人自豪！啊！您当初那么不留情面，我现在常常打心眼里感激您！……"

"这岂不会让人对上帝的德行表示怀疑，"阿德丽娜在愤怒之下，连泪水也干了，"可是，不，上帝的裁决一定会落到那个女人头上

---

① 古罗马宗教所信奉的精灵，能预知未来。

② 指努马·庞皮利乌斯，罗马传说中在共和国成立前统治罗马的七代国王的第二代。据传曾创立宗教立法和制定各种宗教制度。

③ 希腊传说和文学中的女预言家。

的！……"

"您对社会一无所知，漂亮的太太，"大政治家克勒维尔非常不快，继续说道，"我的阿德丽娜，社会崇拜的是成功！明白吧？有谁会来找您开价为二十万法郎的高贵的贞操？"

听到这一句话，于洛太太不禁打了个哆嗦，神经抽搐的老毛病又犯了。

她心里明白，这个从前的化妆品商是在卑鄙地报复她，就像过去报复于洛一样；她感到一阵恶心，心里抽搐起来，喉咙发紧，再也说不出话来。

"钱！钱！……总是钱！……"她终于开口说道。

听到"钱"这一个字，克勒维尔又想起了这位女人屈辱的场面，遂说道："当我看见您哭倒在我脚下时，我确实十分感动！……噢，也许您不相信我？唉，要是我当时身上带着钱包的话，那早就归您了。哎哟，您是非要这笔钱不可？……"

听到这句仿佛带着二十万法郎的话，阿德丽娜顿时忘记了这位廉价的阔老爷对她的那番可怕的侮辱。克勒维尔阴险毒辣，故意说得天花乱坠来引诱她，可不过是想看穿阿德丽娜内心的秘密，以便和瓦莱莉一起嘲笑她。

"啊！要我做什么都行！"不幸的女人高声道，"先生，我可以把自己卖了，要是有必要，我也可以当一个瓦莱莉。"

"这对您来说是很难做到的，"克勒维尔回答说，"瓦莱莉可是美妙绝伦。我的小母亲，二十五年的贞操，就像没有治愈的毛病，随时会复发的，而您的贞操在这里都守得发霉了，我亲爱的孩子。不过，您可以看到我有多爱您。我一定设法给您张罗到您那二十万法郎。"

阿德丽娜握住克勒维尔的手，拿起来放到胸口，再也不能说出一个字来，一滴快乐的泪水湿润了她的眼睑。

"噢！等等！还有麻烦呢！我这个人呀，是个好人，是个老好人，没有成见，我这就把事情老老实实地全说给您听。您想跟瓦莱莉一样，那好。可这还不够，还得有一个傻瓜，一个合伙的股东，一个于洛。我认识一个已经退休的大杂货商，他还做鞋生意。那人迟钝、笨拙，没有头脑，我正在培育他，不知道他何时可以为我争光。我那个家伙是个国民议会议员，人虽蠢，但好虚荣，在外省给一个说一不二的霸道的妻子管得死死的，对巴黎的奢侈生活和人生享受一点儿也没有开化；不过，博维萨日，他名叫博维萨日，是个百万富翁，我亲爱的小姑娘，他会像我在三年前一样，愿意拿出十万埃居，以求得一个得体的女人的爱……是的，"他以为完全明白了阿德丽娜的手势，继续说道，"他很嫉妒我，您知道！……是的，嫉妒我跟玛纳弗太太过的快活日子，那家伙恨不得卖掉一座房产，来买一个……"

"够了！克勒维尔先生，"于洛太太不再掩饰她的厌恶，露出了羞辱的脸色，说道，"如今，我受的惩罚已经超出了我的罪过。由于迫不得已，我的良心一直被死死地压着，听到这一侮辱，它在对我呼喊，决不能做出这等牺牲。我再也没有了自尊，受到了这种致命的打击之后，已经不会像从前那样动怒，也不会再对您说：'滚出门去！'我已经丧失了这一权利，因为是我主动要把自己卖给您，就像一个妓女……是的，"她见对方打了个否认的手势，回答说，"出于一种可耻的意图，我已经玷污了迄今为止一直纯洁的生命；如今我已经不可饶恕，我知道！……随您怎么侮辱我，我活该！只愿听凭上帝的意旨！要是它愿意要那两个理应去见它的人的命，那就让他们俩去死吧，我会哀悼他们，为他们祈祷的！要是它愿意我们全家受尽侮辱，那我们就跪倒在报仇之剑的下面，心甘情愿去吻它，既然我们是基督徒！这一时的耻辱，必将折磨着我的余生，我知道该怎么去补赎。先生，此刻跟您说话的，已经不再是于洛太太，而是一个可怜、卑贱、有罪的女人，一个一心只想忏悔的基督徒，从此将一心祈祷，永远慈悲。由于我罪孽深重，我只能是女人中最差的一位，而到忏悔的女人中去争第一。多亏您，使我恢复了理智，重又听到了上帝的声音，此时此刻，上帝就在我心里说话，我谢谢您啦！……"

她浑身颤抖，从此落下了颤抖的病根。

她温柔的声音与一个为挽救家庭而准备屈辱的女人的胡言乱语适成对照，她双颊的血色不见了，变得十分苍白，双眼也干干的。

"再说，我的角色扮演得也很蹩脚，对不对？"她不胜温柔地望着克勒维尔，就像古罗马的殉难者望着行省总督，继续说道，"一个女人的真正的爱，神圣而又忠贞不贰的爱，有其不同的欢乐，与肉体交易市场上可以买到的欢乐是迥然不同的！……说这些话干什么呢？"她反躬自省，又在完美的道路上前进了一步，说道，"这话听起来像是嘲讽，可我一点儿也没有这个意思！请原谅我。况且我想伤害的，也许只是我自己，先生……"

贞操的威严及其纯洁的光芒，将这位女人脑中一时掠过的邪念一扫而光，她顿时容光焕发，闪现出特有的美丽风采，在克勒维尔眼里显得十分伟大。

此时此刻，阿德丽娜圣洁如古威尼斯画家所绘的宗教画像中背着十字架的人物；然而，她似一只受伤的鸽子，飞逃进天主教堂中寻找保护，表现出了她所经受的苦难的无比伟大和天主教的无比伟大。

克勒维尔整个儿被惊呆了，不知所措。

"太太，我无条件为您效劳，"他一时冲动，宽宏大量地说道，"我们把事情好好考虑一下……您有什么要求？……噢！不可能办成？不可能也要办。我这就去银行抵押公债，两个小时之后，您就可以拿到您的钱……"

"我的上帝！真是奇迹！"可怜的阿德丽娜扑通一声跪倒在地，高声道。

她虔诚地祈祷起来，令克勒维尔深为感动，等她祷告完毕起身时，看见他眼里噙着泪水。

"做我的朋友吧，先生！……"她对他说，"您的心灵比您的行动和语言要善良。是上帝给了您灵魂，而您的思想和情欲则源自社会！噢！我会非常爱您！"她像天使般激动地说，其纯洁的表情与方才卖弄风情的恶俗的小伎俩，形成了奇异的对比。

"再也不要这样发抖了。"克勒维尔说。

"我在发抖？"男爵夫人没有意识到自己的毛病说发就发，问道。

"是的，瞧，"克勒维尔抓着阿德丽娜的手臂向她证明，她确实在神经质地颤抖个不停，"好了，太太，"他又尊敬地说，"您静一静，我这就去银行……"

"请赶紧回来！我的朋友，"她透露了心中的秘密，说道，"要明白，这可是为了我可怜的费希叔叔，以免他去自杀。他受了我丈夫的连累，瞧，我现在多信任您，把什么都跟您说了！啊！要是我们赶不及，我了解元帅，他那人心灵很敏感，要不了几天也就会没命的。"

"我这就去，"克勒维尔吻了吻男爵夫人的手，说道，"可那个可怜的于洛到底干了什么事？"

"他偷用了国家的钱。"

"啊！我的上帝！……我马上跑着去，太太，我明白了，我钦佩您。"

克勒维尔单腿跪下，吻了吻于洛太太的裙子，说了声"马上见"，转眼就消失了。

另一把六弦琴

不幸的是，从甫吕梅街回家去取有抵押权的公债，克勒维尔得经过瓦诺街，他实在无法抵挡住内心的欲望，要去见一见他的小公爵夫人。

到瓦诺街时，他还是一脸惊慌的神色。他走进瓦莱莉的卧室，发现她正让人给她梳妆打扮。

她在镜中打量了克勒维尔一番，跟所有同类的女人一样，见他这副激动的样子虽说还不知道到底因为什么事，反正不是为了她，心里就来气。

"你怎么了，我亲爱的？"她对克勒维尔说，"你就这一副样子进你小公爵夫人的卧房？我算是什么小公爵夫人，先生，只不过是你的小乖乖，老魔鬼！"

克勒维尔报之以苦涩的一笑，指了指莱纳。

"莱纳，我的姑娘，今天就到这里吧，剩下的我自己来打扮！把我那件中国料子的晨衣拿来，因为我看我先生今天好一副中国人的模样……"

莱纳这姑娘脸上麻麻点点，像只漏勺，仿佛生来专门给瓦莱莉作陪衬的，她与女主人会意地微微一笑，取来了晨衣。

瓦莱莉脱下了梳妆用的罩衫，身上只穿着一件衬衣，她套上晨衣，宛如草丛中的一条水蛇。

"太太，是不是不接待客人？"

"哪里话！"瓦莱莉说道，"哎哟，我的小胖猫，你说，左岸的行情是不是下跌了？"

"不是。"

347

"我们那座公馆是不是抬价了？"

"不是。"

"那么你不相信你是小克勒维尔的父亲？"

"瞎说！"男子汉自信是得宠的，反驳道。

"我的天，那我就一点儿也不明白了，"玛纳弗太太说，"一个朋友有什么难处，非要我像拔香槟酒瓶塞那样一点点往外抠，我才不管呢……你走吧，你让我讨厌……"

"没什么，"克勒维尔说，"我两个小时内需要二十万法郎……"

"噢！你能弄到吗？对了，通过于洛的笔录弄到的五万法郎我还没有用，我可以跟亨利再要五万法郎！"

"亨利！总是亨利！……"克勒维尔嚷了起来。

"我的马基雅维里的胖徒孙，你以为我会打发走亨利！法兰西会解除它的舰队的武装吗？……亨利！那可是挂在铁钉上一把不出鞘的刀。我可以用他来证明你是不是爱着我。"她说道，"今天上午你就不爱我。"

"我不爱你，瓦莱莉！"克勒维尔说，"我呀，就像爱一百万法郎那样爱着您！"

"这还不够！……"她说着跳上克勒维尔的膝头，两只手臂搂着他的脖子，就像是挂在衣钩上，"我想要你爱着我，就像爱一千万法郎，爱天下所有的金子，不，比这还要爱。亨利从来过不了五分钟，就会把他心事全都跟我说！可瞧瞧，你到底怎么了，我的胖乖乖？有什么事，咱们摆一摆呀……快把你的事都跟你的小猫咪说了吧，爽快点！"

说着，她用头发轻轻拂了拂克勒维尔的脸，一边拧了一下他的鼻子。

"怎么会长这么一只鼻子，竟然对他的瓦…莱…莉保密！……"她继续说道，边说边拧克勒维尔的鼻子，左一下，右一下，最后又把鼻子拧回了原位。

"呃！我刚刚见了……"

克勒维尔打住话头，看了看玛纳弗太太。

"瓦莱莉，我的宝贝，你以你的名誉发誓……你知道，以我们的名誉发誓，决不把我说的话走漏一个字……"

"知道了，区长大人！举手发誓，行了吧！……再举上一只脚！"

她说着摆出一副姿势，透过雾霭般的细麻布，她的身体依稀可见，显得那么奇妙精灵，看得克勒维尔像拉伯雷所说的那样，从头到脚全散了架。

"我刚刚见识了绝望的贞操！……"

"什么，绝望还有贞操可言？"她摇晃着脑袋，像拿破仑那样交叉着双臂，说道。

"是可怜的于洛太太，她需要二十万法郎！不然，元帅和费希老头就要自杀了，因为这事跟你有点儿关系，我的小公爵夫人，所以我准备挽救一下。噢！那是个圣洁的女人，我了解她，她会把钱全还给我的。"

一听到于洛两个字，又听说要二十万法郎，瓦莱莉细长的眼皮中射出一道目光，宛若硝烟缭绕的炮口闪烁的弹火。

"那个老女人，她怎么能让你动了恻隐之心的！她是不是给你看了什么？看了她的……她的宗教！……"

"别笑话她，我的心肝宝贝，她是个十分圣洁高贵而又虔诚的女人，值得敬重！……"

"那我就不值得敬重，我！"瓦莱莉一副阴森森的面孔盯着克勒维尔，说道。

"我没有这么说。"克勒维尔回答道，他深知对贞操的赞颂，会对玛纳弗太太构成多大的伤害。

"我也是很虔诚的，"瓦莱莉边说边坐到一把扶手椅上，"可是我决不把我的宗教信仰当门面，每次去教堂，我都是悄悄的。"

她一时沉默不语，再也不理会克勒维尔。

克勒维尔忐忑不安，摆出姿势站在瓦莱莉坐着的椅子前，见她陷入了沉思之中，正想着他的那番蠢话惹出的心事。

"瓦莱莉，我的小天使？……"

深深的沉默。她悄悄地抹去了一颗泪水，不知那眼泪是真是假。

"开口说话呀，我的小乖乖……"

"先生！"

"你在想什么呢，我的爱？"

"啊！克勒维尔先生，我在想我初领圣体的那天！那时我多美！多纯洁！多圣洁！……纯洁无瑕……啊！要是有人来对我母亲说：'您女儿以后准会是个婊子，欺骗她丈夫。总有一天，警官会在一座小公馆里把她当场抓住，她会把自己卖给克勒维尔，背叛于洛，那两个要命的老头子！……'呸！……哼！不等人把话说完，她就会气死的，她多爱我呀，可怜的女人！"

"你静一静！"

"你不知道，一个犯了奸情的女人，要多爱一个男人，才会把时时折磨着人的负疚感强压在心底。可惜莱纳走开了；不然她会告诉你，就在今天上午，她看见我眼里噙着泪水在祈祷上帝。我，您知道吧，克勒维尔先生，我丝毫不会拿宗教信仰取笑。您什么时候听我说过这方面的一句坏话？……"

克勒维尔摆了摆手。

"我不让别人在我面前说宗教半个不字……我随便什么都不当一回事，什么国王啦，政治啦，金融啦，上流社会神圣的一切，全不在乎，管他什么法官，婚姻，爱情，少女，老头儿！……可是教会……上帝！……噢！这，我从不乱说！我心里知道我做了错事，我为您毁了自己的前程……可您根本不知道我爱您爱到什么程度！"

克勒维尔双手合十。

"啊！得钻到我的心里，测一测我的宗教信念有多深，才能明白我为您所作的一切牺牲！……我感到我有着玛大肋纳的天性。您也知道我对教士有多尊敬！数一数我给教会献了多少东西！我母亲从小让我受天主教教育，我是理解主的！对我们这些堕落的人，他说的才最可怕。"

瓦莱莉拭去了滚落在面颊上的两滴泪水。

克勒维尔吓坏了，玛纳弗太太站了起来，情绪激烈。

"静一静，我的小乖乖！……你吓死我了！"

玛纳弗太太扑通一声跪倒在地。

"我的上帝！我不是个坏女人！"她双手合十说道，"行行好，捡回您这只迷途的羔羊吧，打也罢，杀也罢，只求您把她从教她堕落、犯了奸情的人手中夺回来，她一定会高高兴兴地趴在您的肩头！无比幸福地回到羊圈去！"

她站起身，望了望克勒维尔，克勒维尔见瓦莱莉双眼发白，真吓人。

"还有，克勒维尔，你知道吗？我呀！我有时感到害怕……无论此世还是彼世，都逃不脱上帝的惩罚。我能指望上帝对我发什么慈悲呢？上帝会以各种方式惩罚罪人，降下各种各样的灾难。傻瓜蛋们都不明白，那形形色色的灾难，原来是让你赎罪。我母亲在临死前跟我谈起她的晚年时，就是这么对我说的。可要是我失去了你！……"她像疯了一般，使劲地抱住克勒维尔又添了一句，"啊！那我也就不活了！"

玛纳弗太太松开克勒维尔，又跪倒在扶手椅前，合着双手，（那姿态多么迷人！）以难以置信的虔诚劲儿祈祷起来：

"您，圣女瓦莱莉，我善良的主保女神，您为什么不再经常降临到托付给您的人床头呢？噢！今天晚上降临吧，就像今天早上那样，给我一些善良的念头，我一定离开邪恶的道路，学玛大肋纳的样子，放弃骗人的享乐，放弃尘世虚假的荣华，甚至放弃我心爱的人！"

"我的小乖乖！"克勒维尔唤道。

"再也没有小乖乖了，先生！"她说着转过身去，俨然一个贞洁的女子，双眼含着泪水，显得高贵，冷漠，无情。

"别碰我，"她推开了克勒维尔，说道，"我的本分是什么？……

要忠于我的丈夫。那个人都快死了，可我在做什么呢？他就要进坟墓，可我却在欺骗他。他以为您这个儿子是他的……我这就去跟他说实话，先去赎罪，求得他的饶恕，再去求上帝的饶恕。我们分手吧！……永别了，克勒维尔先生！……"她站立着，朝克勒维尔伸去一只冰冷的手，继续说道，"永别了，我的朋友，我们到一个更好的世界再见面吧……您从我身上得到了一些快乐，那是罪孽，现在，我想要……对，我想得到您的尊重……"

克勒维尔热泪横流。

"大笨蛋！"她像女魔似的哈哈大笑道，"那些虔诚的女人就是采用这种手段来掏你的钱袋，骗你二十万法郎！可是你，还说什么黎塞留元帅，那个典型的洛夫莱斯，竟然像斯坦勃克说的那样，上这种陈词滥调的当！要是我愿意，大傻瓜，我也照样能掏出你二十万法郎！……管好你的钱吧！要是你钱太多，那多出的一份就归我好啦！虽说那个女人有虔诚的表示，值得敬重，因为她已经五十七岁了，可要是你给她两个子儿，我们永远别见面了，你养她做情妇吧；不过，你明天准会又跑到我这里来，被她硬邦邦的手摸得遍体鳞伤，被她廉价的泪水灌个烂醉，听她整日哭哭啼啼，恨不能把她的欢爱化作大雨！"

"二十万法郎，确实是一大笔钱。"克勒维尔说。

"那种虔诚的女人，胃口大着呢！……啊！什么也不放过！她们那套说教的卖价可好呢，比我们卖世上最稀罕、最实在的东西——欢乐还要贵……她们全都会编故事！不……啊！那种女人，我知道，在我母亲那儿见识过！她们自以为什么手段都可以去使，只要是为了教会，为了……唉，你应该感到羞耻，我亲爱的！你呀，本来很少给别人钱的……给我总共也没有二十万法郎！"

"啊！有的，"克勒维尔说，"那座小公馆花的就要这个数……"

"那你手头有四十万法郎？"她神色茫然地问。

"没有。"

"那么，先生，您是把给我买房子的那二十万法郎借给那个丑老太婆？你竟敢得罪你的小乖乖！……"

"可你听我说呀！"

"要是你把钱给一个变着法子行善的傻瓜，那你也算是个有点儿出息的人，"她变得激动起来，说道，"我会第一个劝你这样做，因为你这个人太纯洁，写不了大部头的政治论著来给你自己长名声；你也没有多少文采可以去炮制那些小册子；你只能像所有处在你这个位置上的人一样，去挑头做一件有关社会、道德、国家或者一般性的事情来给自己扬扬名。至于慈善之神，人家早给你抢了去，如今行善也都走了歪门邪道……那些小惯犯，命运竟然比可怜的清白人好，这一套都老掉牙了。我想呵，有那二十万法郎，你应该标新立异，做一桩难度更大但真正有益的事业。这样谈起你来，大家还会把你当成蓝衣慈善家，当成蒙迪翁之类的人物，我也会为你感到自豪！可是，二十万法郎扔进圣水缸里，借给一个不知什么原因被她丈夫抛弃了的伪善的女人，告诉你，被抛弃总是有理由的（我，人家会抛下我不管？），把钱借给这种人，那实在太蠢了，在我们这个年代，只有一个老化妆品商的脑袋瓜里才会冒出这种念头！能感觉得到一股子掌柜气。两天过后，包你不敢再去照镜子，瞧你自己一眼！赶紧把这钱送到偿还公债基金会去，赶紧去，见不到这笔款子的收据，我不会让你进门的。去！快点，早点儿去！"

她用肩膀把克勒维尔推出房间，看到他的脸上又浮现出了吝啬的神色。

门一关上，她大声道：

"这一下，莉丝贝特可解了大恨了！……真可惜她人在老元帅府上，不然，我们笑得会多开心！啊！这个老女人竟想夺我嘴里的面包！……我呀，我要叫你尝尝我的厉害！"

于洛元帅的特点之一

于洛元帅拥有最高的军衔，不得不找一处与其身份相配的住宅，最终住进了蒙巴纳斯街的一所华丽的府邸，那条街上，还有两三座亲王府呢。

尽管他把整幢楼房租了下来，但只用了底楼。

莉丝贝特来此管家后不久，便想把二层楼转租出去，她说，这一来，可捞回当初全部的租金，伯爵的住房差不多就不用花什么钱了；可老兵坚决不依。

几个月来，元帅心事重重，整天犯愁。他隐隐约约地看出了弟媳妇的痛苦，猜想她准遇到了不幸，虽然不知是什么原因。这位老人本来是谈笑风生，处事泰然，如今却变得沉默寡言，心想迟早有一天，他这座房子会成为于洛男爵夫人和她女儿的避难所，所以他要把这二楼给她们留着。

谁都知道德·福兹海姆公爵家底平平，所以陆军部长德·维森堡亲王坚持要他的老战友接受一份安家补贴费。

于洛把这笔钱全花在了一楼的家具摆设上，房子布置得体体面面，因为拿他自己的话说，他实在不愿意把他的那柄元帅权杖当作拐杖使。

在帝政时代，这座府邸的主人是位参议员，一楼的客厅装饰得极为富丽堂皇，白底描金，雕刻精美，至今保存得完好无损。元帅添置了一些式样相似的古色古香的漂亮家具。府邸的车库里停放着一辆马车，车牌上绘的是呈 X 形的两柄权杖的标志。需要出门去部里、宫里或去参加某个庆典仪式节庆时，他便去租几匹马。

他府上的当差跟他已经三十个年头了，是位六十岁的老兵，厨娘是老兵的妹妹。这样，元帅差不多又可节省下万把法郎，准备给奥丹丝以后用。

老人每天都从蒙巴纳斯街，通过林荫大道，步行去甫吕梅街；残老军人见到他，每次总是立正，向他敬礼，元帅则报之以微微的一笑。

"您对那个人立正，他到底是谁呀？"有一天，一个年轻的工人向残老军人院的一位老上尉打听道。

"让我来告诉你吧，小伙子。"军官回答道。

小伙子摆出架势，像是心甘情愿地要听他唠叨下去。

"那是在一八〇九年，"残老军人说，"我们受命掩护向维也纳进发的大军的侧翼，大军由皇帝亲自率领。我们来到了一座桥口。对面的山岩上有高低三座碉堡，数排大炮，三重的火力封锁了整个桥面。我们都在玛赛纳元帅的麾下。你刚才看见的那位，当时是禁卫军掷弹兵上校，我是他的部下……我们的队伍占据着河的这一边，碉堡就在河的另一边。我方接连向桥头发起了三次冲锋，但三次都没有成功。'去把于洛找来！'元帅命令道，'只有他和他手下的人马才能咬下这块硬骨头。'我们于是赶到了。在桥前撤下的最后一位将军在炮火下拉住了于洛，告诉他该如何去攻，一边挡着去路。于洛将军沉着冷静地回答说：'我不要什么主意，需要的是腾出地方让我通过。'说罢带着队伍冲上了桥。这时，轰隆隆！三十门大炮一起向我们开火。"

"啊！我的天！"工人惊叫起来，"这一下该又有不少受伤拄拐杖的！"

"你要是像我，亲耳听到他那么冷静地说出那句话，小伙子，你也一定会对他佩服得五体投地！那座桥虽说不像阿尔高勒桥那样有名，但也许更为壮观。我们跟着于洛冲进了对方的炮兵阵地。牺牲了的一个个都是好汉！"军官脱下帽子说道，"德国鬼子一下子全惊呆了。后来，皇帝封你看到的那位老人为伯爵；他给我们统帅的这份荣耀，就是给我们大家的荣耀；他们提升他为元帅，实在是太应该了。"

"元帅万岁！"工人喊了声。

"噢！你尽可以喊，元帅的耳朵给大炮震聋了。"

这一段小插曲可以表明残老军人们对于洛有多敬重，加之于洛元帅始终坚持共和党的主张，更赢得了本区居民的好感。

如此平静、纯洁而又高贵的灵魂，如今却不胜悲伤，让人见了实在难过。男爵夫人无可奈何，只得拿出女人的机巧，跟她大伯撒谎，把可怕的事实真相整个儿都瞒着他。

就在灾难临头的那天早上，跟所有老人一样睡觉很少的元帅，以答应结婚为代价，从莉丝贝特嘴里了解到了有关他兄弟处境的一些实情。

打从她进了这个家起，老姑娘就恨不得对她的未婚夫倒出真情，如今对方竟然主动求她，谁都可以理解她有多高兴；因为这样一来，她的婚事是笃笃定定了。

"您兄弟是不可救药了！"莉丝贝特对着元帅那只还管用的耳朵大声喊道。

洛林女人凭借她响亮而清晰的声音，得以跟老人对话。她一心想向她的未婚夫证明，跟她在一起，他就决不会是聋子了，为此，喊得她肺都没气了。

"他竟然有三个情妇，"老人说道，"可他有阿德丽娜呀！可怜的阿德丽娜！……"

"您要是愿意听我的话，"莉丝贝特大声喊叫道，"您应该利用您对德·维森堡亲王的影响，给我的堂姐谋一个体面的位子；她一定用得着的，因为男爵三年的薪水都被抵押了。"

"我这就去部里，"他回答道，"我去见元帅，了解一下他对我兄弟的想法，请他积极保护我的弟媳妇。找一个配得上她的位子……"

"巴黎的慈善太太们跟大主教达成一致，成立了好几个慈善协会；她们需要视察员去了解各种真正的需要，给的报酬很体面。这种职位对我亲爱的阿德丽娜正合适，会合她的心意的。"

"差人去租马套车！"元帅吩咐道，"我这就穿衣服。需要的话，我会去纳伊宫！"

"他多喜欢她哟！看来我随时随地都会碰上她。"洛林女人说道。

莉丝贝特在这个家里已经称霸，不过不是当着元帅的面！

她让三个仆人感到害怕。她给自己添了个贴身女仆，发挥出老姑娘的能量，凡事都了解得一清二楚，观察得仔仔细细，不管什么，都要让她亲爱的元帅舒舒服服的。

再说，莉丝贝特跟她的未婚夫一样是个共和派，她身上那些平民百姓的东西很讨元帅的喜欢，何况她吹捧起他来，又机巧得惊人；两个星期以来，元帅就像个受到慈母照顾的孩子，生活好多了，最终把莉丝贝特看成了他梦想的一部分。

"我亲爱的元帅！"她把元帅送到门口的台阶上，高声嘱咐道，"把车窗玻璃摇上，千万不要受风了，就算是为了我吧！……"

元帅这位老单身汉从来没有受到过这般体贴，尽管心事重重，临走时还是朝莉丝贝特微微地笑了一笑。

亲王的一顿斥责

就在这同一时刻，于洛男爵奉命离开陆军部的办公室，去见德·维森堡亲王元帅。

尽管部长召见手下的一位局长没有什么值得大惊小怪的，但于洛心病实在太重，发现传令官米图弗莱的脸上有一种阴森森、冷飕飕说不清道不明的东西。

"米图弗莱，亲王怎么样？"他关上门，跟上在前面走的传令官，问道。

"他恐怕对您恨得咬牙切齿呢，男爵先生，"传令官回答说，"因为听他的声音，看他的目光和脸色，像是一场要发作的风暴……"

于洛脸色煞白，一声不吭地穿过候见厅、客厅，心里怦怦乱跳，最终来到部长办公室门前。

元帅年过七旬，一头白发，脸色像所有上了这把年纪的老人一样，黑黑的，脑门大得出奇，十分抢眼，让人想象是一个战场。

雪白的头顶，灰色的脑壳，两道突出的弓形浓眉下，闪烁着两只拿破仑似的湛蓝的眼睛，平常总含着忧伤，充满苦涩的念头和遗憾。

这位贝尔纳多特的有力对手曾有过受封为王的希望。情绪发作时，两只眼睛便变成两道可怕的闪电。原本沉沉的嗓子发出刺耳的号叫。一旦动怒，亲王即刻恢复大兵的面目，满口是科坦少尉的那一套，一点儿面子也不给。于洛·德·埃尔维瞥了老雄狮一眼，只见他头发蓬乱，像狮鬣一般，双眉紧锁，背倚壁炉架站立着，两只眼睛看上去一副茫然的模样。

"亲王，我前来听命！"于洛神态超然，不失优雅地说道。

元帅紧紧地盯着局长，看着他从门口走到他面前几步远的地方，一个字也不说。

这沉重的目光犹如上帝的目光，于洛难以承受，神色慌乱地垂下眼睛。

"他什么都知道了。"于洛心里想。

"您的良心就没有对您提醒过什么？"元帅声音沉闷而严肃地问道。

"亲王，提醒过，瞒着您在阿尔及利亚掠财，我恐怕是错了。我这个年纪，加上我的那些嗜好，在部队服役了整整四十五年，如今却是一点儿家产都没有。法国四百位议员的原则，您是了解的。那些先生对什么职位都嫉妒，连部长们的薪俸都克扣，这够说明问题了！……去向他们为一个老公仆讨钱哪能行呢！……那帮人，能指望他们什么呢？那帮人不仅对行政官员很苛刻，对土伦港的工人也是一样，每天只付给他们三十个苏，可没有四十个苏，工人们根本养活不了他们全家。在巴黎，公务员们只拿六百、一千、一千二法郎的薪金，这有多惨啊，他们从来没有考虑过，可一旦薪俸到了四千法郎，他们就想要我们的位子了……还有呢，他们连在一八三○年没收的王室财产也拒不返还给王室。有份财产，还是路易十六用自己的钱置下的！跟他们去为一个穷亲王讨回来，他们根本不肯！……要是您没有家财，我的亲王，他们准会让您跟我大哥一样，靠那点干巴巴的薪俸过日子，才记不起您曾经跟我一起，在波兰的那片沼泽地里救过大军呢。"

"你盗用了公款，该上重罪法庭，"元帅说道，"就跟那个国库的出纳员一样，可先生，这事你却说得这么轻巧？……"

"那可大不一样，大人！"于洛男爵嚷叫起来，"我往归我管的钱柜里伸过手吗？……"

"人要是做了这种丑恶的勾当，处在你的位子上，干得又那么笨手笨脚，那是双重的犯罪。"元帅说道，"你可耻地玷污了我们的高层领导机关，迄今为止，它是欧洲最为纯洁的！……而先生，这一切，仅仅是为了二十万法郎和一个破烂女人！……"元帅厉声说道，"你是国务参事，要是一个普通士兵私卖军用物资的话，是要判死罪的。前几天，第二枪骑兵团的甫朗上校就是这么跟我说的。在萨维尔纳，他手下的一个士兵爱上了一个阿尔萨斯姑娘，姑娘想要一条披肩，缠着他不放，可怜我们那个鬼枪骑兵，在部队已经服役二十年，是团队的骄傲，本来要晋升为军士长，可为了给姑娘一条披肩，卖了连里的军用物资。德·埃尔维男爵，你知道那个鬼枪骑兵是什么下场？他把玻璃捣成了碎片，往肚子里吞，折磨了十一个小时后，死在了医院里……你呀，就想办法中风死了算了，这样，我们也许可以为你保住面子。"

男爵目光惊恐地看了看老军人，元帅一见这种懦夫的模样，气得脸色发红，两只眼睛冒出了火来。

"您是要抛弃我吗？……"于洛结结巴巴地问道。

于洛·德·福兹海姆伯爵元帅与科坦·德·维森堡亲王元帅即德·奥尔法诺公爵陆军部长大人之间的短暂决斗

　　这时，于洛元帅得知办公室里只有他兄弟和部长，便擅自闯了进去。他像所有聋子一样，径直走到元帅面前。

　　"噢！"波兰战役的英雄高声嚷道，"我知道你来干什么，我的老战友！……可做什么都没有用了……"

　　"没用了？……"于洛元帅只听到了这三个字，重复了一遍。

　　"是的，你是为你兄弟来找我说情的；可你知道你兄弟是什么人吗？……"

　　"我兄弟？……"聋子问道。

　　"告诉你吧！"元帅吼叫道，"他是个无……赖……根本不配你！……"

　　元帅怒不可遏，眼睛里迸射出道道闪电，那目光像拿破仑的一样，让人失魂落魄。

　　"你是胡说，科坦！"于洛元帅脸色惨白，反驳道，"把你的元帅棍子丢下，跟我一样！……要怎么样，由你了。"

　　亲王走到老战友面前，两只眼睛直直地盯着他，紧紧握住他的双手，对着他的耳朵高声说道：

　　"你是个男子汉吗？"

　　"你到时瞧吧……"

　　"那好！好好挺住！事情非同小可，天下最大的灾难有可能会落到你的头上。"

　　亲王转过身子，拿起桌上的卷宗，往于洛元帅手中一塞，对他喊道：

"读一读吧！"

德·福兹海姆伯爵读到了卷宗中的一封信，内容如下：

呈军事议会主席阁下

（机密）

于阿尔及尔……

我亲爱的亲王，我们手头有一桩很棘手的案件，现呈上诉讼案卷，您自可看到有关详细情况。

简要案情是，于洛·德·埃尔维男爵派他的一个叔岳至奥朗省，并派了一位仓库保管员作为其同谋，做军用粮草的投机生意。该保管员招认了部分事实，引起了普遍关注，但最终越狱逃跑了。检察官以为案件只涉及两位下级军官，所以案子办得很严；可是您属下那位局长的叔岳若翰·费希眼看自己要被送上重罪法庭，在狱中用一枚铁钉自杀身亡了。

这位高尚正直的人十有八九是受了他助手和侄婿的欺骗，若他不一时起念，给于洛男爵写过一封信，此案本来可以就此了结。不料信被检察机关扣留，检察官看了极为惊愕，于是来见我。要逮捕一位工作卓越、忠心耿耿的国务参事兼陆军部局长，并提起公诉，这实在太可怕了，何况他在贝莱齐纳一仗之后，重组了整个行政机构，搭救过我们，为此，我要求将案卷移交给了我方。

案子是不是继续办下去？既然明显的主犯已经自杀身亡，是不是该把案子压下来，以缺席审判那位仓库保管员了事？

检察长同意将案卷转呈您处，德·埃尔维男爵人在巴黎，案子当由王家法院裁决。我们找到了这一相当暧昧的办法，以暂时摆脱眼下的难题。

我亲爱的元帅，只是您要立即采取决定。现在对这一令人遗憾的事件已经议论纷纷，眼下，只有检察官、预审法官、检察长和我知道谁为罪魁祸首，一旦走漏风声，会给我们造成极大的麻烦。

读到这里，信从于洛元帅手中掉落在地，他看了他弟弟一眼，发现已经没有必要再翻看其他材料；可他找出了若翰·费希的信，浏览了两眼，递给了他兄弟。

寄至奥朗监狱

我的侄婿，当您读到此信时，我已经不在人世了。

您放心吧，他们找不到任何指控您的证据。

我一死，加之您的那位骗子夏尔当又在逃，案子必定不了了之。

多亏您，我们的阿德丽娜是那么幸福，她的幸福模样令我死也死得十分安详。

您不用再送那二十万法郎来了。永别了。

此信将由一位我觉得可以信赖的囚犯转交给您。

若翰·费希

"我请您原谅。"于洛元帅对德·维森堡亲王说，话中带着令人心动的自尊。

"哎哟，我们还是以'你'相称吧，于洛，"部长紧紧握着老朋友的手，答道，"可怜的枪骑兵不过只害了他一个人。"他狠狠地瞪了于洛·德·埃尔维一眼，说道。

"你拿了多少？"德·福兹海姆伯爵厉声问他兄弟。

"二十万法郎。"

"我亲爱的朋友，"伯爵对部长说道，"四十八个小时内，您就可以收到那二十万法郎。决不能让人家说姓于洛的盗用公家的一个子儿……"

"简直是瞎来！"元帅说道，"我知道那二十万法郎在何处，会去让人要回来的。你提交辞呈吧，要求退休！"他拿起一式两份的正式规格的公文纸，摔到国务参事坐着的桌子旁，只见男爵两条腿直抖。"你要是惹上这场官司，会把我们大家的脸给丢尽，我已经得到内阁会议的同意，由我来全权处理。既然你受得了这种没有脸面、我根本瞧不起的生活，自甘堕落，那你就退休吧，该你的退休金会给你的。只是不要再惹是生非。"

元帅摇了摇铃。

"职员玛纳弗在吗？"

"在的，大人。"传令官回答道。

"让他来一趟。"

"你呀，"部长一见玛纳弗，便吼叫道，"和你老婆串通一气，把德·埃尔维害到这个地步。"

"部长先生，我请您原谅，我们家很穷，我只靠这份差使养家糊口，我有两个孩子，其中那个小的是男爵先生的，就要在我们家出生了。"

"十足一副无赖的嘴脸！"亲王指着玛纳弗对于洛元帅说，"不用再胡搅蛮缠了。"他接着说道，"把那二十万法郎交出来，不然就去阿尔及利亚。"

"可是，部长先生，您不了解我老婆，她把那些钱全都给吃光了。男爵先生每天都要请六个人吃晚饭……我家每年要花五万法郎呢。"

"你走吧，"部长喝令道，犹如在激战中发出冲锋的号令，"两个小时内你会收到调令……走。"

"我宁肯自己提出辞职，"玛纳弗放肆地说，"我落到这个下场，还要再打击我，太过分了；我不会甘心的，我！"

说罢，他走了出去。

"厚颜无耻的东西。"亲王道。

面对这一幕，于洛元帅一直站着，一动不动，脸色煞白，像个死人，一边偷偷地察看着他的兄弟。这时，他走到亲王面前，抓起他的手，又对他说了一遍：

"四十八个小时之内，所有物质上的过错都将得到弥补，可脸面保不住了！永别了，元帅！这是要命的最后一击……是的，我是死定了。"他凑近亲王的耳朵说。

"真见鬼，你今天早上跑这儿来干什么？"亲王激动地问道。

"我是为他妻子来的，"伯爵指了指艾克托尔，回答道，"她连面包都没有吃的了！尤其是眼下。"

"他有退休金呀！"

"都抵押了！"

"准是给魔鬼缠住身子了！"亲王耸了耸肩膀，说道，"是什么媚药把您弄得丢魂落魄，贪吃这种女人？"他问于洛·德·埃尔维道，"你明明知道法国行政管理机关办事一丝不苟，非常严格，什么都要有登记，要有笔录，进出几个生丁都不惜用几令纸张来记账，你自己也一直抱怨，为了释放一个当兵的，买几根马刺，区区小事，也要有数百个签字，可你盗用公款怎么能指望长时间掩盖住呢？还有那些报纸！那些嫉妒狂！那些恨不得去偷去抢的家伙！那些女人是不是弄得你丧失了理智？她们是不是用核桃壳遮住了你的眼睛？要不就是你跟我们生来就不一样？你早就不是条男子汉了，那个德性，早该离开部队机关了！你做了那么多荒唐事，如今又犯了罪，你迟早要落到个……我都不愿说出口……"

"答应我一定要好好照顾她，科坦？……"德·福兹海姆伯爵请求道，他什么也没听见，一心只想着他的弟媳妇。

"放心吧！"部长回答道。

"那就好了！谢谢，永别了！"——"走呀，先生？"他对他的兄弟说。

亲王目光看似平静，打量着他们兄弟俩，他们的举止、体格和性情迥然不同：一个勇敢，一个怯懦；一个严肃，一个放荡；一个清清白白，一个盗用公款。

"这个懦夫不会去死的！但我可怜的于洛，为人是那么清白，却是死到临头！"亲王心里想。

他坐到扶手椅上，又开始阅起非洲发来的急件，举手投足间，既显示出了统帅人物的沉着冷静，又表露出了战场厮杀的情景所传染的深刻的怜悯心！军人们表面上那么粗野，战争中养成的习惯又赋予了他们在战场上必不可少的那种绝对的冷酷，但实际上，天下没有谁更比他们富有人情味了。

报界之说

次日，几家报纸在不同的栏目里登载了以下各种报道：

"于洛·德·埃尔维男爵近日申请退休。阿尔及利亚行政处账目混乱，因两位职员一死一逃而曝光，导致这位高级官员做出了上述决定。于洛男爵得悉其不幸给予信赖的职员闯下大祸，在部长办公室里当即肢体麻木，不能动弹。

"于洛·德·埃尔维先生系于洛元帅之胞弟，在军队服役四十五年。此番决定，令所有熟知于洛先生人品才干的人深表嗟叹，虽极力挽留，终究未果。他在帝国禁卫军华沙军需总监任内耿耿忠心，一八一五年为拿破仑临时征募大军承担各部组织事宜，表现卓著，对此人们至今未能忘怀。

"帝政时代又一功臣将告别历史舞台。一八三〇年以来，于洛男爵先生始终是国务参事院和陆军部不可或缺的一位出类拔萃的人物。"

"阿尔及尔讯：所谓粮草事件，被几家报纸大肆渲染之后，以主犯之死收场。若翰·费希先生在狱中自杀，其同犯在逃，但将受缺席审判。

"费希生前系军需供应商，为人向来诚实，深受人们敬重，因遭在逃仓库管理员夏尔当先生的蒙骗，而自杀。"

在有关巴黎逸事的栏目里，有下面的报道：

"陆军部部长元帅先生，为杜绝今后之隐患，决定在非洲建立一家军需办事处。任命科长玛纳弗先生负责办事处工作。"

"于洛男爵继任人选引起多方觊觎。据闻，该局长之职位已许诺给拉斯蒂涅克伯爵先生之内兄，议员马夏尔·德·拉罗什－于贡伯爵先生。行政法院审查官马索尔先生有望擢升为国务参事，克洛德·维尼翁先生接任审查官。"

在种种报刊中，对反对派报纸而言，最危险的当属官方报刊。记者无论多狡猾，遇上克洛德·维尼翁这样出身报界而后发迹进入高层权力机构的人，有时也会有意无意地被他们的精明所蒙蔽。

因此不妨套用伏尔泰的话：

巴黎逸事，并非平庸之士所想象的琐事。

家兄严训

于洛元帅领着弟弟回家，弟弟毕恭毕敬地让兄长坐在里排，自己坐在车子前座。

兄弟两人一声不吭。艾克托尔神情沮丧。元帅则保持克制，仿佛在积蓄力量，铆足了劲来承担压顶的重量。

回到公馆，他一句话不说，以命令的手势，将他兄弟带进书房。

伯爵曾从拿破仑皇帝那里得到过一对凡尔赛工场制造的精美手枪，他从放枪的书桌里取出枪盒，只见上面刻着几个字：拿破仑皇帝赐予于洛将军；他向兄弟指了指枪，对他说道：

"这是治你病的医生。"

莉丝贝特一直在半掩着的门口张望，见状赶紧跑向马车，吩咐快马加鞭赶往甫吕梅大街。

约莫二十分钟后，她带回来了男爵夫人，男爵夫人从她处得知了元帅威胁兄弟一事。

伯爵瞧都不瞧他兄弟一眼，摇铃叫"管家"进来，这是一个伺候了他三十年的老兵。

"博彼埃，"他吩咐道，"把我的公证人，斯坦伯克伯爵，我的侄女奥丹丝，还有证券经纪人都叫过来。现在是十点半钟，所有人得在正午时到齐。叫上几辆车……从速去办！"他又用上了过去共和党人的一句口头禅。

他可怖地一撇嘴巴，一七九九年在布列塔尼镇压保王党时，也常常是这样一撇嘴，令他的士兵们一个个不敢有二心（见《朱安党人》）。

"遵命，元帅。"博彼埃将手举至额头，敬了个礼说道。

老元帅撇下他兄弟，自己回到书房里，从书桌里拿出一把藏着的钥匙，打开一只镶着孔雀石的钢制珠宝盒，这是亚历山大大帝送的礼物。

　　当年，他曾奉拿破仑大帝之命去拜见俄国皇帝，归还在德雷斯顿一役中缴获的一些私人财产，拿破仑希望以此交换被俘的旺达姆将军。

　　沙皇慷慨地赠给于洛将军这个珠宝盒，并对他说希望有朝一日能对法国皇帝施以同样的礼仪；但是沙皇扣住了旺达姆。

　　镶金的盒盖上，饰着纯金的俄国帝皇徽章。元帅点了点盒里的黄金和银行票据：他有十五万两千法郎！他不禁流露出了一种得意的举止。

　　这时，于洛夫人走了进来，那神态连审判政治犯的法官见了也会心软。

　　她扑向艾克托尔，神情痴癫地一会儿看看枪盒，一会儿看看元帅。

　　"您要对您兄弟怎么样？我丈夫得罪了您什么？"她说话声音那么响，连元帅也听到了。

　　"他毁了我们大家的名誉！"这位共和时代的老战士答道，他这一喊叫又引发了他旧日的一道创伤，"他盗用国家财产！他玷污了我家族的姓氏，他让我不想再活下去，他要了我的命……我剩下的这点力气，也只能用来给他偿还公款了！……在共和政府的元老，我最敬重的德·维森堡亲王面前，我不分是非，竟为他辩白，让我丢尽了脸面！……这，这还不算什么吗？这就是他欠国家的一笔账！"

　　他拭去一滴泪水，接着说道：

　　"再说他对他的家吧！他夺走了我给你们积存的面包，夺走了一个老战士三十年的积蓄，那是省吃俭用积攒下的钱呀！这些，是我原本给你们留着的！"他指了指那些银行票据，说道，"他害死了他的费希叔岳，那是一个高尚可敬的阿尔萨斯的好儿子，跟他不一样，容不得农民的名声玷上污点。还有，上帝也实在慈悲，让人崇敬，竟让他有幸在天底下的女人中挑上了一个天使！娶到阿德丽娜为妻，他的福气真好！可他背叛了她，伤透了她的心，离开她去找些婊子，娼妇，淫货，戏子，什么凯迪娜，若赛花，玛纳弗……这就是我当作自己孩子引为骄傲的人……走吧，可怜虫，你自作自受，要是你心甘情愿过这种不耻的生活，你就走吧！我，我没有力气诅咒一个我如此爱过的兄弟，阿德丽娜，我和你一样对他无能为力，可叫他永远别再出现在我面前。我不许他给我送终，给我送葬。即使他没有良心，可犯了罪，总也要有点儿廉耻心吧……"

这番郑重的教训之后，元帅已是精疲力竭，脸色苍白，倒在了书房的沙发上。

也许是平生第一次，从他眼睛里淌出了两行泪水，濡湿了他的双颊。

"我可怜的费希叔父！"莉丝贝特用条手帕捂着眼睛叫道。

"我的大哥！"阿德丽娜跪在元帅跟前哀求道，"为了我活下去吧！帮帮我让艾克托尔重新生活，让他将功补过！……"

"他！"元帅说道，"要是他活着，他的罪孽就没个完！连阿德丽娜这样的女人，他都不珍惜，热爱国家，珍爱家庭，怜爱穷人，这些真正共和党人的情感，我曾经努力使他铭记在心，现在在他身上也已灰飞烟灭。这个人是个魔鬼，是个畜生……要是您还爱他，就带他走，因为我感到内心有个声音在向我呐喊，让我上了子弹，打烂他的脑袋！杀了他，我就可以救你们大家，也救了他本人。"

老元帅猛地站起身来，动作令人恐惧，可怜的阿德丽娜吓得叫道："过来，艾克托尔！"

她拉住她的丈夫，带着他离开了屋子，男爵已经彻底垮了，她不得不将他拖进车子里，带回甫吕梅大街，让他在家卧床休养。

这个近乎废了的男人就这样在床上待了好几天，不肯吃饭，也不说一句话。

阿德丽娜含泪哀求，才劝得他咽下一些汤水；她守护在病榻前，不久之前百感交集的心里，此刻只剩下一丝深切的怜悯。

入土为安

十二点半钟，莉丝贝特把公证人和斯坦勃克伯爵带进她亲爱的元帅的书房，见元帅像是变了个人似的，吓得她没敢离开他。

"伯爵先生，"元帅道，"请您给我的侄女，就是您的夫人签署一张转让年金存单所必要的授权证明，她现在只享有虚有权。费希小姐，请您放弃您的使用收益权并同意转让。"

"好的，亲爱的伯爵。"莉丝贝特毫不迟疑地答道。

"那好，我亲爱的，"老战士答道，"我希望再多活几天好报答您。我从未怀疑过您，您是一个真正的共和党人，人民的女儿。"

他抓过老姑娘的手，吻了一下。

"阿讷坎先生，"他对公证人说道，"请拟订一份委托书，两点钟之前交给我，以便今天就可以在证券交易所转让年金。存单在我侄女伯爵夫人手上；她马上过来，您把委托书带来，她就签字，费希小姐也要签。伯爵先生现在陪您上您府上，让他先给您签字。"

见莉丝贝特给他递了个眼色，艺术家便恭恭敬敬地向元帅施礼告辞。

第二天上午十点钟，德·福兹海姆伯爵到德·维森堡亲王府上求见，很快被请了进去。

"啊！亲爱的于洛，"科坦元帅给他的老朋友递过一摞报纸说道，"你瞧，我们挽回了面子……你读吧。"

于洛元帅将报纸放在他老战友的书桌上，递给了他二十万法郎。

"这是我弟弟拿的国家的钱。"他说道。

"真是疯了！"部长嚷道。他拿起元帅递给他的助听器，对着元帅的耳朵补充道，"我们不可能再收回这笔钱。收了，我们只好承认你弟弟盗用了公款，我们已千方百计把事情给捂住了……"

"随你怎么处理吧，但我不愿意在于洛家族的财产里，有一分钱是从公款里盗来的。"伯爵说道。

"这事我只好请国王发话了，不必再说了。"部长答道，他知道老人的这份有骨气的执拗劲是不可能战胜的。

"永别了，科坦，"老人握住德·维森堡亲王的手说道，"我感到心里像冰冻似的……"

说罢，刚走了一步，他又回转身来，望着眼前感慨万分的亲王，不禁张开双臂紧紧将他抱住，亲王也紧紧拥抱着元帅。

"我跟你道这声永别，"他说，"就像是跟整个大军诀别。"

"永别了，我的好老战友！"部长说道。

"是的，永别了，因为我就要去我们曾经哀悼过的那些士兵安息的地方……"

正在此时，克洛德·维尼翁走了进来。

拿破仑麾下仅存的两位老迈的士兵郑重地相互道别，未流露出一丝激动的痕迹。

"亲王，您该对报纸上的消息满意了吧？"未来的行政法院审查官说道，"我略施计谋，弄得反对派的报纸还以为他们登的，是我们的秘密呢……"

"可惜，这一切都没有用了，"部长目送着元帅从客厅出去答道，"我刚刚心如刀绞地道了一句永别。于洛元帅没有几天好活了，昨天我已经看得清清楚楚。这个人刚正不阿，打起仗来不要命，连炮弹也对他肃然起敬……嗐……就在这儿，就在这把椅子！……他受到了致命的一击，在我的手上，就因为一张纸！……摇铃把我的车子叫来。我这就去纳伊宫。"他吩咐道，一边把二十万法郎塞进了他的部长公文包里。

虽说莉丝贝特悉心照料，但三天后，于洛元帅还是离开了人世。

这样的好汉，是他们所信仰的党派的荣誉。

对于共和党人来说，元帅是爱国主义的理想典型；出殡时，他们全都到了场，送葬的人多极了。军队、政府机关、王家贵族、平民百姓，所有的人都来向这个品质高洁、廉正奉公、功绩卓著的人告别。

死后有平民百姓来送葬，这并不是谁都能如愿的。

这场葬礼是一份正直、高雅、真诚的见证，它深深地显示出了法兰西贵族的功绩和荣耀。

在元帅的灵柩后面，人们看见了老侯爵蒙托朗，他的兄长是于洛一七九九年镇压朱安党人叛乱时的手下败将。在中了共和军的枪弹濒死之际，将他弟弟的财产托付给了这位"共和国的军人"（见《朱安党人》）。于洛遵照这个贵族的口头遗嘱，成功地保住了那位已逃亡国外的弟弟的财产。

因此，这位法兰西老贵族也没有忘记向这个九年前打败了德·贝里公爵夫人的军人道别。

离发布最后一道婚约公告只有四天时间了，可元帅偏偏离开了人世，这对莉丝贝特来说不啻于一个晴天霹雳，连同谷仓和囤积的粮食全都烧了个精光。

洛林姑娘办事实在也太顺利了，可是由于她与玛纳弗太太给这个家庭的一次次打击，造成了元帅的死。本来大功即将告成，老姑娘的怨恨就要烟消云散，可却希望突然幻灭，老姑娘愈发怀恨在心了。

莉丝贝特去玛纳弗太太家疯了似的哭了一场，她现在已是无处栖身，因为元帅的屋子订的是终身租契。

克勒维尔为了安慰瓦莱莉的朋友，拿了她的积蓄，自己又大方地加了一倍，将这笔钱以百分之五的利息放贷出去，收益归莉丝贝特，产权则记在塞莱斯蒂娜名下。

莉丝贝特得益于此，有了一笔两千法郎的终身年金。

在清点遗产的时候，人们发现了元帅的一封遗书，委托他的弟媳妇、侄女奥丹丝、侄儿维克托朗三人给本来应该成为他妻子的莉丝贝特·费希小姐一笔一千两百法郎的终身年金。

浪父离家

阿德丽娜见男爵已经到了半死地步，这些天来一直对他瞒着元帅的死讯；但是莉丝贝特上门来时穿着丧服，男爵终于在元帅出殡十一天后获知了真相。

这可怕的一击反倒给病人提了精神，他下了床，来到客厅，只见全家身穿黑衣聚在那里，一看见他来，顿时鸦雀无声。

半个月的时间，于洛男爵瘦得像个骷髅，在他家人眼里，他简直已经成为一个鬼影子。

"怎么也得拿个主意。"他坐在一张椅子上，见全家都在，只有克勒维尔和斯坦勃克没有来，声音微弱地说。

"我们在这儿住不下去了，"父亲刚进来的时候，奥丹丝正在发表意见，"房租太贵了……"

"说到房子问题，"维克托朗打破了令人难以承受的沉默，开口说，"我来安排我母亲……"

男爵正低着头出神地盯着地毯上的花纹，可什么也没有看进去，一听到做律师的儿子说这句话，要抛下他不管，不禁抬起头来，伤心地望了他一眼。

父亲即便是身败名裂，其权利也永远是神圣的，维克托朗立刻打住话头，不说了。

"安排你母亲……"男爵接着说道，"你是对的，我的儿子！"

"住我们楼上的那套房间，就在我们同一幢楼里。"塞莱斯蒂娜接过她丈夫的话说。

"我惹你们嫌了吧，孩子们？……"男爵像是看破了自己，以一种温和的语气说道，"啊！未来的事你们不必担心，以后也不用再抱怨你们的父亲了，你们再见到他时，不会有什么再为他脸红的了。"

他过去搂住奥丹丝，吻了吻她额头，又向儿子张开双臂，儿子明白了父亲的意思，绝望地扑到他的怀里。

然后，他回到自己的卧房，阿德丽娜担心极了，跟着他也走了进去。

"大哥的话是对的，阿德丽娜，"他抓住她的手说道，"我不配再在这个家里生活下去，可怜的孩子们表现得都很出色，我只能在心里为他们祝福，不敢再有其他念头；你对他们说，我只能拥抱他们，因为一个身败名裂的人，一个成了杀人犯的父亲，一个非但不能荫庇门庭，光宗耀祖，反而成了家族祸害的人，他的祝福是不祥的；但我还是会每天远远地为他们祝福。至于你，只有上帝能为你的功德做出相应的补偿，因为他是万能的！……求你原谅。"他在妻子面前跪下，拉着妻子那两只被他泪水濡湿的手。

"艾克托尔！艾克托尔，你有大的过失，但上帝有无限的慈悲，你可以留在我身边，补赎一切……让基督徒的情感帮你振作起来，朋友……我是你的妻子，不是你的判官。我是你的一件东西，你想把我怎么样都行，带我去你要去的地方，我感到还有力量来安慰你，以我的爱情、关心和敬重，使你能生活下去……我们的孩子已经成家立业，他们不需要我了。让我努力成为你的娱乐，你的消遣。允许我分担你颠沛流离的痛苦，减轻这种痛苦。我多少对你有些用处，至少可以省下你请用人的钱……"

"你原谅我了，我心爱的阿德丽娜？"

"是啊，可是，我的朋友，你起来啊！"

"好，有你的原谅，我就可以生活下去了！"他站起身接着说道，"我回到房间里，就是不愿让孩子们看到他们的父亲低卑的样子，哎！每天看见一个像我这样罪孽深重的父亲真是可怕，真是丢尽了家长的尊严，弄得妻离子散。我不能再待在你们中间，我要离开你们，省得你们看到一个丢尽脸面的父亲可憎的模样。不要反对我出走，阿德丽娜。那样你还不如亲手装上子弹，打碎我的脑袋……还有，别跟着我一起离开，你会夺去我所剩的唯一的一点儿勇气，那一点儿内疚的勇气。"

艾克托尔口气坚决，像死去一般的阿德丽娜无言以对。

这个女人在多少兴衰风雨中始终显得那么高大，其勇气来源于和丈夫的相濡以沫；因为在她看来，他是属于她的，她感到自己有着神圣的使命，应该安慰他，使他重新过上家庭生活，重新心和气顺。

她看到自己失去了勇气的依托，便说道："艾克托尔，你是想让我万念俱焚，焦虑而死吗？……"

"我会回到你身边的，我相信你是老天专门为我派来的天使；我会回到你们身边的，到时候我即使算不上富有，至少会宽裕。听我说，我的好阿德丽娜，我不能留在这儿，理由很多。首先，我每月六千法郎的养老金已经做了四年的抵押，我实际上是一文不名。这还不止！因为沃维纳的借据就要到期，几天后我就要被拘禁……所以我得躲开，一直等到儿子把借票重新赎回来，这方面的事我会告诉他具体该怎么做。我这一走，对他办这件事有很大的帮助。等到我的养老金抵押期一过，沃维纳的事了结之后，我会回到你们身边的……不然，你会暴露我的行踪的。放心吧，别哭，阿德丽娜……不过是一个月而已……"

"你要去哪儿？你干什么？你会成什么样子？你已经不年轻了，谁照顾你？让我和你一起走，我们去国外吧。"她说道。

"唉！再说吧。"他答道。

男爵打了铃，吩咐玛丽埃特集中他所有的细软，赶紧悄悄地用几个箱子装好。

然后，他以一种从未有过的温柔吻了吻妻子，求她让他独自待一会儿，以便把需要向维克托朗交代清楚的事儿写下来，他向她担保，到晚上才离开，而且要带她一起走。

男爵夫人一走进客厅，精明的老头儿就穿过盥洗室，从前厅出去了，出门时交给玛丽埃特一张方方正正的纸条，上面写着：

"将行李用火车托运至科尔贝伊车站，留交艾克托尔先生自取。"

当玛丽埃特把字条交给男爵夫人，对她说先生刚刚出去了的时候，男爵早已经坐进一辆马车，飞驰在巴黎的大街上了。

阿德丽娜冲进房里，浑身颤抖，比以前还更厉害；孩子们吓坏了，听见一声撕心裂肺的惨叫，赶紧都跟了进来。他们抬起昏死过去的男爵夫人，把她放在床上，这场神经大发作，拖了整整一个月，把她折磨得死去活来。

"他在哪儿？"她嘴里翻来覆去就这一句话。

维克托朗四处寻找，也是毫无结果。

事情是这样的。

若赛花重又登场

男爵让人把车拉到罗亚尔宫广场。在那里，他重新抖擞起精神，去完成躺在床上痛苦悲伤的时候想好的一个计划，他穿过广场，在若克莱大街叫了一辆豪华马车。

车夫按照他的吩咐，把车驶进主教城街，直达若赛花的公馆。听见车夫的叫喊声，门房遂为这辆华丽的马车打开了大门。

仆人禀报若赛花说有一个老人行动不便，下不了马车，请她下去一会儿，若赛花感到奇怪，便下了楼。

"若赛花，是我！……"

听到了声音，大名鼎鼎的歌女才辨出是于洛。

"怎么，是你，我可怜的老家伙？……我可以以我的名声打赌，你就像德国的犹太人用水浸洗过、可兑换商拒收的面值二十法郎的硬币。"

"唉！是啊！"于洛答道，"我刚从死神手里逃出来！你可是一直这么漂亮，你！你能行个好吗？"

"要看了，一切都是相对的。"她回答道。

"听我说，"于洛接着说道，"你肯让我在阁楼上仆人的房间里住几天吗？我现在一个子儿也没有，没有指望，没有饭吃，没有女人，没有孩子，没有住处，没有名誉，没有勇气，也没有朋友，更糟糕的是，还有借据到期要还债……"

"可怜的老家伙，何其多的'没有'啊！你是不是也没有套裤穿？"

"你笑话我，我完了！"男爵叫道，"可我还指望着你呢，就像当初古维尔指望尼侬一样。"

"有人对我说，"若赛花问道，"是个上流社会的女人把你弄成现在这个样子的？那些妖精拔起傻瓜蛋的毛来，可比我们有手段！……啊！瞧你像个被老鸦吃剩扔掉的骨架……都看得见五脏六腑了！"

"时间紧迫啊！若赛花！"

"进来吧，我的老家伙！我一个人住着，用人们都不认识你。让马车走吧，钱付过了吗？"

"付过了。"男爵搭着若赛花的胳膊下了车，说道。

"你要是愿意，可以假做我父亲。"歌女起了恻隐之心，说道。

她让于洛在豪华的客厅里坐下，于洛最后一次和她见面就是在这里。

"是不是真的，老家伙，"她接着说道，"说你害死了你哥哥和叔岳，弄得倾家荡产，抵押了你孩子的房子，和你那位公主一起侵吞了政府在非洲的公款？"

男爵凄惨地点了点头。

"好！我就喜欢这样！"若赛花叫着，兴奋不已，站起身来，"一把火烧个精光！真大方！真伟大！真彻底！虽说是个混账，却有胆量。好！我就喜欢像你这样为了女人吃尽家底的情种，那些冷冰冰的银行家根本没有良心，大家都说他们是正人君子，可实际上他们用铁路毁了成千上万的家庭，铁路对他们来说是滚滚黄金，对上当的傻瓜就是一堆废铁！你，你不过是毁了你的家人，你要的也不过是你自己的命！你还有借口，有肉体上的，也有精神上的……"

她摆出了一副悲伤的姿态说道：

这就是全身心迷着她的俘虏的维纳斯。

"瞧瞧！"她踮着脚尖旋转着身子补充道。

于洛感觉得到了淫恶之神的宽恕，此刻，淫恶之神正在无度的奢侈中朝他微笑着。

虽然犯了罪，但罪犯气魄之宏大，在陪审官看来仿佛是一条减刑的理由。

"你那位贵妇人，至少人很漂亮吧？"歌女看于洛一副痛苦的样子，心里很难过，就像施舍一样，尽量跟于洛说句开心的话。

"说真的，差不多跟你一样漂亮！"男爵精明地回答道。

"而且……也很妖？有人跟我这么说过。她和你都折腾些什么？她是不是比我还更有味？"

"别提了。"于洛说道。

"据说她把我的克勒维尔给花住了，还有小斯坦勃克和一个漂亮的巴西人？"

"这很可能……"

"她住的公馆跟这一座一样漂亮，是克勒维尔给的。这个婊子倒是我的牢头，我开了头的人全由她最后收拾！老家伙，所以我才这么好奇，非要知道她是何许人，我在布洛涅森林里远远看见过她，她坐着马车……卡拉比纳对我说，她是个精明到家的小偷！她想尽办法要吞了克勒维尔！不过只能啃他几口。克勒维尔吝啬得像只耗子！耗子先生嘴里总说'是'，做起事来却有头有脑。他虚荣，痴情，但他的钱却冷酷无情。这些小子一个月只会为你花一千到三千法郎，大的开销就不干了，就像驴子到了河边就不走了。这可不像你，老家伙，你是个感情至上的人，为了女人，你不惜会出卖祖国！你看，我准备为你做一切！你是我父亲，是你帮我走红的！这没说的。你需要什么？要十万法郎？我会拼了命给你弄到手的。至于你的吃住，那没什么。这里永远都有你一副刀叉，你可以在三楼挑间好的房间，每月还有一百埃居零花。"

男爵被这番盛情所打动，但最终还是表现出了贵族的气节。

"不，我的小宝贝，不，我可不是来让人养我的。"他说道。

"你这样一把年纪有人养，是值得骄傲的！"她说。

"孩子，我是这样想的。你的德·埃鲁维尔公爵在诺曼底有很大的一笔地产，我想化名'图尔'做他的总管。我有能力，人又老实，政府的钱都拿过的人，是不会再偷小钱柜的……"

"哎！哎！"若赛花说，"喝过酒的人，还会再喝的！"

"总之，我只求隐姓埋名地过三年……"

"这是举手之劳，今天晚上吃过饭，我只要开个口就行了。"若赛花只说道，"要是我愿意，公爵就会娶我；只是我已经有了他的财产，我还要其他的！……要他的尊重。他是个老派的公爵。他高贵，杰出，尽管个子不高，但比得上路易十四和拿破仑加在一起那么伟大。此外，我对他就像拉舍恩兹对罗什菲德：他听了我的主意，前不久赚了两百万。不过，听我说，我的怪老头！……我了解你，你喜欢女人，你到那儿会追那些诺曼底姑娘，那一个个都是小美人；你肯定会给小伙子们或者她们的父亲打断腿，到时公爵不得不把你解雇。瞧你看我的这种模样，难道我还看不出你就像费纳隆说的那样，春心不死吗？替人管家可不是你干的差事。你知道，老家伙，并不是随便就能割舍巴黎，割舍我们这些人的！你在埃鲁维尔会烦死的！"

"那该怎么办呢？"男爵问道，"我在你家只不过想待一会儿，拿个主意。"

"噢，你愿意按我的主意去办吗？听着，老情种！……"

牵线搭桥

"你需要女人。女人可以消愁。好好听我说。在库尔迪耶区下方的圣莫尔杜坦甫尔街上，我认识一个穷人家，那家里有一笔财宝：一个小姑娘，比我十六岁的时候还要俊俏！……啊！你眼睛迸出火花了！她替丝绸商人做精细的镶绣活儿，每天要做十六个小时，只拿十六个苏，一个小时就拿一个苏，真可怜！……她像爱尔兰人一样吃土豆，只不过是用耗子油炸的，一个星期只吃五回面包，喝的是从乌尔克运河引来的水，因为塞纳河的水太贵了；她想自己开家铺子，却缺六七千法郎，没有开成。为了这七八千法郎，她什么事都会做得出来。你家里人和你妻子让你讨厌，不是吗？……过去你被看作神，现在什么都不是，总不好受。一个没有钱财没有名誉的父亲，就像个稻草人，像个玻璃柜里面的摆设……"

听到这番残忍的说笑，男爵也止不住笑了一笑。

"对了！小比茹明天要给我送一件绣花睡袍来，那可是件好宝贝，他们绣了半年工夫，没人有这样的衣料！比茹喜欢我，因为我常给她一些糖果和我穿旧的衣服。此外还常送她家一些肉票、柴票和面包票，我想要点什么，她一家人都会为我跑断腿的。我尽力做一点儿善事！啊！我知道我以前挨饿时遭的苦！比茹对我说过她的心里话。这个小姑娘倒是有在滑稽剧院当配角的天分。比茹梦想着穿和我一样漂亮的衣裙，特别是想出门能坐马车。我会对她说：'孩子，你要不要一位……'你多大年纪了？……"她停下来问道，"七十二岁吧……"

"我已经没有什么年纪可言了！"

"我会对她说：'你要不要一位七十二岁的先生？他干干净净，不抽烟，跟我的眼睛一样精神，比得上个年轻人。你可以跟他同居，他会好好待你的，他会给你七千法郎让你去支配，给你一套带桃木家具的房子；另外，你要是乖乖的，他有时还会带你去看戏。他每个月会给你一百法郎，另加五十法郎零花！'我了解比茹，我十四岁时候就是她这副样子！可恶的克勒维尔当初向我出他那些坏主意时，我高兴得直跳！好！老家伙，你可以在那边快活三年了。老老实实、规规矩矩地过日子，还可以有点儿幻想，就过个三四年，不要太长。"

于洛没有犹豫，已打定主意拒绝；只是这位出色的歌女在以自己的方式行善，他不能不感激，于是，他装出一副在邪恶与德善之间摇摆不定的样子。

"看啊！你冷冰冰的，像寒冬腊月的石头路面！"她惊讶地继续说道，"瞧！你是给一家人造福啊！那家的爷爷还在为生计奔波，母亲累坏了身子，两姐妹中另一个长得奇丑，她们俩为了赚那三十二个苏，都要把眼睛弄瞎了。这可以赎你在家里造的孽，你既可以赎罪，又能像小女子进了玛比伊舞场①那样开心。"

于洛想结束她这番诱人的鬼话，做了个数钱的姿势。

"路子和钱的事你就放心吧，"若赛花接着说，"我的公爵会借你一万法郎，七千给比茹开家织绣铺子，三千给你办置家具，每三个月，你立个借据，可以在这里领到六百五十法郎。到你又可以拿养老金时，你再把这一万七千法郎还给公爵。这期间你可开开心心的，像只受宠的公鸡躲在个小窝里，警察也不可能找到你！你可以穿海狸呢的大衣，就像是街上有钱的房产主。你可以改名叫'图尔'，随你的便。我把你交给比茹，就说你是我一个叔叔，破了产，从德国回来，他们会像对神一样敬着你。就这样，爸爸！……谁会知道？也许你根本没什么好遗憾的？要是有时闷得慌，就穿上你的

---

① 由玛比伊于 1840 年开设，坐落在香榭丽舍大街，非常有名。

漂亮的衣服，来我这儿吃顿饭过个夜。"

"我是想改邪归正，正经做人！……帮我借二十万法郎，我好去美洲发财，就像我朋友哀格勒蒙当初给纽沁根搞得倾家荡产时那样……"

"你！"若赛花喊叫道，"还是你把品行留给做小买卖的，当大兵的和法……兰……兰……兰西的公民吧，他们也只有品行那点资本了！你呀！你生来就不是个乖乖让人骗的料，你这种男人就像我这种女人，是个天才无赖！"

"睡一觉就有主意了，明天我们再谈吧。"

"你要和公爵吃顿晚饭。我的德·埃鲁维尔会客客气气地招待你，好像你拯救了国家一样！明天你要拿定主意。好了，快活些，老家伙？生活就是衣服：脏了就刷！破了就补，但是得尽量穿点什么！"

这种邪恶的哲学和她的开心劲儿，消除了于洛钻心的苦痛。

第二天正午，吃了一顿丰盛的中饭后，于洛看见进来了一幅造物主活生生的杰作，世界上只有巴黎，由于贫富、善恶、节欲和引诱的混生不息，才能产生这种杰作，也才能使这座城市步上尼尼微、巴比伦和帝国时代的罗马的后尘。

奥林普·比茹小姐年方十六，一张清纯的脸庞，让人想起拉斐尔笔下的童贞女，天真烂漫的一双眼睛由于过度劳累而显得忧郁，黝黑的眸子充满着幻想，睫毛细长；由于在灯光下熬夜辛劳，眼眶里渐渐干涸，眼神也因疲惫而黯然；脸色白如瓷器，近乎病态，嘴巴却似微微开裂的石榴，胸部高低起伏，身段丰满，漂亮的双手，珐琅似的皓齿，头发黑而浓密。她穿的是七十五生丁一米的印花棉布，绣花领，皮鞋没有鞋钉，手套是二十九个苏一副的。

这个姑娘根本不知道自己的价值，打扮得漂漂亮亮来到了阔太太家里。肉欲的利爪再次抓住了男爵，他感到整个生命都在眼波里消逝。在这个尤物面前，他忘记了一切。

他就像猎手发现了猎物一样：见到珍贵猎物，当然要瞄准击中！

"还有，"若赛花对着他耳边说，"保证是新鲜的，人也规矩！只是没有饭吃。这就是巴黎！我以前也是这样！"

"那就说定了。"老人站起身来，搓着手说道。

等奥林普·比茹一走，若赛花便狡黠地望着男爵。

"你要是不想闹个不愉快，爸爸，"她说，"就得像总检察官审判时那样严肃。看紧点小姑娘，要像巴尔多洛那样行事！当心奥古斯特、希波利特、纳斯托耳、维克托这样的金色少年！哼！她一旦有吃有穿，昂起了脑袋，你就会像个俄国人，被她指使个团团转……我会帮你安顿好的。公爵做事很漂亮；他借给你钱，也就算给你了，那一万法郎，其中八千放在他公证人那里，每三个月由公证人给你六百，因为我对你不放心。我好不好？"

"可爱至极！"

在他离家出走十天之后，阿德丽娜气息奄奄地躺在床上，泪水涟涟朝围在身边的家人低声问道："他在干什么？"而此刻，艾克托尔已化名"图尔"，在圣莫尔街与奥林普两人掌管着一家织绣铺子，取了个不三不四的店号，叫作图尔－比茹。

元帅遗赠

在家庭屡遭不幸之中，维克托朗·于洛经受了不是让人臻于完美便是使人堕落的最后磨难，他变得成熟了。在生活的狂风暴雨中，人们要学做掌舵的船长，将累赘的货物扔进风暴里，以减轻船的重量。

律师失却了内心的骄傲，外表的自满，演说家的羁狂和政客的野心。最后他像他母亲做女人那样做着男人。他决心接受塞莱斯蒂娜，尽管她并不合他的梦想；他开始正确地看待人生，认识到在公众的法则下，凡事只要满足于差不多就行。

他暗自发誓，要履行自己的责任，因为他父亲的行为举动实在令他发指。在他母亲脱离危险的那天，在病榻旁，他的这种情感更为坚定了。

好事成双，接着又是一件。

克洛德·维尼翁受德·维森堡亲王之托，每天来打听于洛夫人的健康状况，请再次当选为议员的维克托朗·于洛陪他一起上部长府。

"部长大人想和您面谈您的家事。"他对维克托朗·于洛说。

维克托朗·于洛和部长相识已久；因此元帅特别亲切地接待了他，像是又有什么好事。

"朋友，"老战士说道，"我在这个办公室里向你伯父于洛元帅发过誓，要照顾好你母亲。听说，这位神圣的女人身体就要康复了，彻底医治你们创伤的时刻到了。我这里有二十万法郎交给你。"

律师做了一个不辱于他元帅伯父的手势。

"放心，"亲王微笑道，"这是一笔委托遗赠。我的日子已经有数了，不会永远待在这儿的，拿着这笔钱吧，帮我在你们家出点力。你可以用这些钱偿清你们房子的抵押。这二十万法郎是给你母亲和妹妹的。要是我把钱交给于洛太太，她对她丈夫痴心不改，我害怕这笔钱会给挥霍掉；给这笔钱，是想给于洛夫人和她女儿斯坦勃克伯爵夫人的生计提供保障。你为人稳重，不愧是你高贵的母亲的好儿子，我朋友于洛元帅的好侄儿，你无论在我这里，还是在别处，都很被看重，我亲爱的朋友。做你家人的保护神吧，请接受你伯父和我的一份遗赠。"

"大人，"于洛抓过部长的手紧紧握住说道，"像您这样的人，都清楚，嘴上说一声感谢，没有任何意义，感激之情要用事实来证明。"

"那就给我证明吧！"老战士说道。

"该怎么做呢？"

"接受我的建议，"部长说道，"我们想任命你为陆军部诉讼事务部的律师，现在陆军部因为修缮巴黎城防工事在工程方面有许多诉讼事件；还要任命你为警署咨询律师和国家元首年俸事务顾问。凭这三个职位，你会有一万八千法郎的薪水，并且不会因此对你有任何束缚。在议会里，你可以按你的政见和良心投票……你完全可以自由行动！国家要是没有反对派，我们真的还要左右为难呢！还有，你伯父在去世前几个小时留下一句话，嘱托我如何照顾你母亲，元帅对她是很敬重的！……博比诺、德·拉斯蒂涅克、德·纳瓦兰、德·埃斯巴、德·葛朗利厄、德·卡里格利阿诺、德·勒依古和德·拉巴蒂夫人等给你亲爱的母亲谋了一个慈善机构督察的职位。她们这些慈善会的会长不能什么都干，她们需要一个品行端正的夫人帮她们处理事务，走访不幸的家庭，了解善事中是否有被欺诈利用的；确认救助是否到位，深入到羞于开口乞讨的穷人中去，诸如此类。你母亲将履行天使的职责，她只和神甫和施善的夫人们打交道；每年拿六千法郎，车费由他们付。你看，年轻人，到了坟里，那个心地纯正、德行高尚的人还在护佑着他的家族。像你伯父这样的英名，在一个组织完善的社会里是，而且应该是抵挡不幸的盾牌。追随你伯父的足迹，坚持下去，因为你已经走了这条路！我清楚的。"

"亲王，您对我们真是体贴入微，"维克托朗说道，"但您是我伯父的朋友，我就不感到惊讶了。我将尽力不辜负您的期望。"

"赶紧去安慰你的家人吧！……啊！告诉我，"亲王跟维克托朗握了握手，又问道，"你父亲失踪了吗？"

"唉，是的。"

"最好不过了。这个可怜虫还有点儿头脑，他脑子可不缺。"

"他是害怕别人来逼债。"

"啊！你将领到你三个职位的半年薪水，"元帅说道，"提前付给你这些钱，可以给您帮个忙！从高利贷主手里取回那些借据。另外，我要去见纽沁根，也许不花你的也不花部里的一分钱，就可以赎回你父亲的退休金。尽管当上了法兰西贵族院议员，但银行家的本性不改，纽沁根这人贪得无厌，他想要一个我也不清楚是什么的特许权……"

从部长家回到了甫吕梅大街，维克托朗终于可以按照计划，把他母亲和妹妹接到自己家里了。

大为改观

　　大名鼎鼎的年轻律师的全部财产，就是巴黎最漂亮的一座房子，房子坐落在和平街和路易大帝街之间的那条林荫道上，是一八三四年准备婚事时置下的。

　　一位投机商在横街和林荫道上建了两幢房子，房子中间有两个小花园和几家院子，当中有一幢华丽的小楼，虽属韦纳伊大公馆的陈迹，但还能看出它当年的辉煌。

　　小于洛对克勒维尔小姐的嫁妆自有把握，在拍卖中，出价一百万法郎，置下了这处漂亮的房产，当时先付了五十万。他自己住小楼的底层，以为可靠出租房子来付清余款：但是巴黎的房产业虽说是保准有钱可赚，收益却来得慢，并且很不稳定，因为这还要取决于一些无法预见的因素。

　　好闲逛的巴黎人定能注意到，和平街和路易大帝街之间的那条林荫大道收益来得很慢，道路的清除和美化进展艰难，直到一八四〇年，生意人才开始亮出五光十色的店面，摆上兑换的黄金、美妙的时装和无比奢侈的商品。

　　当初克勒维尔对女儿的婚事颇为得意，加之男爵还没有抢走他的若赛花，所以给了他女儿二十万法郎陪嫁。尽管有了这笔钱，而且维克托朗七年间也偿还了二十万，但由于做儿子的对父亲太忠，还是债台高筑，整整欠了五十万法郎房款。

　　幸好租金渐涨，地段好，这两幢房子眼下终于价有所值。整整八年之后，房产才有收益，这八年间，律师为了积攒一点儿钱，偿清利息和置房欠的债，弄得焦头烂额。

　　眼下，一些生意人主动提出增加店面的租金，条件是租约期限为十八年。房子涨价，是因为商业中心的迁移，交易所和玛德莱娜教堂之间的这个地段，如今成了巴黎金融和政治权力的所在地。

部长给的钱，加上房客预付的年租及"好处费"，使维克托朗的债务缩减到二十万法郎。整个租出的那两幢房子每年还要有十万法郎进账。

今后两年里，小于洛靠元帅提供的美差，薪金翻了一番，生活有了保障，处境将会大为改观。这简直是天上掉下来的好处。

这样，维克托朗把小楼的二层全都给了他母亲，三层给了妹妹，莉丝贝特住其中的两间。

在贝姨的操持下，这个合三为一的家庭终于能应付各种开销，而且门庭也很体面，不辱一个名律师的身份。法院里的明星人物总是昙花一现，但是小于洛出语稳重，又严格秉公办事，法官和推事都听他的意见；他总是认真研究案情，没有依据从不轻易下结论，也不随便接案子，给律师界添了不少光彩。

男爵夫人对甫吕梅街的住处已是憎恶万分，因此也就乐得被接到路易大帝街来。

在儿子费心的安排下，阿德丽娜住进了一间华丽的屋子；生活上零碎的事情她也不必操心，因为莉丝贝特自愿来操持，重新发挥她在玛纳弗太太家使过的那套省钱的门道。对这三个如此高贵的人，她心里总闷着一团仇恨，打从她希望落空后，对他们就愈发仇恨了，如今她终于又看到了复仇的机会。

每个月她去看一次瓦莱莉，是奥丹丝和塞莱斯蒂娜俩派她去的，她们俩一个想了解万塞斯拉斯的消息，另一个也实在太担心，因为她父亲公开承认跟那个害得她婆婆和她小姑倾家荡产、受尽苦难的女人有染。

如同人们猜测的那样，莉丝贝特利用了她们的这种心理，经常到瓦莱莉家里去。

前后差不多二十个月过去了，这期间男爵夫人的身体变得硬朗了，只是神经性的颤抖还没有停止。她熟悉了自己的各项工作，工作的高尚排遣了她的痛苦，滋养了她天生神圣的心田。

此外，她偶尔有机会，要跑遍巴黎的大街小巷，她也觉得这是寻找丈夫的一个好途径。

在此期间，沃维纳借据的事情已经了结，于洛男爵六千法郎的养老金的抵押期差不多已到，可以支付了。元帅给维克托朗的那份委托遗赠还另加了一万法郎的利息，这样，维克托朗就承担起了他母亲和奥丹丝的一切开销。

阿德丽娜的薪水为六千法郎，再加上男爵的六千法郎养老金，母女俩很快有一万两千法郎的收入，而且再也没有别的负担。

可怜的女人差不多已是很幸福了，可惜她无时无刻不在为男爵的命运操心，家境刚刚开始有所好转，就恨不得马上让他一起分享；此外，她的女儿如今还遗弃在娘家；她自己又屡遭莉丝贝特不怀恶意但却非常残酷的打击，如今，贝姨魔鬼的本性已经可以尽情发挥了。

莉丝贝特的仇恨深藏而持久，而且玛纳弗太太始终在一旁，一八四三年三月初的一幕，便是其后果的一个说明。

玛纳弗太太家发生了两件大事。

第一件，是她生了一个死婴，一口棺材给她换回了两千法郎的年金。

第二件是有关玛纳弗老爷的，十一个月之前，莉丝贝特在玛纳弗府上打探一番之后，给家里带回了如下的消息。

"今天早上，那个可恶的瓦莱莉，"她说道，"请了比昂松医生，想知道前一天给她丈夫判了死刑的那些医生有没有弄错。比昂松医生说这个卑鄙的家伙当晚就要踏入地狱之门了。克勒维尔老头和玛纳弗太太送走了医生，亲爱的塞莱斯蒂娜，你的父亲还为这条好消息赏了那医生五个金币呢。回到客厅里，克勒维尔又蹦又跳，像在跳舞，他亲了亲那个女的，叫着：'你总算要做克勒维尔太太了！……'等那个女人离开我们去看她那个奄奄一息的丈夫时，你可敬的父亲对我说：'有瓦莱莉做我妻子，我一定能当上法兰西贵族院议员！我要买一块我早就看中的地，在普雷斯莱斯那边，德·塞里齐太太正想出手呢。到时我就是克勒维尔·德·普雷斯莱斯了，成为塞纳－瓦兹省参议员和国会议员。我还要有个儿子！我想什么就会有什么。'我问：'那么，您女儿呢？''啊，她总归是个女儿，'他答道，'她已经成了典型的于洛家的人，瓦莱莉恨透了这种人……我女婿从不愿意来这里，知道他为什么非要装出门托、斯巴达之流的模样，像是个清教徒，慈善家？再说，我跟我女儿已经两清，她得到了她妈妈的所有财产，外加二十万法郎！所以我要做什么，随我的便。等我结婚时，我再决定怎么对待我女儿女婿：他们怎么样，我就怎么样。他们要是对他们后妈好，我再看！我可是个男子汉！'反正他是满嘴蠢话！他摆着那个姿势，就像是圆柱上刻的拿破仑！"

《拿破仑法典》规定寡妇再嫁要孀居十个月，这个期限现在已经过了几天。普雷斯莱斯的地也置下了。

维克托朗和塞莱斯蒂娜一大早便派莉丝贝特去玛纳弗太太府上，打探这位风流寡妇和当上了塞纳－瓦兹省议员的巴黎区长结婚的消息。

达摩克利斯之剑

塞莱斯蒂娜和奥丹丝住在一起后，感情日渐加深，两人几乎是形影不离。

男爵夫人在一种正义感的牵动下，将自己的工作职责看得很重，她作为慈善事业的中介人，把整个身心都扑到事业上，每天差不多都是十一点钟出门，下午五点钟才回来。

姑嫂二人，由于都要照料看护孩子，总是待在家里一起做活。她们之间已经到了想什么就说什么的地步，仿佛两姐妹一样默契，只是一个天性快活，一个生来忧郁。

小姑子虽说不幸，但漂亮、活泼、精力充沛，爱说爱笑，机智诙谐，从外表上看不出她真实的处境；同时，忧郁的嫂子，温柔、恬静，总是若有所思，处事审慎，如理性一般冷静，让人感到她怀有隐痛。也许就是这种反衬增进了她们深厚的友情，使这两个女人互为补充。

造房子的那位商人，当初一时兴起，又在投机的心理驱使之下，想给自己留下一个方圆百尺的天地，便手下留情保存了一个小花园。花园中间，有一个小亭子，姑嫂两人坐在里边观赏丁香花绽露新芽，这盎然春意，只有在巴黎才能被充分感受，巴黎人一年中有六个月不知花草的存在，过着面对万丈石壁，周围是滚滚人潮的生活。

嫂子埋怨自己的丈夫这么好的天气还在议会忙碌，奥丹丝回答道："塞莱斯蒂娜，你真是身在福中不知福。维克托朗是个天使，可你还时不时折磨他。"

"亲爱的，男人们就爱受人折磨！折腾他一下是表示亲热。要是你可怜的妈妈当初装出一副苛刻的样子，当然不要太苛刻，那你们也许就不会有这么多不幸的事好埋怨了……"

"莉丝贝特还没回来！我急得都要受不了，要唱《玛尔布洛》了！"奥丹丝说，"我恨不得马上知道万塞斯拉斯的消息……他靠什么过活？他可有两年什么都没干了。"

"维克托朗对我说，他有一天看见他和那个可恶的女人在一起，维克托朗猜想是她在供着他，让他养尊处优呢……啊！你要是愿意，妹妹，你还是可以让你丈夫回头的。"

奥丹丝摇了摇头。

"相信我的话，这种处境你很快就要不可忍受了，"塞莱斯蒂娜继续说道，"一开始，恼怒、绝望和愤慨给了你一定力量。后来，家里连遭不幸，先后两桩丧事，弄得倾家荡产，加之于洛男爵大难临头，你已经没有心思再想别的了；但是现在，日子过得平平静静，反倒不容易承受生活的空虚，你不能也不愿意叛离妇道，所以你还得和万塞斯拉斯和好。维克托朗是很爱你的，他也是这么想。我们的感情之上还有其他的东西，那就是人性！"

"一个多没出息的男人，"高傲的奥丹丝喊叫道，"他喜欢那个女人，因为她养着他……他的债，她是不是也替他还了？她！……天啊！我日夜都想着这个男人的处境！他是我孩子的父亲，但他却不知廉耻……"

"看看你妈妈吧，小宝贝……"塞莱斯蒂娜继续往下说。

塞莱斯蒂娜属于这样的女人，就像布列塔尼的农民，再充分的道理，对他们说了也白搭，她们照旧抱着原本的想法，跟你唠叨一百遍。

她的脸部特征较为平常，冷冷的，不出众，淡栗色头发从中间分开，紧贴在两鬓，她的肤色也普普通通，她身上的一切体现出她是个通情达理的女人，没有迷人的风韵，但意志也不薄弱。

"男爵夫人想守在身败名裂的丈夫身边，安慰他，把他搂在自己怀中，避开旁人的目光。"塞莱斯蒂娜继续说道，"她让人在楼上整理好了于洛先生的卧房，好像一两天之内，她就会找到他，安顿他住下来似的。"

"噢，妈妈真高尚！"奥丹丝答道，"二十六年来，每时每刻，每一天，她都那么高尚；但我可没有这种好品格……怎么办呢？我有时自己也朝自己发火。啊！你可不知道，塞莱斯蒂娜，和可耻的家伙妥协算什么玩意儿！"

"还有我父亲！……"塞莱斯蒂娜静静地接着说道，"他无疑是在走你父亲的老路！我的父亲比男爵小十岁，他当过商人，这不假；但最后会怎么样呢？那个玛纳弗太太把我父亲收拾得像一条狗似的，控制了他的财产，操纵着他的思想，谁也劝不醒他。还有，一听到他要登结婚启事的消息，我浑身都发抖！我丈夫正在尽力找那个十恶不赦的女人算账，对他来说这是一种责任，是在为社会为家庭报仇。啊！亲爱的奥丹丝，像维克托朗那样高尚的人，还有我们这种好心肠，对这个世界，对处世之道都懂得太晚了！亲爱的妹妹，这是个秘密，我对你说，是因为这与你有关；但是一点儿风声都不要走漏给莉丝贝特，也不要走漏给你妈妈，对任何人都不要走漏，因为……"

"莉丝贝特来了！"奥丹丝说，"喂，贝姨，巴尔贝街那个鬼地方怎么样呀？"

"对于你们来说不好，孩子们。亲爱的奥丹丝，你丈夫对那个女人比以往更加痴迷了，我得承认，她对他简直都疯了。塞莱斯蒂娜，您父亲就像国王那样昏了头。我每半个月看到一次还算不了什么，我算运气，不知道男人是什么东西……真是畜生！再过五天，维克托朗和您，我的小可怜，你们就要失去您父亲的财产了！"

"结婚启事登了？……"塞莱斯蒂娜问道。

"是啊！"莉丝贝特答道，"我刚才还为你们抱不平呢。我对那个步别人后尘的魔鬼说，要是他能偿清你们的房款，帮你们渡过难关的话，你们会感激他并接受那个后妈的。"

奥丹丝显得惊惶不安。

"维克托朗会考虑的……"塞莱斯蒂娜冷冷地答道。

"你知道那个区长先生怎么回答我？"莉丝贝特继续说道，"他说：'我要让他们继续吃苦，只有让马挨饿缺睡没糖吃，才能驯好马！'克勒维尔先生连于洛男爵也不如。可怜的孩子们，遗产就别想了。多大的一笔家产呀！你父亲用三百万买了普雷斯莱斯的地，还有三万法郎的年金！噢！他没有什么我不知道的！他说想要买纳瓦兰的公馆，是在巴克街上。玛纳弗太太自己有四万法郎的年金。——噢！我们的护卫天使来了，你母亲来了！……"听到车辆的声音，她不禁叫道。

果然过了片刻，男爵夫人走下台阶，来到了她们旁边。

阿德丽娜已经是五十五岁的人了，她受了那么多苦，像患了伤寒一样不停地战栗，脸色苍白，还起了皱纹，但身段保持得不错，线条优美，有一种自然的高贵的气质。

凡是看见她的人都说："她当年肯定非常漂亮！"因为不知道丈夫的下落，无法让他在这块巴黎的绿洲里，在归隐和宁静中与家人分享即将变得美好的生活，她伤心透了，看她那庄严美丽的神色，就像是一片古迹。

一次次的希望之光熄灭，一回回寻找无功而返，阿德丽娜闷闷不乐，弄得她的孩子们都绝望了。

这天早上，男爵夫人又是抱着希望出门去的，因此大家都焦急地等待着她回来。

有一个靠于洛提拔，受恩于于洛的军需官，说他在滑稽剧院曾见男爵和一个艳丽的女人在包厢里。这天，阿德丽娜便去了韦尼埃男爵的家。这位要员口气十分肯定，说他见过他的老上级，并说看他对那个女人的态度，看上去像私下里订下了终身。他还告诉于洛夫人，说她的丈夫为了回避他，戏没看完就走了。

"他像是拖着妻室，从他的衣着看得出他手头有些拮据。"他最后说。

"怎么样？"三个女人一见到男爵夫人，齐声问道。

"怎么样！于洛先生就在巴黎；对我来说，"阿德丽娜答道，"知道他离我们不远，已经是一丝安慰了。"

"看样子他根本没有改！"等阿德丽娜说完她和韦尼埃男爵的谈话，莉丝贝特马上说道，"他肯定和哪个小女工疯上了。但是他从哪儿来的钱呢？我打赌他一定是找他从前的情妇要的钱，贞妮·凯迪娜或者是若赛花。"

男爵夫人的神经本来就不停地颤抖，这一下子愈发加重了，她拭去眼角的泪水，抬起头，痛苦地仰望着天空。

"我不相信一个二级勋位的爵爷会堕落到这个地步。"她说道。

"为了快活，"莉丝贝特接着道，"他什么做不出来？他既然偷过国家的钱，肯定就会偷私人的钱，说不定还会谋财害命呢。"

"噢！莉丝贝特！"男爵夫人嚷叫道，"别乱说，你自己这么想就这么想吧！"

于洛男爵的朋友

这时，露易丝来到这家人身边，于洛的两个孙子和小万塞斯拉斯也跑了过来，看看祖母的口袋里是不是装着些糖果。

"什么事，露易丝？……"她们问道。

"有个男的要见费希小姐。"

"是个什么样的人？"莉丝贝特问道。

"小姐，他穿得破破烂烂，身上沾着绒毛，像是做床垫的，他鼻子通红，一股子葡萄酒和烧酒的味儿……肯定是个打工的，不过一个星期总有半个星期赖着不干活。"

这番并不那么动人的描绘反倒起了作用，莉丝贝特急忙跑到路易大帝街那边的庭院里，发现那个男人正在抽着烟斗，厚厚的烟垢说明他是个老烟鬼。

"夏尔当老爹，你来这儿干什么？"她对他说，"说好每个月的头一个礼拜六到巴尔贝－德儒伊街玛纳弗公馆门口去的；我在那儿等了五个小时才回来，你怎么没有去？……"

"我去过了，我可敬可亲的小姐！"做床垫的说道，"但是克尔伏朗街的'行家咖啡馆'有一局弹子游戏。人都有点儿嗜好，我就好打弹子。要是不玩这个，我吃饭用的早就是银餐具啦，你明白我的意思！"他边说边在破旧的裤腰口袋里摸出一张纸片，"打弹子总得喝上一盅，喝几杯李子酒……好东西附带的玩意儿总叫人破财。我知道你的命令，可是那个老头子遇到大麻烦了，我不得不跑到这个禁地来……要是咱们的马鬃货真价实，那尽可以在上面睡大觉；但是里面掺了假！上帝可不像人们说的那样总为着大家，他也有他的喜好，这是他的权利。喏，这是你亲戚的笔迹，那位可敬的人儿跟被褥真可亲……这上面写着他的政治信念。"

夏尔当老爹用右手的食指在空中乱划，左一道，右一道，弯弯曲曲。

莉丝贝特没有听他说话，见纸上写着这两行字：

> 亲爱的小姨，请救救我吧！今天给我三百法郎。
>
> 艾克托尔

"他为什么要这么多钱？"

"是房东呀！"夏尔当老爹一边划着圈圈一边说，"还有，我的儿子从阿尔及利亚回来了，一路上经过了西班牙、巴约纳和……他这回一反常态，可是什么也没有拿；我那当兵的小子算是完了，全仰仗你了。你能怎么样呢？他还饿着肚子呢，不过，咱们借给他的东西，他会还给你的，他想合伙做点赚钱的买卖，主意不少，说不定有好前程。"

"一定会进警察局，"莉丝贝特说，"他害死了我表叔，是杀人凶手！我可忘不了。"

"他呀，连杀只鸡都不行！……尊敬的小姐。"

"拿着，这是三百法郎，"莉丝贝特说着，从钱袋里掏出十五枚金币，"走吧，别再上这儿来了……"

她把奥朗粮库管理员的父亲送出大门口，指着这个醉老汉对门房说：

"万一这个人再到这儿来，别让他进门。告诉他我不在这儿。他要是打听小于洛先生或男爵夫人住不住这儿，你就说你不认识……"

"好的，小姐。"

"要是你一不小心犯了傻，那你的位子可就保不住了。"老姑娘凑着门房的耳朵说。

"我的外甥，"她对刚巧进门的律师说，"你可要倒大霉了。"

"怎么了？"

"要不了几天，玛纳弗夫人就要当你太太的继母了。"

"我们等着瞧！"维克托朗答道。

六个月来，莉丝贝特如期付给于洛男爵一点儿膳食费，男爵以前是她的保护人，现在倒要她来保护男爵了；她了解他居所的秘密，乐滋滋地品味着阿德丽娜的眼泪，一瞧见阿德丽娜开心，心中满怀希望，她就会像刚才那样甩出一句：

"你等着吧，总有一天我那可怜的姐夫的名字会在报纸的'法院消息栏'读到。"

她跟以前一样，报复过了头，使得维克托朗小心谨慎起来。他打定主意，要斩断莉丝贝特不断拔出的这柄达摩克利斯之剑，与害得他母亲和家庭吃尽了苦头的女妖一刀两断。

德·维森堡亲王了解玛纳弗夫人的为人，因此支持律师的秘密行动。他以惩戒委员会主席的身份，向律师许诺，让警察局悄悄插手，采取行动，开导开导克勒维尔，以便从娼妓的魔爪里抢救出那一大笔财产。这个女人害死了于洛元帅，又弄得参议员倾家荡产，德·维森堡亲王是饶恕不了她的。

恶行与美德

"他向从前的情妇要钱!"莉丝贝特说的这几个字,让男爵夫人琢磨了整整一夜。

她好像是病急乱投医,又像是绝望透了,进了十八层地狱,或像是落了水,抓了浮木当缆绳,结果相信男爵的确干了卑鄙的勾当,可以前,别人要是对男爵的行为稍有猜疑,她都会生气的呀。她拿定了主意,去向那些可憎的女人求救。

第二天一早,她没有跟孩子商量一下,也没向任何人吐露一个字,就跑到皇家歌剧院的头块牌子若赛花-弥拉伊小姐家去了,抱着一点儿磷火般的希望,去试一试,不管是成是败。

正午时分,女仆递给大名鼎鼎的女歌唱家一张于洛男爵夫人的名片,说是客人在门口等着呢,问小姐能否见她。

"房子收拾好了吗?"

"收拾好了,小姐。"

"花换过了吗?"

"换过了,小姐。"

"叫让先去看一眼,要一点儿刺儿也挑不出,然后把那位夫人迎进来,对她要恭恭敬敬。你去吧,回头给我穿衣服,我要打扮得漂亮透顶。"

她走到穿衣镜前照了照。·

"打扮起来!"她自言自语,"在善的面前,恶要全副武装才行!可怜的女人!她找我干什么呢? ……我心神不宁,要我去见——苦难中的伟大牺牲者! ……"

她刚唱罢这一名句,女仆回房来了。

"小姐,"女仆说,"那位夫人的神经抽搐不止……"

"给她橘花汁,朗姆酒,还有汤!……"

"给过了,小姐,可她都谢绝了,说是小毛病,神经受了刺激……"

"你们把她请进了哪间屋?"

"大客厅。"

"快,我的姑娘!拿出我最漂亮的拖鞋,比茹绣的花晨衣,还有那些花边。替我梳个发型,让女人也大吃一惊……这位太太担当的是与我相反的角色!去告诉这位夫人……(这是一位伟大的夫人,我的姑娘!还不止这些,你永远也做不到,她的祷告可以拯救炼狱里的灵魂。)去告诉她我还在床上,昨晚我演出了,我这就起床……"

男爵夫人被请进若赛花家的大客厅,虽然等了大半个钟头,却没有意识到时间的流逝。

自从若赛花搬进这座小公馆,客厅就换了新模样,装饰着红色与金色的绸缎。

从前那些王爷们在小公馆里炫耀着奢华,残存的华丽排场就是个明证,说明王爷们当时的疯狂挥霍的确名不虚传。如今在这四间屋子里,又增添了现代的设备,看不见进出口的暖气设备维持着室内怡人的温度,那份王爷式的奢华展露得愈加完美。

晕头转向的男爵夫人惊讶万分地看着一件件艺术品。她终于明白了,在享乐与虚荣煽起的贪婪的火焰中,万贯家财是如何熔化的。

二十六年来,她一直生活在冰冷的圣物和帝政时代残存的奢侈之中,看到的尽是花色暗淡的地毯,镀金褪尽的青铜器和像她的心一样干枯的丝绸,如今亲眼目睹了恶行带来的一切,终于感受到了其巨大的诱惑力。这些漂亮的物件,美妙的作品,是创造了当今巴黎和整个欧洲艺术的那些伟大但无名的艺术家们的共同心血,谁见了都不可能不动心。

这些独一无二、完美无瑕的艺术珍品无一不叫人称奇。由于已经毁掉了模型，形式各异的大小雕像全成了举世无双的孤本。当今的奢华由此达到了顶点。巴黎两千个富足的老板炫耀着充斥店铺的珍宝，自以为阔气；然而要拥有不俗之物，才配叫是真正的豪华，才算得上是阔气的现代王侯，在巴黎的天空中，他们就像是瞬间即逝的星辰。

看到花架上尽是异国的奇葩，装饰着布勒式的青铜雕刻，男爵夫人被屋子里所珍藏的财富惊呆了。

对坐拥这一切财富的人物，自然也会产生这番感触。约瑟夫·布利多画的若赛花的肖像挂在隔壁的小客厅里，惹人注目。阿德丽娜心想这个女人一定像玛丽勃朗一样，是个天才歌唱家，她即将看到的，想必是一个真正时髦的交际花。

她后悔不该来。但是，在无比自然的强烈感情和少有顾虑的牺牲精神的驱动下，她鼓足了勇气，以应付这次会面。再说，她也能满足一下一直折磨着她的好奇心，琢磨琢磨这类女人到底有何魅力，竟能从巴黎土地吝啬的矿床里开采出这么多黄金。

男爵夫人自我审视一番，看看在这奢华的场合是否有失体面：她穿了条丝绒裙，衬着漂亮精致的花边绉领，十分得体，同样颜色的丝绒帽对她也很合适。

看到自己仍旧像女王一般威严，虽说吃尽了苦头，但风韵依旧，她觉得苦难的高贵完全可与才华的高贵匹敌。

听得一阵开门关门声，她终于见到了若赛花的面。

女歌唱家宛若阿洛利的名画《犹蒂》，挂在彼蒂宫大厅的门旁，叫人过目不忘：同样自豪的姿态，同样庄严的脸庞，黑色的鬈发没有戴任何装饰，一袭黄色锦缎晨衣绣着千朵鲜花，跟布龙齐诺之侄创作的不朽女侠穿的一模一样。

"男爵夫人，您到这儿来，真叫我万分荣幸，心里不安。"歌女暗下决心，一定要好好扮演贵妇的角色。

她亲手为男爵夫人送上一把软垫扶手椅，自己则坐了一张轻便折椅。她看得出这个女人当年肯定美貌非凡，可如今稍一动情就神经抽搐，颤抖不已，歌女见了顿起深深的怜悯之心。

若赛花一眼就看出了这位圣徒的生活，以前，于洛和克勒维尔也常对她提起过；此刻她不仅放弃了跟这个女人斗一斗的念头，而且感到对方实在伟大，不禁对她肃然起敬。这位崇高的女艺术家所景仰的，恰恰是荡妇所嘲笑的。

"小姐，我是万般无奈才来这里的。"

若赛花手一摆，男爵夫人觉得伤害了自己寄予厚望的人，她望着艺术家。

这充满哀求的目光熄灭了若赛花眼中的火焰，若赛花终于露出微笑。

两个女人就这样无声地交流着难言的苦衷。

"于洛先生离家已有两年半了，我虽然知道他住在巴黎，可不知道在哪儿，"男爵夫人的声音又激动起来，"我做了个梦，想到一个也许有些荒唐的念头，觉得您一定会关心于洛先生。如果您能让我见上他一面，啊！小姐，我有生之年天天会为您祈祷……"

两颗硕大的泪珠在歌女的眼眶里打转，作为回答。

"夫人，"她以极为卑恭的语气，开口说道，"我在不认识您的情况下伤害了您；可是现在我有幸在您身上看到了世界上最伟大的美德，感到自己罪孽有多深重。我真的很后悔，请相信，我要尽我所能来赎罪！……"

她抓过男爵夫人的手，不容她抗拒，恭恭敬敬地吻了一下，甚至还屈了屈膝盖。

然后她像扮演玛蒂尔德进场时那样，自豪地站起身来，打响了铃。

"去，"她对仆人说，"骑上马，快马加鞭，到圣莫尔杜坦甫尔街去找小比茹，带她来见我，让她坐车来，多付点钱给车夫，让他跑快点。一分钟也别耽搁……不然我辞了你。"

"夫人，"她又回过头来，用充满敬意的口吻对男爵夫人说，"请你原谅我。打从我找到德·埃鲁维尔公爵做靠山，就让男爵回您身边去了，我知道他为了我，弄得倾家荡产。我能有什么法子呢？我们这些唱戏的刚出道时，总得有个靠山。我们的收入抵不上一半的开销，只得找几个临时的丈夫……我并不爱于洛先生，是他非让我离开一个富翁，一个爱慕虚荣的笨蛋。不然，克勒维尔老头肯定会娶我的……"

"他跟我说过。"男爵夫人打断歌女，说道。

"啊，您瞧，夫人，不然我现在也是一个正派女人，只有一个合法丈夫！"

"小姐，您有您的理由，"男爵夫人说，"上帝会谅解的。我来绝对不是要责备您，相反，是想欠您一笔人情债。"

"夫人！我给男爵先生提供生活费，差不多都快三年了……"

"您！"男爵夫人叫喊着，泪水涌上眼眶，"啊！我该如何报答您呢？我只能祈祷……"

"除了我，还有德·埃鲁维尔公爵，"歌女说道，"他有一颗高贵的心，是个真正的绅士……"若赛花说了图尔老头乔迁结婚之事。

"这么说，小姐，多亏了您，我丈夫什么都不缺？"男爵夫人问道。

"我们尽力安排好了一切，夫人。"

"他现在在哪儿呢？"

"大约六个月前，公爵先生告诉我，男爵用图尔这个名字，从公证人（他只知道男爵叫图尔）那儿把八千法郎一下支光了，这些钱本来是应该隔三个月取一份的。"若赛花答道，"此后，我和德·埃鲁维尔先生就没听人说起过他。我们这些人，很忙，整天事情排得满满的，我没空跟着图尔老头后面跑。可巧得很，六个月来，比茹，替我绣花的小女工，他的……怎么说呢？"

"他的情妇。"于洛夫人说。

"他的情妇，"若赛花重复道，"一直没有上这儿来。奥林普·比茹小姐很可能已经离婚了。在我们这个区，离婚是常有的事。"

图尔－比茹家的终结

　　若赛花站起身，到花架上摘了几朵珍贵的鲜花，做成个迷人芬芳的花束，递给男爵夫人，说实在的，男爵夫人根本没有这种奢望。

　　普通人都将天才视作怪物，无论是吃，喝，走路，还是说话，都与旁人迥然而异，男爵夫人与众人一样，期望看到的，是一个迷人的若赛花，一个歌女若赛花，一个机智而多情的交际花，却发现她是个冷静稳重的女子，高雅、多才、纯朴，深知自己不过是个晚上才做王后的演员，更难得的是，她的眼神、态度和举止，充分表现了她对这位贤德的女人，对这位赞美诗歌颂的苦难圣母的敬意，并用鲜花抚慰她的伤口，就像在意大利，人们用鲜花供奉圣母像一样。

　　"夫人，"半个小时后，仆人回来报告，"比茹的母亲正在路上，可是小奥林普是没指望了。夫人的绣花女发迹了，结了婚！……"

　　"是同居吗？……"若赛花问。

　　"不，夫人，真的结婚了。她现在是个大铺子的老板娘，老板在意大利大街有一间大时装店，有几百万的生意。她跟店主结婚后，把自己的绣品铺子给了她姐妹和母亲，做了格努维尔太太。那个大商人……"

　　"又是个克勒维尔！"

　　"是的，夫人，"仆人说，"他在婚约上答应给比茹小姐三万法郎的年金。听说比茹的姐姐也要嫁给一个有钱的肉铺老板。"

　　"看来您的事情糟糕了，"歌女对男爵夫人说，"男爵已经不在我安顿他的地方了。"

　　过了十分钟，仆人通报说比茹太太来了。出于谨慎，若赛花请男爵夫人先到小客厅去，顺手拉上门帘。

"您会吓着她的。"她对男爵夫人说，"要是她猜到您跟她谈的秘密有关，就什么也不会说了，让我来叫她说真话！您藏在里边，什么都听得见。这种情景，无论在生活中，还是在戏里，都是常有的。"

"怎么！比茹大娘，现在倒是真有福气，您女儿的运气真好。"歌女对老妇人说道，老人裹着一件花格子上衣，好像穿着节日盛装的女门房。

"唉！福气，女儿每个月给我一百法郎，她倒是坐车子进出，吃饭用的是银餐具，成了百万富婆。奥林普本该让我不再辛苦操劳的。到了这把年纪还干活！……这算是好福气吗？"

"她那么漂亮，还不是您生的，她不该忘恩负义。"若赛花接着说道，"她怎么不来看看我？当初可是我把她许配给我舅舅，让她脱离苦海的……"

"是的，夫人，图尔老头……他可真够老的，身子骨都散架了……"

"你们把他怎样了，他还在你们家吗？……她离开他真是犯了个大错，老头如今有几百万呢……"

"啊！上帝啊上帝！"比茹妈妈说，"她待老头不好的时候，我们就是这么说的，可怜的老人，他的脾气可真好啊！唉，她把老头折腾得好苦。奥林普已经堕落变坏了，夫人。"

"怎么搞的！"

"夫人，她仗着您，结识了一个戏院雇来鼓掌捧场的，圣玛尔索郊区一个做床垫的老头的侄孙子。那个懒鬼，跟所有的英俊小生一样，是个吃软饭的，就是这样！他是坦甫尔大街的大宠儿，在那儿推销新戏，据他自己说，是为女戏子开道。他一天到晚又吃又喝，到了戏开演的时候，情绪激动得不得了。他天生爱喝酒，打弹子。我对奥林普说：'这可不算是个行当。'"

"不幸，这是个行当。"若赛花说。

"奥林普到底还是给那个小白脸弄昏了头，夫人，跟他来往的都不是好东西。有一次，他差点在小偷常聚在一块的咖啡馆里被抓起来。当时，给戏院捧场的头头布霍拉先生为他求了情。那家伙戴着金耳环，游手好闲，靠那些为小白脸发狂的女人生活。他把图尔先生给小丫头的钱吃了个精光。铺子搞得一塌糊涂。绣花挣来的钱，全被弹子砸了。夫人，那个小子有个漂亮的妹妹，跟他操同样的行当，在大学区里鬼混，不是什么好东西。"

"大茅屋舞场的轻佻女。"若赛花说道。

"是的，夫人，"比茹大妈说，"伊达摩尔，他自称伊达摩尔，这是他的假名，他真名叫夏尔当，那小子认为你舅舅的钱比他嘴上说的要多得多，他想了个办法，没让我女儿起疑心，把他的妹妹埃洛蒂（他给她起了个戏名）打发到我们铺子做工。上帝啊！她把铺子搅得一团糟，带坏了那些可怜的姑娘，一个个全都变得不可救药，尊敬的夫人……她想尽法子把图尔老头骗到了手，不知把他带到哪儿去了。这下，我们可麻烦了，老头留下的债，我们今天还没能还清；不过，这个由我女儿去偿还……伊达摩尔为他妹妹把老头搞到手后，就抛弃了我可怜的女儿，现在跟一个走钢丝的头牌小女子在一起……我女儿这才嫁了人，您会明白的……"

"您知道那个做床垫的住哪儿吗？……"若赛花问道。

"夏尔当老头吗？这种人哪有住的地方！……他从早上六点起，就喝个烂醉，每个月只做一张床垫，一天到晚待在不三不四的咖啡馆里打母鸡……"

"什么，他需要母鸡？……真是只骄傲的公鸡！"

"夫人，您没听明白。这是一种弹子游戏。他一天能赢上三四回，赢了就喝酒……"

"喝母鸡的奶！"若赛花说道，"不过，伊达摩尔总在大街上活动，跟我的朋友布洛拉打个招呼，就能找到他……"

"我不知道，夫人，事情过去都六个月了。伊达摩尔这种人恐怕早上了法庭，被打进莫伦大狱了，然后嘛……哼！……"

“然后拉去服苦役！”若赛花说道。

“啊！夫人什么都知道。”比茹大妈笑着说，

“要是我女儿没有搭上这个家伙，她，她或许……无论如何，像您说的那样，她运气还是很好的，因为格努维尔先生爱上了她，把她娶了过去……”

“这桩婚事是怎么办成的？”

“因为奥林普绝望了，夫人，当她发现自己因为一个走钢丝的小女人被抛弃后，便去找她算账！哧！还打得她一脸的指印！……奥林普丢了疼她的图尔老头，铁了心要跟男人断了一切来往。这时，格努维尔先生想要安慰她，他可是我们的一个大主顾，每个季度要在我们店买二百条中国绣花披巾；不管他是真是假，奥林普什么也不愿意听，除非上区政厅和教堂结婚。她总是说：‘我要做个正派女人！……要不就去死！’反正她死活不让步。格努维尔先生最终答应娶她，但有个条件，要她跟我们断绝关系，我们认了……”

“让对方花了点代价？”若赛花一针见血，问道。

“是的，夫人，一万法郎，再给我父亲一笔年金，他已经不能干活了……”

“我拜托您女儿，一定要让图尔先生幸福，可她却把他扔进了粪堆！真不像话。我以后再也不为别人操心了！真是好心没好报！……看来发善心也得要算计一下才行。奥林普耍花招，至少也得跟我先打声招呼！从现在起，要是您能在半个月内找到图尔老头，我给你一千法郎……”

“这可太难了，我的好夫人，不过，一千法郎，那可是一大堆一百苏的硬币呀，我会想尽法子，把您的赏钱赢到手的……”

“再见，比茹太太。”

天使和魔鬼结伴而行

走进小客厅，歌女发现于洛夫人已经完全昏了过去；可她虽然失去了知觉，整个身子却因为神经抽搐而颤抖不止，仿佛一条被砍成几截的蛇还在挣扎。

嗅盐，凉水，常用的方法都使上了，男爵夫人终于醒了过来，或者说终于恢复了痛觉。

"啊！小姐！他堕落到什么地步了！……"她认出了歌女，发现只有她一人在身边，开口说道。

"坚强些，夫人，"若赛花说着，拿了个垫子坐在男爵夫人脚边，吻着她的手，"我们会找到他的；要是他弄得一身烂泥，那就让他洗个澡。相信我，对于有教养的人来说，这只是个衣装的问题……让我补救对您犯下的过错吧，既然您不计较您丈夫的行为到这里来，可见您是多么爱他！……天哪！这个可怜的人！他喜欢女人……唉，其实，只要您有一点儿我们的花手腕，就能阻止他那样放荡，因为您准能当好我们善做的那种人：做一个男人需要的万能女人。政府应该为规矩女人开个培训学校！但所有的政府都假装正经！……它们由我们统领的男人统领！我，我同情人民！……但是该为您出力，不是说笑……唉！放心吧，夫人，回家去，别再烦恼了。我一定把您的艾克托尔给您送回去，跟三十年前一模一样。"

"啊！小姐，我们到格努维尔夫人家去吧！"男爵夫人说，"她应该知道些什么，或许我今天就能看见于洛先生，立即帮他摆脱苦日子，摆脱耻辱……"

"夫人，承蒙抬举，我感激不尽。我不愿让一个歌女若赛花，让埃鲁维尔公爵的情妇，出现在美德的最美丽、最圣洁的形象身边。

我太尊敬您了，不愿让人看到我在您身旁。这并不是假作卑谦，而是我对您的敬意。夫人，我后悔没有走您那条路，哪怕路上的荆棘扎得手脚血迹斑斑！可有什么办法呢！我属于艺术，就像您属于美德……"

"可怜的姑娘！"男爵夫人深为感动，在痛苦中产生了奇特的同情感，说道，"我要为您祈祷。社会需要戏剧表演，您成了社会的牺牲品。等您老了，您再补赎吧……您会如愿的，如果上帝愿意倾听一个……"

"一个殉道者的祈祷，夫人。"若赛花充满敬意地吻了吻男爵夫人的裙子。

但是阿德丽娜抓起歌女的手，把她拉到身边，吻了吻她的额头。

歌女快乐得脸色发红，百般讨好地将阿德丽娜送上了车。

"这一定是位仁慈的夫人，"男仆对女仆说，"从来没见过她对别人这样好过，哪怕对她的好朋友贞妮·凯迪娜！"

"等几天吧，夫人，"歌女说，"您会看到他的，不然我就是背弃了祖宗的上帝；您知道，一个犹太人说这话，就是许诺一定会把事情办成功。"

另一个魔鬼

就在男爵夫人跨进若赛花家大门的当儿，维克托朗在他的办公室接待了一个约莫七十五岁的老妇人。这个老妇为了见到名律师，竟把保安处长那个吓人的名字抬了出来。

当差的通报："圣埃斯戴芙夫人到！"

"我用了一个化名。"她一边坐下来一边说。

一看到这个老妇可怕的外貌，维克托朗不由得内心一阵哆嗦。她虽然穿着华丽，但是扁平的白脸上长着横肉，皱纹密布，阴冷恶毒，实在令人恐惧。

马拉要是个女人，到了这个年纪也会像圣埃斯戴芙一样，成为恐怖的化身。阴险老妇发亮的小眼睛里，透着母虎的残忍与贪婪。她鼻子塌塌的，两个椭圆的大鼻孔，喷出地狱之火，叫人想起猛禽的喙。低平冷酷的额头雄踞着阴谋的精灵。脸上的每一道沟沟洼洼里，乱七八糟长着长长的汗毛，显示出她不达目的不罢休的蛮劲。

不管谁见了这个女人，都会觉得所有的画家都没画好魔鬼梅菲斯特菲里斯的那张脸。

"亲爱的先生，"她用恩主的口吻说道，"多少年来，我什么事都不管了。我之所以来帮您，是看在我侄子的面上，我喜欢他，比对我儿子还喜欢……惩戒委员会主席为您的事，私下对警察局长有过交代，警察局长跟夏皮佐先生商量后，认为警察局不应插手这类案子。他们让我侄子全权办理这件事，可他只是想出出主意，不想牵扯进去……"

"那么您是那一位的姑妈？"

"您说对了，我为此还真感到有点儿骄傲，"她打断律师的话应道，"因为他是我的弟子，一个刚进门就满师的弟子……我们研究了您的案子，权衡了利弊！您愿不愿出三万法郎来摆脱这一切？我帮您了结这件事！事成之后您再付钱……"

"您认识那些人？"

"不认识，亲爱的先生，我等着您提供情况呢。我们只听别人说，有一个老糊涂虫落到了一个寡妇手里。这个二十九岁的寡妇能骗会偷，从两个当家的汉子手里弄到了四万法郎的年金。听说她就要嫁给一个六十一岁的老好人，吞进八万法郎的年金；别人好端端一个家，一定会被她毁了的，她肯定一进门就会很快甩了那个老头丈夫，把一大笔家产带给某个姘夫的孩子……这就是问题所在。"

"说得对！"维克托朗说，"我的岳父克勒维尔先生……"

"从前做化妆品生意，现在当了区长；我就在他那个区，别人都叫我努利松老太太。"她应道。

"那个女的是玛纳弗太太。"

"我不认识她，"圣埃斯戴芙太太说，"但是三天之内，我就能数清楚她有几件衬衣。"

"您能不能阻止这桩婚事？……"律师问道。

"事情到了哪一步？"

"已经发了第二次结婚公告。"

"得绑架那个女人。今天是星期天，只有三天了，他们下星期三结婚，来不及了！要不可以帮您杀了她……"

听到冷冷吐出的这几个字，正直的维克托朗·于洛跳了起来。

"谋杀！……"他说道，"你们打算怎么下手？"

"先生，我们主宰命运已经四十年了，"她骄傲万分地答道，"在巴黎，我们想干什么就干什么。不少家庭，而且是圣热尔曼地区的，跟我说出了家中的秘密，瞧瞧！我缔结、拆散了多少桩婚姻，撕毁过多少份遗嘱，又挽回了多少人的体面！"她指指自己的脑袋说，"我这里装了很多秘密，为我赚了三万六千法郎的年金；您嘛，您也会成为我的一头羔羊。如果只是耍嘴皮子，我还是我吗？我要付诸行动！亲爱的律师，将来发生的一切纯属偶然，您一点儿也用不着愧疚。您就像那些治好了梦游症的人一样，过了一个月，会相信这一切都是天意。"

维克托朗出了一身冷汗。

这个自命不凡、满嘴大话的女苦役犯的模样，比刽子手还叫人心惊肉跳。看到她紫红色的裙子，他以为她穿着件血衣。

"夫人，哪怕事情能成，但要是非断送某个人的性命不可，并由此而犯罪，我决不会接受您按老经验来帮我这个忙。"

"先生，您真是个大孩子，"圣埃斯戴芙太太说道，"您既想自己保持清白，又希望除了死敌。"

维克托朗摇头否认。

"是的，"她接着说，"您想让那个玛纳弗夫人吐出叼在嘴里的猎物！您怎么能让一只老虎松开嘴里的牛肉呢！是不是用手摸着它的背喊：猫咪！……乖猫咪！……这不合逻辑。您下令开战，却不愿意有伤亡！好吧，既然您心中那么想要保持清白，我就给您一个清白。我总是在正直中看到虚伪的品质！三个月后的某一天，会有一个穷教士来向您讨四万法郎的捐款，用以修建东方大漠里一座倒塌的修道院。要是您对自己的处境满意，就给他四万法郎！您反正得付一大笔钱给国库。跟您即将到手的钱相比，四万法郎是个小数！"

她站起身来，只见她一双大脚勉强塞在缎子鞋里，肉都挤了出来。她微笑着行礼告辞。

"是个魔鬼的姐妹。"维克托朗边站起来边说。

他送走了这个从间谍窟里招来的可怕的陌生女人，她就像幻梦芭蕾剧中的妖怪，仙女一挥棍子，就从舞台下冒出身来。

维克托朗在法院处理完事务，便赶往警察局最关键的一个部门的头子夏皮佐先生处，想了解一下那个陌生女人的底细。

警察局

见夏皮佐先生独自一人在办公室里，维克托朗·于洛马上开口道谢，感谢他的帮助。

"您给我派来的老妇人在犯罪方面，"维克托郎说，"可以作为巴黎的化身。"

夏皮佐先生把眼镜往文件上一丢，惊讶地看着律师。

"如果我事先不通知您，不作介绍，绝不会派人去找您。"他答道。

"那么可能是局长先生……"

"我想不是的，"夏皮佐说，"上一次德·维森堡亲王在内务部长家吃晚饭，遇到了局长，就跟他提起了您的处境，说您处境不妙，问他能不能行个好帮您一把。局长看到亲王为这件家庭的私事如此费心，所以也很关心，找我了解有关情况。警察局这个部门，虽说很有功劳，但尽挨骂，打从现任局长掌管大权之后，便给自己立下禁令，绝不涉及他人的家事。就原则和道德而言，他都是有道理的，但事实上他错了。我在警察局干了四十五年了，在一七九九至一八一五年间，警察局为很多家庭效过劳。但一八二〇年以来，报界和立宪政府彻底改变了我们警察局的生存条件。因此我也主张不插手此类案件，局长抬举我，采纳了我的意见。保安处长当着我的面接受了命令，不得贸然采取行动。万一您见到的人是他派去的，我会训他的。弄不好，他会被革职。谁都说得轻巧：这事警察会去做的！警察！警察！但是亲爱的律师，元帅和部长们都不知道警察是什么。只有警察才知道自己。什么国王啦，拿破仑啦，路易十八啦，他们只知道自己的事；至于我们的事，只有富歇、勒努瓦先生、德·萨尔迪纳先生和几个有头脑的局长才知道……现在一切都变了。我们的权力小了，被解除了武装！我见过多少家人落了难，事情本来只是刚冒了个头，我只要凭良心，当断则断，是可以阻止的！……那些限制我们权力的人，将来像您一样，一旦碰到某些本该像清扫污泥一样扫除的伤天害理的事情，会想起我们来的！在政治上，警察局应该为公众的安全防范一切；但家庭是神圣的。我会尽力去发现并阻止对国王的谋杀行动！我要让一座座房子的墙壁变得透明，但插手别人的事，干预私人利益……只要我还在这个办公室，就不会那样做，因为我怕……"

"怕什么？"

"怕新闻界！我的偏左的中间派议员先生。"

"那我该怎么办呢？"小于洛顿了一下问道。

"哎！您是说家庭！"司长说道，"都说完了，您爱怎么做就怎么做吧；但是要我帮忙，要让警察局变成为私人的情欲和利益服务的工具，能行吗？……您知道，前任保安处长遭到迫害，是必然的，奥妙就在这里。法官们都认为迫害他是不公的。比比·吕班让警察为个人利益服务，这其中隐藏着巨大的社会危险！凭他那些手段，发展下去会不得了，他可以主宰别人的命运……"

"但是处在我的地位，怎么办？"于洛说。

"噢！兜售主意的人，竟向我求教！"夏皮佐先生反击道，"得了，我亲爱的律师，您在讥笑我。"

于洛跟司长行礼告辞，没有看到司长起身送他时不动声色地微微耸了耸肩。

"这种人还想当政治家！……"夏皮佐先生拿起文件，自言自语道。

图尔老头变成了托尔艾克老头

维克托朗回到家,心里依旧困惑不解,但又不能对任何人吐露。

晚饭时,男爵夫人开心地告诉孩子们,一个月之内,他们的父亲就能跟他们一起共享富足的生活,回到家中安度晚年。

"啊!要是能看到男爵回到家里,我愿意拿出我的三千六百法郎的年金!"莉丝贝特高声说道,"但是,我的好阿德丽娜,请别过早地去想这种开心事!"

"莉丝贝特说得对,"塞莱斯蒂娜说,"亲爱的妈妈,等着结果吧。"

男爵夫人感情真挚,满怀希望地讲述了拜访若赛花的事,觉得那些可怜的姑娘虽然过着好日子,其实很不幸。她还谈到了做床垫的夏尔当,就是奥朗仓库那个管理员的父亲,以表明她并不是瞎抱希望。

第二天早上七点,莉丝贝特就租了辆马车来到杜奈尔河滨马路,在布瓦西街拐角处让车停了下来。

她对马车夫吩咐道:"您到贝尔纳丹街七号去,那座屋子有过道没门房。您直接上五楼,左边的门上写着:'夏尔当小姐,缝补花边和开司米。'您拉门铃,有人来开门,就说找骑士。要是人家回答您:'他出去了。'您就说:'我知道,请找到他,他的女用人在河滨的马车里等着,想要见他……'"

过了二十分钟,一个看似八十岁模样的老头畏畏缩缩地走了出来。他头发整个儿全白了,鼻子冻得通红,灰白的脸像老太婆一样皱巴巴的,穿了双粗布软鞋,拖着两条腿,伛偻着背,身上穿一件秃了毛的阿尔巴卡呢礼服,没有佩戴勋章,毛衣的袖口露在外面,衬衣颜色发黄,让人见了直为他担心。他看了看马车,认出了莉丝贝特，走到车门边。

"噢，亲爱的姐夫，您落到了这个地步！"莉丝贝特说道。

"埃洛蒂把什么都卷走了！"于洛男爵说，"夏尔当一家都是无耻的恶棍小人……"

"您愿意回家跟我们在一起吗？"

"噢，不，不，"老头说，"我想去美洲……"

"阿德丽娜已经知道了您的踪迹……"

"噢！能不能替我还债？"男爵一脸怀疑的神态问，"萨玛侬要告我。"

"我们还没还清您欠的旧债，您儿子还欠十万法郎……"

"可怜的孩子！"

"您的养老金要过七八个月才能支取……您愿意再等等的话，我这儿有两千法郎！"

男爵贪婪而吓人地伸出手。

"给我吧，莉丝贝特！上帝会报答您的！给我！我知道该上哪儿！"

"但是您得告诉我，老魔鬼？"

"好吧。我可以再等上八个月，因为我发现了一个小天使，一个好姑娘，天真单纯，还没到学坏的年纪。"

"想一想重罪法庭吧。"莉丝贝特自信有一天会在法庭看见于洛，说道。

"嗨！在夏洛纳街！"于洛男爵说，

"那个街区出什么事都不足为奇。永远不会有人找到我的。我改名了，莉丝贝特，改叫托尔艾克老头，冒充老木器匠，小丫头喜欢我，我再也不会让人爬到我背上来拔毛了。"

"您的毛早给拔光了！"莉丝贝特看着他的礼服说，"要我用车带您去吗，姐夫？……"

于洛男爵上了马车，连招呼都不打一声，就把埃洛蒂给甩了，就像扔了一部看过的小说。

半个小时的路程，途中于洛男爵对莉丝贝特一个劲地讲着小阿塔拉·儒迪茜，他已经到了要老头子命的可怕的痴迷地步。到了圣安托瓦纳区的夏洛纳街，贝姨给了他两千法郎，他在一座门面可疑又可怕的屋子前下了车。

"再见，姐夫，您现在是托尔艾克老头了，对吧？有事只能派人来找我，每次托人都要在不同的地方。"

"一言为定。啊！我真开心！"男爵说道，未来的快活日子，新鲜的幸福滋味，令他容光焕发。

"到了这儿，人家就找不到他了。"莉丝贝特自言自语道，她让马车在博马舍大街停下，换乘公共马车，回到了路易大帝街。

家庭一幕

第二天，克勒维尔到女儿女婿家的时候，全家刚吃过午饭，都聚在客厅里。

塞莱斯蒂娜跑过去搂住父亲的脖子，那亲热的举动，就好像他前一天还来过似的，其实这是他两年来第一次上门。

"您好，父亲！"维克托朗向他伸出手，说道。

"你们好，孩子们！"自以为了不起的克勒维尔说，"男爵夫人，我向您致意。天哪，小家伙们长得真快！要把我们赶走哇！仿佛在对我们说：爷爷，我要太阳上的位置！伯爵夫人，您总是漂亮得让人羡慕！"他看着奥丹丝又加上一句。"噢，还有我们的宝贝！我聪明的童贞女贝姨。你们在这儿过得都挺好的……"他每打一声招呼，都伴之以一阵大笑，红通通的胖脸膛上，尽是肉疙瘩，费力地抖动着。

他带着某种轻蔑的目光瞧了瞧女儿的客厅。

"亲爱的塞莱斯蒂娜，我把索塞伊街的那房家具都给您，放在这儿一定很合适。你的客厅需要换个新模样……啊！这个小万塞斯拉斯，真有意思！我的小家伙们，都很乖吧？得要有规矩。"

"为了那些没有规矩的人。"莉丝贝特说。

"亲爱的莉丝贝特，你可讽刺不上我了。孩子们，长久以来，我一直处在一种不三不四的位置上，现在就要让它结束了；作为家庭的好父亲，我来这儿跟你们简单打声招呼，我要结婚了。"

"您有权利结婚，"维克托朗说，"当初你同意塞莱斯蒂娜和我结婚时，您说过一句话，现在我把它还给您……"

"什么话？"克勒维尔问道。

“您说过您决不再结婚。”律师答道，“您应该承认，当时我并没有要求您许下这个诺言，是您自愿的，记得我还提醒您，不应该这样捆住自己。”

“是的，我想起来了，亲爱的朋友，”克勒维尔羞愧地说，“我的诺言。呃！……亲爱的孩子们，如果你们愿好好跟克勒维尔夫人相处，绝不会后悔的……维克托朗，您心这样细，真让我感动……好心待我，不会吃亏的……哎，不说了！好好欢迎你们的后母，来参加我的婚礼吧！……”

“父亲，您不告诉我们谁是您未婚妻吗？”塞莱斯蒂娜说。

“这可是剧中的秘密。”克勒维尔接话说，“别捉迷藏了，莉丝贝特肯定告诉你们了……”

“亲爱的克勒维尔先生，”贝姨辩解道，“有些名字，是不能在这儿提的……”

“那好吧！是玛纳弗太太！”

“克勒维尔先生，”律师严厉地说，“我和妻子都不会去参加这个婚礼的，不是为了什么利益，我刚才跟你已经坦诚地说过了。不错，如果您能在这样的结合中找到幸福，我也很高兴；但是考虑到名誉和某种微妙的关系，我只能这样做，个中的原因您应该理解，我却不能说出口，因为这会揭开依然淌着血的伤口……”

男爵夫人向伯爵夫人示意了一下，于是伯爵夫人抱起孩子说：“来，万塞斯拉斯，去给你洗个澡！——再见，克勒维尔先生。”

男爵夫人默不作声地向克勒维尔行礼告退。孩子瞧见自己突然被叫去洗澡，十分奇怪，克勒维尔看着孩子的模样，禁不住笑了。

“先生，您要娶的女人，”律师看到只剩下莉丝贝特、妻子和岳父，便大声说，“掠走了我父亲的财物，冷酷地让他落到今天这种地步，这个女人毁了岳丈又勾上了女婿，害得我妹妹伤透了心……您还想叫我们丢人现眼，让我出场来承认您的荒唐吗？亲爱的克勒维尔先生，我真可怜你！您没有家庭观念，不明白荣誉与家庭每个成员都息息相关。情欲是没有道理可讲的，真不幸，这一点我是太清楚了！受情欲驱使的人既是聋子又是瞎子。您女儿塞莱斯蒂娜太孝顺了，不会对您说一句责备的话的。"

"那才叫好呢！"克勒维尔试图打断律师的谴责。

"要是塞莱斯蒂娜对您有半点责备，她就不是我妻子。"律师接着说，"然而我，趁您还没有跨进深渊，我还能设法阻止您，尤其是我已经向您表明了我不图任何私利。我关心的不是您的财产，而是您本人……为了让您明白我的情感，我可以再补充一句，好让您安安心心地签订婚约，我要说的是，我的经济状况足以让我们别无他求……"

"那是靠了我！"克勒维尔叫道，脸色都紫了。

"靠的是塞莱斯蒂娜的钱，"律师回答说，"您给女儿的陪嫁，还不到她母亲留给她的一半。如果您后悔给了她这笔钱，我们随时可以还给您……"

"我的女婿先生，"克勒维尔摆出了架势，说道，"玛纳弗太太一旦用了我的姓，不管她的行为举止如何，对外的身份就是克勒维尔夫人了，您知道吗？"

"对于爱情方面的事儿，对于放荡的情欲，"律师说，"您也许是绅士风度，慷慨大方。但我不知道哪一个姓氏，哪一条法律，哪个头衔，能够掩盖无耻地夺走我父亲三十万法郎的强盗行径！……亲爱的岳父，我直截了当地告诉您，您的未婚妻不配您，她骗您，如今疯狂地爱着我妹夫斯坦勃克，为他还债……"

"是我替他还的……"

"好，"律师接着说，"我真为斯坦勃克伯爵高兴，他的债总有一天会还清的，但是他被爱着，深深地爱着，常常爱着……"

"他被爱着！……"克勒维尔脸色大变，说道，"卑鄙，下流，小人，粗俗，竟诽谤一个女人！……先生，说这种话可得拿出证据……"

"我会给您证据的……"

"我等着……"

"亲爱的克勒维尔先生，等到后天，我一定会告诉您，我何日何时能揭穿您未婚妻可怕的丑事……"

"好极了，我会高兴的。"克勒维尔恢复了冷静，说道，"再见，孩子们。再见，莉丝贝特……"

"跟着他，莉丝贝特。"塞莱斯蒂娜附在贝姨耳边说。

"哎哟！您就这样走了？……"莉丝贝特对克勒维尔喊道。

"啊！"克勒维尔对她说，"我女婿变得厉害了，成器了。法院，议会，还有司法界，政界的狡诈伎俩把他调教出人样来了。啊！他知道我下星期三结婚。今天是星期天，他跟我说三天之内，就会向我证明我妻子配不上我。……倒是不笨……我这就回去签婚约。走吧，跟我走吧，莉丝贝特，走！……他们什么都不会知道的！我本想留四万法郎的年金给塞莱斯蒂娜；可是于洛方才的所作所为叫我永远死了心。"

"等我十分钟，克勒维尔老头，到门口的车上等我，我找个借口出来。"

"好吧！就这样……"

"朋友们，"莉丝贝特回到客厅，对家人说，"我跟克勒维尔一起去，他们今晚要签婚约，我可以告诉你们到底有哪些条款。这恐怕是我最后一次去看那个女人了。你们的父亲气疯了，他要剥夺你们的继承权……"

"虚荣心会阻止他那样做的。"律师回答道，"他想自己占着普雷斯莱斯那块地，一定会留住的，我知道。哪怕他再生孩子，塞莱斯蒂娜总能得到他一半财产，法律不允许他把全部财产传给……不过，这些问题对我来说没什么，我只考虑我们的名誉……去吧，贝姨，"他握住莉丝贝特的手说，"好好听他的婚约。"

家庭的另一幕

二十分钟后，莉丝贝特和克勒维尔走进了巴尔贝街的那座公馆。事情是玛纳弗太太让办的，她不知结果如何，正略微有些不耐烦地等待着。

久而久之，瓦莱莉迷上了万塞斯拉斯，爱得出奇。女人一辈子中，总会出现一次死心塌地的爱。这位平庸的艺术家，在玛纳弗夫人的手中，成了一位尽善尽美的情人，他之于她，一如她曾经之于于洛男爵一样完美。

瓦莱莉一只手拎着拖鞋，另一只手在斯坦勃克手里捏着，脑袋搭在他的肩头。

自从克勒维尔出门后，他们就时断时续地聊着，仿佛当代文学巨著一般，封面上赫然写着"严禁翻印"的字样。这部爱情诗的杰作自然而然地引起了艺术家的感慨，他深感遗憾，而又不无辛酸。

"哎，结婚真是倒霉，"万塞斯拉斯说，"就像莉丝贝特说的，我要是再等一等，现在就可以娶你啦。"

瓦莱莉嚷了起来："要让忠诚的情人当妻子，只有波兰人才这样。这岂不是用爱情换责任！用快乐换烦恼！"

"我觉得你太任性了！"斯坦勃克答道，"你常跟莉丝贝特提起蒙泰斯男爵，那个巴西人，我又不是没听见……"

"你愿意帮我把他甩了吗？"瓦莱莉问道。

"为了不让你跟他见面，也只有这一招了。"从前的雕塑家回答说。

"亲爱的，听着！"瓦莱莉说道，"我从前迁就他，是想嫁给他，我可什么都告诉你啦！……我曾对巴西人许过诺……（"噢，那是在认识你之前。"她看见万塞斯拉斯做了个手势，马上这样说道。）哎！他拿这些诺言要挟我，折磨我，弄得我只好偷偷摸摸地结婚；要是他知道我要嫁给克勒维尔，他这个人一定会……会杀了我！……"

"哦！担心这个！……"斯坦勃克露出轻蔑的神色说道，看那意思，对于波兰人恋上的一个女人来说，这点危险算不了什么。

要知道，说起勇敢，波兰人可不是乱夸海口，因为他们的确勇敢。

"克勒维尔真蠢，他想为我的婚礼举办盛宴，搞他那套排场，又要摆阔又要省钱，让我很为难，真不知如何脱身。"

自从于洛男爵给打发走之后，亨利·蒙泰斯男爵就继承了特权，夜里可以随时上她家来；再说，尽管她八面玲珑，也总得找个理由跟他闹翻，让他相信一切都是他自己的错，这个借口，目前她还在找。这样的苦衷，瓦莱莉能对她心爱的男人诉说吗？

男爵几近野蛮的性格，跟莉丝贝特很相近，她实在太了解了，因此，每当她想起里约热内卢的这个摩尔人，总不免要发抖。

一听见外面车子的声音，斯坦勃克马上松开他搂着的瓦莱莉，拿过一张报纸，专心读了起来。瓦莱莉呢，则一针一线，细心地给未婚夫绣着拖鞋。

"纯粹是诽谤她！"在屋门口，莉丝贝特指着眼前的情景，凑近克勒维尔的耳边，说道，"瞧瞧，她的头饰！乱了吗？照维克托朗的说法，好像你一定能在窝里撞上一对调情的小斑鸠。"

"亲爱的莉丝贝特，"克勒维尔摆出架势，回答道，"你要知道，要让荡妇阿斯帕西娅变成烈女卢克雷蒂娅，只消激起她的真情！……"

莉丝贝特接过话说："女人就是喜欢你这种风流的胖子，我不是跟你常说吗？"

"要不，她就太绝情了，"克勒维尔说，"我在这里究竟花了多少钱？只有格朗多和我清楚！"说罢，他指了指楼梯。这座房子的装修克勒维尔一直以为是自己的手笔，当初，德·埃鲁维尔公爵曾经把若赛花公馆托付给名噪一时的建筑师克勒雷蒂，格朗多这次接手装修瓦莱莉公馆，想方设法要与之一争高低。

无奈，克勒维尔不懂艺术，像所有市侩一样，事先就限制了费用。由于工程预算表给框得死死的，格朗多自然不可能实现其建筑师的梦想。

若赛花公馆与巴尔贝街这座公馆之间的差别，在于一个独特，另一个庸俗。若赛花家令人赞叹之处，是别的地方见不到的，而克勒维尔公馆的耀眼处，却随处都可买到。这两种豪华之间，隔着一条百万财富的鸿沟。一面举世无双的镜子价值六千法郎，而制造商制造并经销的镜子卖价仅五百法郎。一盏布勒制作的真品吊灯，公开售价高达三千法郎，而用模具复制的同样的吊灯，造价仅为一千至一千二百法郎。就考古的角度来看，一个如同拉斐尔的真迹，另一个如同临本。而一个拉斐尔的临本，你说能值多少？

所以，克勒维尔公馆是傻瓜奢华的绝妙样品，而若赛花公馆则是艺术家居室的最美典范。

"我们有仗要打呢。"克勒维尔边说，边向他的未婚妻走去。

玛纳弗夫人摇了摇铃。

"去把贝尔迪埃先生找来，"她吩咐贴身男仆道，"找不到就别回来。"接着，她一把搂住克勒维尔说："我的小老头，要是你成功了，我们的好日子可就得推迟，还得举办烦人的宴会；但是，亲爱的，如果全家人都反对这一桩婚事，要想不丢面子，就不能大操大办，尤其新娘是个寡妇。"

"我呀，恰恰相反，我要婚礼办得跟路易十四那样阔气。"克勒维尔近来总觉得十八世纪太小家子气，说道，"我已经定了新马车，有先生坐的，也有太太坐的，两辆都很漂亮，一辆是敞篷四轮马车，一辆是豪华轿车，座位软得就像于洛夫人抽搐一样，一抖一抖的。"

"啊！我要？那你不再是我的小羊羔了？不行，不行。亲爱的，你得听我的。我们今晚就签订婚约。然后，星期三，我们正式结婚，不要声张，像我可怜的母亲说的那样。我们得穿得简单些，步行去教堂，做一个小弥撒。斯迪德曼、斯坦勃克、维尼翁和马索尔做我们的证婚人，这都是些风雅的人物，一个个像是偶然来到区政府似的，为了我们做一次弥撒圣祭。还有，你请同事为我们主婚，例外办一次，时间定在上午九点钟。弥撒十点钟举行，十一点半我们回这儿来吃饭。我已经向客人许诺，不到晚上不离席……我们还要请比克西乌、你的老伙计德·毕罗特里、杜迪伊、鲁斯托、维尔尼塞、莱翁·德·洛拉、韦尔努，一个个风雅至极。他们不知道我们要结婚，我们得瞒着点儿，不要喝得太醉了。莉丝贝特也去。我要她学一学结婚；比克西乌恐怕会向她求婚，给她……开开窍。"

玛纳弗夫人就这样发疯似的唠叨了两个小时，克勒维尔听了，不无道理地暗自思忖：

"这么开心的一个女人怎么会变坏呢？有点儿疯罢了！可说她邪恶……啊，算了吧……"

瓦莱莉把克勒维尔拉到自己身边，坐在椭圆形小沙发上，问道："你的孩子怎么说我来着？都很难听的吧！"

"他们说你爱着万塞斯拉斯，简直是在犯罪。"克勒维尔回答说，"可是你明明是个贞淑的女人！"

瓦莱莉喊叫了起来："我想我是爱着他，我的小万塞斯拉斯！"她呼唤着画家的名字，捧着他的头，在他的额上吻着，说道："他真可怜，无依无靠，也没有钱！还受那头胡萝卜色的长颈鹿的白眼！你想要怎样，克勒维尔？万塞斯拉斯是我的诗人，我光明正大地爱着他，就像疼爱我的孩子一样！那些贤德的女人，看什么都是罪恶。哼！她们难道不能在一个男人身边待着不作恶吗？我就像一个宠坏的孩子，别人什么都依着我：几颗糖果已经不能让我动心啦。可怜的女人，我真可怜她们！……是谁把我说得这么坏？"

"是维克托朗。"克勒维尔答道。

"哎哟！你怎么就不用他妈妈的那二十万法郎，让那个鹦鹉学舌吃法律饭的闭嘴。"

"啊，男爵夫人早溜了！"莉丝贝特说道。

玛纳弗太太眉头一皱，说道："叫他们小心点，莉丝贝特！要么他们在自己家里好好接待我，要么上他们岳母家来，全都得来！不然，请你转告一下，我会让他们比男爵还惨……最后弄得我也要变坏了！说实话，我真觉得只有恶这把刀，才能砍到善。"

讹诈奏效

三点钟，卡尔多的继任贝尔迪埃公证人，宣读了婚约，他事先同克勒维尔商量了一番，因为某些条款取决于小于洛夫妇的意见。

克勒维尔给他未婚妻的财产包括：1．利息为四万法郎的记名证券；2．邸宅及宅内所有家具；3．三百万法郎现金。此外，凡是法律允许赠予的一切，他全都给了未婚妻，以免日后对她的财产再进行清点。假如死时没有儿女，夫妇就将他们的所有财产，包括动产和不动产遗赠对方。

这份婚约使得克勒维尔的财产仅剩两百万法郎。如果他与新娘再育儿女的话，那么塞莱斯蒂娜只能得到五十万，因为瓦莱莉也享有财产用益权。这五十万是克勒维尔目前所拥有的财产的九分之一。

莉丝贝特回到路易大帝街吃晚饭，脸上流露出一副绝望的神情，她对婚约作了解释，并发表了自己的意见，可她发现塞莱斯蒂娜和维克托朗对这一不幸的消息无动于衷。

"你们惹恼了你们的父亲，我的孩子们！玛纳弗太太发誓一定要你们在家里接待克勒维尔先生的太太，还要你们去拜访她，"莉丝贝特说。

"决不！"于洛说。

"决不！"塞莱斯蒂娜说。

"决不！"奥丹丝喊道。

莉丝贝特突然产生了欲望，要杀一杀于洛一家人的傲气。

"她好像有对付你们的杀手锏！……"她说，"我不知是什么，但我会弄清楚的……她隐隐约约地提起过阿德丽娜的什么二十万法郎。"

男爵夫人一听，身子慢慢地倒在了她坐的长沙发上，剧烈地抽搐起来。

"算了，孩子们！……"男爵夫人喊道，"还是接受那个女人吧！克勒维尔先生是个无耻之徒！他真该受极刑……听那个女人的吧……啊，这是个女魔！她什么都知道！"

于洛太太抽抽噎噎，泪水涟涟地说完这番话后，便在女儿和塞莱斯蒂娜的搀扶下，勉强回到了楼上自己的屋里。

"这到底是怎么回事？"只剩下维克托朗的时候，莉丝贝特大声问。

不难想象律师目瞪口呆，直挺挺地站在那儿，没听见莉丝贝特的话。

"你怎么啦，维克托朗？"

"我吓坏了，"律师说道，他的脸色变得很可怕，"谁敢碰我母亲，决没有好下场，我什么也不顾了！我真恨不得像踩死一条毒蛇那样把这女人踩扁……啊，她竟威胁我母亲的生命和名誉！……"

"她说，噢，亲爱的维克托朗，这话可不能传出去，她说要让你们比你父亲还惨……她还骂克勒维尔没能用要阿德丽娜命的那个秘密堵住你们的嘴。"

很快请来了一位医生，因为男爵夫人的病情恶化了。

医生开了一剂鸦片含量很高的汤药，阿德丽娜服后便沉沉入睡了；可是全家人还是提心吊胆的。

第二天，律师一大早就去了法院，途经警察局，他请保安处长沃特朗叫德·圣埃斯戴芙太太去他家一趟。

"先生，我们接到命令，不许插手您的事，不过圣埃斯戴芙太太是个生意人，她可以按你的意思办。"赫赫有名的处长回答道。

回到家中，可怜的律师得知大家都为他母亲的神智担心。比昂松医生、拉腊比医生、安加尔教授进行了会诊，决定采取有效的方法，舒散涌在她头部的血。

比昂松对维克托朗说，尽管其他医生认为治愈已无望，但仍有把握缓解他母亲的神经抽搐，维克托朗正在听着，这时，仆人进来通报律师，说他的老主顾圣埃斯戴芙太太来了。

维克托朗不等比昂松说完，丢下他狂奔下楼。

"在这个家里，莫非有精神病传染因子？"比昂松转身对拉腊比说。

医生们全走了，只留下一名实习医生照看于洛太太。

"一生清白！……"于洛太太发病后，只说了这一句话。

莉丝贝特寸步不离，守在阿德丽娜的床边，看护了一整夜，两位少妇对她很是钦佩。

"噢，亲爱的圣埃斯戴芙太太！"律师把可怕的老太婆带进办公室，仔细关上门后问道，"我们进行到哪一步了？"

"怎么，亲爱的朋友，您想通了？……"她带着嘲讽的眼神冷冷望着维克托朗说。

"您动手了吗？……"

"您肯付五万法郎吗？……"

"当然，"小于洛回答，"必须采取行动。您知道吗，那女人只一句话，就弄得我母亲的神志不清，生命处于危险之中。所以，采取行动吧！"

"已经动手了！"老妇人答道。

"啊？……"维克托朗浑身发颤，说道。

"怎么！您不想结账？"

"相反。"

"那好，已经花了两万三了。"

小于洛呆呆地望着圣埃斯戴芙太太。

"哎唷！您这法院里的大能人，怎么跟个傻子似的？"老太婆说，"我们用这笔钱收买了一个女用人的良心，还买了一幅拉斐尔的画，这不贵……"

于洛还愣在那儿，眼睛瞪得大大的。

"噢，"圣埃斯戴芙太太接着说，"我们收买了莱纳·图莎尔小姐，玛纳弗太太对她从不瞒着什么……"

"我明白了……"

"不过，您要是舍不得花钱，就直说……"

"我保证如数付钱，您干就是了！"他回答道，"我母亲对我说，这些人该受极刑……"

"如今已没有车轮刑了，"老妇人说。

"您能保证成功吗？"

"您就放手让我干吧。"圣埃斯戴芙太太回答道，"您复仇的事正在操办。"她看了看钟，正好六点。

"您的复仇计划已安排妥当，康嘉尔鲜螺馆的炉子已点燃，拉车的马急得直蹬蹄子，我的烙铁也烧烫了。啊！我太了解你的玛纳弗太太啦。总之，一切都准备妥当！捕鼠器上已投了毒药，我明天就可以告诉您老鼠是不是毒死了。我想会的！再见，我的孩子！"

"太太，再见！"

"你会英语吗？"

"会。"

"您看过用英语演出的《麦克白》吗？"

"看过。"

"那么，我的孩子！你就要为王啦！这就是说你就要继承遗产了！"可憎的老巫婆说道，她好像认识莎士比亚，莎翁也早就猜到了她心思似的。

说罢，她扔下于洛，让他呆呆地站在办公室门口。

"别忘了，明天裁决！"她俨然一位老练的诉讼人，姿态亲切地说。

她见进来两个人，遂想在他们面前摆出一副潘贝希伯爵夫人似的架势来。

"脸皮真厚！"于洛向假冒的当事人行了个礼，心里想道。

433

孔巴布斯

　　蒙泰斯·德·蒙特雅诺斯男爵是个花花公子，但是个捉摸不透的花花公子。

　　巴黎的交际场、赛马场和风月场中人都很欣赏这位外国老爷奇特的坎肩，擦得锃亮的皮靴，独一无二的手杖，令人羡慕的马匹，以及由被制得服服帖帖、打得唯命是从的黑人赶着的车辆。

　　谁都知道他很有钱，在著名的银行家杜迪伊那里有七十万法郎的存款，但是大家总见他独往独来。即便去剧场看首次演出，他也是坐在正厅前座的单人座位上。他没去过一家沙龙，也从未和任何一个交际花挽臂而行！谁也无法将他的名字与上流社会哪一个漂亮女人联系在一起。至于消遣，他只是去赛马总会玩玩惠斯特牌。

　　于是，便有人对他的生活习惯加以诽谤，特别令人不可思议的是，还对他进行人身攻击：叫他孔巴布斯！

　　一天晚上，比克西乌、莱翁·德·洛拉、鲁斯托、弗洛里纳、埃洛伊丝·布里兹杜小姐和纳唐与一帮花花公子和交际花在名气很响的卡拉比娜府上吃夜宵，他们一起想出了这个可笑至极的绰号。

　　马索尔和克洛德·维尼翁分别以参议员与前希腊语教授的身份，向在场的那些无知的交际花讲述了罗朗的《古代史》记载的一段有关孔巴布斯的著名的逸事：孔巴布斯是一个意志坚强的阿贝拉尔式人物，自愿替一位国王看护妻子，国王统治着亚述、波斯、大夏、美索不达米亚以及杜波卡日老教授根据德·昂维尔的古代东方之说划分的那些行省。

　　这个绰号让卡拉比娜的宾客笑了足足一刻钟，引出了许多笑话，实在太粗俗了，要是入了哪本书，法兰西学院很可能因此而不授予它蒙迪翁奖，不过在笑话之余，大家发现这个绰号从此跟漂亮男爵的那头浓密的长发结为一体，若赛花称他为漂亮的巴西人，就像人们叫漂亮的甲壳虫。

卡拉比娜，即赛拉菲娜·西奈（这是她的真名），这个最有名的交际花，凭着她如花似玉的容貌和能说会道的嘴巴，从杜盖小姐（她有一个更为出名的名字，叫玛拉嘉）手中夺走了在十三区的宝座，卡拉比娜同银行家杜迪伊的关系，如同若赛花·弥拉伊之于德·埃鲁维尔公爵。

然而，就在圣埃斯戴芙太太向维克托朗预言成功的那天上午七点钟，卡拉比娜对杜迪伊说：

"要是你真好，你就请我去康嘉尔鲜螺馆吃晚饭，你邀上孔巴布斯；我们想知道他到底有没有情妇……我打赌说他有……我想赢……"

"他一直住在王子饭店，我去一趟，"杜迪伊答道，"我们好好乐一乐。把比克西乌、洛拉那些小伙子都叫来！总之，咱们那帮人全都来！"

七点半钟，在全欧洲名流都光顾的康嘉尔鲜螺馆最豪华的客厅内，桌上放着一套豪华的银餐具，闪闪发光，这是专门为那些花大钱买虚荣的人设宴用的。流光似瀑布般泻在银器的边缘。侍者神情严肃，一个个像是知道自己有了不得的身价，若不是年纪太轻，外省人还真当他们是外交官呢。

先到的五位客人在等着另外九位客人。

最先到的是比克西乌，属于在一八四三年还流行的风雅大餐中的高级作料人物，他最拿手的一招就是有永远新奇的笑话，这种奇才在这巴黎同德行一样罕见。

其次是莱翁·德·洛拉，当代最伟大的海洋画和风景画画家，与同行相比，他的长处在于，他后来的画作从来没有逊色于他当初出道时的作品。

交际花们可少不了这两位滑稽王，哪一次夜宵，哪一顿晚宴，哪一场聚会，他们都不会不在场。

赛拉菲娜·西奈小姐，又名卡拉比娜，是主人公开的情妇，自然最先到场，银光照着她那一双在巴黎无与伦比的臂膀，那只像车工车出来的脖子——没有一丝皱纹——那张诡谲的脸，以及那件蓝色花缎连衣裙，上面镶的英国花边的花费，够买一个村子的人一个月吃的粮食。

贞妮·凯迪娜的美貌是众人皆知的，无须多加描述，今晚她没有登台演出，打扮得像个仙女似的，也来到了。

对这些女人来说，一次聚餐永远是一场隆尚的赛马会，每个人都想让自己的百万富翁得奖，一个个都仿佛这样对敌手说："瞧，我值这个价！"

第三位女人，不用说是个初进社交界的新角儿，她见两位老练而富有的大姐衣着奢华，几乎感到很不好意思。

她只简单地穿了件镶着蓝色边饰的白开司米长裙，头上戴着鲜花，梅尔朗式的理发师笨拙的手艺，无意间给她那漂亮的金发平添了一种朴实美。由于身上的那袭长裙，她感到拘束，就像俗话所说，初次登场总免不了有点儿羞怯。

她刚从瓦洛涅来，鲜嫩的肤色在巴黎谁都望尘莫及，那份天真，连垂死的人见了也会怦然心动，她长得漂漂亮亮，堪与诺曼底供应首都各剧院的美女媲美。未经修饰的脸上，是如天使般完美的单纯线条。乳白色的肌肤上映着灯光，简直像面镜子。双颊微显红润，像是用画笔描出来的。她的名字叫希达利兹。

在下文中我们可以看到，在努里松太太与玛纳弗太太下的那盘棋中，她是必不可少的一个卒子。

卡拉比娜把她带来的这个十六岁的美女向贞妮·凯迪娜作了介绍，凯迪娜说："我的小宝贝，你的手臂可不像你的名字呀。"

希达利兹确实有一双令人赞叹的手臂，组织紧密，长着一颗颗美人痣，血色红润艳丽。

"她值多少？"贞妮·凯迪娜小声问卡拉比娜。

"一笔遗产。"

"你想怎么用她？"

"叫她做孔巴布斯太太呀！"

"你这一手能得多少？……"

"你猜猜看！"

"一套漂亮的银器？"

"我已有三套了！"

"几颗钻石？"

"我还要卖呢……"

"一只绿毛猴？"

"不，是一幅拉斐尔的画！"

"你的脑袋瓜是不是钻进了鬼老鼠？"

"若赛花总是炫耀她的画，真让我受不了，"卡拉比娜回答道，"我得弄几幅比她的更漂亮的……"

杜迪伊领来了晚餐的主角——那个巴西人；接着，德·埃鲁维尔公爵带着若赛花也到了。

歌女只穿了件丝绒裙。

但是她的脖子上戴了条价值十二万法郎的珍珠项链，珍珠贴在她那白茶花般的肌肤上，几乎难以区分。黑发髻上插了朵红茶花（像颗美人痣），十分醒目；为了好玩，她在每只手上一溜儿戴了十一只珍珠手镯。

她上前同贞妮·凯迪娜握手，凯迪娜说：

"把你的手镯借给我……"

若赛花解下手镯，放在一只盘子里，递给她的朋友。

"多有派头！"凯拉比娜说，"是得做公爵夫人！从没见过这样的珍珠！"她转身对矮个儿的德·埃鲁维尔公爵说道："公爵先生，为了打扮这个姑娘，您把大海都捞空了吧？"

凯迪娜拿了一对手镯，把其余二十只又套上歌女美丽的手臂，吻了一下。

其他的来客有：文人吃客鲁斯托，拉·巴弗利纳和玛拉嘉，马索尔和沃维纳，还有泰奥多尔·加耶尔，后者是最重要的一份政治报刊的办刊人之一。

德·埃鲁维尔公爵摆出王爷气派，对谁都以礼相待，但对德·拉·巴弗利纳伯爵格外礼重，虽没有尊敬和亲密的表示，可明显是在对大家说："我们是一家人，是同一个家族，我们才相配！"这种贵族阶层特有的礼数，是专门用来叫资产阶级交际圈的雅士们扫兴的。

卡拉比娜请孔巴布斯坐在她左边，德·埃鲁维尔公爵坐在她右边。希达利兹坐在巴西人的旁边，她的另一边是比克西乌。玛拉嘉紧挨着公爵坐下。

交际花们的一次聚餐

七点钟，开始吃牡蛎。八点，在两道菜之间，又品尝了冰镇潘趣酒。大家对这种宴席的菜单已很熟悉。

九点钟，十四位客人喝完四十二瓶不同的酒后，照例闲聊起来。四月里令人讨厌的餐后点心也端上了。在这弥漫着酒气的氛围中，只有诺曼底姑娘一人微微有些陶醉，她低声哼着一首圣诞曲。

除这个可怜的姑娘外，席间没有哪个人失去理智，这些酒客和女人可是巴黎夜餐席上的佼佼者。他们一个劲地笑，眼睛虽已发花，但仍然炯炯有神，可是话头慢慢转向了讥讽，指向了逸事和隐私。

至此为止，他们的谈话无非还是老一套，什么跑马啦，交易所的交易啦，花花公子的长短啦，无人不知的丑闻啦，但很快就变得亲密起来，眼看着要分成两人一组，相互交心了。

正是这时，卡拉比娜分别向莱翁·德·洛拉、比克西乌、拉·巴弗利纳和杜迪伊递了个眼色，于是大家谈起了爱情。

"高明的医生从不谈医学，真正的贵族从不炫耀祖宗，有才华的人也从不提自己的著作，"若赛花说，"我们为什么要谈自己的行当呢……今晚我让歌剧院停演，是为了来这里聚餐，当然不是来工作的。所以，我们不要装腔作势了，亲爱的朋友！"

"我的小宝贝，那我们就跟你谈真正的爱情吧！"玛拉嘉说，"就是那种弄得自己倾家荡产，逼得父母走投无路，出卖妻子儿女，最终进克里希监狱的爱情……"

"那你们就谈吧！"歌女接过话说，"咱没听说过！"

咱没听说过！……这句巴黎儿童的常用语，已进入交际花的语汇之中，当她们带着眼神和丰富的表情说出口时，简直是妙不可言。

"这么说我不爱你，若赛花？"公爵小声说。

"你也许是真的爱我，"歌女微笑着悄悄地对公爵说，"可是我，我对你的爱并不像刚才他们说的那样，似乎没有心爱的男人，世界就是一片漆黑。你很讨我喜欢，对我也有用，但并不是少不了你；假如明天你离我而去，我会找三个公爵来替你一个……"

"巴黎存在爱情吗？"莱翁·德·洛拉说，"大家发财都来不及，哪有时间沉醉于爱情？因为真正的爱情是会把男人整个儿拴住的，就像水会把糖化个精光。非得极端地有钱才能去爱女人，因为爱情会废了一个男人，差不多就像我们这位亲爱的巴西男爵。我早就说过，'两极相通！'真正的情人好比是个太监，因为对他来说世界上已没有女人了！他很神秘，就像真正的基督教徒，独行于荒野之中！你们瞧我的这位巴西朋友！……"

全桌的人都打量起亨利·蒙泰斯·德·蒙特雅诺斯来，他突然间成了所有视线的中心，感到不好意思。

"他像牛一样吃了一个钟头，也像牛一样不知道自己的身边坐着一位最……我不敢说是这儿最美的，但却是巴黎最鲜嫩的姑娘。"

"这里的一切都是鲜嫩的，鱼也一样，这是本店的名菜。"卡拉比娜说。

蒙泰斯·德·蒙特雅诺斯男爵客气地看着风景画家，说道：

"好极了！为您干一杯！"

他向莱翁·德·洛拉点头致意，举起满满一杯波尔多酒，一饮而尽。

"这么说您是有爱人啦？"卡拉比娜向他问道，她认为他干杯就是这个意思。

巴西男爵让人又倒了一杯酒，向卡拉比娜行了个礼，又干了一杯。

"祝尊夫人健康！"卡拉比娜无比风趣地说，引得风景画家杜迪伊和比克西乌一阵大笑。

巴西人如一尊铜像，始终神情严肃。这份镇静令卡拉比娜感到恼火。她很清楚蒙泰斯爱着玛纳弗太太，但是没想到这个男人死心塌地，出奇地忠诚，守口如瓶，死活不吐一字。

人们往往以情夫的举止来判断他爱的女人，以情妇的态度来判断她所爱的男人。

男爵为爱上瓦莱莉，同时得到她的爱而扬扬得意，挂在脸上的微笑在这些富有经验的行家眼里，具有些许嘲讽的意味，况且他看上去也确实非同一般：虽喝了些酒，但面不改色，黄褐色的眼睛闪烁着特别的光芒，不露一点儿心迹。

卡拉比娜心里想："了不得的女人！居然把您这颗心封得死死的！"

"简直是块石头！"比克西乌低声说，他原只想借机攻击一下巴西人，没想到卡拉比娜执意要攻克这座堡垒。

就在这些表面听来极其无聊的谈话在卡拉比娜的右边展开的时候，她的左边，埃鲁维尔公爵、鲁斯托、若赛花、贞妮·凯迪娜和马索尔几个人在继续进行有关爱情问题的讨论。

他们想知道这些稀奇古怪的事究竟是由于情欲执迷不悟，还是由于爱情而造成的。

若赛花觉得这些理论让她讨厌，想换个话题。

"你们在谈论连你们自己都根本做不到的事情！为了爱一个女人，一个与自己不相配的女人，弄得倾家荡产，把儿女的那一份也败个精光，直至断送自己的前程，抛弃过去的荣誉，偷盗国财，害死了叔叔、兄弟，任人蒙住他的眼睛，却想不到是人家为了跟他开最后一次玩笑，把他往火坑里推，故意不让他看见落下去的是怎样一个火坑，你们中有哪一位能做到？杜迪伊的心里装的是保险箱，莱翁·德·洛拉装的是幽默，比克西乌认为爱别人是傻子，马索尔惦记着的是部长的皮包，鲁斯托连德·拉·沃德海耶太太都留不住，是个窝囊废，公爵先生太有钱了，不可能会落个倾家荡产来证实他的爱情，沃维纳不算在内，因为我认为放高利贷的根本就不是人。所以，你们从未爱过，我也一样，贞妮，卡拉比娜亦如此……不过，刚才我跟你们谈到的那种罕见的爱情，我见过一次。这就是，"她对着贞妮·凯迪娜说，"我们可怜的于洛男爵，我准备像寻找一条走失的狗那样，张贴寻人告示，因为我要找到他。"

"怎么！"卡拉比娜疑惑地望着若赛花，心里想，"莫非努里松太太有两幅拉斐尔画？否则若赛花干吗要抢我的戏？"

"可怜的人！"沃维纳说，"他太伟大，太出色了。他多有个性！多有风度！他长得简直跟弗朗索瓦一世一样！太冲动了！不过找起钱来却又那么精明强干！哪里有钱他就去哪里找，连在巴黎市郊城门边那些尸骨堆砌的城墙里，他都想挖出些钱来，他这会儿也许正躲在那里……"

"可这一切，竟是为了那个小玛纳弗太太！"比克西乌说，"哎呀，那可是个放荡女人！"

"她要嫁给我的朋友克勒维尔了。"杜迪伊补充说。

"她也爱着我的朋友斯坦勃克呢！"莱翁·德·洛拉说。

这三句话就像三颗子弹当胸击中蒙泰斯。

他脸色苍白，痛苦万分，费了好大的劲才站起来。

"你们都是些小人！"他说道，"你们不该将一位正派的女人同你们那些道德败坏的女人混为一谈！尤其不应该把她当作你们取笑的目标。"

蒙泰斯的话被众人的喝彩声和鼓掌声打断。比克西乌、莱翁·德·洛拉、沃维纳、杜迪伊和马索尔发了个信号，大家便跟着哄起来。

"皇上万岁！"比克西乌喊道。

"给他加冕呀！"沃维纳叫道。

"为忠诚的梅道尔来一声猪叫，为巴西人喊乌拉！"鲁斯托大声嚷道。

"啊！赤脸男爵，你爱我们的瓦莱莉？"莱翁·德·洛拉说，"你胃口倒不小！"

"他刚才出言不逊，不过说得好极了……"马索尔提醒道。

"可是，我亲爱的主顾，人家把你介绍给我，我就是你的银行家，你的无知会给我带来麻烦的。"

"啊！既然您是个正派人，请您告诉我是怎么回事。"巴西人向杜迪伊恳求道。

"谢谢了，我们可都是正派人。"比克西乌行了个礼说。

"跟我说实情吧！……"蒙泰斯又说，不理睬比克西乌的话。

"是这样，"杜迪伊接过话说，"我很荣幸地向你禀报，我已接到邀请，参加克勒维尔的婚礼。"

"唷！孔巴布斯为玛纳弗太太打抱不平呢！"若赛花一本正经地站起身来说。

她装出一副悲戚的模样走到蒙泰斯面前，在他头上亲切地拍了拍，一时打量着他，脸上显出了滑稽的赞赏表情，然后摇了摇头。

"于洛是'不顾一切'的爱情的第一例，瞧，这是第二例，"她说，"不过他恐怕还算不上，因为他是从热带来的！"

若赛花轻轻地拍了拍巴西人的脑门，他重又坐回在椅子上，注视着杜迪伊，说道：

"如果你们把我当作巴黎人取笑的对象，非要掏出我说的秘密的话……"

于是，全桌人都笼罩在他射出的一条火带之下，他的眼睛燃烧着巴西的烈日，盯着所有客人。

"那就请你们告诉我一声，"他满脸哀求的神色，几乎像个孩子似的说道，"但是你们不要诬蔑一个我心爱的女人……"

"哎！"卡拉比娜凑近他的耳朵说，"要是瓦莱莉卑鄙地出卖了你，欺骗、玩弄了你，要是过一小时去我家，我给你拿出证据的话，你怎么办？"

"我不能在这儿，当着这些伊阿戈^①的面对你说……"巴西男爵说。

---

① 莎士比亚《奥赛罗》中的人物，为奥赛罗的副官，唆使奥赛罗杀妻子。

443

卡拉比娜把伊阿戈听成了丑曳猴！

"哎哟！你就闭嘴吧，"她微笑着对他说，"免得引这些巴黎幽默大师发笑，上我家去，我们再谈……"

蒙泰斯一副无精打采的样子……

"要证据！……"他结结巴巴地说，"想一想吧！……"

"你要证据，多得很呢，"卡拉比娜回答道，"可是几分怀疑就把你气得脑袋发昏，我担心你到时会发疯呢……"

"这家伙真固执，比故世的荷兰王还固执。喂，鲁斯托，比克西乌，马索尔，还有其他的几位，你们是不是都收到了邀请，后天一起去玛纳弗太太家吃饭？"莱翁·德·洛拉问道。

"是的呀，"杜迪伊回答道，"请听我说，男爵，如果您的确有意，想娶玛纳弗太太的话，那么您就像一条法案被克勒维尔一票否决了。我的朋友，老伙计克勒维尔有八万法郎的年金，您十有八九，没有让人看出您也同样有钱，不然玛纳弗太太肯定选中了您……"

蒙泰斯半出神半微笑地听着，这神情使大家感到可怕。

这时，领班的侍者走过来对着卡拉比娜的耳朵说，她的一个亲戚在客厅里等着，有事要跟她说。卡拉比娜站起身，走了出去，正好遇上戴着黑花边面纱的努里松太太。

"怎么！我的姑娘，我等会儿该上你家去吗？他上钩了？"

"是的，我的好妈妈，枪已经上满了子弹，我真怕它走火呢。"卡拉比娜答道。

努里松太太尽显本领

一小时后，蒙泰斯、希达利兹和卡拉比娜出了鲜螺馆，来到圣乔治大街，进了卡拉比娜的一间小会客厅。

卡拉比娜见努里松太太坐在壁炉边的一把扶手椅上。

"哎唷！我尊敬的姑妈来啦！"她说。

"是啊，我的姑娘，我是亲自来领我的那一小笔利息的。你心好，但也会忘事呀，再说我明天还得付几笔账。一个上门兜售服饰脂粉的小生意人，手头总是紧的。你带来的是什么人呀？……这位先生看起来很不开心……"

可恶的努里松太太这时摇身一变，变成了一位善良的老太太，她站起身来，拥抱卡拉比娜，老太太曾拉过一百多个交际花从事这种肮脏的卑鄙交易，卡拉比娜便是其中的一个。

"这是一个从不受骗的奥赛罗，我很荣幸把他介绍给你：蒙泰斯·德·蒙特雅诺斯男爵先生……"

"噢！我知道这位先生，我常听人谈起；大家都叫您孔巴布斯，因为您只爱一个女人；好像在巴黎就没有女人似的。怎么！您的心上人会不会就是玛纳弗太太，克勒维尔的妻子？……喂，亲爱的先生，不要怪您的命不好，您应该感到庆幸……那个小娘儿们，是个不要脸的东西。她的鬼花招，我太清楚了！……"

"哎呀！"卡拉比娜接过话说，努里松太太刚才拥抱她的时候，已将一封信塞进了她手里，"你不了解巴西人。他们都是些为了爱情不要脑袋的家伙！……一旦嫉妒起来便不可收拾。先生说要斩尽杀绝，其实他什么也不会去动，因为他还爱着心上人呢！噢，我把男爵先生带到这里来，是要给他看看造成他不幸的那些证据，我是从小斯坦勃克那儿得到的。"

蒙泰斯神思恍惚,虽说在听着,但这事仿佛与他毫不相干。卡拉比娜去脱下了丝绒短大衣,拿出一张复制的小字条,念道:

> 我的小猫咪,他今晚要去博比诺家吃饭,十一点左右到歌剧院接我。我大约五点半动身,打算去我们的乐园找您,您让人从金屋饭店给我们送晚餐。您的穿戴要适宜,好送我去歌剧院。我们在一起能待上四个钟头呢。您必须把这张小字条还给我,并不是因为您的瓦莱莉不信任您,我可以把我的生命、我的财产和我的名誉都交给您;而是因为我怕万一命运捉弄人。

"瞧,男爵,这是今早送给斯坦勃克伯爵的情书,你看地址!原件刚才烧掉了。"

蒙泰斯把信翻过来,掉过去,反复看了几遍,认出了她的笔迹,可却冒出了一个顶真的念头,证明他脑子确实不正常了。

"哼!你们撕碎我的心能得到什么好处呢?能弄到这封信,留下足够的时间在石版上把它复制下来,你们肯定花了一大笔钱吧。"他望着卡拉比娜说。

"大傻瓜!"见努里松太太递了个眼色,卡拉比娜马上说,"你没瞧见这可怜的希达利兹吗?三个月来,这个十六岁的孩子爱你都爱得茶饭不思,可你却从来没有瞟过她一眼,她伤心透了。"

希达利兹用手帕捂住眼睛,装出哭的样子。

"别看她那个乖样子,当她发现心上人受了一个坏女人的骗时,简直气疯了,"卡拉比娜接着说,"她真想杀了瓦莱莉。"

"啊!这个嘛,倒是我的事!"巴西人说。

"杀人?……你!我的孩子,在我们这儿可使不得。"努里松太太说。

"哼!我又不是这个国家的人!我在一家王府管事,可不在乎你们的法律,要是你们能给我证据的话……"

"哎呀！这张字条难道不是证据？……"

"不是，"巴西人说，"我不相信文字，我要眼见为实……"

"哟！眼见为实！"卡拉比娜说道。假冒的姑妈又递了个眼色，卡拉比娜马上心领神会，说道："我们会让你全过目的，我亲爱的小老虎，但有一个条件……"

"什么条件？"

"你看看希达利兹。"

努里松太太一个暗示，希达利兹立刻含情脉脉地望着巴西人。

"你会爱上她吗？你能叫她过上一辈子的好日子吗？……"卡拉比娜问道，"一个像她这样的美女，真该有一座公馆和一辆华丽的马车！让她步行那也太心狠了。她还……欠着债。你欠多少？"卡拉比娜拧了一下希达利兹的胳膊问道。

"她值多少就是多少，"努里松太太说，"只要有买主就行了！"

"听着！"蒙泰斯果然发现这个尤物确实不凡，大声说道，"您能让我见到瓦莱莉吗？"

"当然，还有斯坦勃克伯爵呢！"努里松太太说。

十分钟以来，老太婆一直观察着巴西人，她发现她准备利用的这个工具已经是杀气腾腾，这正是她所需要的，她还特别注意到他差不多已经昏了头，不再提防摆弄他的人了，于是她插嘴说道：

"我亲爱的巴西人，希达利兹是我的侄女，所以这件事与我多少有点儿关系。消除你的一切疑虑，这十分钟就可办到，因为是我的一位朋友租给了斯坦勃克一间带家具的房间，此刻你的瓦莱莉正在那儿喝她的咖啡呢，好滑稽的咖啡，可瓦莱莉把那事叫作咖啡。所以，巴西人，我们还是好好合作吧！我喜欢巴西，那是一个很热的国家。我侄女的命运会怎样呢？"

"老鸵鸟！"蒙泰斯突然看见努里松太太帽子上插着羽毛，说道，"你把我的话给打断了。要是你确实让我亲眼看到……看到瓦莱莉跟那个艺术家在一起……"

"就像你恨不得跟她在一起时的模样，"卡拉比娜说，"保证能让你看到。"

"那么，我就要这个诺曼底姑娘，把她带走……"

"去哪里？……"卡拉比娜问。

"去巴西呀！"男爵回答道，"我要娶她做我的妻子。我叔叔给我留下了一块地盘，方圆有几十里，是不能卖的，所以那地方我还留着；我在那儿有一百个黑奴，男的，女的，小的，都是些黑人，全都是我叔叔买来的……"

"是个黑奴贩子的侄子！……"卡拉比娜轻蔑地撇了撇嘴说，"这得考虑考虑。希达利兹，我的孩子，你喜欢黑人吗？"

"哎呀！卡拉比娜，别开玩笑啦，"努里松太太说，"得了！先生和我在谈正事呢。"

"要是再给我一个法国女人，我要她整个儿属于我。"巴西人接着说，"告诉您，小姐，我是王上，但不是宪政王，是一个沙皇，我的所有臣民都是买来的，任何人都走不出我的王国，百里之外才有人烟，里侧住着野蛮人，靠海那一侧还隔着一个像你们法国那么大的沙漠……"

"那我宁愿在这里住阁楼！"卡拉比娜说。

"我以前就是这么想的，"巴西人回答道，"所以我卖掉了所有地产以及我在里约热内卢拥有的一切，来这儿找玛纳弗太太。"

"可不能这么白跑一趟，"努里松太太说，"你有权利得到爱，尤其像你这么英俊的人……噢，他可真英俊。"她对卡拉比娜说道。

"太英俊了！比隆于莫的马车夫还英俊。"交际花答道。

希达利兹拉起巴西人的手，他再也正经不过，挣脱开她。

"我这次来，是非要把玛纳弗太太带走不可的！"巴西人重申他的理由，"您不知道为什么我过了三年才回来？"

"不知道，野蛮人。"卡拉比娜说。

"啊！她总是对我说，她愿意跟我一个人在荒原上生活！……"

"那就不是野蛮人了，"卡拉比娜说道，"而是个文明的傻瓜。"

"她对我说了不知多少次，"男爵不理会交际花的嘲笑，继续说道，"于是我在那一大片地中央盖了一个美妙的住宅。我回法国来接瓦莱莉，可是我与她重逢的那天晚上……"

"重逢说得很有分寸，我要记住这个说法！"卡拉比娜说。

"她让我等那个可怜的玛纳弗死了再带她走，我同意了，至于她接受了于洛的殷勤，我也原谅了。我不知道是不是魔鬼穿上了裙子，反正从那时起，这女人什么都依着我，满足我的一切要求；总之，她没有让我对她有过一分钟的怀疑！……"

"啊！可真有本事！"卡拉比娜对努里松太太说。

努里松太太赞同地点点头。

"我深信这个女人，"蒙泰斯不禁落下了泪水，说道，"如同我深深爱着她。我刚才差点儿给饭桌上每人一个耳光……"

"我看到了！"卡拉比娜说。

"如果我受了骗，她要跟别人结婚，如果她此时此刻正躺在斯坦勃克的怀里，那她罪该万死，我要像捻死一只苍蝇那样杀了她……"

"可是有宪兵呀，我的孩子……"努里松太太一边说道，一边挤出皱巴巴的一丝笑脸，让人见了直起鸡皮疙瘩。

"还有警察、法官、重罪法庭和整个一套机构呢！……"卡拉比娜说。

"你尽说大话，亲爱的！"努里松太太想弄清巴西人的复仇计划，便说。

"我要杀了她！"巴西人冷冷地重复道，"哼！你们居然叫我野蛮人！……你们以为我会学你们法国人干蠢事，去药铺买毒药？……刚才跟你们同来的路上，我就在考虑，如果瓦莱莉真的像你们说的那样，我该怎么报这个仇。我的一个黑奴随身带着一种最致命的动物性毒药，比植物性的厉害，吃了会得一种可怕的病，只有在巴西能治好。我让希达利兹先服用，由她再传给我；然后，等到克勒维尔和他妻子血液中毒没救的时候，我早已带着您的侄女过了亚速尔群岛，我再治好她的病，娶她为妻。我们野蛮人有我们自己的办法！……希达利兹，"他望着诺曼底姑娘说，"正是我需要的傻姑娘。她欠多少债？……"

"十万法郎！"希达利兹回答。

"她话虽不多，但很会说。"卡拉比娜小声对努里松太太说。

"我简直要疯了！"巴西人倒在沙发上，嗓音低沉地说，"气死我了！不过我要看到才算，因为这是不可能的事！一张石印的字条！……谁敢对我说这字条不是伪造的？……于洛男爵爱上了瓦莱莉！……"他想起了若赛花发表的那番演说，便说，"可是既然她还活着，那就证明他并不爱她！……换了我，如果她不整个儿归我，我决不会让她活着归任何人！……"

蒙泰斯的模样可怕，但他的声音更可怕！他狂叫着，整个儿疯了，不管碰到什么，统统砸碎，红木仿佛成了玻璃。

"他砸得多带劲！"卡拉比娜看着努里松太太说。

"我的宝贝，"她拍拍巴西人说，"愤怒的罗兰在诗里的确十分动人；可是在别人家里动怒，不仅粗俗而且代价昂贵。"

"我的孩子！"努里松太太站起来，走到垂头丧气的巴西人面前，说道，"我与你信仰一致。当一个人以某种方式爱着另一个人，爱得死去活来时，他会为爱情舍弃生命的。一个人死到临头，会把什么都毁了的！一切都毁个干干净净。我尊敬你，佩服你，赞同你，特别是你的那个办法，使我对黑人产生了好感。可是你还爱着她呢！你会动摇的！……"

"我！……她真要是个下贱的女人，我……"

"得了，还是少说废话！"努里松太太凶相毕露，说道，"一个想要报仇，自称是不择手段的野蛮人，决不会像这样行事。你要亲眼看到你的情人在她的乐园里，那得就带上希达利兹，你们只当女仆领错了门，直入她的房间，但不要大吵大闹！你如果真想报仇，就得忍气吞声，装出亏心的样子，让你的情人去处置，明白吗？"努里松太太见巴西人对她这番无比巧妙的安排惊讶不已，问了一句。

"走吧！鸵鸟！"他回答，"我们走吧……我明白了。"

"再见，我的小狮子狗。"努里松太太对卡拉比娜说。

她朝希达利兹做了个手势，叫她随蒙泰斯先下楼，自己和卡拉比娜单独再待一会儿。"现在，我的小宝贝，我只怕一件事，就是怕他掐死她！那我可就要倒霉了，我们只能使用软功夫。啊！我想你已经赢得了那幅拉斐尔画了，可据说是米尼亚尔的。放心吧。这幅漂亮多了；我听说拉斐尔的画都黑乎乎的，可这一幅，跟吉罗代的一样。"

"我只求比若赛花强！"卡拉比娜嚷道，"才不管它是米尼亚尔的还是拉斐尔的。不！那个女贼今晚戴的珍珠项链……让人羡慕得要死！"

一八四〇年的一间小屋

希达利兹、蒙泰斯和努里松太太登上了停在卡拉比娜门口的一辆出租马车。努里松太太悄声吩咐车夫去意大利小区的一所房子。那儿一会儿就能到，因为打圣乔治路走的话，只有七八分钟路；可是努里松太太却让走勒佩勒迪埃路，还得慢悠悠儿地过，好检阅一下路上停的车马厮随。

"巴西人！"努里松太太说，"好好看看有没有你那个天使的车和下人。"

马车经过时，男爵指了指瓦莱莉的车马随从。

"她让下人们十点来，另租了一辆马车到小公馆去会斯坦勃克伯爵了，在那儿吃过了饭，半个小时内她还要去歌剧院。干得真漂亮！"努里松太太说，"这一切总让你明白了，这么久以来，她是怎么把你蒙在鼓里的。"

巴西人没有回答。他又恢复了刚才饭桌上那种令人不胜钦佩的神情，沉着镇静，像是变成了猛虎。那副镇定自若的样子，如同一个第二天得提交清册的破产老板。

那座将改写命运的房子门口停着一辆双马遮篷车，人们都管它叫"总公司"，因为车行的名字叫"总公司"。

"待在车上"，努里松太太对蒙泰斯说，"这儿可不像咖啡馆随便能进，我会派人来叫你的。"

玛纳弗太太和万塞斯拉斯的乐园，一点儿也不像克勒维尔的小公馆。克勒维尔认为他那座小公馆已经没有什么用场，已经卖给马克西姆·德·特莱伊伯爵了。

这个乐园是许多人的乐园，只有一个房间，处在意大利人小区一所房子的五楼，正对着楼梯口。

这所房子每一层的楼梯口都有这么一个房间，原先是每家公寓的厨房间。

但是在整幢房子变成了某种收费高昂的秘密情人旅馆后，二房东，真正的努里松太太，新圣马克街的服饰香粉商，慧眼识珠，看准了这些厨房间的巨大的价值，把它们改造成了饭厅。

每间饭厅，都有厚实的墙壁，临街采光，楼梯口再安上两道特厚的门扇，便成了个与世隔离的小天地。在这儿可以边吃饭边谈重要机密，且无隔墙之耳的忧虑。为了更保险，临街的窗子，外面还护着百叶窗，里面遮着挡板。

由于这些特别的好处，每间的月租金高达三百法郎。

这幢满是乐园和奥秘的房子，由努里松太太一世以二万四千法郎租下，不论年成好坏，扣除总管（努里松太太二世）薪水后，她还净赚二万法郎，因为她不亲手经营。

租给斯坦勃克伯爵的乐园壁上糊着波斯绸，地上铺着柔软的地毯，那些蜡打得红红的丑陋方砖地又冷又硬，但在脚下却感觉不出来。屋里有两把漂亮椅子，一张床，床放在凹室中，给桌子遮住了一半。桌子上是精美晚餐的残杯冷炙，在爱神光顾过的酒神之所，扔着两个插着长木塞的空酒瓶和一个香槟酒瓶，瓶里也不见了泡沫。

烤火椅旁可看到一把软垫扶手椅，这无疑是瓦莱莉置办的。还有一个漂亮的红木五斗橱，上面的镜子周围镶着蓬巴杜式的图案，一盏顶灯发出朦胧的光晕，与桌子上的蜡烛、壁炉上的装饰蜡烛交相辉映。

这幅素描，处处描绘出俗气十足的私情场面，这份俗气是一八四〇年的巴黎无所不在的印记。唉！从火神之网象征奸情开始，世事延续至今，三千年也就这么过去了。

当希达利兹和男爵上楼时，瓦莱莉站在柴火正旺的壁炉前，正让万塞斯拉斯给她系胸带。

一个像瓦莱莉这样清雅秀丽不肥不瘦的女子，往往在这种时刻才显出只疑天上才有的美艳。玫瑰色的肌肤，色泽滋润，再麻木的眼睛也会忍不住瞟上一眼。些微的遮蔽下，身体线条被衬裙的褶裥和束胸的凸纹勾勒得格外轮廓鲜明，让这个女人变得愈发难以抵挡，尤其在不得不分手的时刻。镜中那张幸福微笑的脸庞，不肯安闲的脚儿，在摆弄着还没有拾掇好的发饰上那些凌乱发卷的手儿，感激之情流溢的双眼，还有那股满足后的情焰，像落日般映照着她脸上每一个细小的地方，总之，此时此刻，这一切使她成为珍贵记忆的宝藏！……谁只要回头看一看自己早先的过错，都会从中辨认出一些类似的美妙细节，对于洛、克勒维尔之流的痴狂，虽不能原谅，却一定可以理解。

　　对自己在这种时刻所具有的魅力，女人们是再清楚不过了。所以幽会之后，她们总是如人们所说，神采奕奕。

女主角的最后一场滑稽戏

"哎哟！都两年了，你还不会给女人束胸带！你可真是个波兰人，太过分了！已经十点了，我的万塞斯……拉斯！"瓦莱莉微笑着说。

正在这时，一个恶毒的女仆，动作麻利地用一把刀挑落了门扇上的挂钩，拆除了亚当与夏娃唯一的保护屏障。

她一下子推开门，因为伊甸园的房客通常是迫不及待的，一幅画展中常见的、模仿加瓦尔尼的风情画赫然展露在人们眼前。

"请进，太太！"女仆说。

希达利兹走了进来，后面跟着蒙泰斯男爵。

"啊，里面有人！……对不起，太太。"诺曼底姑娘惊讶地说。

"怎么回事！啊，是瓦莱莉！"蒙泰斯嚷了起来，猛地一砸，把门合上了。

玛纳弗太太反应实在太激烈，无法掩饰，一下子倒在壁炉旁的一张烤火椅子上。

两滴泪水在她眼眶里转了一下，马上就止住了。她看了一眼蒙泰斯，发现了诺曼底姑娘，立刻爆发出一阵大笑。女人受伤的自尊心消除了衣冠不整的尴尬，她走向巴西人，无比高傲地望着他，眼中射出兵刃的寒光。

"瞧瞧，"她在巴西人面前摆好姿势，指着希达利兹说，"这就是你所谓的忠诚包藏的货色吗？你！你对我山盟海誓，再不相信爱情的人也会深信不疑！我为你做了多少事情，甚至于犯罪！……是的，先生，比起这样年轻漂亮的姑娘，我什么都不是了！……我知道你要说什么，"她指着万塞斯拉斯，他那慌乱的样子就是明证，无从抵赖，接着说，"这直接关系到我。你卑鄙无耻，背叛了我，我怎能还爱你？你盯我的梢，你买通了这儿的每一级台阶，买通了老板娘、女用人，说不定莱纳都给你收买了……噢！干得真漂亮！如果我对一个如此卑鄙的男人还能剩下一点点感情的话，我一定会给他讲清楚道理，让他加倍地爱我！……可是，先生，我随你便了，随你带着满腹猜疑后悔去吧……万塞斯拉斯，给我裙子。"

她拿过裙子穿上，在镜子前端详一番，静静地穿好了衣服，看也不看巴西人一眼，一副旁若无人的架势。

"万塞斯拉斯！好了吗？你前面走。"

她用眼角从镜子里窥视着蒙泰斯的表情，发现他脸色苍白，看到了软弱的迹象，再强的男人也终难抵挡女人的诱惑，她拉起他的手，走近他，近得能让他嗅到情人们为之迷醉的可怕的芳香；紧接着，她感觉到他的心怦怦乱跳，马上摆出一副嗔怪的神气，望着他说：

"把你的这番探险告诉克勒维尔先生去吧。我同意了，可他决不会相信你的，我有权嫁给他；后天，他就是我丈夫了！……我一定会让他很幸福的！……永别了，尽量忘了我吧……"

"啊！瓦莱莉！"亨利·蒙泰斯一把抱住她，把她紧紧拥在怀里，嚷叫道，"不行！去巴西，好吗？"

瓦莱莉望着男爵，仿佛又看到了她的奴隶一样。

"呵！如果你永远爱我，亨利！两年内，我一定做你的妻子；可是你现在这张脸，我看实在太阴险了。"

"我向你发誓我这是被人灌醉了，几个假朋友硬把这个女人往我怀里塞，一切的一切只是巧合！"蒙泰斯说。

"这么说我可以原谅你啰？"她嫣然一笑，说道。

"那你还嫁人吗？"男爵急火煎心地问。

"八万法郎的年金呢！"她带着几近滑稽的兴奋劲儿，说道，"何况克勒维尔太爱我了，他会爱得没命的。"

"啊，我明白了。"巴西人说。

“那好吧！……几天之后咱们再商量。”说罢，她得意扬扬地下楼去了。

“我再也没有什么顾虑了，”男爵一动不动地待了片刻，思忖道，“好啊！这女人是想利用她的爱去甩掉那个白痴，就像她当初算计着收拾玛纳弗一样！……既然上帝动怒了，我就当他的帮手吧！”

复仇之箭落在了瓦莱莉头上

杜迪伊饭桌上那班人伶牙俐齿把玛纳弗太太骂得个体无完肤，可两天后，瓦莱莉改头换面，换上巴黎一区长的显赫的姓氏刚刚一个小时，他们便坐在了她家的酒席上。

这种舌尖的背叛，是巴黎生活中再常见不过的小事。

瓦莱莉很高兴地看到巴西男爵也去了教堂，那是克勒维尔完完全全地成了瓦莱莉的丈夫后，为了自我炫耀而特别邀请的。

蒙泰斯出现在午宴上，谁见了也不觉得奇怪。那班风雅之士对痴情人的懦弱，对肉欲的交易再也熟悉不过了。

斯坦勃克如今也开始瞧不起她了，席间那副郁郁寡欢的模样，看来别有滋味。向来把瓦莱莉奉若天使的波兰人似乎是想以此表示他和瓦莱莉之间一切都完了。

莉丝贝特前来拥抱她亲爱的克勒维尔夫人，抱歉说不能留下吃饭，因为阿德丽娜病得厉害。

"放心吧，"她离开时对瓦莱莉说，"他们会在家里招待你的，也会上你家来。一听到二十万法郎这几个字，男爵夫人差点儿丢了命。噢！你这下全拿住他们了，到底是怎么回事，你会讲给我听的，对吗？……"

结婚后短短一个月，瓦莱莉便和斯坦勃克吵了十次。他要她解释清楚与亨利·蒙泰斯的事，不断地翻出乐园出事时她说的话，不仅用羞辱的话来刺她，还时时监视着她，弄得她死死夹在万塞斯拉斯的嫉妒和克勒维尔的献媚中间，没有一刻的自由。

以前有莉丝贝特出好主意，如今不在身边，瓦莱莉简直气疯了，竟然提起万塞斯拉斯借钱的事，臭骂了他一通。

斯坦勃克的自尊被骂醒了，于是再也不登克勒维尔公馆的门。瓦莱莉这下达到了目的，她想疏远万塞斯拉斯一阵子，好恢复自由。

瓦莱莉一直在等着克勒维尔出远门，因为他要去乡下，到博比诺伯爵处商谈一下带夫人上门拜见的事。这样，她便有了跟男爵见面的机会，她想和巴西人待上一整天，跟他讲清道理，让他再加倍爱她。

莱纳收了别人那么多钱，知道自己有罪，这天早上，她很想给女主人提个醒儿，因为面对这些陌生人，她当然更在乎女主人；可是人家恐吓她，说要是多嘴，就把她逼疯，送她进疯人院，她实在害怕。

"太太现在多幸福，"莱纳说道，"干吗还要应付那个巴西人呢？……我呀，对他可不放心！"

"说得对，莱纳！我就是要把他打发走呀。"瓦莱莉回道。

"啊，太太，这下我放心多了，他真让我害怕，这个黑鬼！我觉得他什么都干得出来……"

"你真笨！和我在一起，你该为他担心才是。"

这时莉丝贝特进了门。

"我亲爱的小山羊儿！咱们好久没见了！"瓦莱莉说，"我太痛苦了。克勒维尔让我讨厌，我又见不着万塞斯拉斯的面，我们吵翻了。"

"我知道，"莉丝贝特说，"我就是因为他才来的，今天傍晚五点钟光景，维克托朗遇到了他，当时他正要进瓦卢瓦街一家大众小餐馆，维克托朗见他挨饿可怜，把他带回了路易大帝街……奥丹丝一见万塞斯拉斯又瘦又病衣衫褴褛的样子，马上和他握手言和了。你简直是在出卖我！"

"亨利先生来了，夫人！"随身男仆走到瓦莱莉跟前，在她耳边说了一句。

"我去一下，莉丝贝特，所有这些事我明天再跟你解释！……"

然而，正如我们下文即将看到的，瓦莱莉很快就对谁都不能再解释些什么了。

募捐的修士

维克托朗一笔笔偿清了欠纽沁根男爵的债，到五月底，于洛男爵的养老金终于全赎回来了。大家都知道，每季的养老金需出示生存证明书方能领取，因为无人知道于洛男爵的住所，抵押在沃维纳名下的到期养老金全冻结在国库里。

沃维纳已经签了解款的单子，因此必须找到男爵本人去领那些到期的养老金。

男爵夫人在比昂松大夫的悉心诊治下，身体渐渐恢复了。

好心的若赛花来了信，从文字的拼写来看，显然是德·埃鲁维尔公爵帮助写的，由于这封信的作用，男爵夫人的身体完全康复了。

歌女经过四十天的积极寻访，在信中给男爵夫人写道：

男爵夫人：

于洛男爵在两个月前住在贝尔纳丹街，跟花边缝补女工埃洛蒂·夏尔当同居，就是那个把他从比茹小姐手中抢过来的女人；可他后来又不辞而别，丢下了他全部的东西，不知到什么地方去了。我没有灰心，请了一个人继续寻找男爵，据那人说，他曾经在布尔东大街上碰见过男爵。

可怜的犹太女子一定会信守对一个女基督徒的承诺。但愿天使为魔鬼祈祷！上苍有时应该成全这样的事儿。

致以深深的敬意，我永远是您卑微的奴人。

若赛花·弥拉伊

于洛·德·埃尔维律师再也没听到可怕的努里松太太的消息，

眼见着岳父结了婚，妹夫被迫回了家，新丈母娘也没挑他什么碴儿，母亲的身体一日好似一日，他也就忙开了那些政治和司法方面的事，卷进了巴黎生活的急流之中，一小时当作一天用。

由于负责众议院的一项报告，白天会议结束后，他不得不开夜车工作。

那天晚上九点钟左右，他回到书房，等着仆人送上带灯罩的大烛灯，心里想起了父亲。他很内疚，责备自己不该把找人的事全推给了歌女，决定第二天去拜见夏皮佐先生。正在这时，在昏暗的暮色中，他看见窗外有一张老人的脸，神色庄重，黄黄的脑袋壳，长着一圈白发。

"告诉我，亲爱的先生，能不能让我进来，我是个可怜的修士，从沙漠来的，为修一所神圣的庇护所募捐。"

这副相貌，加上这个声音，使律师突然想起了可怕的努里松太太的诺言，不禁打了个哆嗦。

"让这位老人进来。"他吩咐仆人道。

"他会把先生的书房熏臭的，"仆人回答道，"他身上那件棕色长袍，打从叙利亚出门后就没换过，也没穿衬衫……"

"你让这位老人进来。"律师又吩咐了一遍。

老人进了屋，维克托朗以怀疑的目光打量着这个所谓的朝圣修士，发现这是一个地地道道的那不勒斯僧侣，破破烂烂的长袍和那不勒斯乞丐的褴褛劲儿相去无几，脚上的鞋子只是几块烂皮，和这个修士一样破烂不堪。这一切再也真实不过，律师虽仍不无疑虑，但心里却在责备自己不该妄信努里松太太的妖术。

"您要多少？"

"看着给吧。"

维克托朗在一把埃居中拣出一枚一百苏的硬币，递给了陌生人。

"比起五万法郎来，这可太少了。"从沙漠来的乞丐说。

这句话顿时消除了维克托朗的一切疑虑。

"上天的诺言兑现了吗？"律师一皱眉头问道。

"怀疑就是亵渎，我的孩子！"独行者回答道，"要是您想在办完丧事后付钱，那也是您的权利，我一星期后再来。"

　　"丧事！"律师喊叫着站了起来。

　　"已经动手了，"老人边离开边说，"在巴黎，人死得快着呢！"

　　小于洛低着头，正想回话，可动作灵活的老人已不见了踪影。

　　"他说的我一个字儿也不明白。"小于洛自言自语，"……一星期以后，要是父亲还没找到，我倒可以问问他。努里松太太（对，她是叫这个名字）是从哪儿找到这帮角色的？"

医生的一番话

　　第二天，比昂松大夫给莉丝贝特作了仔细检查，她因为患轻微的支气管炎，已有一个月没出房门了。之后，大夫又看了男爵夫人，允许她下楼到花园走走。

　　博学的医生在观察到关键的症状之前，不敢对莉丝贝特的病说出他的整个想法。他陪男爵夫人来到花园，想研究一下病人在房间里待了两个月之后，新鲜空气对他所关注的神经抽搐症会有何种影响。能攻克这一神经顽症，对天才的比昂松来说确实是一种诱惑。

　　见这位名大夫能坐下来跟他们一起待上一会儿，男爵夫人和几个孩子自然也很客气，陪他一起聊天。

　　"您每天太忙了，而且也很不是滋味儿！"男爵夫人说，"整天看到的是悲惨的样儿和精神的痛苦，我可知道是怎么回事。"

　　"夫人，"大夫回答道，"您为了慈善事业不得不面对的那些景象，我当然知道，但您干这行干久了，也就习惯了。这是社会规律。要是职业精神不能战胜心境的话，就当不了忏悔师、法官或诉讼代理人了。没有这番修炼的话，谁还活得下去？军人打仗时见着的场景，不是比我们见到的还要残酷得多吗？可上过火线的军人都很善良。我们做医生的，治好了一个人的病，都觉得高兴，就像您在饥饿、堕落和贫穷中拯救出一个家庭，让他们能够工作，重新回到社会生活中来而觉得开心；可是法官、警察、诉讼代理人，一辈子都在跟追逐私利的卑鄙不过的伎俩打交道，他们又何以自慰呢？私利这个社会妖魔，只知道失败遗憾，决不会起忏悔之心。社会上有一大半人以琢磨别人过日子。我有个老朋友，做过诉讼代理人，现在已经退休了，他跟我说，十五年来，公证人和诉讼代理人，无论对委托人还是对委托人的敌对方，都一样提防。令郎是律师，他从来就没有被委托人拖累过？"

"噢！常有的事！"维克托朗微微一笑，说道。

"毛病出在哪儿呢？"男爵夫人问道。

"是因为缺乏宗教信仰，"医生回答道，"还因为金钱的侵蚀，说到底也就是自私自利的结果。以前，金钱并不是一切，大家都承认还有高于金钱的东西，像贵族啦，才华啦，还有为国效力，等等。可是如今，法律把金钱定为普遍标准，成了政治能力的基础！有些法官就没有被选的资格，让－雅克·卢梭在今天肯定不会有被选的资格！没完没了的遗产纠纷，逼得每个人一满二十岁就得想着自己。哎！从不得不挣钱生活到不惜一切卑鄙手段，没有什么障碍了，因为法国没有了宗教感，尽管还有人表现可嘉，在努力复兴天主教。像我这样细心观察社会，看透了社会五脏六腑的人，心里常这样想。"

"您很少有什么乐趣吧？"奥丹丝说。

"真正的医生，"比昂松答道，"热衷的是科学。这份热情和造福社会的信念便是他的精神支柱。噢，瞧我，现在我就处于某种科学研究的快乐之中，可许多肤浅的人却会把我当作一个没心肝的家伙。明天我要向医学科学院报告一个新发现。我此刻正在观察一种不治之症，一种绝症，在温带区我们还没有对付它的办法，但在印度可以治。这种病曾在中世纪流行过。当医生的对付这类病症，无疑是一场精彩的斗争。十天来，我时刻挂念着我的病人们，因为有两个这样的病人，他们是一对夫妻！你们不是跟他们有亲戚关系吗，因为太太您是克勒维尔的女儿。"他对塞莱斯蒂娜说。

"怎么！您的病人是我爸爸？……"塞莱斯蒂娜问，"他是住在巴尔贝－德－儒伊街吗？"

"一点儿没错，"比昂松回答。

"得的还是绝症？"维克托朗吓坏了，追问道。

"我马上去父亲家！"塞莱斯蒂娜嚷着站了起来。

“我严格禁止您去，太太，”比昂松静静地说，“这是一种传染病。”

“先生，您不是去了吗？”年轻的太太反问道，“您不认为身为做女儿的比当医生的责任更重吗？”

“太太，当医生的知道怎么预防传染，何况您一片孝心，不考虑后果，向我证明您不可能像我这么小心。”

塞莱斯蒂娜站了起来，回房间换衣服，准备出门。

上帝的手指和巴西人的手指

"先生，"维克托朗对比昂松说，"你有希望救克勒维尔夫妇一命吗？"

"有，但没把握。"比昂松回答说，"情况对我来说无法解释……这种病只有黑人和美洲人才得，他们的皮肤系统和我们白种人的不一样。可是，克勒维尔夫妇和黑种人、棕种人及混血人种之间，我无法找到任何联系。虽然对我们医生来说，这种病很刺激，但对所有其他人来说却是很糟糕的。可怜的女人听说长得很漂亮，可恶有恶报。如今，她已经不像人样，变得丑极了……她的牙齿和头发都掉了，模样像麻风病人，自己看了都可怕。她的手不堪入目，肿肿的，上面布满了灰绿色的小脓包；她用手乱抓，连指甲都掉进伤口里。反正手指头和脚指头都烂得流血，一块一块往里烂。"

"可是到底为什么会烂成这样呢？"律师问道。

"哦！"比昂松说，"原因是血液急性坏死，速度快极了，真吓人。我想攻克血液病，让人采血做了化验；我等会儿回家就可以拿到我朋友杜瓦尔教授的化验结果，他是个很著名的化学家，我希望能够用这种办法试一试，虽说没有指望，但我们有时也拿它跟死神斗一斗。"

"上帝的手指在动了！"男爵夫人声音异常激动地说，"尽管这个女人给我造成了很多痛苦，我绝望的时候也求过上帝惩罚她，可是我还是希望，我的上帝啊，希望您能成功，大夫先生。"

小于洛头晕目眩，他看了看母亲，妹妹，又看了看医生，担心他们看透他的心思。他感到自己就是个杀人凶手。不过，奥丹丝觉得上帝非常公正。

塞莱斯蒂娜出了房门，求丈夫陪她回娘家。

"夫人，还有您，先生，要是你们回去的话，你们一定要离病人的床一尺远，要小心才是。不管是您还是您夫人，都不要一时冲动去拥抱病人！于洛先生，您应该陪您夫人一起去，免得她有违医嘱。"

家里只剩下了阿德丽娜和奥丹丝，她们上楼来到莉丝贝特身边，给她做伴。奥丹丝实在太恨瓦莱莉了，憋不住发作起来。

"贝姨！我母亲和我都报了仇了！……"她嚷叫着，"那个毒女人这下没命了，她的身子在发烂！"

"奥丹丝，"男爵夫人说，"眼下，你这样就不是基督徒了。你应该祈祷上帝行行好，让那个可怜的女人起忏悔之心。"

"你们在说什么？"莉丝贝特从椅子上猛地站了起来，高声问道，"是在说瓦莱莉？"

"对，"阿德丽娜回答道，"她没救了，得了一种可怕的病，那样子说出来会吓你一跳，活不成了。"

贝姨牙齿咬得咯咯响，出了一身冷汗，浑身抖得可怕，说明她对瓦莱莉的情谊确实很深。

"我去看看。"她说。

"可大夫严禁你出门！"

"管他呢！我要去。可怜的克勒维尔该伤心死了，他多爱他妻子啊……"

"他也要死啦。"斯坦勃克伯爵夫人说，"啊！我们所有的死敌都捏在了魔鬼的手中……"

"是在上帝手中！……我的姑娘……"

莉丝贝特穿上衣服，披上她那条有名的黄开司米披肩，戴上黑绒帽，穿上小皮靴，不管阿德丽娜和奥丹丝的告诫，像在暴力的驱逐下，出了门。

瓦莱莉的最后一句话

于洛夫妇到巴尔贝街不一会儿，莉丝贝特也赶到了，见屋里有七个医生，他们都是比昂松请来观察这种罕见的疾病的，比昂松和他们在一起，站在客厅里讨论病症。他们中不时有人跑到瓦莱莉或克勒维尔房间看一看，又回来提出观察得出的论据。

这些医学王子有两种不同的观点。

一种认为是中毒，有人私下报复，绝对不是中世纪见过的那种病，但持这一观点的只有一个人。

有三个人倾向于认为是淋巴和液体坏死。

第二种观点，也就是比昂松的观点，他认为病因是血质变坏，而造成血质变坏的是一种致命的病原，具体情况还不清楚。他拿出了杜瓦尔教授的血液化验结果。

有关的治疗方法，尽管没有把握，也完全是经验性的，但能否使用，还得依赖于这一医学问题的解决。

莉丝贝特离瓦莱莉的病床还有三步远，就吓得走不动了，只见她朋友的床头站着一位圣托马斯教会的教士，还有一位修女在旁边照顾她。虽说她已经成了一堆烂肉，五种感官只剩下了视觉，可宗教却从中发现了一颗可以拯救的灵魂。唯一肯当看护的那个修女和病人保持着一定距离。天主教这一神圣的团体在牺牲精神的推动下，以灵与肉的双重形式救助这位卑鄙而又肮脏的垂死的女人，向她表示无限的宽容和不尽的怜悯。

仆人们全都吓坏了，死活不进先生和太太的房间；他们心里只有自己，觉得主人是罪有应得。

瓦莱莉的房间里臭烘烘的，尽管窗户都开着，还洒了很浓的香水，但谁也无法在里面多待。只有教士在里边守着。

像瓦莱莉这样一个极其聪明的女人，怎么就不会问一问教会的这两个代表待在这里到底有什么用场呢？奄奄一息的瓦莱莉还是倾听了教士的声音。随着吃人的疾病渐渐吞噬着她的美貌，忏悔之心也开始动摇她那邪恶的灵魂。娇弱的瓦莱莉远远不如克勒维尔，经不起病魔的折腾，再加上是她先得的病，所以必定死在克勒维尔之前。

"我要是没有病，一定会来照顾你的。"莉丝贝特跟她朋友无神的眼睛对视了一下，说道，"我已经有半个月甚至二十天没有离开房间了，可从医生那里一听到你的情况后，我马上就跑来了。"

"可怜的莉丝贝特，你呀，还爱着我，我看得出来。"瓦莱莉说道，"听我说，我也只有一两天时间好想一想的了，因为我都不能说好话了。你也看得清清楚楚！我都不像个人样了，成了一堆烂泥……他们不让我照镜子……我是罪有应得。啊！为了得到饶恕，我多么想补赎我犯下的一切罪过啊。"

"噢！"莉丝贝特说，"你这样说话，就像人已经死了一样！"

"但这并不妨碍这个女人忏悔，你就让她带着基督徒的念头吧。"教士说道。

"什么都完了！"莉丝贝特害怕极了，心里想，"连她的眼睛和嘴巴我都认不出了！她原来的样子已经一丝不剩！连脑子也糊涂了！噢！真吓人！……"

"你不知道，"瓦莱莉继续说，"什么叫死，什么叫不得不想死后的日子，想进了棺材以后的模样：身上尽是蛆，可灵魂有什么呢？……啊！莉丝贝特，我感到还有来生！……我恐惧极了，连身子腐烂的痛苦都感觉不到！……以前，我常跟克勒维尔笑话一个女圣人，说上帝的惩罚就是让人受各种各样的苦难……哎哟！我的话应验了！……莉丝贝特，千万不要拿神圣的东西开玩笑！你要是爱我，就像我一样忏悔吧！"

"我！"洛林女子说，"大千世界中，我看见到处都在报仇，连小虫受到攻击，也会为了满足复仇之心去拼命！这些先生啊，"她指着教士说，"他们不是跟我们说上帝也会报仇，而且一报起仇来就没个完嘛！……"

教士非常温和地看了莉丝贝特一眼，对她说道："您是个无神论者吧，太太。"

"可你瞧瞧我现在这副样子！……"瓦莱莉对他说。

"你是从哪儿染上这个坏疽病的？"老姑娘还像个村姑似的，死活也不相信，问道。

"噢！我收到了亨利一封信，一看就知道我的命肯定没救了……是他杀了我。如今我想规规矩矩地过日子，却要死了，而且死得那么惨不忍睹……莉丝贝特，抛弃任何报复的念头吧！好好待那家人，我已经立了遗嘱，凡是法律允许我拥有的一切，都给他们！去吧，我的姑娘！尽管今天只有你不害怕，没有远离我，我还是求求你，你走吧，让我一个人待着……我只剩下一点点时间，要向上帝忏悔！……"

"她已经胡言乱语了。"莉丝贝特站在房门口，心里想。

即使是人间最强烈的感情，也就是女人之间的情分，也没有教会那种惨烈的耐心。莉丝贝特实在被房间里恶臭的疫气呛得透不过气来，出了门。

她看见几个医生还在讨论，可比昂松的观点占了上风，他们在具体商讨采取何种方法为好……

"反正是个很好的解剖标本，"一个持相反观点的医生说，"我们可以有两个对象进行比较。"

莉丝贝特陪着比昂松又进了女病人床前，大夫好像根本闻不到房间里发出的那股恶臭似的。

"太太，"他说道，"我们准备用一种烈药给您试一试，也许可以救您……"

"即使您能救我一命，"她说，"我还能像以前一样漂亮吗……"

"也许吧！"博学的医生说道。

"谁都知道您这句'也许吧'的意思！"瓦莱莉说，"我一定会像那些被扔到火中的女人那样丑！还是让我把自己交给教会吧！如今我只能讨上帝喜欢了！我尽量跟上帝和好，我也只能最后卖一回俏了！是的，我一定要把善良的上帝搞到手！"

　　"这就是我可怜的瓦莱莉的最后一句话，这才是我了解的她呢！"莉丝贝特哭着说……

克勒维尔的最后一番话

洛林女子觉得应该到克勒维尔房间去看一下，发现维克托朗和他妻子坐在离瘟鬼的病床三步远的地方。

"莉丝贝特，"他说，"我妻子的情况他们都瞒着我，你刚刚去看过她，她到底怎么样？"

"她好一些了，她自己说已经有救了！"莉丝贝特只得含糊其词地回答说，好让克勒维尔放心。

"啊！那好，"区长接过话说，"我一直担心是因为我她才得的病……一个跑花粉生意的，不可能不做错事。我经常责备自己。要是失去了她，我该怎么办呀！说实话，我的孩子们，我实在喜欢这个女人。"

克勒维尔想在床上挺直身子，试图摆出他惯常的架势。

"噢！爸爸，"塞莱斯蒂娜说，"等你们身体都好了，我一定接待继母，我发誓！"

"可怜的小塞莱斯蒂娜！"克勒维尔说，"让我来亲亲你！……"塞莱斯蒂娜正往前走，维克托朗拉住了她。

"先生，您不知道，您的病是会传染的。"律师口气温和地说。

"不错，"克勒维尔回答说，"大夫们高兴得直鼓掌，因为在我身上找到了一种什么中世纪的瘟病，大家一直以为那病早绝迹了，他们在医学院乱吹……太滑稽了！"

"爸爸，"塞莱斯蒂娜说，"勇敢些，你一定会战胜病魔的。"

"你们放心吧，孩子们，死神得先好好看一看，才能向一个巴黎的区长动手呢！"他镇静得可笑，说道，"再说，要是我那个区的人果真不幸，眼睁睁地看着他们两次选上的人给夺走的话……
（嗨！瞧我表达多流畅！）我知道怎么收拾东西走人。我以前是个
跑街的，已经习惯抬腿就走。啊！我的孩子们，我这人很坚强。"

"爸爸，请允许我把教会的人领到你床头来吧。"

"不行，"克勒维尔说，"有什么法子呢，我这个人喝过大革命
的奶，虽说没有德·奥尔巴赫男爵的精神，却有着他灵魂的力量。
如今，我更是个摄政王派，是个灰色的剑客，杜布瓦神甫，是黎塞
留元帅派！见鬼！我可怜的妻子昏了头，刚才竟然给我派了一个穿
教袍的家伙，我呀，我可是贝朗瑞的崇拜者，里塞特的朋友，伏
尔泰和卢梭的后代……医生试探过我，看我是不是被病魔压垮了，
对我说：'您不是见过神甫了？……'嗨！我马上学孟德斯鸠的派
头，喏，像这个模样。"说着他摆出孟德斯鸠肖像的那个架势，侧
过大半个身子，戒严地伸出手说："我说道：

　　……那个奴仆已经来过
　　出示了他的命令，但是一无所获。

"他的命令①是个漂亮的双关语，说明孟德斯鸠院长在垂死之际
还是不失天才的风度，因为别人给他派去的是个耶稣会士！……我
喜欢这一段……虽不能说是他生命的一段，但可以说是他临死的
一段。啊！一段！又是个双关语！孟德斯鸠的一段！"

小于洛伤心地望着他的岳父，心里在问，难道愚昧和虚荣跟真
正伟大的灵魂拥有一样的力量？激励灵魂的动因仿佛与结果没有丝
毫的关联。难道一个罪大恶极的人所发挥的力量能和尚普瑟奈茨赴
刑时引以为骄傲的力量相比吗？

到了周末，克勒维尔太太经受了罕见的痛苦之后，进了坟地，
克勒维尔两天之后也随着他妻子走了。这样一来，婚约也就不了了

———————

　　①　法文为"son ordre"，有"他的命令"和"他的教派"的意思。

之，后走一步的克勒维尔做了瓦莱莉的继承人。

克勒维尔下葬的第二天，律师又见到了那个老修士，他接待了修士，什么也没有说。修士默默地伸出手，律师在别人从克勒维尔的写字台里找到的钱当中，拿出八十张一千法郎的纸币，默默地递给了他。

小于洛太太继承了普雷斯莱斯的那份地产，另加三万法郎的年金。克勒维尔太太遗赠了于洛男爵三十万法郎。身患瘰疬的斯塔尼斯拉斯等到成年之后，则可得到克勒维尔公馆和两万四千法郎的年金。

投机诸方面的一面

巴黎有众多仰仗天主教之恩而成立的高尚机构，其中之一是由德·拉·尚特里夫人创办的、旨在为自愿结合的平民百姓办理世俗及宗教婚礼手续。

立法机构登记局对收益极为在意，而执政的资产阶级又很看重公证会收入，两者都佯装不知有四分之三的老百姓付不起十五法郎的婚约费用。

在这方面，巴黎的公证会不如诉讼会，那些诉讼代理人虽常遭指摘，但替穷人打官司却不收钱，可公证人们却还下不了决心为这些可怜人义务办理结婚登记手续。

至于税务机关，恐怕要动摇整个政府机构，才能让它对此放宽政策了。而登记局呢，则是又聋又哑。

教会这一头也征收结婚的种种费用。在法国，教会滥收税款；尽管它忘不了救世主曾怒不可遏地把做买卖的逐出圣堂，却仍旧在上帝之殿无耻地拿板凳和椅子做交易，对此，外国人实在是愤慨不已。教会之所以难以割舍这笔税收，确是因为它的税款，所谓教堂修缮费，现已成了它的财源之一，于是教会的过错或许该算是国家的过错。

眼下大家过于为黑人和轻罪法庭处理的小犯人操心，无暇顾及那些正直而苦难的人们，在这么一个时代，如此种种情况凑到一块儿，便使许多正直的男女仍旧姘居在一起，仅仅是因为短了三十法郎——这是公证会、登记局、市政厅和教会为两个巴黎人的结合所开的商定价。德·拉·尚特里夫人创办她那个机构，就是为了使那些可怜的家庭回到合乎教义和法律的道路上来，它到处寻访这样的男女，在查明他们的身份之前，一律都当作穷人先救济，所以寻访很顺利。

于洛男爵夫人已经完全康复，她又继续做病前做的那些事。这时，可敬的德·拉·尚特里夫人找上门来，请求阿德丽娜除以前负责的慈善事业外再担当一项：促成这类事实婚姻的合法化。

男爵夫人尝试着做了几回，最初一次是在一个从前被称作"小波兰"的可怕街区里，包括罗舍街、贝比尼尔街和米罗美斯尼尔街，就像是郊县圣马赫索的一个分区。要形容这个街区的情形，只需告诉你这么一点：有些房子住着的是没有产业的工业家、好动刀子的危险人物和从事危险职业的穷苦人，房东们都不敢来向他们收房租，也找不到肯出力的执达员，将这些无力付房租的房客撵出门去。

那个时候，房地产投机正在渐渐改变巴黎这一角落的面目，要在阿姆斯特丹街和鲁尔城路之间的那块荒地上造房子，这一来，恐怕也会使那里的居民发生一些变化，因为在巴黎，镘刀的文明教化作用比我们想象的要大！投机商修建了一些漂亮雅致的房子，配有门房，四周铺着人行道，还设了店铺，由于租金的关系，那些无业游民，连家具都没有的人家和糟糕的房客全都被拒之于门外。由此，这几个街区便摆脱了凶险的居民和警察只在办案时才会迈腿进去的伤风败俗的处所。

一八四四年六月间，德拉波尔德广场和附近一带的面貌仍旧是令人非常不安的。哪位潇洒的步兵若偶然从贝比尼尔街转上那几条可怕的大街，定会惊讶不已地看到贵族老爷在这里竟受到地位低下的放荡女人的冲撞。

在这几个街区里，贫穷、愚昧、绝望无援的穷苦人在挣扎着过日子，这里，还集结了巴黎还能见到的最后一批吃代笔饭的。要是看到在某个楼房夹层或者墙上尽是污泥的底楼窗玻璃上贴着张白纸，上面写着字迹粗大潦草的代笔先生四个字，你便可大胆地想象，这个街区一定隐匿着许多愚昧至极的人，因而也就隐匿着不幸、邪恶和罪孽。无知实为一切罪恶之母。一起罪行，首先就是缺乏理性。

为何铁炉匠都是意大利人

就在男爵夫人生病期间，这个把她奉作第二上帝的街区里来了一个吃代笔饭的。他住在太阳巷，这个巷名属于巴黎人熟悉的那种反话，因为这条巷子暗上加暗。这个吃代笔饭的，大家都怀疑是个德国人，他名叫维德，和一个年轻姑娘同居。对这姑娘，他醋意极重，只许她到圣拉扎尔街那个正直的铁炉匠家中走动，这家人跟所有铁炉匠一样，都是意大利人，到巴黎已经很多年了。

要没有替德·拉·尚特里夫人办事的于洛男爵夫人的搭救，这家铁炉匠早已破产，落入苦海了。短短几个月时间，在这个家里，宽裕替代了贫困，宗教开始走进他们的心灵，而在从前，他们常以意大利铁炉匠特有的狠劲儿诅咒上帝。

男爵夫人康复之后初次出门探访，就是去这户人家。这个正派人家住在靠近罗舍街的圣拉扎尔街，走进屋子，映入阿德丽娜眼帘的景象使她欣喜不已。楼下是货架和工场，货架上摆满了货，工场挤满学徒和工人，都是从姆多索拉山谷来的意大利人。楼上是一套狭小的房间，他们一家人就住在里面。辛勤的劳动给他们带来了宽裕的生活。男爵夫人受到了他们欢迎圣母似的接待。仔细看了一刻钟之后，因为得等男当家的回来才能了解生意情况，加之阿德丽娜又有神圣的探访任务在身，便向铁炉匠家打听是不是认识别的可怜人。

"啊！善良的夫人，您说不定能把在地狱里遭罪的人都解救出来呢，"意大利女人说，"就这附近，有个年轻姑娘堕落了，该把她拉回到正路上来。"

"您很了解她吗？"男爵夫人问。

"她是我丈夫从前一个老板的孙女儿，那老头儿名叫儒迪茜，一七八九年大革命后就来法国了。拿破仑皇帝当政那阵子，儒迪茜老爹是巴黎最好的铁炉匠之一；他在一八一九年过世，给儿子留了一大笔财产。可是小儒迪茜跟一些坏女人，把家产吃了个精光，最后娶了其中最会耍心眼的一个，生了这可怜的小姑娘，小姑娘十五岁刚出头。"

"她出什么事了？"男爵夫人听到这个儒迪茜和她丈夫性格何其相似，感慨万千，连忙问道。

"是这样的！夫人，小女孩名叫阿塔拉，她离开爹妈来到这附近，和一个至少有八十岁的德国老头住在一块儿，那老头叫维德，不会读书识字的人有什么抄抄写写的事儿他都给办。据说他好像是花了一千五百法郎把女孩子从她妈手里买来的，只要那个老风流跟她结婚，那么，这个可怜的孩子，这个小天使，也就能逃脱罪恶，尤其是摆脱使她堕落的贫苦日子，因为那老头肯定活不了多久了，而且听说他可能有几千法郎利息的存款。"

"谢谢您指点我去办这桩善事，"阿德丽娜说，"不过办事得谨慎一点儿。那个老头儿人怎样？"

"噢，夫人，是个老好人，他让女孩子变得快快活活的，而且人也通情达理，您知道，他离开了儒迪茜家住的那个街区，好把这孩子从她妈的魔爪子里救出来。那个当妈的唯恐女儿从手中跑掉，大概在做美梦想利用女儿的美貌，让她当小姐！……阿塔拉想起了我们，向她先生建议到我们家附近来住；老先生也看到了我们的为人，所以就让她上这儿来了；夫人，让他们结婚吧，这样就办了一件好事，无愧于您的名声……一旦结了婚，这女孩子就自由了，就可以摆脱她妈妈。她娘总监视着，拿她当财路，想让她当戏子，或逼着她干那种可怕的勾当，日后好做出个名堂来。"

"为什么那个老头儿没有娶她呢？……"

"没有这个必要呗，"意大利女人说，"尽管维德老先生并不是个绝对坏的男人，但我觉得他够狡猾的，想控制女孩子，可一旦结了婚，天哪，可怜的老头儿，害怕跟所有老头子一样，遇上跑不了的倒霉事儿……"

　　"您能叫人去把小姑娘找来吗？"男爵夫人说，"在这儿见一见她，我或许就知道是不是有什么办法……"

一样野蛮却不一样虔诚的新阿塔拉[①]

铁炉匠妻子给大女儿打了个手势，姑娘马上就出门去了。十分钟之后，她手拉着一个女孩子回到家。女孩子才十五岁半，有一副纯粹的意大利型的美貌。

儒迪茜小姐继承的是父亲的血统，她的皮肤在阳光下略带黄色，而晚上到灯光下则会变成晶莹的白色，她的眼睛大而有形，闪着富有东方色调的光彩，睫毛浓密而卷曲，犹如细细的黑羽毛。她一头乌发，周身透出伦巴第人与生俱来的端庄，这种气质，能让礼拜天在米兰散步的外国人把看门人的女儿都错当成皇后。

阿塔拉以前就听说过这位高贵的夫人，从铁炉匠女儿那里得知她来访的消息之后，匆匆套上一条漂亮的绸裙子，穿上皮靴，披上一件雅致的短斗篷。一顶饰着樱桃色丝带的软帽，使她的脸蛋儿显得愈发俏丽。女孩子一副天真好奇的模样，偷偷打量着男爵夫人，看到她神经质地打着哆嗦，十分惊讶。

男爵夫人望着这个陷入烟花泥淖中的尤物，深深叹了一口气，发誓要把她领回道德之路。

"你叫什么名字，我的孩子？"

"阿塔拉，夫人。"

"你会读书写字吗？……"

"不会，夫人；不过没关系，因为先生会……"

"你父母带你去过教堂吗？你有没有办过初领圣体仪式？知道教理书里都讲些什么吗？"

---

① 法国作家夏多布里盎著名小说《阿塔拉》中的女主人公，是个家喻户晓的人物。

"夫人，我爸爸本想让我去做一些和您说的差不多的事，可是我妈反对……"

"你母亲！……"男爵夫人高声说道，"这么说她很坏，你的母亲？……"

"她老是打我！我也不知道为什么，可爸妈因为我总吵架，吵个没完……"

"那别人从来没有跟你谈起过上帝？……"男爵夫人大声问道。女孩子瞪大了眼睛。

"啊！妈妈爸爸经常说：见……鬼的……上帝！雷轰的上帝！该死的上帝！……"她带着一股可爱的稚气说道。

"你从没见过教堂吗？没想到过要进去吗？"

"教堂？……啊！巴黎圣母院，先贤祠，爸爸带我进城时，我在远处见过；不过那不是常有的事。郊区可没有那样的教堂。"

"你们是在哪个区？"

"在郊区……"

"哪个郊区？"

"就是在夏洛纳街那边，夫人……"

圣安托瓦纳区的居民从来都喊他们这个有名的街区叫郊区，只简简单单两个字。对他们来说，这是个特别的郊区，是个至高无上的郊区，工匠们说的"郊区"，就是指圣安托瓦纳区。

"别人从来没告诉过你什么是好，什么是坏？"

"我要是不照妈妈的意思去做，她就打我……"

"可离开父母去和一个老头儿住，你不知道这是干了一件坏事儿吗？"

阿塔拉·儒迪茜倨傲地瞅了男爵夫人一眼，不答话。

"真是个十足的野姑娘！……"阿德丽娜心里想。

"噢！夫人，郊区里有好多像她这样的姑娘。"铁炉匠妻子说。

"她什么都不知道，甚至不知道什么是坏，我的上帝！你为什么不答话？……"男爵夫人想拉过阿塔拉的手，问道。

怒气冲冲的阿塔拉后退了一步。

"您是个疯婆子！"她说，"当时我爸爸妈妈都饿了一个星期了！我妈想逼我去当坏东西，肯定很坏，不然我爸爸不会揍她，骂她贱女人！就在这个时候，维德先生把我爸妈欠下的债都还了，给了他们一些钱……噢！满满的一袋子！……然后，他就把我带走了，我可怜的爸爸哭得……可是我们必须分开！……怎么！这不好吗？"她问道。

阿塔拉的下文

"你很爱这个维德先生？……"

"我是不是爱他？……"她说，"我想一定是的，夫人！他每天晚上都给我讲好听的故事！……他给过我好几件漂亮的裙子和内衣，还有一条披肩，把我打扮得像个公主似的，我再也不穿木鞋了！反正两个月来，我都忘了什么是挨饿了。我不再吃土豆了！他给我带糖果和杏仁回来！噢！杏仁巧克力可真好吃！……为了一袋子巧克力，他让我干什么都行！再说，我的维德胖老爹心肠很好，他那么和气，那么体贴地照顾我，让我明白了妈妈本来该怎么待我……他马上还要雇个老妈子来伺候我，因为他不愿意我下厨弄脏了手。这一个月来，他开始能挣不少钱了，每天晚上都给我带三个法郎回来……我把钱放在一个储蓄罐里！只是，他不乐意我出门去，除了上这儿来……这就是男人的爱；他要我怎么样都行……他管我叫他的小猫咪！可我妈妈只叫我小畜生……或者小……小……！叫我小贼，小蛀虫！我哪知道她都叫我些什么！"

"噢！我的孩子，你为什么不叫维德老爹做你丈夫呢？"

"可他已经是了，夫人！"年轻姑娘一脸自豪地瞧着男爵夫人，她面色纯净，目光平和，脸也不红一下，说道，"他说我是他的小娇妻，不过给一个男人当老婆可真够烦人的！……哼，要是没有糖衣杏仁的话！……"

"我的上帝！"男爵夫人喃喃自语道，"哪个魔鬼竟会玷污一个这样百分之百的天真圣洁的女孩子？若把这孩子领回正路上来，岂不就补赎了多少罪过！我呀，当初可是知道干什么的！"她记起了自己和克勒维尔在一起的情景，暗自在想，"可她呢！什么都不知道！"

"您认识萨玛侬先生吗？……"小阿塔拉神情柔婉地问道。

"不认识，我的姑娘，你问这个干吗？"

"真的吗？"天真的女孩子说。

"你对夫人什么都不用怕，阿塔拉……"铁炉匠的妻子说，"她是个天使！"

"因为我的大胖猫很怕被这个萨玛侬找到，他躲躲藏藏……可我希望他能自由些……"

"为什么？……"

"夫人！那他就能带我去巴比诺玩！或者去滑稽剧院看戏了！"

"多可爱的女孩儿！"男爵夫人亲了亲小姑娘说。

"您是不是很有钱？……"阿塔拉问，一边玩着男爵夫人的袖口。

"既是，也不是，"男爵夫人回答道，"对像你这样的好女孩儿，如果肯听神甫宣讲什么是基督徒的义务，并且肯走正路的话，我就是很有钱的。"

"什么路？"阿塔拉说，"我两条腿是很能走的。"

"道德之路！"

阿塔拉带着狡黠而又俏皮的神态，望着男爵夫人。

"看到这位太太了吗？打从她投入教会的怀抱之后，感到很幸福！……"男爵夫人指着铁炉匠的妻子说，"可是你结婚就像动物交配一样。"

"我呀！"阿塔拉又开口说道，"如果维德老爹给我的那些东西，您也肯给的话，我也很乐意不结婚。结婚就像把烂锯子，您知道有多讨厌吗？……"

"一旦跟某个男人结合了，就像你现在一样。"男爵夫人接着又说，"道德就要她对男人忠贞不渝。"

"直到他死？……"阿塔拉机灵地问道，"那我用不着等多久了。您不知道维德老爹那个咳嗽喘气的样子！咳！咳！"她学着老头儿的样子，说道。

"伦理道德希望，"男爵夫人又说，"希望代表上帝的教会和代表法律的区政厅都认可你们的婚姻。看到这位太太了吧，她合法正当地结了婚……"

"这样是不是更有意思？"女孩子问道。

"你会更快活，"男爵夫人说，"因为这样结婚后，就没有人能对你说三道四了。你会让上帝高兴的！问一下这位太太她是不是没有得到上帝许可就结婚了？"

阿塔拉望着铁炉匠的妻子。

"她有什么比我强的？"她问道，"我可比她漂亮。"

"是的，不过我是个正派女人，可你呢，人家可以给你起个很难听的名儿……"

"要是你不把天上和人间的法律当回事，怎能指望上帝来保护你呢？"男爵夫人说，"上帝给那些遵守教会戒律的人留着一个天堂，你知道吗？"

"天堂里有什么？有戏看吗？"阿塔拉问。

"噢！天堂啊，"男爵夫人说，"有你能想象得到的所有快乐。那里尽是天使，都长着雪白的翅膀。在那儿你能看到荣耀的上帝，分享他的力量，每时每刻都会很快乐，而且永远都会快乐！……"

阿塔拉·儒迪茜像在听音乐似的听着男爵夫人说话。阿德丽娜看她听不明白，心里思忖，该换一种方式，找那个老头说去。

"回家去吧，我的小姑娘，我要去跟那位维德先生谈谈。他是法国人吗？……"

"他是阿尔萨斯人，夫人；可他会有钱的，您瞧着吧！他欠了那个讨厌的萨玛侬一笔债，如果您肯替他还的话，他以后会把钱还给您的！他说过，几个月之后，他就能有六千法郎的年金，我们要到乡下去住，走得远远的，到孚日山里去……"

一听"孚日山"这几个字，男爵夫人马上陷入了沉思，她仿佛重又见到了她的家乡！

一份感激之情

铁炉匠一声招呼，才把男爵夫人从痛苦的冥想中惊醒。铁炉匠刚刚回到家，向男爵夫人一件一件地显示他事业如何兴旺。

"一年以后，夫人，您借给我们的那几笔款子我就能还您了，因为那是慈善的上帝的钱！是穷人和可怜人的钱！我要是发了财，哪天您就到我们的钱袋里来掏吧，通过您的手，我要把您给过我们的帮助再带给其他人。"

"眼下，"男爵夫人说，"我不问您要钱，我要您帮着做件善事。我刚刚见到了那个小儒迪茜，她和一个老头儿同居，我想让他们按宗教仪式，同时合法地结婚。"

"啊！维德老爹！那是个很正直，很可敬的人，能给人出些不错的主意。自从两个月前来这里之后，这可怜的老头儿已经在区里交了一些朋友。他在替我记账，记得清清楚楚。那是个正直的上校，我想肯定是为皇上效过大力……啊！他是那么爱戴拿破仑！他受过勋，可勋章他从来不戴的。现在他在等着能再起家，如今他还背着一身债，这可怜的好人！……我甚至觉得他在躲债，执达员一直在追……"

"跟他说如果他肯娶那个女孩子，我就替他还债……"

"啊！好！这事很快就能办成。噢，夫人，我们走吧……就两步远，在太阳巷！"

男爵夫人和铁炉匠出了门，去太阳巷。

"往这儿，夫人，"铁炉匠指着拉贝比尼尔街说。

太阳巷实际上位于贝比尼尔街的街口，通往罗舍街。

这条新修的小巷里开了不少店铺，东西相当便宜，在巷子的中段，男爵夫人一眼看见了代笔先生四个大字，写在一块窗玻璃上，玻璃衬有绿色塔夫绸，高度适中，以免行人冒失地往里张望。另外，门上还写着几行字：

> 事务所
> 本所代写诉愿状
> 清理账目等
> 严守秘密，迅速快捷

屋子里就像巴黎的公共马车候车室，那种让转车的旅客候车的地方。一座室内便梯，十有八九是通向二楼夹层的房间，夹层靠过廊采光，附属于这间店面房子。男爵夫人瞥见一张发黑的白木书桌、几个纸板文书盒和一把旧货摊上买来的脏兮兮的扶手椅。一顶大盖帽和一个黄铜丝上积满污垢的绿色塔夫绸灯罩，无疑是老头儿为掩藏自己采取的预防措施，要不就是他视力衰退，这当然不难想象。

"他在那上面，"铁炉匠说，"我上去告诉他，叫他下来。"

男爵夫人放下面纱坐下来。一阵沉重的脚步，踩得小木梯直晃，阿德丽娜一眼认出了自己的丈夫，禁不住尖叫了一声，只见于洛男爵身穿灰色针织上衣，灰色莫列顿呢旧裤子，趿着拖鞋。

"您有何贵干，夫人？"于洛彬彬有礼地问道。

阿德丽娜站起身来，抓住于洛，激动得声音都走了样，说道："我总算找到你了！……"

"阿德丽娜！……"男爵惊呆了，喊道，一边关上屋门，对铁炉匠高声说，"约瑟夫，从过道出去。"

"我的朋友，"极度的快乐使男爵夫人忘记了一切，她说道，"你可以回到家里来了，我们现在很有钱！你儿子有十六万法郎的收入！你的养老金，也可以用了，还有一万五千法郎过期未领，只要凭你的生存证明书就可以取！瓦莱莉过世了，给你留下三十万法郎。大家把你的名字都忘了，唉！你可以再回到上流社会，在你儿子家你就有一大笔财产。回家吧，我们这样就幸福美满了。我找你都快三年了，那么急切地盼着能够找着你，家里给你的房间早都准备好了。噢！离开这里，看你过这种日子，真可怕，快离开！”

“我很乐意，”男爵昏了头，说道，“不过，能把那女孩子也带上吗？”

“艾克托尔，跟她分手！为了你的阿德丽娜，就这么办吧，她可从来没要你作过哪怕一丁点儿牺牲！我向你保证，一定给孩子一笔嫁妆，把她好好地嫁出去，并且让她受教育。不少女人曾经使你快乐过，我要让她们中间有这么一个能获得幸福，不再身陷罪恶，也不再堕落！”

“原来是你，”男爵微微一笑又说，“是你想叫我结婚？……你在这里等一会儿，我上去穿衣服，楼上有一个箱子，里面有我一些体面的衣服……”

等只剩下她一个人，阿德丽娜开始打量起这间可怕的屋子，禁不住泪流满面。

“他住在这个地方，”她想，“而我们却过着富足的日子！……可怜的人！这么优雅的一个人，真是遭罪啊！”

阿塔拉的最后一句话

铁炉匠来向他的女恩人告别，男爵夫人叫他帮助去要一辆车。等他回来时，男爵夫人请他收留小阿塔拉·儒迪茜，并且马上把她带回家。

"您跟她讲，"她补充说道，"如果她肯遵从玛德莱娜教堂神甫先生的教诲，等到她初领圣体那一天，我会给她一笔三万法郎的陪嫁和一个好丈夫，一个正直的年轻人！"

"我大儿子就是一个，夫人！他今年二十二岁，而且很喜欢这女孩子！"

这时男爵下了楼梯，两眼湿漉漉的。

"唯一一个像你那样爱我的女孩，"他凑到妻子耳边说道，"你却叫我离开她！那女孩子哭成了泪人儿，我不能就这么把她抛弃了。"

"放心吧，艾克托尔！她马上到一户正直的人家去生活，我可以担保她会规规矩矩过日子。"

"啊！那我就可以跟你走了。"男爵说道，领着妻子向马车走去。

艾克托尔重又变成了德·埃尔维男爵，穿上了蓝呢裤、蓝呢礼服和白色马夹，系一条黑领带，戴着手套。

男爵夫人上车刚刚坐好，阿塔拉像游蛇一般钻了进去。

"啊！夫人，"她说，"让我陪着你们，和你们一起走吧……噢，我会很乖很听话的，您让我干什么我就干什么，可是别把我跟我的恩人维德老爹分开，他送给我那么好的东西。不然，我又会过挨打日子的！……"

"好了，阿塔拉，"男爵说，"这位夫人是我妻子，我们必须分手……"

"她！这么老！"天真的女孩子说，"而且像片叶子一样直抖！噢！那副模样！"

她嘲笑着模仿起男爵夫人浑身直抖的模样。

跟在小儒迪茜后面追的铁炉匠，这时跑到了车门边。

"把她带走！"男爵夫人说。

铁炉匠抱起阿塔拉，硬是把她带回了家里。

"谢谢你作出这样的牺牲，我的朋友！"阿德丽娜一阵狂喜，抓住男爵的手紧紧握着，说道，"你真是变了一个人样！该受了多少苦啊！你女儿，你儿子会多吃惊呀！"

阿德丽娜就像久别重逢的恋人一般，千言万语，诉说个没完。

浪父回头

十分钟之后，男爵和他妻子来到路易大帝街，阿德丽娜收到了下面这封信：

男爵夫人：

德·埃尔维男爵先生把艾克托尔这几个字调换了一下位置，化名托尔艾克，在夏洛纳街住过一个月。他现住太阳巷，化名维德。自称是阿尔萨斯人，干些抄抄写写的事，和一个名叫阿塔拉·儒迪茜的年轻姑娘同居。夫人请小心防范，因有人不知为了何种利益，正在积极寻找男爵。

女演员履行了诺言，她一如既往，男爵夫人，永远是您卑恭的奴仆。

若·弥

男爵终于回来，全家高兴极了，他因此而收了心，回到了家庭生活之中。他把小阿塔拉·儒迪茜也给忘了，因为过度的激情，使他变得像小孩子那样，感情变幻不定。全家人虽说都很幸福，但看到男爵变了个人样，心里也不是滋味。他离开孩子们时还很健壮，回来却几乎成了个百岁老头，弯腰曲背，面容也老得不成样子。

家里富丽堂皇，老头儿见了头昏眼花。塞莱斯蒂娜临时安排了一顿丰盛的晚餐，又让他回想起了在歌女家用餐的情景。

"你们这是在庆祝浪父回头！"他在阿德丽娜耳边说。

"嘘！……过去的一切全都忘了。"她回答道。

"莉丝贝特呢？"男爵没见到那位老姑娘，问道。

"唉！"奥丹丝答道，"她在病床上，再也起不来了。她很快就要离开我们走了，真叫我们伤心。她想在晚饭以后见见你。"

第二天早上日出时分，小于洛接到门房报告，说市警卫队的士兵把他整个私宅都包围起来了。司法人员正在搜寻于洛男爵。商警跟着女门房进来，向律师递上合乎手续的判决书，问他是否愿意为其父亲偿还债务。那是一万法郎签了名的借据，要还给一个放高利贷的，那人名叫萨玛侬，当初大概借给过德·埃尔维男爵两三千法郎。小于洛请商警撤走手下的人，当即付了钱。

"是不是到此为止了呢？"他不无担忧地想。

遗忘的赞歌

这家人吉祥如意，莉丝贝特本来心里就很不痛快，这次又喜事临门，她实在受不了。她的病情急剧恶化，一个星期后就被比昂松判了死刑。在长久的斗争中，她虽说屡屡获胜，然而最终还是失败了。她将心中的仇恨，隐藏在肺痨病人可怕的垂死挣扎之中。再说，阿德丽娜、奥丹丝、于洛、维克托朗、斯坦勃克、塞莱斯蒂娜和那些孩子全都泪流满面围在她的床边，像追怀家中的天使一般，为她的离去而痛心，看到这些，她便得到了极大的满足。

于洛男爵差不多三年没有吃过有营养的东西，现在有好的饮食，很快恢复了体力，几乎像他以前一模一样了。见丈夫恢复了元气，阿德丽娜无比开心，连神经抽搐病也减轻多了。

男爵从奥丹丝和维克托朗那儿得知妻子为他吃尽了苦，于是对她表示出某种敬重，莉丝贝特看在眼里，去世的前一天夜里，心里在想："她最终还是很幸福的！"

这一感觉加速了贝姨的死亡。他们全家流着泪水，走在给她送殡行列的最前面。

于洛男爵和夫人眼看着自己到了彻底休养的年纪，便把二楼的豪华房间让给了斯坦勃克伯爵夫妇，住到了三楼。

男爵在儿子的关照下，于一八四五年初在铁路上谋了一个差事，薪水是六千法郎，加上六千法郎的退休金和克勒维尔夫人留下的那笔财产，每年差不多有二万四千法郎的进项。

奥丹丝在家庭不和的三年里，与她丈夫分了财产，于是维克托朗毫不犹豫，把二十万法郎的委托遗赠转到了他妹妹的名下，又给了奥丹丝一笔一万二千法郎的赡养费。如今妻子有了钱，万塞斯拉

493

斯对她再也没有丝毫的不忠;不过他游手好闲,无所事事,下不了决心去干一番事业,哪怕是一样小事。他重又成为一个空头艺术家,在沙龙里十分走红,许多艺术爱好者前来向他求教;最终他像所有一开始胡编乱造的废物一样,成了评论家。

因此,这几个小家庭尽管在一起生活,但每户都享有一份单独的财产。

男爵夫人吃了这么多苦,终于醒悟了,把钱的事儿交给儿子照管,只留下退休金给男爵,她指望手头钱少了,他就不会再重蹈覆辙。然而他们母子俩怎么也没有想到,竟会出现奇迹,男爵好像戒除了女色。如今他安安分分地过着日子,大家都认为这是大自然的规律,所以,家里人最终也都放心了。更让大家高兴的,是德·埃尔维男爵又变得像以前那样和蔼可亲,恢复了过去那些讨人喜欢的品质。他对妻子、孩子关怀备至,陪他们上剧院,跟他们一起出入社交界,重又在上流社会露面,而且凭借他优雅的风度,为儿子的沙龙增添了光彩。总之,这个回头的浪父使他的家人无比满足。这个和蔼可亲的老头儿,没有一点儿脾气,但仍旧风雅机智,往日的淫恶中只留下了可成其为社会美德的东西。全家自然也就彻底安下了心。孩子们和男爵夫人把一家之主捧上了天,同时也忘却了舅父和伯父的死!有些大事若不忘,生活便无法继续!

残酷、实在而真实的结局

维克托朗夫人出众的主妇才能得益于莉丝贝特的教导，她凭着这种才干，管理着这个大家庭，可也不得不雇用一个厨师。雇了厨师又不得不找个打下手的姑娘。如今打下手的姑娘都是些野心勃勃的人物，用心偷看大师傅的秘招，刚会搅沙司就去当厨娘，所以东家经常更换打下手的姑娘。

一八四五年十二月初，塞莱斯蒂娜雇了诺曼底省伊西涅的一个胖姑娘当厨师的下手，她个头矮矮的，发红的胳膊结结实实，长着一张普普通通的脸，蠢得就像一部临时拼凑的戏，连下诺曼底地区姑娘戴的那种传统的软棉帽，她都难下决心摘下来。这姑娘生就一副奶妈子的胖身材，胖得像要把她上身裹着的布衣衫给撑破了。她的脸红红的，四周颜色发黄，线条那么硬，就像是石头刻出来的一样。这个名叫阿加特的姑娘，是外省每天都在向巴黎输送的那种实在不知廉耻的女孩子，刚进家门时，对她自然谁也不在意。阿加特对厨师没有多少诱惑力，她说起话来太粗俗，这是从前伺候过马车夫的缘故，来这儿之前在郊区一家小客栈当过差。在这里，她非但没能把大师傅征服，让他给自己露一手了不起的烹饪艺术，反而成了他鄙夷的对象。厨师一直在追求斯坦勃克伯爵夫人的贴身女仆露易丝，诺曼底姑娘见自己遭受冷落，于是抱怨自己命苦。

每当大师傅快做好一道菜或者最后加工一盆沙司的时候，她总是被随便找个借口给打发出去。

"我真是没运气，"她常说，"我要换个人家。"

然而，尽管她提出两次要走，却还是没有走。

一天夜里，阿德丽娜被一种奇怪的声响吵醒，发现旁边的床上不见了艾克托尔。她和男爵跟一些上了年纪的人一样，为起居方便，分睡在两张对子床上。等了一个小时，她仍没见他回来。她以为出了事，男爵中风了，吓得往用人睡的小阁楼上跑，发现阿加特微开的房门口射出很亮的光，两个声音喃喃低语，她被吸引着朝那儿走去。

她突然又惊恐万状地站住了脚，因为听出了男爵的声音。男爵经不起阿加特的诱惑，加上这个坏女孩故意推却，急得他向她表白，说出了这番丧尽天良的话：

"我老婆活不了多久了，如果你愿意，就能当男爵夫人。"

阿德丽娜尖叫一声，丢下蜡烛便逃。

三天以后，前一天已领受过圣事的男爵夫人到了弥留之际，一家人流着泪围在她身旁。

临咽气的一刻，她抓住丈夫的手，紧紧握着，在他耳边说道："我的朋友，我只有生命可以献给你了：过一会儿你就自由了，可以另立一个于洛男爵夫人了。"

这时，从死人的眼中，大家看见涌出了泪水，这想必是罕见的事。

邪恶的残忍战胜了天使的忍耐，使男爵夫人在即将获得永生之时，禁不住说出了一生中唯一的一句责难之词。

男爵在妻子下葬三天后离开了巴黎。

十一个月之后，维克托朗从别人那儿得知他父亲与阿加特·比格塔尔小姐于一八四六年二月一日在伊西涅举行了婚礼。

父亲结婚的消息，是前商贸部长的次子博比诺律师告诉于洛律师的，于洛律师对他说："长辈可以反对晚辈的婚事，晚辈却不能阻止老糊涂的长辈干蠢事。"

图书在版编目（CIP）数据

贝姨／（法）巴尔扎克著；许钧译 . 一上海：
上海三联书店，2015.6
ISBN 978-7-5426-5138-9
Ⅰ．①贝… Ⅱ．①巴… ②许… Ⅲ．①长篇小说－法国－近代
Ⅳ．① I565.44

中国版本图书馆 CIP 数据核字（2015）第 057638 号

贝　姨

著　　者／	〔法国〕巴尔扎克
译　　者／	许　钧
总 策 划／	贺鹏飞
策　　划／	乌尔沁　赵延召
责任编辑／	陈启甸
特约编辑／	郭挚英
装帧设计／	Metis 灵动视线 TEL:010-85983492
监　　制／	吴　昊
出版发行／	上海三联书店

(201199) 中国上海市都市路 4855 号 2 座 10 楼
http://www.sjpc1932.com

印　　刷／	北京鑫海达印刷有限公司
版　　次／	2015 年 6 月第 1 版
印　　次／	2015 年 6 月第 1 次印刷
开　　本／	640×960　　1/16
字　　数／	440 千字
印　　张／	32.75

ISBN 978-7-5426-5138-9/I·1008

定　价：45.00元

世界名著名译文库
柳鸣九主编

第一辑

司汤达集 罗新璋编选

莫泊桑集 柳鸣九编选

左拉集 柳鸣九编选

大仲马集 吴岳添编选

霍夫曼集 陈恕林编选

第二辑

屠格涅夫集　王守仁编选

01 猎人笔记　张耳译

02 父与子　张铁夫　王英佳译

03 贵族之家　刘若译

04 烟　王金陵译

05 阿霞——屠格涅夫中篇小说选　安静　臧乐安译

奥斯丁集　朱虹编选

01 傲慢与偏见　孙致礼译

02 理智与情感　孙致礼译

03 爱玛　孙致礼译

04 沙地屯　常立　车振华译

福楼拜集　谭立德编选

01 包法利夫人　李健吾译

02 圣安东尼受试探　李平沤　李白萍译

03 一颗简单的心——福楼拜中短篇小说选　李健吾　郎维忠　胡宗泰译

茨威格集　韩耀成编选

01 一个陌生女人的来信——茨威格中篇小说选　韩耀成等译

02 一颗心的沦亡——茨威格短篇小说选　韩耀成等译

德莱塞集　董衡巽　郑土生编选

01 嘉莉妹妹　许汝祉译

02 天才　主万　西海译

03 美国的悲剧　许汝祉译

第三辑